DE CŒUR ET DE SANG

ROWAN SPEEDWELL

DE CŒUR
ET DE SANG

Rowan Speedwell

Publié par
DREAMSPINNER PRESS

5032 Capital Circle SW, Suite 2, PMB# 279, Tallahassee, FL 32305-7886 USA
www.dreamspinnerpress.com

Ceci est une œuvre de fiction. Les noms, les personnages, les lieux et les faits décrits ne sont que le produit de l'imagination de l'auteur, ou utilisés de façon fictive. Toute ressemblance avec des personnes ayant réellement existé, vivantes ou décédées, des établissements commerciaux ou des événements ou des lieux ne serait que le fruit d'une coïncidence.

De cœur et de sang
Copyright de l'édition française © 2013 Dreamspinner Press.
Titre original : Kindred Hearts
© 2011 Rowan Speedwell.
Première édition : mai 2011
Traduit de l'anglais par Iriam Shostakovich.

Illustration de la couverture :
© 2011 Reese Dante.
http://www.reesedante.com
Les éléments de la couverture ne sont utilisés qu'à des fins d'illustration et toute personne qui y est représentée est un modèle

Édition imprimée en français : 978-1-63477-208-2
Première édition française en version papier : juin 2016
Édition ebook en français : 978-1-62380-542-5
Première édition française : octobre 2013
v 1.0

Édité aux Etats-Unis d'Amérique.

Pour mes frères adorés, pour les sœurs qu'ils m'ont données et pour la génération future en laquelle résident nos espoirs. Et pour Bunnie, qui nous tient tous en rangs serrés.

Parce que j'ai la chance d'être entourée de cœurs aimants et que tout *est* question de famille.

Ah! Sure some stronger impulse vibrates here,
Which whispers friendship will be doubly dear
To one, who thus for kindred hearts must roam,
And seek abroad, the love denied at home.

Ah ! Sûrement il y a une voix secrète,
Qui nous dit tout bas que l'amitié sera doublement douce
À celui qui est obligé de chercher des cœurs aimants,
De les chercher hors du sein de sa famille, quand il ne peut les y trouver [1].

– George Gordon, Lord Byron

1 Trad. Thomas Moore ; Œuvres complètes de Lord Byron, tome 10, BNF. *NDT*

PROLOGUE

1790

UNE MAIN reposait sur son épaule, aussi lourde que la pierre. Ses maigres jambes, encore chancelantes de la maladie qui l'avait alité des semaines durant, tremblèrent d'épuisement sous la seule épreuve de se tenir droit et de devoir supporter le poids de son corps, de sa tête et de cette main si pesante.

En face de lui, le sol sombre et glacé était encore dépourvu d'herbe ; un bouquet en voie de fanaison s'affaissait sur le socle de la pierre tombale dont même les inscriptions gravées donnaient une impression de froideur. 'Alice, Lady Ware', y lisait-on, suivi de quelques dates. En dessous était inscrit un autre nom, 'Emily Northwood, 1790'. Maman. Et Petite Emmy.

— Tu n'étais pas en état d'assister aux funérailles, dit Papa en se tenant au-dessus de lui.

Son timbre de voix était aussi rugueux et pesant que la main sur son épaule.

Les mots glissèrent sur lui dans toute leur insignifiance. La seule chose qu'il percevait était les fleurs fanées. Maman était morte. La dernière fois qu'il l'avait vue, elle s'était penchée pour lui essuyer le front et lui dire d'aller dormir et de se reposer. Qu'elle serait là le lendemain matin à son réveil. Mais elle n'était pas venue. Pleurer n'avait en rien aidé à la ramener ni à la faire revenir auprès de lui.

À la place, Papa était arrivé, se tenant droit au pied du lit et l'avait observé d'un air contrarié. La crainte avait réduit Tris au silence, comme toujours. Il avait peur de Papa et plus encore ce jour où il était venu à la place de Maman. Tris ne se souvenait pas l'avoir jamais vu entrer dans sa chambre.

— Où est Maman ? avait courageusement demandé Tristan d'un filet de voix étrange, mince et fébrile.

Il avait mal à la gorge.

Papa avait semblé plus en colère encore, bien que sa voix fût calme lorsqu'il parla.

— Elle est partie.

— Ramène-là, avait demandé Tris.

Il avait essayé de ne pas pleurer mais des larmes lui avaient échappé.

— Ramène-là à la maison, s'il te plaît.

— Je ne le peux pas. Elle est morte. Elle est morte de la fièvre avec le bébé. Il ne reste plus que toi et moi maintenant.

Alors son père avait fait quelque chose d'horrible. Il avait souri. Tris n'avait jamais vu son père sourire. Cela l'avait terrifié au point qu'il avait crié sans plus

1

pouvoir s'arrêter. L'infirmière était entrée et avait tenté de le calmer et, au milieu de la crise battante, Papa s'en était allé et n'était plus revenu jusqu'à ce matin-là, lorsque Tris avait été suffisamment revigoré pour s'habiller et sortir.

Il regardait la pierre tombale nue près du presbytère. Une grosse carriole était garée au dehors.

— Pourquoi emmènent-ils les affaires du pasteur ?

— Madame Redding retourne chez les siens, dit Papa.

— Pourquoi ? Qui va s'occuper du pasteur, de Rob, Will et Cressy ? demanda-t-il.

Rob et Will étaient ses meilleurs amis. Cressy n'avait que quatre ans, toujours à leur traîne, mais c'était une petite fille tout à fait épanouie.

— Le Pasteur Redding et ses enfants n'ont pas survécu à la fièvre, expliqua papa. Ils ont été enterrés près de la paroisse où ils sont nés, et non ici.

Tris regarda Papa d'un air consterné.

— Mais qui va m'instruire ? Avec qui je vais jouer maintenant ?

— Tu iras à Westminster dans quelques mois, dès que tu seras complètement rétabli. C'est une école. Maman a dû t'en parler. Tu te feras de nouveaux amis là-bas.

Papa se tut un instant puis déclara :

— Bientôt l'herbe poussera et ce sera un bel endroit pour que tu rendes visite à Maman et Emily.

— Pourquoi viendrais-je les voir ? demanda Tris. Elles sont mortes.

Il se dégagea de la main de son père et remonta le tertre en courant jusqu'à l'attelage. Lorsqu'il l'atteignit, il était hors d'haleine et resta à côté en pleurant jusqu'à ce que Papa le hisse sur le cabriolet et prenne les reines. Ils rentrèrent à la maison en silence.

L'infirmière les accueillit dans le hall et conduisit Tristan à l'étage pour lui passer un pyjama et le mettre au lit.

— Il est encore trop tôt pour aller dehors, lui dit-elle gentiment. Tu pourras bientôt recommencer à sortir et aller jouer à l'extérieur.

Tristan ne répondit rien. Il roula sur le côté du lit et fit semblant de dormir. Il faisait toujours semblant lorsque Papa entra dans la chambre. Il resta debout au pied du lit un long moment et Tris songea que Papa avait peut-être découvert la supercherie. Mais Tris ne dit rien et ne bougea pas, alors Papa non plus. Puis Papa s'en alla enfin et Tris s'endormit pour de bon.

OH ALICE, pensa James en regardant la minuscule et fragile silhouette recroquevillée dans le lit. *Que vais-je bien pouvoir faire de lui ? Je n'y connais rien aux enfants !* Il soupira, quitta la chambre et se rendit dans la bibliothèque. Dans la grande Bible familiale, il entra les dates de décès d'Alice et d'Emily, à peine une ligne au-dessous de la date de naissance de la petite, un an plutôt. Alice se ravissait tellement d'Emily, le taquinant déjà au sujet de ses futurs beaux-fils et des Saisons mondaines [1] Qu'elle traverserait, flirtant et présentant ses conquêtes à l'approbation de son papa-poule. Cet avenir avait disparu comme neige au soleil. Son propre futur n'avait plus de réalité sans Alice avec qui le partager.

Leur mariage avait été une union d'amour : lui, cadet de sa famille, heureux dans ses études à l'Université de Trinity et rivalisant pour l'une des positions hautement disputées de Maître de conférence en mathématiques, n'avait jamais eu l'intention de se marier et se préparait au célibat, afin de se consacrer à une carrière académique. Alice était la fille unique d'un riche importateur et lui avait été présentée par un ami de son grand frère ; il fut choqué de constater, à son grand dam, qu'il en tomba désespérément amoureux. La cour qu'il lui fit fut écourtée par le père de la damoiselle qui n'était pas le moins du monde intéressé par un fils de seconde naissance, peu importait l'ancienneté du nom de famille porté. Alice, quant à elle, avait implacablement rejeté chaque candidat convenable proposé par son père, imposant lentement et sûrement la condition selon laquelle si James Northwood ne pouvait obtenir sa main, aucun autre homme ne l'aurait non plus. Une correspondance épistolaire alla bon train durant une année entière, ses lettres écrite depuis sa chambre et cheminant hors de la maison grâce à une bonne dévouée ; celles de James, rédigées dans l'obscurité de son cabinet d'étudiant.

Puis Albert succomba à une fièvre hivernale et James fut soudain propulsé au titre d'unique héritier. Les hésitations du père d'Alice s'envolèrent ; Albert fut arraché à ses études adorées et avant d'avoir eu le temps de le réaliser, il se retrouva bel et bien marié.

Albert sourit malgré lui et laissa courir ses doigts sur l'inscription de son mariage dix années plus tôt et celle de la naissance de son superbe fils, Tristan, deux ans après. Cambridge lui manquait, évidemment, mais si tout était à refaire, il ne referait rien différemment. Mais voilà…

Le portrait qu'il avait commandé juste après la naissance d'Emily trônait suspendu au-dessus de la cheminée : les yeux argent d'Alice brillaient sous une frange de boucles sombres, Emily en habits de baptême était lovée dans ses bras, Tristan se tenait debout à ses côtés et la regardait. Le peintre, un dénommé Thomas Lawrence [2], avait merveilleusement capturé l'expression de Tristan : un tendre regard en adoration rendant parfaitement écho aux propres sentiments que James nourrissait à l'égard de sa femme.

Seigneur, comment pourrait-il vivre sans elle ? Il ne savait rien au sujet des enfants, son domaine de prédilection était la finance. Les enfants avaient toujours été à la charge d'Alice. Peut-être devrait-il chercher conseil auprès de l'infirmière ?

---

1 Seasons : la première Saison d'une jeune Lady correspond au Bal des débutantes, puis chaque année se renouvelle la Saison des sorties en société. *NDT*

2 Sir Thomas Lawrence (13/04/1769 – 7/01/1830) est un célèbre peintre anglais, surtout de portraits. *NDT*

3

Il avait vaguement idée que les enfants avaient besoin d'être guidés et supervisés et il supposa pouvoir appréhender le problème comme n'importe quel autre travail, avec rationalité et pragmatisme. Mais pas aujourd'hui. C'était la première fois qu'il visitait la tombe depuis les funérailles et il était bien trop éreinté.

Demain, ou peut-être le surlendemain. Il s'assit à son bureau et rédigea un mémorandum sur le sujet dans son registre, puis s'informa des autres choses qu'il avait à faire. Il soupira. Peut-être après-demain.

LIVRE UN :
LONDRES, 1810

I

— MONSIEUR ? MONSIEUR ?

Tristan Northwood ouvrit précautionneusement l'œil avec l'impression d'avoir un grain de sable glissé sous la paupière. Une lumière insupportablement éclatante lui brûla la rétine ; il rabattit rapidement la paupière mais un rayon de clarté lui révéla de justesse les traits d'un visage familier. Et vint l'illumination, bien heureusement pas au sens littéral.

— Reston, grommela-t-il sans ouvrir les yeux. Quelle heure est-il ?

— Dix heures trente, Monsieur, dit le valet.

Le timbre de sa voix semblait surnaturellement lourd et détonnant. Les mots retombèrent dans la brume de son entendement.

— Dix heures trente ? Du *matin* ?

— Oui, Monsieur.

— Reston, tu es *viré*.

— Oui, Monsieur. M. Northwood préférera-t-il porter le veston vert ou le veston bleu aujourd'hui ?

— Monsieur Northwood préférerait que Reston et ses vestons, peu importe la nuance, aillent au diable.

— Oui, Monsieur. Je n'y manquerai pas, comme préalable à mon renvoi. Toutefois, puis-je rappeler à M. Northwood que son rendez-vous avec le Baron Ware est à onze heures trente aujourd'hui ?

— Par la peste !

— Oui, Monsieur.

Tristan fit une seconde tentative de visualisation, cette fois-ci avec succès. Reston était en train de tirer les tentures pour chasser l'insidieux soleil matinal. Lorsque la pièce fut suffisamment tamisée, il reprit le plateau qu'il avait posé sur la table près de la fenêtre et l'apporta sur la table de chevet.

— Votre café, Monsieur.

Tristan s'assit en s'agrippant la tête comme pour l'empêcher de tomber et déclara d'un ton rauque :

— Non seulement je te réembauche, Reston, mais j'augmente aussi ton salaire, dit-il en soulevant la tasse de bonne grâce.

— Oui, Monsieur. Le bleu ou le vert ?

— Le bleu. Non. Où est l'orangé que j'ai acheté la semaine dernière ?

Un silence emplit la chambre avant que le ton serein de Reston ne retentisse.

— Je crains de ne pouvoir le dire, Monsieur.

— Et pourquoi pas ? Tu es mon fichu valet.

— Oui, Monsieur. Il s'agit toutefois du veston que vous portiez jeudi dernier en soirée et vous ne le portiez pas vendredi matin à votre retour. Ni votre cravate, ni non plus votre chemise bien que vos bottes aient été retrouvées à l'endroit où M. Northwood les avait apparemment laissées, dans les écuries à une trentaine de mètres de l'étable où Monsieur lui-même fut découvert, ivre mort et seulement vêtu d'un pantalon et d'un pardessus.

Reston songea en aparté que seules les propriétés du saumure – contenu dans l'impressionnante quantité d'alcool dont était imbibé son maître – l'avaient empêché de mourir de froid dans l'air glacial d'avril.

— Fichtre. Je l'aimais bien ce veston.

— Oui, Monsieur.

Tristan avala son café d'un air maussade et déclara :

— Lequel risque le plus d'agacer mon père ?

— Le bleu, Monsieur. La qualité Ô combien iridescente de l'étoffe pique les yeux.

— Alors bleu ce sera. Je suppose que je n'ai pas le temps de prendre un bain ?

— Pas si Monsieur souhaite être à l'heure.

— Monsieur ne le souhaite pas, mais Monsieur veut en finir avec sa remontrance mensuelle, je vais donc éviter de lambiner. Diable. Je me demande où j'ai bien pu laisser ce veston. Déposer une annonce serait sûrement inapproprié : 'Veston rouge orangé oublié dans la chambre d'une dame'.

— Et la chemise et la cravate, ajouta Reston d'un ton légèrement affecté.

— Tout ça ? J'étais sûrement sur le point d'être découvert et pourchassé, déclara Tristan. Bon, c'était la semaine passée et personne ne m'a provoqué en duel, donc je présume que l'on ne m'a pas attrapé cette fois encore.

— Oui, Monsieur.

— Et ce n'est pas comme si quiconque pouvait identifier le propriétaire de ce veston de toute manière. De plus, c'était la première fois que je le portais et... Lady Abernathy ?

— Non, Monsieur. Monsieur à l'habitude de rendre visite à Lady Abernathy le mercredi.

— Bigre. Oh, dans ce cas. Je ne mourrai pas d'avoir perdu un veston. Je sais : je vais en acheter un autre de la même couleur, alors, si quiconque suspecte quoi que ce soit, il sera éconduit du fait que le veston est toujours en ma possession. T'occuperas-tu de cela Reston ?

— Oui, Monsieur.

— Que ferais-je sans toi ?

— Je crains de ne pouvoir le dire, Monsieur.

Tristan rejeta le couvre-lit et découvrit qu'il était presque intégralement vêtu.

7

— Bon sang de bonsoir ! pesta-t-il avec irritation avant de se délester de son pantalon crasseux, de son plastron et de sa chemise.

Il se rendit jusqu'à la table de toilette et savonna un gant trempé d'eau froide. Reston rassembla les vêtements épars et annonça :

— J'emporte ceci et reviens de ce pas vous aider au rasage et à l'habillage, Monsieur.

— Mmm, répondit Tristan tout en se regardant dans le miroir.

Il n'avait pas l'air frais avec sa barbe de deux jours, les yeux injectés de sang et le teint gris. Il se donnait la quarantaine au lieu de ses vingt-huit printemps. Vingt-huit ans et toujours sous la coupe de son père comme il l'était à huit. Pire que cela : à huit ans, sa mère était encore là pour le défendre. Un an plus tard, elle décédait avec sa petite sœur encore à l'état de nourrisson et laissait Tristan et son père gérer leur chagrin et mener leur deuil chacun à leur manière. James avait choisi de minutieusement contrôler les moindre pas que Tristan ferait dans la vie et Tristan avait quant à lui mis un véritable point d'honneur à continuellement défier son père.

Il était fatigué de tout ça. Fatigué de se réveiller chaque matin avec la gueule de bois ou partiellement ivre, sans souvenirs ou trop peu de la nuit passée ; lassé du défilé de femmes qu'il s'enfilait les unes après les autres, ces femmes qui s'accrochaient à lui de leurs douces mains, leurs doux corps et leurs écœurants parfums qui ne manquaient jamais de s'incruster dans ses vêtements ; blasé des heures passées dans un club ou un autre, en la même odieuse compagnie de ses soi-disant amis. Fatigué de cette rébellion dont il ne voyait plus la fin et qui ne semblait guère faire plus qu'embarrasser son père. Celui-ci avait pourtant essayé de serrer la bride à son héritier, allant même jusqu'à lui couper les vivres. Tristan avait tout bonnement réduit ses dépenses en se reposant sur ses amis et abandonné le brandy qu'il avait remplacé par des alcools bon marché. Son père s'était lassé d'entendre parler de ses frasques jusque dans la bouche de ses propres amis et avait abandonné sa stratégie. Tristan n'avait jamais pris part aux jeux d'argent, à aucun niveau, et n'avait jamais été un glouton ; ces activités l'ennuyaient au plus haut point et échouaient à apaiser son esprit. Le sexe et l'alcool étaient les seuls billets qui le précipitaient tout droit vers l'oubli. Mais l'oubli était éphémère et ne durait jamais assez longtemps ; s'en réveiller n'en devenait que plus fatiguant. Il en était arrivé au point d'être fatigué de se réveiller. Sa vie n'avait aucun sens, peu importait le point de vue duquel il s'observait, et ce, même depuis les abysses de l'oubli. Il savait qu'il n'était qu'un vaurien et que son seul mérite en tant qu'individu résidait dans sa position d'héritier des grandes propriétés en expansion de son père. Et ce dernier avait fait en sorte de bien le lui faire sentir.

— Bon sang, répéta-t-il.

8

Il acheva sa toilette et se vêtit d'un maillot de corps propre et d'un pantalon avant que Reston ne revienne muni d'un baquet d'eau chaude et d'un rasoir.

SON PÈRE était en train de patienter dans la bibliothèque de sa maison de ville de Clarges Street lorsque Tristan arriva sur les coups d'onze heures trente. Le majordome le fit entrer, affichant comme toujours une expression de neutralité déconcertante bien que Tris sût parfaitement qu'il représentait aux yeux de Fulton la même déception qu'aux yeux de son père. Décevoir était le rôle que la vie lui offrait à jouer, autant y donner de la consistance. Après un moment d'attente passé dans l'encadrement de la porte, son père leva le regard sur Tristan et lança d'un ton irrité :

— Entre, ne lambine pas. Quel horrible veston : qu'est-ce qui a bien pu te pousser à gaspiller ta rente sur une pareille atrocité ?

— Le fait de savoir que cela ne manquerait pas de vous ennuyer, répondit platement Tristan.

— Tu ne ressembles à rien.

— Merci, Monsieur, puis-je vous retourner le compliment ?

— N'essaie pas de jouer au plus malin mon garçon, tu as manqué l'embarcadère il y a déjà un an de cela. Le train de vie que tu mènes te conduit tout droit vers la mort.

— La vie est ce qui nous conduit tous à la mort, Monsieur, rétorqua poliment Tristan tout en se laissant tomber dans le fauteuil face au bureau.

Il s'y affaissa nonchalamment et le regard de son père s'étrécit avec sévérité bien qu'il n'exposât pas le fond de sa pensée.

Au lieu de cela, le Baron tira une feuille de la pile de papiers rangée sur son bureau.

— J'ai beaucoup trop entendu parler de toi ces derniers temps, Tristan. Ton ivrognerie commence à entacher l'honneur de la famille.

— Tout le monde boit, déclara Tristan dans un haussement d'épaules. Et tout le monde se saoule jusqu'à l'excès. Loin de moi l'idée de ne pas suivre l'exemple de tous ceux qui sont hautement plus malins et avisés que moi – ce qui pour vous doit représenter à peu près… tout le monde.

— Et cette entreprise donjuanesque…

— Reste encore à oser venir m'accuser en face de quoi que ce soit de la sorte, déclara-t-il lascivement.

— Bon Dieu, je l'espère ! s'exclama le Baron en l'observant minutieusement. Mais les rumeurs courent et prennent de l'ampleur. À ce rythme-là, tu vas bientôt te retrouver nez à nez avec le canon d'un pistolet !

Tristan haussa les épaules.

— Les duels sont illégaux, ne lisez-vous donc pas les journaux ?

9

— Cela ne veut pas dire qu'il n'y en a plus.

— Je tenterai ma chance.

— Tu ne feras rien de tel !

Le baron se redressa et toisa son fils de toute sa hauteur.

— Tu viens de semer tes dernières graines de mauvaises herbes, mon garçon. Je ne vais pas me contenter d'attendre et te regarder jeter par-dessus bord ce qu'il reste de ta vie sans que tu ne laisses rien de bon derrière toi. J'ai arrangé un mariage entre Lady…

— Me marier, moi ? Mon Dieu, de quelle pauvre femme cherchez-vous donc à vous venger au point de vouloir la charger d'un fardeau tel que moi ?

— Lady Charlotte Mountjoy. La fille du Comte de Chilson. Elle a vingt-quatre ans et l'idée ne lui déplaît point.

— Ça ne m'étonne pas, répliqua Tristan, étant donné qu'elle a déjà vingt-quatre ans et qu'elle est complètement effacée. N'ayant jamais vu ne serait-ce que son ombre, elle doit non seulement être vieille fille mais aussi repoussante à un degré tel que je n'ose pas même l'imaginer ! Ou alors est-elle l'une de ces saphiques préférant la compagnie de ses semblables et pour laquelle un ivrogne donjuanesque en vadrouille serait le mari parfait, la laissant seule à ses occupations ?

— Tu es peut-être un ivrogne donjuanesque mais tu ne la laisseras pas seule, si en ce sens tu insinuais de ne pas consommer le mariage. Ta postérité, et la liberté que tu affectionnes tant, dépendront du fruit de cette union : tu engendreras un héritier, en espérant que tu n'aies rien attrapé qui infirme cette possibilité. Tu essaieras d'obtenir un héritier en y mettant de la bonne volonté. Et pour répondre à ta question, ou plutôt à tes allégations, Lady Charlotte n'est pas repoussante. Elle préfère cependant vivre à la campagne et n'est donc pas familière du mode de vie citadin.

— Cela tombe bien justement, étant donné que je ne veux pas m'en encombrer en ville.

— Tu l'auras quand bien même en ville si tu en tires un héritier, deux de préférence. Après cela vous pourrez tous deux aller vous faire voir en enfer, où n'importe où il vous plaira d'aller.

Son père jeta le document vers lui.

— Signe et présente-toi lundi à l'église Saint-Georges, dix heures du matin tapantes, sobre et sans gueule de bois.

— Ne devrais-je pas au moins rencontrer ma timide et frémissante fiancée avant le jour du mariage ?

— Et la faire pleurer ? Non, ce ne sera pas nécessaire.

Tristan parcourut le document. Il s'attendait aux clauses, alinéas et autres standards du genre, mais les paragraphes semblaient spécifiquement lui être destinés. Il devait *produire* deux enfants au minimum et l'un des deux au moins devait être un garçon, après quoi son père lui léguerait deux propriétés plus les revenus générés et une autre qu'il léguerait à sa future épouse pour sa subsistance

10

et celle de ses enfants, plus une prime pour chaque enfant supplémentaire. Il devrait vivre avec son épouse jusqu'à la naissance des deux enfants et pendant ce temps il lui serait allouée sa rente habituelle additionnée aux revenus de location d'une maison de ville. Sa femme bénéficierait de la même traite. Il était inclus que tous deux puissent maintenir un train de vie raisonnable.

L'option du refus était bien évidemment possible et entraînerait la cessation de sa rente et le bail de location de sa chambre à Albany serait annulé. La seule concession lui restant consisterait en l'achat d'un office vénal dans la cavalerie. Tristan le regarda cette fois d'un air incrédule.

— Vous me renieriez ?

— Non, mais j'insisterai pour que tu entres dans l'armée, déclara froidement son père. Je n'ai pu faire de toi un homme. Si tu ne donnes pas à une femme la possibilité de le faire, alors peut-être que l'armée réussira là où j'ai échoué. Le frère jumeau de Lady Charlotte a réussi une carrière éclatante en tant qu'officier de cavalerie et je ne doute pas que tu excelleras à en faire autant. Si tu y mets de la volonté.

— Sans doute, dit Tristan tout aussi froidement. Vous préféreriez que je sois sous la responsabilité de quelqu'un d'autre ? À moins que vous souhaitiez me voir mort plutôt que votre héritier ? Je suis certain que mon lointain cousin serait plus apte à cadrer dans vos plans.

— Je fais *tout mon possible* pour sauver ta foutue vie mon garçon ! Tu as gâché chaque opportunité que j'ai pu te dégoter et maintenant je t'offre une dernière chance de te remettre dans le droit chemin.

— Une dernière chance de pouvoir me contrôler, décocha-t-il amèrement. Une dernière chance de montrer au monde que le Baron Ware peut gérer son héritier avec autant de brio que sa fortune, ses propriétés, son entreprise fructifiante et ses nombreux investissements. Eh bien vous savez quoi, Père ? Faites vos fichus arrangements. Je serai à Saint-Georges et je vous donnerai vos satanés héritiers et soyez maudit avec eux.

Il attrapa une plume et la trempa sans plus de cérémonie dans l'encrier avant de griffonner son nom en bas de la feuille.

— Je pilonnerai votre Lady Charlotte jusqu'à ce qu'elle soit pleine d'enfants à en éclater, je la renverrai dans sa campagne et vos rumeurs ne seront rien comparées à la boue dans laquelle je vais traîner votre précieux nom !

Les lèvres de son père étaient pincées mais celui-ci prit le document sans piper mot et le rangea sur la pile de papier de son bureau. Tristan se releva et jeta la plume imbibée d'encre sur le tapis avant de tourner les talons.

APRÈS AVOIR récupéré son manteau, son chapeau et ses gants des mains d'un Fulton au visage dénué d'expression, Tristan se rua hors de la bâtisse. Au lieu de tourner au bout de la rue en direction de son domicile, il descendit Curzon Street et traversa la rue pour se rendre à Park Lane. Il entra dans le parc et abandonna très vite les sentiers battus pour emprunter un passage moins fréquenté, qui le mena à un endroit isolé qu'il ne connaissait que trop bien. Le sentier s'ouvrait sur un banc installé sur d'un léger tertre qui surplombait la rivière tout en restant caché des promeneurs à proximité. Il se jeta sur le banc et se couvrit les yeux des deux mains.

Mariage. Ça n'était pas vraiment le genre de mariage auquel il lui arrivait parfois de rêver, avec une femme qui compterait vraiment pour lui et dont il prendrait soin – même s'il ne l'avait pas encore rencontrée – mais plutôt le genre de mariage dont il ferait fi autant que d'une carrière professionnelle. S'unir à une étrangère, une femme avec laquelle il ne partageait pas le moindre intérêt, une femme qu'il n'avait pas même déjà *vue* avant. Il n'avait jamais rencontré l'honorable Charles Mountjoy, mais il ne savait que trop ce qui se cachait derrière un 'brillant officier de cavalerie' : assis sur son gros cul tandis qu'il enverrait d'une simple signature ses hommes mourir au combat. Pas vraiment le genre d'homme auquel il s'intéresserait. Il connaissait son autre frère, vaguement du moins, l'honorable Daniel Mountjoy ; ils étaient tous deux membres de mêmes clubs. Mais là où Tristan et ses amis fréquentaient les cercles d'Angelo et Jackson, la clique de Mountjoy préférait les paris et jeux d'argents que Tristan trouvait ennuyeux. Il se demanda laconiquement si la sœur de Mountjoy s'adonnait aux paris ; le cas échéant, il mettrait un terme à sa pratique.

Il secoua la tête avec lassitude. Qu'est-ce qui pouvait bien lui faire croire qu'il aurait une quelconque autorité sur les habitudes de sa femme alors qu'il n'était même pas fichu de se contrôler lui-même ? Tout ce qu'il entreprenait tenait bien plus de la réaction que de l'action : boire à l'excès parce que son père le désapprouvait, prendre des risques stupides parce qu'il était le seul héritier et coucher avec des femmes qu'il ne pouvait épouser grosso modo pour les mêmes raisons. Dieu seul savait qu'il ne s'éclatait pourtant pas beaucoup au lit. Il fallait de longs préliminaires pour les mener à satisfaction, après cela venaient quelques minutes pour faire monter son propre plaisir, un instant de jouissance dans l'oubli et c'était fini. Ça n'en valait même plus la peine.

Un bruit de pas le fit immédiatement réagir. Il se renversa en arrière en allongeant un bras sur le dos du banc et croisa les jambes en balançant lascivement son hessienne [3] : le parangon du mâle oisif savourant une matinée d'avril. Deux damoiselles se promenaient en gloussant et manifestèrent quelques hésitations à montrer qu'elles l'avaient remarqué. Mais lorsqu'il pinça le bord recourbé de son haut de forme en guise de salutation, elles exécutèrent une brève révérence, gloussèrent de nouveau et s'empressèrent de déguerpir.

---

3 Type de bottes militaires originellement portées par les officiers et devenues populaires à la fin du XVIIIème siècle. La mode fut introduite en Angleterre au cours du XIXème. *NDT*

Il se sentit subitement trop vieux. Sa promise gloussait-elle aussi ? Il espéra que non : elle avait vingt-quatre ans après tout et une vielle fille avérée ne pouvait se permettre de glousser comme une écolière.

Sa promise. Seigneur. Peut-être que la cavalerie aurait été un choix plus judicieux. Mais il songea alors au fait de devoir s'incliner à la moindre demande des officiers qu'il connaissait : arrogants, privilégiés, plus préoccupés par leur propre confort que par celui de leurs hommes, prompts à réagir à des insultes imaginaires et plus rapides encore à punir des mutineries imaginaires. Ceci ne tenant pas même compte de l'étal de vétérans mendiant à chaque coin de rue, des rubriques nécrologiques qui leur étaient dédiées à chaque édition du Times et sans compter encore les officiers retraités qu'il rencontrait au club et auxquels manquaient un bras, une jambe ou un œil. Il était lâche, il le savait, mais l'idée de revenir à moitié estropié l'effrayait plus encore que l'idée de ne pas revenir du tout – handicapé et irrémédiablement à la merci d'un homme qui le haïssait... Il eut la nausée. Non, se marier, même à une femme qui le méprisait serait préférable à tout ça. Elle le mépriserait bien évidemment, cela ne faisait pas le moindre doute.

Il se redressa et secoua la tête pour se remettre les idées en place. Au final, ce mariage lui était égal. Il avait rendez-vous pour déjeuner avec son ami Gibson et ensuite, une leçon avec Henry Angelo. Il avait aussi rendez-vous avec son mariage et honorerait celui-ci de sa présence avec la même constance avec laquelle il respectait tous ses autres engagements. Il se faisait un véritable point d'honneur à ne jamais manquer un rendez-vous, peu importait son degré d'ivresse. Il avait beau être un ivrogne invétéré et coureur de jupons, il n'en restait pas moins, que Dieu en témoigne, un *honorable* ivrogne coureur de jupons. Il pouffa de rire à sa blague et en rigolait encore lorsqu'il atteignit la rue.

II

— MONSIEUR TRISTAN Northwood.

L'hôtesse de Tristan se précipita vers lui à l'annonce de son nom, élançant une main vers la sienne.

— M. Northwood ! Nous sommes si contents de vous voir. Vous devez tout nous raconter. Quel cachottier vous faites d'avoir gardé un tel secret !

— Je suppose que l'annonce est passée dans le Times d'aujourd'hui, supputa Tristan.

Lady Raegood acquiesça

— Je n'avais pas même idée que votre famille fréquentait les Mountjoy et vous voilà tout d'un coup promis à Lady Charlotte ! C'est une si charmante personne. J'étais à l'école avec elle, le saviez-vous ?

— Non, vous me l'apprenez, admit-il avant de rire en se fendant d'un sourire. Mais elle devait se trouver en avance de quelques années sur vous.

— Oh, voyons, minauda Lady Raegood. Nous étions séparées de quelques années, mais je ne dirai pas de combien ni dans quel sens ! Bien sûr, elle a toujours été plus mature que son âge : ce n'était pas chose facile d'être la seule fille dans *pareille* famille.

Tristan leva un sourcil.

— Oh, non pas qu'ils ne soient pas parfaitement convenables, non, s'empressa-t-elle de concéder. Mais tous des *hommes*, vous savez. C'est si dur pour une petite fille. Son frère jumeau est adorable bien évidemment.

— J'ai cru comprendre qu'il était dans la cavalerie ?

— Oui, dans un régiment des dragons [4]. Il est actuellement en Espagne ou au Portugal, ou encore dans l'un de ses endroits païens, soupira-t-elle de façon dramatique. Nous étions toutes *énamourées* de lui lorsqu'il venait rendre visite à Lottie. Cet uniforme ! Ces yeux ! Ces *épaules* !

— Il semble être un véritable parangon, constata sèchement Tristan.

Lady Raegood rit.

— Oh, oui. Mais nous n'étions que de folâtres écolières en ce temps-là.

Elle planta un regard empli d'insinuations dans ses yeux. Il soupira en son for intérieur mais se contenta de dire :

— J'ose accroire que vous me ferez l'honneur d'une danse dans la soirée ?

— Bien sûr M. Northwood.

Son ton baissa pour n'être qu'un murmure soufflé :

---

4 Corps d'infanterie légère et de cavalerie combattant à cheval ou à pieds. *NDT*

14

— Vous en aurez autant que vous le voudrez.

Il sourit en inclinant galamment la tête et chassa l'envie monstrueuse de courir sous la nuit pluvieuse. Il allait rencontrer Gibson et Berkeley ici même, prendrait une heure ou deux pour converser, puis ils se mettraient en route pour un pub où les attendraient d'agréables divertissements.

— Nous ferions mieux de nous en tenir à deux, dit-il, autrement les gens parleront. Du moment que l'une des deux soit une valse ?

— Assurément, répondit-elle instamment.

Elle regarda par-dessus son épaule. Lord Raegood, un homme d'une généreuse cinquantaine, était avec sa coterie d'amis et s'esclaffait d'une plaisanterie quelconque. Gardant un ton très bas, elle ajouta :

— Peut-être pourrions-nous nous rencontrer plus tard en privé ?

— Hélas, répondit-t-il doucement, j'ai d'autres plans ce soir. Une autre fois ?

Elle sembla déçue mais se fit une raison.

— Mais certainement, roucoula-t-elle. Je me promène au parc la plupart des après-midi ; si par chance vous veniez à vous y dégourdir, je pourrai vous accompagner d'un tour de parc ou deux ?

— Ce serait avec grand plaisir, assura-t-il.

Il prit son carnet de bal et inscrivit son nom à coté de 'deux danses', notant au passage que l'autre valse était réservée à Geoffrey de Salis, un débauché des plus sulfureux qui soit. Ainsi la petite Betsy Raegood prévoyait déjà une roue de secours ? Tant mieux pour elle. Et avec Geoffrey dans la course, il n'aurait pas à s'encombrer de cette amourette – du moins, pas de sitôt. Betsy Raegood était une pièce de choix. Il la pensait dévouée à son vieux mari mais apparemment les apparences étaient très trompeuses. Il se sentit quelque peu déprimé par ce nouvel exemple d'hypocrisie aristocratique, n'étant lui-même pas en reste en la matière, mais il étira malgré tout les lèvres en un sourire encourageant avant de prendre congé et rejoindre Gibs.

À peine quitta-t-il la salle de bal qu'il se retrouva nez à nez avec Barbara Abernathy.

— Les rumeurs disent que vous allez vous marier, dit-elle en déployant son éventail et en l'observant avec coquetterie par-dessus.

— Oui, c'est vrai. Un arrangement entre nos parents. L'argent pour elle, la postérité pour mon père.

Il lui prit le bras et la guida un peu à l'écart, dans une alcôve où ils pouvaient rester visibles mais pas entendus.

— Donc j'ose croire que tu respecteras les liens sacré du mariage comme tu l'as toujours fait ? demanda-t-elle en gloussant.

Il lui jeta un regard faussement hautain.

— Bien évidemment, dit-il sèchement. Je ne vois pas pourquoi ma vie devrait fondamentalement changer.

Il marqua une pause, faisant mine de réfléchir et poursuivit.

15

— En revanche je suis certain de ne pouvoir te rendre visite mercredi prochain comme à l'accoutumée – j'imagine que ma femme s'attend à une sorte de lune de miel ou quelque chose dans le genre. Le mercredi suivant sera, je n'en doute pas, une toute autre histoire.

— Nous devons tant à William d'avoir un emploi du temps aussi régulier, remarqua Barbara. Je fais ce que je peux pour te voir plus souvent, mais son jeu de cartes du mercredi est la seule chose qui l'accapare pleinement. De plus, je crois savoir que tu te tiens à un emploi du temps très strict également. J'ai cru comprendre que le mari de Madame Foote lui en avait terriblement voulu après avoir trouvé un veston de couleur coquelicot dans sa chambre jeudi dernier.

— Oh bon Dieu, soupira Tristan. Deborah Foote. Je l'avais presque oubliée. Je l'ai rencontrée chez les Templemoors.

— J'ai pensé qu'il s'agissait de ton veston. Tu as des goûts impeccables dans tous les domaines exceptés en vestons.

Elle pointa du doigt le veston rayé crème et doré qu'il portait.

— Celui-ci n'est pas une complète abomination, comme certains dont tu t'affubles… !

— Je les porte pour agacer le Baron Ware. Je ne le vois pas souvent mais je sais qu'un grand nombre de ses amis lui rapportent régulièrement mes faits et gestes.

— Ah, dit Barbara, c'est donc la raison pour laquelle tu te retrouves dans le pétrin.

Il haussa les épaules.

— Ce n'est pas si terrible. Contre un inconvénient mineur, je gagne une certaine liberté dans l'affaire – au moins pour quelque temps. Et quelque part, je suppose que c'était inévitable : j'ai presque trente ans après tout. Il est grand temps de commencer à remplir la nurserie et tout ça.

Elle gloussa.

— L'âge se vit différemment, pour un homme.

— Ma délicieuse chérie, L'âge ne peut te flétrir, ni l'habitude épuiser l'infinie variété de tes appas.

— Ceci m'a tout l'air d'être une citation, dit-elle avec suspicion. Shakespeare, je suppose ?

— Tu supposes bien, dit-il. Antoine, à propos de Cléopâtre. Je puis toutefois être rassuré sur le fait que mon mariage te découragera d'utiliser les services d'un aspic [5] ?

— Mon très cher Tristan, répliqua-t-elle sur le même ton, je n'ai pas la moindre idée de ce qu'est un aspic.

Il pouffa, s'inclina et prit congé.

---

5 Cléopâtre mourut des suites de la morsure d'un aspic qu'elle avait fait elle-même dissimulé parmi une coupe de figues afin que l'animal l'attaquât sans qu'elle ne le sût. *NDT*

CHARLOTTE MOUNTJOY s'assit sereinement dans le fauteuil en face du bureau de son père en portant un regard calme sur les tas de papiers en pagaille, les plumes, les verres d'alcool à moitié pleins, les cartes de jeu éparses et les tabatières. C'était le désordre de Papa et elle ne pensait pas l'avoir jamais perçu autrement. Cela avait quelque chose de rassurant et de confortable et c'était très représentatif de la manière dont fonctionnait le ménage familial. Il la laissait diriger le reste de la maison comme elle le souhaitait et restait libre de mettre son bureau en désordre autant qu'il le voulait. C'était un arrangement implicite, mais un arrangement tout de même.

En revanche, Papa semblait mal à l'aise et c'était inhabituel. Il laissait rarement les choses l'atteindre. Le cas échéant, il se moquait royalement du problème ou l'ignorait, au choix le plus approprié. Et elle était parfaitement heureuse d'être ignorée. Et du moment qu'il avait assez à manger et à boire, il était tout aussi heureux qu'elle.

Le présent malaise menaçait de perturber l'équilibre de leur bonheur. Elle avait une idée de ce qui le causait et espérait se tromper.

Durant ces trois dernières années – en fait depuis sa dernière apparition en société où la damoiselle fut montrée et mise sur le marché du mariage – il avait lancé quelques remarques occasionnelles sur sa situation de fille non mariée. Elle n'y avait prêté que peu d'attention puisque son Papa dépendait d'elle pour son confort quotidien et, étant aussi égoïste qu'elle, Charlotte doutait qu'il se risque à prendre une quelconque décision pouvant l'éloigner de lui et ainsi perdre ses talents de gouvernante de leur maison. Au contraire, il s'était plutôt montré bienheureux de pouvoir refuser de donner sa main aux poursuivants tout à fait convenables qui l'avaient remarquée lors de ses trois dernières saisons officielles en société. Après tout, elle n'était qu'une fille et le legs que sa mère lui avait laissé en héritage lui assurait une aisance qui la tenait loin de l'obligation de se marier pour l'argent, contrairement à beaucoup de ses contemporaines. Il ne semblait y avoir aucune bonne raison de se débarrasser d'elle.

Néanmoins, ces dernières semaines étaient devenues le théâtre d'apartés souterrains tonitruants entre son père et l'héritier, son grand frère Daniel, et dénotaient de l'ouverture d'une faille sismique à la surface de leur petit monde. Des soucis d'argent. Les plans de célibat éternel qu'elle nourrissait semblaient être plutôt compromis.

Deux semaines plus tôt, Papa avait déraciné toute la famille de leur maison de campagne pour les installer dans leur maison de ville pleine de courant d'air. La première semaine, Charlotte avait été forcée de superviser la remise en état de l'endroit de fond en comble et d'embaucher de nouveaux domestiques étant donné que Papa avait à la fois négligé de prévenir le personnel de Londres de leur venue et de la prévenir elle, afin qu'elle puisse s'en charger à temps. Ce fut donc sept jours complets de ménage, de courses, d'organisation, de gouvernance et de supervision. Dieu soit loué pour Ellen Bayes, sa cousine et amie dont la vie de famille était une seconde nature, qui l'avait aidé à tenir le gouvernail. Tout ce que Charlotte avait eu à faire avait été de prendre des décisions.

Charlotte elle-même n'avait pas la fibre domestique : son seul talent était en fait d'engager de bons domestiques. Elle était plutôt physionomiste et savait lire les gens. Mais afin de trouver des domestiques honnêtes, travailleurs et autonomes, elle devait présélectionner les candidats et les agences semblaient se faire un malin plaisir à lui envoyer des incapables. Il lui avait fallu la soirée entière pour assigner trois places. Et la dernière avait seulement été pourvue le matin même.

Et voilà que maintenant, elle devait gérer ce qui était venu à l'esprit fébrile de Papa.

Elle replia les mains et patienta placidement. Il porta un regard vague sur elle, les yeux nervurés de rouge et les sourcils froncés. Après un moment, il dit enfin :

— Euh. Hmm.

— Oui, Papa ? répondit-elle gentiment.

— Hum. Bien. Lottie. Il y a quelques temps, tu pensais à te marier.

Oh, diable, pensa-t-elle. Elle avait vu juste.

— Si vous le dites, Papa, dit-elle avec un léger soupir.

— Oui, je le dis. Au vu de ton âge, il serait temps de songer à t'établir dans ta propre maison et non plus gérer celle de ton père.

— Oui, Papa.

Il fronça les sourcils en la fixant puis désigna son cigare éteint.

— Tu y penses, n'est-ce pas ?

— Seulement depuis que vous en avez fait mention, Papa.

— J'ai arrangé quelque chose pour toi. Le petit Ware. Le bel âge. Prêt à s'établir. J'ai dit à Ware que t'étais consentante. Parce que tu l'es, n'est-ce pas ?

— Le… petit Ware ?

Elle réfléchit un instant.

— Oh, le Baron Ware.

Son fils était Northwood… quelque chose ? Un prénom épique Lochinvar ? Lancelot ? Non : Tristan, c'était cela. L'une de ses correspondantes lui avait justement écrit à son sujet. Une histoire de soirée arrosée au théâtre où il avait terminé ivre sur scène après que l'acteur principal, vexé, n'en fut descendu avec précipitation. Tristan avait endossé le rôle et terminé la pièce sous les rires et les applaudissements.

Hmm. Pas des plus paisibles. Mais il ne requerrait probablement que peu d'attention de sa part. De plus, elle avait appris à traiter avec ce genre d'énergumène : ne vivait-elle pas sous le même toit que ces oiseaux-là depuis ces vingt-quatre dernières années ? Elle leva les yeux sur le visage couperosé de son père, aux cernes pochés par une consommation d'alcool excessive et trop peu de sommeil puis poussa un soupir faussement agacé.

18

— Comme vous le voudrez, Papa.

— Très bonne décision. Prends soin de toi. Tu auras le cadeau de ta maman, bien sûr. Enferme-le bien, que même ton mari ne puisse mettre ses mains dessus. Pour le reste, ce n'est que du business et cela ne te concerne pas.

Ah. La raison d'État derrière tout cela.

— Le Baron Ware est pressé de voir son hériter marié, je suppose ? demanda-t-elle de sa voix la plus douce.

— Eh bien, il a vingt-huit ans tu sais. Et il est quelque peu casse-cou. Il vaut mieux que le Baron se dépêche d'en tirer un petit fils avant que le fils ne se brise la nuque à la chasse ou pendant l'une de ses entreprises sauvages.

— Est-ce que ceci signifie que Daniel est ruiné ? demanda-t-elle sur le même ton doux.

Cela ne trompa point son père. Il lui jeta un regard acéré qui jura avec sa physionomie brouillée.

— Bien plus que je ne puis l'en sortir, répondit-il.

— C'est donc ça, conclut-elle.

Apparemment Ware avait accepté de prendre en charge les dettes de Daniel en échange de la sœur de celui-ci, c'est-à-dire, elle-même.

— Northwood à mauvaise réputation, mais je n'ai jamais entendu dire qu'il ait maltraité une femme, assura fermement Papa. Il est quelque peu extravagant, mais pas méchant. C'est un beau garçon à ce que j'ai pu voir. Ware semble penser qu'un mariage le posera. Suffit de se marier des fois. Aucune raison que ça ne marche pas avec toi.

— Vraiment aucune, confirma Lottie d'une voix conciliante.

Bien, pensa-t-elle, *voilà qui règle le compte de ma retraite en célibat*. En même temps, à bien y regarder, rien ne l'empêchait de se retirer une fois qu'elle aurait engendré un héritier et de quitter son mari pour qu'il aille au diable comme il le voudrait. Vu sous cet angle, c'était acceptable. De plus, Papa semblait assez déterminé.

Elle regarda encore le désordre épars du bureau, fidèle à l'état général de la pièce. Peut-être qu'il serait amusant d'être maîtresse de sa propre maison. Elle faisait confiance à son père quant à ses finances, autant qu'elle pouvait en attendre de lui, afin que les termes du mariage ne lui coûtent pas trop.

— Bien, Papa, si M. Northwood est d'accord, je le suis aussi, ajouta-t-elle en se levant du fauteuil.

— Lundi prochain serait-il trop tôt pour toi ? Je me doute que vous autres, femmes, souhaitez avoir le temps d'acheter et de constituer votre trousseau, et ce genre de chose.

Elle le considéra un instant.

— Je n'ai pas d'objection, dit-elle pensivement. Ellen et moi irons faire des courses. J'ai plusieurs robes de bal que je n'ai encore jamais portées qui devraient

19

convenir pour le mariage lui-même. Je présume que nous aurons un déjeuner de mariage ici ?

Papa agita la main pour lui donner congé.

— Ware s'occupe de tout ça. Contentons-nous d'être à l'heure. À Saint George, bien évidemment.

— Bien évidemment, répéta Charlotte d'une voix tiède.

— Je trouve, Lottie, que tu prends tout cela parfaitement bien. Je n'attendais pas une scène de ta part, mais comme tu manifestais de temps à autres cette folle intention de t'installer seule dans ta propre maison... Ça n'aurait pas marché, tu sais.

— Je suppose que non, dit-elle.

— Ceci sera bien mieux pour toi.

— Si vous le dites, Papa, dit-elle avant d'hésiter un instant. Devrai-je faire ma priorité du divertissement du Baron Ware et de M. Northwood le jour du mariage ?

— Je n'en vois pas la nécessité, répondit son père. Ware est d'un ennui mortel. Son fils est bien plus vif, mais je ne vois pas l'intérêt d'inviter l'un sans l'autre. Ware est le responsable de tout cela : son fils n'a rien à dire là-dessus. Maintenant, dépêche-toi, prévient Ellen.

— J'y vais de ce pas.

Elle exécuta une révérence polie et quitta la pièce pour se mettre à la recherche de sa compagne.

— Ainsi, tu te maries avec la sœur de Daniel Mountjoy ? Tu ferais mieux de garder un œil sur le chéquier, mon gars.

Tristan acheva de vérifier les harnais des deux chevaux attelés à son char et leva les yeux sur Gibson.

— Répète pour voir ?

— Daniel Mountjoy, ce type est une sangsue. Le pire expert en viande de cheval que j'ai vu, et surtout, ne lui mets jamais un jeu de carte entre les mains. Je parie que c'est la raison pour laquelle Chilson est si pressé de marier sa fille : pour lui faire lever le nez de ses bouquins avant que son héritier le dilapide jusqu'à sa dot. N'espère même pas en tirer beaucoup pour commencer, hein ?

— Je n'en avais pas la moindre idée, déclara Tristan d'un air détaché. Ware gère tout ça. Tout ce que j'ai à faire, c'est de me pointer lundi. Je ne sais même pas à quoi ressemble la fille.

Il resserra une boucle et regarda vers la cour intérieure, où Hapwell menait grande conversation avec son Tiger horse [6]. Quelques minutes passèrent alors ; Hapwell semblait dispenser de sérieuses consignes à son cheval. C'était stupide de

---

6 C'est une race de cheval d'allure. *NDT*

mener un Tiger pour une course, même une course comme celle-ci, sur des routes bien entretenues à cinq heures du matin, alors que le seul trafic était constitué de quelques fermiers acheminant leurs légumes au marché de Covent Garden. C'était dangereux pour le Tiger qui était un cheval bien trop lourd pour tirer le char avec rapidité. Forcément, l'attelage de Hapwell ne représentait guère plus que deux roues et un siège ; il avait probablement cherché à l'amortir et l'équilibrer avec son Tiger. Son propre attelage était déjà plus conséquent mais le poids total était plus léger. Aucun doute qu'il battrait Hapwell les doigts dans le nez sur la course de cinq miles dont les paris avaient été pris chez White pendant la nuit. Ou était-ce ce matin ?

— Ce n'est plus vraiment une fille, elle a presque vingt-quatre ans. Elle est restée longtemps dans la réserve, je te le dis.

— L'as-tu rencontrée ?

Tristan laissa courir sa main le long du dos du cheval le plus proche de lui, ressentant la tension de sa musculature. La bête s'apaisa sous sa caresse ferme et assurée – ferme malgré la quantité d'alcool ingurgitée en continu depuis le dîner et tout au long de la nuit. Il savait combien d'alcool il pouvait encaisser avant une course – et puis, un peu de saumure le relaxait et avait tendance à rendre sa main légère sur les brides.

— De quoi, y'a anguille sous roche ? lança Berkeley d'un ton groggy depuis l'endroit où il se reposait, allongé contre sa voiture, rattrapant finalement son retard sur la conversation.

— On dirait bien, dit Tristan en s'étirant et en poussant Berkeley afin que la pinte de bière qu'il venait juste de porter à ses lèvres se renverse sur sa cravate. Mais je ne l'ai jamais rencontrée.

— Moi si, déclara Berkeley en passant une main sur sa bouche pour essuyer la mousse qu'il avait réussi à faire passer de sa chope à ses lèvres. L'a fait sa première Saison en même temps que celle d'ma sœur. C'est pas un laideron – y'avaient des prétendants mais ça n'a rien donné. J'sais pas si c'est parce qu'ils sont jamais allés réclamer ou si c'est qu'elle les a tous déclinés, ou son 'pa. L'a juste passé quelques Saisons en ville. Sais pas quel est l'problème.

— Je m'en fous, déclara Tristan. Toutes les femmes sont pareilles dans le noir, hein ? Suffit de lui retrousser sa robe de chambre sur la tête et je ne me préoccuperai pas de quoi elle aura l'air là-dessous. Personne n'a jamais dit que je devrai être attentionné.

— Je sais, dit Berkeley en fronçant les sourcils. C'est pas très gentleman. La d'moiselle est une lady quand même.

— Oui, concéda Tristan. Mais personne n'a dit non plus que j'étais un gentleman.

Ses lèvres se retroussèrent en un rictus sarcastique.

— Et surtout pas mon père.

— Ton père, commença Berkeley avant d'éructer. Ton père… est un trou du cul. T'es pas aussi mauvais qu'ça.

Il regarda en direction de Gibson.

— Il est aussi mauvais qu'ça, Gibs ?

— Non, il essaie, mais ça n'est qu'une grande gueule. Parce que, coucher avec des femmes mariées, ça n'est pas débaucher une innocente ou une honnête épouse. Il ne parie pas à l'excès…

— Parier est ennuyeux, l'interrompit Tristan d'un air distrait.

Il était impossible de compter le nombre de courses auxquelles Tris avait pris part. Jamais il ne l'avait fait pour l'argent, bien qu'il sût pertinemment que les paris étaient élevés vu la foule de gentlemen rassemblée dans le jardin miteux. C'était pour le plaisir. Et pour prouver à Hapwell que les talents de conducteur étaient plus importants que l'attelage sur lequel il était assis.

— Et il me prête toujours de l'argent quand je le lui demande. Il boit trop, mais ne sommes-nous pas tous dans ce cas ? Non, non, Woodsy est une raclure abjecte, un suppôt de Satan, dit Gibs en secouant la tête avec tristesse. Berks, tu tiens plus du suppôt de Satan que notre pauvre vieux Tris.

— Vraiment ?

— Oui. Pour l'unique et simple fait que tu as refusé de me conseiller un poney la semaine dernière.

Berkeley renifla.

— J'ai limité mes subventionnements, je ne cautionne plus tes pertes excessives.

— Vous, Monsieur, n'êtes pas assez saoul si vous pouvez encore prononcer subventive… ventionnement… ce mot, articula Gibson du ton précautionneux et clair de celui qui tente de masquer son ivresse. Portons un toast au mariage de Northwood. Buvez.

— Vous, Monsieur, allez terminer dans le caniveau un de ses jours, et tu vas être volé et déshabillé. Qu'est-ce que tu feras alors ? dit Berkeley en éructant une fois de plus.

— Il se relèvera et rentrera à la maison à poils, répondit distraitement Tristan. Juste comme je l'aurais fait moi-même.

— Ta femme va adorer ça, railla Berkeley.

— Je suppose que tu parles de moi vu que Gibs n'a pas de femme. À ce propos, j'oserai dire qu'il y aura beaucoup de choses qui ne lui plairont pas à mon sujet, annonça Tristan.

Une serveuse sortit de l'hôtel avec un pichet plein ; il l'intercepta et s'empara de son propre bock.

— Remplis-le bien, ma chérie, je vais bientôt dévaler Hammersmith en char, dit-il en lui baisant bruyamment la joue. Tu m'attendras toujours une fois qu'j'serai casé, mon cœur ?

— D'ce qu'j'entends d'vous, chéris, ça chang'ra pas grand'chose à vot'vie.

Il rit et donna une gentille tape sur son fessier rebondi avant de la laisser partir. Elle releva ses jupons à son attention alors qu'elle s'en allait.

— Je devrais épouser celle-là, lança-t-il avant de boire une gorgée.

— Je dis, annonça Berks, l'expression horrifiée, tu *ne* le *peux* !

— Bien sûr que non, répondit Tristan, je suis déjà promis.

Il se redressa et leva son bock dans les airs.

— À ma fiancée !

Une clameur d'approbation gronda depuis la cour et il rabaissa la bière, content de lui.

— Là, un toast en bonne et due forme comme vous n'en verrez plus.

— J'espère que non, dit Gibs.

— Que quoi ?

— De voir ta vie changer.

— J'vois pas pourquoi ça devrait. Ce n'est qu'une femme.

— Bien, soupira Gibs, pour le moment, ce n'est qu'une femme. Mais plus tard, il y aura des enfants. J'veux dire, n'as-tu pas dit que ton père voulait la totale ?

Tristan haussa les épaules.

— J'y connais rien aux enfants. C'est son domaine d'ezperz, d'ezperzit. Ex-per-tise.

Ses lèvres s'étirèrent en un rictus triomphal.

— Expertise. Enfin, je le présume : c'est une femme. C'est ce à quoi elles servent.

— Non, elles ne servent pas qu'à ça, dit Berks.

Tristan rigola et releva son bock en un salut silencieux avant de le tendre à Berks.

— Tiens ça pour moi, demanda-t-il, j'en aurai besoin en revenant. Enfin, si je ne me suis pas cassé le cou entre temps.

— Tu ne risques rien, dit Gibson, tu as la bonne fortune.

Tristan eut un bref rictus d'amertume avant de se jeter sur le siège de son attelage ; il hocha la tête en direction de Gibson pour lui signifier qu'il pouvait relâcher la tête du cheval. Hapwell suivait, son Tiger trottinant derrière lui, et ils quittèrent la cour intérieure en trottant jusqu'à la corde délimitant le départ qui avait été tiré sur la route de Hammersmith.

— Prêt ?

Hapwell donna son top départ et Tris donna le sien agrémenté d'un :

— Je suis plus prêt que tu ne l'es !

Quelqu'un lâcha un mouchoir en tissu et ils démarrèrent en trombe.

C'était une belle matinée pour une course ; la route était sèche, la lumière du jour naissant était agréable et promettait une journée ensoleillée. Tris prit facilement la tête, son attelage plus lourd tenant mieux la route bosselée que celui de Hap qui manifestait une tendance à déraper. Il sourit largement, savourant la décharge d'excitation qui déferlait dans ses veines lorsqu'il prenait part à une course : l'air

23

frais sur son visage, le martèlement des sabots, le grondement des roues et de la route, les frissons le prenant de cours lorsque le chariot heurtait une buttée et restait un instant en lévitation avant de frapper la route de nouveau… C'était comme à la chasse, lorsqu'il sentait les muscles du cheval se contracter avant le bond et se retrouvait subitement en train de voler. Dans ces moments-là, il oubliait son passé, son futur, le temps, la vie et la désapprobation de son père. Dans ces moments-là, il n'était personne, rien du tout, une feuille dans le vent, le vent lui-même, un écho de sa propre voix. Il rit tout haut et ses chevaux, habitués à son timbre, accélérèrent la cadence jusqu'à ce qu'il n'entende plus les roues du char d'Hapwell derrière lui.

Il opéra un tournant en quittant Hammersmith, croisa Hapwell sur le chemin du retour vers Kensington, dépassa un fermier qui transportait sa cargaison de navets et ralentit son allure jusqu'à passer sous l'arche et pénétrer dans la cours intérieure, encore sombre, sous les tonnerres d'encouragements et les applaudissements. Il fit claquer son fouet dans les airs en guise de salutation lorsqu'il se redressa et jeta une pièce au groom avant de sauter de son siège. Le garçon prit les chevaux et Tristan alla rejoindre ses amis.

— J'ESPÈRE QUE vous avez tous deux fait profit ? demanda Tristan, retirant ses gants et essuyant son front avec un mouchoir.

Berkeley sourit largement et lui tendit sa pinte de bière.

— Comme d'habitude, dit-il. Où est Hapwell ?

Tristan haussa les épaules.

— À mi-chemin, sur le retour d'Hammersmith je dirais. Il n'y était pas encore arrivé la dernière fois que je l'ai vu. Le soleil est haut ; il avance vers l'est, le trafic va le ralentir.

Les rayons du soleil tombèrent dans la cour intérieure et l'un des commis sortit pour éteindre les flambeaux.

— Je rentre me mettre au lit, annonça Gibs. Tu viens Woods ?

— Non, vas-y. J'attends que mon attelage se calme ; ensuite, je le conduirai chez moi : peut-être que d'ici là je serai assez sobre pour faire face au trafic londonien.

— Confie-le à un postillon, suggéra Gibs, je te ramène : j'imagine que tu es prêt à débrouiller l'écheveau confus de tes soucis [7] ?

— Bon Dieu, toi et tes citations, se plaignit Berks.

— Tais-toi ou je ne te ramène pas, menaça Gibson avec bonhomie.

La serveuse revint avec un pichet plein et remplit de nouveau leurs bocks. Tristan la regarda repartir en plissant les yeux.

— Ça n'est pas juste, déclara soudain Tristan.

---

7 Référence à Shakespeare, Macbeth, acte II, scène II. 'Macbeth assassine le sommeil, le sommeil qui débrouille l'écheveau confus de nos soucis'. *NTD*

— Ah non ?

— Qu'est-ce qui n'est pas juste, s'enquit Berkeley.

— Je me marie lundi, nous sommes mercredi et je n'ai pas même rencontré ma femme !

Tris jeta un regard circulaire sur la cour comme s'il pouvait y trouver la femme en question en train de l'épier planquée quelque part.

— On est mercredi ? demanda Gibson sans s'adresser à personne en particulier.

— Je crois. En même temps, il est tout autant injuste que cette pauvre fille doive épouser quelqu'un qu'elle n'a jamais rencontré, répondit Tristan.

— Je t'aime Woodsy, déclara Gibson. T'es l'seul à penser aux autres.

— Qui plus est, poursuivit Tristan d'un ton raisonnable, si elle me déteste à ce point, elle se désengagera. Je me demande si je devrai quand même entrer dans la cavalerie si c'est elle qui se décommande ?

Il haussa les épaules.

— Ah, bah. Ça n'a pas d'importance. Je pourrais aussi bien aller dans l'armée. Au moins, il y a des chevaux, non ?

— Ça pourrait êt'pire, marmonna Berkeley. Ça pourrait être l'infanterie.

— Le pire régiment de toute l'histoire militaire, s'apitoya Tristan avant de vider sa bière. Son satané frère jumeau a quatre ans de moins que moi et il est déjà Capitaine. Foutu jumeau.

— Le jumeau de qui ?

— Ma fiancée. Ma blonde, ma promise, dit Tristan en mimant une révérence avant de se diriger vers son attelage.

Il donna un pourboire au postillon et se hissa sur le siège sans grande difficulté ; une petite voix intérieure lui soufflait qu'il n'était peut-être pas très judicieux d'aller réclamer sa promise dans son état actuel, pour ne pas dire parfaitement inapproprié si ça n'était pas déjà complètement scandaleux. Il ignora la voix de la raison comme il l'avait fait toute sa vie mais s'arrêta tout de même chez lui pour troquer son attelage contre un coursier, effectuer une toilette sommaire et changer de cravate, ainsi se trouva-t il quelque peu moins ivre lorsqu'il frappa à la porte de la maison de ville du Comte de Chilson.

III

UN VALET dédaigneux, très certainement Major de sa promotion à la Dédaigneuse Université de la Majordomie, lui ouvrit la porte et l'interrogea d'un regard hautain.

— Monsieur ?

— Tristan Northwood. Je viens voir Lady Charlotte.

— Je vais voir si Madame est à la maison, annonça magistralement le majordome en prenant la carte présentée.

Il lui permit ensuite d'entrer dans le hall. Tristan observa les lieux avec curiosité, songeant qu'il y avait là assez de place pour y organiser un bal, mais que la décoration sacrifiait au commun de toutes les maisons de ville à la mode en affichant beaucoup trop de chinoiseries et trop peu de bon goût. Il haussa les épaules avec nonchalance. *Rien ne l'obligeait* à vivre là et lorsque viendrait le moment de décorer sa propre maison de ville – il se questionna vaguement sur sa localisation, vu que son père lui avait promis une bâtisse après le mariage et que le jour se rapprochait inexorablement. Probablement ferait-il mieux de contacter le secrétaire de son père – quel était son nom ? Finchley ? Fitzleigh – histoire de savoir où il devait emmener sa femme : il n'allait tout de même pas l'inviter dans sa garçonnière après le mariage, et... Le train de ses pensées fut arrêté par le retour du majordome qui redescendait les escaliers.

— Si M. Northwood veut bien se donner la peine de me suivre ?

— A-T-ON FRAPPÉ à la porte ? demanda Ellen avec curiosité.

Charlotte décrocha son regard de la lettre qu'elle était en train de lire pour dévisager sa compagne. Elles venaient juste de terminer leur petit-déjeuner et s'étaient retirées au salon.

— La porte ? demanda Charlotte d'un air vague.

— Oui, je suis certaine d'avoir entendu frapper. Qui crois-tu que ce soit ? demanda-t-elle.

Charlotte réfléchit.

— Eh bien, supposa-t-elle, ça ne peut être Papa, il n'aurait pas frappé. Ni Daniel, à moins qu'il n'ait perdu ses clefs. Papa et Daniel n'étaient pas particulièrement de bonne humeur ce matin lorsqu'ils sont rentrés, donc je doute qu'ils soient ressortis. Je dirais que je n'ai pas la moindre idée de qui pourrait se présenter, cela pourrait être n'importe qui. Quelle heure est-il ?

— Guère plus de huit heures.

— Ce n'est pas vraiment une heure appropriée pour se présenter, dit Charlotte en reportant son attention sur la lettre. Liesl dit qu'elle a des invités originaires de Naples. Apparemment M. Murat est en train de remanier l'alliance avec les Autrichiens soulevant ainsi le mécontentement de certains Allemands. Il se fait des ennemis.

— Je ne pense pas. Qui est-il déjà ? Le beau-frère de Bonaparte ? Cette famille n'a aucune sensibilité.

Elle se leva et alla se poster à la fenêtre, jetant un regard sur la rue.

— Un seul cheval et un gentleman. Il doit être là pour Daniel. Et il ne doit pas bien le connaître : S'il était un de ses amis il saurait que Daniel ne se lève jamais avant neuf heures. Donc, je dirais un étranger.

— Mon Dieu, soupira Lottie avec un petit rire. Tu es si rationnelle ! Tu calcules tout !

— N'es-tu pas curieuse de savoir ?

— Non, répondit Charlotte. Je ne suis pas du genre curieux. Je sais que Jeppson ne tardera pas à nous dire qui est à la porte. J'ai remarqué qu'il le faisait systématiquement.

— Heureusement, dit Ellen avant de se rasseoir et de lui décocher un sourire crispé. Tu es tellement pragmatique, Lottie.

Lottie se contenta de sourire paisiblement.

À leur grande surprise, Jeppson apparut bien plus tôt que prévu.

— M. Northwood est ici pour vous voir, Madame, annonça-t-il à Charlotte. Êtes-vous à la maison pour ce Monsieur ce matin ?

— M. Northwood ?

Charlotte cilla de stupéfaction.

— M. Tristan Northwood ?

— Oui, Lady Charlotte.

Le majordome présenta un plateau d'argent sur lequel reposait la carte. Elle se redressa et s'en empara.

Tristan Northwood, murmura Ellen. Bien bien bien…

Elle regarda Charlotte.

— Vas-tu le rencontrer ?

— Je suppose qu'il le faut.

— Permettez-moi de vous avertir qu'il semblerait que M. Northwood ait bu.

— Oh, Seigneur, souffla Ellen, l'air indécis. Déjà ?

— Oh, c'est certainement 'encore', s'amusa Lottie. Grand Dieu, il faut toujours qu'il y ait quelqu'un qui soit ivre ici. Faites-le monter. Il semblerait que je sois quelqu'un de curieux finalement.

— Charlotte, es-tu sure ? S'inquiéta Ellen alors que Jeppson quittait déjà la pièce. Ce n'est pas vraiment une heure appropriée pour les visites, de plus il est saoul…

27

— Mon père n'aurait jamais promis ma main à un homme qui ne soit pas gentleman, affirma-t-elle tout en poussant son matériel de broderie. Fais donc apporter le thé, Ellen, ma chère.

— Oui, bien sûr, dit-elle en proie à l'agitation tout en s'exécutant.

Un instant plus tard, des bruits de pas retentirent dans l'escalier et Jeppson entra, suivi d'un grand jeune homme.

— M. Northwood, annonça Jeppson.

— Merci, Jeppson.

Charlotte se leva et traversa la pièce en tendant la main.

— Comment allez-vous, M. Northwood ?

— Bien, merci.

Il jeta un regard à sa compagne et Charlotte en profita pour faire les présentations.

— Ellen, puis-je te présenter M. Northwood ? Monsieur, voici Ellen Bayes, mon amie.

— Le plaisir est pour moi, dit Tristan tour en s'inclinant.

Charlotte rejoignit les fauteuils qu'elle et sa compagne occupaient un peu plus tôt, près de la cheminée.

— Voulez-vous vous asseoir, Monsieur ?

— Merci.

Il attendit qu'elle prenne place pour s'asseoir à son tour.

Charlotte le considéra pensivement. Il était plus bel homme que ce à quoi elle s'était attendue, et ce malgré la fatigue dans ses yeux gris qui rendait son regard quelque peu flou. Mais il n'était pas couperosé sur les joues ni sur le nez, exempt de cette marque de fabrique des ivrognes perpétuels. Ses cheveux foncés étaient ébouriffés mais de manière travaillée ; sa cravate était soignée et propre et son manteau bien apprêté. Son visage semblait avoir la physionomie de ceux qui sourient beaucoup, avec des rides d'expression aux coins des yeux. Il était remarquablement bien bâti, avec de larges épaules, une stature élancée et svelte. Le tableau qu'il offrait était très plaisant… Si ce n'était ses yeux. Il lui sourit.

— Ai-je gagné votre approbation, Madame ?

Cela reste encore à voir, dit elle. Votre apparence est très satisfaisante. J'en suis surprise.

Ainsi l'était Tristan lui aussi. Il était venu dans l'expectative de trouver un répulsif et à la place se tenait face à lui une agréable jeune femme. Pas jolie, non : son nez retroussé et son visage rond n'étaient pas d'une incomparable beauté, mais elle n'était pas laide non plus. Simplement… ordinaire. Mais assez plaisante. Et le soin de sa toilette était tout aussi plaisant, sa silhouette, dans une simple robe, l'était tout autant. Des cheveux clairs et bouclés – mais il n'aurait su dire si les boucles étaient naturelles ou dues au fer à friser – portés libres et détachés, tout ce qu'il y avait de plus normal pour passer la matinée à la maison. Elle semblaitpaisible.

28

Posée. Quelque chose en lui se dénoua à cette pensée et il lui sourit à nouveau. Peut-être que toute cette entreprise ne serait pas si terrible, après tout.

— Je suis bien content que mon apparence vous satisfasse. J'espère être en mesure de vous rassurer sur les autres points que vous souhaiteriez mettre en question.

— En effet.

Elle jeta un regard au serviteur qui venait d'entrer avec le plateau à thé et qui vint poser le tout sur la table, entre eux.

— J'ai, bien évidemment, un certain nombre de questions à vous poser, j'ose espérer que vous ne les trouverez pas trop personnelles.

— Lottie..., dit Madame Bayes en triturant d'anxiété l'étoffe grise de sa robe.

Charlotte lui sourit.

— Oh, Ellen, ma chère, ne sois pas inquiétée. M. Northwood est mon fiancé. Lui et moi n'avons pas de secrets l'un pour l'autre, n'est-ce pas, M. Northwood ?

Tristan l'observa un moment, déconcerté, puis secoua la tête.

— Non, bien sûr que non.

Et quoi encore, pensa-t-il, *comme si j'allais te révéler tous mes secrets !*

Sa fiancée se tourna vers sa compagne.

— Tu vois ? Il serait plus approprié que tu nous laisses en privé un petit moment, Ellen, ma chérie. Il ne serait *pas* convenable que tu assistes à une conversation entre deux fiancés.

En proie à une fascination étrange, Tristan trouva le sourire de Charlotte étonnant : il en émanait une espèce de placidité, d'expression marmoréenne, comme si aucun doute ne venait la tarauder quant à l'obéissance de son amie. Il se demanda soudain si lui, serait capable de ne pas obtempérer...

— Lottie ?

— Va. Reviens dans quinze minutes.

Lottie considéra Tristan un instant et poursuivit à l'attention d'Ellen.

— Cela devrait suffire pour la conversation que je veux mener.

— Bien, céda Ellen. Mais cela va à l'encontre de mon jugement.

Elle réajusta son châle et débarrassa le plancher, le nez en l'air.

— C'est une triste duègne, pour se laisser si facilement dérouter, commenta Tristan.

Charlotte fronça le nez.

— Est-ce un mot étranger, duègne ? Parce que cela me semble être un mot étranger. C'est quelque chose que mon frère Charlie aurait pu écrire. Il est dans la Péninsule, vous savez ?

— Je le sais maintenant, dit Tristan.

— Qu'est-ce que ce mot signifie ?

— Un chaperon, je pense.

— Oh, Ellen n'est pas mon chaperon. Elle est ma compagne, elle me tient compagnie, vous comprenez ? Non pas que j'ai véritablement besoin de compagnie : je suis parfaitement heureuse par moi-même. Mais Papa préfère que je sois accompagnée pour aller à cheval, ou marcher, ou faire du shopping et tout ça, donc j'ai engagée Ellen. Elle est en fait

Elle fronça les sourcils et son nez se plissa à nouveau.

—… une cousine éloignée ou quelque chose comme ça. Son mari est décédé et elle s'ennuyait, alors elle était heureuse de venir vivre avec nous.

— Elle pourra vivre avec vous même lorsque nous serons mariés, proposa Tristan avec magnanimité.

— Ce serait bien, répondit Charlotte. Elle me tiendra compagnie lorsque vous serez dehors. Je devine que vous êtes un homme très occupé. Tous les hommes semblent l'être.

Oui, bien sûr, pensa Tristan. Les divertissements étaient nombreux : boire, forniquer, participer aux banquets, aller à l'Opéra – dans le seul but d'allonger la danseuse étoile, forcément…

— Allez-vous à l'Opéra ?

Il cilla.

— Oui, bien sûr, répondit-il machinalement.

Elle fronça le nez à nouveau. Elle est vraiment amusante, pensa-t-il confusément. Comme un petit chiot.

— J'y suis allée une fois. Je m'y suis endormie.

— Eh bien, c'est…

— Mon frère Daniel dit que la plupart des hommes y vont pour admirer les dames sur scène, gloussa-t-elle d'un timbre de voix bas et chaleureux. Il m'a expliqué aussi que la scène [8] de l'Opéra n'était pas la même que celle de l'embarcadère sur laquelle on monte pour voyager dans le monde. N'est-ce pas stupide ? Bien sûr, j'étais très jeune à cette époque lorsqu'il m'a parlé de tout cela.

— Il vous parlait de cela alors que vous étiez encore à l'école ?

— Oh, je n'étais plus à l'école. Mais je n'avais pas non plus effectué ma 'sortie', vous comprenez ? Lorsqu'une damoiselle fait son entrée dans la société, tout cela.

— Oui. Oui, je comprends.

— Je me doutais que vous comprendriez, dit-elle avec complaisance. Vous semblez être une personne intelligente.

Il ouvrit la bouche, puis la referma, à court de commentaire approprié en présence d'une Lady.

— Je ne suis pas ce que l'on appellerait intelligente, dit-elle. Mais je n'ai pas de difficulté à demander aux gens de m'expliquer les choses. D'aucuns éprouvent

---

8 Scène de l'Opéra : stage ; stage signifie aussi l'embarcadère et le débarcadère. *NDT*

une difficulté en cet endroit. Pas moi. Par exemple, je voudrais vous poser une question.

— Allez-y franchement.

— Voudriez-vous du lait ? Oh, ce n'est pas ma question, ce n'est qu'une proposition.

— Non, rien. Merci.

— Eh bien le thé n'est presque 'rien'.

Elle lui remplit une tasse et la lui tendit. Il venait à peine de tremper ses lèvres lorsqu'elle lui demanda :

— Êtes-vous malade ?

Avec grand effort, il se retint de recracher sa gorgée ou de s'étrangler avec ; une fois qu'il l'eut avalée, il demanda :

— Je vous demande pardon ?

Son maintien restait impeccable et aussi paisible que si elle venait de lui demander l'heure.

— Malade. J'ai entendu mon frère Daniel parler à votre sujet avec Papa, et il a dit que j'aurai bien de la chance si vous n'étiez pas malade. Il disait que... Eh bien je ne peux dire le *mot* car cela serait trop inapproprié, mais, *cela* signifie que vous dormez avec les dames et que *ceci* entraîne généralement des maladies, expliqua-t-elle.

Une légère ride lui froissa le front.

— Je ne sais pas si cela peut se produire, ni comment, mais j'ai pensé qu'il était préférable de demander.

Il laissa tonner un grand rire forcé.

— Non, dit-il enfin d'un air amusé. Je ne suis pas malade. Je prends mes précautions pour éviter de, disons, procréer, ce qui est salutaire contre la propagation demaladies.

Elle opina en inclinant la tête de manière marquée, comme un petit passereau.

— Quel *genre* de précautions ?

— Ceci n'est définitivement pas approprié, dit Tristan, luttant contre un fort penchant de dépravation qui l'encourageait, au contraire, à pousser l'explication.

— Mais nous sommes promis l'un à l'autre. Je souhaiterais sincèrement pouvoir être rassurée sur le fait que vous soyez sain avant de vous épouser. Je vous prie de m'expliquer la manière dont vous vous protégez.

— Êtes-vous sérieuse ?

— Oui. Pourquoi ? répondit-elle en cillant.

— Eh bien les Ladies de bonne famille ne discutent pas de ces choses-là avec un gentleman qu'elles viennent tout juste de rencontrer.

— Peut-être que si elles le faisaient, répliqua-t-elle pensivement, les maladies se répandraient moins.

Il entrouvrit la bouche de stupéfaction et la referma aussitôt, sirotant distraitement son thé. Il finit alors par déclarer :

31

— J'utilise toujours une Lettre Française [9].

— Une Lettre française ? Vous voulez dire une comme le *ç* avec la petite béquille en dessous ou le *ô* avec le capuchon ?

Il rit d'un rire franc et portant.

— Lady Charlotte, vous êtes délicieuse. Non, c'est un étui qui s'enfile sur le... commença-t-il à expliquer puis il marqua une pause.

Il pansa au *membrum virilis*, qui était le mot utilisé par son tuteur lorsqu'il lui avait donné la leçon sur le sujet, mais il réalisa bien vite qu'elle ne comprendrait pas à quoi il faisait référence. Alors il prit une grande inspiration et poursuivit.

—... le membre masculin. Ma chère Lady Charlotte, vous devez me *jurer* de ne jamais répéter un seul mot de cette conversation, ou votre père me fera écarteler !

Elle posa un regard pensif et innocent sur le sien.

— Bien évidemment. C'est une conversation privée. Comment ceci empêche-t-il la reproduction ?

— En retenant la semence de l'homme. Votre mère ou votre gouvernante ne vous ont-elles jamais *rien* dit sur la manière dont naissent les bébés ?

— Bien sûr que non. Elles m'ont dit que mon mari me l'expliquerait. Et vous êtes mon mari, ou le serez bientôt, ce qui est pratiquement la même chose. Je pense qu'étant donné votre présence ici vous pourriez prendre le temps de m'expliquer, parce que je suis certaine que le mariage, le déjeuner de mariage et toute la journée de lundi nous tiendront *quelque peu* occupés.

— C'est juste, dit-il en inspirant profondément. Les bébés sont engendrés par l'introduction du membre du mâle à l'intérieur de la femme, dans cet endroit spécial entre leurs jambes et par la libération de la semence en ce même endroit. Voilà. C'est le résumé pratique.

Elle fit la moue en réfléchissant.

— Mais si vous ne voulez pas procréer, pourquoi le faire ?

— Parce que c'est une expérience incomparablement plaisante. Cependant, il y a toujours le danger des bébés. Et de la maladie. Si votre partenaire n'est pas complètement sain.

Elle fronça de nouveau de nez.

— Je ne voudrais pas d'un partenaire qui ne soit pas sain.

— Moi non plus. Malheureusement, ce n'est pas le genre de chose que l'on remarque sous le coup de l'excitation, avoua-t-il sèchement.

— *Dormez*-vous avec beaucoup de femmes ?

— Lady Charlotte...

— C'est très personnel, n'est-ce pas ? Je vous présente mes excuses.

---

9 French Letter : en France, le dispositif était bien évidemment appelé *Redingote anglaise... NDT.*

— Non, nul besoin. Je comprends que tout ceci soit important pour vous. Mais je vous implore de me croire lorsque je vous dis que je ne ferai jamais rien qui vous fasse du mal.

— Sauf dormir avec moi et me faire des enfants, dit-elle. J'ai entendu que beaucoup de femmes mourraient en couches. Cela me force à me demander pourquoi elles tiennent tant à enfanter.

— Pour la propagation de l'espèce, répondit Tristan d'un air confus. Toutes les femmes ne veulent-elles pas de bébés ?

Enfin, toutes les Ladies… un bon nombre de femmes avec lesquelles il partageait son lit seraient horrifiées de se découvrir enceintes, mais certainement pas par peur de mourir en couche. Il cilla.

— Ne voulez-vous pas de bébé ?

— Oh, seulement un ou deux, ce sera bien suffisant, dit-elle. Tant que nous pouvons nous permettre l'entretien de bonnes d'enfants et tout ce qui en découle. Les femmes avec qui vous *dormez* ne veulent-elles pas d'enfant ?

Grand Dieu, cette fille était télépathe. Il secoua la tête.

— Non… du moins, pas les miens.

— C'est bien dommage. J'imagine que vous auriez de beaux bébés. Je pense que tous les bébés que vous pourriez engendrer seraient beaux.

Elle prit une gorgée de thé.

— Je vais indubitablement vous confier ma vie et je suppose qu'il vous est obligatoire d'avoir un hériter. Papa me l'a expliqué lorsqu'il m'a appris que j'allais vous épouser.

— Lorsqu'il vous l'a appris ? Il ne vous a pas demandé votre avis ?

Ses yeux s'écarquillèrent.

— Pourquoi faire ? Je n'ai pas d'avis sur le sujet.

— Vous n'en avez pas ? Ne vous force-t-on pas la main dans cette histoire ?

— Non, bien sûr que non. Je savais que je devrais éventuellement me marier un jour. Papa et Daniel vous trouvent plaisant – sauf en ce qui concerne les risques de maladie, forcément, mais je suis pleinement satisfaite de vos réponses sur la matière. Dès lors, comment pourrais-je m'y opposer ?

Elle inclina la tête comme un oiseau encore une fois.

— Je suis satisfaite, M. Northwood. Vous êtes un gentleman et avez répondu à mes questions avec honnêteté, je le crois, et vous n'êtes pas déplaisant à regarder, donc nos enfants ne devraient pas l'être non plus. De plus, Papa m'a dit que vous étiez financièrement aisé et l'héritier d'importants capitaux et propriétés, ajouté à cela, un titre nobiliaire. Non, vraiment, j'en suis contente. J'aurais préféré échanger quelques lettres avec mon frère à ce sujet ; je lui demande habituellement conseil car il est un homme de sagesse. Il est Officier de cavalerie, vous savez.

— Je l'ai entendu dire, grinça Tristan.

— Néanmoins, le temps nous est compté ! Peu importe. En ce qui me concerne, je peux vous assurer que je n'ai aucune objection à ce que vous continuiez de mener votre vie comme vous l'entendez, comme vous le faites actuellement ; je n'attends rien de votre part. Tout ce que je souhaite, c'est qu'après avoir mis au monde un héritier, et peut-être un second pour lui tenir compagnie, il me sera permis de retourner à la campagne. Je n'ai aucune affinité avec la vie citadine.

Tristan la considéra d'un air incrédule. Bien qu'il n'eût pas prévu de rencontrer la fille et lui faire l'amour sur le champ, il nourrissait tout de même l'intention de la séduire. Or, elle était tellement désintéressée de son propre mariage qu'il en fut choqué en dépit de son habitude d'être témoin d'unions arrangées et dénuées d'amour – et de femmes ennuyées que ces mariages produisaient. Il s'attendait à ce que le sien se termine de cette manière mais quelque part il sentit que Charlotte n'envisagerait même pas de dépenser ne serait-ce qu'un peu d'énergie dans une liaison extraconjugale. Singulière créature que voilà.

— Oui, bien sûr, dit-il en se laissant envahir d'un sentiment de soulagement. Je préfère la ville pour ma part, mais j'ai une maison de chasse très agréable dans le Leicestershire, non loin du domaine familial – dont nous hériterons évidemment en temps voulu – il s'agit du domaine de Wareham, débita-t-il, vaguement conscient qu'il parlait avec empressement. Et même sans cela, il est inclus dans les termes, une propriété qui vous sera léguée à la naissance de votre second enfant. Vous serez ainsi maîtresse de votre propre maison et n'aurez pas à tolérer la présence du Baron, à moins que vous ne le souhaitiez.

— Je ne le souhaiterai probablement pas, déclara-t-elle. Je l'ai rencontré, bien évidemment, mais je ne vois pas la nécessité d'entretenir une quelconque relation de proximité avec celui-ci. Merci. Un petit manoir conviendra parfaitement. Et jusque-là, une maison de ville à Londres et votre pavillon de Lilac.

— Parfait dans ce cas. Avez-vous d'autres questions ?

— Une seule.

Charlotte posa sa coupe de thé et la cuillère sur la table et joignit les mains.

— Vous avez dit que le processus de procréation impliquait que l'homme dirige son membre dans cet endroit spécial de la femme. Je crois avoir une connaissance certaine de cet endroit auquel vous vous référez, en souffrant chaque mois, comme toute femme. Cependant, les hommes ne possèdent-ils pas le même orifice ?

— Non. Notre équipement est exclusivement externe.

Cette conversation était la plus étrange qu'il ait jamais eue.

— Hmm. Mais alors, comment font les hommes qui dorment ensemble ?

À ses mots, une vision traversa l'esprit de Tristan : il déboulait accidentellement dans la mauvaise chambre d'hôtel, un soir de beuverie pour surprendre de larges épaules, des flancs élancés en mouvements et une chute de reins cambrée, irisée d'un voile de sueur et dorée par le reflet de l'âtre ; une paire de jambes musculeuses enserraient ces reins puissants et la voix d'un homme encourageait l'autre de furieux cris incompréhensibles. Cette scène n'avait, depuis cette nuit d'ivresse il y avait trois ans de cela, jamais quitté sa mémoire. Parfois, alors qu'il se trouvait sur le point de jouir, le souvenir revenait et occultait le visage de la femme qu'il montait.

— Je vous demande pardon ? explosa-t-il, le visage brûlant d'un malaise inaccoutumé sans qu'il ne sache s'il le devait aux mots de Charlotte ou au souvenir revivifié.

— Eh bien, ils le font parfois, vous savez.

— Et comment par le Dia… comment sauriez-vous une chose pareille ?

Elle pencha la tête et l'étudia pensivement.

— Je ne suis pas certaine de pouvoir le dire. C'était une conversation privée… Un peu comme celle-ci.

— Eh bien vous n'auriez jamais dû avoir cette conversation-là et S'il m'arrivait jamais de découvrir l'identité de votre interlocuteur, je jure de le faire fouetter ! déclara furieusement Tristan. Ce genre d'union est une abomination, non seulement illégale mais immorale en plus de cela. Les hommes qui couchent avec d'autres hommes méritent la pendaison. Il est parfaitement inacceptable que quiconque ait pu souiller les oreilles d'une lady de bonne naissance telle que vous !

— Oh, c'est si mauvais que cela alors ?

— Un effroyable péché !

Elle acquiesça, ne manifestant pas le moindre trouble.

— Intéressant, dit-elle avant de lui sourire. C'est très gentil de votre part de vous préoccuper de mon bien-être, assura-t-elle sur le même ton doux et posé. Je suis très heureuse que vous vous en inquiétiez, ceci laisse présager à la bonne réussite de notre relation.

Il se figea un moment, restant sans répartie. Puis la porte s'ouvrit sur le visage de la compagne de Charlotte qui les épiait dans l'expectative. Lottie la regarda et lui sourit du même sourire dont elle venait de le gratifier : doux et chaleureux, mais complètement dénué de passion.

— Entre, Ellen. Nous en avons terminé ici

Elle se redressa, suivie de Tristan qui prit la main qu'elle lui tendit.

M. Northwood, merci de votre visite, ainsi que d'avoir mis mon esprit en paix. J'ai vraiment hâte de vous retrouver lundi prochain. Ellen, ma chère, peux-tu raccompagner M. Northwood ?

— Certainement, répondit Mme Bayes en tenant la porte grande ouverte pour lui.

Il sortit en la suivant machinalement dans les escaliers, toujours en train d'émerger de cette étrange entrevue.

Alors qu'il récupérait le chapeau et le manteau que lui présentait le majordome, Mme Bayes déclara :

— Elle n'est pas stupide, ni lente. Les gens le pensent parfois mais c'est faux. Elle est en fait très brillante à sa manière. Donc vous n'avez pas à craindre que votre héritier soit retardé ou quoi que ce soit. Elle est simplement… différente.

— Je vois, dit sèchement Tristan. Et bien, je vous remercie Mme Bayes. Oh, et j'aimerais vous inviter à rester la compagne de ma femme après notre mariage. Je... m'absente souvent et ce serait une bonne chose que votre amitié puisse perdurer.

— Oui, je comprends.

Le regard qui rencontra le sien n'avait rien de la distraction ni de la naïveté propres à Charlotte.

— Bonne journée, M. Northwood.

— Au revoir Mme Bayes.

IV

LA PIERRE de la rambarde sur laquelle Tristan se tenait pieds nus était froide, mais au moins, elle n'était pas gelée. Ses orteils se recroquevillèrent sur le rebord tandis qu'il se balançait, les mains plantées sous les aisselles pour garder ses doigts au chaud. Derrière lui, la lumière, la chaleur et les éclats de rire fusaient jusqu'au balcon, formant une atmosphère compacte dans son dos.

— Bon Dieu, on se les gèle ici ! se plaignit Gibson. Comment peux-tu rester ainsi Tris ?

— C'est un fichu pari, lança une autre voix. Quelqu'un l'a défié, donc il doit tenir bon, n'est-ce pas Northwood ?

— Personne, dit Tristan, ne peut me traiter de lâche sans preuve... et personne n'en obtiendra de moi !

— Personne ne t'a traité de lâche, vieux ! dit Gibson.

— Ils ont dit que je ne le ferai pas, expliqua Tristan. Je dois leur montrer qu'ils ont tort !

Il hoqueta subrepticement, prenant garde de ne pas perdre l'équilibre.

— Tu es complètement siphonné, dit Gibson.

— Non, il est complètement nu, répliqua Berkeley. Il lui faut son chapeau. Tout le monde a besoin d'un chapeau. Où est-il ?

Quelqu'un lui passa son couvre-chef. Basculant avec précaution, il positionna le chapeau sur sa tête et regarda le ciel sombre. Vers l'est, le soleil se levait – *ça promet un beau jour de printemps*, pensa-t-il machinalement. *Un jour parfait pour se marier*. Il faisait assez frisquet là maintenant, d'autant plus qu'il était nu ; il souhaita sincèrement que le soleil se dépêche d'apparaître : il pourrait alors imiter le chant du coq, et enfin descendre de là pour avaler un petit verre chaud et bien alcoolisé. Il dessaoulait trop rapidement mais le fait de se tenir debout sur une balustrade, quatre étages au-dessus d'une rue pavée de London Street, mordu par le vent, son équilibre rendu précaire par toutes les boissons échauffantes et alcoolisées bues tout au long de la nuit, eh bien, tout cela était... très excitant. Et malgré le choc du froid qui lui avait contracté le corps et fait courir la chair de poule sur la peau quelques instants plus tôt, son membre viril avait commencé à se réveiller et il en rit sauvagement. *Vivre sur le fil*, pensa-t-il au travers de ses éclats de rire ; il suffisait d'un pas pour qu'il ne reste de lui qu'une flaque sur les pavés, libéré de toute obligation, de toute attente, de toute décision... Il rit encore et le soleil perça l'horizon en étendant ses rayons sur le bâtiment, transformant son rire en un triomphal *cocorico !* tout en battant des coudes et se cabrant en une imitation de l'oiseau matinal.

37

Et alors qu'il tanguait dangereusement en avant, suspendu sans attache l'espace d'un instant au-dessus de la rue pavée, il fut submergé d'une vague de paix et d'acceptation... jusqu'à ce qu'une poigne ferme ne se referme sur ses coudes et le tire en arrière, le faisant forcément tomber, mais dans une douzaine de bras qui déjà le ramenaient dans le salon somptueusement éclairé. Quelqu'un jeta un manteau sur son corps au passage et ses porteurs le déposèrent sur un canapé ; une fille qu'il avait rencontré plus tôt mais dont il ne se rappelait pas le nom s'agenouilla à ses côtés et lui donna un bruyant baiser.

— Seigneur, j't'adore mon canard ! J'peux pas dire si c'était courageux ou stupide mais t'es pas un lâche !

— Oh, je le suis, lui assura-t-il. Je suis le plus grand des lâches, mais je ne souffrirai de l'entendre de la bouche d'aucun homme... ni d'aucune femme non plus.

Elle gloussa et sa main glissa sous le manteau pour se refermer sur sa verge en érection.

— Eh bien, qu'avons-nous là ?

— Madame, dit-il gravement, si vous ne le savez pas, je ne dois pas, en tant que gentleman, vous éduquer.

Il hoqueta à nouveau.

La fille repoussa le manteau sur son torse et grimpa sur le canapé pour le chevaucher et la chaleur de son corps acheva le travail que son ivresse exaltée avait entamé. Mais l'exaltation s'en était allée, dissipée en cette habituelle fadeur ; alors il s'assit, la repoussant doucement.

— Pas maintenant mon cœur, dit-il. Gibs !

Gibson se fraya un passage parmi la foule et les bavardages.

— Qu'est-ce que c'était que ça, Northwood ? Bon sang, j'ai foutrement cru que tu allais piquer une tête. Ne refais plus jamais un truc pareil, mon gars.

Tristan haussa les épaules.

— Pour ce que ça aurait changé. Où est mon chapeau ? demanda-t-il.

Le couvre-chef était tombé lorsqu'il avait dégringolé de la balustrade.

Berkeley déposa une pile de vêtements sur les genoux de Tristan, le chapeau trônant au-dessus. Sommairement recouvert de son manteau, il se tortilla pour enfiler son maillot de corps, ses hauts de chausses et son pantalon, puis enfila sa chemise sans l'ouvrir. Berkeley l'observait d'un air perplexe.

— T'es resté perché sur une rambarde avec ton oiseau à l'air pendant un quart d'heure mais tu ne peux pas te culotter en public ?

— La ferme, envoya Tristan avant de mettre son propre pardessus. À qui appartient ce manteau ?

— C'est le mien, répondit quelqu'un.

Tristan leva la tête en direction de la provenance de la voix.

— Je suis forcé de m'en aller, déclara-t-il théâtralement dans un effet dramatique.

Il salua d'une révérence et enfonça le haut de forme sur sa tête.

— Je dois me marier dans…

Il sortit sa montre de la poche de son manteau et y jeta un coup d'œil.

—… Quatre heures et demie. Juste ce qu'il faut pour cuver. Mesdames et Messieurs…

Il s'inclina de nouveau et se dirigea magistralement vers la sortie – mais seulement dans sa tête. En réalité, il trébucha quelque peu en se débrouillant pour marcher vers le seuil de l'entrée et n'évita la chute que grâce à Gibson et Berkeley qui le suivirent et le rattrapèrent avant qu'il ne s'étale sur le tapis crasseux du couloir.

IL ÉTAIT maintenant parfaitement sobre dans la nef résonante de Saint George, quelques heures plus tard, observant d'un port droit sa fiancée progresser sur l'allée centrale jusqu'à ses côtés. Elle se tenait au bras de son père et sa stature, drapée de soie lavande assortie à cette journée de printemps, était altière et confiante. Il se rassura de la voir si calme vis-à-vis des événements ; il lui aurait été impossible de gérer une fragile madeleine en pleurs. L'une de ses dames d'honneur en était d'ailleurs à ce stade et reniflait dans un mouchoir de soie brodée.

Derrière lui, Gibson remuait d'inconfort.

— Redresse-toi, lui ordonna Tristan. C'est bientôt fini et tu pourras bientôt boire.

— Ne suis-je pas censé être celui qui doit te rassurer ? siffla Gibson. N'es-tu pas *nerveux* ?

Tristan considéra la chose un instant.

— Non, conclut-il. Ce n'est qu'une femme. Je sais gérer les femmes.

— C'est logique…

— Chut !

C'était Berks, derrière Gibson. Charlotte et son père arrivaient à l'autel.

Tristan donna une poignée de main polie au Comte, puis se tourna vers sa fiancée. Elle lui sourit d'une expression sereine et imperturbable.

— Bonjour, lui dit-elle.

— Bonjour, répondit Tristan en retour.

ET ILS furent ainsi mariés.

LE MAÎTRE d'hôtel les guida jusqu'au salon de leur suite.

— La plus raffinée de l'hôtel Grillon, dit-il. Comme le Baron l'a demandé. J'espère que vous passerez un séjour des plus agréables. Dînerez-vous dans votre suite ce soir ? leur demanda-t-il, ses yeux glissant de l'un à l'autre.

Tristan regarda Charlotte qui le considéra en retour d'un air interrogatif.

— Ma chère ? demanda-t-il.

— Ne pouvons-nous dîner dans la salle à manger ? suggéra-t-elle. Nous dînerons bien assez tôt ici, bien que l'on m'ait laissé entendre que la cuisine y est excellente.

— Comme vous le souhaitez. J'ai des billets pour le théâtre ce soir : préférez-vous dîner avant ou après ?

— Après, je pense. Le déjeuner de mariage s'est quelque peu prolongé. Du thé ?

— Je vous fais apporter le thé et vous réserve une table pour votre retour du théâtre, annonça le maître d'hôtel en s'inclinant.

— Merci, dit Tristan en lui donnant congé.

Charlotte fit un tour dans la suite, soulevant et évaluant des bibelots qu'elle reposait ensuite à leur place.

— C'est très gentil de la part de votre père d'avoir choisi ces appartements. La réservation doit être chère.

— La plus chère de l'hôtel, avoua Tristan. Rien n'est trop beau pour montrer au monde quel homme patient et généreux est le Baron Ware.

Elle se retourna et le considéra.

— Vous ne vous préoccupez pas le moins du monde de votre père, n'est-il point ? dit-elle pensivement. Vous ne lui avez quasiment pas parlé au déjeuner.

— En effet, répondit Tristan avec un sourire crispé. Je me fiche complètement de lui.

— Hmm, dit-elle sans poursuivre la conversation autrement que d'un léger sourire. Nous allons au théâtre et non à l'Opéra ?

— Effectivement. Vous avez dit que l'Opéra ne vous intéressait pas. Je n'ai pas souvenir que vous m'ayez fait part du type de pièce de théâtre que vous aimiez, alors j'ai choisi quelque chose de léger.

— Oh, c'est très bien. Je n'ai jamais vu de véritable pièce de théâtre. Ce sera intéressant.

— Avez-vous apprécié le déjeuner ? demanda-t-il mortifié.

Bon Dieu, était-il vraiment en train de lui poser une question aussi banale ?

— Oh, c'était très agréable. Toutes mes amies étaient là, ce fut plaisant. Vos amis semblent très aimables.

— Oui, très.

Oh, Seigneur, le voilà qu'il parlait maintenant comme elle.

— J'aurais aimé que mon frère Charlie puisse y assister. Je lui écrirai ce soir bien évidemment. Voudrez-vous lire la lettre avant que je ne l'envoie ?

— Bien sûr que non ! Votre père lit-il votre correspondance ?

— Oh, juste ciel, non. Il ne pourrait s'en préoccuper moins.

— Bien, je ne vois pas de raison pour ne pas faire de même en ce qui me concerne.

— Très bien. Je n'étais pas sûre de ce que vous préféreriez. Je ne faisais que poursuivre ce que nous avions commencé, vous savez.

— Je n'ai pas de curiosité ni d'intérêt à lire ce que vous comptez écrire à votre frère.

Elle pencha la tête comme un oiseau et dit :

— Je n'écrirai rien qui vous soit dommageable. Je suis curieuse de savoir ce que mon frère Charlie pensera de vous lorsqu'il vous rencontrera. Je pense qu'il vous appréciera. Je ne dis pas que vous le trouverez aimable – cela se comprend. Tout le monde aime Charlie. Il n'aime pas nécessairement tout le monde. Mais je crois qu'il vous aimera.

Tristan se pinça l'arête du nez.

— Je n'ai aucun doute quant au fait d'adorer votre frère, mentit-il les dents serrées.

Il planta les mains dans ses poches.

— Je dois aussi vous dire, c'était très aimable de la part de votre amie de prendre en charge l'organisation domestique. Je n'avais pas encore vu la maison.

Tristan se désespérait. De quoi d'autre pouvait-il lui parler ? Cela serait-il ainsi pour le restant de sa vie ? Ces petites conversations triviales ?

— Du Sherry ? demanda-t-il en soupirant de soulagement devant la table basse style empire sur laquelle trônaient les carafes de spiritueux.

— Non merci, je ne prends pas de stimulants.

— Bien, dit-il en essayant d'être jovial, cela fait de nous de complets antipodes, n'est-ce pas ?

— Papa et mon frère boivent, bien sûr. Je ne désapprouve pas bien que, selon mon opinion, beaucoup trop de gens abusent des spiritueux. Je n'en aime pas le goût, en fait. Mais, je vous en prie, ne vous sentez pas obligé de me tenir la main. Merci de m'avoir invité au théâtre, au passage. J'ai hâte d'y aller parce que Papa ne cautionne pas les divertissements frivoles et je suis si rarement en ville que je n'en ai jamais eu l'opportunité. Irons-nous à Drury Lane ?

— Je crains que non. Il a brûlé il y a de cela quelques années. Il est en cours de reconstruction, je crois bien, mais les travaux ne sont pas terminés. Il a fallu moins de temps pour reconstruire le théâtre de Covent Garden, achevé l'année dernière et c'est l'endroit où nous nous rendons ce soir.

— Deux théâtres ont brûlé ? demanda-t-elle en se mordant la lèvre. Sont-ils des endroits si dangereux ?

— Pas du tout, ce n'est qu'une simple coïncidence.

Il n'en avait en fait aucune idée mais ne voulait pas prendre le risque de la voir décommander. Il avait méticuleusement planifié la soirée de manière à ce que chacun d'eux n'ait à passer qu'un minimum de temps en compagnie l'un de l'autre.

— Le théâtre n'est pas plus dangereux que n'importe quel autre édifice.

Un coup frappé à la porte annonça l'arrivée du thé ; après le départ de la bonne, Charlotte emplit leurs tasses et dit :

41

— Il y a quelque chose dont je voudrais vous entretenir, M. Northwood.

— Je préfèrerais que vous m'appeliez Tristan, dit-il. Et je vous appellerai Charlotte, si cela vous convient.

— Comme vous le souhaitez, dit-elle en souriant subrepticement. Quoi qu'il en soit, je veux simplement bien me faire comprendre sur le fait que je n'attends pas de vous que vous teniez permanence auprès de moi. Je comprends parfaitement que les hommes s'adonnent à des loisirs et ont des intérêts différents de ceux des femmes et que ceux-ci ne se rejoignent que très rarement. Je suis *parfaitement* consciente que vous trouveriez mes propres activités parfaitement ennuyeuses, donc je me demandais si vous pouviez m'informer de ce que vous faites habituellement et j'arrangerai mon propre emploi du temps de sorte à ce qu'il n'interfère pas avec le vôtre.

Tristan la regarda d'un air distrait, accusant le coup un moment et demanda :

— Suis-je en train d'interférer avec votre emploi du temps aujourd'hui, Lady Charlotte ?

— Oh, doux Jésus non ! Je ne sous-entendais rien de tel ! Au contraire... je sais que passer l'après-midi enfermé avec une femme que vous connaissez à peine doit être hautement rébarbatif pour vous et je souhaite simplement comprendre ce que *vous* pourriez trouver intéressant.

— Oh bien.

Il sentait l'étrange sixième sens de Charlotte se profiler, du moins en ce qui le concernait. À moins qu'il ne soit un homme à ce point prévisible ?

— Je me lève habituellement tard et suis généralement dehors jusqu'à l'aube, dit-il honnêtement. Et je passe la plupart de mes après-midi chez Angelo ou chez Jackson, ou à monter à cheval, ou à mon club. Je participe à des soirées mondaines. Rien de très original.

— J'ai tendance à me lever tôt, pointa Charlotte, amusée, et je ne participe pas à beaucoup de soirées, bien que cela puisse évoluer maintenant que je suis mariée et coincée en ville pour le moment. Prenez-vous régulièrement vos déjeuners à la maison ?

— Généralement, répondit-il sur un ton ironique et désabusé. Mais j'appelle ça un 'petit-déjeuner'.

Elle rit.

— Bien, peut-être serait-il judicieux de nous assurer que ce qui nous est servi corresponde à nos attentes respectives. Et peut-être aussi, occasionnellement, pourrions-nous partager un après-midi de balade à cheval. J'apprécie de monter et m'assure de le faire quelques fois dans la semaine. Qui est Angelo ?

— Un maître d'escrime, dit Tristan. Et Jackson se trouve la porte à coté : il enseigne la boxe.

— Comme des coups de poings ? demanda-t-elle en fronçant le nez.

— Comme des coups de poings. Mais c'est technique. C'est quelque chose que la plupart des hommes trouvent intéressant, même à observer, et il y a donc beaucoup de spectateurs aux matchs. Je préfère pratiquer pour ma part, mais pas en public bien évidemment. Sauf peut-être cette fois-là à Green Park...

— Jamais ? demanda-t-elle.

Était-elle en train de sourire ?

— Eh bien, une fois. Un défi.

— Avez-vous gagné ?

Il rit malgré lui.

— Oui, en quelque sorte. J'ai explosé le nez de mon opposant.

— Quel était le défi ?

— À vrai dire c'était plus un challenge, pour une stupide histoire. Je ne m'en souviens plus... J'imagine que j'étais trop casse-cou en ce temps. Mais quelqu'un m'a challengé pour un match au parc. J'ai refusé parce qu'on *ne* boxe *pas* en public, bien sûr... et ensuite il m'a défié de le faire, avoua-t-il en soupirant théâtralement. Je suis tout bonnement incapable de refuser un défi.

— Pourquoi cela ?

Il cligna des yeux.

— Eh bien... Je ne sais pas. Peut-être est-ce dû à la connotation implicite d'être un lâche en refusant ? Il faut accepter sinon on sera catalogué comme un lâche jusqu'à la fin des temps.

— Je ne le pense pas, dit-elle en réfléchissant. Mais si vous pensez que c'est le cas, alors vous devez avoir raison.

Il rit encore mais cette fois-ci avec une pointe d'amertume.

— Ce serait une première, dit-il avant de changer le sujet. Donc demain, voudriez-vous visiter notre nouvelle maison après le petit déjeuner ? Nous pouvons nous entretenir avec Mme Bayes et déterminer les changements que vous jugerez nécessaires avant d'emménager. Puis dans l'après-midi, j'ai pensé – si cela n'est pas trop enfantin – que nous pourrions aller faire un tour chez Ashley.

Elle se tortilla de délectation.

— Ashley ! J'ai toujours voulu y aller, mais Papa n'a jamais voulu m'y mener. Et chez Günter pour une glace ensuite ?

Il lui prit la main et la baisa.

— Bien sûr ma chère, tout ce que vous voudrez.

— Je pense, annonça Charlotte, que je vais bien aimer vous être mariée !

TRISTAN SE tenait près de la fenêtre de la suite, observant l'éveil d'Abermarle Street. Derrière lui, dans le noir, Charlotte dormait d'un sommeil qui n'était pas tout à fait celui dont dormaient les innocents. *Non*, pensa-t-il, *toujours innocente, mais plus vierge.* Sa main se referma sur le drapé des rideaux et il serra le poing. Il avait fait de son mieux, songea-t-il, et mis en œuvre toutes son astuce et sa patience pour agacer le plaisir d'une femme et l'amadouer jusqu'à l'orgasme ; les caresses, les baisers, les coups de langue qu'elles semblaient tant aimer au point de livrer

43

leur corps à ses bons soins. C'était en partie ce sur quoi était fondée sa réputation d'amant doué – le fait qu'il prenne son temps et s'assure que sa partenaire atteigne la jouissance au moins une fois si ce n'était plus, avant que lui ne puisse se le permettre. Et Charlotte était loin d'être déplaisante ; il n'avait pas eu à se forcer pour lui être attentionné et lui faire l'amour avec lenteur.

Jusqu'à ce qu'elle ait levé la tête pour lui dire d'un ton concerné :

— Tout cela est-il vraiment nécessaire ? Vous n'avez pas besoin de faire tout ce chichi.

Il avait été foudroyé de stupéfaction.

— Chichi ? avait-il répété avec une indignation interdite. Chichi ?

— Vraiment, avait-elle répondu avec calme. Les baisers et tout et tout. C'est agréable, mais je préférerais vraiment aboutir si cela ne vous dérange pas.

Aboutir. *Aboutir ?* Ce fut un véritable miracle d'avoir mené l'acte à l'accomplissement avec ces mots qui lui résonnaient dans la tête. Le plus surprenant avait été que même lorsque ses testicules s'étaient tendues sous la détonation, envoyant jusqu'à ses reins la sensation étincelante de la déflagration, il pensait qu'elle avait elle-même jouit, le visage contracté et les yeux fermés tandis que des petits gémissements filtraient de ses lèvres. Mais lorsqu'il se répandit au plus profond d'elle et se libéra de l'antre douillet pour s'allonger à ses côtés, tout ce qu'elle trouva à lui dire d'une petite voix complaisante fut : 'Et bien Dieu Merci, *c'est* abouti', avant de rouler sur le côté et s'endormir.

Il avait donc passé la majeure partie de la nuit à contempler le plafond en essayant de réaliser ce qui avait bien pu se passer. Il avait entendu assez de plaintes de la part de ses conquêtes, au sujet de leurs maris qui se contentaient de les assaillir sans ménagement et d'immédiatement se tourner pour ronfler une fois leur affaire terminée quand celles-ci souhaitaient des préliminaires avant et des câlins après – ce qu'il avait toujours fait en sorte de leur prodiguer. C'était un comble des plus ironiques que de se retrouver lui-même dans le même bateau que toutes ces femmes… Bon, ça n'était pas exactement le même bateau et nul doute que nombreux étaient les hommes qui auraient été heureux d'être mariés à une femme dénuée d'attentes à leur égard. Il fallait simplement qu'il cesse de se sentir… Quoi ? Désolé pour lui-même ? Insulté ? Après tout, *n'avait-il* pas obtenu satisfaction ? Au moins, il avait délivré la semence. Ça n'était pourtant pas tout à fait la même chose. Mais c'était suffisamment proche.

Il se plaqua le front contre le vitrage frais. Bien bien.

Alors qu'il venait d'avoir dix-sept ans et s'apprêtait à partir pour Cambridge, son père l'avait sommé dans son bureau. Le cœur battant, essayant de deviner ce qu'il avait fait de mal cette fois-là, Tristan lui avait obéi et s'était tenu debout devant lui, élancé et insouciant, mimant l'image d'Épinal d'une jeunesse téméraire par cette pose qu'il prenait toujours à la vue de son père – du moins, depuis qu'il avait réalisé que rien de ce qu'il pourrait faire ne remporterait jamais son approbation.

Le Baron l'avait accueilli d'un regard sévère et pesant, puis lui avait demandé sans préavis :

— Que t'a appris ton tuteur au sujet des femmes ?

Tristan avait cillé puis avait répondu prudemment :

— C'est-à-dire ?

— Au sujet…

Le Baron avait agité la main.

— Au sujet des rapports avec elles.

— Il m'a expliqué le processus, avait-il répondu en haussant les épaules.

— Tu as dix-sept ans.

— Quelle mémoire étonnante vous avez, l'avait-il raillé.

Le Baron l'avait ignoré.

— As-tu déjà eu des rapports avec une femme ?

Tristan avait considéré la question un moment. Il n'avait jamais eu de rapport en réalité ; à moins qu'un baiser volé à une tenancière en compagnie de ses amis n'ait compté. Voulait-il que son père l'apprenne ? Non – ça n'était pas ce qu'il lui demandait. Il parlait de la Chose en soi.

— Pas encore, avait-il répondu d'un ton lascif et traînant.

Un ton qu'il savait être, depuis un an, pourvu de propriétés irritantes efficaces sur les nerfs de son père.

— Mais soyez assuré que je ne tarderai pas à rectifier ceci dans un futur proche.

À sa grande surprise, le Baron n'avait pas répondu de but en blanc et s'était contenté d'étudier son héritier d'un regard plissé. Il avait fini par déclarer :

— Tu es un beau garçon, j'imagine que tu as raison. Sais-tu ce qu'est une Lettre française ?

Tristan avait cillé.

— Oui, Monsieur, avait-il répondu, pris de court.

— Utilise-les. Ce serait être goujat envers une femme de ne pas le faire et, bien que tu aies de nombreux défauts, je n'ai jamais entendu dire que la goujaterie en faisait partie.

Contrairement à vous, avait pensé Tristan tout en opinant silencieusement au commentaire de son père.

— Autre chose, avait ajouté le Baron qui s'était tourné et s'était alors avancé jusqu'à la fenêtre de son bureau pour jeter un regard à l'extérieur. Il est également galant de satisfaire le plaisir de ta partenaire avant le tien, avait-il dit par-dessus son épaule. Un gentleman ne se répand jamais en premier. Suis-je bien clair ?

— Oui, Monsieur, avait répondu Tristan avant d'ajouter un moment après : mon tuteur a dit que les Ladies n'éprouvaient pas la jouissance comme nous la connaissions.

— Les Ladies certainement pas. Mais les femmes le vivent. Et au final, elles sont toutes des femmes.

Le Baron s'était alors retourné vers Tristan.

— Pas de la manière dont les hommes le vivent, mais elles prennent du plaisir à l'acte. Ou plutôt, cela le leur est *possible*, si l'homme est patient et attentionné. Ne voir que son plaisir sans se préoccuper de celui de sa partenaire est le fait d'un homme ignorant et égoïste. Et puisque tu as su, jusqu'ici, ne pas t'illustrer en tant qu'homme ignorant et égoïste, j'ose accroire que ces faiblesses de caractère ne se refléteront jamais dans ton comportement vis-à-vis des femmes, peu importe la situation. Et soit assuré que le cas échéant, ce serait une gifle de plus à mon encontre – comprends que je ne serai probablement jamais au courant de la manière dont tu traites les femmes. *Elles*, toutefois, le sauront. Et quel que soient tes ressentiments à mon égard, elles ne méritent pas ta discourtoisie.

— Monsieur.

Tristan avait claqué ses talons et s'était brièvement incliné.

— Tu pars à l'Université la semaine prochaine, avait dit Ware en retournant s'installer derrière son bureau. Franklin te contactera au sujet de ta pension et de ton logement. J'attends de toi des nouvelles régulières de tes progrès en classe. Tu manifestes une réelle capacité avec les chiffres, alors je t'ai inscrit dans un cursus de mathématiques. Franklin a toutes les informations. Je te souhaite une bonne journée.

— Monsieur, lui avait-il encore répondu.

— Tu rencontreras de nombreuses opportunités pour faire l'expérience de rapports intimes. Ne sois pas pressé.

Ware lui avait lancé un sourire dénué d'humour en le fixant.

— Se presser n'est jamais une bonne chose en la matière.

— Non, Monsieur.

Tristan s'était retiré en lui rendant un sourire qui manquait tout autant de sincérité.

— Je comprends.

IL NE s'était jamais pressé et c'était probablement le seul conseil du Baron qu'il ait jamais suivi. Son père avait certainement raison – les femmes ne méritaient pas la désobligeance des hommes et le Baron se moquerait probablement de la goujaterie de son fils, raison de plus pour ne pas l'être et prendre son temps avec ses maîtresses. Il leur rendait l'acte entièrement agréable ; ce n'était pas tant le rapport en lui-même – dont il aurait même pu se passer pour les satisfaire – mais le fait d'assister au plaisir intense d'une femme, en sachant cette extase savamment orchestrée de ses mains. C'était là tout ce qu'il *avait conscience* de savoir faire le mieux.

Et voilà que sa femme – son *épouse* – avait fait voler cette illusion en éclats.

Ses yeux le piquèrent et il les frotta vigoureusement en finissant par réaliser, à l'humidité de sa main, qu'il était en train de pleurer. *Pleurer*. Pour quelque

46

chose d'aussi stupide. Il était idiot. Ainsi Charlotte n'affectionnait pas les rapports amoureux. Il avait toute la vie devant lui pour lui apprendre à les aimer. Et en même temps, il avait le reste du monde, la moitié cela dit, qui savait *l'apprécier*. Ses lèvres se serrèrent. Si Charlotte ne voulait pas de lui – pas que cela le dérange vraiment après tout ; il avait un avantage à coucher avec elle : il avait *enfin* pu sentir ce que c'était que d'être nu à l'intérieur d'une femme – d'autres femmes le *désiraient*. Il ne lui avait jamais juré fidélité.

Mais Dieu savait qu'il l'aurait voulu. Il voulait une épouse qui soit son *amante*, une femme qui le sauverait de la couche des autres femmes. Une épouse qui se préoccuperait de *lui* et non pas de son rang social et de ses implications.

Encore une fois, il avait le temps. Et peut-être bien, peut-être, que Charlotte en viendrait-elle à s'occuper de lui comme il en avait besoin, et que lui-même pourrait lui rendre la pareille. Il renifla doucement. Autrefois, il avait ressenti la même chose au sujet de son père – que s'il était assez patient, assez obéissant, tout simplement assez *bon*, le baron en viendrait à l'aimer. Mais ça n'était pas arrivé. À treize ans, Tristan en eut assez d'attendre. Il avait concédé quatre ans au baron, alors il se devait d'en donner autant à son mariage ; au moins ça. Et certainement, certainement d'ici-là, s'aimeraient-ils l'un l'autre. Assurément, sans l'ombre d'un doute, quatre ans suffiraient pour construire une vraie vie commune. Cette fois-ci, forcément, ça marcherait.

L'espoir au cœur, il fit volte-face et se remit au lit.

LIVRE DEUX
LONDRES, 1814-1815

V

TRISTAN,

J'en suis venu à comprendre que tu cherchais à vendre
ton corps de chasse. Je ne peux qu'affirmer, selon les évidences,
que tu es dans le besoin. Je trouve cela fort difficile à croire
étant donné les généreuses pensions qui vous sont allouées à
Charlotte et à toi, mais je devine que tu as généré des dettes de
jeux ou quelque chose du même acabit. Autrement, je n'arrive
pas à comprendre comment l'invétéré chasseur que tu es puisse
chercher à se séparer de ces animaux acquis à grand peine. Dire
que je suis extrêmement déçu serait bien évidemment inutile,
aussi inutile que le fait de l'être.

Tu donneras la liste de tes dettes à Franklin ; il les
présentera à mon notaire londonien qui les effacera. La seule
chose que je te demanderai en retour sera de déménager ta
famille de Londres et de revenir t'installer au Domaine de Ware
ou au Lila Cottage durant les vacances et d'y rester jusqu'au
début de la Saison. Si tes pulsions de jeux te sont difficilement
contrôlable en ville, peut être sauras-tu te retenir à la campagne.

J'apprécierais à l'avenir que tu m'informes des situations
de ce genre avant qu'elles ne dégénèrent.

Ware.

TRISTAN PLIA la lettre, ses doigts pressant distraitement le seau de cire brisé comme s'il pouvait le sceller à nouveau et ce faisant, prétendre qu'il n'avait rien lu du contenu de l'enveloppe. Il devrait pourtant y être habitué maintenant, pensa-t-il amèrement. Ware pouvait bien passer tout son temps à la campagne, ses espions étaient partout. Non pas des espions solitaires : des bataillons entiers... Et bien sûr, à faire la pire interprétation possible des actions de son fils.

Il releva les yeux lorsque Franklin entra dans la bibliothèque. Il aimait le vieil homme et ce n'était pas de sa faute s'il était aux ordres de Ware tout autant que de ceux de Tristan. Il avait pris sa retraite trois ans plus tôt en léguant à de jeunes gens fraîchement formés la complexité de la gestion des intérêts financiers du baron Ware, mais s'était retrouvé en proie à un ennui mortel. Ainsi, lorsque le Ware lui

49

avait suggéré de prendre un poste moins éprouvant en tant qu'homme d'affaires de Tristan, le vieux monsieur s'était empressé d'accepter. Tristan ne prenait toujours aucun intérêt au monde financier et avait donc accepté à contrecœur. Malgré ses liens avec le baron, Franklin avait honnêtement fait ses preuves et s'était révélé être d'une aide précieuse au jeune ménage que formaient Tristan et Charlotte. Tris était quasi-certain que Franklin respectait sa vie privée autant que possible et que les seules informations qui arrivaient aux oreilles de son père étaient de notoriété publique. Comme la vente de ses animaux de chasse. Enfin, pas de notoriété publique en soi, mais déjà à l'état de rumeurs. Il tapota le coin de la lettre sur ses lèvres.

— Bon après-midi Monsieur, dit Franklin avec entrain.

Tristan lui tendit la lettre sans un mot. Le vieil homme s'installa dans le fauteuil devant le bureau de Tristan et sortit son lorgnon avant d'examiner la feuille. Ses lèvres se crispèrent et il secoua la tête sans faire de commentaire.

Tristan reprit la lettre et la replia une nouvelle fois pour la ranger dans le tiroir de son bureau dédié aux missives de son père.

— Je devine que tu ne seras pas bouleversé si je ne te présente pas ma liste de dettes pour le notaire de Ware ?

— Dettes de jeu, dit Franklin en secouant de nouveau la tête.

Le timbre de voix de Franklin avait résonné de concert en accompagnant à la basse le ténor de ses propres pensées. Tristan en rigola.

— Bien. Pouvons-nous nous mettre au travail ? Notre véritable travail ?

TRISTAN PASSA à nouveau en revue le document qu'il avait en main avant de le signer.

— Je ne fais que transférer des fonds d'un compte à l'autre, dit-il sur un ton agacé. Pourquoi cela requiert-il autant de paperasse ?

— Pour tenir les hommes d'affaires oisifs occupés, lui répondit son homme d'affaires. C'est le dernier document, jusqu'à la vente de votre chasse.

— Quand cela aura-t-il lieu ?

— L'annonce sera dans les journaux la semaine prochaine. S'il n'y a pas d'acheteur, nous les ramènerons du Leicestershire pour les vendre à Tattersall, mais je ne pense pas que cela sera nécessaire.

— J'espère que non, dit Tristan. Ce sont des animaux remarquables et en bonne santé. J'ai reçu beaucoup d'offres par le passé. Mais je n'ai pas chassé depuis deux ans et tout ce qui leur est donné à faire est de manger à en devenir fou. De plus, l'entretien du personnel pour leurs soins est un gâchis. Je mettrai éventuellement la maison en vente à moins que Mme Northwood préfère que je la garde, mais en même temps, je ne vois pas la nécessité de conserver les écuries.

Il réfléchit un moment et ajouta :

— Rajoute dans l'annonce que le preneur de la ménagerie devra aussi engager les trois valets. Riley et Martin sont assez âgés pour prendre leur retraite – écris quelque chose sur une pension de retraite généreuse. Ils peuvent rester au pavillon de chasse jusqu'à ce qu'ils trouvent un cottage ou un endroit pour se retirer ou jusqu'à ce que je décide de vendre l'endroit.

— La pension proviendrait de votre fond de placement ? demanda-t-il.

Tristan réfléchit un instant.

— Oui. Ce n'est pas ce qui risque de l'épuiser. Cinquante ou soixante mille par an chacun, je pense.

— C'est très généreux.

L'assistant de Franklin pouffa.

— Mme Northwood dépense plus en chapeaux.

— Un dernier document d'affaires, poursuivit Franklin tout en notant les regards pressés de Tristan vers l'horloge de la cheminée. Les propriétaires de cette maison se demandent si vous souhaiteriez l'acheter après l'expiration de votre bail.

— Non, dit platement Tristan. Quand expire-t-il ?

— Le premier juin. Souhaitez-vous que je leur fasse savoir que vous préférez continuer en location ?

— Non, répéta Tristan. La délivrance de Mme Northwood est attendue pour Avril et à cette fin, le baron signera le bail d'une propriété dans le Lincolnshire qui est présentement vide. J'ai l'intention de déménager ma famille là-bas dès que l'état de ma femme nous permettra de voyager. Nous n'aurons pas besoin d'une résidence londonienne. Si je dois venir en ville, il sera moins onéreux de loger à mon club.

Franklin regarda son employeur en réfléchissant. Il connaissait Tristan Northwood depuis que le garçon rebelle était arrivé à Westminster, lorsque Franklin lui-même était devenu le gérant immobilier du Baron Ware. Le mariage de Tristan datait maintenant de quatre ans et avait été originellement organisé pour établir et définitivement calmer le fils du baron. Mais Franklin avait pu témoigner de l'inefficacité de toute l'entreprise jusqu'à il y a seulement dix-huit mois, à la naissance de son héritier. Suite à cela, en un an et demi, la personnalité de Tristan avait emprunté un sérieux tournant en enterrant le mauvais garçon bien connu pour tenter le diable qui vivait dangereusement et s'enivrait à l'excès.

De ce que Franklin discernait, Tristan buvait toujours autant que n'importe quel homme de son étoffe mais selon un emploi du temps réglé comme celui de tout homme d'affaires. Il était impeccablement sobre lorsqu'ils se rencontraient trois fois par semaine à neuf heures du matin ; de dix heures à onze heures trente, il s'enfermait dans la nurserie avec le petit Jamie ; puis de onze heures trente à midi, il déjeunait avec sa femme et leur ménage fonctionnait cordialement, sinon chaleureusement. Ensuite il sortait pour aller à son club ou au bar attenant au salon de boxe de Jackson, ou encore pour monter à cheval au parc, et rentrait en début de soirée à temps pour le souper, ou enfin il escortait sa femme à un événement mondain.

51

Lorsqu'ils rentraient, toutefois, et que son épouse se retirait dans ses appartements pour la soirée, M. Northwood s'installait dans sa bibliothèque. À deux heures du matin et sous ses ordres précis, deux hommes de main costauds lui 'prêtaient assistance' pour le transporter jusqu'au lit et le laissaient ensuite aux bons soins de la patience à toute épreuve du valet chargé de le dévêtir et de le mettre confortablement au lit. Ensuite, il se levait à sept ou huit heures pour recommencer le cycle.

Franklin et Reston, le valet en question, étaient des amis de longue date, et ce que Franklin ne pouvait voir de ses propres yeux lui était raconté par Reston. Ce qu'il entendait ne le rassurait pas, du moins pas plus que cela ne rassurait le valet. *C'est tout comme s'il n'était pas entièrement là, Franklin,* lui avait dit Reston. *Il est là, mais il n'y a rien à l'intérieur. Il avance au travers de sa vie sans la vivre.*

Tristan Northwood n'était pas différent de la plupart des gentlemen aisés de Londres. Ce qui posait difficulté à ses deux vieux serviteurs étaient que, toute sa vie, Tristan *avait* toujours *été* différent. Indompté, franc et véridique mais jamais cruel dans ses plaisanteries ; il avait des amis à foison, presque autant d'amantes ; il était vif d'esprit, *bon vivant* [10], un charmant voyou. Il souriait à la vie.

Franklin songea avec nostalgie, *On ne le voit plus sourire.* Un étirement velléitaire des commissures de ses lèvres tenait lieu et place du large sourire qu'il affichait jadis ; une sinistre attitude d'homme d'affaires là où s'animait avant une nonchalance désinvolte. C'était comme si l'intérêt qu'il prenait à la sécurité financière de sa famille avait chassé la joie hors de sa vie. Et pourtant Franklin pouvait jurer que Tristan adorait son petit garçon. Était-ce le fait d'être devenu père qui l'avait autant changé en faisant disparaître la vie en lui ? Franklin pensait parfois qu'un animal en cage regardait au travers des yeux nuageux de Tristan et qu'il se désespérait de s'échapper. Mais de quoi ?

Une considération le frappa et il étudia scrupuleusement son employeur tandis qu'il rangeait ses documents. Non – il n'avait pas l'air malade : un peu plus mince que quelques années plus tôt mais rien d'alarmant selon le jugement de Franklin. Ses yeux étaient fatigués, il était vrai, mais il n'y avait là rien d'étonnant puisqu'il ne dormait que cinq heures par nuit et buvait trop de brandy.

Ce sera tout Monsieur ?

— Si tu n'as pas d'autre paperasse, répondit Tristan en lui adressant un bref sourire qui n'éclaira pas son regard. J'ai un autre rendez-vous, comme d'habitude.

SON RENDEZ-VOUS l'attendait anxieusement lorsqu'il entra dans la nurserie, et tout le stress des affaires et le mal de crâne de sa gueule de bois matinale disparurent à la vue du visage adoré.

---

10 En français dans le texte. *NDT*

— Papa ! cria Jamie en secouant les barreaux de bois de son lit d'enfant. Papa-papa-papa !

Tristan traversa la chambre en enjambées pressées et le souleva dans ses bras en lui donnant un baiser bruyant qui fit pouffer de rire le bambin. Tristan regarda la bonne d'enfant qui exécuta une révérence.

— S'il vous plaît, il a mangé et vient d'être changé ; il se réveille juste de sa sieste, dit-elle avec son empressement habituel. S'il a besoin de moi, je serai à la porte à côté.

— Je ne pense pas, dit Tristan au bambin dans ses bras. N'est-ce pas mon petit homme ?

Le bébé gazouilla joyeusement en réponse. Il se tortilla ensuite pour se faire reposer et une fois son lit regagné, crapahuta jusqu'au chien en peluche aux oreilles mâchouillées pour s'en emparer. Il ramena le jouet à Tristan.

— Papa, dit-il sur un ton décidé en tenant bien haut la peluche.

— Merci, répondit sérieusement Tristan avant de sourire et de soulever le garçonnet, le balançant doucement à bout de bras.

Le bébé gigota d'aise et Tristan fit mine de le faire atterrir en le sortant du lit puis les installa tous deux au sol pour jouer avec ses cubes. Ce faisant, il observa Jamie avec étonnement renouvelé devant la réalisation que ce petit miracle était son fils. De grands yeux noirs comme ceux de Charlotte, de sombres mèches bouclées comme les siennes, et un tempérament personnel qui n'était qu'à lui – prompt à rire, rarement grognon et à seulement dix-huit mois, très curieux et réceptif à l'apprentissage de nouvelles choses. Il était en train d'en montrer une à Tristan, empilant ses cubes selon la taille afin de construire une structure pyramidale aussi grande que lui. Tristan attrapa la peluche et fit mine de la poser au-dessus du plus petit cube.

— Non, non, Papa, dit Jamie. 'ube ! Pas chien !

— Tu es très intelligent mon garçon, lui dit gravement Tristan.

— Papa, donn', ordonna-t-il et Tristan lui donna la peluche.

Jamie la berça et chantonna d'une voix improbable. Charlotte chantait souvent pour l'endormir ; et parfois, avant de sortir, Tristan passait par la nurserie et la regardait se balancer dans le fauteuil à bascule près du lit et chanter une berceuse. Elle aimait Jamie autant que Tristan pouvait l'aimer et il pensait qu'elle était une excellente mère. Elle était une bonne épouse aussi, même si lui-même n'était en comparaison qu'un piètre modèle de mari. Son sourire s'éteignit. Jamie s'en rendit compte.

— Papa tri'te ?

— Non, mon cœur, je vais bien, le rassura Tristan d'un sourire.

Il craignait de manquer à Jamie lorsqu'il sortait et plus Jamie grandissait, plus le fait s'avérait. Il devait faire ça rapidement. S'éloigner. Mais il était retenu par la grossesse de Charlotte. Une fois que le bébé serait né et que le ménage serait installé à la campagne… il supposait qu'il pourrait donner du leste à Jamie

53

et ressembler un peu plus aux pères de son entourage, en contact avec leur enfants seulement en de rares occasions, mais il était trop égoïste pour ça. Il appréciait la compagnie de son fils. Il n'avait simplement pas pensé, en prenant l'habitude de passer du temps avec son fils, que celui-ci apprécierait autant que lui les moments qu'ils passaient ensemble.

Il se souvenait du jour où l'insouciance de son comportement avait été portée à son attention. Cela s'était passé quatre mois plus tôt ; il s'était rendu à la nurserie comme il le faisait toujours et avait trouvé Jamie debout dans son lit, les mains enserrant les barreaux. Et le visage du bambin s'était illuminé à sa vue. Cela avait stupéfié Tristan. Jamie était *heureux* de le voir. Heureux de le voir *lui*. Il en fut fondamentalement choqué.

Il était ensuite allé déjeuner et Charlotte avait informellement annoncé qu'elle était de nouveau enceinte. Il réalisa ensuite qu'un autre petit être attendrait bientôt ses venues avec impatience en manifestant des attentes envers lui et dont lui-même se préoccuperait. Il réussit à trouver le mot juste pour Charlotte tout en écoutant son commentaire complaisant au sujet des visites nocturnes dorénavant superflues. *Jamais plus*, avait-il alors pensé. Il n'était pas arrivé à se motiver pour coucher avec d'autres femmes et avait fermé la porte pour de bon à cette partie de sa vie, qui du reste, était *dangereuse* : c'était l'idée d'amener au monde *une autre* vie qui pourrait aussi le regarder comme le regardait… ce petit être.

Il ne pouvait se résoudre à cesser de rendre visite à Jamie. Il mettait toutefois en branle ses plans pour le futur – s'occupant des arrangements nécessaires afin que Charlotte et ses enfants soient posés et afin de pouvoir, en temps voulu, sortir de leur vie. Les libérer de lui pour de bon.

Souriant à Jamie, il tendit la main pour chatouiller son petit ventre replet. Jamie gloussa et donna un coup de poing sur sa pyramide en riant.

— Oh non ! s'exclama théâtralement Tristan avec un air horrifié. Qu'allons-nous faire *maintenant* ?

— Encore ! cria Jamie et Tristan en rit.

CHARLOTTE LISAIT une lettre lorsqu'il entra pour déjeuner ; tenant d'une main immobile sa fourchette en l'air, la sauce de son morceau de poulet gouttant dans son assiette, elle tenait de son autre main la feuille devant son visage. Ce n'était pas une vision inhabituelle, Charlotte avait des douzaines de correspondants dans toute la Grande Bretagne et quelques-uns dispersés dans l'Empire entier et se débrouillait pour manger et lire en même temps. Cette lettre-là venait de la figer.

Il se servit du poulet et s'installa sur sa chaise pour manger avant qu'elle ne pose la lettre et se tourne vers lui.

— Des nouvelles ? demanda-t-il tièdement.

— Charlie rentre à la maison, dit-elle joyeusement. Il revient dans le courant du mois prochain. Il ne dit pas pourquoi, juste qu'il va bien et qu'il a hâte d'être de nouveau à la maison. Cela fait des années, n'est-ce pas ?

— Je ne m'aventurerai pas à répondre, fit sèchement remarquer Tristan tandis qu'il se versait un verre de vin. Je n'ai pas fait connaissance avec le Major Mountjoy la dernière fois qu'il était en Angleterre.

— Même si Charles fait partie de l'état-Major de Lord Wellington, il n'est pas rentré au pays lorsque Son Excellence [11] est rentrée pour faire ses honneurs l'été dernier. Il a été transféré à l'état Major de Lord Castlereagh à ce moment-là. Je crois que nous étions en 1808 la dernière fois qu'il est venu, expliqua Ellen sur un ton professoral. Vous deux n'étiez pas encore mariés et aussi loin que je me souvienne, il n'est resté à Chilson que le temps d'une visite éclair au passage de son régiment sur la péninsule.

— Oh oui, c'était à propos de l'héritage de Grand-père, acquiesça Charlotte. Je me souviens maintenant. Il ne faisait pas confiance à Daniel pour gérer ses fonds pour lui.

— Je pense que non, commenta austèrement Tristan. Eh bien, cela te sera agréable de le revoir.

— Je me demande s'il vient juste nous rendre visite ou s'il compte vendre sa commission. Maintenant que la guerre est finie, certainement vient-il vendre ? Tu ne penses pas qu'il ait pu être dépêché en Amérique ?

— Je ne pense pas, dit Tristan. Les négociations de Gand seront bientôt clôturées et nous en aurons fini là-bas. Gambier et Goulburn [12] s'attendent à ce que nous arrivions à un accord avant la fin de l'année. Si le Major est intelligent, il vendra dès qu'il le pourra, tant que son office revêt encore un tant soit peu de valeur.

— Je ne comprends rien à tout cela, se plaignit Lottie. Ça me passe par-dessus la tête.

— Lottie, dit Tristan en secouant la tête, ne fais pas semblant d'être stupide, tu es au-dessus de cela.

— Mais c'est divertissant, rétorqua Lottie sur un ton de complaisance. Et c'est un bon exercice pour me débarrasser d'un interlocuteur barbant aux mondanités. Ils finissent tous par adopter cet air blasé et je sais que ce n'est plus qu'une question de temps avant qu'ils ne s'en aillent ; et je peux alors me mettre en recherche de quelqu'un de vraiment intéressant avec qui parler.

— C'est inutile, fit remarquer Ellen à Tristan. J'ai essayé de lui faire entrer dans le crâne pendant des années. Elle est aussi têtue qu'une mule.

---

11 His Lordship : membre de la chambre des Lords. *NDT*

12 Respectivement Amiral et Diplomate de l'équipe de négociations britannique qui prit part à l'élaboration du traité de Gand avec les américains en Belgique. *NDT*

— J'ai remarqué. Jamie semble tirer d'elle.

— Oh, comme si tu n'étais pas aussi butté qu'un âne, répliqua Charlotte.

— Des enfants, soupira Ellen.

Tristan et Charlotte échangèrent un sourire conspirateur.

VI

Décembre 1814

— J'AURAIS PENSÉ que nous nous serions débarrassés de vous il y a des années de cela, lança une voix depuis le chambranle de la porte.

Le Major Charles Mountjoy leva le nez de son bureau en souriant, une pile de cravate dans les mains.

— Vous vous êtes débarrassé de mon coffre... il a été envoyé mardi. Mais Sa Grâce a demandé que je passe cette dernière soirée chez les Margrave. Comment était Venise ?

— Froide et humide, répondit le Capitaine Randall en se laissant tomber sur l'une des chaises de la petite pièce. Et ça pue. Mais les damoiselles sont *fort* agréables. Ça rattrape presque le séjour.

— Votre mission a-t-elle abouti ?

— Plus ou moins.

Randall fit la grimace.

— Nous avons des promesses.

Charles tiqua en miroir du Capitaine.

— Des promesses ? Merveilleux, commenta-t-il d'un ton qui n'avait rien de tel. Avez-vous pu voir Sa Grâce ?

— Plaisantez-vous Monty ? J'ai foncé tout droit jusqu'à lui crasseux comme je l'étais. Il semblait satisfait, donc je dois certainement être cynique.

— Peut-être. Avec qui avez-vous négocié ?

— Gian de Luca.

— Oh, De Luca, dit Charles en haussant les épaules. Il en viendra à bout.

— Vous le connaissez ?

— Je l'ai rencontré quelquefois au Portugal. Il était avec le contingent vénitien pour gérer les investissements placés à Lisbonne au cas où Boney [13] franchirait la frontière. Un des hommes les plus sensibles auxquels j'ai eu affaire. Il nous a tirés de plusieurs situations délicates lorsque nous en avions besoin ; il est en bons termes avec le Duc.

Charles rangea ses cravates dans la valise de voyage et retourna à son bureau pour leur servir un verre de Sherry de la carafe trônant dessus. Tendant le verre à Randall, il demanda :

— Et en parlant du Portugal... comment s'en sort Keighley ?

---

13 Diminutif de Napoléon Bonaparte. *NDT*

— Avec brio, répondit Randall en trinquant avec Charles. Grâce au génie de Charlie Mountjoy ; j'aurai détesté le perdre, il est un des meilleurs sergents avec lesquels il m'a été donné de travailler. Je n'arrive pas à croire qu'il ait si bien su se retourner, maintenant que vous parlez de lui.

— Quelquefois, dit Charles en se laissant tomber sur l'étroit lit et en observant le liquide au travers du verre, il suffit d'avoir quelqu'un à qui parler. Le pauvre Keighley était acculé là où tant de sergents semblent finir : tous les hommes au-dessus de lui sont des aristos, tous ceux en dessous viennent se plaindre à lui ou bien l'envie pour s'être élevé au-dessus du commun. Et quant à ses collègues... beaucoup trop sont des ivrognes invétérés ou des petites frappes. Je hais tout ce gaspillage.

Il prit une gorgée de Sherry.

— Laisser tomber Keighley dans l'alcool aurait été du pur gâchis. D'après ce que vous m'en aviez rapporté, il n'était pas ainsi lorsqu'il était caporal, donc je savais qu'il était possible de l'atteindre. Ce fut assez simple.

— Simple pour vous, peut-être, rétorqua Randall. Je ne comprends pas. Vous n'être pas un tyran, mais vous n'êtes pas quelqu'un de *facile* non plus, et votre brigade était l'une de celles qui se tenait le plus à carreaux, la plus entraînée de toutes.

— C'étaient des hommes bien, commenta Charles.

— Ah ! J'ai connu la moitié de vos hommes lorsque vous étiez Major du bataillon de Coverdale, et je peux vous assurer qu'ils n'étaient pas des hommes bien. En parlant de petites frappes et d'ivrognes...

— Le mot clef là-dedans c'est bien 'la moitié', dit Charles. J'ai gardé ceux avec lesquels il m'était possible de travailler et transféré les intraitables. Pour le reste, il ne s'agissait que de gagner leur respect et leur confiance, et contrairement à la majorité des officiers dans cette armée d'hommes, je savais que ça n'allait pas se faire en distribuant des coups de fouets comme des sucres d'orges de Noël.

Il secoua la tête.

— Vous ne pouvez pas toujours choisir les gens avec qui vous allez travailler, mais vous pouvez toujours choisir d'apprendre à traiter avec eux. Ils sont tous différents.

— Le Duc dit que vous êtes le meilleur juge d'hommes qu'il ait jamais connu. Et il sait de quoi il parle, il a lui-même un sacré discernement.

Charles haussa les épaules.

— Peut-être. Peut-être que j'ai juste de la chance. Ou le sens de l'observation.

— Alors pourquoi cédez-vous votre commission ? Je crois qu'il va vous demander de rester maintenant qu'il est ici.

— La faculté de juger des tempéraments qui est demandée dans les rangs de l'armée n'est pas celle qui est sollicitée dans des négociations avec les hommes politiques. Ce n'est pas mon truc. J'ai fait ce que j'ai pu pour Lord Castlereagh mais Wellington est bien plus avisé sur les démêlés politiques en jeu que tout ce que je n'en apprendrais jamais.

Charles reprit une gorgée de Sherry.

— De plus, il a assez d'interprètes germaniques autour de lui pour ne pas avoir à requérir mes services. Le chapitre Bonaparte est clos ; je n'ai plus rien à faire sur le continent et je n'ai aucune envie de courir jusqu'en Amérique. Ils sont tous fous là-bas.

— Dixit celui qui se fait un point d'honneur à dire qu'il n'y a pas d'homme fou.

— Je n'ai pas dit qu'il n'y avait pas de fou. J'ai simplement dit qu'il y avait des hommes qualifiés de fou qui pouvaient encore être ramenés à la raison, si quelqu'un voulait bien se donner la peine de les atteindre. Et certainement pas avec les méthodes employées dans les asiles de fous.

— Vous pensez toujours à lui, n'est-ce pas ?

Charles acquiesça.

— Winstead n'aurait jamais dû être envoyé là-bas – n'aurait jamais dû mourir, pas comme ça. Si Warren m'avait seulement écouté…

— Vous n'étiez alors qu'un simple Capitaine et Warren un Colonel ; et pas du genre à écouter tout le monde. Je ne peux pas dire que j'étais complètement effondré d'apprendre qu'il y était passé à Ciudad Rodrigo.

— Je suis juste rassuré qu'il n'ait pas été impliqué avec Badajoz, déclara sèchement Charles. Ça aurait rendu les choses encore pires. Je ne sais pas comment ni pourquoi, mais je sais juste qu'il se serait débrouillé pour compliquer les choses.

— Aux amis absents, annonça Randall en levant son verre. Oups, c'est vide : nous sommes forcés d'annuler le toast de Warren.

— De la même manière que Warren lui-même a été 'annulé'. Il y a une justice dans le monde, quelque part, puisque Warren est mort et que Keighley est, au final, toujours en vie.

— Et j'en suis soulagé.

— Eh bien, si vous êtes intelligent, vous vous assurerez qu'il soit nommé Lieutenant avant que trop de temps ne s'écoule.

— Un Lieutenant ? Keighley ?

— Il ne serait pas le premier à s'élever dans les rangs, Randy. Je sais bien qu'il n'a pas les fonds nécessaires pour s'acheter une promotion, mais vous trouverez bien un moyen. Il a besoin de ce challenge. Plus que cela, il a besoin du statut. Faites-le Lieutenant et il traversera l'enfer pour vous.

Charles vida son verre.

— Quant à moi, j'ai une promenade à faire en enfer et dont je dois m'occuper d'ici demain. Bon sang, traverser cette satanée Allemagne. En plein mois de décembre !

Randall prit une gorgée de Sherry.

— Donc, vous vous en allez pile au moment où j'arrive ?

59

— Presque. Demain matin, après une dernière entrevue avec Sa Grâce. Je suis resté après le départ de Castlereagh seulement parce que je savais que j'allais être un des aides de camp du Duc dans la Péninsule et qu'il me demanderait d'aider le Duc à surnager avec tout ce qui se passait ici.

— Eh bien, puisqu'il s'agit de notre dernière nuit, allons dîner et trouver une ou deux donzelles pour nous divertir... Oups ! En parlant de donzelle !

Randall fouilla dans la poche de son manteau et en retira une enveloppe.

— Le Duc m'a dit de vous transmettre ceci ; c'est arrivé aujourd'hui au courrier.

Charles prit l'enveloppe, la considéra et sourit.

— C'est de Lottie. Je lui ai écrit au sujet de mon retour le mois dernier. Ça vous ennuie d'attendre un brin ?

— Pas du tout, confirma Randall en se renversant dans sa chaise.

Charles rompit le sceau et ouvrit la lettre. Elle sentait le parfum favori de Charlotte, le muguet, et était écrite dans un exécrable anglais et non pas dans la langue de correspondance qu'ils partageaient habituellement, l'allemand. C'était délibéré de sa part, pour ennuyer les censeurs anglais qui lisaient toutes les correspondances qui allaient et venaient et obligeaient alors à la rédaction des courriers personnels en anglais – ce qui lui donnait une raison supplémentaire de vouloir rentrer au pays. Avec les lignes croisées au verso pour économiser le papier, lire ses lettres était une véritable entreprise.

MON TRÈS *cher, mon plus merveilleux Charlie.*

J'étais Extasiée d'apprendre votre Retour à la Maison de cette Guerres, Enfin ! Vous m'avé manqué teriblement. Je ne peux attendre de vous présenter Jamie. C'est un sacré petit homme maintenant et il parle et marche, même si ce n'est pas encore Toutàfé ça. Mais il est très Intelligent. Il doit tenir cela de Tristan, car vous le savez, je ne suis pas du tout Intelligente.

Je suis tout spécialement ravie de votre Retour, étant Très Troublée dans mon esprit. Tristan m'a assuré que nous n'étions pas ruinés mais Il a mis son domaine de Chasse en vente, ce qe je ne comprends pas parce que Papa et Daniel ne considèrent pas les animals de Chasse comme des gouffres financiers. Peut-être s'agit-il de différentes espèèces de Chevaux ? Tristan a beaucoup changé durant ces Derniers mois et il est bien plus Séréieux que ce qu'il ne l'a jamais été avant. Il me traite Bien comme toujours. Je ne peux me Plaindre de lui. Il est toujours Gentil et Attentionné, perticulièrement maintenant que j'attends un nouvel enfant. Je suis si heureuse à ce propos, car Tristan m'a Promis qu'après la naissance de cet enfant nous iront nous installé à la

Campagne encore, ce que je désire par-dessus tout. Il dit qu'il a
perdu tout Entrain à vivre en Ville. Je m'Inquiète pour lui, car il
a toujours Aimé être en Société et il ne prend plus part à autant
d'Evénemants qu'il le faisait avant. J'espère que vous serez Amis
et que tu l'Entraîneras dans de nouvelles activités, parce qu'il est
une Chréature de Société, ce que je ne suis pas !

Je pense que tu es au courant de sa réputation passée et
j'espère que tu ne le Jugeras pas trop durement. Il a toujours était
Discret mais je Crois qu'il m'est resté Fidèle depuis un certain
Temps maintenant. Je ne Comprends pas tout sur les Hommes,
mais je pense qu'il est Perticulièrement prévenant de sa part de
ne pas m'Importuner de ses Faveurs en ma condition. Je n'ai
jamais apprécié ces choses-là et il m'a Assuré que je n'avais plus
besoin de me Soucier de cela. Il est un Mari aimant et Bon et j'en
suis plus que comblée. Perticuliarement depuis que mon Frère
Préféré est sur le chemin du Retour !

Ta dévouée,
Charlotte.

Charles relut la lettre avec un sentiment pesant dans les tripes. Northwood ?
Fatigué de Londres ? Il se souvint d'une citation – était-ce Ben Jonson ou Samuel
Jonson qui disait 'Quand un homme est fatigué de Londres, il est fatigué de la
vie [14] ? Peut-être s'agissait-il de Samuel Pepys. Il les confondait toujours.

— Mauvaise nouvelles ?

Il regarda Randall.

— Non, non. Lottie a hâte de me voir rentrer bien sûr.

Il plia la lettre et la remit dans l'enveloppe.

— Mais ?

— Mais ?

— Votre voix n'est pas aussi assurée que vos mots, mon ami. Je ne suis
peut-être pas aussi intuitif que vous, ni aussi doué pour gérer les hommes, mais je
vous connais.

— Elle s'inquiète pour son mari, expliqua Charles en soupirant. Il semble
être sous pression ; il a mis ses animaux en vente, bien qu'il ait confirmé que cela
ne soit pas une question de manque d'argent. Et il est fatigué de Londres.

— Cela devrait la rendre heureuse. N'est-elle pas en train de se plaindre de
combien elle déteste la ville ?

— Certainement, mais… Northwood, à la base, possède quelque chose
de l'hédoniste. Il est bien plus social que Lottie et possède un très large cercle
d'amis. Même lorsqu'il est à la campagne, sa maison est une fête sans fin, au grand

---

14 Samuel Jonson. *NDT*

dam de Lottie. Je ne peux pas l'imaginer heureux pour très longtemps dans le Leicestershire. Encore moins sans son pavillon de chasse.

— Eh bien, il retournera à Londres et la laissera là où elle est heureuse. Vous disiez qu'ils ne vivaient pas l'un sur l'autre.

— Non, mais ils sont devenus très bons amis au fil des années. Elle l'adore.

— Que pensez-vous de lui.

Charles haussa les épaules.

— Je peux seulement le juger à la façon dont il traite Charlotte. S'il l'avait maltraitée, elle me l'aurait dit. Elle me dit tout.

— Que voulez-vous dire ? Vous n'avez jamais rencontré son mari ?

— Je ne suis pas rentré en Angleterre depuis 1808, dit Charles. Ils se sont mariés en 1810.

— Hum, constata Randall avant de se retirer dans le silence de la réflexion.

Charles ouvrit sa valise et prit un paquet d'enveloppe, les lettres de Lottie depuis ces dernières années, pour y glisser la nouvelle sous le ruban qui les reliait.

— Je le rencontrerai bien assez vite, lança-t-il à Randall.

QUAND BIEN même, cela ne l'empêcha pas de ressortir les lettres et de les relire un peu plus tard à la lumière vacillante du chandelier. Lottie était une fille placide et sensible ; il en fallait beaucoup pour l'atteindre et son épicurien de mari n'y parvenait généralement pas, aussi sauvage eut-il pu être. Elle connaissait la réputation de viveur donjuanesque de son mari bien avant de le rencontrer en personne grâce à ses formidables correspondances, comme Charles avait pu s'en apercevoir, avec toutes les femmes – et quelques-uns des hommes – du beau monde.

Si Lottie était inquiète alors Charles l'était aussi. Et pas seulement au sujet du bien de sa sœur.

Il soupira et replia la lettre, la tenant sur sa poitrine, contre sa chemise de nuit. Il avait entendu des histoires au sujet de Tristan Northwood bien longtemps avant que sa sœur jumelle ne l'épouse. Dans le temps, il l'aurait simplement décrit comme un énième jeune sot de sa génération, fêtard, buveur, joueur, et fornicateur, le genre de compagnie que Charles n'avait jamais partagé. Bien évidemment, en entrant dans l'armée à seize ans, Charles n'avait pas eu de temps ni d'argent à consacrer à ce genre de divertissements. Il n'en avait pas même la liberté. Northwood était très aisé – raison pour laquelle Charlotte l'avait épousé – et avait du temps à revendre étant donné que son père, toujours en bonne santé et alerte, se refusait à lui confier la moindre responsabilité.

Quant à la liberté... Il savait qui était le Baron Ware ; il savait quelle immense fortune le noble gérait. Au point qu'il semblait à Charles que tout ce patrimoine tenait plus du fardeau que de l'aubaine. L'ampleur des responsabilités face aux hommes, aux terres, aux possessions diverses, s'amassait comme un immense nuage orageux. Comment pouvait-on se sentir libre avec une telle pression planant au-dessus de soi ?

Soupirant de nouveau, il rangea la lettre et croisa les bras derrière sa nuque, observant le plafond décrépis. Lottie lui avait dit que Tristan devenait sérieux et que cela l'inquiétait. Charles était familier de ce genre de passade. Un hédoniste qui devenait casanier... Il y avait derrière cela bien plus qu'une simple maturité. Il y avait quelque chose qui allait de *travers*.

Charles connaissait les gens. Il pouvait lire en un homme en lui parlant un bon moment et comprendre exactement ce qui clochait. Plus que cela, il pouvait aussi analyser les opinions des autres au sujet d'un homme et déterminer à partir de celles-ci comment le prendre en main. C'était l'une des raisons pour lesquelles Sa Grâce ne pouvait se passer de lui ; l'une des raisons pour lesquelles il était un officier si exemplaire ; et l'une des raisons encore qui lui avait valu une place d'aide de camps auprès de Wellington à l'âge de vingt-cinq ans. Il connaissait les gens. Il les comprenait.

Keighley n'était pas le premier officier en difficulté qu'il avait dû gérer ; il lui semblait que les personnes à problèmes gravitaient autour de lui. Randy lui-même avait été une âme à la dérive lorsqu'ils s'étaient rencontrés pour la première fois, mais son problème n'était qu'une question de nostalgie du pays et le deuil récent de sa sœur. Avec l'aide de Charles, il avait remonté la pente et pris rapidement le pli de sa vie de jeune officier. Keighley, par la colère, le ressentiment et l'amertume qui l'animaient, avait été un véritable challenge et lui avait demandé de nombreuses et longues conversations autour d'une bière au premier pub venu avant qu'il ne s'ouvre assez pour pouvoir recevoir l'aide de Charles. Mais il en valait la peine : intelligent, vif d'esprit, courageux et quelqu'un sur qui l'on pouvait compter.

Il avait eu la même impression au sujet de Tristan Northwood.

Charles tira une autre lettre du paquet. Celle-ci était datée de dix-neuf mois plus tôt.

> *Mon cher Charles,*
>
> *Ça y est !! Tu es un Oncle !! Et crois-le ou Non, ton Idiote de sœur est maintenant mère !*
>
> *Mon beau petit garçon est né hier et je ne peux Déjà pas m'imaginer ce que ce serait de Vivre sans lui. L'Accouchement ne fut pas trop laborieux ; l'Accoucheur (Je ne Sais pas comment l'épeler et comme il s'agit d'un homme, je ne peux décemment l'appeler Sage-femme, bien qu'il en soit Une) a dit que c'était une naissance sans complication. Je ne me Souviens pas de tout ; je sais que c'était Douloureux, mais maintenant ce n'est qu'un vague souvenir.*
>
> *Le Pauvre Tristan est entré en Panique : il est arrivé alors que je me trouvais en Plein labeur et en fut Terrassé (Rien de*

Surprenant vu de Quoi j'avais l'Air : je n'étais pas au Meilleur
de moi-même !). Après cela, il a insisté sur le fait que je ne
devrais Plus avoir à passer par là, en Dépit des Obligations
Concrhactuelles que nous avons. Je lui ai Assuré que j'allais
Bien, mais je crains qu'il ne l'ait été. Pauvre Tristan. Aurait-
on été Amoureux qu'il se serait rongé les sangs avec la même
intensité.

   Je ne Dis pas que nous ne nous adorons pas. Nous sommes
devenus de Très bons Amis ces dernières années. Entendre ses
Prouesses racontées par ses amis – car lui-même ne risque pas
de s'en vanter auprès de moi – est très amusant !! Seulement,
Mardi dernier quelqu'un l'a défié de nager le long des rives du
parc et il l'a FAIT. Je l'ai Sévèrement grondé car il aurait pu
attraper Froid. Dieu merci, non. Il ne parie pas et je lui en suis
très Reconnaissante mais il ne sait pas refuser un Défi. Certains
des Challenges sont stupides et assez dangereux ; c'est ce qui
M'inquiète, car je Crois qu'il ne me Raconte pas les plus risqués
qu'il relève. Mais il a tellement d'Énergie et de bonne humeur à
revendre, je ne peux me Résoudre à les lui enlever.

   Nous avons appelé le bébé James Tristan Charles
Eustache Northwood. Tristan ne voulait pas l'appeler James
parce que c'était le nom de son père. Il disait que nous aurions
pu l'appeler comme Papa mais qu'il ne permettrait à personne
de Prénommer un Enfant Eustache !!! Lorsque je lui ai dit que
c'était le Nom de Papa, il a accepté. Nous avons alors casé
Eustache en dernier Dans l'Espoir que personne ne le remarque
et qu'il soit appelé Jamie. Il est Très Beau et Tris ne le lâche
déjà plus.

   Le Baron, enfin c'est la manière dont Tris fait référence
à son père, est venu en Ville pour le baptême. Il possède une
Maison ici, mais Passe la plupart de son Temps à la campagne et
ne vient que pour la Saison ou lorsqu'il doit Voter à la Chambre
des Lords. Alors que son domaine de chasse et le pavillon de
chasse de Tristan ne sont pas loin, nous ne lui rendons pas
beaucoup Visite lorsque Nous sommes à la Campagne. Toutefois
il s'est régalé de son petit-fils (qui ne s'en régalerait Pas ?) et a
dit que Nous devions absolument l'amener au Domaine de Ware
cet été. Tris n'a fait que Renifler lorsque la chose fut Mentionnée.

   Charles replaça la lettre dans le paquet et ramena de nouveau ses bras
derrière sa nuque. Au fils des ans, il avait reçu un grand nombre de lettres de sa
sœur et peut être plus encore de sa cousine, Ellen, au sujet du jeune homme qui

avait acheté – ou avait été acheté – par sa famille. Il s'était motivé à donner une appréciation favorable à l'homme tant que sa jumelle se plairait en sa compagnie et sans le savoir, sa sœur autant que sa cousine avaient toutes les deux dépeint le portrait d'un homme qui n'était pas seulement agréable, mais aussi étrangement adorable. Les lettres d'Ellen avaient été fort instructives, pour ne pas dire plus ; elle était une correspondante plus assidue et attentive que Lottie et avait été en plus de cela celle qui à l'origine nourrissait le plus de doutes à l'égard de la personnalité de Northwood. Mais alors que le temps passait, le son de cloche de son jugement évoluait. Il se souvenait d'une ligne de l'une de ses lettre : *M. Northwood ne laisse jamais ses soucis peser sur les autres ; il est un véritable gentleman avec tous ceux qui le méritent, peu importe la manière dont il se comporte en compagnie de ceux qui ne le méritent pas.* Il lui avait fallu un moment pour réaliser ce qu'Ellen avait voulu dire et encore aujourd'hui, il se demandait quelle sorte de fardeau son beau-frère avait sur le dos au point de le cacher à sa femme, mais que sa cousine éloignée, bien plus avisée, entrapercevait. Il avait demandé à Ellen, en réponse, ce qu'elle entendait par 'soucis', mais apparemment sa lettre avait dû se perdre car le billet suivant ne faisait aucune allusion au sujet soulevé. Il songea aussi qu'Ellen avait pu faire référence aux relations avec les femmes adultères et de petite vertu que Tristan Northwood était réputé entretenir et se demanda encore si elle avait inclus son Père haï dans la mention '*compagnie de ceux qui ne méritaient pas*' son attitude gentleman.

Mais quels fardeaux pesaient sur lui ?

VII

LE MAJORDOME attendait devant la porte lorsque Tristan rentra du club en ce jour venteux de début janvier.

— Le frère de Mme Northwood est arrivé, dit-il. Il est en sa compagnie dans le salon. Elle a demandé à ce que vous les rejoigniez lorsque vous seriez de retour.

— Ah, des embrouilles [15], répondit Tristan.

Que voulait Daniel ? Il n'était venu en ville que deux fois ces six derniers mois et se faisait chaque fois un point d'honneur à voir sa sœur en se contentant de venir le trouver seulement lorsqu'il avait besoin de lui emprunter de l'argent. Tristan tendit sa canne et son chapeau au majordome et remit de l'ordre dans sa chevelure. Il se fit craquer les reins en une préparation sommaire à l'argumentaire qu'il allait devoir écouter et à l'engueulade qui s'en suivrait. Prêter à Daniel quelques billets ne le dérangeait pas. C'était lorsqu'il venait le voir pour une somme bien plus conséquente à investir dans l'un de ses plans foireux que la bataille commençait. Parce que Daniel ne comprenait pas la signification du mot 'non' et parce que Tristan n'avait nullement l'intention de jeter par la fenêtre l'argent destiné à assurer l'avenir de sa famille.

Il entendit le rire bas et mélodieux de Charlotte et attendit que les très singuliers esclaffements de Daniel s'en suivent. Mais ce qu'il capta à la place fut une version bien plus grave et profonde du rire de Lottie, une voix de basse baryton vibrante. Fronçant les sourcils de stupéfaction, il poussa lentement la porte du salon et se figea.

Il n'avait jamais vu l'homme qui était assis en face de Lottie mais quelque part il ne lui était pas étranger. Une chevelure de même texture mais d'une nuance plus brillante que la couleur de Lottie, éclaircie par le soleil ; des yeux d'un même brun et dont le regard perçait sous des sourcils volontaires ; les traits flous et insipides de sa femme transfigurés en un portrait masculin plus mat, plus franchement taillé et plus animé. Il portait un uniforme de cavalerie militaire bleu sombre et un foulard de soie bleu noir au lieu de l'habituel col rigide. Il se redressa à l'arrivée de Tristan et tendit une large main.

— M. Northwood ? dit-il d'un timbre suave, égal au rire grave, puissant et riche.

Une voix qui envoya des frissons au travers du corps de Tristan qui s'était soudain tendu.

---

15 Tristan dit « Bother », en un jeu de mots entre Brother (frère) et Bother (ennuis). *NDT*

66

— Charles Mountjoy, le frère de Lottie. Je suis enchanté de pouvoir enfin faire votre connaissance, déclara-t-il en souriant chaleureusement.

Ce sourire bouleversa Tristan, comme les rayons du soleil au sortir d'une caverne obscure accompagnés d'une chorale de cloches assourdissante. Confus, il serra la main de l'homme et celle-ci se referma avec chaleur et fermeté autour de la sienne.

— Major Mountjoy, réussit-il à articuler en réalisant qu'il ne lui avait toujours pas relâché la main.

Il le libéra rapidement, son habitus social bien huilé le rappelant à l'ordre juste à temps.

— Bienvenue. Lottie avait mentionné que vous rentreriez au pays. Êtes-vous ici pour de bon ou seulement en permission ?

— Pour de bon, je le crains, répondit-il avec un rire. Je ne suis pas taillé pour la diplomatie, j'ai donc été renvoyé à la maison en disgrâce.

— N'importe quoi, fusa Lottie. Tu en deviens stupide.

— En réalité, oui, je le suis... mais aucune disgrâce n'est en jeu. Le Duc a suffisamment de conseillers bien mieux rodés à la diplomatie que je ne le suis moi-même. Ce fut un honneur d'être l'un de ses aides de camp dans la Péninsule, mais je le dois principalement à ma pratique germanophone. Sa Grâce ne parle pas bien l'allemand et la plupart des régiments germaniques du Roi ne parlent que très peu l'anglais. Je fus dès lors transféré avec l'état Major de Castlereagh lorsque le Duc devint ambassadeur en France. C'est pour cette même raison que j'ai donc accompagné Castlereagh à Vienne, mais il est maintenant rentré et Wellington a pris sa place. Il y a beaucoup d'officiers bilingues à Vienne en ce moment, donc j'ai décidé que douze ans à jouer au soldat étaient bien assez et je suis temporairement posté avec la Cavalerie de la Garde pendant que mon régiment est outre-mer. Jusqu'à ce que je vende mon office.

— Et il est hors de question que tu t'installes ailleurs pendant ce temps, déclara Lottie, poursuivant apparemment la conversation que l'arrivée de Tristan avait interrompue. Nous avons beaucoup de place ici et ce serait vraiment idiot de gaspiller ta solde dans des chambres d'hôtel alors que nous nous trouvons si près de tes quartiers généraux. De plus, je suis certaine que tu n'auras plus de pension jusqu'à ce que tu touches la commission de la vente de ton office.

— J'en ai plein les poches, répliqua le Major avec ce même rire feutré. En dépit des dépenses vestimentaires à Vienne. De plus, enfin, à moins que Daniel ait pu mettre la main sur ma pension, je devrais avoir quelques fonds placés chez Barclay.

— Tu en as. Daniel fulmine tellement de ne pas y avoir accès, dit Lottie avec complaisance. Il est toujours en train de quémander de l'argent à Tristan.

Le Major fronça fortement les sourcils.

— Vraiment ? Vous ne vous en plaignez pas M. Northwood ?

Tristan secoua la tête. Qu'avait demandé le Major ? Oh, oui, exact. Daniel.

— Rarement et ce ne sont que des bagatelles. Car Daniel a un sens des affaires des plus déplorables.

Il sourit brièvement et rencontra la profondeur du regard du Major ; Tristan s'y perdit un instant et abaissa distraitement son regard sur le charnu des lèvres recourbées en réponse à sa propre expression. Le chœur de cloches sonna encore une fois dans sa tête. Tristan détourna le visage, rompant le contact visuel et secoua la tête de confusion. Depuis quand avait-il commencé à remarquer le dessin de la bouche d'un homme ou la chaleur de son regard ?

Il s'avança ensuite dans le salon.

— Tout va bien mon cher ? demanda placidement Lottie.

— Oui, bien sûr. Un simple mal de tête.

— Peut-être devrais-tu t'allonger avant le dîner, dit-elle. Charles, tu te joindras à nous, n'est-ce pas ?

Une vision traversa l'imagination de Tristan alors qu'il s'avançait et il vit cette puissante carrure derrière lui se dévêtir de son uniforme bleu en dévoilant une peau bronzée, et la lumière des flammes se refléter sur la chevelure dorée du Major. Il secoua la tête à nouveau, déglutit difficilement et s'excusa d'une voix étouffée :

— Pardonnez-moi. Je dois...

Il fit volte-face et s'enfuit littéralement de la pièce.

IL FUT rassuré de trouver sa chambre vide ; Reston devait être occupé quelque part à autre chose que de passer sa garde-robe en revue. Après s'être aidé du très controversé chausse pied pour se débarrasser de ses hauts de chausses, il jeta son manteau sur une chaise et se laissa lourdement tomber sur le lit, entièrement habillé, en position fœtale comme pour se protéger d'un coup de pied. Cela faisait des années qu'il n'avait pas connu une réaction aussi magistralement physique, un membre pleinement érigé et pulsant déjà de l'urgence de trouver libération. Et en réaction à un homme, qui plus est. Il se sentit fiévreux, chaud, agonisant de désir et plus embarrassé que jamais. Rien ni personne ne l'avait rendu ainsi auparavant. Non... minute. Une fois. Une fois alors qu'il était complètement bourré et avait déboulé dans la mauvaise chambre d'hôtel. Les flammes dorées se réfléchissant sur une peau en sueur, des jambes musclées et des râles graves et masculins... Bon Dieu, il n'avait jamais pu oublier ça. Il l'avait repoussé loin, tenté de l'enterrer au plus profond de sa mémoire mais ça n'avait jamais disparu et réapparaissait toujours aux moments les plus inopportuns, lorsqu'il était enivré par le désir. Était-ce une preuve ? Son corps essayait-il de lui dire quelque chose qu'il n'avait jamais voulu s'avouer ?

Un empressement inexorable le poussait à déboutonner son pantalon et se prendre en main, mais y céder serait comme se perdre, confirmer... Quoi ? Qu'il était damné ? Qu'il désirait un autre homme – et pas n'importe quel homme, attention, seulement son beau-frère ! L'adultère était une chose ; il se savait déjà damné pour ça, mais même cela était pardonnable. Mais ça – ce penchant sodomite – ça ne l'était pas. Ça ne pouvait être ainsi. Ce n'était pas lui. Il n'aurait jamais eu un tel penchant...

Mais il l'avait. Il savait qu'il l'avait. Pas seulement dans l'hôtel à la lumière de l'âtre, mais aussi d'autres fois. En regardant une rixe, pris dans l'excitation, l'étau des corps masculins brûlants, l'odeur de la transpiration, du sang et du gin.

Chez Angelo, en observant les mouvements souples et les pas de danse de leur menuet mortel.

Chez Jackson, à demi nu en compagnie d'autres hommes à demi nus, savourant le contact des coups sur la chair musclée.

Son sang avait été en ébullition et son corps contracté. Il l'avait mis sur le plan d'une excitation purement physique. En ce temps, ça ne signifiait rien. Mais c'était faux. Il s'était menti à lui-même, car tout cela avait un sens. Un sens qu'il devait noyer et cacher dans le corps désirant des femmes.

Un désir vide, jamais satisfait.

Tremblant, il se retrouva en train de pleurer. Pleurer, comme s'il avait perdu son âme.

Le sommeil vint après les larmes, mais ce fut un sommeil difficile et parsemé d'éclats de rêves : celui de la chambre d'hôtel, et dont le personnage aux cheveux dorés se tournait pour lui faire face. Le visage du Major Mountjoy l'observait en souriant de ce sourire si chaleureux pour l'inviter à les rejoindre, ou pire, souriant, mais sans l'inviter et se moquant de lui en le condamnant à rester à l'entrée et les regarder, pour toujours interdit et privé de cette étreinte brûlante, de cette sulfureuse partie de baise à la lueur de la cheminée...

Lorsqu'il se réveilla, ce fut face à un Reston en train d'étaler ses vêtements pour le dîner. Il se redressa, hocha la tête aux salutations de Reston puis alla se laver. La douleur cognait toujours dans sa tête mais il était déterminé à ne pas montrer son désespoir et se composa une expression rassérénée, sinon joyeuse, pour aller dîner.

— OH, CIEL, dit placidement Charlotte. J'espère qu'il n'est pas souffrant.

Charles considéra pensivement la porte. Alors, *ça,* c'était Tristan Northwood.

Il était plus mince que Charles ne s'y était attendu : il s'était imaginé le stéréotype de l'enthousiaste cavalier, le tempérament bourru et le visage bouffi propre à ceux qui boivent trop et mangent tout et n'importe quoi. Mais Tristan était grand, svelte et d'obscurs cernes encerclaient son regard bleu acier. Seigneur, ses yeux – des nuages orageux éclairés en contrebas par les rayons d'un soleil couchant. Tout en lui était époustouflant. Les ailes sombres de ses sourcils, le long nez finement ciselé, ces lèvres charnues et sensuelles – la bouche d'un hédoniste, d'un petit garçon gâté et quand bien même, lorsqu'il souriait, son visage s'éclairait d'une innocence et d'une douceur qui frappèrent Charles comme une brique reçue en pleine face.

— J'espère, dit-il avant de marquer une pause et de s'éclaircir la voix, j'espère que je n'ai rien dit qui l'ait embarrassé ?

— Oh, certainement pas. Tristan a quelques fois de violents maux de tête. Je ne pense pas qu'il dorme bien, du moins d'après ce que me dit son valet. Il s'entête à dire que tout va bien et refuse de voir un médecin. Peut-être arriverais-tu à quelque chose avec lui ? Il n'aime pas me voir m'inquiéter.

— Il se préoccupe vraiment de toi, dans ce cas. Étrange…

Il avait eu l'impression d'avoir bouleversé Tristan au moins autant que Tristan l'avait affecté lui. Mais si Tristan aimait Lottie… ?

— Oh nous sommes de très bons amis, dit Lottie.

— Je voulais dire, dit-il avec patience, qu'il t'aime.

Lottie considéra la chose un moment.

— Je pense qu'il m'aime mais pas romantiquement parlant, médita-t-elle à voix haute. C'est quelqu'un de très romantique, mais je ne crois pas qu'il manifeste ce romantisme avec les *gens*. Il n'attend que de la déception de leur part et n'a donc pas de très hautes attentes envers eux.

— Le déçois-tu ? demanda curieusement Charles.

— Je ne pense pas.

Lottie fit mine de réfléchir un instant.

— Tout simplement parce que je ne lui ai jamais rien promis. Il n'attend rien de moi, ni moi de lui et ainsi, nous sommes parfaitement à l'aise l'un avec l'autre.

Elle tapota son ventre arrondi avec un contentement paisible.

— Aussi à l'aise que je puisse l'être ces jours-ci.

— N'attends-tu vraiment rien de plus de ton mariage, Lottie ? lui demanda-t-il en lui prenant la main.

Elle lui sourit.

— Bien sûr que non. Je ne suis *pas* une romantique, Charlie, pas comme toi, ni comme Tristan pouvez l'être. Je me fiche du devoir conjugal et je n'ai vraiment pas besoin de grand-chose. Tristan me convient très bien.

Elle secoua la tête.

— Je me dis parfois qu'il mérite plus que de l'adoration, mais il n'y a rien que je puisse faire. Lorsque nous étions juste mariés… Eh bien, tout est fait de toute manière.

— Qu'est-ce qui est fait ?

— Tu sais qu'il m'était infidèle, dit Lottie. Je pense qu'il était toujours en train de… je ne sais pas. *Chercher*. Comme s'il s'attendait encore à trouver quelqu'un qui puisse l'aimer avec romantisme. Mais il n'a jamais trouvé. C'est tellement dommage, c'est une honte. Il désire tant être aimé.

Charles déglutit. Lottie lui tapota la main alors qu'il lui retenait toujours l'autre et la conversation glissa naturellement à l'allemand que tous deux parlaient pour partager des sujets sensibles ou privés, un vestige de leur enfance passée aux côtés d'une nounou allemande.

— *Je ne sais pas s'il serait...* ouvert *au genre d'amour que tu dispenses, Charlie. J'ai essayé de lui parler de ces choses là – Oh, il y a des années de cela. Il était quelque peu... offensé par l'idée. Et encore... je ne pense pas qu'il apprécie vraiment le devoir conjugal.*

Lui libérant la main, Charles se couvrit les yeux.

— *Tu ne lui as pas parlé à mon sujet, n'est-ce pas ? Lottie ?*

— *Non, bien sûr que non.*

Elle reposa la tête contre l'épaule de son frère jumeau.

— *Je n'aurais jamais fait ça. Tu m'as dit il y a bien longtemps que l'on ne devait jamais, sous n'importe quel prétexte, révéler les détails d'une conversation privée et j'espère toujours respecter cette règle.*

— *Tu comprends bien que si tu gaffais, ma vie serait en danger,* rappela précautionneusement Charles.

— *Oui. Et c'est pourquoi tu dois être très, très prudent avec Tristan, Charlie. Je ne pense pas qu'il fasse quoi que ce soit contre toi, mais l'on n'est jamais sûr, n'est-ce pas ?*

— *En effet. On ne peut l'être.*

TRISTAN FIT acte de présence et participa au dîner en vidant plus souvent son verre qu'il ne toucha son assiette. Charles l'observait discrètement tout en parlant à Lottie ; son beau-frère était tranquille, non pas maussade, mais visiblement distrait par ses propres pensées. Il répondait agréablement et assez directement lorsque l'on s'adressait à lui, mais la seule fois où ses yeux rencontrèrent ceux de Charles fut lorsque Lottie mentionna qu'elle avait fait préparer pour son frère la chambre mitoyenne à ses appartements. Puis il avait relevé les yeux, surpris d'avoir croisé le regard soutenu de Charles et avait rougit.

— C'est parfait Lottie, dit-il en s'empressant de se tourner vers sa femme.

— Vraiment ? Je l'espère, répondit-elle sereinement. Mais je n'étais pas certaine. Tu peux, bien évidemment, verrouiller la porte adjacente si tu en ressens le besoin.

Elle reporta son attention sur Charles.

— Cette maison est quelque peu étroite : il n'y a que quatre chambres au second étage et un salon à l'arrière de la maison que Tristan et moi partageons. Toutes les chambres sont reliées : celle d'Ellen est bien évidemment à côté de la mienne et Tristan et toi serez en face, de l'autre côté du couloir. Ta chambre et celle d'Ellen sont légèrement plus petites que les nôtres mais de peu, n'est-ce pas Tristan ?

— Oui, de peu, répondit Tristan avant d'avaler une nouvelle gorgée de vin.

71

C'était probablement son sixième ou septième verre – Charles s'était perdu dans les comptes – mais son comportement n'en paraissait pas affecté. Il devina qu'avec les quantités d'alcool coulant à flot en société ces temps-ci, tout particulièrement parmi les gentlemen, vider quelques bouteilles de vin ne devait pas être une prouesse extraordinaire.

— Excellent millésime, fit remarquer Charles à Tristan. Avez-vous votre propre cave ?

— Une petite, répondit Tristan. Il me reste quelques bouteilles de vin fort décentes, mais pour les festivités, nous commandons habituellement chez Berry.

— Nous dînons souvent très simplement à la maison, comme tu peux le voir, dit Charlotte, donc une bouteille ou deux, c'est suffisant pour nous.

— Bien sûr, dit Charles en lui souriant. Et tu n'aimes pas le vin de toute manière, n'est-ce pas *Liebing* [16] ? Ou tes goûts ont-ils changé avec le mariage ?

— Pas vraiment, admit-elle, mais ce rouge ne me dérange pas vois-tu, ni le blanc que nous prenons pour accompagner le poisson bien sûr. Autrement je n'aime toujours pas le sport.

— Moi non plus, dit Tristan sur un ton presque combatif. Et je n'aime pas m'étendre sur le sujet après dîner, mais il semblerait que ce soit devenu à la mode. Je trouve cela impoli envers les dames.

— Et moi je lui dis que cela nous donne l'opportunité de disséquer les personnalités des gentlemen qui nous entourent, dit Charlotte en gloussant.

— Aïe, dit Charles, amusé. Eh bien, puisque cela n'est pas dans les habitudes de la maison, Ellen et toi allez devoir attendre un peu avant de pouvoir disséquer nos tempéraments, pas vrai, M. Northwood ?

Tristan fronça subrepticement les sourcils et leva son verre à l'attention de Charles.

— Vous l'avez dit Major.

— J'espère, dit tièdement Ellen, que vous ne nous donnerez pas matière à disséquer, Charlie.

— Je ne le souhaite pas, mais en tant qu'hommes, nous sommes bien évidemment taillés en une roche plus solide que vous mesdames.

Tristan se tourna vers Lottie.

— Dois-je t'excuser auprès de Mme Osborne, Lottie ? Je suppose que tu préfères rester à la maison avec ton frère ce soir ?

Tristan jeta coup d'œil à Charles.

— Ou avez-vous prévu d'y aller ensemble ce soir ?

— Oh, je préférerais rester à la maison, mais si Charlie souhaite sortir alors…

— Pas ce soir, s'il te plaît. Je voudrais m'installer et m'assurer que mon ordonnance prenne ses marques. J'ai pris la liberté de présenter Reid à votre Reston, Northwood. Je ne pense pas qu'il détourne trop votre valet de ses devoirs.

---

16 En allemand dans le texte : *Darling* en anglais – ma chère. *NDT*

— C'est très bien, dit Tristan.

La conversation se déroula naturellement autour de la table jusqu'au dernier mot de la Conférence pour la Paix à Vienne et se déporta au salon, lorsque Charlotte le leur indiqua. Tristan passa un moment avec eux avant de disparaître à l'étage pour se préparer pour la soirée.

— J'espère que tu n'es pas vexé que Tristan ait décidé de sortir ce soir, dit Lottie. Mais nous avions été invités, et si les gens sont *plutôt* habitués à ne pas me voir, Tristan manquerait à nombreux de ses amis.

— Pas le moins du monde, lui assura Charles. Nous sommes virtuellement des étrangers après tout, et il vient juste d'apprendre que je vais vivre juste de l'autre côté de la porte de sa chambre. Ce serait plus qu'abuser d'attendre de moi que je le suive partout.

— Il a dit quelque chose à Lottie au sujet de vous parrainer pour entrer chez Boodle et White, déclara Ellen de son habituel ton calme.

— C'est très généreux de sa part, sachant que la seule source pour juger de mon tempérament provient des dires de ma chère petite sœur.

— Petite sœur ?

Charlotte lui mit un petit coup d'éventail.

— Je suis née à peine cinq minutes après toi.

— Mais ce fut cinq très longues minutes, d'après le compte rendu de Papa. Non non, ne me bats plus – mes côtes ne pourront plus l'encaisser.

— Ah, commenta Lottie, ce grand et fort soldat que tu es.

— M. Northwood était très calme au dîner, dit-il, changeant de sujet. Est-ce normal ou est-ce ma présence ?

— Il était un peu plus tranquille que de coutume, lui dit Ellen. Mais il semblait distrait par quelque chose. J'espère que tout va bien, Lottie ?

— Je suppose, répondit Charlotte. Il ne m'a rien dit attestant du contraire. Il a été pris d'un mal de tête cet après-midi, peut-être est-ce lié.

— Ah, enchaîna Ellen. Peut-être est-ce bien la raison.

— Je vais aller m'assurer que Reid s'en est sorti et qu'il a pu tout ranger, déclara Charles. Si Ses Dames veulent bien m'excuser un moment ?

— Redescendras-tu ? demanda Charlotte, son visage se chiffonnant légèrement.

— Ma chère Lottie, répondit-il. Je doute de trouver une quelconque raison pour rester à l'étage.

Il s'inclina et monta dans sa chambre.

La porte attenante n'était pas verrouillée ; il tourna la poignée et l'ouvrit. Le mécanisme s'ouvrait vers l'intérieur, du côté de sa propre chambre.

Tristan regarda le miroir devant lequel il était en train d'ajuster sa lavallière.

— Alors, trouvez-vous vos quartiers convenables ? demanda-t-il poliment.

73

— Oui, merci. Je suis désolé, je n'avais pas réalisé que vous n'étiez pas encore parti. J'espère ne pas vous avoir trop dérangé.

Tristan eut un moment d'hésitation puis répondit calmement mais brièvement :

— Non, pas du tout.

— Je voudrais vous remercier de me permettre de rester ici et j'espère ne pas trop m'imposer. J'escompte avoir assez de fonds, une fois ma commission d'officier vendue, pour pouvoir m'acheter quelque appartement. Lottie disait qu'avant votre mariage, vous viviez à Albany – me le recommanderiez-vous ?

— C'était convenable, bien qu'un peu cher.

— Ah, alors peut-être devrais-je revoir mes vues à la baisse.

— Vous êtes le bienvenu ici, dit Tristan d'un timbre de voix étouffé. Cela ravirait Charlotte que vous restiez.

— Mais pas son mari ? demanda-t-il d'un ton bas et doux.

Tristan secoua la tête.

— Cela me convient aussi, le corrigea-t-il. Ce n'est pas comme si nous manquions de chambre. Mais je dois vous avertir – je vais abandonner la location de cette maison au printemps, probablement avant que la Saison prochaine ne soit clôturée. Une fois que Charlotte aura accouché, nous nous retirerons à la campagne. Charlotte préfère la campagne.

— Et l'époux de Charlotte, préfère-t-il aussi la campagne ?

— L'époux de Charlotte n'a aucune préférence, répondit platement Tristan.

— Je suis désolé de l'entendre, commenta Charles. J'aurais espéré que vous soyez aussi enthousiaste que ma sœur à cette idée. Elle a hâte.

— J'en suis ravi, dit Tristan.

Il hésita, puis déclara, presque involontairement :

— Souhaitez-vous m'accompagner chez Osborne ? La condition de Charlotte limite forcément ses activités sociales, et ce sera une petite soirée : pas de danse, juste la musique et les cartes, ce qui est du reste la raison pour laquelle elle avait originellement accepté de venir. Je n'y resterai qu'une heure ou deux et ensuite, j'irai à la rencontre d'amis. Vous êtes bien évidemment invité à vous joindre à moi.

— Peut-être un autre soir, répondit Charles avec un sourire. Je souhaiterais vraiment terminer d'emménager ce soir après avoir autant voyagé. J'ai l'impression que je n'arriverai pas même jusqu'au port.

— Vous arrivez directement de Vienne ?

— Oui, et traverser les Alpes au milieu de l'hiver est une expérience que je ne veux plus retenter, répondit Charles.

— D'après ce que Lottie m'a dit, rien ne semble vous décourager, commenta Tristan.

Y avait-il eu une note d'ennui dans le ton de sa voix ?

— Peu de choses en réalité, admit Charles. La stupidité, l'arrogance et le gaspillage, mais rien d'autre.

Tristan resta silencieux un long moment et dit abruptement :

— Bien. Si je ne veux pas gaspiller trop de temps avant mon prochain rendez-vous, je ferais mieux d'y aller. Bonne soirée à vous, Major et si je ne l'ai pas déjà dis, je vous souhaite la bienvenue.

Une bienvenue à contrecœur, pensa Charles en se demandant ce qui, dans ses propos, avait pu déclencher une battue en retraite aussi subite.

LA SOIRÉE chez les Osborne était soporifique, Gibs était en retard et Tristan y resta coincé jusqu'à ce qu'il arrive puisqu'ils n'avaient pas décidé à l'avance de l'endroit où ils rencontreraient Berkeley. Il but quelques verres, mena quelques conversations mais avait la tête chaude et était anxieux. Anxieux. Il avait décidé d'identifier ce sentiment comme tel. L'anxiété valait aussi bien que n'importe quel autre mot pour le décrire.

Tout était la faute du fichu frère de Lottie. Qui était-il pour débarquer dans la vie de Tristan et tout mettre sens dessus dessous ? Et pourquoi la vie de Tristan *devrait*-elle en être chamboulée de la sorte, d'abord ? Il y avait quelque chose de *singulier* à son sujet. Il ne s'agissait pas seulement des impressions qu'il faisait naître chez Tristan, mais aussi de la manière dont il avait dit 'stupidité, arrogance et gaspillage'… C'était exactement comme s'il avait résumé la vie entière de Tris en trois petits mots prononcés sans tact. Charles, le héros de guerre, le frère adoré de Charlotte, l'officier d'État Major admiré. Bien sûr qu'il mépriserait Tristan s'il le connaissait. Tristan était tout ce qu'il méprisait.

Tris trouva son chemin parmi les salles principales de la bâtisse et arriva dans ce qui était apparemment un salon dont les portes fenêtres françaises ouvraient sur un balcon. Il les ouvrit et sortit dans l'air frigorifiant de janvier. *Non*, pensa-t-il en calant ses coudes sur la balustrade et en laissant reposer son front contre ses paumes. Charles n'avait rien de spécial. Qu'est-ce qui n'allait pas chez lui… Qu'est-ce qui n'allait donc pas ?

La réalisation à laquelle il en était venu dans l'après-midi le terrifiait. Il pensait se connaître lui-même, ses goûts, ses répulsions, ce que lui réservait son avenir confiné et limité ; il pensait connaître ses standards intellectuels, ses mœurs et sa – encore une fois limitée – moralité. Ce qu'il était en train de penser, ce qu'il était en train de ressentir était si éloigné de lui qu'il ne savait plus même qui il était, au point de se demander si un étranger n'avait pas pris les commandes dans sa tête. Ce n'était certainement pas Tristan Northwood, le légendaire homme à femmes, le païen épicurien, le modèle de masculinité incontesté. Cet homme-là ne regarderait jamais à deux fois un autre homme, pas de cette *manière*. Ce n'était pas bien. Ce n'était pas décent.

Oh, Seigneur.

C'était une descente aux enfers. Il s'y était toujours attendu, considérant ses années d'adultère. Mais quelque part, il avait espéré recevoir la clémence de Dieu.

75

Tous étaient adultères. Mais cela – s'enflammer charnellement pour un homme – Dieu ne le pardonnerait pas. Il était condamné.

Il s'en foutait. *Oh, Seigneur*, pensa-t-il encore, *qu'allait-il faire ?*

— Te voilà, dit tout à coup une voix derrière lui. Bon Dieu Tris, n'as-tu pas froid ?

Il se retourna, le masque social bien positionné sur son visage et fit un large sourire à l'attention de Gibson.

— Il fait une chaleur tropicale à l'intérieur, dit-il avec légèreté. Où diable étais-tu ?

— Coincé chez ma sœur, répondit Gibs. Désolé pour ça. J'ai fait mes courbettes à nos hôtes, on peut y aller.

— Bien, dit Tristan en lui donnant un coup de coude au passage. J'ai besoin d'un verre.

— J'ai entendu dire que tu avais de la visite, dit Gibson alors qu'ils se frayaient un chemin parmi la foule des invités.

Tristan s'arrêta subitement et cilla.

— Comment sais-tu ça ?

— Osborne m'a dit que tu l'avais mentionné. Le frère de Lottie, non ?

— Oui.

Tristan recommença à marcher, à sourire, à s'incliner et à hocher la tête en direction de ses connaissances tandis qu'ils traversaient laborieusement les salles remplies de monde jusqu'à la porte principale. Une fois que le valet leur rendit leur manteau, ils s'élancèrent dans la nuit.

Dans le noir, alors que Gibson ne pouvait voir son visage, il lui fut plus facile de parler.

— Oui, le Major Mountjoy vend son office et a daigné nous honorer de sa présence, déclara Tristan avec désinvolture.

— Du genre pompeux, non ? commenta Gibson.

Tristan soupira.

— Non, en fait, il est plutôt sympathique. De la prestance. Je ferai en sorte qu'il adhère à mes clubs ; il vend, donc je suppose qu'il devra tôt ou tard rencontrer des gens. Je le présenterai un peu partout. Je pense que tu risques de l'apprécier.

— Si tu l'apprécies, je risque fort de l'apprécier aussi en effet.

— Il est comme il faut, conclut hautainement Tristan avant de changer de sujet.

Il FAISAIT toujours nuit lorsque Charles se réveilla subitement, désorienté, dans un lit auquel il n'était pas habitué. Il se souvint alors de l'endroit où il se trouvait, sans être certain de ce qui avait causé son réveil. Puis il l'entendit de nouveau ; un bas bruissement de pas, l'escalier qui craque, un mot murmuré. Il se leva rapidement, enfila sa robe de chambre et entrouvrit la porte.

Reston, le valet de Tristan, montait l'escalier, chandelle en main. Derrière lui, deux valets de pied soutenaient le maître des lieux tandis qu'il escaladait les marches. Charles ouvrit la porte en grand.

— Puis-je être utile ? demanda-t-il doucement.

Reston leva les yeux et secoua la tête avec lassitude.

— Non, merci, Monsieur, répondit-il tout aussi bas. M. Northwood est très fatigué et doit se retirer dans ses appartements.

Il ouvrit la porte de la chambre de Tristan et y entra. Les valets de pied transportèrent Tristan derrière lui.

Charles attendit que les domestiques quittent la chambre avant de fermer sa porte pour ouvrir celle qui était adjacente. Reston déshabillait énergiquement Tristan et entreprenait de passer la volumineuse chemise de nuit sur le corps svelte, en faisant montre d'une agilité bien rodée. Charles regarda en silence. Finalement Reston se tourna vers lui et dit sur ce même ton las.

— Tout va bien, Major.

— Fait-il ça chaque nuit ? demanda Charles.

— Je ne suis pas inaccoutumé du fait, Major. M. Northwood dormira le reste de la nuit. Merci de votre inquiétude, répondit simplement le valet.

Il s'inclina poliment et s'avança vers Charles au nez duquel il ferma la porte sans plus de cérémonie.

Charles étudia benoîtement le grain du panneau de bois, si près de son visage, et alla se remettre au lit.

MALGRÉ SON sommeil interrompu, lorsque Charles se réveilla à l'aube, il se sentit suffisamment reposé et décida d'aller se promener à cheval avant le petit-déjeuner. Il alla jusqu'aux écuries de la Cavalerie de la Garde où ses animaux étaient temporairement en pension et réveilla son palefrenier pour sceller Parangon, puis mena le hongre vers Hyde Park pour un court galop le long des quelques chemins parfaitement dégagés de neige. Ce ne fut que sur le chemin du retour, une heure et demie plus tard, qu'Il rencontra Tristan, sur un cheval bai élancé qui trottait énergiquement, de la vapeur blanche s'échappant de ses naseaux.

— Bonjour, dit poliment Tristan.

Ses yeux étaient injectés de sang, mais autrement, il ne présentait aucun signe de l'intoxication alcoolisée qui avait nécessité l'assistance de deux hommes plus tôt dans la nuit et sa main gantée sur les rênes du bai était ferme et assurée.

— Vous sortez tôt.

— Oui, dit Charles. J'étais sur le point de rentrer, mais si vous êtes partant pour un peu de compagnie...

— Si le froid ne vous dérange pas, dit Tristan tandis que Charles faisait pivoter sa monture pour s'aligner aux côtés de son hôte. C'est un gentleman bien éduqué, ajouta-t-il en hochant la tête à l'attention de Parangon.

77

— Il l'est, répondit Charles en flattant affectueusement le col du hongre. Il s'appelle Parangon, et il en est un. Puissant, solide et éloquent. Je l'ai acheté au Portugal, il y a cinq ans.

Le bai de Tristan releva la tête – Charles ne sut dire s'il avait l'intention de donner un coup de dents à Parangon ou simplement de l'examiner, mais le hongre se déporta calmement sur le côté sans perdre la cadence. Tristan rigola.

— C'est un garçon intelligent aussi, constata-t-il en claquant gentiment le col de son bai. Comporte-toi mieux que ça, Gamin, dit-il au cheval.

— C'est son nom ? Gamin ? demanda Charles en levant un sourcil.

— C'est approprié, précisa Tristan. Ce n'est pas un mauvais bougre, mais il est malicieux. Il n'aurait pas mordu votre monture, mais il aurait fait semblant jusqu'à la dernière seconde. Je pense qu'il aime tester. Mais il est calme et aisé à monter.

Le regard de Charles vacilla et rencontra celui de Tristan. À son grand intérêt et pour son plus grand plaisir, les joues de Tristan virèrent au cramoisi en un rien de temps. Puis celui-ci détourna le visage de l'autre côté du parc.

— Oh, mon Dieu, dit-il avec un soupir exagéré. Bab Abernathy en vue, sans palefrenier, évidemment. Je ne pense pas qu'elle nous ait remarqués. C'est bien trop tôt : on fait la course jusqu'au lac Serpentin ?

— C'est parti, dit Charles.

— Prêt, feu… partez !

Et Tristan décolla, talonné de près par Charles.

ILS AVAIENT cavalé jusqu'au bord de l'eau glacée et marchaient maintenant au pas pour calmer leurs chevaux. Tristan avait gagné d'un cheveu.

— Qui est Bab Abernathy et pourquoi l'évitons nous ? demanda Charles.

— Oh, vous la rencontrerez bien assez tôt, répondit Tristan. Elle était… quelque chose comme une amourette il y a quelques années de cela. De temps en temps, elle me met le grappin dessus, le matin, ici, et essaie de… Bref, vous savez. J'ai perdu tout intérêt dans cette relation et elle refuse de l'admettre.

Il jeta un regard à Charles.

— Elle est très jolie, dit-il honnêtement. Je pourrais vous la présenter, si vous le souhaitez.

— Je suis certain de la rencontrer bien assez tôt, répondit Charles avec un ton de lassitude désinvolte dans la voix. Inutile d'interrompre une promenade matinale si parfaite. Montez-vous habituellement à cette heure ?

— Quotidiennement, dit Tristan en orientant la tête de Gamin vers le portail près de la maison. Lorsque le ciel est clair, comme aujourd'hui, Gamin n'est pas dérangé par le froid.

— Est-ce habituel pour un début de janvier ? s'enquit Charles. Le temps semble froid pour la saison.

Tristan haussa les épaules.

— Peut-être avons-nous eu plus de neige que d'habitude, dit-il. Mais les routes sont assez bien entretenues. Le froid vous dérange, après ces années passées dans la Péninsule ?

— Les gens ont cette étrange idée de l'Espagne, ils pensent que c'est un pays chaud, s'amusa Charles. Alors qu'en fait, c'est un pays extrême. Madrid et le nord de la région connaissent des hivers très froids. Et bien évidemment, c'était là que nous étions. Et au contraire, lorsqu'il fait chaud...

Il rit.

— *Madre de Dios !*

— Je devine que vous parlez espagnol couramment, dit Tristan.

Y avait-il une note mélancolique dans le timbre de sa voix ? Charles inclina la tête et étudia son compagnon.

— Assez pour me faire comprendre, concéda-t-il. Mais je parle bien mieux allemand. Comme Lottie, bien sûr.

Tristan cilla.

— Lottie parle l'allemand ?

— Vous ne le saviez pas ? Notre mère était allemande et elle prit sa propre nounou avec elle lorsqu'elle se maria. À leurs côtés, nous sommes devenus bilingues. Daniel en a perdu la faculté lorsqu'il est allé à l'école, mais Lottie et moi avons continué à le parler entre nous, et lorsque je suis sorti d'Eton, nous nous écrivions en allemand. Et bien sûr aussi, nous le parlions en vacances. Je ne sais pas comment elle a fait pour garder le niveau élevé de son coté, mais me concernant, j'ai eu de quoi faire entre les prussiens et les autrichiens en relation avec l'armée. Ils parlent deux dialectes différents, mais je me débrouille dans les deux.

— Je peux lire en latin et en grec, un peu, mais je ne parle aucune langue vivante, dit Tristan avant de secouer la tête. Je ne suis pas très porté sur les études et ne l'ai jamais été. Trop occupé et jamais assez brillant, poursuivit-il d'un ton détaché. Bon, avons-nous eu assez froid ? Je suis prêt pour le petit-déjeuner.

— Après vous, l'invita Charles.

Il se mit alors à suivre Gamin au sortir du parc.

TRISTAN AVAIT beau s'être déclaré prêt pour le petit-déjeuner, il ne mangea que quelques bouchées de tartines et une cuillerée d'œufs au grand étonnement de Charles. Il vida en revanche une large pinte de bière suivie de plusieurs tasses de café. Charles repensa à ce qu'il avait aperçu de Tristan cette nuit-là, avant que Reston ne l'enveloppe dans sa chemise de nuit. L'homme était trop mince pour sa taille, en dépit de ses larges épaules.

— Est-ce là tout ce que vous comptez manger ? demanda-t-il avec curiosité.

— Je ne mange jamais beaucoup au petit-déjeuner, répondit-il encore une fois d'un ton détaché.

— Charlotte mange-t-elle à cette heure aussi ?

— Non, elle prend habituellement le thé dans sa chambre. Je suppose qu'avec vous ici, cela peut changer, répondit Tristan.

Il se versa une énième tasse de café.

— Nous déjeunons habituellement ensemble.

Charles se resservit en jambon.

— C'est délicieux. Je trouvais que votre cuisinière avait déjà préparé un excellent dîner hier soir, mais il semblerait qu'elle se soit surpassée avec le petit-déjeuner.

— Hmm, répondit Tristan en ouvrant le journal pour en commencer la lecture.

Snobé, les lèvres de Charles s'étirèrent en un fin sourire et il s'occupa du jambon.

Quelques minutes plus tard, Tristan lui jeta un coup d'œil par-dessus son journal :

— Seriez-vous intéressé par l'adhésion à quelques clubs ? demanda-t-il. Je suis membre chez Boodle et White. Et aussi chez Brook, mais Prinny et ses frères le fréquentent donc je n'y suis que rarement.

— Vous n'aimez pas le Régent ? demanda Charles en haussant un sourcil. J'ai cru comprendre que l'homme avait pourtant un certain charme. Ai-je été mal informé ?

— Pas du tout, dit Tristan. Il est de nature très aimable, habituellement. Cependant, je n'apprécie pas trop ses suivants. Je ne pense pas qu'ils soient d'une très bonne influence. Quoi qu'il en soit, ma question était de savoir si vous étiez déjà membre de l'un de ces clubs et si vous ne l'étiez pas, si vous apprécieriez mon parrainage. Je crois savoir que votre Duc est membre chez Boodle.

— Il l'est et je ne le suis pas. J'ai passé très peu de temps à Londres étant adulte : imaginez-moi comme un étranger avec un accent parfait et vous aurez une idée exacte de l'état de mes relations sociales.

— Né de la dernière pluie, c'est ça ?

— Quasiment, répondit Charles en riant. Donc j'espère que vous n'en profiterez pas pour m'éconduire.

Il laissa son regard revenir sur celui de Tristan et le soutint un moment de trop. Il fut de nouveau récompensé par cette charmante rougeur qui monta au visage de son vis-à-vis. Tiens donc. Intéressant. Son très sophistiqué beau-frère n'était donc pas immunisé au flirt – et malgré les avertissements de Lottie, Charles se dit que Tristan était attiré par lui.

Définitivement intéressant.

— Boodle et White, donc, dit-il en plantant sa fourchette dans le jambon avant d'y ajouter une nouvelle ration de pommes de terre. Je crois que les deux seront dans mes moyens. Je ne joue pas beaucoup, en revanche.

— Moi non plus, dit Tristan. Je trouve ça ennuyeux, sauf pour me divertir avec mes amis. Je ne suis pas contre un bon jeu de whist ou de piquet mais le vingt-et-un n'est qu'une question de pure chance, du hasard et non du talent.

— Oui en effet, je suis d'accord, commenta Charles. Je préfère également les jeux de talents aux jeux de hasard. Je devine que les mœurs militaires n'y sont pas pour rien : il y a tellement de choses qui nous dépassent que nous apprenons à apprécier la réussite et l'achèvement par-dessus l'avancement. Du moins, certains d'entre nous.

— Lottie dit que votre propre ascension dans les rangs fut méritée et non pas achetée. C'est une réussite certaine pour quelqu'un d'aussi jeune que vous, dit Tristan.

— Quelqu'un a dû penser que j'étais un bon meneur d'hommes, commenta-t-il distraitement. Mais tout ceci est terminé. Je suis techniquement en permission étendue jusqu'à la vente de ma commission d'officier, bien que je sois forcé de me présenter quotidiennement à la Cavalerie de la Garde. C'est un petit prix à payer pour qu'ils hébergent mes chevaux jusqu'à ce que je trouve à les vendre.

— Combien en avez-vous ?

— Trois, Parangon inclus. Parlant de celui-ci, je vous remercie de m'avoir permis d'utiliser le box pour lui ce matin. Je vais le ramener à la Garde après le petit-déjeuner et me signaler. Je serai ensuite à votre disposition après le déjeuner.

— Parfait, commenta Tristan. Vous viendrez avec moi et je vous présenterai quelques personnes.

Il regarda l'horloge.

— Si vous voulez bien m'excuser, c'est l'heure à laquelle je passe du temps avec mon fils. L'avez-vous déjà rencontré ?

— Charlotte nous a présenté hier soir, dit Charles. Il est adorable.

Un lent et doux sourire apparut sur le visage de Tristan et il rencontra le regard de Charles, le sien rayonnant d'amour.

— Il l'est, n'est-ce pas ?

Charles l'observa fixement, interdit, sentant son cœur s'emballer. *Mon dieu*, pensa-t-il confus. *Ce que je donnerais pour que ce sourire me soit destiné.* Le regard acier de Tristan s'était radoucit, moins perçant, et son sourire, si différent des rictus fébriles qui étiraient ses lèvres jusqu'à présent, alla droit au cœur de Charles comme la balle de mousquet qu'il s'était pris dans le flanc quelques années plus tôt, cet étrange choc indolore avant que la douleur n'explose. Mais cette fois-ci ce n'était pas de la douleur. C'était une vague furieuse de chaleur et d'ivresse, comme s'il avait retenu son souffle jusqu'alors et venait de prendre une profonde bouffée d'air. Et dans le réveil d'après choc vint une lente et amère compréhension.

Il avait déjà réalisé qu'il trouvait Tristan attirant avant cela. En le voyant tel qu'il était en ce moment, affichant un sourire aimant, Charles comprit qu'il y avait là bien plus que de l'attraction, bien plus que la tentation d'un bel et arrogant jeune homme de caractère.

Ce visage – cet amour – appartenait à un homme qui pouvait voler le cœur de Charles. Même Grégory, qu'il avait aimé, ne lui avait jamais porté un coup si puissant. D'un simple sourire, il avait fait tomber toutes les barrières défensives que Charles avait prudemment érigées, le mettant à nu et le laissant désemparé.

— Oui, réussit-il à articuler sans savoir s'il répondait à la question purement rhétorique de Tristan ou s'il ne faisait que se soumettre au destin.

VIII

— Eh bien, il semble que tout cela soit décidé ? La rumeur disait que vous étiez de retour.

Charles referma son livre et offrit un large sourire au Dr. MacQuarrie, autrefois médecin d'Arthur Wellesley et son gestionnaire.

— Mac ! s'exclama-t-il avec ravissement en serrant vigoureusement la main de l'autre homme. Je ne savais pas que vous aviez été muté ici !

— Pour tout dire, il ne me restait plus grand-chose à faire à Lisbonne depuis que vos hommes sont partis, dit le médecin tandis qu'il se laissait tomber dans une chaise non loin de Charles. Son Excellence – pardon, Sa Grâce maintenant – n'a jamais vraiment eut besoin d'un médecin personnel ; je jurerais que cet homme est fait de métal. De plus Hume est bien mieux taillé pour le suivre que je ne l'ai jamais été. Dès lors, une fois que ma jambe fut guérie, il m'a renvoyé ici. Pas que cela me dérange : je deviens un brin trop vieux pour marcher au son des tambours.

— Comment va votre jambe ? demanda-t-il.

MacQuarrie se l'était cassée pendant le tremblement de terre de Lisbonne quelques années plus tôt.

— Elle m'en fait voir en ces jours froids et humides, et c'est bien là pourquoi je vis dans cette cité oublié de Dieu au lieu d'un endroit civilisé comme Edinburgh, lança-t-il en lâchant un rire bref. Pas que Londres soit bien mieux, climatiquement parlant. Je suis disposé à me retirer dans un endroit comme la Sicile pour mon grand âge. Quelque part où il fait sec et chaud. Peut-être l'Égypte.

Charles rit.

— Eh bien ne prenez pas votre retraite si vite. J'avais l'intention de vous écrire et c'est encore mieux que vous soyez ici en personne. Êtes-vous membre de ce club ?

— Depuis bien avant votre naissance, jeune arriviste. Qui vous a parrainé ?

— Tristan Northwood.

MacQuarrie haussa un sourcil.

— Et comment connaissez-vous ce jeune fêtard ?

— C'est mon beau-frère, l'époux de ma sœur jumelle, depuis quelques années. Le connaissez-vous ?

— J'ai eu le privilège de le rapiécer il y a de cela un an ou plus, après une de ses folles escapades. Quelqu'un l'avait défié de rassembler tous les cygnes du Serpentin. Un coup de bec de ces oiseaux peut casser le bras d'un homme : dans son cas il fut assez chanceux pour s'en tirer avec une épaule méchamment luxée. Il a réussi toutefois. Je ne sais comment : les cygnes ont vraiment un sale caractère comparé à leur grande beauté. Il les a renfermé dans l'enclos que ses amis et lui avait installé jusqu'à ce que les gardiens ne les menacent de tous les arrêter.

MacQuarrie renifla de nouveau en lâchant un rire.

— Alors ils ont libéré la volaille mais un des cygnes a pris Tristan en chasse. Il fut le seul blessé au bout du compte, heureusement.

— Ça ressemble bien à Tris, dit Charles. D'après ce que j'ai entendu, ses petits jeux ne blessent jamais personne d'autre que lui.

— S'il prenait plus garde aux défis qu'il accepte de relever il ne se blesserait pas aussi souvent : les courses d'équipages et ce genre de bêtises sont grandement dangereux. C'est un habitué de chez Jackson et Angelo, alors il a de bons réflexes – et je pense que c'est ce qui l'a sauvé jusqu'ici. Autrement je n'ai pas beaucoup entendu parler de lui récemment, votre sœur semble avoir une bonne influence sur lui.

— Oh, je doute que quiconque n'ait une quelconque influence sur lui, sauf son petit garçon.

— Cela se tiendrait, approuva Mac. Donc, de quoi souhaitiez-vous me parler, puisque que je suis là et pas prêt de m'en aller de sitôt.

— Vous avez étudié à Edinburgh, non ?

— Et où un écossais digne de ce nom étudierait-il ? Là-bas se donne la meilleure instruction au monde, tout particulièrement en médecine, mon garçon. Pourquoi, songez-vous prêter le serment d'Hippocrate vous-même ?

— J'y pense, mais je préférerais ne pas avoir à voyager jusqu'à Edinburgh pour cela. Pouvez-vous me recommander un endroit un peu plus près d'ici ? J'essaie de vendre ma commission d'officier, mais depuis que j'ai été promu Major, c'est plus difficile. Je ne veux pas non plus la vendre au rabais et étant donné que nous sommes parvenus à des accords de paix, les preneurs se raréfient.

— Gardez-là tant que vous le pourrez, conseilla MacQuarrie, ou vendez au rabais à quelqu'un qui mérite tout votre respect.

— C'était bien là mon intention, dit Charles. Et aucun de ceux qui ont manifesté leur intérêt ne fait partie des hommes à qui je laisserais mes troupes. Même si la plupart sont maintenant en Amérique sous le commandement de Forrester.

MacQuarrie héla un serveur qui s'éloigna pour revenir aussitôt avec un verre de whisky.

— Un autre pour vous mon garçon ? demanda-t-il en jetant un coup d'œil au verre de vin à demi bu de Charles.

— Non, merci, répondit Charles à l'homme qui attendait et qui disparut aussitôt comme le bon domestique qu'il était.

Mac commença son explication :

— Afin d'être licencié en médecine du Collège Royal, vous devez achever plusieurs années de cours : le nombre officiel est de cinq, mais il y a d'autres moyens, bien sûr. Si vous êtes intéressé par la chirurgie, il s'agit bien plus d'un apprentissage – moins prestigieux que les études, mais plus axé sur la pratique et vous serez à même de pratiquer rapidement. D'un autre côté, les pauvres ne regardent pas à deux fois pour savoir si vous avez un FRCP [17] accolé à votre nom. Je connais quelques médecins en apprentissage dans les hôpitaux londoniens ; ils ont grand besoin d'aide. Je peux vous faire des lettres de recommandation, si vous le souhaitez. Ou, si vous êtes intéressé, vous pourriez travailler avec moi – je suis affilié à l'hôpital de St Joseph à Spitalfields – pas le meilleur quartier de la ville, je vous l'accorde, mais vous y trouverez une grande diversité de patients. C'est un excellent hôpital pour apprendre ; et si vous décidez d'obtenir le diplôme, il est affilié à l'Université de Londres. Chirurgie et médecine ; bien que, forcément, vous allez devoir choisir. Si vous êtes partant pour médecine, j'ai acquis une solide pratique en dehors de l'armée depuis que je suis revenu et cela me ferait plaisir de pouvoir céder ma pratique et la place à quelqu'un qui en vaut la peine lorsque je prendrai ma retraite.

— Je suis intéressé et je vous suis reconnaissant de l'être tout autant, dit Charles.

Il prit une gorgée de vin et poursuivit.

— De ce que j'ai pu voir durant ma carrière militaire, je pense qu'il y a bien plus d'honneur à soigner un homme qu'à le blesser.

— J'ai toujours pensé ainsi, dit MacQuarrie en le considérant sous ses sourcils en broussaille. J'ai suivi votre carrière avec grand intérêt depuis que vous avez défendu ce jeune homme… Winstead ? C'était son nom ?

— Oui, dit Charles. Gregory Winstead.

— Je n'ai jamais pensé qu'il était fou, déclara Mac. Mais Warren avait une dent contre lui depuis de début. Je n'en ai jamais compris la raison : le garçon était sain, un bon soldat, jusqu'à ce que Warren ne prenne les commandes du régiment. Je ne sais rien de plus concernant la situation.

— Warren a commencé à haïr Greg, expliqua Charles, et il l'a impitoyablement piégé. Greg était un bon gars, il n'a jamais fait de mal à une mouche. Mais Warren ne lâchait pas l'affaire ni ne se laissait atteindre par la raison. Il semblait prendre un certain plaisir à tourmenter le garçon. Si quoi que ce soit a pu rendre fou Greg, c'était bien Warren.

Il vida le reste de son vin.

— Pardonnez-moi. J'en suis toujours furieux. Et tous deux sont morts.

— Je me suis souvent demandé…

Mac battit en retraite et regarda son verre.

— Demandé ? répéta promptement Charles.

— Eh bien… voyons voir, vous êtes allé à l'école publique, n'est-ce pas ?

— À Eton, oui.

17 Fellow of the Royal College of Physicians : Membres diplômés du Collège Royal de Médecine. *NDT*

85

— Et vous avez connu des garçons qui étaient... un genre particulier de petite frappe...

— Oh, oui, confirma doucement Charles. J'en connaissais, des lâches.

— Certaines choses ont été dites sur Warren qui m'ont laissé penser qu'il aimait discipliner ses hommes de manière un peu trop extrême. Qu'il *s'impliquait* un peu dans la chose, si vous voyez ce que je veux dire. Et certaines douces natures étaient du petit lait pour ce genre d'homme.

Il croisa enfin le regard de Charles.

— En tant que médecin vous devez garder le secret professionnel sur ce que vous apprenez de vos patients, peu importe le degré auquel vos convictions personnelles se trouvent offensées par leurs actions et croyances. Je me suis toujours vu, sur ce sujet, comme un prêtre papiste de l'autre côté du confessionnal. Mais cela n'a plus d'importance maintenant ; le garçon est mort et d'après ce que je sais, il n'a pas de famille pouvant être heurtée par les faits.

— Oh, vous voulez parler du fait que Gregory ait été un sodomite ? dit calmement Charles. J'étais au courant. Il me l'a confié avant même que l'affaire avec Warren n'ait commencé. Et vous avez raison – je crois également que Warren le ciblait pour ça. Même si Warren ne savait pas – ne pouvait pas le savoir – il le suspectait et c'était bien assez pour quelqu'un de son espèce. Et oui, je pense aussi que Warren avait ce penchant là et qu'il est devenu un tortionnaire pour compenser.

MacQuarrie se renversa dans son fauteuil et observa Charles.

— C'est très intéressant, dit-il pensivement. Et Warren aurait poussé un peu trop fort sur le garçon, ainsi, tout ce qu'il aura fallu fut une simple phrase pour qu'il 'tombe de la falaise' ?

— Comme le dit le proverbe, c'est la goutte d'eau qui fait déborder le vase.

— Que lui a-t-il dit ?

— Je ne sais pas, j'étais trop loin pour pouvoir entendre. J'ai juste vu Greg tranquillement assis à polir son harnais et Warren est arrivé et lui a dit quelque chose. Greg est devenu fou et a essayé de l'étrangler avec le harnais. Ils l'ont emmené alors qu'il était toujours en train de hurler et l'ont placé à l'asile du coin. Où il a trouvé la mort, dit Charles en se frictionnant le front avec lassitude. Quel gâchis. C'était un excellent soldat, un homme bien. S'il avait été dans mon régiment, j'aurais pu intercéder bien avant que tout cela ne dérape mais il était dans celui du Capitaine Hanson et Hanson n'aurait jamais toléré que j'interfère.

Il se frotta de nouveau la tête.

— J'aurais dû m'en mêler et envoyer les conséquences au diable.

— Non, vous n'auriez pas dû, déclara Mac en élevant le ton. Cela n'aurait fait aucune différence à la fin et votre carrière aurait été terminée. Et j'ai à la conscience le nombre incalculable d'hommes que vous avez *effectivement* aidés, y compris celui qui est devenu votre ordonnance et qui se serait fait démettre si vous n'aviez pas été là.

— Je ne vois pas les choses ainsi, répondit Charles, l'air morne.

MacQuarrie hocha la tête.

— Je sais bien. Vous êtes pris dans les méandres du 'et si'. Mais vous ne pouvez pas vous y perdre éternellement si vous comptez mener une carrière de médecin. Faites de votre mieux. Faites ce qui vous semble être juste. Et ne tentez pas d'anticiper vos motivations, cela vous mènerait au chaos, dit-il en inclinant la tête. Quelques médecins commencent à se spécialiser dans les désordres mentaux et émotionnels. Considéreriez-vous orienter vos études dans cette direction ?

— Je n'y avais pas pensé, admit Charles. Je me focalisais plus sur les études nécessaires pour devenir un généraliste en premier lieu. Je n'ai pas assez de connaissances dans le domaine.

— Bien, je peux vous aider pour cette partie-là. Je vous enverrai une liste de livres pour bien commencer ; et il serait grandement nécessaire que vous puissiez lire le latin ou le grec.

— Cela fait quelques années, mais j'ai des notions. Eton, forcément. Même si je ne suis pas allé à l'Université.

— Bien. Vous allez devoir plancher dessus et à la fin, passer les examens, dans quelques années. La plupart des textes classiques ont été traduits. Il y a aussi de très bons textes allemands que nous pourrions également trouver.

— Ah, enfin nous touchons à quelque chose. Je lis l'allemand bien mieux que je ne le parle et je le parle pourtant couramment, grâce à une nounou allemande. C'est la raison pour laquelle j'ai passé autant de temps à courir derrière Wellington et Castlereagh.

— Oh, oui, en effet, j'oubliais. C'est ce pourquoi vous étiez à Vienne avec Castlereagh. Bien. Procurons-nous les livres et dans une semaine ou deux je reprendrai contact avec vous et m'arrangerai pour que vous puissiez me suivre dans mes rondes à l'hôpital. Et vous serez alors en mesure de voir si quelque chose vous interpelle, parler aux autres étudiants, etc. Nous nous occuperons des études formelles en temps voulu. Où résidez-vous ?

— Je vis actuellement avec les Northwood ; temporairement.

Charles chercha une carte dans sa poche et y inscrivit l'adresse au crayon sur le dos. La tendant à MacQuarrie, il afficha un sourire de soulagement.

— Je vous suis extrêmement reconnaissant, Mac – je me suis quelque peu perdu durant cette dernière année passée à courir après Wellesley. Cela redonne du sens à ma vie et un but à atteindre.

— Tout le monde a besoin d'une idée directrice, mon garçon, dit sobrement MacQuarrie. Un homme ne peut vivre comme une alouette et se laisser porter au gré du vent. Un homme a besoin d'une raison, autrement il est gâché. Et nous savons à quel point vous détestez le gaspillage.

Charles acquiesça et se redressa, serrant la main du médecin.

— Maintenant, dit-il en prenant son livre, je dois rentrer – nous dînons dehors ce soir et je dois me changer. Nous nous reparlons dans une semaine à peu près ?

87

— Vous avez ma parole, dit Mac et ils se serrèrent la main à nouveau. Bonne journée à vous Dr. Mountjoy.

— Pas encore, dit Charles avec un grand sourire.

Tristan attendait déjà au pied des escaliers lorsque Charles descendit, triturant d'inconfort son nouveau costume. Le devant était plus court que les tuniques militaires auxquelles il était habitué, dévoilant le bas de son gilet, et l'arrière était plus long, la queue tombant sur l'arrière de ses cuisses. Étant donné qu'il avait l'intention de mener une vie de civil, il devait dès à présent commencer à penser et se comporter comme tel – ou au moins s'habiller comme tel. Il releva le nez pour regarder Tristan qui était en train de l'observer, le visage livide.

— Cela me va-t-il si mal que ça ?

Son beau-frère cilla.

— Non, non, bien sûr que non. C'est juste que je m'étais habitué à vous voir en uniforme. Il est donc étrange de vous voir en habit civil. Cela vous va… plutôt bien. Weston ?

— Pour votre gouverne, dit Charles, j'aurais pu nourrir ma brigade entière pendant une semaine avec ce que cela m'a coûté, mais Lottie m'a fait comprendre que je devais me mettre sur mon trente et un ce soir.

Il inclina pensivement la tête alors qu'il s'avançait sur le carrelage de l'entrée.

— En quoi cette soirée est-elle si spéciale ?

— Nous dînons avec les Morpeth. Lady Morpeth est une amie chère à Lottie. Le Vicomte de Morpeth est l'héritier du Comte de Carlisle et c'est un homme politique en vue, mais avec tout cela, il n'en reste pas moins un homme décent. Il est membre de Boodle.

— L'ai-je rencontré là-bas ? Je ne me souviens de personne de ce nom-là.

— Non, il n'y était pas.

— Attendez… l'héritier de Carlisle ? En ce cas, son épouse devrait être Georgia Howard ?

Au hochement de tête de Tristan, les lèvres de Charles s'étirèrent en un large sourire.

— Bien sûr ! Lottie m'écrivait régulièrement à son sujet. Habituellement lorsqu'un nouveau petit Morpeth venait au monde.

— Cela ne me surprend pas, rit Tristan. Ils en ont neuf. *Leur* Charles a juste six mois de plus que Jamie. Leurs mères manigancent déjà pour qu'ils deviennent les meilleurs amis du monde.

— Bonne chance avec ça, dit Charles. Je concède que mon expérience avec les enfants est fort limitée, mais toutes les tentatives du genre que j'ai pu voir se sont soldées par une antipathie mutuelle des deux victimes.

— Je n'en doute pas, dit Tristan. Heureusement, on ne m'a jamais forcé la main pour ce genre de chose.

— Aucun cousin de votre âge avec lequel vos parents attendaient de vous une adoration partagée spontanée ? demanda-t-il.

Charles se rappelait avoir vécu de complets désastres dans le genre.

— Non. Je fus heureusement privé de ces relations familiales. Si Jamie et moi venions à disparaître avant le Baron, le titre passerait à un cousin éloigné que je n'ai jamais rencontré.

Tristan regarda en direction de l'étage.

— Ah, Charlotte, tu es ravissante.

— J'ai l'air *grosse*, corrigea Charlotte avec un sourire, mais puisque nous dînons avec les Morpeth, ce ne sera pas dérangeant.

— Georgia est encore *enceinte* [18] ?

— Pas que je sache. Juste ciel, Tris : le petit Charles n'a pas encore un an !

— Et bien si l'on considère qu'ils ont eu neuf enfants en neuf ans, je ne trouverais pas cela si surprenant.

— Il y a plus de deux ans entre Blanche et Charles, répliqua Lottie avec complaisance.

— Ce qui signifie qu'il y a moins entre d'autres, pointa Tristan.

— Bon Dieu, lâcha Charles avec lassitude.

Lottie gloussa.

— C'est un couple amoureux.

— J'imagine, commenta Charles en frémissant.

Il regarda Tristan qui affichait une mine contrariée.

— Qu'y a-t-il ?

— N'aimez-vous pas les enfants ? lui demanda Tristan.

Charles secoua la tête.

— Non, ce n'est pas du tout cela. Je trouve brutal de faire subir à son épouse – pour qui celui-ci à de l'affection – le traumatisme de l'accouchement aussi souvent. Sans parler de l'inconfort de la grossesse.

— Ce que l'on ne dit pas, répliqua sévèrement Lottie, en bonne compagnie.

— Désolé, *Liebchen*, dit Charles d'un ton repenti. J'oubliais.

— Nous te civiliserons bien assez tôt, rétorqua-t-elle.

— Je ne suis pas sûr de ça, dit subitement Tristan. Je le préfère non civilisé. Surtout quand il se met à réaliser ce qu'il vient de dire et qu'il devient tout rouge.

Charles releva brusquement la tête pour l'observer. Leurs yeux se rencontrèrent un moment, ceux de Tristan largement écarquillés et choqués des mots sortis de sa propre bouche.

— Ce n'est pas ce que je voulais dire, dit Tristan mal à l'aise.

— Alors que vouliez-vous dire ? demanda Charles d'un timbre bas.

---

18 En français dans le texte. *NDT*

89

— Juste que… que… c'est plaisant d'entendre quelqu'un parler franchement et honnêtement de temps en temps. Ça change. Je n'entendais pas par là que vous étiez… non civilisé. Ou barbare, ou rien du tout. Vous ne l'êtes pas. Vous n'êtes pas…

Charles fixait son regard fuyant.

— Je ne me suis nullement senti offensé.

Tristan releva la tête, croisant une nouvelle fois ses yeux, puis détourna le regard à nouveau.

— Merci. Bien. Y allons-nous ? Lottie, voici votre châle. Charles, pourriez-vous regarder si la voiture est prête ? J'ai envoyé le domestique il y a un moment déjà. Oh, le voilà. Charles, votre manteau, s'agita Tristan.

Il tendit son pardessus à Charles et prit le sien des mains du valet, se tenant occupé pour masquer son embarras évident.

Charles jeta son manteau sur ses épaules et l'enfila, puis mit son chapeau et son écharpe en place tandis que Tristan s'affairait autour de Lottie, l'accompagnant dehors en laissant Charles les suivre. Une très longue soirée s'annonçait.

La soirée fut en effet longue, bien que les Morpeth fussent d'une compagnie des plus plaisantes, tout comme le reste de leurs invités. Après le dîner fut servi le Porto que Tristan dédaignait tant, bien qu'il ne manifestât aucun signe de désapprobation, se comportant comme un invité poli et enjoué. Il fit montre de ses talents insoupçonnés de conteur lorsque vint son tour de raconter une anecdote pour faire rire l'auditoire réuni autour de la table, même si ce fût à ses propres dépens – l'une des meilleures relatait sa tentative désespérée de ne pas entraîner une vieille dame dans sa chute tandis qu'il glissait abruptement sur une plaque de verglas sans réussir à rétablir son équilibre sur la glace. Tristan rit aussi fort que l'assemblée, sinon plus. C'était la première fois que Charles avait l'opportunité de le voir, s'il fût permis de le dire, dans son habitat naturel ; son comportement était aussi distingué et sophistiqué que l'interaction avec Charles avait été étrange et incommodante. Il semblait presque qu'une autre personnalité l'animait, un Tristan Northwood débonnaire, sûr de lui et fort charmant.

Et charmant, il l'était ; toutes les dames rayonnaient lorsqu'ils revinrent au salon après leur demi-heure assignée à boire le Porto, et toute leur attention était concentrée sur Tristan. Il leur rendait la politesse en se focalisant respectivement sur chacune d'entre elles, de la plus jeune débutante jusqu'à la plus ancienne douairière. Il admirait leur broderie, les tasses de thé rococo, tournait les pages des partitions sur l'épinette, s'entretenait avec la plus timide jusqu'à ce qu'elle s'épanouisse devant lui. Charles jeta plus d'un regard à Lottie pour la voir observer son mari en souriant d'assentiment.

— Il sait s'y prendre avec les Ladies, murmura-t-elle alors qu'il s'arrêtait près d'elle pour lui remplir sa tasse.

— Je vois cela, répondit-il sur le même ton discret.

90

Elle planta son regard dans le sien, ferme et évaluateur, puis s'éloigna en chaloupant pour rejoindre Lady Morpeth.

Ressentir autant de choses pour quelqu'un qui ne lui retournerait peut-être jamais ses regards était complètement dingue, Charles le savait, mais il avait l'intime conviction que Tristan n'était pas indifférent. C'était très certainement la raison pour laquelle il lui était si difficile de le voir gentiment courtiser chaque Lady après l'avoir vu charmer leur mari respectif. Toute personne avec laquelle il s'entretenait requérait son entière attention, même lorsque l'interlocuteur en question était ennuyeux à en mourir ou un imbécile ; il était patient et d'une sympathie à toute épreuve avec tous. Pas étonnant qu'il soit si demandé en société...

— Tu es contrarié, constata Lottie lorsqu'il lui rapporta sa tasse pleine.

— Vraiment ? Je n'ai pas bien dormi cette nuit, déclara-t-il.

— T'ont-ils réveillé lorsqu'ils ont remonté Tristan ?

— Tu es au courant de ça ?

— Bien sûr. C'est une routine, dit-elle sèchement. Il se tapit dans la bibliothèque et se saoule jusqu'à deux heures du matin, puis les valets de pied et Reston le traînent au lit. Tu t'y feras.

— C'est affligeant, s'indigna-t-il en baissant la voix.

— Si tu peux l'arrêter, tu auras mon éternelle gratitude, répondit-elle. J'apprécie Tristan, mais son alcoolisme n'est pas sain.

— Il ne t'écoute pas ?

Elle lâcha un bref rire de dépit. Lady Morpeth se pencha et dit :

— C'est une plaisanterie ?

— Je crains que non, Georgia, répondit Lottie. Nous parlions de Tristan.

Tous trois reportèrent alors leur attention sur Tristan, assis à côté de la belle-mère de Lady Morpeth. La comtesse riait, et alors qu'ils les observaient, celle-ci donna un coup sec d'éventail sur le bras de Tristan.

— Lady Carlisle à l'air de s'amuser, commenta Georgia. Dieu Merci, elle est imbuvable lorsqu'elle s'ennuie. Et au moins, personne n'accusera Tristan de flirter avec elle comme l'a fait Rutland envers Elizabeth.

— Cela mettrait-il donc Rutland en colère ?

— Oh, cela a failli une fois, répondit Georgia avec un geste de main dédaigneux. Mais Tristan est devenu bien plus prudent depuis qu'il vous a épousé, Lottie.

— Est-ce que Tristan et Elizabeth... ? demanda Lottie avec curiosité.

— Lottie ! la réprimanda subitement Charles.

Georgia se mit à rire.

— Oh, Doux Jésus, je n'en ai aucune idée. J'en doute toutefois, car Elizabeth n'est pas vraiment du genre à faire ça.

— Mais c'est celui de Tristan, dit pensivement Lottie.

Elle jeta un regard à Charles.

91

— Et ce n'est pas la peine de me gronder, Charlie. Je savais parfaitement à quoi m'attendre lorsque j'ai épousé Tristan.

— Mais il a changé et n'est plus ainsi, fit remarquer Charles. Tu l'as dit toi-même.

— Cela ne change pas le passé, Charlie.

— Mais tu devrais lui laisser le bénéfice du doute, rétorqua son frère en fronçant les sourcils. Il mérite un nouveau départ s'il le peut.

— Tristan s'est trouvé là un défenseur coriace en la personne de votre frère, Lottie ! dit Georgia. C'est charmant. Les hommes essaient tant de se dévaloir les uns les autres en général.

— Il me semble que c'est un défaut que l'on retrouve chez les deux sexes, répliqua Lottie.

— Il est vrai, admit Georgia. Et Tristan est un homme adorable malgré les terribles choses qu'il a pu faire, et si nous ne pouvons rien y changer, nous pouvons le pardonner, n'est-ce pas Lottie ?

— Bien évidemment, dit Lottie. J'adore Tristan et me considère comme chanceuse d'être celle qui lui a mis le grappin dessus.

— Vous, mesdames, manquez cruellement de respect envers mon pauvre Tristan, dit Charles, consterné.

Sa sœur le regarda d'un air calculateur et Georgia se contenta de rire.

TRISTAN SE redressa et s'inclina pour céder la place au compagnon de la Comtesse de Carlisle, puis s'excusa en politesse insignifiante avant de voguer à la recherche de quelque chose à boire. Une voix derrière son épaule l'interpella :

— La rumeur raconte que vous êtes devenu le parfait petit mari de Lady Charlotte.

Il se retourna.

— Lady Barbara, dit-il en s'inclinant à demi avec courtoisie.

— L'histoire de Bab et Tris n'aura pas duré très longtemps, ronronna-t-elle.

Il l'étudia discrètement. Elle n'avait pas perdu une once de la beauté qu'elle avait toujours eue mais cela ne le touchait plus. Il avait rompu avec elle presque un an après son mariage et l'avait remplacée par une série de brèves aventures avec des femmes moins exigeantes d'un point de vue relationnel, mais l'ennui grandissant qu'il avait éprouvé aux cotés de Bab Abernathy ne s'était pas dissipé. Les autres l'avaient ennuyé tout autant.

— Vous avez l'air d'aller bien, dit-il d'un air absent.

Elle inclina la tête de côté et l'observa.

— Je n'ai pas entendu dire que vous ayez pris une nouvelle maîtresse, dit-elle sans scrupule, et plusieurs personnes de ma connaissance m'ont dit que vous aviez fait vœu de fidélité à votre insipide épouse. Je leur ai dit que ce n'était que des balivernes, que Tristan Northwood et quelque chose d'aussi banal et bourgeois que la fidélité faisaient deux. Plus encore avec une femme aussi fade et inintéressante que son épouse. Cela est fort dommage que son frère ait été doté de tout le charme de la famille – il est plutôt bel homme.

Machinalement, Tristan regarda dans la direction de son beau-frère et le vit en train de rire à quelque chose que Lady Morpeth ou Lottie avait dû dire. La remarque de Barbara était injuste : Lottie n'était ni fade ni insipide. Elle était même attirante par de nombreux cotés. Ce n'était qu'en contraste de son frère qu'elle s'effaçait ; ses traits finement taillés et sa puissante carrure étaient bien plus qu'une simple version masculine de Lottie. Lady Barbara avait raison sur ce point-là : il était 'plutôt' bel homme.

— Mon Dieu, dit lascivement Barbara, vous en êtes entiché.

Il reporta son attention sur elle, pâlissant. *Oh bon Dieu, vient-elle juste de me voir dévorer Charles du regard ?*

— Je n'arrive pas à croire que vous soyez véritablement *amoureux* de cette pâle et passive princesse, poursuivit-elle sur un ton hautain. Mais cet air sur votre visage me dit tout autre chose. Vraiment, Tris !

Il s'inclina de nouveau à demi devant elle.

— Merci pour vos félicitations, Lady Barbara, si vous voulez bien m'excuser, annonça-t-il avant de s'élancer au travers du salon pour rejoindre sa femme – et son beau-frère.

Prenant Lottie par la main, il l'attira contre lui et la prit dans ses bras. Alors qu'il lui souriait, Lottie demanda sèchement :

— Lady Bab vous importunerait-elle encore ?

— Vous l'avez dit, répondit-il sur le même ton.

Elle rit brièvement et lui tapota les manches, comme s'il venait de lui dire quelque flatterie.

— Sorcière.

— J'aurais bien voulu ne pas l'inviter, dit Georgia, mais sa mère est une amie de la mienne et nous avons été forcées de nous côtoyer depuis que nous sommes enfants.

— C'est bizarre, dit Lottie, d'imaginer Bab enfant. Je l'ai toujours considérée comme, oh, je ne sais pas, sortie d'un œuf ou quelque chose comme ça.

— Conjurée, gloussa Georgia.

— Transformée à partir d'un caniche, comme Méphistophélès dans Faust, dit Charles.

— D'un caniche ? s'exclama Georgia. Mais qu'est-ce que ce Faust, Major ?

— Un livre écrit par un écrivain Allemand, Goethe. Je ne pense pas qu'il ait déjà été traduit, répondit Lottie. Charles me l'a envoyé l'année dernière et cela fait folie en Europe. Méphistophélès est un diable, ou un démon, qui fait le pari de pouvoir voler l'âme d'un homme. C'est presque effrayant.

— Le diable est un caniche ? L'un de ces chiens de chasse royaux ? demanda Tristan en rigolant.

— Je pensais que c'était les chats qui étaient censés être les animaux capables d'entretenir des relations avec Satan, observa Georgia.

— Les chats sont des créatures plutôt angéliques en comparaison de Lady Bab, nota Lottie.

— Goethe ? N'est-il pas celui qui a écrit ce livre terriblement triste au sujet d'un jeune homme qui se tire une balle ? demanda Georgia.

Le sang de Tristan se glaça. Il regarda Charles, qui, heureusement, était en train de regarder Lady Morpeth.

— Oui, répondit Charles. *Les souffrances du jeune Werther*. Cela traite bien plus que du simple suicide d'un jeune homme dérangé. Ce livre a commencé à révolutionner la culture allemande. Le nom de Lottie vient de l'héroïne.

— Vraiment ?

Lottie sourit à Lady Morpeth.

— C'est ce que ma maman a toujours dit. Mais le fait est que le nom de ma grand-mère était Charlotte, ce qui n'est donc que partiellement vrai. Qui plus est, j'imagine difficilement quiconque dépérir d'amour pour moi.

Tristan releva la main de Lottie jusqu'à ses lèvres pour en cacher le tremblement. Après un moment, il la relâcha :

— Ne me mésestimez pas autant, mon amour, dit-il.

— Mon cher Tristan, dit Charlotte d'un ton amusé, quelques-uns parmi nous ont besoin d'amour pour respirer et vous en faites partie. Quant aux autres, y compris moi, ils perçoivent le concept entier comme un sujet d'abondance pour écrire des romans ou des opéras et bien d'autres choses encore. Personnellement, si j'avais été l'objet d'une telle passion j'en aurais été cruellement mal à l'aise. Et je ne pourrais pas retourner ces sentiments-là. Charlie, d'un autre coté…

Elle lança un regard machiavélique à son jumeau.

— Il recèle toute la passion que je n'ai pas, n'est-ce pas mon Très cher ?

Tristan vit Georgia jeter un coup d'œil intéressé sur Charles.

— Oh, êtes-vous un grand passionné, Major ?

— Bien sûr, si ma sœur le dit. Hélas, l'objet de mon affection est marié, dès lors, je ne peux dévoiler son nom.

Par-dessus la tête de Georgia, les yeux de Charles croisèrent le regard de Tristan et le soutinrent un long moment avant qu'il ne reporte son attention sur sa sœur. Tristan en eut le souffle coupé.

— Oh non, vous devez nous le dire, n'est-ce-pas ? dit Georgia en se tournant vers Lottie. Nous promettons de garder le secret.

Charles secoua la tête en riant.

— Oh non, Madame. Je me contente de révérer de loin, et vous livrer son nom ne fera que ruiner le sens chevaleresque propre à ma nature.

— Ce que vous êtes *romantique*, souffla Georgia. Est-ce une Lady du beau monde ? Ou quelqu'un que vous connaissez de l'étranger ?

— Quelqu'un que je n'ai rencontré que très récemment.

94

Georgia se tourna vers Tristan.

— M. Northwood, vous *devez* forcément le savoir. Vous connaissez tout le monde.

— Je crains de ne pas savoir de qui Charles parle, répondit-il sèchement. Désolé. De plus, qu'est-ce que cela peut bien faire que la Lady soit déjà mariée ? De toute manière ils n'ont aucun futur.

— Ceci, dit Lottie avec complaisance, est quelque chose que j'aurais pu dire moi-même.

UN PETIT moment plus tard, Tristan se débrouilla pour coincer Charles dans un vestibule alors qu'ils récupéraient les vestes de ces dames.

— Je dois vous parler, dit-il abruptement.

Charles le regarda.

— J'aurais pensé que c'était chose assez facile, dit-il, puisque je vis dans votre maison.

— Cela ne peut attendre, le coupa Tristan. À quoi jouiez-vous là-bas, par tous les diables !

— Je vous demande pardon ?

— Ce commentaire au sujet de l'objet de votre passion, marié. Était-ce une manière de me renvoyer mon infidélité à la face ? Je vous ferai savoir que je suis loyal à ma femme ; depuis des mois maintenant. Il n'est pas juste que vous me jugiez au travers de mon passé et…

— Comment ? Ralentissez Tris ! demanda Charles en relevant les mains devant lui afin de calmer son interlocuteur. Je n'ai jamais eu pareille intention d'allégations. J'étais simplement honnête. Je *suis* amoureux et l'objet de mon affection *est* marié.

Tristan pouffa de mépris.

— Vous n'êtes pas en société depuis assez longtemps pour cela. Pour avoir développé ce genre de lien.

— Quiconque doit aimer à première vue [19], cita doucement Charles.

— Ce n'est que radotage, siffla Tristan avec mépris. Et si vous insistez sur le fait qu'il ne s'agissait pas là d'une insulte, je devrais l'accepter. La société me regarderait de travers si je devais sommer mon propre beau-frère en duel.

— Duel ? Vous n'êtes pas sérieux !

Tristan se redressa et fit lentement remonter ses yeux depuis le nez jusqu'au regard de Charles. L'effet escompté ne fut pas aisé. Bien qu'ils fussent proches en taille, Charles le dépassait facilement de quatre ou cinq centimètres.

— Me traiteriez-vous de lâche ?

---

19 Shakespeare, Comme il vous plaira (As you like it), 1599. *NDT*

— Bon Dieu, non ! Tris, je ne sais pas quelle mouche vous a piqué au sujet de cette histoire d'insulte. Je n'ai pas cherché à vous viser et sous aucune circonstance je ne vous rencontrerai en duel.

Charles posa la main sur la manche de Tristan.

— Tris, je vous en prie, faites-moi confiance sur ce point. Je n'ai rien insinué par mes propos et ni Lottie ni Georgia n'ont pris mes mots autrement qu'à leur sens premier. Personne n'a remis votre fidélité ni votre courage en question.

La chaleur de la main de Charles le brûlait au travers de son manteau.

— Non, dit Tristan d'un ton subitement las, non.

— Sommes-nous toujours amis ?

Tristan leva les yeux à nouveau mais ne vit que le brun chaleureux de l'habituel et bienveillant regard de Charles. Aucune insinuation ne s'y logeait, nulle condamnation, nul jugement, rien d'autre que de l'amicalité. Il esquissa un faible sourire.

— Bien sûr. Avez-vous le manteau de Lottie ? Je crois que ceci est son châle.

IX

UNE SEMAINE à peu près s'était écoulée quand les livres envoyés par le Dr MacQuarrie parvinrent à Charles. Il réceptionna le paquet avec une joie empressée, déjà lassé de la frénésie du rythme mondain de Tristan et du calme plat de la vie sociale de Charlotte. Il appréciait les après-midi passées avec Tristan chez Jackson et Angelo, ainsi que monter à cheval au parc les jours ensoleillés, mais les soirées sans fin et les dîners auxquels il était invité, lui, le nouveau et seul célibataire éligible au mariage, commençaient à le lasser. Maintenant, il avait une excuse royale pour décliner les invitations à moult soirées : ses nouvelles études.

Il était plongé dans la description des symptômes de la malaria lorsqu'il entendit la porte de la bibliothèque s'ouvrir. Tristan entra et se dirigea droit vers le buffet pour se verser un verre de brandy qu'il vida d'une traite pour le remplir aussitôt avant de se tourner vers le bureau. Il se figea, ne s'attendant visiblement pas à y trouver Charles.

— Oh. Encore debout à cette heure ?

— Cette heure ?

Charles jeta un coup d'œil à l'horloge de cheminée d'Ormolu.

— En effet. J'étais fort absorbé et n'ai pas vu le temps passer. Dois-je libérer la bibliothèque pour vous, Tris ?

— Non, non, dit Tristan, rien ne presse. Brandy ?

— Merci.

Tristan cilla.

— Vraiment ?

— Oui, pourquoi ? Pensiez-vous que j'étais abstinent ? Vous m'avez déjà vu boire.

— Du vin, pendant les repas. De la bière, chez Jackson. Je ne vous avais jamais vu boire du brandy avant. Du moins pas aussi tard, la nuit.

Charles haussa les épaules.

— Je ne ressens pas le besoin de boire avant d'aller au lit, sinon une tasse de thé ou de chocolat. Je dors plutôt bien.

— Seigneur, j'aimerais tant, dit Tristan pour lui-même tandis qu'il remplissait un verre de Brandy.

Il l'apporta jusqu'au bureau et se hissa dessus, s'installant sur le coin du meuble puis tendit le verre à Charles, le lui présentant directement à sa main droite.

— Qu'est-ce qui vous tient éveillé si tard ? demanda-t-il en penchant la tête pour jeter un coup d'œil au texte du livre ouvert en face de Charles.

97

— C'est un sujet sur la malaria, répondit Charles. L'écorce de cinchona semble être le meilleur remède, mais même si nous le savons depuis des siècles, la maladie en elle-même reste un mystère.

— Vous vous intéressez aux *maladies* ? l'interrogea Tristan d'un ton incrédule.

Charles rit.

— Non pas aux maladies en soi, admit-il. J'étudie pour devenir médecin. L'un des médecins en charge dans la Péninsule est maintenant à Londres et m'a offert de me prendre sous son aile. Je dois retourner à l'école mais cela en vaut la peine.

— Médecin ? Mais *pourquoi* ?

— Il faut bien que je fasse quelque chose, répondit-il raisonnablement. Je suis le plus jeune fils, ma demi-solde s'achèvera une fois que j'aurai vendu et vous êtes au courant de l'état de la fortune familiale. Elle n'est pas extensible et ne peut soutenir un rentier.

— Vous pouvez toujours épouser une héritière ? fit remarquer Tristan.

Charles rit de nouveau et secoua la tête.

— Non, merci, dit-il joyeusement. Je ne peux m'imaginer me vendre de la sorte. Je n'ai aucune intention de me marier.

— Mais un *médecin* ?

— Vous dites cela comme s'il s'agissait d'être un chirurgien ou quelque métier de basse caste, dit Charles. La médecine est une carrière que les gentlemen peuvent embrasser, comme la carrière d'avocat – je ne suis pas taillé pour plaider. Mais j'ai déjà eu assez d'expériences en médecine pour savoir que c'est une branche dans laquelle je pourrais trouver mon intérêt – et je suis suffisamment motivé pour en venir à bout. De plus, je m'ennuierais à en devenir fou si je devais vivre dans l'oisiveté.

— Comme moi vous voulez dire ?

— Oui, dit posément Charles, avec tact.

— Eh bien, vous valez mieux que moi, dit son hôte en employant ce ton désinvolte qui lui était familier. Je n'ai pas les méninges rodées pour de telles choses.

— Oh, je pense que vous vous trompez là-dessus. Tenez, dit-il en tirant un autre livre de son paquet. Regardez et dites-moi ce que vous en pensez.

C'était un simple texte anatomique qu'il ouvrit sur une planche représentant le squelette humain.

— Vous avez l'esprit analytique – ne voyez-vous pas comment tous les os se rejoignent ? Comme un puzzle. N'est-ce pas fascinant ?

Tristan posa son verre sur le bureau et s'inclina pour étudier le croquis.

— Bon Dieu, dit-il avec un étonnement évident dans la voix. Je n'ai jamais rien vu de tel à l'Université. Nous avons tous ces os en nous ?

— Quelque chose comme deux cent huit. Le nombre varie. Les nouveaux nés en ont plus – au moins la moitié plus.

— Vous plaisantez ! s'exclama Tristan en clignant des yeux. Que deviennent-ils ?

— Ils fusionnent en d'autres os lorsque l'enfant grandit, répondit Charles.

Il se renversa dans sa chaise en regardant le visage de Tristan à la lumière de la lampe à huile. L'expression de Tristan était solennelle et concentrée alors qu'il analysait la planche. Il posa un doigt sur le croquis et suivit les lignes de l'illustration, cheminant depuis la cage thoracique jusqu'au pelvis. Charles eut l'impression que Tristan traçait son chemin sur son propre corps et sentit le doigt fantôme lui descendre le long de la colonne vertébrale, puis revenir sur son abdomen en insistant sur ses muscles fermes, et filer le long de son flanc jusqu'à se glisser dans… Il retint son souffle, sans bruit. Tris releva les yeux, le regard brillant.

— Il y en a d'autres comme ça ?

Sans dire un mot, Charles tourna les pages jusqu'à trouver une planche révélant le système musculaire. Tristan prit une brève inspiration.

— Ceci est… c'est fascinant ! Comment connaissent-ils leur forme et jusqu'où vont-ils ? demanda-t-il en pointant une zone sur le croquis. Les muscles s'attachent aux os ?

— Oui, ou au cartilage. Tous les muscles sont attachés à chaque extrémité – sauf un. Qui n'est attaché que par une seule extrémité.

— Lequel ? demanda Tristan avec curiosité.

Charles croisa son regard.

— La langue, répondit-il doucement. Le plus dangereux – et le plus fort – de tous les muscles.

— Je vois, dit Tristan.

Il regarda en bas de la page et Charles remarqua que son cou avait rougit, au-dessus du col et de la cravate. Il ne bougea plus pendant quelques instants et tourna la page pour s'attarder sur la suivante.

— Qu'est-ce que c'est ? C'est en allemand ?

— Oui. L'esprit allemand est animé d'une très forte impulsion scientifique, je pense. Certains des meilleurs textes médicaux proviennent de Prusse et d'Autriche. Je les ai rapportés de Vienne, et quelques autres aussi. Mais je crois aussi qu'il existe une traduction anglaise imprimée. Je pourrais chercher une copie, si cela vous intéresse ?

Tristan posa la main sur le croquis, lequel se trouvait être une planche détaillé de la structure de l'épaule.

— Vous feriez ça ?

— Bien sûr répondit Charles, confus. Pourquoi ne le ferais-je pas ?

Son hôte rencontra son regard et un faible sourire ourla la courbe délicate de ses lèvres.

— Les gens ne le font tout simplement pas en général.

— Ne font pas quoi ?

— Me donner des choses. Du moins pas celles que je veux, si vous voyez ce que je veux dire, murmura-t-il en fermant le livre. Oui, je souhaite en apprendre plus. C'est intéressant.

— Croyez-le ou non, mais vous avez quelques livres très intéressants dans cette bibliothèque, déclara Charles. Il y a un très bel exemplaire de la *Médecine anglaise* de Culpeper, si vous êtes intéressé par la botanique médicinale, et également ce qui semble être la première édition de la *Pharmacopoeia Extemporanea* de Fuller. Il doit bien dater d'un siècle mais il a été parfaitement conservé.

— J'ai acheté cette bibliothèque telle quelle et déjà constituée à la veuve de George Robert lorsqu'elle a vendu tout son grenier, dit Tristan en penchant la tête de côté et en observant Charles avec un intérêt amusé. Vous êtes réellement enthousiaste envers tout ceci, n'est-ce pas ?

— J'ai toujours été intéressé par le fait d'aider les gens, dit Charles avant d'ajouter allègrement, cela me changera de les tuer.

Tristan se hissa du bureau et traîna une chaise qu'il retourna pour s'y installer face à Charles.

— Vous n'aimiez pas l'armée ? Pourquoi y êtes-vous resté aussi longtemps ?

— Oh, ce n'est pas que cela ne me plaisait pas, dit Charles. Surtout après que Wellesley m'eut taraudé pour rejoindre son État Major, une fois Bardajoz passée. Dieu sait que *celle-là* fut une bataille des plus cauchemardesques. Ce n'était pas plus facile après – Wellesley fait travailler ses aides de camp jusqu'à l'épuisement ! – Mais au moins, je n'avais plus à *regarder* mes hommes mourir.

Il se frotta le front.

— En tant qu'officier, on se trouve en meilleure position pour protéger ses hommes, mais ça ne peut durer éternellement. Immanquablement, on doit donner l'ordre ultime de combattre. Trouver la mort au cours d'une bataille est une horrible manière d'en finir. C'est rarement rapide, bien plus souvent très long, sanglant et douloureux. Les cris… Que Dieu vous préserve d'en faire jamais l'expérience.

— Avez-vous déjà été blessé ? demanda Tristan.

— Oui, deux fois. J'ai été invalidé pendant quelques semaines, mais rien de conséquent, répondit-il avant de siroter son Brandy. Mais pendant les batailles, il y a eu tant d'expériences partagées – même bivouaquer dans le froid et les expéditions trempées et forcées sous la pluie étaient moins difficiles à endurer lorsque vous saviez que tout le monde était logé à la même enseigne. Quelques fois c'était juste… drôle. Dans la misère vous arriver parfois au-delà d'un point où… plus rien ne compte.

Il sourit, perdu dans ses souvenirs.

— Et lorsque vous en faites une cause commune, tout en vaut la peine, acheva-t-il avant de relever les yeux pour les plonger dans ceux dans ceux de Tristan. N'avez-vous pas des amis proches sur lesquels vous pouvez toujours compter lorsque vous vous sentez misérable ?

— Si, Gibs et Berks – Roger Gibson et Jasper Berkeley. Nous nous sommes connus à Westminster, une bande d'écoliers turbulents. On surveillait mutuellement nos arrières tout en s'entraînant dans les embrouilles, depuis l'école publique jusqu'à Cambridge.

— Avez-vous passé votre diplôme ? demanda Charles non sans curiosité.

Tristan s'empourpra.

— Je n'étais pas très studieux, j'étais douzième.

— Douze quoi ?

— Douzième Wrangler [20]

— *Douzième Wrangler* ? hoqueta Charles. Bon Dieu Tris ! Ce sont les honneurs de première classe !

— Le douzième, répéta Tristan. De plus le Tripos n'est qu'un test de mémoire. Il suffit d'apprendre les règles, c'est facile.

— Pour vous peut-être. Bon sang, Tris, si j'avais été douzième Wrangler, je l'aurais fait imprimer sur mes cartes de visite.

— Le douzième, murmura Tristan d'un ton absent.

Charles leva la main et ébouriffa les cheveux de Tristan.

— C'est brillant, dit-il doucement. Je suis fier de vous.

Ahuri, Tristan releva la tête et fixa Charles. Celui-ci se mit à rougir et retira la main.

— Je suis désolé, se hâta-t-il de dire. Je ne voulais pas être si familier… C'est que, j'ai l'impression parfois de vous connaître si bien, à cause des lettres de Lottie – je m'en excuse, vraiment.

Les lèvres de Tristan s'étirèrent en un sourire fébrile et ses joues virèrent au cramoisi.

— Non, pas de problème, dit-il avec empressement. Cela ne me dérange pas. C'est que… personne n'avait jamais fait ça non plus, vous savez.

— Fait quoi ?

— Me dire cela. Me féliciter, être fier de moi.

Tristan secoua la tête en se rehaussant sur sa chaise puis se pencha à nouveau nonchalamment en arrière.

— À quoi bon de toute manière. Un autre brandy ?

— Non, merci, répondit Charles.

Il l'observa un moment.

— Le Culpeper est sur la table là-bas si vous souhaitez y jeter un coup d'œil.

Tristan regarda par-dessus son épaule.

— Ça se pourrait, dit-il de ce même ton désinvolte.

---

20 Il s'agit des rangs d'honneur dans une promotion annuelle. Un Wrangler est un diplômé qui a obtenu les premiers honneurs en troisième année de mathématiques à l'Université de Cambridge. Pour comparaison, Keynes était également 12th Wrangler. *NDT*

Il se leva quand même et alla chercher le bouquin, le soulevant avec un certain respect, et revint s'asseoir sur sa chaise pour le lire. Charles le regarda un bon moment, souriant pour lui-même, puis se replongea dans son livre.

Au fil des heures qui suivirent, Charles observa subrepticement Tristan aller et venir jusqu'aux étagères, regarder les titres scrupuleusement organisés et choisir de nouveaux livres à feuilleter. De temps en temps, il attirait l'attention de Charles sur certains passages qu'ils discutaient ensuite à partir de l'expérience de Charles et de la pratique médicale actuelle.

— Gorge Robert était un homme de médecine ? demanda finalement Charles alors que Tristan lui montrait une énième merveille du genre qu'il venait de découvrir.

— Pas que je sache, répondit Tris. Si je me souviens bien, sa veuve m'avait dit qu'il avait lui-même acheté la bibliothèque à quelqu'un d'autre, quelques années auparavant. Nous, du beau monde, faisons souvent cela vous savez. Mieux vaut *avoir l'air* éduqué que de *l'être* vraiment.

— J'ai du mal avec cette idée, constata Charles d'un air pensif. Je ne peux imaginer de ne pas constituer une bibliothèque par moi-même en ayant l'argent et l'espace nécessaires. Je n'ai que quelques livres – il est difficile de traîner une bibliothèque derrière soi lorsque l'on voyage aux quatre coins du monde. Je les fais envoyer à la maison lorsque je change de lieu et mon père les range à Chilson.

— Je vous proposerai bien de…

Le sourire de Tristan s'évanoui.

— J'allais vous dire de les faire venir ici mais j'ai oublié que nous n'avons plus que quelques mois à rester dans cette maison, et d'ici là vous aurez sûrement trouvé vos propres appartements. Vous n'avez certainement pas l'intention de moisir avec nous pendant vos études, donc il n'y a pas d'intérêt à ce que nous joignions nos bibliothèques. Mais jusqu'à ce que nous déménagions, vous êtes le bienvenu pour travailler ici et vous pouvez utiliser tous les livres que vous y trouverez.

— Merci, dit sobrement Charles. Et de mon côté, je vous promets de trouver les traductions que j'ai mentionnées.

—Merci, commença Tris avant d'être interrompu par un toc à la porte, suivi de l'apparition de la tête de Reston dans l'entrebâillement.

Ce dernier sembla surpris.

— M. Northwood ? Il est deux heures…

Tristan cilla, puis il vint planter son regard sur l'horloge.

— Oh, Bon Dieu, dit-il d'un ton las. Il est temps d'aller au lit et je suis toujours sobre !

— Est-ce un problème ? demanda Charles en fronçant les sourcils.

Les lèvres de Tris s'étirèrent en un bref rictus de dépit.

102

— Je ne dors pas bien, dit-il sèchement. Et je hais le laudanum – cela me donne d'affreux maux de tête. Le brandy fait généralement l'affaire – mais il me faut des heures pour atteindre un état d'endormissement.

— Le brandy est aussi mauvais que le laudanum pour dormir, déclara Charles en se relevant derrière le bureau. Toutefois, j'ai de la poudre herbacée très efficace et bien moins lourde en effets secondaires. Reston, si vous pouviez apporter un thé dans la chambre de M. Northwood, je vais chercher la Scutellaria.

— Quel nom épouvantable, dit sèchement Tris.

— C'est encore pire en langue vernaculaire, répliqua Charles. Cela s'appelle le skullcap [21]. Je sais, ça n'est qu'un chapeau – mais cela me rappelle le conte de fée des calottes rouges – les ogres malicieux qui teintent leurs chapeaux avec le sang de leurs victimes. Ma mère aimait beaucoup les histoires sombres des contes de fées germaniques. La Scutellaria est bien moins connotée. Cela provient d'Amérique du Nord – une plante autochtone, donc vous ne la trouverez pas dans le Culpeper.

— Je suppose que ça signifie dès lors que je ne peux que vous faire confiance, dit Tristan en lui lançant un regard sceptique.

— Vous n'avez pas le choix, répliqua Charles en lui adressant un grand sourire. Je vous promets que cela ne risque rien.

Tristan haussa les épaules.

— Tant que c'est efficace, je me fiche du reste.

L'amusement de Charles se dissipa et il rétorqua acerbement :

— Et bien, moi je ne m'en fiche pas. Je n'ai aucun désir de vous heurter, Tris, en aucune manière.

TRISTAN SENTIT la chaleur lui monter au visage et ça n'était pas vraiment un embarras très inhabituel lorsque Charles disait, encore une fois, quelque chose qui pouvait être compris, même *de loin*, de travers. Il commençait même à penser que Charles employait délibérément des termes que Tris interpréterait mal, comme s'il avait suspecté les sentiments de Tristan envers lui et l'en taquinait. Mais il ne pensait pas que Charles soit à ce point sournois. Seigneur, ce qu'il pouvait être confus ! Il se passa les mains sur le visage.

— Je ne me suis pas rendu compte qu'il était aussi tard, dit-il. Je dois être plus fatigué que je ne l'aurais cru.

Charles referma sa main sur le coude de Tristan.

— Venez, alors, dit-il d'une voix douce. Vous aurez votre thé et Reston pourra vous mettre au lit. Je suis désolé de vous avoir retenu si tard. J'espère que vous avez apprécié la soirée.

Tris abaissa les mains et rencontra le regard concerné de Charles.

---

21 Skullcap, formé de « crâne » (Skull) et casquette (cap). Le *Skullcap* était utilisé par certaines tribus d'indiens d'Amérique. *NDT*

— Oui, répondit-il et à sa grande surprise, c'était vrai.

Non seulement parce qu'il était avec Charles, mais aussi parce qu'il s'était sincèrement intéressé à ce qu'ils avaient lu et à ce dont ils avaient discuté.

— Bien, conclut Charles en lui relâchant le bras alors qu'ils atteignaient la porte. Car j'espère que le fait d'utiliser votre bibliothèque de temps en temps pour mes études ne vous dérangera pas. Et que nous répéterons l'expérience lorsque vous ne serez pas en soirée quelque part ailleurs. J'ai vraiment apprécié.

Oh, Seigneur, pensa Tristan lorsque Charles le regarda avec un sourire affectueux. *Je suis perdu, pour de bon.* Il suivit Reston dans les escaliers, inexplicablement conscient de l'aura tangible de Charles derrière lui.

Charles se rendit dans sa chambre et revint l'instant d'après avec un petit paquet d'herbes qu'il donna à Reston.

— Voici. À faire infuser dans le thé de M. Northwood pendant dix minutes. C'est aussi amer que n'importe quel thé, dit-il à Tris, donc je vous conseille d'y ajouter du miel.

— Merci, Major, dit Reston avant de se tourner vers Tristan. Je reviens avec le thé, Monsieur.

Et il retourna au rez-de-chaussée.

Charles et Tristan s'observèrent un long moment puis Charles rompit le silence.

— Je ferais mieux d'aller au lit. Il est bien plus tard que d'accoutumée pour moi, dit-il.

Était-ce l'imagination de Tristan où semblait-il récalcitrant à cette idée ?

— Oui, dit courtoisement Tris. Bonne nuit, ajouta-t-il avant de se tourner et de se diriger vers sa propre chambre.

Un moment plus tard il entendit la porte de Charles se refermer avec précaution. Il se débarrassa rapidement de ses vêtements et enfila la chemise de nuit que Reston avait préparée avant de grimper sur le grand lit. Il se recroquevilla sur le bord, un oreiller dans les bras tel qu'il s'était trouvé le jour où il avait rencontré Charles et s'était enfui à l'étage pour se cacher. Il s'était ensuite contenté de rester allongé dans sa misère, notoirement excité et dans l'impossibilité d'y faire quoi que ce soit, car se soulager aurait rendu les choses *réelles* – le fait d'être excité par un homme. Dorénavant, il savait que tout était bien pire : il pensait être amoureux de Charles. Et ça n'aurait pu devenir plus réel que ça ne l'était déjà.

Combien de temps allait-il pouvoir continuer ainsi ? Ce n'était que la mi-janvier et Charlotte n'accoucherait pas avant trois mois. Il devait survivre jusqu'à ce qu'il puisse la conduire sans risque à la campagne. Combien de temps cela représentait-il ? Quatre mois ? Cinq ? Cinq mois à vivre à côté de la chambre d'un bel homme, intelligent et drôle que Tristan ne pourrait jamais *avoir* ? Cinq mois supplémentaires à rêver de Charles, de réveils humides et dans la terreur de crier son nom au beau milieu de son sommeil ? Cinq mois de ce qui deviendrait rapidement un cauchemar façonné de son cru ?

104

Sinon, il pouvait toujours mettre tout cela derrière lui. Oublier qu'il était amoureux de Charles, ne pas ressentir la chaleur l'envelopper chaque fois que Charles prononçait son nom ou lui adressait la parole. Oublier qu'il attendait l'approbation de Charles bien plus qu'il ne l'avait jamais attendu de la part de son père et sans qu'il ne soit guère plus probable de l'obtenir. Comment pourrait-il, alors que Charles était toujours si bienveillant, si posé, si considéré envers lui, et toutes ces choses qu'il n'avait jamais éprouvées avec un autre homme durant toute sa vie d'adulte ? Qu'était-ce que tout cela ? Était-ce le fait que Charles soit si gentil envers lui, qu'il semblait ne jamais rien *attendre* de lui en retour ? Ou était-ce seulement le fait que Tristan se languisse tant, soit si affamé et se désespère tellement de l'amitié de Charles qu'il en soit venu à se croire amoureux de lui ?

Ces sentiments s'étaient pourtant déclarés avant qu'il ne connût vraiment Charles – lorsqu'il l'avait rencontré pour la première fois et avant qu'il n'éprouvât sa gentillesse à son égard. Le désir n'était pas un désir d'amitié. Il était purement et simplement physique. Il *voulait* Charles. Il voulait ces bras puissants, cette bouche attirante, ces cuisses de cavalier : il le voulait nu, dans un lit, avec lui. Il voulait que Charles *l'aime.*

Un bruit de grattage se fit entendre à la porte et Reston entra, service à thé en main.

— Oh, Monsieur, dit-il avec un ton de détresse dans la voix, vous auriez dû attendre : je vous aurais aidé avec vos vêtements.

— Désolé Reston, dit Tris, éreinté. Mais j'étais trop fatigué pour attendre. Désolé d'avoir utilisé le déchausse pied.

— Ce n'est rien Monsieur. Vos hessiennes seront rapidement réparées, je vous l'assure, dit-il.

Il posa le plateau sur la table de chevet et servit le thé.

— Dois-je ajouter du miel comme l'a suggéré le Major ? C'est assez amer.

— Oui, faites.

Tristan prit la tasse et trempa les lèvres, grimaçant sous l'amertume.

— Merci, Reston.

— De rien Monsieur, répondit-il avant de s'affairer à rassembler et ranger les habits de Tristan et de tout mettre en ordre, pour ensuite se tourner vers lui. Ce sera tout pour cette nuit, Monsieur ?

— Oui, Reston. Allez au lit.

— Bien, Monsieur.

Arrivé à la porte, Reston marqua une pause et fit volte-face.

— Monsieur ?

— Oui ?

— Là n'est pas ma place, mais avec votre indulgence, je voudrais exprimer mon admiration pour le Major Mountjoy. C'est un véritable gentleman et un homme de grande considération.

— Oui, constata tristement Tristan, il l'est.

105

Reston pencha la tête de côté en observant Tristan un moment mais ne fit pas de commentaire.

— Bonne nuit, Monsieur.

— Bonne nuit, Reston, clôtura-t-il.

Tristan attendit que son valet s'en aille et but rapidement son thé. Il reposa la tasse sur le plateau et souffla la chandelle. Ce n'était pas le fait d'être fatigué – il l'était continuellement ces derniers temps, mais en vérité, le brandy ne servait pas tant à l'endormir qu'à l'engourdir d'un sommeil d'ivrogne et à l'empêcher de se souvenir de ses rêves au réveil. Il s'allongea dans le noir sans oser faire ne serait-ce qu'un mouvement et pria pour que le sommeil l'emporte vite et pour que son sommeil soit, pour une fois, sans rêve.

— CAVALI'IE, PAPA, cavali'ie !

— Oui mon ange, je les vois, dit Tristan en riant.

Il rehaussa Jamie de sa hanche sur ses épaules qui, une fois bien installé, envoya valser le chapeau de Tristan au sol, dans la poussière de la parade de la Cavalerie de la Garde. Charlotte s'apprêtait à le ramasser lorsqu'un gentleman qui se tenait à quelques pas la précéda et le lui tendit en s'inclinant. Elle le remercia d'un sourire.

Ils avaient bravé le froid de janvier pour voir le corps de cavalerie entier, actuellement cantonné à Londres, être passé en revue sous l'œil du Prince de Galles. Charles, en tant qu'officier de cavalerie actif, avait dû revêtir l'uniforme pour la première fois depuis des semaines et rejoindre ceux qui, de son régiment, n'étaient pas encore en Amérique. Il montait Parangon, remarqua Tris en admirant l'allure qu'il avait sur le cheval, l'or plaqué sur son uniforme bleu foncé scintillant de concert avec les sangles décorative de sa monture.

— Vois-tu Oncle Charlie de là, Jamie ? demanda-t-il à son fils tout excité.

— Onque Chally ! confirma Jamie d'un cri perçant tout en agitant la main et en rebondissant frénétiquement sur les épaules de son père

— Il ne risque rien là-haut, Tris ? se tracassa Charlotte.

— Bien moins qu'au sol, Lottie, répondit distraitement Tris, son attention entièrement focalisée sur la parade.

La Cavalerie royale pouvait bien être la plus voyante des troupes, pensa-t-il, avec leurs houppelandes, leurs casques à pointe et leurs manteaux rouges, mais une élégance puissante se dégageait des shakos [22] plaqués d'or et des couleurs plus sombres que revêtaient les dragons. Charles le portait bien : puissance et élégance, lui allaient bien mieux que le flashy.

— Il est merveilleux, n'est-ce pas Tris ? demanda Charlotte en aparté.

---

22 Il s'agit d'une casquette militaire à visière souvent ornée de plaques de métal ou de badge et quelque fois panachée. *NDT*

Il abaissa son regard et l'observa, se composant une figure moyennement intéressée.

— L'uniforme bleu est bien plus élégant que le rouge, déclara-t-il platement. Et bien sûr, il fait montre d'une excellente assise – ce qui est tout de même heureux après douze ans passé dans la cavalerie. On pourrait même être surpris qu'il n'ait pas les jambes arquées.

— Juste ciel ! commenta Charlotte. Heureusement !

Elle reporta son attention sur le défilé ; et celle de Tristan se reporta sur Charles.

C'était dans ce genre de moment que Tristan pouvait comprendre l'attrait d'une carrière militaire. Ce n'était pas tant le spectacle et l'apparat bien policé du défilé mais surtout la manière avec laquelle ils se déplaçaient, faisant part, tous ensemble, d'une entité qu'ils constituaient et qui les transcendait, chaque élément appartenant au tout. Tristan pouvait presque le sentir par procuration, en quelque sorte : la manière avec laquelle l'individu s'enorgueillissait du régiment, dans le contrôle, le rituel et l'obéissance de ceux qui étaient en charge. *Ce doit être agréable*, pensa-t-il, *d'avoir des ordres à suivre et de les suivre volontairement ; d'avoir un but en commun et de partager une même volonté de l'atteindre.*

Il se demanda alors s'il n'avait pas pris la mauvaise décision quatre ans auparavant ; s'il n'aurait pas fait mieux de choisir l'offre de son père concernant l'achat d'une commission d'officier dans la cavalerie. Se serait-il encore senti tel qu'il l'était en ce moment même, sans futur, sans raison d'avancer ? Ou les objectifs communs de ses officiers et soldats lui auraient-ils permis de garder le cap ?

Désabusé, il secoua la tête. Tout cela n'était qu'un sortilège que lui avaient jeté le spectacle et le déploiement de toute cette panoplie défilant sous ses yeux. Il n'aurait pas été plus heureux dans l'armée qu'il ne l'était présentement. Qui plus est, il n'avait jamais été du genre à suivre aveuglément les ordres et la relation qu'il entretenait avec son père en était la preuve flagrante. De plus, il avait maintenant Jamie à qui montrer tout cela. L'armée ne lui aurait pas apporté ce bonheur.

Qu'est-ce qui, dans l'armée, avait alors bien pu rendre Charles heureux ?

LORSQUE LA parade fut terminée, ils achetèrent des marrons chauds à un vendeur ambulant et Tristan les cassa pour les donner à Jamie en prenant garde qu'il ne s'étrangle pas.

— Mâche, lui dit-il sévèrement.

Et Jamie mastiqua jusqu'à ce que Tristan lui donne la permission d'avaler. Le bambin pointa du doigt par-dessus l'épaule de son père.

— Cavali'ie.

Ils se tournèrent et se trouvèrent nez à nez avec Charles qui avait mis pieds à terre et tenait sa main sur la bride de Parangon.

— Le spectacle t'a plu, Jamie ?

107

— Cavali'ie, pouffa Jamie, Sol'a et cavali'ie.

— Desquels les plus importants sont de loin la Cavali'ie de Garde, c'est correct, Jamie ? demanda-t-il à son neveu.

— Cavali'ie, répéta Jamie en montrant Parangon du doigt. Onque Chally cavali'ie !

— Oui, c'est lui. Voici Parangon. Peux-tu dire Parangon, Jamie ?

— Pahagon, s'exécuta docilement Jamie. Caresser cavali'ie, Onque Chally.

— Cela ne risque rien ? s'inquiéta à nouveau Charlotte.

— Oh, Parangon porte bien son nom, dit Charles. Jamie ne risque rien. Là.

Il tendit les bras vers Tris qui lui céda Jamie. Celui-ci tapota doucement la joue du Cheval et rigola en sentant le cheval frémir.

— Je pourrais le faire monter devant moi, proposa Charles.

Lottie semblait anxieuse mais Tris acquiesça.

— Bien sûr, dit-il. Il aura son propre poney un jour ou l'autre. Je l'ai déjà fait monter avant – bien que ce fût à la campagne et sur un bon gars assez facile.

— Pas sur Gamin alors, j'espère ? répliqua Charles en souriant.

— Juste ciel, non ! s'exclama Lottie. Ce cheval est bestial. Il a *mordu* ma Jenny la semaine dernière.

— Ta Jenny flirtait avec lui, dit Tristan. Et il pense qu'il est toujours entier, et non pas hongre. Elle a eu de la chance de ne s'en tirer qu'avec un coup de dents, ajouta-t-il.

Il reprit Jamie à Charles jusqu'à ce que son beau-frère soit en selle, puis le souleva pour le lui tendre.

— Oh, fais attention Charlie ! dit Charlotte.

Jamie était béat. Lorsque Charles eut prudemment accompli le circuit de la parade, il insista pour faire un bisou à 'Pahagon' pour le remercier du tour. Charles le rendit alors à Tris et promit de les retrouver plus tard, une fois qu'il en aurait fini avec la cavalerie.

Tristan et Charlotte retournèrent à leur attelage. La foule s'était dissipée le temps qu'ils avaient attendu le retour de Jamie, dès lors ils n'eurent aucune difficulté à traverser les quelques rues non loin de la Cavalerie de la Garde. Jamie bavarda tout le long du trajet à propos de la Cavali'ie, de Pahagon et d'Onque Chally.

— C'était vraiment gentil de la part de ton frère de prendre Jamie avec lui, dit Tristan sur un ton mal assuré une fois que Jamie eu cessé son babillage.

— Charlie est quelqu'un de très gentil, confirma Charlotte. J'ai d'ailleurs du mal à comprendre ce qui a bien pu le garder si longtemps dans l'armée. Je ne pourrais certainement pas traverser les épreuves par lesquelles ils sont forcés de passer, sans compter le fait de tuer.

— Non, en effet, acquiesça Tristan. Je me doute bien que même pour un officier, c'est une vie difficile. Je suppose qu'il y a des contreparties. La camaraderie, le sens d'un but à atteindre et d'être part de quelque chose.

— Mmm, peut-être bien, répondit-elle en donnant un nouveau bout de marron chaud à Jamie. Après tout, cela fait si longtemps qu'il est engagé. Et ce n'est pas non plus un officier ordinaire, il faisait partie de l'État Major de Lord Wellington et de Lord Castlereagh, en tant qu'officier de liaison avec les allemands et tout cela. Je suppose que ce devait être un travail intéressant.

— Je suppose, dit dubitativement Tristan. J'ai entendu dire que travailler avec Wellington n'était pas une partie de plaisir. Charles est quelqu'un de très patient.

— Oh, il n'y a pas plus patient que lui, dit Charlotte. Cela rendait même Daniel complètement fou. Nous sommes tous deux – quel est le mot ? – flegmatiques. Comme notre mère.

— Ce que Daniel n'est certainement pas, commenta Tristan.

Ils arrivèrent à la voiture ; George, le valet de pied, retint la porte pour Lottie. Tristan hissa Jamie et ils grimpèrent dans la voiture, s'installant sur la banquette face à Lottie. George referma la porte et l'attelage démarra.

— En parlant de famille, dit Charlotte. Ma grand-tante Callista nous a invités jeudi prochain. Elle vit à Richmond. Si tu as déjà des plans, Charlie a dit qu'il serait heureux de nous escorter Ellen et moi.

— Jeudi ? Je suppose…

— Ce n'est pas nécessaire, Tris, lui assura Charlotte. Je sais que tu t'y ennuierais, donc si tu préfères ne pas y aller, ce n'est pas un problème. Tante Callista veut vraiment voir Charlie qui plus est.

— Et elle ne m'aime pas, dit Tristan avec un rictus mauvais.

— Eh bien, non. Elle pense que tu es un petit impertinent.

— Et qui suis-je pour argumenter ? dit-il sur un ton léger.

Il détourna le visage pour regarder le ciel de janvier au travers de la fenêtre.

X

TRISTAN OUVRIT la porte de la bibliothèque et fut déçu de trouver la pièce vide et sombre, la seule lumière provenant du feu de la cheminée. *Oh, oui.* Charles avait emmené Charlotte et Ellen rendre visite à leur vieille tante à Richmond. Ces dernières nuits, quand Tristan rentrait, il retrouvait Charles à l'étude, attentivement penché sur ses étranges bouquins après avoir passé la journée à suivre son mentor dans sa ronde d'observation des patients et tout ce que requérait son apprentissage de la médecine. C'était une merveilleuse expérience de s'asseoir et de discuter avec lui au sujet de ses lectures, de ressortir un livre qu'il avait lui-même parcouru la nuit précédente, ou de prendre note des informations que Charles avait mis de côté pour lui. Il se passa la main sur le front d'un geste las et fatigué. Charles lui manquerait cette nuit mais peut-être n'était-ce que pour le meilleur. Tristan dormait mieux lorsqu'il était bourré alors que leurs conversations lui revigoraient l'intellect en l'éloignant de la relaxation et de l'endormissement. Il s'était trop souvent retrouvé couché et éveillé à tergiverser au sujet de leurs discussions et à l'indicible qui le hantait. Lorsqu'il parvenait enfin à s'endormir, les rêves prenaient la relève et les cauchemars empiraient.

La nuit dernière il s'était lui-même arraché à la compagnie de Charles sur les coups de minuit pour monter dans sa chambre et avait demandé à Reston de lui apporter une bouteille de brandy. Il s'était enivré jusqu'à tomber raide, l'esprit entièrement anesthésié par l'alcool au point de ne pas être réveillé par ses rêves.

Il se réveilla pourtant mort de fatigue ce matin-là.

Charles n'avait jamais fait un seul commentaire sur son alcoolisme bien que nul doute ne subsistât quant à sa désapprobation sur le sujet. Charles ne lui manifestait pas ouvertement sa réprobation : c'était un regard fugace et empli de tristesse qui se posait sur Tristan lorsqu'il tenait un verre en main. Peut-être devrait-il se mettre en colère – comment Charles osait-il le juger – mais il n'y arrivait pas. Ça le rendait d'autant plus triste. De plus, il n'avait pas l'impression que Charles le jugeait, du moins, pas de la façon dont son père l'avait toujours jugé. Le regard qu'il portait sur lui tenait bien plus du regret et de l'impuissance, comme si Charles se préoccupait réellement de lui.

Bien sûr.

Tris se servit un verre de brandy et l'apporta jusqu'au bureau – ainsi que la bouteille. Il s'installa dans la large chaise que Charles réquisitionnait habituellement lorsqu'il étudiait. La mèche de la lampe avait besoin d'être décrassée, ce qu'il fit avant de l'allumer. Avec la clef accrochée à la chaîne de sa montre, il ouvrit le dernier tiroir du bureau, le plus profond, et sortit le journal qu'il y rangeait au fin fond. Il avait toujours tenu un journal. Sa mère lui avait offert son tout premier et il se souvenait encore de l'excitation qui l'avait pris devant les pages blanches qui n'attendaient que d'être noircies par son crayon. Il conservait le petit cahier relié de cuir usagé et rayé, enterré sous une pile d'albums et de documents.

Il s'assit un moment, une main reposant sur la couverture de cuir, puis ouvrit son journal à la page de sa dernière entrée, marquée d'un morceau de papier. Elle datait de cinq jours et était plus que brève.

> *L'obsession ne fait qu'empirer. Damné serai-je de l'écrire*
> *ici ; je ne peux me risquer à la pendaison en laissant de telles*
> *preuves. C'est déjà bien assez de dire que mes rêves sont trop*
> *vivaces. Que puis-je faire ?*

Que faire en effet ?

Il laissa tomber sa tête sur le plat de son poing, languissant d'écrire tout ce qu'il ressentait tout comme il l'avait fait ces vingt et quelques dernières années. Dans ses journaux intimes, il avait entassé toute la détresse née depuis la mort de sa mère, la colère envers son père, la solitude éprouvée lorsqu'il fut envoyé à l'école ; sa première bagarre, sa première cuite, sa première amante. Les noms de toutes les concernées, avec des notes détaillées de ce qu'il avait particulièrement aimé ou éventuellement, ce qu'il avait détesté au point de rompre. Il lui avait été facile de chroniquer ces obsessions-là, alors pourquoi pas celle-ci ?

Pourquoi pas ?

Il rit tout haut et son rire résonna dur et amer à ses propres oreilles. Bon Dieu, pourquoi pas ? Depuis les six derniers mois il avait méticuleusement organisé ses finances dans l'intention de mettre fin à ses jours. Tout avait été mis en ordre ; une fois que Charlotte et les enfants seraient confortablement installés à la campagne, il retournerait à Londres et se ferait sauter la cervelle. Il n'avait jamais été question de *cela* et ça ne l'était toujours pas. Le désir charnel qu'il avait pour Charles – ce désir *corrompu* – n'était qu'une raison supplémentaire venant confirmer ses plans. Pourquoi ne pas faire la catharsis de cette langueur, de l'envie lancinante qu'il nourrissait à l'égard de ce parangon ? Il n'avait qu'à faire en sorte de ne jamais mentionner son nom afin que sa réputation reste intacte au cas où le journal serait découvert avant qu'il puisse mettre ses plans à exécution. Au final, il lui serait bien assez facile de brûler le journal avant de se mettre le canon en bouche.

Il ouvrit l'encrier, trempa sa plume et commença à écrire.

L'HEURE ÉTAIT déjà fort avancée lorsque Charles et ces dames rentrèrent ; le domestique qui leur ouvrit la portière bâilla, sa perruque en travers.

— Va au lit, George, dès que tu auras fermé, dit Lottie. Nous ne devrions pas avoir besoin de quoi que ce soit d'autre ce soir.

111

— Ma'ame, dit-il en réajustant sa frange et en retournant à la porte pour relever les lourds verrous. Dès que j'aurai retrouvé M. Reston et Will.

— George, M. Northwood est-il toujours debout ? demanda nonchalamment Charles en masquant son désarroi.

Si George en appelait à Reston et à l'autre valet, cela ne pouvait que signifier que Tristan s'était remis à boire. Bon sang. Cela ne faisait que quelques jours après tout – bien trop tôt pour casser les habitudes de Tristan.

— Oui, Monsieur, dans la bibliothèque, comme d'habitude.

Charlotte soupira de dépit.

— Oh, Seigneur, dit-elle.

— Monte, Lottie, commanda Charles avant de se tourner vers George. Ce n'est pas la peine de déranger M. Reston. Vous et moi suffirons amplement pour mettre M. Northwood au lit. Lottie, allume les chandelles du hall à l'étage ; je les soufflerai une fois que nous nous serons occupés de Tristan.

— Certainement, acquiesça Lottie.

Charles frappa rapidement à la porte de la bibliothèque avant de l'ouvrir sans attendre. La luminosité de la lampe sur le bureau était faible, illuminant la chevelure foncée de Tristan alors qu'il était à demi affalé sur le bureau, la main refermée sur un verre vide. La bouteille échouée au pied du bureau était également vide. Tristan ouvrit les yeux, le regard aussi trouble que le timbre de sa voix lorsqu'il dit :

— Satané brandy, il n'y en a plus.

— Je vois ça, confirma Charles.

— Vous n'étiez pas là pour discuter, poursuivit son beau-frère d'un ton accusateur.

Il releva la tête et fixa Charles.

— Non je n'étais pas là. Je le suis, maintenant.

— Je suis bourré, rétorqua Tristan. Ça me bousille foutrement bien.

— Je ne pense pas.

— Même, je dormirai cette nuit, j'suppose.

— Je suppose que oui.

— Ne te fous pas de ma gueule, espèce de connard arrogant, rugit Tristan.

Charles sentit la présence de George derrière lui plus qu'il ne l'entendit lorsqu'il recula de quelques pas pour rejoindre le hall.

— Je vous demande pardon, dit-il calmement.

Tristan le regarda un long moment et jura tout bas, un simple 'merde'. Il secoua la tête et se renversa sur sa chaise en regardant le bureau un long moment. Non, il ne s'agissait pas du bureau, mais du petit carnet qui s'y trouvait. Poussant un bruyant soupir, il s'en empara et ouvrit l'un des tiroirs du bureau pour l'y enfouir avant de le refermer. Il le verrouilla avec un surplus de précaution, manifeste de son état d'ébriété. Il se releva ensuite de sa chaise pour s'affaler lourdement sur le bureau pour finalement se ruer laborieusement vers la porte.

Charles lui attrapa le bras lorsqu'il le dépassa. 'Tris' fut tout ce qu'il dit, mais celui-ci se figea sans toutefois le regarder, vrillant amèrement les yeux vers le hall. Puis quelque chose sembla s'échapper de lui, une tension réprimée peut-être et il s'affaissa contre le mur.

— Merde, marmonna-t-il de nouveau en se frottant les yeux. Désolé Charlie, je ne voulais pas... vous n'étiez pas... désolé.

Charlie referma sa main sur le bras de Tristan et le fit passer par-dessus ses épaules.

— Allez mon garçon, on monte, dit-il avant de hocher la tête à l'attention de George qui prit aussitôt l'autre bras de Tristan pour les guider à l'étage.

Une fois arrivés dans la chambre de Tristan, il congédia George avec un sourire et ferma la porte avant de revenir près de son beau-frère, assis sur le rebord du lit, les mains posées sur les cuisses et le visage dénué d'émotion.

— Il est temps de se mettre au lit, dit-il doucement.

Un violent frisson parcourut l'échine de Tristan et il se couvrit le visage de ses mains. Inquiet, Charles murmura son nom et s'accroupit en face de lui, une main sur le genou de Tristan.

— Vous allez bien ?

— Je suis bourré, répéta-t-il d'un timbre feutré.

— Je sais.

— Je suis toujours salement bourré. Vous le savez ? La bière au petit déjeuner, le vin au dîner, le brandy avant d'aller au lit. La nuit dernière j'ai bu au lit, c'était la seule façon...

— La seule façon de... ?

— De dormir.

— Tris...

Tristan se mit à rire, le son de sa voix dur et cynique.

— Je cite les mots du Poète : 'Je fais de mauvais rêves [23]'.

— À quel sujet ?

Cette fois-ci, le rire se rapprocha du sanglot.

— Oh, je ne peux vous le dire. Surtout pas à vous.

— Que ne pouvez-vous pas me dire ?

L'homme se frotta de nouveau les yeux.

— Je possède quarante mille livres dans mes fonds, dit-il platement. Pas spécifiquement pour moi : ils sont placés sur un compte pour Charlotte et Jamie. J'ai amassé les intérêts tout au long de ma vie.

— Est-ce quelque chose que votre père a organisé ? demanda Charles.

Était-ce la raison pour laquelle Tristan était si amer ? Que cette richesse ne fût pas sienne mais enfermée sur un compte scellé, comme s'il n'était pas digne de confiance pour gérer ses finances comme un homme ?

---

23 Tristan cite encore Shakespeare, Hamlet. *NDT*

— Mon père ? Oh, difficilement. Je ne suis pas au courant des arrangements financiers qu'il a prévu pour Jamie bien que je sois certain, pour sa postérité, qu'il en ait déjà fait. Non, *j'ai* édifié ce fond pour eux. Quand Lottie et moi avons été mariés, nous avions plus qu'assez de revenus pour subvenir à nos dépenses quotidiennes alors j'ai investi le surplus. J'ai eu de la chance. Et ces dernières années, j'ai vendu les possessions qui ne m'étaient pas nécessaires pour investir aussi. Donc, sachez-le : Lottie ne se retrouvera jamais endettée par ma faute.

— Je n'avais jamais rien envisagé de tel, dit gentiment Charles.

— Je voulais que vous le sachiez. Je ne suis pas si inutile que ça, continua-t-il avant d'être interrompu par un hoquet. Je suis triste, c'est une excuse pathétique pour un homme, mais je ne suis pas inutile.

— Qui a dit que vous l'étiez ?

— Tout le monde. C'est un fait. Je suis surpris que vous ne l'ayez pas encore entendu dire.

Tristan commença à défaire sa cravate.

— Tout le monde le sait – Tristan Northwood, don Juan, ivrogne, idiot. Ne le laissez pas seul avec vos femmes, vos liqueurs ou votre argent.

Il laissa tomber la cravate au sol et commença à déboutonner son veston. Charles tira sur les bottes de Tristan.

— Relevez les pieds, ordonna-t-il calmement avant de répondre. Je n'ai jamais rien entendu de tel. La plupart des gens disent du bien de vous, du moins actuellement. Bien sûr, je ne peux nier avoir entendu certains récits de vos vieilles prouesses de célibataire, mais vous vous êtes assagi et rangé depuis la naissance de Jamie, concéda-t-il.

Le premier haut de chausse dégagé, il s'affaira sur l'autre.

— Vieilles prouesses, se moqua Tristan en retirant son veston. C'est un terme indulgent.

— Ce n'était rien de plus que cela, fit remarquer Charles. Des jeux auxquels vous jouiez. Personne n'en a jamais été blessé.

— Coup de chance, je vous assure, renifla Tristan.

Il bascula en arrière et s'appuya sur ses paumes pendant que Charles lui retirait ses hauts de chausses.

— Eh bien Mountjoy, si vous souhaitez un jour postuler pour une place de valet, je vous rédigerai des références.

— Merci, répondit tièdement Charles. Si vous pouviez vous mettre d'aplomb ?

Tristan obéit, se retenant à la colonne du baldaquin. Charles se pencha au-dessus du lit et l'aida à s'y allonger, lui laissant son pantalon et sa chemise, puis ramena les couvertures sur lui. Tristan se retourna sur les oreillers, lui livrant une expression soudain triste et perdue.

— Charlie, chuchota-t-il.

Charles passa une main sur son front et dégagea les mèches de jais de son front.

— Dormez, Tristan. Faites de beaux rêves.

Tris attrapa la main de Charles et la retint un moment avant de l'attirer à ses lèvres pour déposer un rapide baiser sur ses doigts. Il la repoussa aussitôt comme s'il venait de faire quelque chose d'offensant.

— Ce n'est pas ce que vous croyez, grommela-t-il en se retournant dans le lit, dos à Charles.

Visiblement congédié, Charles s'approcha de la porte attenante à sa chambre.

— Bonne nuit, Tris.

Il ne reçut pas de réponse. Charles ouvrit la porte et entra dans sa chambre.

TRISTAN SE réveilla avec son mal de crâne habituel et le vague souvenir d'avoir parlé à Charles au cours de la nuit – dans la bibliothèque ? Dans sa chambre ? Ses visions semblaient osciller entre les deux endroits. Charles l'avait-il aidé à se mettre au lit cette nuit ? Bon Dieu, lui avait-il *dit* quelque chose ? Pourquoi lui semblait-il se remémorer du contact, du goût de Charles contre ses lèvres ? Il gronda tout haut. Avait-il pu être stupide au point de vraiment *toucher* Charles ?

Il s'assit abruptement en effrayant Reston et ses tempes se mirent à cogner.

— Reston, dit-il courtoisement, le Major Mountjoy est-il dans sa chambre ?

— Non, Monsieur, répondit Reston avec perplexité. Il est descendu prendre son petit déjeuner il y a une heure ou deux et je crois qu'il se rendait aux quartiers généraux de son régiment. Quelque chose à voir avec une lettre du commandant de son ancienne compagnie. Il n'a rien dit de plus, expliqua-t-il.

Il ouvrit la robe de chambre de Tristan pour qu'il y passe ses bras.

— Souhaitez-vous que je vous rase maintenant, Monsieur ?

— Oui, répondit Tristan en allant s'asseoir.

Reston le savonna de mousse et commença le rasage. Tristan ferma les yeux et laissa le rituel quotidien l'apaiser. Il n'avait probablement rien dit à Charles ; il ne semblait pas ecchymosé, ce qui signifiait qu'il n'avait pas du l'accoster de la manière dont il le craignait. Assurément, même le très calme et posé Charles aurait violemment réagit devant l'approche d'un autre homme. C'était un soldat et il devait souvent employer la force physique : une telle chose aurait certainement fait vriller son honneur. Il grogna de nouveau.

— C'est presque terminé, Monsieur, dit doucement Reston. Lorsque j'aurai fini, souhaiterez-vous quelque chose contre le mal de tête ?

— Avons-nous cette sorte de thé qu'a rapporté le Major Mountjoy ? demanda Tristan.

— Oui, Monsieur. En fait, le Major m'en a donné ce matin. Il a dit qu'il pensait que vous vous lèveriez avec un autre mal de tête.

Tristan fronça les sourcils.

— Vraiment ?

— Oui, Monsieur, confirma Reston, hésitant avant de poursuivre. Je n'ai pas été réveillé par les domestiques pour vous assister cette nuit. Je m'excuse pour ne pas avoir été présent lorsque vous avez été mis au lit.

Tristan renifla.

— Le Major Mountjoy et George m'y ont mis, Reston, donc j'étais bien entouré. Hormis le fait d'avoir encore dû dormir dans mes vêtements, dit-il en jetant un coup d'œil sur son pantalon chiffonné.

— Nous nous en occuperons, Monsieur, le rassura Reston.

Il le quitta pour aller chercher des vêtements propres.

Tris s'observa dans le miroir posé sur la table de toilette. Rien de neuf ici ; cette même vieille gueule, ces mêmes cheveux, ce même vieux Tris. Nul indice de perversion, de sodomie, ni de désirs contre-nature.

Pourquoi ces émotions ne lui semblaient-elles pas perverses du tout, mais naturelles et *justes* ? Il avait toujours considéré la sodomie comme le pire des péchés, mais il se languissait de Charles avec une intensité dont il n'avait jamais fait preuve envers aucune des femmes qu'il avait connu.

Il avait toujours voulu tomber amoureux. De quelle farce était-il la victime pour que, une fois le sentiment venu, ce soit un *homme* qui le suscite ?

La pensée le frappa de plein fouet. Était-ce de l'amour ? Et pas seulement du désir charnel ? Était-il véritablement amoureux de Charles ? Amoureux de la seule personne avec laquelle il ne pourrait jamais être, avec laquelle il ne pourrait jamais partager sa vie, ni même ne serait-ce simplement lui avouer ses sentiments ?

Seigneur, le Destin était un sacré *fils de pute.*

CHARLES N'ÉTAIT toujours pas rentré lorsque Tristan se rendit à son rendez-vous chez Angelo. Il ne s'y trouvait pas, pas plus qu'il ne se montra chez Jackson un peu plus tard comme il le faisait parfois. Après son match, Tristan se lava et rejoignit Gibson au bar de Jackson ; il saisit la pinte de bière que son ami avait gardée pour lui, puis s'installa dans l'un des larges fauteuils.

— Tu es toujours aussi rapide, observa Gibson, mais tu t'épuises plus vite. Tu dois reprendre du poids. Jackson pense que tu ne manges pas assez de viande.

Le seul fait d'y penser rendit Tristan nauséeux et il sirota sa bière.

— Je mange assez, dit-il rapidement. Juste parce que toi et ton hôte tenez la barre à 90 kilos…

— Je ne pèse pas 90 kilos, rétorqua Gibson en reniflant.

— Toi bien sûr que non, renvoya Tris. Mais lui à au moins l'excuse de pouvoir dire que c'est du muscle.

— Oui, bon, tu ne dois pas peser bien plus de 70 ou 72 kilos et tu mesures pourtant plus d'un mètre quatre-vingt-cinq, Tris ça n'est juste pas sain. Pas pour un homme de ta stature. Ce n'est pas… viril.

— Peut-être que je devrais faire un tour dans un lupanar [24] ? dit Tristan sur un ton énervé. *Si* j'en connaissais un, chose que *j'ignore*.

— Il n'y a pas de raison pour que tu y ailles, répondit Gibson, alerté. Et je ne suis pas en train de te récriminer, Tris. Je m'inquiète juste pour toi. Dieu sait que tu n'es pas une chiffe molle. Pas comme...

— Comme ? répéta Tris en écho.

Gibson se pencha et baissa la voix.

— Willoughby, chuchota-t-il. Il y a un lupanar sur King Street et je jure que je l'y ai vu entrer.

La maîtresse de Gibson avait une maison sur King Street, il devait dire vrai.

— King Street ? dit Tris, traînant la voix d'un ton délibérément lascif. Nous nous encanaillons n'est-ce pas ?

— Sacré bâtard ! s'exclama Gibs en riant. Il n'y a rien qui cloche avec King Street !

— Juste les voisins, commenta Tris avant de vider sa pinte. Eh bien, si Jackson et toi êtes autant concernés au sujet de mon poids, vous pouvez m'acheter du beefsteak. Et tu m'en diras plus sur Willoughby tant que tu y es. Je pensais qu'il était promis à la nièce de Lady Simpkin ? ajouta-t-il.

Ils faisaient une belle paire, la nièce aussi pâlichonne et insipide que lui. Il y pensait, oui, il pouvait imaginer Willoughby dans un lupanar. Il n'avait qu'une vague idée stéréotypée sur les habitués d'un tel lieu, mais Willoughby correspondait à son préjugé sur le genre de type qui laisserait un homme faire *ça*, prendre les commandes sur lui et le prendre tout court. La pensée aurait dû le dégoûter et elle le dégoûta de fait lorsqu'il songea à Willoughby. Mais en retournant les cartes et en imaginant Charles en train de le prendre, de le diriger... Il fut subitement parcouru d'un frisson, accusant une forte charge de désir.

— Ouais, assez horrifiant, n'est-ce pas ? dit Gibs. Bien sûr, si j'avais le choix entre un garçon tout mou et tout doux et Miss Simpkin... Je ne sais pas moi-même vers qui je me tournerais.

Ils s'esclaffèrent tout haut et changèrent de sujet jusqu'à ce qu'ils se retrouvent sur le coin de table d'un pub non loin. Après avoir passé commande, Tris remit le couvert.

— Donc c'est quelle maison le lupanar ? demanda-t-il naturellement. J'espère que ça n'est pas trop près de Suckey – autrement les riverains pourraient penser que tu en es.

— Oh, c'est en bas de la rue, quatre ou cinq maisons plus loin. Celle avec les volets bleus, tu vois ?

— Celle-là ? J'ai toujours pensé que c'était la maison d'un général ou d'un amiral à la retraite, dit-il avant de prendre une gorgée de bière.

---

24 Madge house : lupanar désignait officieusement une maison de passe homosexuelle. *NDT*

117

— C'était le cas, mais ça fait deux ans qu'il est décédé. La maison est restée vide pendant six mois, puis un couple l'a rachetée. J'ai eu le malheur de les rencontrer une fois. Ils sont totalement transparents, aucune prestance. C'est censé être une résidence privée et les visiteurs, leurs invités, mais leurs amis sont extrêmement bizarres, de la pire espèce, s'il s'agit bien de leurs amis. Et ensuite, quand tu penses qu'un type comme Willoughby – le genre qui ne fréquente personne du beau monde ni ne se présente nulle part, se rend tout seul chez des gens comme ça… J'ai songé à les dénoncer aux autorités, mais ils se tiennent assez tranquilles et nous n'avons jamais rencontré de problèmes avec eux. Ce qu'un homme avec ses pantalons baissés peut bien foutre ne me concerne pas, ajouta-t-il en levant les yeux lorsque le serveur apporta les assiettes de viande juteuse accompagnées de pommes de terre rouges garnies. Tiens, te voilà servi, cela mettra des muscles sur tes os.

Tris afficha une expression dubitative à la vue de son assiette et secoua la tête en plantant la fourchette dans une patate.

— La plupart des gens les aurait dénoncés, dit-il en mordant la pomme de terre.

C'était délicieux et cuisiné à la perfection, avec la saveur du jus. Vraiment dommage qu'il n'ait pas très faim. Gibson haussa les épaules.

— Je ne dis pas que j'approuve. L'église dit que c'est mal, donc c'est mal. Mais ce ne sont pas mes affaires non plus. Pas plus que ne le sont l'alcoolisme d'un tel, l'addiction au laudanum d'un autre – ce n'est qu'une perversion parmi d'autres. Du moment que cela ne blesse personne, je m'en contrefiche, confirma-t-il.

Il agita son couteau vers Tris.

— Je n'aurais jamais rien dit à qui que ce soit, excepté à toi et Berks, parce que ces pauvres sodomites ont déjà assez de problèmes sans ça. Et j'ai un trop grand cœur pour supporter d'avoir des morts sur la conscience.

— Je sais bien, dit Tris. Pauvres sodomites.

LA RUE était calme dans l'obscurité de minuit mais des lumières filtraient de la maison aux volets bleus. Tris fit arrêter le cocher du fiacre deux maisons plus bas et prétendit s'avancer sur le perron de la maison devant laquelle il s'était fait conduire, mais ses fenêtres étaient malencontreusement sombres.

— Vous che'chez que'que chose de particulier, Gouverneur ? demanda le cocher depuis l'attelage.

— Non, répondit Tristan d'une voix au timbre étouffé par l'écharpe qui lui enveloppait le visage et la nuque. J'observe juste.

— Bien, renifla le voiturier tout en refermant la porte.

Cela ne faisait qu'un moment qu'ils s'étaient rangés lorsqu'une mince silhouette tourna au coin de la rue et marcha nonchalamment sur le trottoir en frappant le sol de sa canne avec désinvolture. La silhouette ralentit en s'avançant vers la voiture et observa un moment la porte et la fenêtre ouverte avant d'approcher.

À la lueur vacillante de la lampe du cocher, Tris vit le visage d'un beau jeune homme surplombant une cravate dernier cri, des mains fines et irréprochablement gantées ainsi qu'une svelte stature enveloppée dans un luxueux manteau. Tout indiquait qu'il s'agissait d'un homme du beau monde, mais Tris, qui était familier des membres constitutifs de la bonne société, ne connaissait celui-là ni d'Ève ni d'Adam.

L'homme s'approcha jusqu'à la voiture et posa la main près ce celle de Tris, nerveusement agrippée au rebord de la fenêtre.

— Attendez-vous quelqu'un Monsieur ? demanda-t-il d'une voix de velours, basse et à la prononciation indubitablement cockney [25].

— Non, merci.

Sous le faible éclairage, Tris ne pouvait pas vraiment distinguer la couleur des yeux de l'homme sinon la lueur de luxure qui les animait. Ses cils noirs s'abattirent sur son regard et il retira la main mais seulement pour enlever son gant d'un geste très lent avant de la reporter à la fenêtre pour la poser cette fois précautionneusement sur celle de Tris, la recouvrant complètement.

— En êtes-vous certain ? dit doucement l'homme, ses doigts nus caressant fugacement le dos de la main de Tris en remontant jusqu'à son poignet découvert. Il se peut que je sois celui que vous cherchiez sans le savoir. Pourquoi ne descendriez-vous pas pour m'accompagner ? Je connais un endroit très confortable, poursuivit-t-il.

L'improbable mélange de politesse et l'intonation flagrante des basses castes venaient s'ajouter au charme de l'homme. Tristan frissonna.

— Non, merci, répéta-t-il.

Mais sa voix était restée coincée. Il savait qu'il devrait ordonner au cocher de démarrer, mais quelque chose le gardait cloué sur place. La caresse légère de l'homme était comme un étau comprimant sa main sur le rebord de la fenêtre.

— C'est une froide nuit pour rester à l'extérieur alors qu'il y a de quoi se réchauffer à quelques pas, ronronna l'homme. Un endroit chaud que je pourrais peut-être rendre plus chaud encore.

— J'ai suffisamment chaud, s'étouffa Tristan.

Les doigts reprirent leur office sur l'épiderme nu.

— Hay, Monsieur, murmura l'homme. Je peux le sentir. Si brûlant. Vous avez le feu en vous. J'aimerais y puiser, je le ferai.

— Et comment vous y prendriez-vous ? chuchota abruptement Tristan, sa voix lui faisant involontairement défaut.

— Eh bien, c'est là toute la question, n'es 'pas ? répondit l'homme.

La blancheur de ses dents éclata dans l'ombre dans un rire bas et vibrant. Tristan tressaillit et son sang ne fit qu'un tour pour foncer plus au sud. Il remua de malaise.

---

25 Habitants des quartiers populaires de l'Est Londonien. *NDT*

119

L'homme le remarqua et son sourire s'élargit.

— Vous aimeriez que je vous le dise, n'est-ce pas ?

Tristan avala difficilement sa salive.

— Oui... souffla-il.

— La première chose que j'ferai, c'est de monter dans cette cabine avec vous, murmura l'homme afin que le cocher ne l'entende pas tout en refermant la main sur les doigts de Tristan.

Tris pouvait sentir son souffle au travers de l'écharpe ; il s'échappait en volute de vapeur sous la faible lumière.

— J'ouvrirai votre large manteau et m'y glisserai à l'intérieur. Lorsque mes doigts s'ront assez chauds, je m'attaquerai aux boutons de votre pantalon – il y en a tant, ça me prendra du temps. Puis j'mettrai ma main là-dedans, sous le tissu. Une main chaude et douce, mes doigts fins et brûlants. Et vous – ah, vous serez si brûlant déjà aussi, nay ? Dur, ferme et chaud. Mais ma bouche ? Encore pire, j'le jure.

Son regard se verrouilla sur celui de Tristan et il se passa la langue sur les lèvres, les irisant de salive.

— J'vous montrerai, continua-t-il. J'mettrai ma bouche sur votre queue brûlante et j'vous emporterai pendant que ma main réchauffera gentiment vos bijoux.

Tristan pensait qu'il faisait froid dehors, mais dans la cabine, la température était tout sauf froide. De la sueur perlait sur son front et il empêtra sa main dans sa cravate pour la dénouer. Son pantalon était subitement devenu bien trop étroit, ses jambes tremblaient et il avait le souffle court.

Le démon à la portière souriait malicieusement et n'arrêtait pas de parler, susurrant aux oreilles de Tristan toutes les tentations du diable et les choses délicieuses qu'il lui ferait. Il ne touchait pourtant rien d'autre que le dos du poignet de Tristan et c'était tout comme s'il était dans la voiture à ses côtés, laissant courir ses mains sur le corps de Tristan et le touchant intimement. Il ferma les yeux.

C'était encore pire. Avec les yeux fermés, il imaginait que Charles était là, assis à côté de lui, lui faisant toutes ces choses que la voix sournoise du cockney était en train de lui glisser.

— Et lorsque nous serons tous deux à point, je déferai mes boutons, susurrait la voix traîtresse, irrésistiblement douce. J'abaisserai mon pantalon jusqu'aux genoux, j'me pencherai sur la banquette en face et je guiderai votre queue tout droit là-dedans. Vous allez aimer, nah, gouv ? J'suis bien plus étroit que n'importe quelle femme. Plus chaud aussi. Et plus fort – vous pouvez me baiser aussi fort que vous l'voulez sans vous inquiéter pour moi. J'aime les baises biens violentes, ça ouais.

Tristan contracta les fesses à ses propos et l'excitation déferla sur ses joues et son cou. Il ne voulait pas baiser cet inconnu. Il ne voulait baiser personne. Il voulait – oh, *Seigneur,* ce qu'il voulait... Charles.

— Non, dit-il d'un air absent et l'étranger étira largement les commissures.

— Oh, alors c'est com'ça ? dit-il de cette malicieuse voix au timbre lascif et feutré.

— Non !

Tristan retira vivement sa main de la fenêtre. Il fouilla dans la poche de son pardessus et en sortit une couronne qu'il jeta à l'homme.

— Pour votre temps, hoqueta-t-il avant de frapper au plafond de la cabine avec sa canne. En route ! cria-t-il en se rencognant contre la banquette élimée.

Il pantelait bruyamment, comme s'il venait de courir un sprint. Lorsque l'attelage se mit en branle, il entendit l'homme rire derrière lui.

La trappe s'ouvrit du coté conducteur.

— Quelle direction, Gouverneur ? demanda le cocher.

— Hyde Park, dit Tristan en lui donnant la première destination qui lui vint à l'esprit.

— Hay, Monsieur, opina le cocher.

Il referma la trappe et laissa Tristan seul avec lui-même. Il se recroquevilla sur son érection lancinante, rendu à moitié fou et à moitié terrifié du désir qui le rongeait, mais pas vis-à-vis de l'homme qui l'avait éveillé ; du désir de celui qu'il ne pourrait jamais avoir. 'Mon Dieu', souffla-t-il alors que les derniers mots de l'inconnu lui revenaient en tête. *Oh, alors c'est com'ça ?*

Oui, exactement comme ça. Les mains de Charles, sa bouche, sa queue, Charles le prenant contre la banquette qui lui faisait face, son propre pantalon à ses genoux et Charles chargeant contre lui, plongeant et replongeant en lui, son poids s'écrasant au-dessus de lui.

Sans qu'il ne s'en rende compte, sa main se trouvait déjà sur la proéminence de la douloureuse érection ; il la referma, serrant l'envergure de son désir et se masturba franchement d'un geste aveugle et désespéré. Il s'enfonça contre le dossier dans un sursaut, lâchant un cri de supplicié lorsqu'il se répandit, son pantalon toujours fermé.

— Charles, sanglota-t-il. Charles.

Le temps que l'attelage atteigne Hyde Park, Tristan avait pu sécher ses larmes avec son écharpe de laine et luttait encore pour remettre de l'ordre dans son esprit. Il gratta finalement contre la trappe et demanda à être conduit à Piccadilly et à Park Lane. Le cocher s'obligea et Tristan le paya, maintenant prudemment son écharpe sur son visage afin que le voiturier soit incapable de l'identifier.

La honte. Ce n'était pas un sentiment auquel il était habitué. Toutes les mésaventures dans lesquelles il s'était embarqué avant et après son mariage avaient été frappées du sceau de la colère ou de l'ennui et non de celui de la honte. Cette fois-ci, il n'avait strictement rien fait, excepté se répandre et Dieu savait qu'il l'avait fait de très nombreuses fois par le passé. Au moins, cette fois, il se trouvait seul ; était-ce donc si mal, de faire dans son froc comme un écolier dans sa première paire de pantalon ? Il ne s'était pourtant jamais senti si honteux de toute sa vie en regard de ce qui venait juste de se produire. Parce qu'au bout du compte, il s'agissait de Charles et Charles ne méritait pas cela, il ne méritait pas d'être invoqué en pensée alors que Tristan se remémorait les propos encore chauds du prostitué à ses oreilles, mais *bon sang*, valait-il mieux que cette pute, à s'imaginer Charles en train de le prendre ainsi, dans la position même décrite par ce prostitué ? Valait-il mieux que lui ?

Il dépassa Park Lane et tourna sans s'arrêter de marcher, passant plusieurs pâtés de maison avant d'arriver devant sa propre porte. Il regarda la façade. La bibliothèque était éclairée ; Charles était sans doute en train de potasser ses livres et une inextinguible envie de le rejoindre se mit à le tourmenter. Il voulait s'agenouiller à ses pieds, que Charles passe la main dans ses cheveux et le caresse, puis le relève, l'embrasse et lui fasse l'amour.

Qui croyait-il tromper ? Charles l'*aplatirait* s'il avait la moindre idée de ce qui se tramait dans la tête de Tristan.

Il monta les marches jusqu'au perron et le valet de pied lui ouvrit la porte. Tris hocha la tête en réponse à son 'Bonsoir, Monsieur' et traça tout droit jusqu'à l'étage sans même regarder la porte fermée de la bibliothèque.

CHARLES RELEVA le nez de son livre au son de la voix du valet et au bruit de la porte d'entrée se refermant en conséquence. Il attendit un moment, s'attendant à ce que Tris entre dans la bibliothèque mais entendit ses pas grimper les escaliers. Il fronça les sourcils, se leva et alla à la porte.

— George ? appela-t-il.

Le valet le regarda.

— Oui, Monsieur ?

— C'était M. Northwood ?

— Oui, Monsieur.

— A-t-il l'air d'aller bien ?

— Eh bien, Monsieur, dit-il, mal à l'aise, non Monsieur, pas vraiment. Il semble choqué. Le teint terreux, et d'autres signes.

— Merci, opina-t-il en refermant la porte pour s'y appuyer contre et aussitôt se mettre à penser.

Que s'était-il passé ? Tristan venait généralement voir si Charles était toujours debout et il était à peine minuit passé, assez tôt selon les habitudes de Tristan. Il était déchiré entre la volonté d'aller voir ce qui n'allait pas et celle de respecter son besoin manifeste de solitude – L'inquiétude luttait contre la courtoisie.

La courtoisie l'emporta sur l'inquiétude, le gardant confiné une demi-heure supplémentaire bien qu'il lui fut impossible de se concentrer sur ses études. Il ferma boutique avant que la demi-heure n'ait sonnée. Il n'entendit rien en passant près de la porte de Tristan mais des voix retentissaient depuis le petit salon au bout du hall. Il gratta à la porte.

— Entre, dit Charlotte.

Il s'exécuta. Sa sœur et Ellen jouaient aux cartes.

— Il est tard, observa-t-il.

— Je voulais l'avis de Tristan sur le dîner que nous organisons mardi prochain, déclara distraitement Charlotte en jetant une carte.

— Ne l'as-tu pas entendu monter ? demanda-t-il avec curiosité.

— Oh, si, il y a de cela vingt minutes, dit Lottie.

Elle attendit qu'Ellen pioche et continua.

— Il ne se sentait pas très bien donc il est allé se coucher tôt.

— Je pense qu'il ne va pas bien du tout, Lottie.

— Je le pense aussi, confirma-t-elle.

Elle analysa son jeu et piocha une carte.

— Penses-tu qu'il doive voir un médecin ? Autre que toi, je veux dire ?

Son habituel déni de la condition de Tristan l'irrita.

— Que ton mari soit malade ne te préoccupe-t-il pas, Charlotte ?

Elle releva les yeux de surprise.

— Oh, je t'ai mis en colère, dit-elle, alertée.

— Oui, c'est le cas, rétorqua-t-il. Il s'agit de ton mari ! N'es-tu pas inquiète qu'il aille mal ?

— Bien sûr, dit-elle. Mais il est trop tard pour faire venir un médecin, n'est-ce pas ? Et je ne suis pas certaine qu'il soit *physiquement* souffrant, de toute manière, Charlie. Ça n'est probablement qu'un autre mal de crâne.

— Tu sais pourtant bien maintenant, Lottie, nous en avons discuté, que ses maux de tête peuvent avoir une cause physique, dit Ellen d'un ton angoissé. Charles a raison de s'inquiéter.

— Bon. Il est minuit passé, si ça n'est plus. Je doute que nous devions envoyer George ou qui que ce soit d'autre chercher un médecin à cette heure. Peut-être que ton ami MacQuarrie accepterait d'examiner Tristan au matin ? En assumant que Tristan soit d'accord, ce dont je doute fort le connaissant.

— Parfois je me demande comment tu peux être ma sœur, répondit sèchement Charles.

Elle tiqua et haussa un sourcil.

— Tu as écopé de toute la sensibilité, Charlie, tu le sais. Maman l'a toujours dit.

Elle coucha ses cartes et se mit sur pieds pour aller l'enlacer.

— Mon chéri, Charlie, bien sûr que je me soucie de Tristan. Il est mon mari et mon ami très cher. Seulement, je ne m'en *soucie* pas de la même manière que toi. Je n'en vois pas la nécessité. Il souffre de malaises depuis les six derniers mois, mais cela n'a jamais semblé *sérieux*.

Elle scruta Charlie d'un regard franc.

— Je pense qu'il est malheureux, Charlie. Lorsqu'il sera à nouveau heureux, tout rentrera dans l'ordre. Et je ne lui suis d'aucune aide sur ce plan là.

— Tu n'essaies même pas, répondit amèrement Charles.

— Charlie, Tris ne veut pas que je…

— Bien sûr qu'il le veut. N'as-tu jamais songé que, si tu lui avais apporté un peu d'attention, il ne serait pas si malheureux ? N'as-tu jamais considéré ses propres sentiments en dehors des tiens ?

— Charles, vous êtes injuste, intervint Ellen.

— Non, Ellen, dit calmement Charlotte. Charlie a raison. Je n'ai pas fait assez attention à lui. Mais il ne me porte aucune attention non plus. Lui et moi avons quelques petits riens en commun au mieux, mais nous sommes installés dans un compromis confortable, je le crois. Au moins, cela marchait jusqu'alors. Si je savais ce qui se passe depuis six mois, je serais heureuse de pouvoir l'aider à résoudre ses problèmes. Mais il refuse de m'en parler. Et j'ai déjà essayé d'aborder le sujet avec lui. Il m'a dit que ça n'était rien.

Elle pencha la tête sur le côté et regarda Charles avec son air d'oiseau.

— J'aurais espéré qu'il t'en parle, mais apparemment il ne se sent pas assez en confiance avec toi non plus.

Ça faisait mal. C'était vrai, mais ça faisait quand même mal.

— J'ai essayé d'être un ami de confiance pour lui, Charlotte, répliqua Charles sur un ton raide.

— Je ne dis pas le contraire, répondit Charlotte. Je le sais. Mais cela dépend de Tristan maintenant, tu ne crois pas ?

Elle tapota gentiment son torse.

— Va au lit, Charlie. Faites une promenade à cheval demain matin avec Tristan et vois si tu peux l'amener à te parler. Vous vous sentirez mieux tous les deux après cela.

Charles ferma les yeux et laissa sa tête tomber mollement en signe de lassitude. Il soupira.

— Que vais-je faire, Lottie ? demanda-t-il en une question purement rhétorique.

Charlotte lui répondit toutefois.

— Va te coucher Charlie.

Il hocha la tête et les quitta pour se rendre dans sa chambre. Le feu était mourant mais la pièce était assez chaude ; il se débarrassa de sa veste et de ses bottes qu'il mit de côté pour que Reid s'en occupe au matin. Cela faisait déjà bien longtemps qu'il avait conditionné son valet/ordonnance deux en un à prendre congé à une heure raisonnable ; quand Charles avait besoin d'aide pour se déshabiller, c'était lorsqu'il avait un bras en écharpe ou un handicap du même acabit. Pourtant cette nuit, il souhaita presque que Reid soit présent afin de discuter avec lui comme il avait souvent entendu Reston et Tristan le faire : ça l'aurait détourné de ses soucis. Il retira sa chemise sans la déboutonner, passa une chemise de nuit et se rendit à la porte attenante pendant qu'il portait encore son pantalon. Il tourna le verrou et ouvrit la porte. La chambre était sombre, le lit à baldaquin apparaissant tel un bloc noir sous l'infime luminosité des braises de la cheminée.

— Tris ? appela-t-il d'un ton très bas.

Le silence perdura un moment. Puis Tristan répondit.

— Qu'y a-t-il Charles ? demanda-t-il d'une voix au timbre faible, le ton éreinté.

— Charlotte m'a dit que vous étiez souffrant. Je me demandais s'il y avait quoi que ce soit que je puisse faire ?

— Non, dit Tristan. Allez-vous coucher, j'irai mieux au matin.

— Monterons-nous à cheval demain ? Le ciel rouge cette nuit annonce une journée claire.

Il y eut de nouveau un long moment de silence avant que la voix lasse ne réponde.

— Si vous voulez.

— Bien, conclut Charles. Bonne nuit Tris.

— Bonne nuit, Charles.

Il hésita longuement, puis ferma précautionneusement la porte.

XI

CHARLES PIÉTINA sur le perron pour faire tomber la neige de ses bottes, avant d'entrer dans cette maison qui était devenu son *chez-lui* depuis les six derniers mois. Will, le valet de pied tremblota lorsqu'il referma la porte derrière lui.

— Il fait un temps de fou dehors, Monsieur, dit-il.

— C'est indiscutable, opina Charles.

Il faisait froid : la neige était couplée à de la bruine et un vent fort guidait le tout aux travers des failles infimes et insoupçonnées des vêtements. Il avait dû marcher plus d'un kilomètre en traversant les rues crasseuses de Spitalfields avant de pouvoir trouver un attelage ; heureusement, le temps infernal avait, cette nuit, retenu les criminels au chaud.

L'hôpital avait bien évidemment été surpeuplé et pas seulement de gens malades à cause de ce satané temps de février mais aussi pour permettre à certains d'avoir simplement un abri où passer la nuit. Les faire sortir n'avait pas été chose facile, la plupart d'entre eux en proie à toute sorte de toux et de rhumes des foins bien que tous n'aient pas manifesté un grand intérêt à se faire examiner par un médecin. La suspicion envers les professions médicales battait son plein, comme d'habitude, et ce en dépit du mauvais temps.

Il laissa glisser son manteau et retira son écharpe pour tendre l'ensemble, gants y compris, à Will.

— M. Northwood est-il toujours dehors ?

— Non, Monsieur, il a passé la soirée dans la bibliothèque ; je crois qu'il est monté dire bonne nuit à Maître Jamie.

— Ah, alors il redescendra sûrement. J'espère que le feu est allumé ?

— Oui, Monsieur, bien chaud et je vous amène le thé avant la demie heure.

— Bien.

— Dois-je monter allumer le feu dans votre chambre après avoir tout fermé ?

— Oui, merci, répondit-il.

Charles prit le tissu que Will lui tendit et essuya ses bottes. Il lui rendit le chiffon et entra dans la bibliothèque pendant que Will verrouillait la maison. Il faisait chaud comme annoncé, les chandeliers au-dessus de la cheminée étincelaient et la lampe à huile du bureau projetait une lueur tamisée sur le sous-main.

Sur celui-ci reposait ouvert un petit livre relié de cuir, le genre de livre qui tient dans la poche, ainsi qu'une feuille de papier pliée coincée en tant que marque-page. Curieux, Charles posa sa tasse sur le sous-main et pivota le livre pour jeter un coup d'œil sur la page. C'était une entrée de journal rédigée de la main de Tris, datée du jour. Il n'eut qu'un aperçu des premiers mots sous la date, se refusant à envahir l'intimité de Tristan. Mais le peu de mots qu'il capta atteignit son esprit et son sang se glaça. Il tourna le livre vers lui une nouvelle fois, s'accrochant au rebord du bureau, stupéfait, en proie au choc et à la souffrance.

Je ne peux plus le supporter. Je ne peux plus vivre ainsi. Ce sera cette nuit.

Tout est prêt ; le fonds d'investissement est solide, tous les mauvais actifs ont été dégagés. Je ne laisserai pas ma famille sans rien. Je sais que mon père, Charlotte et Charles les élèveront bien et s'occuperont de leur futur. Le fonds suffira pour qu'ils subviennent aisément à leurs besoins et laissera un héritage à mes enfants qui s'élèvera à un montant bien supérieur à celui que mon père a organisé pour Jamie.

Cela fait trop longtemps que j'élabore ce plan, tant de mois de préparation. J'aurais aimé m'en tenir au plan initial ; Charlotte et les enfants en sécurité au Lilac Cottage, loin du beau monde et du scandale qui suivra ma mort.

J'aurais voulu savoir si elle attendait une fille ou un garçon. Mais je ne peux plus attendre. Les rêves empirent lorsque je me risque à dormir et même le brandy ne m'est plus d'aucune aide. Je deviens fou.

Charlotte mérite mieux que ce que je peux lui offrir. Le mieux que je puisse faire pour elle est de disparaître de sa vie.

L'hésitation que j'avais à abandonner Charlotte si près de l'accouchement est soulagée par la présence de Charles. Il la soutiendra et la protégera au plus fort du scandale et la calmera afin que sa santé et celle de l'enfant ne soient pas mises en danger. Elle n'a jamais eu besoin de moi. Mais c'est une autre histoire. Je compte sur Charles.

Charlie.

Mon Charlie.

Mon Dieu, pourquoi ?

Qu'est-ce qui chez cet homme annihile le moindre bon sens que j'ai pu avoir ? Stupide question. Ce n'est pas du bon sens que d'avoir d'inconvenantes émotions en pensant à lui. Il est homme, pas femme et un homme qui serait assurément horrifié d'apprendre la teneur des sentiments que je cache. J'emporterai ce journal cette nuit chez Boodle et je le brûlerai avant de charger mon pistolet. Personne ne doit jamais connaître la honte qu'il contient et encore moins que celle-ci n'en vienne à l'éclabousser lui. C'est quelque chose que je ne lui souhaiterai pas. Il n'a jamais été rien d'autre qu'un véritable et honnête ami

pour ma femme et moi. Ce n'est pas de sa faute si je le désire
autant. Pas de sa faute. Seulement la mienne.
La liste de mes péchés est trop longue.

La rédaction s'arrêtait là. Charles relit, malade, espérant avoir mal lu la première fois. Les mots étaient les mêmes, alors d'une main tremblante, il déplia la feuille calée à cet endroit. C'était le brouillon au crayon à papier d'une lettre destinée à Charlotte.

Ma chère Charlotte.
Je regrette de vous avoir mise dans une situation si
intenable. Je vous en prie, sachez que si une alternative
s'était présentée à moi, je ne vous aurais pas si terriblement
embarrassée. Ce n'est que le fait de savoir Charles à vos côtés
qui me donne la force de vous libérer.
Vous allez avoir besoin de documents se trouvant
dans le tiroir du haut de mon bureau, dans la bibliothèque,
dans un dossier sur lequel est inscrit 'Charlotte'. Cela vous
fournira toutes les informations nécessaires au sujet du fonds
d'investissement que j'ai monté pour vous et les enfants et il
contient une copie de mon testament, actuellement entre les
mains de mon notaire. Nom et adresse sont dans le dossier. J'ai
nommé Charles exécuteur testamentaire ; je sais qu'il prendra
votre avenir et celui des enfants à cœur. S'il vous plaît veuillez lui
transmettre mes plus profondes excuses pour faire reposer sur lui
une telle responsabilité ; si je n'étais pas convaincu de l'affection
sincère qu'il nourrit pour vous, je me serais arrangé autrement.
Comprenez que mon choix n'a rien à voir avec vous quoi
qu'il en soit. Vous avez été la meilleure épouse au monde et je
n'aurais pu demander mieux. Le respect et l'affection que j'ai
pour vous sont sans limite. J'aurais seulement souhaité être un
meilleur mari et un meilleur père pour Jamie. Vous méritez tous
deux tellement mieux que ce que je vous ai donné, et mieux que
tout ce que j'aurais jamais pu vous donner. La seule chose qui
m'apporte un peu de fierté, c'est ma contribution à la venue au
monde de Jamie. Je l'aime profondément et me console de savoir
qu'il est encore assez jeune pour ne pas être dérangé par ma
disparition. S'il vous plaît, lorsqu'il sera plus grand, dites-lui que
son père l'aimait trop pour l'affliger de sa personne.
Je pense que mon père reconnaîtra Jamie bien plus qu'il
ne m'a jamais accepté. Il ne sera pas déçu par lui. Cependant,
je prie pour que vous le protégiez de toute négligence ou cruauté

involontaire de la part de mon père lorsqu'il lui rendra visite ;
je l'innocente de toute méchanceté gratuite mais je le connais
trop bien pour savoir que ses propos froids et tranchants peuvent
blesser. Je voudrais protéger Jamie de la méchanceté, autant que
possible.
    Pardonnez-moi.
    Affectueusement, votre dévoué,
    Tristan.

Il replia la lettre et la remit dans le journal, l'esprit engourdi et les entrailles bouillantes d'horreur. Il se tint un long moment debout, le livre en main et le plongea ensuite dans sa poche pour partir à la recherche de Tris. Mais Tristan attendait dans le chambranle de la porte, le visage noir de rage.

— Par le diable, que croyez-vous être en train de faire ? pesta-il en claquant violemment la porte, un poing déjà refermé sur la cravate de Charles avant que celui-ci n'ait le temps de ciller. Comment osez-vous lire ma correspondance privée.

— Comment osez-*vous* ourdir une telle mascarade ? répliqua Charles en se libérant furieusement.

— Ce ne sont pas vos affaires, répondit Tristan, tremblant. Rendez-moi mon putain de journal, bâtard !

— Non, cingla Charles.

Tristan le frappa d'un coup de poing fulgurant, manifeste de son entraînement régulier, et Charles se renversa sur le bureau. Il para et intercepta le poing que Tristan réarmait dans l'intention évidente de renvoyer un coup, et Tristan balaya son appui d'un coup de pied. Charles s'effondra en se cognant l'épaule contre l'angle du bureau et Tristan l'enfourcha, envoyant ses mains lui tenailler la gorge.

— Fils de pute ! gronda Tristan, enragé, satané fils de pute !

Charles répliqua d'une attaque sournoise et sale, apprise en situation de combat en Espagne et non d'une contre-attaque de chez Jackson. Il rompit la prise de Tristan et le repoussa pour le percuter d'une puissante frappe directement au plexus. Mais Tristan avait apparemment appris lui aussi quelques méchants mouvements. Il para l'attaque de Charles et roula hors de portée. Charles évita de justesse de se prendre le coup de genou de plein fouet, mais une douleur éclatante lui résonna dans le crâne, laissant son oreille sifflante. Ils s'agrippèrent en silence et seuls les grognements retentirent dans la pièce lorsqu'un coup portait, ou le grincement d'un meuble déplacé sur le plancher en chêne, tandis qu'ils roulaient au sol, animés d'une farouche détermination à se blesser. Du moins, Charles voulait irrémédiablement arrêter Tristan, car il suspectait – quelque part au fond de son esprit, là où la peur et la fureur ne faisaient pas rage – que Tristan ait en ce moment même, l'intention de le tuer.

Ils heurtèrent une table basse et un bol de pot-pourri tomba sur le tapis, roulant et éparpillant des pétales de rose et des feuilles odoriférantes. Charles

129

réussit à plaquer Tristan sous lui, ses bras lui encadrant la tête en la lui bloquant, ses tibias puissants lui enserrant fermement les cuisses pour le maintenir au sol.

— Bon Sang, Tris ! rugit Charles. Par l'enfer, qu'est-ce qui ne va pas chez vous ?

Tristan ne répondit rien, se tordant sous lui pour tenter de briser l'emprise de Charles. Mais il se fatiguait, Charles le voyait bien : il avait le souffle raccourci, pantelant, et ses muscles tremblaient sous l'effort, son visage était pâle et perlé de sueur.

— Laisse-moi partir, va te faire foutre, haleta-t-il.

— Pour que tu puisses me tuer ? rétorqua Charles.

— Oui, va te faire foutre ! explosa-t-il en brûlant ses dernières résistances.

Il s'affaissa sous Charles, vidé de toute force.

Charles changea de position de manière à ce que ses genoux appuient sur le tapis et non plus directement sur Tris, restant toujours à califourchon sur lui. Il ne relâcha pas les mains de Tristan tant qu'il ne fut pas assuré de ne pas risquer un nouveau coup de poing, puis s'assit sur ses talons.

— Sois damné, souffla fébrilement Tristan.

Il tourna la tête sur le côté, laissant reposer sa joue contre le tapis de laine et se recouvrit le visage d'un avant-bras.

— Pourquoi, Tris ? demanda Charles, la douleur rendant son ton rocailleux, les mains crispées sur ses cuisses.

— Pourquoi quoi ? Pourquoi je t'ai frappé ?

— Non, tu sais de quoi je parle.

Tristan tourna brusquement la tête pour l'observer d'un regard aux prunelles étincelantes d'argent, les traits fins de sa bouche tordue en un rictus aristocratique.

— Je t'ai frappé, dit-il amèrement, mésinterprétant délibérément la question de Charles, parce que tu fouinais dans des affaires qui ne te concernent pas. J'ai pensé que tu préférerais ceci à duel, bien que je sois entièrement partant pour régler le problème de cette manière, si tu en as le courage.

— Suicidé par son beau-frère ? demanda Charles. Je ne pense pas, non, Tris.

— Salaud, pesta brusquement Tristan.

Charles glissa une main jusqu'à l'entrejambe de Tristan, plaquant sa paume sur la proéminence qu'il sentait déjà devenir dure. Tristan hoqueta brièvement, le rictus effacé de son visage pour ne laisser dans son regard que la place au choc et à la stupéfaction.

— Là nous arrivons à quelque chose, dit calmement Charles.

Tristan lui poussa les épaules, dans l'intention de s'enfuir. Charles lui attrapa les poignets.

— Tristan, dit-il d'un ton ferme, comme s'il traitait avec un cheval ou un chien récalcitrant. Tristan, répéta-t-il.

— Laisse-moi partir, murmura Tristan, le visage cramoisi et incapable de croiser le regard de Charles. Pour l'amour du ciel, Charles, laisse-moi partir.

— Non, répondit Charles. Pas jusqu'à ce que je sois certain que tu ne...

Il allait dire 'ne te fasse pas de mal', mais Tristan s'était élancé pour l'embrasser, sa bouche se scellant fougueusement à celle de Charles. Il sentit un goût ferreux sur ses lèvres et la langue de Tristan plongea à la recherche de la sienne, le plongeant dans la fièvre d'un baiser vorace.

Il n'eut pas le souvenir d'avoir relâché les poignets de Tristan, mais il l'avait forcément fait à un moment ou un autre puisque les doigts de Tristan étaient plongés dans ses cheveux, et les siens parcouraient le dos de son beau-frère d'une caresse ferme, l'attirant contre lui.

Charles savourait le goût de Tristan, une saveur de brandy, de réglisse et de Tris ; il se réchauffait dans les bras de Charles et sa bouche était un véritable brasier. Tristan poussa Charles et le fit basculer sur le tapis, se hissant sur lui en écrasant son bassin contre le sien, ses cuisses sveltes entre celles musculeuses de Charles. Il frotta son entrejambe contre celui de son beau-frère et s'arracha à l'étreinte de sa bouche pour l'observer avec un regard interloqué.

— Tu bandes, l'accusa-t-il.

Charles fit glisser ses mains jusqu'à empoigner les fesses de Tristan et l'attira brusquement contre lui, basculant son bassin pour frotter fermement leurs érections.

— Bien sûr que je bande, gronda-t-il. Et ça m'arrive généralement quand tu n'es pas loin.

Il remonta sa main dans le dos de Tristan pour la refermer sur sa nuque et l'attirer dans un nouveau baiser. Cette fois-ci, il prit le contrôle, ne laissant nul recoin de la divine bouche inexploré et dévia en une morsure possessive sur la mâchoire de Tristan. Il le dépêtra de sa cravate qui l'empêchait d'accéder aux boutons de sa chemise, donnant du lest au nœud à l'aide de ses lèvres et de sa langue.

Il était sur le point d'atteindre les boutons du pantalon de Tris lorsque l'on gratta à la porte.

— Monsieur ? Major Mountjoy ?

Tristan se dégagea de Charles et sauta sur ses pieds, le regard sauvage. Charles se redressa et dit tout haut en se déplaçant jusqu'au bureau :

— Oui ? Will ?

La porte s'entrouvrit et Will s'avança avec hésitation. Ses yeux s'écarquillèrent lorsque qu'il vit la table renversée et les pétales répandues au sol ; il se tourna vers Charles et ses yeux devinrent encore plus gros.

— Monsieur ? Major ? Tout va bien ?

Tristan tourna le dos à Will et observa fixement l'âtre et Charles porta une main à sa mâchoire, grimaçant lorsque ses doigts entrèrent en contact avec la boursouflure.

— Parfaitement bien, dit-il allègrement. J'ai juste trébuché contre un poing. M. Northwood est plutôt doué avec ses mains.

131

Tristan éclata d'un rire amer. Le regard de Will passa de Tris à Charles et il constata, une once de méfiance dans la voix :

— Bien, Monsieur, maintenant je comprends mieux ce que raconte George au sujet des sessions de M. Northwood avec M. Jackson. J'ai fermé la maison et allumé la cheminée dans votre chambre. Je reviens de ce pas avec de quoi m'occuper du pot-pourri.

— Très bien, dit Charles.

Il attendit que Will s'incline et s'en aille en refermant la porte derrière lui avant de traverser la pièce jusqu'à Tristan, posant une main sur son épaule.

— Est-ce que ça va ? demanda-t-il paisiblement.

Tristan lâcha un nouveau rire, à moitié sangloté cette fois-ci.

— Non, bien évidement que non. Je ne sais pas. Je ne sais plus quoi penser.

Charles lui massa l'épaule et laissa reposer sa joue contre les cheveux de Tristan.

— Bon, il va revenir d'un moment à l'autre et je crois que nous avons des choses à nous dire : ce n'est pas vraiment le meilleur endroit. Pourquoi ne monterais-tu pas te préparer pour aller au lit ? Je ferme boutique ici et je te rejoins lorsque j'en aurai terminé.

— Non, dit Tristan et le cœur de Charles manqua un battement.

Mais Tristan continua.

— Reston est habitué à entrer et sortir de ma chambre, contrairement à Reid. Je viendrai te rejoindre, décida-t-il.

Sa voix avait tremblé.

Charles hocha la tête et pencha le visage pour venir doucement plaquer ses lèvres dans le cou de Tristan, respirant l'odeur de brandy et de réglisse imprégnée sur sa peau. Il le sentit avaler nerveusement sa salive.

— Tu n'es pas obligé, dit-il doucement. Nous pouvons laisser les choses ainsi et oublier ce qui s'est passé.

— Non, dit Tristan en se retournant dans les bras de Charles. Non, Charlie, c'est... c'est...

Il rendit les armes, le visage empreint de confusion.

— Oui, je sais. Monte. On se voit à l'étage.

Il se rendit jusqu'à la porte pour observer Tristan monter les marches, la tête basse, les mains agrippant fébrilement la rambarde. *C'est mal*, pensa-t-il malheureux. *C'était mal*. Il aimait Tristan et le voulait mais pas ainsi. Pas brisé. Il voulait l'arrogant, le défiant Tristan, celui qui faisait courser son cheval à Hyde Park, qui poursuivait les cygnes, qui encaissait des coups punitifs chez Jackson avec un méchant sourire sur le visage. Pas cette petite chose fragile et cassée.

Non, ce qui était mal, c'était qu'il le veuille ainsi. Il voulait l'autre, oui, il le souhaitait pour le bien de Tristan mais il désirait ce Tristan là aussi. Il voulait Tristan et il pouvait maintenant l'avoir. Il laissa retomber sa tête contre l'encadrement de la porte et ferma les yeux.

132

— M. Northwood se sent-il bien, Monsieur ?

C'était Will, le visage grave et anxieux. Charles le regarda fixement un moment.

— Il est... fatigué, Will. Je pense qu'il ne va pas très bien.

— J'espère que ce n'est pas la fièvre, s'inquiéta Will. Il y en a beaucoup qui traînent en ce moment, avec ce froid humide, le vent et tout ce temps. Cela influence le caractère d'un homme vous savez, expliqua-t-il en reportant son attention sur le visage ecchymosé de Charles.

— Je suis certain qu'il ira mieux, dit Charles. Je vais m'en assurer dans quelques minutes, après qu'il eut terminé de se préparer pour la nuit. Il se sentira mieux une fois que Reston l'aura mis au lit, j'en suis sûr, déclara-t-il avec un bref sourire à l'attention de Will.

— Monsieur, dit Will en tirant sur une anglaise de sa perruque.

Il entra dans la bibliothèque, balayette et pelle en main.

Will nettoya et Charles s'occupa d'éteindre le feu, de recouvrir les encriers, de mettre de l'ordre dans les papiers sur le bureau et de souffler chandeliers et lampes à huile. Will lui souhaita une bonne nuit après avoir terminé ; Charles lui répondit l'esprit absent, perdu dans ses pensées. Ce ne fut qu'en réarrangeant les papiers en une pile bien ordonnée qu'il se rendit compte qu'il traînait les pieds et se secoua. Il n'avait jamais été lâche et avait affronté des cuirassiers qui le chargeaient de plein fouet et rendu Wellington furieux d'inquiétude, mais *cela* – cette *possibilité* là – le terrifiait.

LES ESCALIERS semblaient ne plus finir mais Tris les escalada laborieusement, aussi fébrile que lorsqu'il rentrait d'une nuit de beuverie. Lorsqu'il arriva à sa chambre, Reston était en train de retourner le matelas.

— Monsieur ? dit-il, visiblement surpris. Je croyais que vous sortiez ce soir... ?

— Je ne me sens pas bien, Reston, croassa Tristan.

Sa voix était rauque et cassée, comme s'il avait passé des heures à pleurer. Il avait envie de pleurer. Il avait envie de chanter. Qu'est-ce qui clochait tant chez lui ? Pourquoi était-il autant terrifié maintenant qu'il était si près du but ? Maintenant que venait à lui ce qu'il désirait depuis si longtemps ? Et pourquoi n'était-il pas plus terrifié que cela, forcé de faire face à quelque chose de si étranger à son expérience ? Non, au lieu de ça il était en proie à une vertigineuse combinaison de peur et d'exaltation.

— Si M. Northwood veut bien me pardonner mes propos, vous ne me semblez pas aller bien, en effet.

Reston traversa la chambre pour le rejoindre et l'aider à retirer sa veste, puis ses vêtements, pour enfin lui passer sa chemise de nuit et son peignoir banian.

— Dois-je vous faire préparer un thé ou faire monter de la soupe pour votre dîner, Monsieur ?

133

— Non, répondit nerveusement Tristan. Non, je ne veux rien. Je vais simplement lire quelques minutes et me coucher. Je n'aurai plus besoin de vous cette nuit.

— Merci, Monsieur, dit Reston en s'inclinant légèrement. J'espère que vous vous sentirez mieux demain matin.

— Dieu, je l'espère, marmonna Tristan.

Lorsque Reston quitta la pièce, il se rendit calmement à la porte attenante et tourna la clef, calant son front contre le panneau de bois. *Que suis-je en train de faire*, se demanda-t-il. *Comment puis-je oser prendre ce confort que m'offre Charles ? Et que m'offre-t-il exactement ?* La crainte le fit tressaillir – ou était-ce de l'anticipation ? Était-il prêt pour cela ? *Oserait-il ?*

Bien sûr qu'il oserait. Il se redressa en chancelant. Il était Tristan Northwood. Il n'avait jamais décliné un seul défi dans sa vie.

Il redressa les épaules et se rendit dans la chambre de Charles en refermant la porte derrière lui.

Charles était déjà dans la pièce, un genou au sol devant l'âtre tandis qu'il piochait dans le seau à charbon pour nourrir le feu. Son manteau reposait sur le dos du fauteuil et ses bottes près de la porte mais il était toujours entièrement habillé. Tristan se demanda un instant s'il devait dire quelque chose, du moins s'annoncer, mais Charles le devança et dit, toujours devant l'âtre :

— Il fait un peu frais là-dedans. Je ne voudrais pas que tu attrapes froid.

Il se redressa, replaça le seau à charbon dans le foyer et alla jusqu'à la table de toilette pour laver la poussière de charbon qui lui recouvrait les mains. Ce n'est qu'à ce moment qu'il se retourna vers Tristan, un léger sourire sur le visage.

— Je suis ravi que tu aies choisi de venir, dit-il doucement.

Il traversa la chambre pour le rejoindre et leva la main pour lui caresser la joue.

Tristan pencha la tête pour augmenter la caresse en pensant à toutes les nuits passées à fantasmer là-dessus, toutes les nuits à rêver du contact tendre et aimant de Charles. Exactement comme cela. Si c'était là tout ce qu'il pouvait obtenir de Charles, alors c'était déjà suffisant – le seul fait de savoir que Charles connaissait les sentiments qu'il nourrissait pour lui sans le haïr ni le mépriser. Du reste, le plus souvent, il ne le traitait pas moins gentiment.

— Tu es trop bon avec moi, souffla-t-il d'un timbre feutré. Je ne le mérite pas.

Charles secoua la tête.

— Si nous ne recevions que ce que nous méritons, Tris, nous serions envoyés en enfer sur le champ, dit-il.

Tristan rit sans joie.

— Oh, il est déjà bien trop tard pour moi, renchérit-il. Je me demande quel bien-être il m'est encore permis d'avoir en ce monde.

134

Il leva la main pour atteindre le visage de Charles et sentit la barbe naissante lui râper la paume lorsqu'il prit sa joue en coupe. Il trouva la sensation indéniablement érotique.

— Je veux tout ça Charles, mais je ne sais pas ce que je suis en train de faire, avoua-t-il, perdu.

— Ne t'inquiète pas, dit Charles. Me fais-tu confiance ?

Tristan laissa éclater un rire aussi tremblant que le reste de sa prestance.

— Généralement, lorsque les gens demandent ça, c'est qu'ils s'apprêtent à faire quelque chose que l'on risque de ne pas aimer, dit-il. Mais oui, je te fais confiance.

Charles lui sourit, tout simplement. Sa main glissa depuis la joue de Tristan jusqu'à sa nuque et il l'attira dans son étreinte. Charles l'embrassa lentement, prudemment et explora sa bouche en une caresse tendre et légère, comme un soleil d'été sur un visage tourné vers le ciel. Un léger soupir s'échappa des lèvres de Tristan qui fut parcouru d'un frisson de désir, de faim et de reddition.

— J'espère que tu aimeras, murmura Charles à même la bouche de Tristan qu'il réinvestit aussitôt.

Sa main se faufila entre eux pour déboutonner le banian, le lui retirer, puis retrousser la chemise de nuit pour envoyer le tout sur le fauteuil au-dessus de son propre manteau avant de l'attirer de nouveau dans ses bras. Sa peau frotta contre le linge de laine et les boutons du veston de Charles. Sa nudité contre les vêtements de Charles ; et pour la première fois depuis très longtemps, il se sentit petit, désarmé et en *sécurité* – bien qu'il ne soit pas plus petit que Charles, ni plus faible et sur le point de découvrir quelque chose de si angoissant et étranger qu'il aurait dû virer fou de terreur.

Mais tout comme ce matin-là, il y avait maintenant une éternité, où il s'était tenu debout sur la balustrade quatre étages au-dessus des pavés, il avait de loin dépassé l'état de peur… pour atteindre la *paix*. Charles avait le contrôle maintenant et il n'avait rien à décider ni rien à faire – tout était entre les mains de son beau-frère. Charles se déplaça en l'entraînant avec lui sans même libérer ses lèvres, jusqu'à ce que l'arrière des cuisses de Tristan vienne butter contre le rebord du matelas, puis il se recula pour l'aider à grimper avant de se hisser à son tour à ses côtés.

— Je promets de ne pas te faire mal, et si tu me dis d'arrêter, j'arrêterai. On s'arrêtera là, tout simplement. Pas de regrets, pas de honte. Mais j'ai besoin de ta confiance Tristan. J'ai besoin que tu aies foi dans le fait que je ne te blesserai pas. S'il te plaît, n'aies pas peur.

Tristan plongea ses yeux dans les prunelles sombres et chaleureuses et sentit quelque chose changer en lui. La crainte, sans s'en être complètement allée, s'était amoindrie à un niveau tolérable. Il esquissa un sourire. Il savait parfaitement que Charles n'attendait pas plus que ce qu'il serait capable de lui donner – l'amitié qu'ils avaient construite depuis des mois le lui avait prouvé.

— Tout ce que tu veux, Charlie. Je suis à toi.

135

— Seigneur, dit Charles en le fixant d'un regard brillant à l'intensité redoublée, Seigneur, Tris, tu *es* mien et je *vais* prendre soin de toi.

— Je te fais confiance, dit Tristan, mais il va falloir que tu sois patient avec moi. Je n'ai jamais fait ça, tu sais.

— Bien sûr que tu ne l'as jamais fait, dit Charles, fronçant les sourcils. Pourquoi l'aurais-tu fait ?

— Eh bien, il y avait des garçons qui le faisaient à l'école, qui, qui *s'imposaient* sur d'autres mais j'ai toujours eu Gibs et Berks avec moi et ça ne m'est jamais arrivé. Et je me battais beaucoup aussi.

Il adressa un large sourire à Charles.

— Je me bats toujours beaucoup.

— Ne me combats pas cette nuit, Tristan, d'accord ?

— Oui. Je veux cela, Charlie, Je le *veux*, insista-t-il.

Que ce soit mal, illégal ou contre tout ce qu'on lui avait jamais appris, rien ne comptait plus désormais. C'était ce qu'il voulait et ce que Charles voulait aussi. C'était bien assez. Charles l'embrassa.

— Aies confiance, répéta-t-il à même les lèvres de Tristan.

Il attrapa les poignets de Tristan et guida ses mains jusqu'aux colonnes sculptées de la tête de lit.

— Mets tes mains sur les barreaux et accroche-toi. Ne lâche pas.

— D'accord, dit Tristan d'un ton prudent. Pourquoi ?

— Je veux que tu te sentes en sécurité, je veux te donner quelque chose à quoi t'accrocher. De plus, poursuivit-il d'une voix rendue sombre et un brin vicieuse par le désir, je pourrai de cette manière te toucher là où je le veux et tu ne pourras pas m'arrêter à moins d'en faire l'effort.

Tristan tressaillit non plus de peur mais d'excitation, le désir montant d'un cran.

— Mon Dieu, feula-t-il d'un ton éraillé.

— Me fais-tu confiance ? demanda Charles une dernière fois.

— Oui.

Charles s'empara d'une bande de soie noire et en entoura la tête de Tristan, lui masquant les yeux. La soie sentait l'odeur de Charles, cette chaude fragrance boisée, étrangement herbacé ; alors Tristan, qui s'était subrepticement crispé lorsque le bandeau lui fut passé, se relaxa.

— Ça va ? demanda Charles au creux de l'oreille de Tristan.

— Oui.

Il allait bien. Mais c'était si étrange. Il ne voyait plus rien et même s'il pouvait bouger facilement les mains, il ne le *voulait* pas. Il voulait faire ce que Charles lui disait, être sans défense sous ses mains, ce qui aurait dû l'effrayer sans que ce fût pourtant le cas. La peur avait complètement disparue, comme s'il l'avait abandonnée à Charles, assuré de savoir que ses mains puissantes et compétentes le maintiendraient en sécurité.

136

— C'est bizarre. Pourquoi fais-tu ça ?

— Je ne veux pas que tu sois distrait, répondit Charles. Je ne veux pas que tu penses. Tu penses trop, Tris, affirma-t-il avant de l'embrasser de nouveau en un tendre et lent baiser.

Tristan ne demanda rien mais, envahi d'une envie grandissante, se précipita vers cette bouche qu'il ne voyait pas. Il tirailla la lèvre inférieure de Charles entre ses dents ; Charles rit dans un souffle en le taclant contre les oreillers, et l'antre de sa bouche se fit brasier tandis que sa langue capturait sa jumelle en un baiser dévastateur. Tristan se rehaussa subitement, tirant fort sur la tête de lit dans l'urgence désespérée d'atteindre Charles, de le toucher, de l'étreindre, mais se refréna inconsciemment, obéissant à l'instruction de ne pas lâcher les colonnes.

Charles s'arracha de lui, haletant d'un souffle brut et fort.

— Tu mets ma résistance à mal, mon cœur. Tu n'as pas idée de ce que tu me fais.

— Est-ce que ça peut se rapprocher de ce que tu me fais ? répliqua Tristan, frustré par sa propre retenue et le bandeau de soie. Bon sang, Charlie, laisse-moi *voir*.

Charles rit d'un rire joyeux et non moqueur.

— Oh non, mon cœur, pas encore. Ce soir, tout est pour toi. Souviens-toi seulement, si c'est trop, si tu te sens mal à l'aise ou angoissé – demande-moi juste d'arrêter.

Le cœur battant, Tristan se laissa aller dans le noir, ses autres sens aux aguets. Il entendit le bruissement des étoffes, puis le faible tintement d'un flacon venant de s'ouvrir et sentit soudain l'odeur boisée qu'il associait à Charles. Le matelas s'enfonça lorsque celui-ci s'assit aux pieds de Tristan ; puis des mains chaudes et glissantes s'affairèrent sur son pied droit, la pression de ses doigts forte et précise alors qu'il lui enduisait la plante du pied d'huile.

— C'est de l'huile d'eucalyptus, dit doucement Charles tout en le massant. D'Australie. Et de l'huile de romarin. Une vieille femme au Portugal m'a dit que la combinaison des deux relaxait le corps et clarifiait l'esprit. J'adore cette odeur. Et toi ?

— Ça sent comme toi, dit Tristan.

— J'espère que c'est une bonne chose, gloussa-t-il.

— Tu sens bon, admit Tristan. J'aime. C'est... chaud, en quelque sorte. Ça me fait me sentir...

— Te sentir ? intervint Charles lorsqu'il devint évident que Tristan n'achèverait pas sa phrase.

— Protégé, souffla Tristan.

Charles resta silencieux un moment avant d'ajouter d'un timbre feutré :

— Tu es en sécurité avec moi, Tris. Tu le sais, non ?

— Oui, répondit Tris en évacuant les dernières tensions de son corps en un long soupir, son corps s'affaissant sur le matelas.

C'était une sensation vraiment étrange, d'être aveugle ; c'était comme si l'acuité de ses autres sens s'était soudain aiguisée. Son attention était focalisée sur les points de pression sur son pied, puis elle remonta vers sa cheville sous la légère caresse avant de suivre le massage jusqu'au mollet. Lorsque les mains de Charles atteignirent son genou, il le relâcha et Tristan sentit alors ses mains se poser sur son pied gauche. La chaleur soyeuse de l'huile, le toucher ferme et précis des mains de Charles ; il lui semblait que chaque point de contact appuyé rayonnait bien plus loin en lui. Ainsi, lorsque Charles massa son mollet, Tristan en sentit le bienfait jusqu'au bout de ses doigts, de sa gorge et de son entrejambe ; et lorsqu'il lui frictionna le genou, l'effet se déploya jusqu'au bout de ses orteils, de ses épaules et de sa nuque.

Charles déposa un baiser à l'intérieur de son genou et la caresse de ses lèvres alerta Tristan, la faible et douce pression lui ayant envoyé une déflagration de plaisir droit au creux des reins. Il retint un halètement et Charles rit doucement sans faire de commentaire. Ses mains se frayèrent un chemin jusqu'aux cuisses de Tristan, glissant vers ses hanches, puis suivirent la courbe de ses fesses pour revenir à ses cuisses et ses genoux. Les mains passèrent si près de son érection que Tristan en sentit la chaleur, se cambrant sous leur passage en anticipant le contact brûlant qui ne vint jamais. Les mains se retirèrent, un baiser fut subrepticement déposé sur sa hanche et le bruit du flacon retentit de nouveau.

Cette fois-ci, l'attention fut portée à ses bras, depuis les avant-bras jusqu'aux épaules. Charles prit chacune de ses mains, une par une, et frictionna l'huile dans ses paumes avant de l'appliquer aux jointures et aux poignets puis dévia et massa vigoureusement les bras de Tristan mais jamais plus loin que ses épaules ; il s'occupa d'abord du droit, puis du gauche et les mains de Tristan étaient alors entièrement délassées lorsque Charles les reposa et les referma autour des colonnes de la tête de lit.

Charles l'embrassa alors et l'une des mains soyeuses prit la joue de Tristan en coupe, pour glisser ensuite jusqu'à sa nuque en agaçant son épiderme sensible du bout des doigts. Il chemina le long de son épaule et redescendit sur son torse avant de s'arrêter. Il retira la main.

— Aimes-tu être touché ici ? murmura Charles avant de solliciter la pointe érectile de son téton.

Le corps de Tristan s'arc-bouta en réponse. La caresse fut fugace mais la sensation était trop forte. Il hoqueta et s'affaissa de nouveau lorsque la main de Charles s'éloigna.

— Je n'ai jamais… Personne n'a jamais…

Il y eut un moment de silence avant que Charles ne réponde d'un air incrédule.

— Personne ne t'a jamais touché là ? Jamais ?

Le visage brûlant, Tristan secoua la tête et ses cheveux bruissèrent contre l'étoffe des oreillers.

— Quelques fois, pendant les ébats, ça frotte contre la peau de la femme... c'est agréable.

— Alors pourquoi ne les laisses-tu pas te toucher là, si ça te plaît ?

Tristan laissa échapper un long et profond soupir.

— Personne ne me l'a jamais proposé, de plus leur plaisir est de ma responsabilité – c'est juste un bonus que je prends.

— Mon Dieu, constata platement Charles.

Le visage de Tristan était cramoisi.

— Laisse-moi partir, dit-il sans conviction, embarrassé.

Ce n'était pas ce qu'il voulait. Il recherchait l'oubli et non que toutes ses considérations lui soient rejetées à la figure. Il se sentait maintenant confus, humilié et piégé. Il relâcha les barreaux du lit et s'apprêtait à retirer son bandeau lorsque la poigne de Charles se referma sur ses mains. Il déposa un baiser sur chacun de ses doigts avant de les replacer contre les colonnes.

— Pas encore, Tris. S'il te plaît, lui demanda-t-il en le repoussant gentiment contre le lit, paume à plat sur le plexus.

Il plaqua sa bouche contre celle de Tristan, envoyant des coups de langue fugace à l'interstice de ses lèvres, en rythme avec la caresse de sa paume contre le torse de Tristan ; et celui-ci se mit à sangloter et haleter faiblement, confus, blessé et embrasé par les caresses.

Charles descella l'étreinte, laissant reposer sa joue contre celle de Tristan.

— Je suis désolé, mon cœur. Je ne voulais pas te mettre mal à l'aise. Je veux seulement te faire plaisir, non pas te blesser. Mais cela *me* peine de savoir que tu es passé à côté de plaisirs si simples, murmura-t-il.

Il pivota la main et se mit à jouer du bout des doigts avec la pointe durcie, la pinçant et l'encerclant en agaçant sa sensibilité.

Il changea encore de position, retirant mains et visage, puis Tristan sentit le souffle de Charles caresser sa poitrine et la chaleur de sa bouche vint remplacer le bout de ses doigts sur la pointe érigée de son téton. Cette fois-ci, il ne se contenta pas de caresser, bien qu'il le fît avec la *langue*, pour l'amour de Dieu ! Ses lèvres pressèrent la chair et l'aspirèrent, faisant gémir Tristan de plaisir tandis qu'il se cambrait sous la sollicitation érotique.

La bouche de Charles passa au côté droit en lui réservant le même traitement pendant un petit moment avant qu'il ne relève le visage.

— Tu aimes ? demanda-t-il.

— Oh, bon Dieu, gémit Tristan, complètement vaincu.

Charles rit de satisfaction et pencha la tête, promenant ses lèvres sur la poitrine et les abdominaux de Tristan pour en goûter la peau. Ce dernier se tendait en resserrant sa poigne sur les barreaux et son corps frissonnait, se cabrant sous le passage des mains et de la langue de Charles.

— Si beau... souffla Charles, mon Tris, tu es si beau...

Sa main suivit la courbe de la hanche jusqu'à la cuisse de Tristan, pivotant pour passer à l'intérieur et se refermer sans pression autour de ses testicules. Tristan feula de surprise et Charles souffla un rire.

— Ne me dis pas que tu n'as jamais été touché ici non plus ?

— Non – Je veux dire, si bien sûr mais seulement… hésita-t-il, jamais par des *Ladies*. Seulement par…

— Seulement par des putains ? présuma Charles. Tristan, mon cœur, tu peux le dire. Je sais que tu n'insinues rien à mon égard.

— Non, jamais. Mais je veux dire, je ne savais pas comment tu le prendrais. Je ne veux rien dire qui te ferait penser que je crois que…

Charles rit gentiment, sans moquerie.

— Je ne suis pas une putain, Tristan, et je le sais, donc ne te fais pas de soucis. Je ne prendrai rien mal et si tu dis quelque chose qui est effectivement à prendre *mal*, j'ai suffisamment confiance en moi pour ne pas en être froissé. Je me contenterai de rectifier ton propos. De plus, n'ai-je pas dit que tout cela était pour toi et qu'il n'était pas ici question de moi ? Ne tergiverse pas, parle franchement. Je ne me froisserai pas, lui assura-t-il.

Ses doigts glissèrent à l'arrière de ses testicules en une légère caresse.

— Si douces, se plut-il à remarquer avant de déporter son attention plus en altitude et de refermer alors ses phalanges autour du membre de Tristan.

Celui-ci inspira abruptement sous le coup de fouet de plaisir qu'il ressentit.

— Attends, hoqueta-t-il lorsque la main de Charles commença un lent va-et-vient.

Charles s'arrêta sans le relâcher pour autant et Tristan haleta rapidement en essayant de résister à une forte envie de jouir. Un moment plus tard, il poussa un long soupir de soulagement.

— Désolé.

— Il n'y a pas de quoi, souffla Charles. Tout va bien ?

— Oui, c'est juste… Le bandeau décuple l'intensité de tous tes gestes.

— C'est le but, mais nous ne sommes toujours pas arrivés au côté intense de la chose, commenta Charles d'un ton amusé.

— Qu'est-ce que… commença à demander Tristan, mais avant qu'il ne puisse finir sa phrase, sa verge fut enveloppée dans un antre humide et brûlant.

Le muscle agile de la langue de Charles l'entoura et la lécha tandis que la caresse légère de ses dents en éraflait le fin épiderme.

— Oh mon Dieu…

Il s'abandonna à la luxure et se concentra sur les sensations que lui prodiguait la bouche de Charles, luttant contre l'envie de jouir qui ne cessait de le menacer. Il réalisa à peine le cheminement des doigts de son compagnon jusqu'à son entrée. Ils en pressaient le pourtour en de légères caresses – ce n'était qu'une sensation de plus dans cette nébuleuse sensorielle qu'était devenu son corps – et lorsque ses phalanges poussèrent lentement vers l'intérieur, ce ne fut qu'une autre sensation venant s'ajouter à la litanie des sens. Il détendit machinalement ses muscles, le plaisir surpassant la légère brûlure de sa chair récalcitrante.

Charles atteignit alors un point nerveux qui envoya une décharge de plaisir dans ses reins et il se cambra brusquement en criant 'Stop ! Stop !'

Charles se figea et se rétracta mais seulement du membre de Tristan. Ses doigts avaient cessé de bouger mais étaient toujours en lui.

— Stop ? feula-t-il d'une voix rauque.

Tristan était pantelant mais tenait toujours docilement les barreaux du lit.

— Attends, quémanda-t-il, attends.

— Je te fais mal ?

— Non. Non. Juste… C'est trop.

Charles se déploya pour déposer un léger baiser sur le front de Tristan.

— Tu transpires, dit-il.

— Je ne sais pas pourquoi, c'est toi qui fais tout le travail.

— Pas le travail, le plaisir, corrigea Charles.

Il se pencha pour reprendre Tristan en bouche, allant et venant le long de son membre tandis que ses doigts envoyaient des éclairs dans les reins de Tristan en une série de décharges de plaisir. Tristan poussait des gémissements plaintifs et tentait désespérément de retrouver son souffle, tirant sur le bois de la tête de lit, se cabrant et basculant les hanches en cadence avec la bouche et les doigts de son amant.

Charles libéra enfin son membre, ce qui aida quelque peu Tristan à se retenir. L'inconfort de ses fesses avait maintenant totalement disparu et les doigts de Charles pressaient et ciblaient *ce point* si spécial ; il était certain d'exploser sous peu.

— Je ne peux plus… sanglota-t-il, je ne peux…

— Tu peux, souffla Charles dans le creux de son oreille. Tu peux.

Et subitement, Tristan ne fut plus en mesure de parler. Il dépassa l'urgence presque douloureuse du désir et s'envola, absent au monde. Cet étrange paix intérieure était revenue et elle était maintenant liée au besoin de se libérer ; il savait que Charles s'occuperait de lui, que son plaisir était entre ses mains et tout ce qu'il attendait était un mot de Charles pour…

Et celui-ci vint, susurré à même ses lèvres lorsque Charles se pencha pour l'embrasser.

— Lâche tout, chuchota-t-il, laisse-toi aller.

Tristan cria dans la bouche de Charles et éjacula, son corps s'arquant violemment sous ses caresses. L'orgasme sembla durer et ne jamais devoir s'arrêter, plus vif, plus intense que tout ce qu'il avait jamais connu jusqu'alors ; une montée vertigineuse et une libération sauvage sur laquelle il n'eut aucun contrôle et qui le laissa s'effondrer et rejoindre son corps vidé de toute force, éreinté. Il resta un moment allongé en proie à la torpeur, bouleversé. Puis il se mit à pleurer.

141

CHARLES FIT glisser le bandeau et prit Tristan dans ses bras, l'étreignant tandis qu'il pleurait. Il savait parfaitement qu'être privé de l'un de ses sens durant un échange érotique en rendait l'expérience beaucoup plus intense ; son premier amant avait été un maître en la matière et il avait déjà tenté le bandeau aveuglant avec Gregory une fois et celui-ci avait adoré. Il savait aussi que l'expérience avait conféré à Tristan le sentiment que Charles contrôlait tout et que si des regrets venaient à le rattraper plus tard, il serait plus facile pour Tristan de blâmer Charles plutôt que lui-même. Il ne voulait pas que Tristan s'accuse de quoi que ce soit qu'ils aient pu faire ensemble – il avait simplement souhaité qu'il savoure le moment, comprenant que ses préjugés et habitudes ne rendaient pas la chose facile. Il soupira. C'était tellement plus simple d'avoir été élevé dans une famille déstructurée comme celle qui les avait vus grandir, Lottie et lui ; les Mountjoy avaient une notoriété certaine pour la chose.

Mais il ne s'était pas attendu à ce que Tristan réagisse de manière aussi violente. C'était comme si toutes ses tensions et ses émotions avaient été liées avec une densité et une concentration telles qu'elles avaient explosées comme une bombe d'artillerie.

Il caressa lentement la chute de reins cambrée, remontant jusqu'à ses épaules, ne manquant pas de remarquer les omoplates proéminentes, le relief de sa colonne vertébrale, les côtes saillantes. Tristan était trop mince, trop fragile et réduit à une santé minimale ; il était bien plus faible que lors de leur rencontre. S'était-il trouvé sur cette pente longtemps avant l'arrivée de Charles où sa présence n'avait-elle fait qu'en précipiter la descente ? Charles déglutit bruyamment, tentant de ravaler ses propres larmes et inclina son visage pour déposer un baiser sur les cheveux de Tristan.

— Chut, chuchota-t-il affectueusement. Chut… Je te tiens, mon cœur.

Les sanglots finirent par s'apaiser et Tristan sombra dans le sommeil, comme sans force. Charles le rallongea et rabattit la chemise de nuit sur sa frêle stature avant d'aller chercher le thé aux herbes qu'il avait commencé à préparer avant la venue de Tristan. Lorsqu'il eut suffisamment infusé, il le ramena sur le meuble de chevet et secoua doucement Tristan pour le réveiller.

— Mon cœur ?

Tristan cilla et ses yeux s'ouvrirent sur Charles en un regard trouble.

— J'ai mal à la tête, dit-il sourdement.

— Je sais. Je t'ai apporté quelque chose pour calmer ça, dit-il en l'aidant à se redresser.

Il prit la main de Tristan et la mit en coupe contre la tasse.

— Bois.

— Ces herbes ont un goût dégueulasse, se plaignit Tristan.

142

— Je sais, tu le dis à chaque fois, mais tu sais que ça fait effet. J'y ai ajouté du miel, ça ne devrait pas être si mauvais, dit-il en essayant de lui faire entendre raison.

Tristan en prit une gorgée.

— Ça n'aide pas, gronda-t-il.

Il avala toutefois le contenu de sa tasse.

— Très bien, dit Charles d'un ton calme en tentant de l'apaiser. Je vais te raccompagner au lit et tu vas dormir – aussi longtemps qu'il le faut. Tu es épuisé Tris, cela fait des mois que tu l'es.

— J'ai l'impression de l'être depuis toujours, dit Tris d'un ton éreinté. Mais Charlie, j'ai des rêves…

— Tu ne rêveras pas, lui assura Charles. Plus maintenant. Pas cette nuit, je te le promets.

— Je te fais confiance, Charlie.

Tris le laissa l'aider à se remettre sur pieds mais ses jambes refusèrent de le porter lorsqu'il tenta de se tenir debout.

— Je ne sais pas ce qui cloche chez moi, râla-t-il tout bas.

— Tu es fatigué, c'est tout. Passe ton bras par-dessus mon épaule, je te retiendrai… Allez.

Une fois dans son propre lit, Tristan relâcha un long soupir.

— Je suis si fatigué, Charlie.

— Je sais, mon cœur. Dors. Je serai là quand tu te réveilleras, dit-il.

Tristan se crispa.

— Non, dit-il sèchement, toute envie de dormir envolée. Ne dis pas ça, juste, ne dis rien. Sois là ou non, je m'en fous. Ne me promets rien. Juste – rien.

— Très bien, compris, murmura Charles en essayant de le calmer. Je ne promettrai rien de tel. Mais puis-je rester assis jusqu'à ce que tu t'endormes ?

Tristan hocha la tête et ferma les yeux.

Charles dégagea des mèches de cheveux foncées du front de Tristan et fronça les sourcils. Il était chaud, plus chaud que la température ambiante de la pièce ne le permettait. Une fièvre n'aurait eu rien de surprenant dans son état d'exhaustion nerveuse – c'était comme s'il combattait une infection que son corps aurait laissé entrer. Charles venait peut être tout juste de commencer ses études de médecine mais il avait déjà vu cela assez souvent dans l'armée, la sensibilité du corps humain à la maladie après un stress physique ou émotionnel. Heureusement, le thé aux herbes n'était pas seulement efficace contre la nervosité et l'insomnie, c'était également un fébrifuge utile. Tris avait surtout besoin de sommeil mais plus encore d'un sursit nerveux. Il dégagea les autres boucles de cheveux du front trempé de Tristan. *Repose-toi*, dit-il à son amant en pensée, *repose-toi*.

Alors que Tris plongeait dans le sommeil, Charles tira une chaise près du lit et veilla sur lui un moment. Il ne pensait pas pouvoir dormir de toute façon. Le désir féroce qu'il avait pour Tris avait été dépassé par l'inquiétude pour sa santé. Il aurait autant de temps qu'il le voudrait, pensa-t-il, il lui faudrait simplement être patient. Il avait attendu déjà si longtemps pour que Tristan devienne enfin sien ; une nuit de plus ne comptait pas. Il se pencha et déposa un tendre baiser sur le sourcil de son amant et se renversa dans sa chaise.

XII

CHARLES ESSORA le linge de flanelle au-dessus du bol d'eau froide et essuya avec attention le front de Tristan. Au fil de la nuit, sa température avait augmenté et la fièvre s'était déclarée. Charles avait quant à lui passé la nuit assis à somnoler près du lit, attendant que son amant se réveille au matin et avait été constamment réveillé par le sommeil agité et délirant de Tristan qui tournait et se retournait dans le lit en marmonnant de manière incompréhensible. Il ne s'était jamais vraiment réveillé, l'épuisement ne le quittait pas.

À la lumière vacillante de la chandelle, le visage de Tristan semblait livide et dément. Charles se maudit une énième fois depuis le début de la garde qu'il montait au chevet de Tristan pour s'être imposé par la séduction sur un homme au bord de la crise de nerfs. Rien d'étonnant à ce qu'il soit malade ; en l'espace de quelques heures, Charles s'était battu contre lui, l'avait séduit, forcé à reconnaître des sentiments qu'il aurait probablement pu refouler pour le restant de sa vie, lui avait retourné l'esprit de fond en comble et l'avait laissé sans défense. Tristan Northwood, l'épicurien consumériste, sûr de lui et indépendant, un homme dont les comptes étaient clairs et qui n'avait jamais demandé l'aide de personne, s'était abandonné à Charles en livrant sa vie et son corps entre ses mains. S'il avait été en bonne santé, cela l'aurait déjà certainement quelque peu secoué, mais Tristan marchait sur une fine couche de glace depuis trop longtemps et cette attitude provocatrice d'homme indépendant qui n'a peur de rien n'était qu'une façade derrière laquelle se cachaient toute sa crainte et sa solitude.

Il espérait que la reddition de Tristan à son amour ne fût pas qu'un challenge supplémentaire que le téméraire Northwood n'aurait pu s'empêcher de relever.

Le linge frais sembla le calmer ; il avait maintenant cessé de remuer la tête et reposait paisiblement, bien que sa respiration n'en reste pas moins laborieuse. Charles porta ses mains sous les maxillaires de Tristan, palpant en remontant vers les oreilles pour contrôler ses glandes ; elles étaient dures et légèrement gonflées. Donc il y avait aussi une légère infection en plus de l'exhaustion ; bien qu'il n'ait jamais étudié le phénomène, il avait remarqué que les gens fatigués ou affaiblis opposaient une plus faible résistance aux infections. Tristan avait probablement dû être exposé à quelqu'un de malade dans l'un des bas tripots qu'il fréquentait. Ses doigts bruirent le long de la mâchoire de Tristan, contre ses favoris, et se déportèrent en une caresse fugace sur ses joues.

À elles seules, les lettres de Lottie avaient suffi à l'intriguer sur le personnage, mais le Tristan de chair et de sang était un être tout bonnement terrassant. Charles était toujours hanté par la première vision qu'il avait eu de lui dans le salon : la

145

stature élancée et athlétique aux larges épaules, les boucles sombres de cheveux indisciplinées, l'arrogance de ce beau visage – et ces yeux. Il en avait été cloué sur place, comme si ce seul regard l'avait intégralement transpercé et mis à jour. Brillant comme de l'étain argenté et froid comme un ciel d'orage, offrant un contraste difficilement concevable avec cette bouche hautainement charnelle. Il était en train d'en dessiner le contour du bout du doigt ; un charnu doux et détendu dans le sommeil, qui n'en conservait pas moins cette plénitude parfaite ; ni trop plantureuse ni trop épaisse, juste ce qu'il fallait ; juste assez finement sculptée. Ce baiser échangé dans la bibliothèque avait été tout ce dont Charles avait rêvé, sauvage, affamé et fougueux, et ceux qu'il lui avait donné dans le lit furent féroces et désespérés ; Charles attendait maintenant un tout autre type d'étreinte de la part de Tristan. Il désirait de longs baisers lascifs, des baisers souriants, chaleureux et aimants. Il voulait lui faire l'amour en une étreinte non pas faite d'urgence désespérée et de besoin lancinant mais d'amour et de désir ; découvrir Tristan et laisser Tristan le découvrir. Ce qu'il lui avait fait cette nuit lui avait été prodigué avec amour et il ne demandait aucune réciprocité ; il voulait que Tristan puisse dire qu'il n'avait rien fait dont il n'ait à se sentir coupable, si jamais il se réveillait avec le goût du regret. Il ne voulait pas revivre un nouvel épisode à la Gregory et priait continuellement pour que Tris le désire toujours au matin. Si ça n'était pas le cas, il ne le forcerait en rien.

Tristan murmura quelque chose dans son sommeil, sonnant comme 'Charlie', mais Charles n'en était pas certain. Puis il prononça clairement 'S'il te plaît' et Charles lui toucha la tempe.

— Tris ? chuchota-t-il, mais son amant semblait être retombé aussitôt dans le sommeil.

Quelqu'un gratta à la porte ; Charles jeta un coup d'œil à l'horloge pour se rendre compte qu'il était déjà six heures du matin.

— Entrez, appela-t-il d'une voix grave.

Reston apparut dans l'embrasure de la porte et vit Charles.

— Major ? demanda-t-il d'un ton stupéfait bien que prononcé à voix basse.

— Oui. Je crains que M. Northwood soit assez malade. Je me suis levé, car il n'a pas cessé de s'agiter dans son sommeil et j'ai constaté qu'il était brûlant. Il s'est endormi maintenant mais il n'a pas récupéré de la nuit, expliqua-t-il d'un ton très bas pour ne pas réveiller Tristan.

— Oh, Monsieur, vous auriez dû venir me chercher ! s'indigna-t-il en s'avançant dans la chambre tout en se tordant les mains. Il a mentionné ne pas se sentir bien hier soir, j'aurais dû venir m'assurer de son état !

— Absurdités, dit Charles. J'étais réveillé ; pourquoi aurait-il fallu que vous le soyez aussi ? Je ne refuserais pas une tasse de thé toutefois.

— Je vous monte du thé et des toasts sur le champ, dit Reston. Et ensuite, je serais heureux de veiller au chevet du maître.

146

— Je risque en effet de vous en charger – je me sens un peu crasseux sur les bords, déclara franchement Charles. Si Reid est levé, pouvez-vous lui demander de me sortir des vêtements propres ?

— Certainement, répondit Reston, s'approchant plus près du lit. Le maître a-t-il de la fièvre ?

— Oui. Son cou et ses ganglions sont enflés ce qui révèle une infection qu'il a probablement dû attraper dans un endroit public. Nous devrions probablement restreindre le nombre de personnes en contact avec lui, mais je pense que nous ne craignons rien à rester dans la même pièce que lui. Lottie ne devrait pas le soigner, mais elle pourra venir le voir en restant suffisamment éloignée. Il en va de même avec vous – je ne veux pas vous voir malade. Reid, toutefois, n'attrape jamais rien et j'ai moi-même été exposé à bien pire à l'hôpital, donc nous devrions lui et moi, pouvoir nous arranger pour veiller sur lui. Si la fièvre n'est pas tombée plus tard dans la matinée, j'enverrai chercher le Docteur MacQuarrie. Les pics de fièvre se déroulent habituellement la nuit, pour plusieurs raisons, et se calment en journée. Cela a quelque chose à voir avec la lumière du jour, je crois.

Tristan recommença à bouger dans son lit ; Charles trempa le linge, l'essora et lui passa sur le front. Sans se retourner, il dit à Reston :

— Vous pouvez faire monter le thé et vous asseoir avec M. Northwood pendant que je me lave et me change mais dites à Reid que je vais avoir besoin de ses services. Et faites savoir à Mme Northwood que son mari est malade mais qu'il n'est attendu d'elle sous aucune circonstance qu'elle le soigne.

— Certainement, dit Reston.

Il quitta la chambre.

Tristan bredouilla inintelligiblement et Charles lui passa de nouveau le linge humide sur le front.

— Mon cher amour, si têtu, dit-il affectueusement, tu aurais dû dire que tu allais si mal. Mais non, tu es si fier et entêté, mon Tristan, qu'il a fallu que tu prétendes que tout allait bien, comme toujours.

Il se pencha et déposa un baiser sur les cheveux trempés de Tristan.

— Nous allons avoir une discussion toi et moi, dit-il contre les mèches emmêlées. Une longue conversation. Mais en attendant, dors, mon cœur, dors.

LA CHAMBRE était sombre et silencieuse lorsque Tristan se réveilla, seuls les faibles craquements de l'âtre retentissaient et un mince rayon de soleil filtrait de derrière les épaisses tentures. Il releva sa tête lourde, les tempes lui cognant, et vit Charlotte somnoler dans le fauteuil près du feu. Confus, il laissa sa tête retomber sur l'oreiller de coton étonnamment frais et fixa l'obscurité.

Inventaire : une tête, comme un tambour. Rien de bien surprenant chez lui toutefois. Deux paires de membres, lessivés et aussi vivaces que des légumes trop cuits. Un peu moins habituel toutefois, mais toujours pas en dehors des limites du royaume de son expérience quotidienne. Odeur : herbacée ; familière mais pas sienne, bien qu'il fut seul dans le lit. Il ramena une main sur son nez et l'huma. Oui, l'odeur venait de lui. Elle était légèrement boisée et apaisante ; il la respira encore une fois. Charles. Oui, c'était l'odeur de Charles.

Charles.

La mémoire lui revint en force et il se crispa, se tournant sur le côté pour replier ses genoux en position fœtale, contracté, tendu et malheureux. Non pas, réalisa-t-il à sa grande surprise, à cause de ce que Charles lui avait fait – non, ça avait été merveilleux, une expérience fantastique, la plus grandiose de toute sa vie. Non – malheureux pour ce *qu'il* avait fait, ou plutôt ce qu'il avait échoué à faire. Charles lui avait fait l'amour, tendrement, merveilleusement et généreusement : la première fois que quiconque l'avait fait pour lui. Et qu'avait-il fait, lui Tristan… Rien. Rien hormis pleurer comme une vierge déflorée dans le giron de son amant. Il n'avait rien fait pour rendre la réciproque ou pour lui rendre grâce pour sa patience, son amour, sa considération ; rien fait pour soulager le désir de Charles et le combler. Il avait été aussi égoïste et égocentrique que toutes les amantes qu'il avait eues. Il avait été exactement comme elles, préoccupé par son seul désir.

La seule et unique chose importante que Ware lui ait jamais dite était qu'un gentleman ne faisait jamais passer son plaisir avant celui de son amante. Cela avait été la pierre de touche de Tristan tout au long de ses années donjuanesques, un véritable point d'honneur : ne jamais laisser une amante sur sa faim.

Jusqu'à présent. Et cette fois plus que toute autre, alors que son amant comptait vraiment pour lui et que ce *motto* prenait tout son sens, Tristan avait échoué. Il s'était montré égoïste et inutile dans le seul domaine où il s'était toujours senti compétent.

Il n'y avait rien de plus à penser. Si Charles n'en avait pas été touché, ne serait-il pas là à attendre son réveil, ne se serait-il pas trouvé assis dans ce fauteuil à la place de Charlotte ? Ou plus exactement, dans son lit, ses bras autour de Tristan, l'enveloppant de sa chaleur et de ses effluves, au lieu de pouvoir seulement constater cette senteur herbacée sur la peau ? Non, il avait gâché la seule chance qu'il avait eu par ses larmes, ses plaintes et son égoïsme.

Il repoussa les draps et se hissa hors du lit, ses jambes le réceptionnant dans un chancellement fébrile. Lottie somnolait toujours, son tambour à broder sur les genoux. Elle ne remua pas d'une once tandis qu'il s'élançait jusqu'aux fenêtres et ne se réveilla qu'une fois que Tristan eut tiré les rideaux et laissé le soleil entrer.

— Tris ? murmura-t-elle, endormie.

Il l'ignora et défit le loquet pour ouvrir la fenêtre en grand. Trois étages audessous, la rue était calme ; il regarda droit en bas et vit que la cours anglaise au niveau du sous-sol était à pic sous lui. Voilà autre chose. Parfait. S'il plongeait, il se romprait le cou proprement.

Alors qu'il grimpait sur le rebord de la fenêtre, accroupit de sorte à partir tête la première, il sentit la main de Charlotte agripper sa chemise de nuit et il entendit ses hurlements 'Reston ! Charlie !!' comme s'ils provenaient de très loin. Il hésita, craignant que son poids n'entraîne Charlotte avec lui. Ça n'allait pas. Jamie avait besoin d'elle.

— Lâche ! jappa-t-il sans se retourner. Lottie, pour l'amour de Dieu, lâche-moi !

Puis une autre paire de mains l'entraîna à l'intérieur. Il perdit l'équilibre et glissa dans la chambre en atterrissant toutefois sur ses pieds ; d'un juron et d'une esquive, il se libéra de Charlotte et des mains de Reston pour retourner à la fenêtre. Reston pleurait des 'Monsieur, oh, par pitié, Monsieur… !' et Lottie criait toujours pour appeler Charles tandis qu'ils le retenaient de nouveau.

La porte de la chambre de Charles claqua brusquement contre le mur et il se rua à l'intérieur, sa chemise ouverte sur son pantalon à moitié boutonné, les pieds nus. Il n'eut besoin que d'un coup d'œil sur la lutte qui se déroulait à la fenêtre pour foncer sur Tristan, le tirer et l'emporter sans ménagement jusqu'au lit. Il l'allongea et se jeta au-dessus de lui pour le maintenir plaqué.

— Tris ! Bordel ! siffla-t-il à son oreille. Par la peste, que crois-tu être en train de faire ?!

Le poids et la chaleur de Charles l'immobilisèrent et il laissa échapper un long soupir tremblant et cessa de résister.

CHARLES LE sentit relâcher sa résistance et se laissa aller à se détendre lui-même avec soulagement. Il était resté toute la nuit à veiller sur le sommeil fiévreux de Tristan ; ayant entendu que ce dernier était souffrant, Charlotte était arrivée à l'aube pour offrir de le veiller et permettre à Charles de se reposer. Charles avait informé Reston au sujet de l'évolution de l'état de Tristan et avait pris congé pour faire une sieste. Très brève néanmoins – il regarda l'heure sur l'horloge de la cheminée – il n'avait dormi qu'une heure.

— Que s'est-il passé ?

— Je ne sais pas, répondit Lottie. Il dormait, je suppose que je me suis endormie aussi. Et soudain il était là, à la fenêtre ouverte en train de grimper sur le rebord.

— Pauvre maître, très cher maître, se plaignit Reston en tortillant les mains d'un air misérable. Est-ce là l'effet de la fièvre, Major ? Ou…

Reston n'acheva pas sa phrase, le ton de sa voix se coupant d'horreur.

— Il n'est pas fou, dit Charles sans cesser de regarder Tristan qui s'était remis à pleurer, tranquillement cette fois, d'une détresse atone. C'est la fièvre, il est en plein délire. Il ne sait pas ce qu'il fait.

Très doucement, de sorte que seul Charles l'entende, Tristan chuchota dans un sanglot :

— Si, je le sais.

149

— Non, tu ne le sais pas. Tais-toi, siffla Charles. Reston, dit-il ensuite à voix haute, allez chercher du thé. Nous allons essayer la camomille. Lottie, peux-tu regarder dans ma valisette médicale ? La boîte où il est inscrit 'Brésil'.

— Je croyais que c'était du tabac, dit Lottie.

— C'est la fonction originale de la boîte, mais je ne prise pas de tabac. Va, s'il te plaît, répondit-il.

Il jeta un regard à Reston, qui hocha la tête en retour et disparut en refermant calmement la porte derrière lui.

— Combien de temps veux-tu que je cherche cette boîte ? demanda Lottie d'un air pensif.

— Quelques minutes, je m'en fiche. Jusqu'à ce que Reston revienne. Va, je dois parler à Tris.

Elle mima une révérence moqueuse et passa dans la chambre de Charles par la porte attenante.

Charles roula sur le côté pour s'allonger près de Tristan et laissa une main se perdre dans les boucles brunes.

— Est-ce que ça va, Tris ?

— Impeccable, répondit-il amèrement. Va-t-en.

— Pour te laisser passer par la fenêtre ?

— C'était le but, oui, rétorqua Tristan.

Il se redressa pour s'asseoir, tournant le dos à Charles.

— Qu'est-ce que tu veux, Charles ?

— Ah, ça n'est plus Charlie maintenant, remarqua-t-il. Es-tu en colère ? Pourquoi ? À cause de ce que je t'ai fait cette nuit ?

— Non, dit froidement Tristan. Tu sais parfaitement que j'ai adoré.

— Ça ne compte pas, dit Charles. Quelqu'un qui éprouve un profond ressentiment envers les relations entre hommes peut apprécier l'expérience. Et se détester pour cela – ou son partenaire, après coup. Est-ce que c'est ce qui se passe dans ta tête en ce moment même, Tris ?

— Je ne te hais pas, dit Tris.

— Oh, parfait. Donc c'est toi que tu détestes – d'où ce plongeon du cygne interrompu à la fenêtre, commenta Charles.

Il soupira et posa la main sur l'épaule de Tristan en le caressant.

— Pourquoi, parce que tu as aimé ?

— Non, répondit Tristan en se couvrant les yeux d'une main tremblante. J'ai aimé. C'était… C'était merveilleux, Charlie. Ce n'est pas au sujet de… de la sodomie. Seigneur quel mot horrible. Il ne colle pas à la réalité des choses ; mot tellement sordide et avilissant quand l'expérience est si belle.

— Alors quel est le souci ?

Tristan baissa la main et porta sur lui un regard liquide, les yeux nervurés de sang.

— Je n'ai rien fait du tout !

Charles fronça les sourcils.

— Bien sûr que tu n'as rien fait, comment aurais-tu pu ? Que t'attendais-tu à devoir faire ?

— Tu m'as laissé libre. Tu m'as fait l'amour et je n'ai rien fait d'autre que pleurer comme un imbécile.

Charles s'agenouilla dans le dos de Tristan et lui entoura la poitrine d'un avant-bras, l'attirant contre lui tandis qu'il s'asseyait sur ses talons.

— Tris, mon cœur, ce que je t'ai fait était intense – très intense. Tu étais tendu à craquer et lorsque je t'ai permis de te relâcher, eh bien, tu t'es laissé aller et tes pleurs n'étaient que le reflet d'une décharge émotionnelle contenue depuis trop longtemps. Il n'y avait là rien d'inattendu. En fait c'était... flatteur.

— Flatteur ? D'avoir un homme adulte pleurnichant dans tes bras ?

— Oui.

Charles se pencha et caressa la nuque de Tristan du bout du nez. Tris inclina machinalement la tête pour lui permettre l'accès.

— Parce que c'est moi qui t'ai mené à cet état. Tu t'es ouvert grâce à moi, à cause de ce que j'ai fait pour toi. Ce fut intense pour chacun de nous, Tris ; tu n'as pas idée de ce que cela m'a fait, de te tenir ainsi, ondoyant entre mes mains, sachant qu'il me suffisait de dire un seul mot pour t'envoyer à l'apogée du plaisir.

Le cœur de Tris battait la chamade sous la paume que Charles pressait contre son cœur.

— Et c'était du plaisir, n'est-ce pas, Tris, mon cœur ?

— Bon sang, oui... expira Tris en se remémorant le moment.

Charles glissa la main sous le tissu de la chemise de nuit à la recherche du membre de Tristan et referma ses phalanges autour de la verge molle et brûlante. Tris se cambra sous le contact.

— Dieu que c'est bon de te toucher, souffla-t-il à l'oreille de Tris. Je pourrais te faire l'amour juste là, tu sais ? Sauf que Lottie ne va pas tarder à entrer dans la pièce, que Reston amène le thé, que je suis complètement crevé et que tu es dans un état pire encore. Tu dois dormir. Je t'en supplie mon cœur, n'effraie plus ma pauvre sœur comme ça.

Il relâcha le membre de Tris et lui entoura le torse, l'enserrant dans ses bras.

— Je suis désolé, commença Tristan lorsque Charles secoua la tête, lui caressant la joue avec ses cheveux.

— Je n'attends pas d'excuses, dit-il d'un ton ferme. Je ne veux plus que tu recommences.

Tristan soupira et renversa la tête contre l'épaule de Charles.

— Je ne sais pas quoi faire, dit-il avec lassitude. Tout est si... bouleversant. Terrifiant. Je ne suis pas un lâche, Charlie, mais j'ai tellement peur que je ne sais pas quoi faire. Pas te concernant. Mais pour tout le reste. Tout est si... énorme.

— Ça ne l'est pas tant que ça, murmura Charles. Tu as cette impression parce que tu es éreinté, physiquement et mentalement. J'ai déjà vu ça chez des

151

soldats, lorsqu'ils étaient poussés trop loin par-delà leurs limites. La perception des choses s'en trouve déformée et tout prend plus d'importance que ça n'en a vraiment, ajouta-t-il d'un ton désabusé. Bien heureusement dans l'armée, c'est à ce moment-là que les explosions de canons et de pistolets commencent à retentir et tu n'as plus de temps à perdre à tergiverser, ajouta-t-il avec une pointe de dépit.

Il lissa les cheveux de Tristan en les lui ramenant en arrière.

— Une fois que tu te seras suffisamment reposé, nous parlerons comme je te l'ai promis et peut-être que la situation ne te paraîtra plus si compliquée. Sache juste que tu n'es pas seul. Je suis là. Je prendrai soin de toi.

Tristan tourna le visage dans le cou de Charles et poussa un soupir, les yeux fermés. Ses lèvres se murent et Charles crut reconnaître un 'Merci' mais Tristan semblait déjà s'être endormi, son corps délassé reposant lourdement sur lui.

Il changea de position et le laissa glisser sur les oreillers avant de tirer les couvertures sur l'endormi. Charlotte demanda depuis l'entrée :

— Va-t-il s'en sortir ?

— Je l'espère, dit Charles.

Il se leva et prit la boîte des mains de Charlotte au moment où Reston revenait avec le service à thé. Celui-ci regarda vers le lit.

— Oh le maître s'est rendormi ?

— Oui, pour le moment. Je resterai avec lui jusqu'à ce qu'il se réveille et lui ferai boire un peu de thé.

— Veuillez m'excuser, Monsieur, mais M. Reid m'a fait part de son inquiétude quant au fait que vous n'ayez pas dormi, dit Reston.

Charles eut un faible sourire.

— Ce n'est pas la première fois que je reste debout toute une nuit, ni la dernière. Je me reposerai à coté de M. Northwood un moment, dit-il. Ainsi, nous n'aurons pas à nous inquiéter de le voir déambuler désorienté comme il vient juste de le faire. Reid et vous pouvez retourner à vos tâches quotidiennes, annonça-t-il.

Il posa la carafe d'eau au-dessus de l'âtre pour la maintenir chaude et prit le plateau des mains de Reston pour le mettre sur la table basse près du trumeau.

— Monsieur, hésita Reston. Major ?

— Oui, Reston ?

— Je voulais juste dire… Je vous suis reconnaissant de la manière dont vous vous occupez du maître.

Il plongea son regard dans celui de Charles.

— Je l'ai connu petit garçon, puis homme, cela fait un sacré paquet d'années et il… eh bien, il est comme un fils pour moi, s'il n'est pas trop audacieux de m'exprimer ainsi. C'est un homme bon. Il mérite que l'on prenne soin de lui, comme Madame Northwood et vous-même.

Charles posa une main sur l'épaule du vieil homme.

— Merci, Reston. Je m'occuperai de lui pour vous, je le promets.

152

Lorsque le valet s'en fût, Charles se laissa tomber dans la chaise face au fauteuil de Lottie.

— Je suis damné, dit-il.

— À quel sujet ? demanda-t-elle avec curiosité. Reston ? Qui a-t-il de si étonnant à son sujet ?

— Je pense qu'il sait, Lottie. À mon sujet – ce que je ressens pour Tristan. Et si je ne m'abuse, il vient juste de me donner sa bénédiction.

— J'espère que tu as raison, dit-elle dubitativement. Mais il vaut mieux ne pas en présumer.

Elle se leva et alla fermer la porte à clef.

— Lottie. Est-ce que cela te dérange ? Je veux dire, Tris et moi ? demanda-t-il, préoccupé.

Charlotte revint rapidement auprès de lui et lui planta un baiser sur la joue.

— Bien sûr que non. Vous êtes mes gentlemen favoris. Voir Tristan si malheureux m'est insupportable et si tu peux changer cela, j'en serai heureuse.

Sa voix prit un accent d'anxiété.

— Penses-*tu* pouvoir le rendre heureux, Charlie ? Il est plutôt très conventionnel dans beaucoup de domaines – j'ai si peur pour vous deux.

— Je crois que je le peux, *Liebchen*, répondit-il sobrement. Je crois que je le peux.

— J'espère que tu as raison, dit-elle en lui tapotant la joue. Maintenant, il est temps que tu te reposes ; je serai dans le salon et te couvrirai. N'est-ce pas ainsi que l'on dit à l'armée ?

— Si, absolument, dit Charles, amusé.

Elle lui flatta de nouveau la joue et quitta la chambre en refermant doucement la porte derrière elle. Charles secoua la tête et grimpa sur le lit près de Tristan.

Il y avait quelqu'un de robuste et de chaud aux cotés de Tristan cette fois-ci lorsqu'il se réveilla ; un bras passé autour de sa taille et les puissants battements d'un cœur résonnant à son oreille. Il inspira la senteur de romarin mêlée à l'eucalyptus et sourit pour lui-même.

— Charlie, chuchota-t-il à nouveau, plus pour lui-même que tout haut, et roula pour faire face à son amant.

— Bonjour, mon amour, susurra Charles.

— J'ai cru que j'étais en train de rêver de toi, dit Tristan.

— Tu n'as pas rêvé. Comment te sens-tu ?

— Crevé, confus, dit-il avant de prendre une inspiration. Je ne sais pas ce que je ressens mais je crois que je pourrais bien être tout simplement heureux, dit-il.

Un beau sourire s'épanouit sur le visage de Charles.

— L'es-tu vraiment ?

153

— Je crois. Je n'en suis pas sûr. Je ne crois pas avoir jamais été heureux avant, alors je ne peux rien affirmer. Mais je ne me suis jamais senti ainsi avant. Oh, bon Dieu, j'ai vraiment dit ça ? dit-il en faisant la grimace. Tellement banal.

— Non, ce n'est pas banal si c'est vrai. Aucune arrière-pensée ni regret ?

— Je suis déjà passé par là, et par les arrières arrières pensées aussi et par chaque tréfonds de pensée possible. Je sais bien que j'irai en enfer pour ça mais je m'en contrefiche. Être avec toi – dans tes bras en ce moment même – est plus que tout ce que j'ai jamais attendu de la vie.

— Ah, malédiction, Tris, dit Charles d'une voix fauve, je t'aime.

Tristan se figea, le cœur cognant au ralenti dans sa poitrine.

— Quoi ? demanda-t-il d'une voix éraillée.

— J'ai dit que je t'aime, répéta-t-il calmement.

Charles était sûr de lui.

— Je suis *amoureux* de toi.

— Personne ne m'a jamais dit cela avant, tressaillit Tristan.

— Voilà, maintenant, c'est fait.

— Qu'est ce qui va se passer ?

— Que veux-tu qu'il se passe ? renchérit Charles.

Tristan se mura dans le silence un long moment.

— Ce n'est pas vraiment quelque chose que nous allons pouvoir crier sur les toits, n'est-ce pas ? dit-il enfin.

Charles gloussa.

— Est-ce que c'est ce que tu veux faire ?

— Clairement, oui.

Tristan posa la main sur la chemise de Charles, chiffonnant le tissu dans son poing fermé.

— Je veux l'annoncer dans le Times : *M. Tristan Northwood a le plaisir d'annoncer ses fiançailles avec l'Honorable Major Mountjoy, aide de camp de Lord Castlereagh et assistant personnel de Sa Grâce le Duc de Wellington. L'heureux couple recevra les visiteurs au numéro 8, Cavendish Street.* Mais je pense que ça ferait bien trop scandale si cela venait à être publié.

— Sans l'ombre d'un doute.

— Charlie ?

Tristan tenait toujours sa chemise.

— Oui, mon cœur ?

— Tu savais, n'est-ce pas ? Ce que je ressentais pour toi.

— Avant que tu ne le saches toi-même je pense bien, répondit Charles. Mais je n'avais aucune idée de la manière dont tu réagirais si je venais à t'approcher. Il fallait que je te laisse te débrouiller avec cela.

— Tu ne crois pas qu'on sera damné pour ça ? s'inquiéta Tris en malmenant sa lèvre inférieure. C'est ce que dit la Bible.

— La Bible maudit beaucoup de choses, dit allégrement Charles. Y compris manger du bacon et porter de la flanelle mélangée à de la laine. Mais les gens le font quand même.

Il inclina la tête sur le coté.

— Et il y a l'adultère, ajouta-t-il d'un ton léger.

— Oui, mais c'est déjà socialement plus accepté, dit Tristan.

— Nous ne parlons pas de mœurs, dit Charles, nous parlons de la Bible.

Il secoua la tête.

— Eh bien, je suis certain d'être déjà damné pour travailler le jour du sabbat et en tant que soldat, c'est inévitable. Tris, mon amour, parfois, il suffit de savoir distinguer ce qui est juste de ce qui ne l'est pas et ni la Bible ni la société, ni même l'opinion de qui que ce soit d'autre ne doit compter, à la fin. C'est ce que *tu* penses être juste. Et ceci – c'est ce qui est *juste*.

— Je le pense, dit Tristan. Bon sang, j'ai l'impression d'être un gamin. Je suis si... paumé. Je ne sais pas ce que je dois faire maintenant.

— Je t'ai dit de ne pas te préoccuper de ça, dit Charles. Je t'ai dit que je m'occuperai de toi.

— Mais je ne suis pas un enfant, je n'ai pas besoin qu'on s'occupe de moi. Je veux prendre soin de toi aussi, Charlie. Je veux tout te donner.

Il l'embrassa férocement.

— Je veux être ce que tu attends de moi. Que veux-tu Charlie ? Que puis-je faire pour toi ? demanda-t-il.

Charles se désengagea et lui prit la main dans les siennes.

— Tris, tu n'as pas idée de ce que tu es en train de demander.

— Si, je le sais, dit-il abruptement. Je veux coucher avec toi. Je veux avoir des relations charnelles. Baiser.

Il l'embrassa de nouveau.

— Je sais ce que c'est. Je le veux. Je *te* veux, insista-t-il.

Charles garda le silence un moment.

— Pas encore, Tris, dit-il alors.

— Pourquoi pas ? Je te veux et je t'aime. Je suis prêt.

— Pas moi.

Charles abaissa la tête pour laisser reposer son front contre celui de Tris.

— Je ne suis pas prêt, Tris. Tu es malade et trop fragile pour l'instant – émotionnellement, physiquement. Tu as les nerfs en miettes. Mon Dieu, tu es au moins en dessous de ton poids de dix kilos – même Jackson s'est senti obligé de m'en faire part lors de ton dernier match. Et tu es mentalement à cran – tu viens juste d'essayer de te tuer ! Je suis terrifié pour toi, Tris et je suis terrifié à l'idée de faire quelque chose qui puisse te renvoyer au bord de la falaise. Le simple fait de t'avoir touché cette nuit t'a pratiquement tué ce matin. Je suis mort de trouille, Tris. *Mort* de trouille.

— Ce n'est pas toi qui m'as poussé à la fenêtre, Charles, c'est moi.

— C'est justement ce qui me tracasse. Jusqu'à ce que je ne sois pas assuré que cela ne se reproduise plus – que tu ne craqueras plus comme tu l'as fait – je ne peux passer à l'étape supérieure avec toi. J'ai trop peur.

— Je croyais que rien ne t'effrayait, dit doucement Tris.

— Rien ne m'effrayait... jusqu'à ce que je te rencontre. Et soudain, il y eut cette personne sur laquelle je devais veiller et le monde est devenu un endroit incroyablement dangereux.

Tristan s'immobilisa et Charles le remarqua de suite.

— Qu'y a-t-il ?

— C'est... ce que tu viens de dire. C'est ce que j'ai ressenti lorsque j'ai réalisé que Jamie comprenait qui j'étais. Qu'il me *reconnaissait* et que le fait de rester avec lui le rendait heureux. C'était comme si le monde avait changé d'un coup et je me suis subitement retrouvé responsable de lui, de son bonheur. C'est un sentiment atroce.

— Vraiment ? demanda-t-il.

Tristan repensa ses propos et les amenda.

— Non, pas atroce. Bouleversant.

— Exactement, et je ne l'échangerais contre rien au monde. Mais ça n'en reste pas moins terrifiant, concéda-t-il avant de l'embrasser tendrement.

Tristan enlaça la nuque de Charles et se livra au baiser, ressentant les lèvres douces et pressantes et la caresse brûlante de sa langue enveloppant la sienne. Il avait un goût agréable, celui du thé à la menthe. Charles l'attira contre sa poitrine et l'enserra de ses bras puissants et massifs ; des bras qui pouvaient le retenir fermement au lieu de seulement reposer sur lui ; des bras qui pouvaient le tirer jusqu'à ce qu'il parvienne à se relever de sa détresse. Il n'y avait rien d'impuissant dans l'étreinte de Charles.

Quelque chose en Tristan se dénoua sous ce constat. Quelque chose qui avait été un nœud compact et douloureux depuis si longtemps qu'il ne pouvait s'en rappeler – depuis si longtemps qu'il ne pouvait pas même réaliser qu'il était là. La dernière pensée qui le traversa avant de retomber dans le sommeil fut qu'il n'était dorénavant plus seul.

156

XIII

CHARLES FAISAIT les cent pas dans le salon comme un fauve en cage, de long en large. Charlotte le regarda faire un moment et finit par lui dire, exaspérée :

— Oh, Charlie, vas-tu enfin arrêter ? Tu me rends malade.

— Combien de temps encore… commença-t-il pour s'interrompre toutefois à l'ouverture de la porte de la chambre de Tristan.

Le docteur MacQuarrie en sortit, son sac en main, et referma la porte sans un bruit pour faire face aux deux visages anxieux qui le scrutaient.

— Votre diagnostic était correct, Charlie, dit-il sur un ton professoral. Épuisement nerveux conduisant à la fièvre. Le skullcap et la camomille étaient de bons choix ; je recommanderais aussi du saule ou quelque autre fébrifuge tel que la pétasite afin de faire tomber la fièvre ; ceci plus un bouillon de viande par jour, puis qu'il se mette à nouveau à manger normalement. Beaucoup de viande ; il a besoin de se reconstituer. Et du repos. Gardez-le au lit au moins deux jours encore.

Charles soupira de soulagement et s'enfonça dans le sofa près de Charlotte.

— Merci mon Dieu, expira-t-il. Je craignais que ce ne soit quelque chose de sérieux.

— C'est sérieux.

MacQuarrie posa son sac et s'assit dans la chaise face aux jumeaux.

— J'ai eu l'occasion de discuter avec M. Northwood. Je suis très préoccupé.

— Au sujet de Tristan ? demanda Charlotte.

— Au sujet de vous, dit MacQuarrie à Charles. Charlie, vous êtes un gars brillant et vous ferez un excellent médecin, mais vous devrez apprendre quelque chose. Quelque chose que tous les médecins ont besoin de savoir. Et c'est que vous n'êtes pas Dieu : vous ne pouvez sauver tout le monde, ânonna-t-il.

Charles écarquilla les yeux, fixant MacQuarrie en proie à la panique.

— Mais vous venez juste de dire que Tris allait s'en sortir !

— Je ne parle pas de Tris. Enfin, dans un sens, oui, mais ce n'est pas au sujet de sa fièvre.

Le docteur soutint fermement le regard de Charles.

— Savez-vous ce que je vois lorsque je le regarde ? Je ne vois pas Tristan Northwood. Je vois Gregory Winstead.

Charles se renversa dans le dossier du sofa, couvrant son visage d'une main. Charlotte paraissait confuse.

— Gregory Winstead ? N'était-ce pas celui qui est devenu fou furieux et a attaqué un officier ? Qu'est-ce que Tristan a-t-il à voir avec lui ?

— Gregory Winstead était un jeune homme très troublé que Charles a essayé d'aider. Malheureusement, il était autant hors d'atteinte de l'aide de Charles que de celle de n'importe qui d'autre. Du peu que M. Northwood m'ait dit, j'ai l'impression que le degré de son épuisement est toutefois sévère. Et je crains que Charles ne prenne sur lui de sauver M. Northwood et ne soit dévasté en cas d'échec. Charlie...

— Je n'essaie pas de sauver Tris, dit Charles, visiblement agité. Enfin, si, mais en lui donnant seulement l'aide dont il a besoin. Je sais que je n'aurais pu sauver Greg. Je le *sais*. Certes, j'ai passé beaucoup de temps à me dire que j'aurais du faire quelque chose de plus...

— Mais tu ne pouvais pas, lui assura Lottie en lui tapotant gentiment la main.

Il retourna sa main de manière à agripper la sienne.

— Nous en avons discuté dans notre correspondance et je pensais que tu avais finalement réalisé cela, ajouta-t-elle.

— Je l'ai réalisé. Je sais, dit Charles en se frottant les yeux de sa main libre. Je sais que j'ai fait tout ce qui était en mon pouvoir pour Greg, mais quelque fois, je ne vois pas les choses ainsi. Est-ce que vous comprenez ?

— Bien sûr, dit le docteur. Charlie, je ne suis pas en train de vous dire de ne pas aider M. Northwood. Je sais que vous voulez aider – cela fait entièrement partie du rôle de médecin. Je suis simplement... concerné à propos...

Il expira brusquement de frustration.

Lottie tapota de nouveau la main de Charles et fixa ses chaussures.

— Je pense que le docteur MacQuarrie et toi devriez peut-être discuter en privé, dit-elle placidement. Je vais m'asseoir auprès de Tris.

Elle exécuta une légère révérence à l'attention du docteur et passa dans la chambre de son époux. Le docteur cilla et se tourna vers Charles, la confusion se lisant sur son visage. Charles lui sourit brièvement.

— Oui, elle est étrange à sa façon, essaya-t-il d'expliquer. C'est comme si elle lisait dans les esprits. Je ne l'ai jamais vue perdue à ne pas savoir quoi faire. Je ne dis pas qu'elle n'a jamais tort – mais qu'elle n'est jamais incertaine. Je lui ai toujours envié de côté-là.

— Elle n'a pas l'air d'être grandement dérangée par la relation que vous entretenez avec son mari, dit MacQuarrie.

Charles cligna.

— Tristan est mon ami... dit-il très lentement.

— Allons, Charles. Vos sentiments pour Tristan, tout comme les siens à votre égard, vont au-delà d'une simple amitié. Il a été très clair sur ce point une fois assuré que son secret – et le vôtre – était en sécurité avec moi.

Charles sentit son sang se glacer.

— Mac, commença-t-il avant de battre en retraite, impuissant.

— Charles, dit calmement Mac. J'étais au courant pour Winstead et vous. Je sais qu'il a rompu avec vous et que cela vous a rendu impuissant à l'aider quand il a traversé toutes ces insanités avec Warren. J'ai servi dans les mers du sud, aux Indes et à d'autres endroits encore où la sodomie n'est pas le crime que l'on en fait en Angleterre, et il m'apparaît que cette pratique n'a aucun effet délétère sur aucun élément vital en dépit de ce que croient les Européens, et plus particulièrement les Anglais. Les Européens n'ont pas le monopole de la culture ; des civilisations bien plus anciennes que la nôtre acceptent de bonnes grâces les différences parmi les hommes. Je respecte notre religion mais en tant que médecin et scientifique je ne crois pas toujours en ce que prêche la chrétienté. Comme je l'ai dit à Tristan, tout ce que vous me direz sera autant en sécurité qu'avec un prêtre au confessionnal. Et il aurait fallu que je sois aveugle pour ne pas remarquer la manière dont vous le regardez – et celle dont il vous regarde.

Il se frotta pensivement la mâchoire.

— Pour être honnête, cela ne me surprend pas plus que je ne le pensais. Pour vous, je savais. Mais lui – avec sa réputation de Don Juan et ses frasques légendaires, maintenant tout cela fait autrement sens.

— Vous m'avez perdu, dit Charles.

— Quelque fois, se comporter aussi 'intensément' est une tentative de se cacher au grand jour, par surcompensation. Un homme terriblement timide sera turbulent et tapageur pour cacher sa timidité ; un mélancolique rira deux fois plus fort que les autres. Et un homme incertain de sa propre masculinité pourrait ressentir le besoin d'agir deux fois plus virilement. Quelque fois, cela prend la forme de brimades, comme Warren et les garçons que vous connaissiez à l'école, nous en avions discuté une fois. Et quelques fois cela se présente sous la forme d'une attitude provocatrice et défiante – prouver à quel point vous êtes homme par la bravoure et la témérité. Northwood avait besoin de prouver sa masculinité aux autres ainsi qu'à lui-même. Parce que dans certains cas, on sait une chose sans savoir consciemment qu'on la sait.

Il secoua la tête.

— Il y a tant de choses que nous ne comprenons pas du comportement des gens, de ce qui les fait agir de la manière avec laquelle ils agissent. Pourquoi votre sœur a-t-elle autant d'assurance, pourquoi est-elle si peu intéressée par l'opinion des autres quand son mari est son complet antipode ? Elle et vous êtes jumeaux, nés à la même heure et l'esprit superstitieux de nos ancêtres vous aurait pensé identiques de nature. Mais ce n'est clairement pas le cas – vos personnalités sont parfaitement différentes. Il y a plus à apprendre au sujet de notre esprit que nous n'en viendrons jamais à le suspecter ainsi que des comportements comme celui de Tristan, de Warren et celui du pauvre Winstead : qu'est-ce qui fait qu'un homme agit de la manière dont il agit ?

— Toutes ces questions entrent dans le royaume de la philosophie et dépassent de loin les perspectives de mon pauvre entendement, dit Charles.

— Quoi qu'il puisse en être, lâcha MacQuarrie avec un rire bref, je sais qu'il y a quelque chose entre vous. Je prie pour qu'aucun de vous n'en soit blessé. Mais

159

plus que cela, le problème de M. Northwood peut se révéler bien plus difficile à gérer que vous pensez pouvoir le faire. Je vous demande de considérer sérieusement ce que je vous dis, ainsi que ce que vous ressentez pour lui. Vaut-il que vous risquiez votre vie pour lui ? Votre histoire a-t-elle un espoir véritable ? Je ne supporterai pas de le voir vous entraîner dans les abysses.

— Je pense – je crois – que la majorité des problèmes de Tris sont liés à ce que vous venez de décrire, le besoin de se sentir viril. Il doit juste comprendre qu'aimer quelqu'un ne le rend pas moins homme.

Charles se frotta le visage d'un geste las.

— Je ne sais pas s'il pourra l'accepter. Je ne sais pas si je peux l'aider. Tout ce que je sais c'est que je dois essayer. Vous m'avez demandé si cela en vaut la peine. Je dois répondre oui. Il en vaut la peine.

— Alors vous n'avez pas le choix et devez essayer, soupira lourdement MacQuarrie. Sachez simplement qu'il est le seul à pouvoir prendre sa vie en main. Tout ce que vous pouvez faire c'est l'y aider et prier qu'il ne réagisse pas comme Winstead. Au moins, Winstead ne vous a pas dénoncé aux autorités. Vous ne pouvez qu'espérer que Northwood ne le fera pas non plus.

— Je sais, opina Charles avant de se lever en même temps que MacQuarrie. Merci Mac.

— Ne le laissez pas vous détruire, Charlie. Vous avez trop à offrir pour jeter votre vie en l'air pour un homme.

Il serra la main de Charles.

— Je passerai voir demain l'évolution de son état ; je ne vous attends pas à l'hôpital avant trois ou quatre jours, mais d'ici là vous aurez certainement obtenu des signes d'amélioration.

— Merci, Mac, répéta Charles.

Il le raccompagna jusqu'à la porte.

— Il DORT encore ? demanda tranquillement Charlotte.

Charles regarda vers le lit sans quitter sa place. C'était la seconde journée depuis la déclaration de la maladie de Tristan et Charles, bien qu'épuisé, était rassuré de ses lents progrès.

— Oui. Mais il n'a plus de fièvre et j'espère qu'il aura faim en se réveillant. Reston a apporté du bouillon ; je l'ai mis à réchauffer sur l'âtre. Son manque d'appétit m'inquiète – c'est en partie dû à la fièvre mais j'ai remarqué qu'il ne s'alimentait pas assez depuis plusieurs mois.

— En effet, acquiesça Lottie. Et il boit trop. Papa et Daniel font pareil, mais je ne pense pas que Tris boive comme eux. Je l'ai vu rester des semaines en état d'ébriété continue ou boire plus que n'importe qui d'autre. Depuis ces derniers mois, c'est devenu une habitude.

Elle se renversa contre la porte en refusant d'un signe de tête l'offre du fauteuil que Charles proposait.

— Non, merci, j'ai passé l'après-midi assise et j'ai besoin de rester un peu debout.

— Une fois que Tris se sera réveillé et aura mangé un bout, je t'emmène faire une promenade, lui promit Charles. Il fait plutôt beau temps aujourd'hui.

— Je ne dirais pas non, répondit Lottie. Quant à l'appétit de Tris : il n'a jamais vraiment été un gros mangeur, mais dernièrement il ne mangeait plus rien du tout. Je lui ai posé la question plusieurs fois et il répond toujours qu'il n'a pas faim ou qu'il a mangé un sandwich plus tôt, ce genre de mensonge. Je crois que l'alcool lui coupe l'appétit. Et encore, il n'avait perdu qu'un peu de poids jusqu'à très récemment. C'est bien pire ces dernières semaines.

— Depuis que je suis arrivé, constata platement Charles.

— Oui, acquiesça Lottie.

Charles lâcha un bref rire de dépit.

— Je peux toujours compter sur ton honnêteté, dit-il faussement courtois.

— Oui tu le peux, répliqua sa jumelle. Je ne crois pas aux mascarades, Charles. Son état a empiré depuis que tu es là. Je ne dis pas que c'est à cause de toi, mais il y a peut-être un rapport.

— Je crois qu'il y en a un, constata Charles. Et je dois trouver comment agir en conséquence.

— Oh, ce n'est que mon opinion mais je crois que tu as déjà bien commencé, dit-elle.

Charles rit brièvement.

— C'est vrai. En précipitant son déclin au point qu'il en tombe malade. Ce fut parfaitement *efficace*.

— Tu dis toi-même que parfois il faut être plus malade avant de pouvoir aller mieux, fit-elle rationnellement remarquer. Tristan doit décider de commencer à aller mieux ou de continuer dans sa pente. Et c'est quelque chose en quoi tu pourras lui être d'une bien meilleure aide que moi.

— Elle a raison, dit une voix faible depuis le lit. Je ne peux pas le faire sans toi Charlie. Je ne peux pas continuer sans toi.

— Ce n'est pas tout à fait vrai, Tris, répondit calmement Charles. Tu as cette impression parce que tu es toujours faible – et crois-moi, je serai là pour t'aider. Mais tu dépasseras tout ça, je le promets.

— Fais-moi passer l'envie de me mettre une balle et ça m'aidera déjà pas mal.

— Tu as toujours cette envie ?

Tristan garda le silence un moment puis soupira.

— Non. Plus autant. Je veux me lever et essayer de remettre de l'ordre dans ma vie. Mais là tout de suite, je suis preneur de la soupe dont tu parlais.

— Tu as faim ?

— Diable, je meurs de faim ! répondit-il.

Les lèvres de Charles s'étirèrent en un large sourire.

— C'est un bon début, attesta-t-il.

Il se leva et se pencha sur le lit pour aider Tris à s'installer en position assise, dos contre le tas d'oreillers. Charlotte rabattit les couvertures autour de lui et il la remercia d'un sourire.

— As-tu besoin d'aide pour manger ? demanda-t-elle, concernée. C'est servi dans un mug, ce sera facile à tenir pour toi.

— De qui est-ce l'idée ? demanda Tris.

— De Charlie bien sûr. Je crois qu'il fera un merveilleux médecin, ne penses-tu pas ?

— Si, dit Tristan en lui souriant. Tu ferais une bonne infirmière aussi, tu sais ?

— Oh ce serait trop de travail, dit-elle en secouant la tête. Je ne soigne que ma famille.

— Merci, dit-il d'un timbre très doux.

Elle lui tapota affectueusement la main.

— Mange ta soupe, dit-t-elle. Charles m'a promis une promenade au parc cet après-midi mais il ne m'emmènera pas tant que tu n'auras pas mangé.

Elle porta ensuite le regard sur son frère.

— Viens me chercher lorsque tu seras prêt, Charlie, demanda-t-elle avant de sortir par la porte ouvrant sur le salon.

Charles posa le plateau sur les cuisses de Tristan et s'assit à ses côtés sur le rebord du lit.

— Comment te sens-tu ? demanda-t-il.

Tristan fit la grimace.

— Me poses-tu la question en tant que médecin ou en tant que beau-frère.

— En tant que ton amant, dit calmement Charles.

Les yeux de Tristan s'écarquillèrent, brillants et alarmés.

— Sommes-nous amants ? demanda-t-il.

— Du moins dans mon esprit, dit Charles. Qu'en est-il pour toi ?

Tristan porta fébrilement le mug jusqu'à ses lèvres pour en boire une gorgée.

— Je suppose que nous le sommes, si c'est ainsi que tu l'appelles. Je suis toujours confus à ce sujet – ne l'es-tu pas ?

— Pas le moins du monde. Je sais ce que je veux. Mais si tu as besoin de plus de temps ou ne veux pas aller plus loin, dis-le-moi.

— Non, non, je veux cela, dit Tris en reposant le mug sur le plateau. Bon Dieu Charlie, je le veux mais je suis terrifié. N'est-ce pas stupide ?

— Non, ça ne l'est pas, dit Charles en riant. Ta vie est sens dessus dessous, tu as passé les six derniers mois focalisé sur un seul but et maintenant tout change à nouveau – du moins, je l'espère !

— Ça a changé. Je pense, dit Tris en levant les yeux pour rencontrer le regard de Charles. Je n'en suis pas moins terrifié mais je ne ressens plus ce désespoir qui me clouait avant. Je me sentais si seul, si perdu. Mais lorsque je suis avec toi... ça n'est plus aussi terrassant. Et peut-être que je peux essayer d'appréhender ces choses qui m'effraient autant.

— Qu'est-ce qui t'effraie Tris ?

Tristan avala une nouvelle gorgée de bouillon.

— Je n'en sais rien. Parfois, j'ai peur de tout. D'autres fois, c'est plus spécifique. Comme le seul fait de savoir que des gens nourrissent des attentes à mon égard que je ne pourrai jamais remplir.

Il déglutit bruyamment, les jointures de sa poigne blanchissant autour du mug.

— Le fait de savoir qu'ils seront déçus, comme mon père l'est.

— Qui sont-ils ? demanda calmement Charles.

— Mes amis, mes connaissances... hésita-t-il avant de poursuivre. Jamie. Le futur enfant.

— Je remarque que tu n'inclues pas Charlotte.

— Je ne peux décevoir Charlotte, lança Tristan avec un rire bref, car elle n'a déjà aucune attente envers moi. Elle me connaît trop bien. De plus, ça ne lui importe pas vraiment. Oh, je sais qu'elle m'adore, mais ce que je peux bien faire ne lui importe pas. Tout ce que je fais l'amuse. Sa compagnie est très reposante, dans ce sens-là. Mais les autres – Jamie, Gibs, Berks, les gens du beau monde – ils ont des attentes.

— Je crois, dit Charles d'un ton qui se voulait rassurant, que tu découvriras qu'ils n'en ont en fait aucune. Et que c'est toi qui calques sur eux les attentes que tu as de toi-même. Jamie t'aimera simplement parce que tu es toi. Gibson et Berkeley ne sont pas si critiques – parfois je me demande même s'ils disposent de la moindre faculté critique en eux. Et pourquoi devrais-tu te préoccuper de ce que peut bien penser le reste de la société ? Pour le bien de Charlotte ? Elle ne pourrait se contreficher plus de ce que les gens pensent à son sujet.

Il observa Tristan d'un air pensif et tendit la main pour dégager les mèches de cheveux qui retombaient sur son front.

— Je pense que le seul qui a des attentes à ton égard, c'est toi-même.

— Dieu sait que mon père n'en a plus, dit amèrement Tristan. Ou alors, s'il en a, ce sont des attentes complètement négatives.

— Je ne connais pas ton père, donc je ne puis le dire, constata Charles.

Tristan resta silencieux un bon moment et déclara tout de go :

— Tu as lu mon journal.

— Bien sûr que non ! s'indigna Charles. Pas plus qu'une page. Je ne fouille pas dans la vie privée des gens.

Puis il réfléchit à ce qu'il venait de dire et ajouta avec une once d'embarras :

— Pas habituellement du moins.

Tristan lâcha un rire dépourvu d'humour.

163

— Juste cette fois-là, et je dois admettre que je suis content que tu l'aies fait. Tant de choses auraient pu ne pas se passer – et tant d'autres auraient pu arriver aussi. Mais c'est bon. Mis à part quelques pages chroniquant mon obsession au sujet d'un officier du 14ème régiment, mes journaux ne sont que des observations et des rendez-vous. Je me fiche que tu les lises.

— Journaux ? Tu as toujours tenu un journal ?

— Depuis l'enfance, répondit-il en haussant les épaules. Ils sont tous dans le tiroir de mon bureau ; la clef est sur la chaîne de ma montre. Lis-les si le cœur t'en dit ; mais ils n'ont rien de bien excitant.

— La seule page que j'ai lue était pourtant suffisamment excitante, dit sèchement Charles.

— Eh bien, si tu veux connaître mon père un peu mieux – du moins selon ma perspective que j'admets être un peu biaisée étant donné qu'il est un homme plutôt respecté de ceux qui ne le connaissent pas comme moi je le connais – tu trouveras de quoi t'informer sur lui dans mon journal, dit-il d'un ton léger et détaché.

Charles l'observa et vit une très brève expression d'anxiété lui traverser le visage avant qu'il n'affiche à nouveau son habituelle expression.

— Maintenant, poursuivit Tristan, ta sœur attend sa promenade. Je suis certain que Reston est quelque part non loin dans le couloir et n'attend qu'une chose, de venir s'asseoir avec moi – aucun doute que c'est l'apogée de son après-midi. Va et ne reviens que lorsque Lottie et toi serez à bout de souffle et épuisés. J'aime lorsque tu débarques directement de dehors, l'air sent si frais et si froid.

Il lui adressa un rapide sourire.

— Je promets d'être sage pour Reston. En fait, je pense que je vais me rendormir.

— Je te prends au mot, Tris.

— Il le faut. Va, marche.

Charles passa la main sur la tête de Tristan, caressant ses cheveux puis se pencha pour l'embrasser brièvement avant de reprendre le plateau et de l'emporter avec lui.

— Rendors-toi, commanda-t-il.

— Hay, Monsieur, dit Tristan en exécutant un salut martial qui ne manqua pas de faire rire Charles.

RESTON ENTRA avec un air nerveux et Charles hocha la tête pour les saluer avant de s'en aller par la porte du salon.

— Assieds-toi Reston, ordonna Tristan, et dis-moi ce que j'ai manqué en dormant pendant ces deux derniers jours.

— Rien de bien conséquent, Monsieur, dit Reston en s'asseyant sur la chaise près du lit que Charles venait juste de libérer. M. Franklin envoie ses salutations et ses vœux de rétablissement. Messieurs Berkeley et Gibson sont passés vous rendre

164

visite pour s'enquérir de votre santé et M. Gibson a demandé si vous aimeriez des fleurs. J'ai pensé que non, exposa Reston.

Tristan rigola.

— Tu penses juste. Bon Dieu je n'ose même pas imaginer quelle sorte de fleur Gibs trouverait appropriée pour la chambre d'un homme malade.

— En effet, Monsieur. Mme Northwood et moi-même avons passé vos rendez-vous en revue et nous vous avons excusé auprès des personnes lorsque cela était nécessaire. J'espère que cela convient ?

— Bien sûr. Je devrais vraiment penser à prendre un nouveau valet et te promouvoir majordome ; tu combines les compétences à la perfection et je devrais te payer la rente d'un majordome.

— C'est gentil de votre part, Monsieur, mais je suis très satisfait des choses telles qu'elles sont présentement, dit Reston en lui souriant gentiment. Nous pourrons reconsidérer tout cela une fois que vous serez de nouveau sur pieds.

— J'aimerais bien savoir quand cela sera le cas, grommela Tristan.

— Le Major Mountjoy pense qu'il vous faut encore un jour ou deux de repos, d'après ce qu'il a dit à Madame Northwood et moi-même ce matin. Il pense que le gros de l'épisode de fièvre est passé et que vous commencerez à vous sentir mieux bientôt. Tout particulièrement si vous recommenciez à manger mieux, souligna-t-il en fronçant les sourcils.

Tristan rit de nouveau.

— Oui, Monsieur, M. Reston ! dit-il en mimant le salut martial. L'attitude militaire du Major Mountjoy déteindrait-elle sur vous, Reston ?

— Il possède une forte aura de commandement, n'est-ce pas ? Je me sens parfois comme un soldat parmi ses troupes.

— Moi aussi, quelques fois, admit Tristan, mais ce n'est pas une mauvaise chose. Il est très attentif.

— Il fera un excellent médecin, dit Reston. Je dois prendre garde à bien suivre ses instructions médicales.

— Aucun doute qu'il te mettrait en cellule, ou quoi qu'ils fassent dans l'armée, murmura Tristan. Bon, si cela peut soulager ton inquiétude, saches que j'ai bu tout le bouillon de viande que tu as laissé pour moi et que je suis prêt à passer à l'étape supérieure, un bon beefsteak serait parfait.

— Nous commencerons avec du poulet, je pense, dit sérieusement Reston. À l'étouffée, avec des carottes et des petit pois. Et des biscuits de chez Cook.

L'estomac de Tristan gargouilla et il adressa un grand sourire à l'attention de Reston.

— Je pense que mon ventre est d'accord avec toi.

XIV

Le Baron Ware se tenait près de la cheminée, les yeux perdus dans les flammes lorsque Charles entra dans la bibliothèque. Au son de ses pas, Ware leva un regard orageux.

— Par l'enfer, mais qui pouvez-vous bien être, Monsieur ? demanda-t-il.

— Charles Mountjoy, dit Charles en s'avançant main tendue. Le frère de Lottie.

Ware lui serra la main d'un geste machinal.

— Où diable est donc mon fils ? Je viens en ville pour y être accueilli par la nouvelle selon laquelle mon fils serait mourant ou quelque autre aberration du genre, pesta-t-il.

Ses mots étaient arrogants et durs mais l'expression de son visage dénotait bien plus la peur que le dédain.

— Pas tout à fait. Il a été malade – une fièvre cérébrale – mais je peux espérer qu'il soit maintenant hors de danger.

Ware déglutit laborieusement et regarda le plafond un moment avant de reporter son attention sur Charles, sourcils roidement froncés et lèvres serrées.

— Et personne n'a pensé à m'informer que mon fils était souffrant ?

— Ce fut très soudain, dit Charles, et nous vous pensions à la campagne.

— A-t-il vu un médecin ?

— Le Dr MacQuarrie, de la Cavalerie de la Garde...

— Un chirurgien de l'armée ? demanda Ware. Vous avez fait venir un satané chirurgien militaire pour mon fils ?

— Pas un chirurgien. Un médecin, répliqua froidement Charles. Le médecin personnel du Duc de Wellington durant son service au Portugal et qui, maintenant, sert auprès de la Cavalerie de la Garde de Londres. Et un spécialiste de la fièvre telle que celle dont a souffert Tristan. J'espère que quelqu'un recommandé par le Duc de Wellington vous paraît convenable ? demanda Charles.

Rasséréné, Ware céda du terrain.

— Bon. Voilà qui est différent. Quant au fait de résider à la campagne, ne pensiez-vous pas que je me serais déplacé si quelqu'un avait eu la décence de m'envoyer un message sur la condition de Tristan ?

— En vérité, Monsieur, dit Charles platement, il n'était pas attendu que vous manifestiez un quelconque intérêt pour – qu'était-ce déjà ? – un exemplaire gâté, décevant et dégénéré d'être humain. Après tout, vous avez eu votre héritier en la personne de Jamie. En quoi Tristan peut-il bien compter pour vous ?

166

Le baron devint livide et chancela contre la cheminée comme s'il venait d'encaisser un coup.

— Comment *osez*-vous, Monsieur, me dire une telle chose ?

— Je ne fais que répéter vos propres paroles, *my Lord*, rétorqua Charles.

Si cela avait été possible le baron se serait liquéfié.

— Qui diable dit cela ?

— Tristan, répondit Charles.

Ware ouvrit la bouche comme pour dire quelque chose mais la referma aussitôt. Il se passa une main sur le front.

— Mon fils vous a dit cela.

— Pas exactement. J'ai lu une page de son journal, datant du jour où vous avez dit cela. Ce n'était qu'un commentaire de votre part parmi les très nombreux qu'il a chroniqués. Il semble qu'il ait ressenti le besoin de tenir un historique de vos insultes.

Charles sourit froidement, sans le moindre humour.

— Je dois dire que certaines d'entre elles sont très inventives, ajouta-t-il en marquant une pause, mais comme le baron ne semblait pas être en mesure d'intervenir, Charles poursuivit. Il va sans dire que ma conclusion selon laquelle vous ne seriez pas intéressé par la condition de Tristan n'était pas si infondée – après tout, sa fièvre n'était pas contagieuse, donc nul besoin de vous soucier de Jamie. J'espère que votre esprit est en paix.

— Arrêtez, dit Ware, sans voix.

Charles obtempéra, se contentant d'attendre en silence, les mains jointes derrière le dos, se balançant d'avant en arrière sur ses talons. Il s'attendait quelque peu à ce que Ware tente de le frapper. C'était assez dur de frapper l'homme avec ses propres mots, mais plus avait-il lu les journaux de Tristan, plus sa colère envers le baron Ware avait grandi. Il était fort satisfaisant, jusqu'à un certain point, de voir le baron aussi secoué ; mais en même temps, il commençait à douter des allégations de Tristan au sujet de la haine qu'éprouvait le baron à son égard. Ce visage blanc comme linge et ces mains tremblantes ne pouvaient pas appartenir à quelqu'un qui se contrefichait de son fils. Charles aurait pu en dire plus encore, mais préféra attendre – quelque fois, le silence faisait ressortir plus de choses que les questions. Finalement, Ware parla.

— Tristan et moi avons eu des difficultés. Il – après la mort de sa mère, j'ai – nous ne nous sommes jamais compris. Mais cela ne signifie pas que je n'aime pas mon fils, M. Mountjoy. J'ai toujours essayé de faire ce qui était le mieux pour lui mais il a toujours aussi refusé de le voir. Il pense que j'essaie de le contrôler, dit-il en relevant les yeux et en croisant enfin le regard de Charles. Je ne veux que ce qu'il y a de mieux pour lui. Je ne pourrai jamais le lui faire entendre.

Charles se contenta de hocher la tête et après un long moment, Ware demanda humblement :

— Puis-je le voir ?

— Je ne vous garantis pas qu'il soit réveillé – ou s'il l'est, qu'il soit lucide, l'avertit Charles. Il n'a fait que dormir ces trois derniers jours. Le pire de la fièvre est passé, mais il est épuisé et parfois la fièvre revient, moindre, mais elle revient quand même.

— Mais il est hors de danger ?

— C'est ce que dit le docteur MacQuarrie, tant que la fièvre ne tombe pas sur ses poumons, ce dont il a été préservé jusque-là.

Charles ouvrit la porte de la bibliothèque et la tint pour le baron.

— Savez-vous dans quelle chambre il se trouve ?

— Non, dit sourdement Ware. Je ne m'y suis jamais rendu avant.

— Ah, dit Charles. Alors suivez-moi.

Il le guida à l'étage jusqu'à la chambre du malade et gratta à la porte avant d'entrer, talonné par le baron.

Charles sourit pour lui-même sous l'amusement provoqué par le tableau en vue. Lottie était assise auprès de Tristan dans la pose de l'épouse modèle et dévouée, essuyant le front pâle et moite de son mari. Les deux poignets de Tristan étaient liés aux barreaux du lit.

— Par le diable ! hoqueta Ware avant de s'empourprer d'embarras devant le regard scandalisé que Charlotte lui lança. Je vous demande pardon, Charlotte, dit-il hâtivement. Mais pourquoi mon fils est-il attaché ?

— C'est uniquement au cas où aucun valet ou moi-même nous trouverions avec lui, dit Charles en allant détacher Tristan.

Il pinça la main de Tristan lorsqu'il retira le linge.

— La dernière fois que nous l'avons laissé seul avec Charlotte, il a failli passer par la fenêtre.

— Par la *fenêtre* ? répéta Ware, confondu. Mais où croyait-il aller ainsi ?

— En bas, dit Tristan d'un ton rauque, avant d'ajouter en chantonnant : en bas, en bas sur les gravas ; splash ! Purée sur les pavés !

Il se mit à glousser maladivement.

— Oh mon cher, dit Charlotte. Es-tu certain qu'il faille le détacher, Charlie ?

— Bien sûr, Lottie, dit Charles. Il n'est pas fou, n'est-ce pas Tris ?

— Je peux distinguer un faucon d'un héron [26] ! répondit-il. Salut Papa, viens donc contempler la déchéance du parfait amour.

— Je suis venu voir comment tu te sentais, dit Ware, très mal à l'aise.

— Fatigué surtout. Ils disent que je suis malade. Je suppose que je le suis. Peut-être que je suis mort, peut-être que je suis sur mon lit de mort et que c'est la raison pour laquelle tu es là ?

Il tourna un regard inquiet vers Charlotte.

— Suis-je sur mon lit de mort, Lottie ? Vais-je mourir ?

---

26 Hamlet, Acte II, scène II : « HAMLET. - Je ne suis fou que par le vent du nord-nord ouest : quand le vent est au sud, je peux distinguer un faucon d'un héron. »

— Non, lui dit-elle en pressant doucement le tissu mouillé sur son front. Ce serait vraiment stupide de ta part, n'est-ce pas ?

— Les gens meurent, argumenta-t-il avant de fermer les yeux en un semblant de sommeil.

Charlotte se tourna pour regarder Ware.

— Il est seulement très fatigué, lui assura-t-elle. C'est ainsi qu'il parle lorsqu'il est éreinté. Je devine que cela devait être de même lorsqu'il était malade étant enfant ?

— Tristan n'a jamais été malade enfant, sinon une seule fois…

— La scarlatine, dit Tristan sans rouvrir les yeux. Je l'ai ramenée à la maison en rentrant de chez le pasteur, j'avais joué avec ses enfants alors que je n'étais pas censé aller les voir. Ça a tué Maman et le bébé, pas vrai, Papa ? Je les ai assassinés, n'est-ce pas ?

Il rigola à nouveau.

— Et maintenant c'est mon tour.

— Tu n'as pas tué ta mère, dit Ware, scandalisé. Ce n'était pas ta faute.

Tristan ouvrit les yeux et s'assit brusquement en les faisant tous sursauter.

— Alors pourquoi m'en avez-vous fait porter le blâme toutes ces putains d'années ? lança-t-il, tremblant de toute part.

Charles s'assit sur le lit à coté de Tris et passa un bras autour de ses épaules.

— Tris, dit-il avec empressement. Tris, personne ne te blâme pour quoi que ce soit. Allez, allonge-toi. Tu es plus que surmené et tu dois te reposer.

— Qu'il s'en aille, dit Tristan en cachant son visage contre l'épaule de Charles. Qu'il arrête de me regarder, ça fait mal lorsqu'il me regarde.

Charles rencontra le regard atterré de Ware par-dessus la tête de Tristan.

— Peut-être pourriez-vous prendre le thé avec Charlotte en bas. Je reste un peu avec Tristan afin de le remettre au lit. Lottie ?

— Bien sûr, dit Lottie.

Elle prit Ware par la manche et le guida hors de la chambre.

Charles attendit jusqu'à ce que le bruit des pas ait disparu dans les escaliers avant de se lever pour aller fermer la porte de la chambre. Il revint au chevet de Tristan et lui décocha une légère tape sur la tête.

— Qui a eu l'idée de cette petite farce ?

— Je ne vois pas de quoi tu parles, dit Tristan d'un ton maussade avant de se retourner dans le lit et d'enfouir son visage dans les oreillers.

— Et comment s'y est-elle prit pour te donner l'air aussi pâteux et livide ?

— L'eau dans le bol était complètement glacée ! se plaignit-il d'une voix étouffée par les coussins. Et c'était son idée. La mienne, c'était d'être attaché.

— Tu voulais le choquer, c'est bien ça ?

Tris tourna la tête et lui lança un regard désinvolte.

— Et pourquoi pas ? Je n'ai jamais manqué une seule opportunité de le faire avant, et je ne vois pas pourquoi je devrais en perdre l'habitude maintenant.

169

— Si tu voulais vraiment le choquer, tu aurais pu lui dire à notre sujet, dit posément Charles.

— Ça reste un crime passible de pendaison en Grande Bretagne, gronda Tristan, et la moindre rumeur ficherait ta carrière en l'air – médicale aussi bien que militaire.

— Certes, dit Charles, mais ce n'était pas bien de ta part. Je ne t'avais jamais vu délibérément mauvais ou mesquin.

— Comment cela pourrait être mal puisqu'il s'en fout complètement ? demanda méchamment Tristan.

Il fit rouler sa tête sur l'oreiller. Charles lui passa la main dans les cheveux d'un geste tendre.

— Je pense qu'il se soucie de toi, dit-il. Nous avons discuté quelques minutes avant de monter et je pense qu'il craignait sincèrement pour ta santé, déjà même avant ta petite mascarade.

— Tout n'était pas de la comédie, dit Tristan en mordillant la flanelle. Ça fait mal lorsqu'il me regarde. Ça fait toujours mal.

— Et donc tu le lui renvoies à la figure et réciproquement, et le cercle vicieux recommence.

— Et il me *blâme* pour la mort de Maman. Il m'a toujours fait porter la faute. Il n'était pas très bon avec moi avant sa mort, mais alors après…

Tristan secoua la tête et s'éloigna brusquement lorsque Charles posa la main sur son épaule.

— Oh, ça n'a plus d'importance, va-t-en. Je suis fatigué.

— Et te laisser seul pour que tu puisses t'aplatir sur les pavés ? Non, je ne pense pas.

— Attache-moi si tu penses que je suis si stupide.

— Je ne pense pas que tu sois stupide. Je pense que tu es… triste.

Tristan renifla subrepticement mais se dégagea de la main de Charles une nouvelle fois.

— Et au sujet de la méchanceté – Tris, lorsque tu es mauvais avec quelqu'un, ça ne compte pas seulement pour eux. Ça te touche aussi. Et si en plus l'autre personne s'en fiche vraiment, alors la seule personne blessée, c'est toi.

Tristan se retourna sur le dos et le fixa d'un regard humide.

— Charlie, ça n'a pas d'importance. J'ai tant essayé d'être celui qu'il voulait que je sois et je n'ai pas réussi. J'ai lâché l'affaire. Maintenant je suis ce qu'il ne veut pas que je sois. Et ça me convient bien.

Non, ça ne marche pas, pensa tristement Charles. Il se pencha pour presser tendrement ses lèvres contre celles de Tristan et caresser fugacement son front trempé. Tris sanglota et l'enlaça subitement.

— Je suis désolé, pardon, pleura-t-il à même la bouche de Charles.

— Chut, souffla ce dernier en se rehaussant sur le rebord du lit pour attirer Tristan contre lui et l'embrasser. Chut, souffla-t-il encore.

170

Tristan lui agrippa le veston.

— Charlie, j'ai besoin de toi. S'il te plaît, viens dans le lit. Je me fiche que l'on soit en pleine journée, que mon père soit en bas où quoi que ce soit d'autre. J'ai besoin de toi.

Charles se délesta de sa veste, de son veston et de ses hauts de chausses pour s'allonger sur le lit à coté de Tris. La main de son amant fonça aux boutons de son pantalon mais Charles referma la sienne sur les doigts instigateurs pour l'arrêter.

— Tris, calme toi. Tu es lessivé et surmené. Je ne te ferai pas l'amour dans cet état.

Tristan explosa en pleurs. Charles l'enlaça et le serra fort jusqu'à ce que les secousses des sanglots se soient calmées.

— Maintenant, dit-il doucement, tu dois manger quelque chose. Tu n'as presque pas touché à ton petit-déjeuner.

— J'ai mangé la nuit dernière, répondit-il pour sa défense avec lassitude.

Il repoussa Charles et s'allongea sur le dos.

— Je n'ai pas faim.

— Il faut que tu manges, répéta Charles. Cela fait trois jours que tu es au lit et si tu as l'intention d'en sortir un jour, tu dois manger. Je sais que la fièvre t'a fait perdre l'appétit mais cela fait une journée entière qu'elle n'est pas réapparue et tu n'iras pas mieux sans manger.

Tristan expira un profond soupir.

— J'imagine que tu penses que j'agis comme un enfant.

— Non, seulement comme un homme malade et très fatigué, répondit-il avec un large sourire. Nous mettrons ton humeur grincheuse sur ce compte-là.

— Eh bien, *je* pense que je me comporte comme un gosse. Vengeance mesquine sur mon père, pleurer comme un marmot, te faire des caprices... Je me dégoûte moi-même, même si tu ne l'es pas de moi. Apporte-moi le plateau du déjeuner, je mangerai.

— Enfin le voici, mon raisonnable Tris.

— Il faut bien que je sois raisonnable si je veux te mettre un jour la main dessus, appuya Tristan.

Le sourire de Charles s'élargit un peu plus.

— Ça compte beaucoup pour toi, n'est-ce pas ? demanda-t-il.

— Tu sais que ça compte, répondit Tristan en secouant la tête. Oh, je ne dis pas par-là qu'il n'y a que ça, Charlie. Je te suis très attaché. Et j'aimerais vraiment être avec toi.

— Je sais.

Il glissa hors du lit et aida Tristan à s'installer confortablement contre les oreillers, puis alla chercher le plateau-repas là où Reston l'avait laissé avant l'arrivée du baron.

— Je crains que cela ne soit froid, dit-il en le déposant sur les genoux de Tristan, mais comme ce sont des sandwiches et du fromage, ça ne devrait pas être

171

trop mauvais. En revanche, je n'essaierai pas de boire la soupe à ta place, conseilla-t-il en tendant un sandwich à Tris.

Charles l'observa d'un regard satisfait lorsqu'il se mit à manger.

LOTTIE NE s'était jamais vraiment souciée de l'existence du père de Tristan mais était d'une humeur fort sympathique lorsqu'elle le reconduisit dans la bibliothèque et commanda au valet d'apporter le thé. Elle installa l'homme ébranlé dans le fauteuil favori de Tristan et se mit à l'aise dans le fauteuil en face du sien.

— Il est en voie de guérison, dit-elle d'un air rassurant. Certes, il est éreinté et parle parfois un peu sauvagement mais il va bien mieux qu'il ne l'était hier encore. La fièvre a quasiment disparue ; elle revient de temps en temps mais pas aussi forte qu'au début. Et les cravates – le fait de le ligoter, vous savez – ce n'est que préventif. Il n'a rien essayé de stupide depuis *des jours*.

Le baron baissa la main avec laquelle il se couvrait les yeux et la regarda, lui livrant une expression hagarde.

— Je ne sais pas ce que je ferais si je le perdais, dit-il d'une voix cassée. Je l'ai presque perdu une fois. Je ne veux plus avoir à traverser quelque chose de tel – comme cela – à nouveau. Je sais qu'il ne m'aime pas mais j'espérais qu'un jour nous pourrions faire fi du passé et qu'il comprenne mes choix passés et les actions que j'ai pu mener au fil des ans, afin que nous puissions nous rencontrer sur le même plan. Mais en arriver là et le perdre…

— Vous ne le perdrez pas, dit Lottie avec assurance. Il se remet très bien ; le docteur MacQuarrie dit qu'il sera de nouveau lui-même dans peu de temps. Il a simplement besoin de repos et de nourriture, car il est trop mince. Nous pourvoyons à tout cela.

— Sait-on ce qui a causé la fièvre ? demanda-t-il.

Lottie secoua la tête.

— Cela fait un moment qu'il souffre d'une excitabilité nerveuse et le docteur pense que c'est ce qui l'a mené à l'effondrement. Charles possède un grand savoir des conditions médicales, par son expérience à l'armée, et il a traité Tristan avec des infusions de plantes et certaines herbes d'Amérique du Nord. Cela semble efficace. Charles étudie auprès du Dr MacQuarrie pour devenir médecin et le Dr MacQuarrie et lui se sont accordés sur le traitement, d'autant plus que Tris ne présente aucun symptôme supplémentaire.

— Je présume que nous pouvons être soulagés sur ce point.

— *Blâmez*-vous Tris pour la mort de sa mère ? demanda Lottie d'un ton courtois.

Ware sursauta de stupéfaction.

— Je vous demande pardon ?

— Blâmez-vous Tris pour la mort de sa mère ? répéta-t-elle avec une patience polie. Il dit que c'est le cas.

172

— Bien sûr que non !

— Eh bien il me semble que vous avez dû donner cette impression à Tris, médita Lottie, parce qu'il est certain de cela. Comment est-elle morte ? Tris ne parle jamais d'elle – bon, je ne parle jamais de la mienne non plus, alors je suppose qu'il n'ose pas m'en parler et je n'ose dès lors pas non plus.

— Elle est décédée de la scarlatine. Il y avait une épidémie dans le village et plusieurs personnes en sont mortes avec Alice. Emily, la petite sœur de Tristan, le pasteur et ses trois enfants. Tristan était allé jouer avec eux le jour où la maladie s'est déclarée.

— Donc, Tristan a ramené la scarlatine à la maison ?

— Oui, mais je ne lui en ai jamais fait porter la responsabilité !

— Oh, Tristan est tout à fait capable de l'avoir pensé et d'y croire, dit-elle sereinement.

Elle se leva et se rendit jusqu'à la porte où elle échangea quelques mots avec le valet qui se tenait dans le hall. Un moment plus tard, l'autre valet revint avec le service à thé et Lottie lui indiqua de le poser sur la table basse entre leurs fauteuils. Une fois réinstallée, elle servit le thé.

— Vous n'avez pas de majordome ? demanda le baron d'un air curieux.

— Oh, non. Ce n'est pas vraiment nécessaire et la dépense serait inconsidérée, c'est ce que dit Tris. Nous ne recevons pas assez pour qu'un majordome nous soit utile. Ellen – ma cousine et compagne que vous avez je crois, rencontrée au mariage – est une gouvernante très capable et nous avons plusieurs servantes et valets, donc nous sommes confortablement établis.

— Tristan, éviter des dépenses ? C'est nouveau. Il a toujours été plutôt extravagant.

— Je ne sais pas s'il fut extravagant – il ne m'a jamais semblé l'être, mais je n'ai jamais non plus porté trop d'attention à ses dépenses. Mais s'il l'était, en tout cas, après la naissance de Jamie, Tris est devenu encore plus attentif. Je suis surprise que son homme d'affaires ne l'ait jamais mentionné. N'était-ce pas aussi le vôtre ?

— Il l'était mais il s'est fait vieux et a demandé à être remplacé par un jeune homme. Mes intérêts financiers sont très larges et couvrent de nombreux domaines ; il ne se sentait plus de pouvoir tout gérer. Je lui ai donc suggéré de s'occuper de ceux de Tris à la place. Et bien que je le rencontre quelques fois, il ne met pas dans la confidence de ses affaires.

— Hmm, acquiesça Lottie en remuant son thé. Lorsque Tris est tombé malade, j'ai eu l'opportunité de discuter avec Franklin et de passer en revue certains documents que Tris avait laissé en vue d'une telle circonstance. Enfin, pour être honnête, c'était en cas de décès mais j'en ai élargi le sens. Il a été très prudent avec ses fonds d'investissement et Jamie et moi sommes tous deux très biens couverts en cas de décès de Tristan.

173

— Cela est bien plus attentionné que tout ce que j'aurais pu attendre de n'importe quel jeune homme, sans parler de Tristan, dit le baron. Je suis surpris. La plupart des hommes de son âge se pensent immortels.

— Oh, dit-elle d'une douce voix, Tristan est *très* conscient de sa mortalité.

— Cet incident – lorsqu'il a tenté de sauter par la fenêtre – il délirait, n'est-ce pas ? Ce n'était pas vraiment intentionnel ?

Lottie releva la tête et planta son regard dans les yeux du baron.

— Il était plus que sérieux, Lord Ware. Si nous avons pu convaincre le personnel qu'il avait agi sous un état de délire, je peux vous dire honnêtement qu'il ne délirait pas. En vérité, l'effondrement nerveux de Tristan s'est produit lorsque Charles a découvert fortuitement les intentions suicidaires de Tristan et l'a confronté.

Le baron blêmit et ses mains se mirent à trembler, faisant s'entrechoquer la porcelaine de Chine.

— Mon Dieu, expira-t-il. *Tris* ?

— Oui, dit-elle. J'espère que ça n'était qu'une simple dépression causée par un surmenage nerveux, mais je peux vous assurer qu'en dépit des apparences, Tristan est malheureux depuis très longtemps – bien avant notre mariage, pour tout dire. Il n'était malheureusement pas en mon pouvoir d'y changer quoi que ce soit. C'est pourquoi je suis si soulagée que mon frère reste avec nous. Il a beaucoup d'expérience et sait comment prendre les gens ; et j'espérais qu'il devienne un ami pour Tris.

— L'est-il devenu ?

— Oh oui, sourit Charlotte. Tristan ne s'en passe plus depuis qu'il est tombé malade. Je crois que l'amitié de Charles est juste ce qu'il faut pour que Tristan s'en sorte. C'est un homme très seul. Tris, je veux dire. Charles n'est jamais seul, précisa-t-elle avant de se retourner dans son fauteuil au son de la porte. Ah, le voilà, dit-elle ravie, notre petit homme.

La bonne entra en guidant Jamie qui piétinait joyeusement sur ses courtes jambes.

— Maman ! cria-t-il en lâchant la main de la bonne pour crapahuter jusqu'à Charlotte et s'agripper à sa jupe.

— Il a tellement grandi depuis l'été dernier, s'émerveilla le baron. Et il marche aussi ! C'est le portrait craché de Tristan à son âge – sauf pour les yeux bruns.

Jamie se tourna et observa son grand-père sans cesser de s'accrocher aux jupes de sa mère.

— Bonjour, dit prudemment le baron.

— Bon'our, répondit poliment Jamie.

— Tu te souviens de ton grand-père, Jamie ? demanda Lottie.

— Non, dit Jamie.

Il se coinça le poing dans la bouche et le suçota un moment avant de déclarer :

— 'a fais bouhou.

Le baron releva les yeux sur Lottie, pris de panique.

— Il veut dire qu'il s'est fait un bouhou, traduisit Lottie. Il est tombé hier et s'est écorché le genou. Montre à ton grand-père où tu t'es fait mal.

Puis elle se retourna vers le baron.

— Il a pleuré lorsqu'il est tombé alors nous l'appelons un bouhou, n'est-ce pas cœur ? Parce qu'il a crié bouhou.

— Ne devrait-il pas l'appeler une égratignure ? dit le baron.

— Il devrait l'appeler comme il le souhaite, dit aimablement Lottie.

Jamie la regarda, puis le baron. Il pinça ensuite le rebord de sa culotte courte et dévoila son genou. Il y avait une petite écorchure.

— Je vois, dit solennellement le baron. Est-ce que cela fait mal ?

— Non, dit Jamie.

Il relâcha son short et se reposa contre Lottie.

— Je ne sais pas m'y prendre avec les enfants, avoua le baron. Je n'ai jamais su quoi faire avec Tris ; sa mère s'occupait de tout. Après sa mort, j'ai envoyé Tris à l'école et suite à cela nous avons toujours été en désaccord. Peu importe ce que je pouvais faire, ça ne comptait jamais. Il semblait se réjouir de m'embarrasser ou de me mettre en colère. Lorsqu'il a si bien réussi à Cambridge, j'ai pensé que cela allait changer mais il est revenu en ville au lieu de rester là-bas comme je l'espérais. J'avais pensé qu'il deviendrait maître de conférence et qu'une fois plus vieux, il prendrait la relève sur certaines de mes affaires. Mais une fois rentré, il ne s'est intéressé qu'à la boisson et aux pu... la boisson entre autres choses.

Il baissa les yeux sur Jamie qui était en train de l'observer attentivement.

— Je ne sais pas ce qui s'est passé. Je ne m'attendais pas à ce qu'il en vienne à me haïr. Me hait-il ?

— Parce qu'il se hait, dit Lottie.

Elle se retourna vers Jamie.

— Va chercher le tabouret là-bas, Jamie, mon cœur, et tu pourras venir t'asseoir sur Maman. Je ne peux plus te soulever maintenant.

— Laissez-moi aider, dit Ware en se levant.

Il se pencha pour hisser Jamie sur les genoux de Lottie.

— Là, tu es bien installé ?

Lottie inclina la tête pour chuchoter *Dis merci* et Jamie leva la tête pour regarder son grand-père.

— Merchi, dit-il solennellement.

— Ce n'est rien, répondit le baron sur un ton tout aussi solennel avant de se tourner vers Charlotte. Que dois-je faire au sujet de Tris ?

175

XV

Au quatrième jour de la maladie, Tristan se sentait mieux et son tempérament était devenu très irascible à cause de l'inactivité dans laquelle il se trouvait forcé de rester. Dans le but de le tenir tranquille, Charles avait monté ses livres de médecines de la bibliothèque pour s'installer sur le sofa près de Tristan et potasser les gros volumes en anglais avec lui en traduisant à voix haute ceux en allemand. Tristan s'occupa des bouquins en grec et en latin et fit la même chose pour Charles ; bien que ce dernier ait reçu un enseignement en langues classique à Eton, Tristan les traduisait bien mieux.

Lorsqu'il se lassa, ce qui arriva inévitablement, il fit parler Charles au sujet de l'hôpital et de ce qu'il y faisait. Il était tout particulièrement intéressé par les descriptions des opérations les plus physiques de ses expériences, bien plus que par les traitements des maladies que Charles trouvait fascinants. Cela faisait sens pour Charles ; Tristan avait toujours été de loin plus intéressé par le coté physique des choses.

— Non, sérieusement, qu'est-ce que tu fais d'un os cassé ?

— Tu appelles un chirurgien, plaisanta Charles.

Tris le frappa avec un oreiller.

— Sérieusement Charlie !

— Eh bien si tu n'as pas de chirurgien sous la main, il y a des premiers gestes que tu peux déjà faire, commença-t-il en lui expliquant la marche à suivre pour immobiliser un os, suivi de comment prendre en charge des côtes cassées, puis de comment envelopper une entorse correctement pour finir par l'importance de l'hygiène avant de recoudre une blessure.

— Surtout lorsqu'un corps étranger est enfoncé dans la blessure, comme une balle par exemple, poursuivit-il. Des éléments incarnés peuvent mener à la putréfaction. Curieusement, de l'eau portée à ébullition sur le couteau et sur la blessure peut parfois prévenir la putréfaction. Je ne sais pas pourquoi. MacQuarrie a une théorie là-dessus, quelque chose à voir avec les animalcules [27].

— Les créatures invisibles que Van Leeuwenhoek [28] a découvertes au microscope, précisa Tristan. J'ai lu ses recherches à Trinity College. Ce n'était pas mon domaine d'études mais j'ai trouvé cela très intéressant.

---

27 Protozoaires. *NDT*

28 Savant Néerlandais (1632-1723) précurseur de la biologie cellulaire et de la microbiologie. *NDT*

— Eh bien, Mac pense qu'elles sont la cause de la putréfaction et que l'eau bouillante les tue. Tout ce que je sais c'est que des ustensiles médicaux propres semblent faire la différence dans le traitement des soldats blessés.

— Eh bien, moi je sais comment prendre en charge les entorses suites aux coups de poing, observa Tristan. Jackson a montré à certains d'entre nous comment procéder car cela arrive assez couramment. Je l'ai regardé recoudre la joue d'un homme une fois.

— N'as-tu pas eu la nausée ?

— Pour un petit truc comme ça ? renifla-t-il avec mépris. Diantre. J'ai été recousu moi-même pour bien pire. Je suis tombé d'un arbre sur une barrière une fois.

— Est-ce la cicatrice que tu as dans le dos ? Je l'ai sentie l'autre nuit quand j'étais en train de te gâter.

— C'est ça.

— Quel âge avais-tu ?

Tristan réfléchit un moment puis dit :

— Vingt-huit... non vingt-sept ans. C'était l'année avant que je n'épouse Lottie.

— Tu étais un homme adulte et mature et tu as grimpé dans un *arbre* ? demanda Charles.

Tristan lui adressa un large sourire.

— C'était le seul moyen de m'introduire dans la maison ; le mari de la lady avait fait poster ses valets à l'entrée pour m'empêcher de rentrer. Enfin, pas moi en particulier, mais juste quiconque le cocufiait, comme il le suspectait. Heureusement que Gibson était là ; lui et deux autres amis m'ont aidé à m'échapper avant que les valets ne me trouvent. J'ai eu une sacrée remontrance du chirurgien qui m'a recousu. Je n'ai jamais compris pourquoi les chirurgiens n'étaient pas placés en aussi haute estime que les médecins ; leur travail est tout aussi important, si ce n'est plus encore.

Charles haussa les épaules.

— Tout comme l'avocat est placé en plus haute estime que le simple notaire ; tout est question de perception. Dieu sait que le notaire fait la plupart du travail. Bon, nous avons suffisamment entraîné ton esprit, permettons lui de se reposer, tout comme ton corps. Et parlant de celui-ci, voici ton souper qui arrive, annonça-t-il après avoir entendu les faibles coups frappés à la porte de la chambre.

Charles se leva et fit entrer Reston avec son plateau.

— Oh bon sang, pas encore ce bouillon de viande. Je jure que c'est pire encore que cette diabolique potion américaine que tu me donnes à boire.

— Ce n'est pas si mauvais que cela – dans les deux cas. Et les deux décoctions sont bonnes pour ta santé.

— C'est moisi, décocha Tristan. Les deux sont toutes autant infectes, mais le thé au skullcap, c'est bien le pire.

177

— Ce n'est pas vrai, pesta son amant avec un sourire. C'est ton imagination. Tu as un préjugé : parce que c'est médicinal, ça doit forcément être mauvais. Le goût n'est pas pire que celui du brandy.

— Oui, mais le brandy à au moins l'avantage de m'apporter une ivresse agréable, dit Tris.

Puis il poussa le bouillon de côté et mangea le reste de ce que lui avait apporté Reston : du poulet rôti, des pommes de terre nouvelles et du pain perdu. Lorsqu'il eut terminé, Charles lui présenta la tasse de décoction herbacée. Tristan grimaça mais la prit et la vida, la reposant ensuite sur le plateau.

— Voilà. J'ai mangé mon repas et j'ai bu mon thé. Quelle est ma récompense ?

Charles le débarrassa du plateau et alla le poser sur le sol près de la porte coté couloir, puis revint s'asseoir à coté de Tristan sur le sofa.

— Un baiser, dit-il, pressant aussitôt ses lèvres contre celles de Tristan, chaudes et impérieuses.

Tris soupira joyeusement et entrouvrit la bouche en réponse à la langue intrusive de Charles, l'accueillant avec la sienne. Ses mains s'élevèrent jusqu'au col de la chemise de Charles et commencèrent à en défaire les boutons, puis il tira la chemise hors de son pantalon.

— Enlève-la, dit-il d'une voix étouffée par les lèvres de Charles.

— Quel autoritarisme, c'est que tu dois aller mieux, commenta Charles en retirant sa chemise par le haut.

Tris sourit en laissant courir ses doigts sur la poitrine lisse de Charles.

— Je t'aurais imaginé plus poilu que ça, dit-il en plongeant pour envoyer un coup de langue sur un téton endormi.

— Et pourquoi cela ?

— Parce que tu es si fier et si viril.

— Et blond, fit remarquer Charles. Les blonds sont moins fournis à ce niveau en général. Je suis désolé de te décevoir.

— Oh non, tu ne me déçois pas. J'aime.

Sa langue explora les courbes sculpturales de la musculature de Charles.

— Je peux voir ta peau et la goûter. C'est tellement différent de la saveur d'une femme.

— Tris. Es-tu sûr de le vouloir ? Je ne veux pas te mettre la pression. C'est… c'est important pour moi aussi et je ne veux pas que tu le regrettes.

— Me mettre la pression ? Ça fait des jours que j'essaie de te mettre au lit. De plus, je ne regrette jamais rien, dit-il d'un air absent, laissant voguer sa main sur le torse magnifiquement sculpté jusqu'au bord du pantalon de Charles. En tout cas, pas en ce qui concerne le sexe.

Charles lui prit les mains et les retint fermement.

— Il ne s'agit pas que de sexe, dit-il sèchement.

Surpris, Tris releva les yeux dans ceux de Charles, durs et orageux. Il ressentit un frisson de peur mélangé à quelque chose de non identifiable lui courir le long de l'échine.

— Non, dit-il en déglutissant. Non ça n'est pas que cela.

— Juste histoire que tu sois au courant.

— Mais qu'est-ce qui t'inquiète ? demanda Tris en levant un doigt qu'il appuya entre les sourcils de Charles, comme pour en effacer le froncement de contrariété.

Le regard dur était toujours fixé sur lui et ça le rendait mal à l'aise.

— Qu'est-ce qui ne va pas ?

— Je ne suis simplement...

Charles attrapa de nouveau la main de Tristan et vint appuyer son front contre les jointures prisonnières.

—... pas sûr.

— Pas sûr de quoi ? demanda Tristan en ressentant encore ce tressaillement de peur, bien moins excitant cette fois. Pas sûr de *moi* ?

Il dégagea brusquement la main et se hissa hors du sofa. Ses jambes tremblotèrent mais il tint debout ; il alla jusqu'au fauteuil sur lequel était pliée sa robe de chambre et l'enfila avant de se rendre près de la fenêtre, regardant au travers.

— Je t'aime, dit Charles.

— Que tu dis, commenta Tristan d'un timbre de voix qui sonna platement même à ses propres oreilles.

En bas sur le pavé, deux charretiers étaient en train de se disputer sur leur carriole. Un attelage plus large passa non loin en éclaboussant les deux hommes ; ils se retournèrent en faisant cause commune pour injurier le conducteur de l'attelage. Des militaires en uniforme rouge, un peu plus loin sur leurs montures, ralentirent alors que deux vendeuses hâtaient le pas pour rentrer chez elles.

Le silence de la chambre était assourdissant. Tristan parla enfin d'une voix fatiguée :

— Je ne sais pas ce que tu veux, Charlie. Tout cela est nouveau pour moi. Je me suis enfin fait à l'idée que je te désire depuis longtemps et maintenant c'est toi qui me repousses. Tu dis que tu m'aimes et je pense que je t'aime, mais je ne sais plus ce que cela signifie vraiment. Je ne sais pas ce qu'est l'amour ni ce qu'il signifie dans notre situation. Au moins, concernant le côté physique de la chose, je sais ce que je demande et à quoi m'attendre. Je ne connais certes pas tous les détails, je ne sais même pas *comment* tu me veux, ni comment je te veux, mais je sais que ce que je ressens pour toi, je ne l'ai jamais ressenti avec aucune des femmes avec lesquelles j'ai pu forniquer pendant ces quinze dernières années. *Jamais*. Je ne sais pas si c'est de l'amour ou si c'est justement le fait d'avoir finalement réalisé que je n'étais pas l'homme que je pensais être.

Il rit tout haut et sans joie.

— Pas que ce soit vraiment une grande perte non plus.

— C'est lorsque tu te mets à parler ainsi que j'arrive à être en colère avec toi, dit Charles.

Tristan envoya une main battre dédaigneusement l'air.

— Je ne cherche pas de la gentillesse, Charlie.

— Je ne suis pas en train d'être gentil, Tristan.

Tris se retourna en fronçant les sourcils devant l'amertume du ton de Charles.

— Je ne voulais pas te mettre en colère. J'essaie juste de comprendre ce que tu attends de moi. Tu parles d'amour comme si c'était quelque chose de naturel et de normal…

— Ça l'est, gronda Charles.

— Mais je n'ai pourtant jamais rien entendu de tel. Oh, je suis allé à l'école publique et fus très vite conscient de toutes les inepties sur le sujet, j'ai entendu parler des lupanars et je connais même quelques hommes qui les fréquentent bien qu'évidemment, cela ne soit pas un sujet de conversation public, mais je n'ai jamais entendu parler de deux hommes ressentant entre eux un *lien spécial* en considérant la chose *normale*.

— Ça, dit brutalement Charles, c'est exactement le problème, Tris. Tu sembles penser que ce n'est pas normal. Pas naturel.

— Parce que ça ne l'est pas, dit Tris d'un air qui se voulait raisonnable. Ça n'est pas ainsi que les hommes sont censés être. Il se peut que cela ne soit que du désir charnel et non de l'amour. Je te veux mais quand tu dis que tu m'aimes, n'est-ce pas juste parce que tu m'adores, que tu me connais au travers des lettres de Charlotte, que tu me désires autant que je te désire ? Ce n'est pas de l'amour.

— Qu'est-ce que l'amour, dans ce cas ? demanda Charles en se relevant et en passant nerveusement les mains dans ses cheveux. Comment décrirais-tu l'amour alors, si ce n'est pas la connaissance, l'adoration et le désir ?

Tristan le regarda avec stupéfaction.

— Je n'en sais rien.

— Alors ça ne suffit pas ?

— Non, pas si cela doit t'empêcher de m'étaler sur le lit et me malmener jusqu'à ce que j'en crie, dit Tristan en lui offrant un sourire qu'il avait bien trop rodé sur les épouses blasées.

Charles se retourna et quitta la chambre, fermant la porte adjacente avec un clic décidé.

— Nom de Dieu ! jura Tristan en lui emboîtant le pas.

Lorsqu'il entra dans la chambre de Charles, celui-ci était assis au bord du lit en train de retirer ses bottes. Il leva les yeux lorsque Tris s'approcha, le visage blême.

— Tu ne pensais quand même pas que j'allais te laisser faire ça, non ? demanda Tris en arrachant la botte des mains de Charles pour la balancer au travers de la chambre.

180

— Je ne suis pas l'une de tes amourettes ! rugit Charles entre ses dents serrées. Je ne vais pas te traiter comme un prostitué, Tristan. Soit tu veux coucher avec moi parce que ça compte, soit c'est non.

— Je n'ai jamais rencontré un homme comme toi avant ! dit Tristan. Si l'un de mes amis étaient dans cette situation là avec une femme, il serait déjà au lit avec elle à lui remonter les jupons jusqu'aux oreilles ! Et toi... eh bien, ce dont j'ai envie là tout de suite c'est te boxer les oreilles jusqu'à ce qu'elles sonnent. Par pitié, explique-moi quel est le souci ? Me veux-tu ou non ?

— Bien sûr que je te veux ! aboya Charles. Mon Dieu, je t'ai voulu depuis le début !

— Tu me veux. Donc si m'aimer est ce qui t'empêche de me baiser, alors cesse de m'aimer, pour l'amour de Dieu ! Tu me rends confus, Charlie. Tout ce que je sais, c'est que je te veux et que tu me veux, et que pour d'obscures raisons, tu te retiens d'agir en conséquence.

— Je suis désolé, dit Charles tout en se laissant tomber sur le lit, les mains passant anxieusement dans ses cheveux. Le fait est que, voilà, c'est la première fois depuis des années que je veux aller au lit avec quelqu'un qui m'importe. Et je me souviens de ce qui s'est passé la dernière fois que cela s'est produit, et Tris, je suis terrifié.

— Que s'est-il passé ?

— Il a changé d'avis. Il disait qu'il m'aimait, mais quelques jours après le début de notre histoire, il a changé d'avis. Il a dit qu'il avait eu une crise de conscience et que les sentiments qu'il avait pour moi n'étaient *pas naturels*, qu'il devait faire cesser tout cela pour notre bien à tous deux. Il a demandé son transfert dans un autre régiment afin que nous ne soyons plus forcés de passer autant de temps ensemble. Alors je le voyais occasionnellement lorsqu'il était de faction, je pouvais même lui parler de temps en temps, mais plus jamais le toucher, l'embrasser, ni savoir ce que ce serait de l'étreindre à nouveau.

— Et tu penses que cela va se reproduire avec moi, présuma Tris. Donc tu ne me fais pas confiance.

— Lorsque tu dis des trucs pareils, que ce n'est que de la luxure, du sexe, ou juste le fait de baiser, ça rend les choses si superficielles et si chirurgicales. J'ai eu ce genre de rencontres, Tris. J'ai été forcé d'en avoir : les coïts furtifs qui ne soulagent rien d'autre que le besoin physique. Ce n'est pas ce que j'attends de toi. Donc si c'est tout ce que ça représente pour toi, je préfère encore retourner dans mon régiment, tempêta-t-il, son timbre rendu rauque des sanglots qu'il ravalait.

— Tu n'as pas confiance en moi, siffla Tristan, songeant qu'il pourrait tout aussi bien fondre en larmes.

— J'ai confiance en toi, dit Charles. Mais j'ai... peur.

— Le brave soldat.

Tristan s'assit sur le lit à côté de lui et étendit la main sur le ventre de Charles.

181

— Je suis celui qui est censé être effrayé je te rappelle. Et je le suis. Mais pas de coucher avec toi. Ni de te prendre en moi, même si j'ai des difficultés à me représenter à quel point ça peut faire mal. Moi, j'ai peur de te perdre.

Charles se tourna et prit la main de Tristan, l'attirant avec lui sur le lit. Ils étaient allongés sur le dos par-dessus le couvre-lit et regardaient le baldaquin avec pour seul contact physique leurs doigts entremêlés.

— C'est exactement ce dont j'ai peur, Tris, dit finalement Charles. Te perdre. Ou que tu décides que ça n'est finalement pas ce que tu recherches. Parce que tu auras peut-être mal et que rien de ce que je pourrai faire ne te donnera du plaisir. Tu décideras peut être que ça n'en vaut pas la peine. Que je n'en vaux pas la peine.

Tristan roula sur le côté, sa tête appuyée sur sa paume pour observer Charles avec une légère pointe de moquerie dans le regard.

— Je pourrai dire la même chose, fit-il remarquer. Peut-être que je ne te donnerai pas de plaisir et que tu décideras de t'enfuir avec l'un des valets. C'est un risque à prendre, Charlie.

Il lui adressa un sourire.

— Je te mets au défi.

— Toi et tes défis, soupira Charles.

Il resta tranquille encore un moment puis roula brusquement en entraînant Tristan avec lui, sous lui. Il planta gentiment ses dents sur l'épaule de Tristan, pas assez fort pour rompre les tissus mais assez pour le retenir. Tris hoqueta et son cœur se mit à cogner sauvagement. Charles changea de position de manière à ce que ses jambes pressent les cuisses de Tris, lui enjoignant de les écarter, et s'immisça dans l'espace et commença à onduler lentement le bassin contre lui. Le désir déferla dans les veines de Tris, le faisant grogner, et il releva les jambes pour les refermer autour des hanches de son amant, verrouillant ses chevilles pour le retenir prisonnier à jamais.

Charles haleta contre l'épaule de Tris puis desserra la mâchoire pour embrasser le creux de son épaule et son cou, remontant ensuite jusqu'au lobe de son oreille qu'il aspira. Tristan frissonna et prit la tête de son amant entre ses mains pour l'attirer à ses lèvres, lui donnant un baiser affamé tandis qu'il ondoyait sous lui jusqu'à les faire changer de position, le plaquant finalement contre le lit, à califourchon sur lui. Il rompit alors leur baiser et se redressa, tenant fermement Charles entre ses cuisses puis retira son peignoir banian et sa chemise de nuit pour jeter le tout sur le sol.

— J'espère que ta porte est fermée à clef, dit-il en se penchant pour embrasser le torse de Charles.

Charles gronda tout bas et plongea la main dans la chevelure sombre et bouclée. La sensation délicieuse de ces doigts longs et puissants parcourant son crâne fit tressaillir Tristan. La peau de Charles était chaude et salée : il le goûta et continua de lui envoyer des coups de langue même lorsque ses mains s'empressèrent vers le pantalon de son amant pour défaire les nombreux boutons de la fermeture.

Et c'est alors que, pour la première fois de sa vie, Tristan referma la main sur le membre d'un autre homme.

Il savait à quoi s'attendre : il avait assez souvent tenu le sien après tout. Néanmoins, le fait d'avoir en main cette tige dure et soyeuse l'excita plus encore que lorsqu'il s'empoignait lui-même ; il sentit le sang déferler vers sa propre verge et l'urgence du désir lui monta au visage, aux lèvres et à la poitrine. Il leva les yeux et vit Charles se cambrer sous lui, la tête renversée sur le couvre-lit. Il entendit ses halètements rauques. *Ceci... c'est ce que je veux*, pensa-t-il. *Ce que j'ai toujours voulu...*

La dernière once de peur le quitta et ce ne fut plus qu'avec amour et désir qu'il se voûta pour laper la perle de fluide qui s'échappait de bout du membre de Charles. Le goût était salé et épicé, un brin amer et aussi addictif que le meilleur des brandy. Tris passa la langue sur la tête arrondie, sous la collerette du gland, puis aspira la goutte venue remplacer la première ; il se lança ensuite dans une exploration intégrale du membre de son amant avec les lèvres et la langue. Le muscle glissa le long de la tige et soupesa les boules recouvertes d'une pilosité fournie avant que Tristan ne vienne enfouir son visage dans la fourrure chaude et musquée de l'entrejambe de Charles.

Ses phalanges l'accompagnait dans son jeu tandis qu'il parcourait de sa langue le chemin inverse jusqu'au bout ; il le prit alors en bouche et redescendit aussi loin qu'il le put sans hoqueter, la main refermée sur la base de son sexe. Il se retira, les lèvres serrées sur ses dents et appuya sa langue tout en aspirant fortement tout au long du retrait jusqu'au gland. Il réitéra la manœuvre.

— Oh, Mon *Dieu*, grogna Charles.

Tris le libéra le temps de répondre :

— J'aime vraiment ton goût, Charlie.

Il engloutit de nouveau le membre entier. Tristan se rappelait des moments passés chez les putains et essayait de se souvenir de ce qu'il avait trouvé particulièrement agréable dans leurs techniques ; et ce fut alors pour lui un jeu de voir quelle manœuvre faisait grogner ou gémir Charles de plaisir. Les mains de Charles avaient relâché ses cheveux et agrippaient désespérément la couverture, s'y accrochant comme s'il risquait de s'envoler du lit. Tristan sentit les testicules de Charles se contracter sous ses doigts avant que celui-ci ne l'avertisse d'un '*Tris* !' étranglé. Tristan n'en tint pas compte et s'enfonça de nouveau sur le membre tout en allant et venant de sa main sur la peau de velours à la base de la verge jusqu'à ce qu'il sente et avale la semence chaude propulsée au fond de sa gorge. Il lapa les restes du fluide maculant le membre jusqu'à ce qu'il soit à nouveau lisse et alors, seulement alors, il releva la tête pour rencontrer le regard trouble de son amant. Le tableau offert fit rayonner une douce chaleur dans sa poitrine, une chaleur qui était comme, enfin pas tout à fait, mais proche du sentiment ressenti la première fois qu'il avait vu Jamie.

— Oh.

Tristan sourit et déclara avec sincérité :

183

— Je t'aime, Charlie.

Il se hissa jusqu'aux cotés de Charles pour se lover contre le torse massif strié de gouttelettes de sueur et laissa reposer sa tête contre son épaule.

— Ça n'était pas censé se passer comme ça, dit Charles.

— Oh ?

— Oui. J'étais supposé te faire l'amour, pas l'inverse.

— Tu l'as déjà fait il y a quelques jours, je te le rappelle. La réciproque n'est que fair-play, tu ne penses pas ? demanda-t-il avant de tourner le visage vers lui. Tu as aimé ? s'enquit-il soudain incertain.

— Oh, mon cœur, répondit-il d'un air fervent, c'était *époustouflant*.

— Donc tu ne vas pas t'enfuir avec les valets ?

— Eh bien, dit pensivement Charles, ce sont des brutes, non ? Tu les as engagés pour leur apparence, j'en suis certain.

Tristan envoya son index entre les côtes de Charles, faisant glapir celui-ci avant de l'enlacer, le serrant contre sa chair encore brûlante. Tristan soupira et laissa courir ses mains sur les dorsaux musculeux de Charles.

— Charlie, souffla-t-il de contentement. *Mon* Charlie.

— Tout à toi, dit Charles d'un ton joyeux.

Il embrassa Tris sur la joue et ses lèvres soyeuses rencontrèrent le contraste de ses favoris. Tristan ferma les yeux et lui rendit son baiser, se sentant enfin – *enfin* – chez lui.

L'HORLOGE SUR la cheminée marquait doucement les heures ; Tristan était allongé dans l'obscurité des rideaux tirés du baldaquin et compta mentalement. À cinq heures, le tic-tac cessa. Il était donc tôt.

Il tourna la tête dans l'abri tiède de l'épaule de Charles. Il faisait trop sombre pour qu'il puisse voir son amant mais le manque de lumière ne faisait qu'accentuer l'acuité de ses autres sens : il pouvait entendre sa respiration régulière et tranquille, humer la senteur herbacée de sa peau et les effluves plus fortes et musquées de leur moment d'amour. Il sentit la barbe naissante d'un blond roux de la joue de Charles frotter contre son front. Tôt, il était encore très tôt et il devait retourner précautionneusement dans sa propre chambre. La nuit dernière, après que Reston eut fini de le dévêtir, Tristan avait refermé les rideaux de son propre lit pour donner l'illusion qu'il s'y trouvait encore et était allé retrouver les bras de Charles.

Ils avaient passé la nuit à s'explorer et à découvrir les réactions et sensibilités de chacun. Tristan s'était rendu compte que Charles était très chatouilleux et en avait prit avantage ; Charles, quant à lui, avait découvert que la plante des pieds de Tristan était étonnamment réactive et que le lécher à cet endroit le rendait tout bonnement fou de désir. Malgré l'exploration déterminée de Charles parcourant chaque centimètre carré de l'épiderme de Tristan et celle non moins aventureuse de Tristan sur Charles, ils s'en étaient tenus aux basiques, échauffant leur désir à l'aide

184

de leurs mains et de leur bouche, étouffant leurs cris dans les draps et contre leur peau. Puis ils étaient tombés de sommeil, épuisés et apaisés.

Tristan n'avait jamais passé la nuit entière avec une amante avant, sauf Charlotte – et encore, seulement pendant leur lune de miel. Même lorsqu'ils voyageaient de nuit durant les allers-retours depuis leur maison de campagne jusqu'à Londres, il s'était toujours arrangé pour obtenir des chambres séparées quelque soit l'hôtel sur lequel ils tombaient.

Il somnolait ou se reposait dans le lit de ses amantes de temps à autre, mais jamais plus d'une dizaine de minutes. Et voilà qu'il était là, encore au lit avec son amant, après avoir passé six heures d'un sommeil de plomb sans rêve. Sans rêve. Sommeil. Il sourit pour lui-même. Était-ce là tout ce qu'il lui fallait ? Dormir dans les bras d'un homme ? Ou seulement de *cet* homme-là. Il était quasiment certain que Charles faisait toute la différence. Lorsqu'il avait enfin reconnu et accepté le fait d'être attiré par les hommes, il s'agissait alors des hommes en général, de personne en particulier. Charles était différent. Il ne s'agissait pas que d'une simple attraction ; il *appréciait* Charles tout autant qu'il l'aimait.

Un léger grattement retentit à la porte. Curieux, il rampa jusqu'au pied du lit et entrouvrit prudemment les rideaux afin de ne pas révéler sa présence. Ce n'était qu'une bonne d'arrière-cuisine venue tisonner le feu mourant pour réchauffer la pièce avant que Charles ne se lève. Il sourit de nouveau, se demandant si elle était déjà passée rallumer le feu dans sa propre chambre en pensant que son maître dormait ivre mort derrière les rideaux de velours bleu.

Puis le lit remua et une paire de lèvres chaudes vint se presser contre ses reins. Il sursauta de surprise et hoqueta ; mais il n'avait apparemment pas fait trop de bruit car la bonne continua de s'affairer, imperturbable.

Les lèvres chastes se firent alors plus audacieuses, chaudes et humides ; une langue s'anima sur les fossettes de ses reins et une paire de mains se verrouilla fermement sur ses hanches pour le surélever sur les genoux et le maintenir immobile. Il avait agrippé les rideaux quand il réalisa que la bonne le verrait à coup sûr en se retournant ; il les relâcha et alla plutôt malmener les couvertures, les hissant à sa bouche pour en mordre l'étoffe et étouffer un cri au moment où les lèvres tentatrices descendirent et des mains autoritaires lui écartèrent les fesses, la langue humide glissant jusqu'au sillon plissé de son entrée pour le dépasser aussitôt et aller taquiner ses testicules. *Oh bon Dieu*, pensa-t-il désemparé lorsque Charles enfouit son visage, glissant entre ses cuisses pour revenir ensuite à l'entrée contre laquelle il poussa de sa langue. La sensation était indescriptible ; il crut que ses yeux s'étaient révulsés dans leurs orbites et il *sut* qu'il avait le vertige. Ils n'avaient pas fait *ça* cette nuit.

La langue et les mains se retirèrent et Tristan put enfin respirer sans difficulté, bien qu'il admît une déception certaine, jusqu'à ce qu'il entende le léger chuintement d'un bouchon de liège que l'on venait de tirer ; et l'obscurité close du baldaquin s'emplit de la senteur de l'eucalyptus et du romarin. Si les baisers audacieux n'avaient pas été suffisants pour ériger son désir, la simple odeur de l'huile

185

l'aurait été. Il étouffa un gémissement en mordant dans le drap lorsqu'il sentit une phalange enduite presser l'anneau de chair et s'y introduire, le caressant et l'étirant ; il replia les draps et mordit plus fort encore lorsque Charles trouva et agaça *ce* point, provoquant chez lui une vague de plaisir depuis son centre. Charles l'avait déjà touché à cet endroit cette nuit, le pressant et le malmenant jusqu'à ce que Tristan en perde la tête, puis il avait insidieusement murmuré à son oreille : *La prochaine fois ce sera avec ma queue,* et Tris s'était répandu à ses simples mots. Il commençait maintenant à se basculer lentement d'avant en arrière, s'empalant en rythme sur les doigts de Charles, avide de leur contact et impatient que son amant tienne promesse.

Charles se pencha sur lui, ses lèvres à même l'oreille de Tris et murmura 'Chut' puis retira ses doigts. Tristan sentit une envergure bien plus large et arrondie presser contre lui et songea, *Oh mon Dieu…,* lorsque Charles poussa en lui.

Il eut mal un moment et ça le brûla. Mais alors, quelque chose se produisit dans l'esprit de Tristan et il pensa, *Oh,* aussi simplement que lorsqu'il en était venu à réaliser qu'il était amoureux de Charles. C'était comme si une infime partie de l'univers s'était changée en quelque chose qui faisait enfin sens. Il se relaxa et laissa Charles entrer dans son corps aussi facilement qu'il l'avait laissé entrer dans son cœur. Et c'était *bon.*

Il permit à Charles de lancer la cadence avant de le rattraper et commencer à basculer contre lui en réponse à ses coups de reins. Le bref rire de Charles fut inaudible et il se sourit à lui-même lorsqu'il le sentit s'enrager, conscient de la marée montante et grondante du désir de Tristan. Il se pencha et lui embrassa le dos, les épaules et la nuque ; puis Tristan se tordit pour capturer les lèvres de Charles et refermer un bras autour de sa nuque pour le retenir. La position était bizarre mais il ne pouvait pas moins s'en foutre ; il avait besoin de le sentir et de le goûter.

— Charles, haleta-t-il.

— Oui… ? murmura ce dernier.

Mais il se remit alors à mordre furieusement les draps pour entraver ses propres cris jusqu'à ce qu'il entende le faible cliquetis de la porte et voit, en écartant légèrement les rideaux, que la chambre était vide. Un gémissement plaintif lui échappa : '*Charlie…*' et Charles referma la main sur le membre de Tristan en riant tout bas, le masturbant et le branlant d'une poigne ferme et assurée. En un grognement déchirant, Tristan se répandit dans la main de son amant et Charles referma ses mâchoires au creux de son épaule tandis qu'il replongeait en Tristan d'une force redoublée, encore et encore. Tristan repensa aux paroles du prostitué du lupanar : *J'aime les baises bien brutales…* et rit tout haut au moment où Charles cria, une salve brûlante l'inondant au plus profond, jusqu'à son cœur, songea-t-il.

— Il y a quelque chose de drôle ? haleta Charles lorsqu'il fut de nouveau en mesure de parler.

Il roula sur le côté et tira Tris contre lui, leurs pieds entremêlés sur les oreillers, leur tête contre l'amas de couvertures chiffonnées dans lesquelles Tristan avait mordu.

— Tu étais quasiment sur le point de pleurer et maintenant tu exploses de rire. N'y a-t-il donc rien entre les deux ?

— Il semblerait que non, répondit Tris.

Il embrassa langoureusement Charles en laissant promener ses mains sur son torse en sueur.

— Mais ça ne te concerne pas, pas le moins du monde. Je suis dingue de toi, Charles, donc attends-toi à des revirements d'émotions extrêmes.

— Mm-hm, dit Charles avant de l'embrasser.

Il posa ensuite la tête contre l'épaule de Tristan.

— Tu t'es bien comporté, vraiment, à garder le silence jusqu'à ce que la fille s'en aille.

—Toi ! jappa Tristan tout en lui envoyant un coup d'index dans le ventre. J'ai cru que j'allais perdre l'esprit à essayer de me retenir de crier et nous exposer dans ton lit. Espèce de fou, ne penses-tu pas qu'elle aurait couru jusqu'à l'agent de police le plus proche pour nous dénoncer ?

— Je ne sais pas, médita Charles. Tu sembles avoir le chic pour entraîner la loyauté parmi tes domestiques. Je pense que le pire qu'elle aurait fait, serait d'être allée trouver Reston qui l'aurait aussitôt rassurée en lui disant qu'il n'y avait pas de mal.

— Tu as bien plus confiance en mes serviteurs que moi-même à leur égard.

— C'est un mode de vie risqué, Tristan. Il faudra que tu aies confiance en ton personnel concernant tes secrets – ils les découvriront et seront ta dernière ligne de défense contre ceux qui ne comprennent pas, dit Charles.

Il passa le dos de la main contre la joue râpeuse de Tristan.

— Je crois que tu as un bon personnel ; je pense que Reston est au courant et je sais que Reid l'est. Entre eux, ils te protégeront.

— Et toi ? demanda-t-il.

Charles lui sourit.

— Cela fait tellement longtemps que je fais attention à mes arrières que je ne peux même plus me rappeler depuis quand, mais oui, je leur fais confiance pour me couvrir.

— Et Lottie, eux et Lottie.

— Oh, je n'oublie pas Lottie, plaisanta Charles. Elle n'est passionnée que par de rares choses – la correspondance épistolaire et la loyauté. Elle a quelque chose du chien de garde.

— Et qu'en est-il d'Ellen ?

— Il n'y a pas de soucis avec Ellen, dit Charles. Elle sait pour moi depuis que nous sommes enfants. Mais pour ton bien, nous le lui cacherons le plus longtemps possible. C'est toujours plus prudent.

— Prudent. Depuis quand est-ce que je joue les prudents ?

— Eh bien, mon cœur, dit Charles, l'embrassant de nouveau, tu as choisi un formidable moyen de faire un pied de nez au monde entier.

— Ce n'est pas pour cela, dit Tristan en se sentant subitement anxieux. Ce n'est pas ça Charlie.

— Oh, je le sais, répondit Charles, une pointe de surprise dans la voix. Je le sais. Tout va bien, Tris.

— Je voulais juste te le faire savoir.

— Je le sais, dit-il en riant. Je sais tout ce que j'ai besoin de savoir à ton sujet mon amour, et tout est bon.

Tristan le regarda et dans la lumière filtrant par la fente des rideaux, Tristan vit la vérité. Et l'amour. Il sourit et referma les yeux pour se lover au chaud et en sécurité contre son amant.

CHARLES LE réveilla un moment plus tard afin qu'il puisse retourner en catimini dans sa propre chambre, à temps pour sonner Reston à l'heure habituelle. La matinée était avancée et le soleil d'hiver brillait au travers des tentures. Tristan cligna des paupières lorsque Charles ouvrit les rideaux du lit.

— Quelle heure est-il ? dit-il d'une voix rauque avant de se racler la gorge.

— Bientôt huit heures, dit Charles après avoir jeté un coup d'œil à l'horloge sur la table de chevet. Dois-tu rencontrer Franklin ce matin ?

— Oui, cela fait presque une semaine et je lui ai envoyé un message hier pour lui demander de venir.

Tristan s'étira puis rigola quand sa chemise de nuit lui vola au visage.

— Je dois prendre ça comme une provocation ?

— Tu ne voudrais pas scandaliser le pauvre Reid, dit Charles en bâillant. Je serai forcé de le mettre temporairement en repos.

— Je doute de ce qui pourrait scandaliser le 'pauvre' Reid après tant d'années passées en tant que ton ordonnance. Combien déjà ?

— Beaucoup trop, je crois, répondit Charles.

— Tu vas à l'hôpital cet après-midi ?

— Oui… de même que tu dois retrouver ton emploi du temps habituel.

Charles enfila son peignoir banian et alla se laver à la table de toilette.

— Tu devrais rester tranquille aujourd'hui, toutefois. Voir Franklin si tu le dois, et Jamie bien sûr, mais tu ne devrais pas encore retourner à tes activités habituelles avant quelques jours. Boire aurait un effet délétère, même en meilleure condition ; tu ne ferais que ralentir ta guérison avec une consommation de liqueurs.

Tristan alla jusqu'à lui et passa les bras autour de sa taille en lui caressant la joue de la sienne, par derrière.

— Mes activités habituelles ne présentent pas un très grand intérêt à mes yeux ces derniers jours, murmura-t-il. Je me demande pourquoi.

Charles pouffa de rire.

— Nul doute que tu crains de ne pas être capable de rattraper tes amis, dit-il sèchement.

Tristan lui pinça les fesses. Charles sursauta.

— Ce sont eux qui ont toujours besoin de me rattraper et non vice-versa [29]. Non, c'est parce que je suis bien plus intéressé par ces activités *inhabituelles* que j'ai découvertes.

Charles se retourna dans ses bras et l'embrassa.

— À dire vrai, Tris, déclara-t-il en le repoussant, je préférerais passer la journée au lit avec toi plutôt que de me pencher sur ces manants insignifiants, mais je m'y suis engagé et je dois m'y tenir.

— Qu'est-ce que ça fait ? demanda Tristan. De s'engager ? Le seul engagement que je n'ai jamais tenu est envers Charlotte et ça n'était pas vraiment de mon fait. Je ne peux pas imaginer comment ce doit être, de faire partie de quelque chose d'important même de loin, comme ce que tu fais. Comme ce que tu as fait, dans la cavalerie et comme aide de camp pour Wellington.

— Je ne peux m'imaginer vivre autrement, dit franchement Charles. La façon dont tu mènes ta vie, dérivant au gré du courant... Seigneur, Tris, pas étonnant que tu aies été prêt à y mettre fin. Les dernières semaines que j'ai passées à te suivre avant que Mac ne vienne me secourir étaient insupportables. Comment as-tu fais pour tenir aussi longtemps ?

— J'y suis habitué, dit-il sur un ton surpris. Je n'ai jamais considéré cela comme vivre à la dérive. C'est juste... C'est ainsi que je vis. C'est ainsi que vit n'importe quel homme de ma caste.

— Dieu merci mon père n'a jamais attendu de moi que je vive ainsi. Il ne se soucie pas vraiment de ce que je peux bien faire, mais il ne me demande pas de me comporter de cette manière.

— Ton frère a pris ce pli-là pourtant. Il n'est pas de ma coterie, mais je l'ai croisé assez souvent.

— Ce n'est qu'une raison de plus pour moi de vivre autrement.

Charles tendit le peignoir à Tristan et dégagea les cheveux bouclés de son front avant d'y déposer un baiser.

— Tu es bien plus prisonnier de ta vie que n'importe qui d'autre que je connaisse. N'y a-t-il pas autre chose que tu aimerais faire ? En dehors de ce qui est évident ?

— Je n'ai jamais vraiment pensé qu'il y eut quoi que ce soit à *faire*, dit Tristan en enfilant son banian et en secouant ses manches. Je n'ai aucun talent particulier : je n'écris pas, je ne dessine pas, je ne joue pas mieux d'un instrument que n'importe qui d'autre de mon cercle. Je n'ai pas la tête faite pour les affaires...

— Non, là c'est faux, l'interrompit Charles. Et que dis-tu des fonds que tu as investis pour Charlotte et Jamie ? Tu penses que quiconque aurait pu construire un pécule aussi important en quelques mois ? Cela demande du talent.

---

29 Arsey-varsey : contient un jeu de mot intraduisible avec *arse* (cul). *NDT*

— Mets-le sur le compte de Franklin, dit Tristan en agitant dédaigneusement la main devant lui. Je n'ai fait que fournir les capitaux de départ. De plus, il n'arrête pas de me suggérer d'apprendre un peu plus afin d'être préparé pour reprendre les affaires de mon père, mais cela m'ennuie à en mourir. Oh, le fait d'investir est intéressant. Mais j'ai autant d'attention qu'un poisson rouge.

— Cela m'a tout l'air d'être les mots de ton père, dit tranquillement Charles.

Tristan haussa les épaules.

— Personne n'a jamais dit que mon père manquait de perspicacité ou était de mauvaise foi. Je n'argumente pas contre ce qu'il dit ; il a généralement raison.

— Pas en ce qui te concerne, intervint Charles.

Tristan haussa de nouveau les épaules.

— Ça ne compte pas – je n'ai pas plus d'intérêt dans ses affaires. Je n'ai d'intérêt pour rien, pour faire court. Excepté pour Jamie… et toi, dit-il.

C'était douloureux à admettre mais c'était pourtant bien vrai.

— Et que dis-tu de la médecine ?

— Hein ? demanda Tris, perplexe.

— L'anatomie, en particulier. L'anatomie médicale. Lorsque tu me rejoins à la bibliothèque le soir, tu parais captivé par le sujet. Tu as une bien meilleure mémoire que moi concernant les nombreux systèmes que l'on parcourt.

— Ça ne veut rien dire. Je pense…

Tristan marcha à grands pas jusqu'à la porte attenante.

— Je vais sonner Reston et m'habiller. Franklin sera là d'un moment à l'autre.

— Tris.

Il s'arrêta et regarda par-dessus son épaule.

— Quoi ?

— Sans que cela n'engage en rien, je pense que tu aurais fait un excellent chirurgien. Tu as une compréhension intuitive du fonctionnement du corps humain – je l'ai vu avec l'escrime, lorsque tu coachais les autres chez Jackson. Voudrais-tu m'accompagner à l'hôpital un jour prochain ? Et voir comment ça se passe ?

— Je ne peux pas devenir chirurgien, décocha-t-il froidement. Ce ne serait pas approprié pour quelqu'un de mon rang.

— Personne n'a dit que tu devais pratiquer, tempéra Charles, mais n'aimerais-tu pas *savoir* ?

Tristan le regarda et ses tempes se mirent à cogner si fort que c'en était assourdissant. Il réalisa après coup qu'il s'agissait de ses battements cardiaques.

— Oui, dit-il finalement en ayant l'impression d'avoir quelque chose de plus important à dire. Oui, ça me plairait.

Charles sourit.

— Va t'habiller, nous parlerons plus tard, recommanda-t-il.

Confus, Tristan lui obéit.

XVI

CE N'EST qu'après une semaine que Tristan fut capable de relancer l'offre de Charles. Une semaine d'engourdissement fébrile pendant que ses muscles recouvraient de leur immobilisation forcée et prolongée ; une semaine de sobriété à obéir aux consignes de Charles concernant l'effet de la boisson sur sa convalescence ; une semaine de domesticité, à jouer avec Jamie, à discuter avec Ellen, à écouter Charlotte lui faire la lecture de sa volumineuse correspondance. Et une semaine de soirées passées avec Charles, d'abord dans la bibliothèque à potasser leurs livres, ensuite, à travailler sur quelque chose de bien plus intéressant et sans commune mesure : apprendre à faire plaisir à son amant.

Ce que Charles avait dit au sujet de sa connaissance intuitive du corps humain était véridique. Il le savait, à partir de ses expériences charnelles avec les femmes et de ses leçons de boxe et d'escrime chez Angelo et Jackson. Il savait comment bougeaient les muscles, où les dommages se causaient le plus facilement et comment les réparer. Il savait quels endroits du corps étaient plus ou moins sensibles, lesquels étaient plus résistants et lesquels nécessitaient d'être touchés avec la plus grande délicatesse. Il se souvenait de ces leçons de vie alors qu'il explorait le corps de Charles et aidait Charles à l'explorer. Très vite, ils devinrent égaux au lit ; tous deux assurés, prodiguant le plaisir et sachant l'élaborer savamment chez l'autre. L'évidence de la chose, l'éminence de ce plaisir dissipèrent les vieux doutes moraux de Tristan : comment quelque chose qui leur apportait autant de joie pouvait être si mal ?

Reston reçut ses nouvelles instructions — ne pas déranger Tristan dans la matinée jusqu'à ce qu'il sonne – avec équanimité et se contenta de dire qu'il se chargeait de transmettre au reste du personnel.

— Vous devez vous reposer, Monsieur, dit-il, fort compréhensif. Puis-je exprimer les félicitations de tout le personnel pour votre retour à la santé ?

— J'imagine qu'ils me sont reconnaissants de ne plus être un impotent dans le besoin ? dit-t-il avec un large rictus.

Il souriait bien plus souvent ces derniers jours. Le nuage noir qui semblait le suivre depuis les six derniers mois s'en était allé. Il avait toujours ses moments sombres, lorsque Charles était à l'hôpital et que le temps s'écoulait bien trop lentement ou lorsque le besoin viscéral de brandy le prenait à la gorge ; mais ce n'était que des passades et non plus la mélancolie et le désespoir qui l'avaient affligé en continu si longtemps. Pour la première fois de sa vie, Tristan commença à penser que son père avait peut-être eu tort ; qu'il n'avait peut-être pas échoué, car après tout, il n'avait jamais vraiment essayé. Charles lui avait donné l'envie d'essayer.

Essayer quoi ? Ça, il n'en était pas encore certain.

Il déjeuna un après-midi avec Gibson et Berkeley dans un restaurant londonien, un endroit de loin bien plus classe que leurs habituels troquets.

— Quoi ? demanda-t-il sur la défensive devant leurs regards incrédules après qu'il eut passé commande d'un café.

— Café ? Du café ?? bégaya Berkeley.

Il prit Gibson à témoin.

— Ce n'est pas Woodsy, dit-il d'un air entendu à son ami. Il s'est fait enlever par les fées et a été remplacé par un métamorphe.

Tristan lui lança un bout de pain.

— Ferme-là, idiot, dit-il joyeusement. C'est à cause de mon beau-frère ; il dit que j'ai besoin d'être abstinent quelques semaines pour que mon sang retrouve sa forme habituelle.

— Je ne savais pas que le sang avait une forme, médita Gibs. Je pensais que ce n'était qu'une sorte de liquide.

Tris lui envoya également un bout de pain.

— Ça ne fait pas mal, dit Gibs en le ramassant sur la table pour le manger aussitôt. Donc, quand te revoit-on chez Jackson ? Il a posé la question la dernière fois.

— Encore quelques jours, dit Tristan. Je dois vraiment me remettre sur pieds.

— Pourquoi pas demain ? demanda Berkeley qui se pencha pour ramasser le bout de pain sur le sol que Tris venait de lui lancer.

Il arracha quelques fils de moquette en même temps et mangea le tout distraitement.

— Je vais à l'hôpital avec Charles demain.

— Pourquoi ? Il est malade ? demanda Gibs.

Tristan rigola.

— Non, il étudie pour devenir médecin auprès du Dr MacQuarrie à l'hôpital de St. Joseph, à Spitalfields. Il m'a invité à l'accompagner pour voir de quoi ça avait l'air.

— Déprimant, je présume, dit Gibs. Je ne peux imaginer ça autrement. Du sang, des tripes, et que sais-je d'autre encore.

— Ah, on voit plein de trucs de ce genre dans les bastons qui dégénèrent au pub, opina Berks. Rien de nouveau de ce côté-là.

— J'imagine que ce sera déprimant, reconnu Tristan. Mais je pense que ce sera aussi intéressant. St. Joseph expérimente depuis quelques temps de nouvelles procédures chirurgicales prometteuses et Charles a promis de me présenter au chirurgien en chef.

Ses amis l'observèrent fixement, Berks clignant des yeux comme un poisson. Tristan lâcha un rire.

— J'ai terminé, dit-il. Quelqu'un reprendra de la tarte à l'anguille ?

L'EXCURSION FUT une réussite, du moins, en ce qui concernait Tristan. St. Joseph avait beau se situer dans l'un des quartiers les plus pauvres de Londres, il était bien subventionné et possédait une excellente équipe médicale représentée par MacQuarrie et le chirurgien en chef – un homme du nom de Crosby qui était originairement en formation médicale, mais avait troqué la profession pour devenir un membre du Collège des Chirurgiens à la place. Il manifesta une opinion fortement marquée sur la scission entre la chirurgie et la médecine et l'exposa longuement durant sa ronde.

— On apprend bien plus en réalisant une vraie coupe qu'on ne le fera jamais dans les livres ! rugit-il en traversant les couloirs de l'hôpital à toute allure, Tristan, Charles et une demi-douzaine d'étudiants à sa suite.

Tristan put assister à l'opération de retrait d'une tumeur, plusieurs reboutages, l'évidage d'un abcès et l'amputation d'un bras. Charles, qui suivait le programme de médecine et avait l'expérience des champs de bataille, fut dès lors forcé d'assister le chirurgien et de retrousser ses manches, au centre de l'amphithéâtre d'opération. Il retira le tablier maculé de sang et le jeta dans une panière destinée à cet effet derrière la porte.

— Bon, ça s'est mieux passé que je ne le craignais, dit-il en glissant les bras dans le veston que Tristan tenait pour lui. C'était le bras gauche et il est droitier ; il a perdu connaissance avant que l'on en vienne à la cautérisation et c'est le pire de l'opération, je pense.

— Ça ne peut pas être pire que le bruit de l'os qui craque, commenta Tristan en faisant la grimace. C'était atroce.

— Oui, je ne crois pas qu'il y ait quoi que ce soit de bon dans une amputation, acquiesça Charles, sauf si l'on considère l'alternative – l'empoisonnement du sang et la mort. C'était la dernière chirurgie programmée pour aujourd'hui. Dieu merci. Je ne pense pas être taillé pour être chirurgien. Cela demande une main bien plus ferme que la mienne. Et un estomac plus solide. Je vais faire la ronde avec Mac dans les salles. Es-tu prêt à rentrer ou aimerais-tu nous accompagner ?

— Je préférerais venir avec vous, si cela ne t'ennuie pas, dit Tristan.

— J'aurais cru que tu serais dégoûté par tout ça, répondit Charles en penchant la tête sur le coté. Mais tu ne l'es pas, n'est-ce pas ?

— Pas le moins du monde. C'est fascinant. Oh, les chirurgies étaient parfaitement horribles, pas de doute là-dessus. Mais la manière dont tout cela fonctionne, c'est étonnant ; le fait qu'un homme sache précisément quoi faire avec le corps d'une autre personne pour le faire répondre à son attente...

Il réalisa que ses mots pouvaient être interprétés à double sens et rougit violemment, riant de son emportement.

— Enfin, tu vois de quoi je parle, précisa-t-il.

— Étrangement, je comprends. Allez, viens.

193

Ce ne fut pas la dernière expédition du genre. Alors que les jours passaient, le personnel et les étudiants de St. Joseph oublièrent rapidement que Tristan n'était qu'un observateur et commencèrent à l'accepter comme faisant partie intégrante de leur groupe. En effectifs perpétuellement réduits, ils découvrirent très vite que Tristan avait la main qui ne tremblait pas, un estomac en acier trempé, et dès lors qu'il fut complètement remis de sa maladie, qu'il avait la force et les muscles nécessaires pour gérer – et parfois manipuler – à la fois les membres tordus et les patients récalcitrants. Les docteurs, occupés et distraits, ne prêtaient pas attention à ses vestes dernier cri ni à la facture de ses bottes de qualité ; il possédait une main sûre lorsqu'ils en avaient le besoin et était toujours prompt à répondre aux demandes pressées sans se formaliser du manque de courtoisie inhérent au feu de l'action. Dans le courant du mois de mars, il avait déjà officieusement rejoint les rangs des étudiants qui suivaient le Dr Crosby dans ses rondes et en amphithéâtre d'opérations, apprenant à manipuler les organes, à recoudre les plaies, à arracher des dents et put même, quelquefois, observer de véritables chirurgies. Bien que St Joseph fût un hôpital d'enseignement et affilié à l'une des écoles qui licenciaient les médecins, les règles étaient très souvent ignorées dans les situations de traumatisme, et l'aide volontaire signifiait bien plus qu'un statut officiel dans un endroit qui soignait plus de pauvres que d'opulents. Tristan trouvait tout cela captivant, sinon dérangeant et les heures s'envolaient. Charles, dont l'intérêt se portait sur la médecine, était souvent ailleurs avec MacQuarrie mais Tristan trouva son propre cercle parmi les apprentis chirurgiens. Il arrivait d'ailleurs qu'il ne retrouve Charles que très tard dans la soirée pour qu'ils rejoignent ensemble, las et éprouvés, l'attelage de Tristan pour rentrer à la maison.

À sa grande surprise, Tristan découvrit une sérénité et un plaisir paisible à travailler avec le chirurgien irascible et les douzaines de personnes sous sa supervision. C'était un travail dur, sanglant, et éprouvant, mais le sens de l'accomplissement ressenti au vu d'un membre bien réparé ou d'une cicatrice proprement réalisée était sa propre récompense. Tristan s'était étonné de la satisfaction de Crosby lorsque celui-ci était venu vérifier un bras disloqué qu'il venait de remboîter – avec l'aide de deux garçons de salle – et avait grogné d'approbation. Lui, le fils du grand Baron Ware, se ravissait de l'approbation d'un petit bourgeois [30] ? Il l'était et le dit à Charlie.

Charlie s'était contenté de lui adresser un large sourire et de dire :

— Je t'avais dit que tu ferais un excellent chirurgien.

Il ne passait pas non plus toutes ses heures à l'hôpital. Il se ménageait du temps pour les entraînements habituels chez Jackson et Angelo et pour les mondanités avec ses amis, mais c'étaient des heures prises sur son temps à l'hôpital

---

30 En français dans le texte. *NDT*

et donc, à ses propres yeux, du temps gaspillé. Il ne buvait que très peu de façon à avoir la vue et l'esprit clair le lendemain. Gibson, Berkeley et ses autres amis, consternés, secouaient la tête devant lui mais Gibs l'avait pris à part pour lui confier que, quoi qu'il fasse pour être si heureux, il recevrait son total soutien. Lorsqu'il parla à Gibs de la chirurgie et de la fascination qu'il ressentait pour ce sujet, Gibs lui tapota simplement l'épaule et déclara lugubrement :

— Tant que ça te rend heureux, Woods.

Et ça le rendait effectivement heureux. Il comprenait maintenant ce qui avait conduit Charles sur cette voie, ce sens de l'accomplissement, le désir d'apprendre, le besoin de *connaître* et d'aider.

Bizarrement, ce nouvel état de fait signifiait que Charles et lui se voyaient bien moins qu'avant, même lorsque leurs intérêts respectifs divergeaient. Leurs soirées amicales à la bibliothèque étaient raccourcies par la nécessité de se lever tôt ou par l'agenda social de Tristan – aussi clairsemé soit-il devenu – mais ils trouvaient quand même du temps pour être ensemble en dehors de leur chambre, que ce soit une heure chez Jackson ou un déjeuner rapide avant de se précipiter à l'hôpital. Une ou deux fois, ils firent l'amour en vitesse dans la cabine de l'attelage alors qu'ils s'étaient retrouvés coincés dans le trafic londonien, mais l'hiver était toujours là et il faisait bien trop froid pour répéter régulièrement l'expédient.

Bien qu'ils dormissent dans les bras l'un de l'autre, les nuits étaient des nuits de sommeil. Ils faisaient quelques fois l'amour, mais au lieu de s'assoupir après l'acte, ils discutaient de ce qui s'était passé la journée à St. Joseph ou de quelque chose que l'un avait entendu et dont l'autre n'était pas au courant. D'une chose à l'autre, Tristan pensa, à plusieurs reprises, que cela collait parfaitement à la vision de la vie conjugale qu'il s'était imaginé avant son mariage, sauf qu'à l'époque, c'était avec une épouse imaginaire qu'il conversait sur l'oreiller. Et non pas un... Qu'était Charles ? Une sorte d'époux ? Et lui, était-il l'épouse de Charles ? Ou était-ce l'inverse ? En vérité, c'était plus souvent Charles qui le prenait, mais ils avaient échangé leurs places plus d'une fois. Peut-être que cela ne comptait pas vraiment. Charles était sien et il était à Charles et tout était dit.

La conclusion lui parut suffisamment satisfaisante.

XVII

DEBOUT À côté du lit d'hôpital, Charles sourit à la vieille femme qui le regardait nerveusement.

— Je vais simplement écouter votre cœur, si vous le permettez, Mme Sharpe.

Elle hocha la tête. Il roula la feuille de parchemin, en posa une extrémité sur la poitrine de la femme et l'autre à son oreille. Le battement cardiaque qu'il entendait était fort et régulier et il sourit de nouveau.

— Parfait, dit-il. Une bonne et solide pulsation.

— C'est une bon'chose ? demanda-t-elle, l'accent cockney très prononcé. Y'a rien d'mal avec mon cœur ?

— Rien que je ne puisse dire. Maintenant, dites-moi… cette douleur dans la poitrine. Était-elle plutôt brûlante ?

— Oh, horrible. J'pensais que j'allais tomber raide dans la rue. J'avais des bouffées, chaud et l'vertig', et j'me suis rappelée que mon 'pa était comme ça avant d'êt' raide mort. J'ai eu peur.

— Mhh. Était-ce avant ou après votre dîner ?

— Après. J'ai pris un bon morceau d'andouillet'de porc et du pudding à la graisse pour l'dessert.

Charles l'observa attentivement. C'était une typique matrone londonienne avec au moins une vingtaine de kilos en trop et le visage rond et brillant d'une femme plus jeune. *Bien conservée*, pensa-t-il en rigolant intérieurement. *Hay, bien conservée avec de la graisse de mouton et du suif, pas si jeune que bien engraissée. Pas étonnant qu'elle ait des brûlures au cœur.*

— Bien, dit-il en fronçant légèrement les sourcils. Là se trouve peut-être le problème. Trop de graisse dans l'alimentation peut causer non seulement des problèmes cardiaques mais le genre de douleur que vous éprouvez, expliqua-t-il.

Charles avait lu sur le sujet – une hernie de l'œsophage que le livre décrivait comme courante chez les individus en surpoids ainsi que les symptômes simulant une crise cardiaque. Du moins espérait-il qu'il s'agisse de cela et non de calculs biliaires. Les calculs impliqueraient d'avoir recours à la chirurgie et aux soins s'ensuivant – des dépenses dont il doutait grandement que Mme Sharpe soit en mesure d'assumer – ou une longue et douloureuse mort par péritonite.

En attendant, il y avait un moyen de vérifier.

— Pouvez-vous m'indiquer exactement où la douleur se déclenche ?

— J'vous dis… c'est com'si c'était dans toute la poitrine, répondit-elle. Mais surtout là, dit-elle en se tapotant entre ses seins volumineux. Juste là où l'est mon cœur.

— Pas du tout sur le côté droit ?

Elle secoua la tête. Charles sourit de soulagement.

— Bon, dans ce cas je pense que vous avez une petite blessure sur le tube qui va jusqu'à votre estomac. La nourriture grasse et épicée peut irriter l'estomac et causer cette douleur. Et pour une si petite chose, cela cause une très *grande* douleur, ce dont je pense, vous pouvez attester.

— Ça va empirer ? demanda-t-elle anxieusement.

— Si vous ne vous prenez pas en main proprement, cela vous fera un ulcère et causera de sérieux problèmes, dit-il d'un ton sévère et doctoral. Et le seul moyen de vous soigner est de faire attention à ce que vous mangez. Pas de nourriture épicée ; beaucoup de légumes frais ; cuisinez votre viande à l'eau ou au bouillon à la place de l'huile des graisses. Plus de pudding au suif. Un petit peu de lait, ça ira, mais pas de fromage. Mangez beaucoup de fruits – pommes, poire, pêches. Jusqu'à ce que vous vous sentiez mieux, oubliez les oranges et les citrons, conseilla-t-il. Ce régime ne traitera pas la hernie mais aura au moins le mérite de lui faire perdre du poids et de se sentir mieux, quoi qu'il en soit.

— Si vous l'dites docteur, soupira-t-elle bruyamment. Mais les légumes c'est tel'ment fade, y'a rien de meilleur que d'les frire…

— Si vous souhaitez que cela se reproduise, continuez donc à les manger frits, dit-il sèchement. Y a-t-il quelqu'un pour venir vous chercher ?

— Hay, mon fils, Dickon.

— Je vais l'appeler et vous pourrez rentrer chez vous.

Il l'aida à se hisser du lit et à s'asseoir sur la petite chaise.

— Attendez là.

— Je présume que votre diagnostic est une hernie œsophagienne ? lui dit MacQuarrie qui l'avait observé tandis qu'il supervisait la salle.

— Cela semble être le cas, d'après les symptômes. Quelle est votre opinion ?

— La même. Bon travail, Mountjoy. Nous ferons bientôt de vous un médecin. Allez chercher le fils et je vous vois dans mon bureau.

IL RECONNUT Dickon dès qu'il le vit : un homme d'âge moyen avec le même visage jovial et rond, un physique bien en chair comme sa mère et nerveusement perché sur le bord d'une chaise dans la salle d'attente miteuse de l'hôpital gratuit.

— Monsieur Sharpe ? demanda Charles. Votre mère peut rentrer à la maison. Heureusement, il ne s'agissait pas d'une crise cardiaque, mais si elle ne perd pas au moins vingt kilos, ce sera le cas la prochaine fois. Il faut qu'elle surveille ce qu'elle mange – je lui ai donné les détails.

— Merci, Monsieur, dit humblement Dickon en triturant sa capuche.

Il se leva de la chaise.

— Par ici, dit Charles en lui indiquant l'étroit couloir d'un geste de main. La deuxième porte à droite. Votre mère se trouve en milieu de salle, côté droit. Vous

197

pouvez ensuite traverser de l'autre côté, tout droit et arriver sur la rue sans avoir besoin de refaire tout le chemin et passer par le grand hall, expliqua-t-il.

Charles hocha la tête vers l'homme en signe d'au revoir et jeta un coup d'œil en salle d'attente. Il y avait deux femmes plus jeunes que Mme Sharpe, apparemment pas pressées, têtes penchées à bavarder et dans l'attente d'une autre personne, ainsi qu'un homme à l'air morose qui compressait un linge sur sa mâchoire.

— De quoi souffrez-vous, monsieur ? demanda vivement Charles.

— D'une dent, marmonna l'homme.

Charles se posta près de la chaise et se pencha en tirant le linge que tenait l'homme.

— Ouvrez, dit-il et l'homme obéit.

Ouche. L'une de ses molaires avait l'air d'avoir un abcès.

— Il va falloir arracher ça, dit-il à l'homme. Attendez un instant.

Il passa dans le couloir pour se rendre en chirurgie, où travaillait Bertie.

— J'ai une mauvaise dent dans la salle d'attente, annonça-t-il au chirurgien qui secoua aussitôt la tête.

— Personne n'y est attaché ? Ou bien se trouve-t-elle juste par terre ?

— Ha ha.

Bertie sortit de son office d'un pas lourd en traînant les pieds et boutonna sa veste tandis qu'il suivait Charles. Il répéta les gestes précédents de Charles en s'accroupissant pour jeter un coup d'œil dans la bouche de l'homme.

— C'est pas beau, commenta-t-il. Bon, c'est parti, j'ai les instruments dans mon bureau.

Ils étaient à peine sortis de la salle d'attente quand la porte de l'hôpital s'ouvrit sur un homme richement vêtu. Charles leva un sourcil et les deux femmes caquetèrent.

— Puis-je vous aider, Monsieur ?

— Vous le pouvez, si vous êtes Charles Mountjoy, dit l'homme.

— C'est moi.

— Je viens du bureau de Lord Castlereagh. Sa Grâce m'envoie vous chercher. Il dit que c'est urgent, expliqua-t-il.

Charles fronça les sourcils.

— Laissez-moi le temps de prendre mon manteau et signaler mon départ à mon superviseur.

— Hay, Monsieur.

Mac venait tout juste de terminer avec une femme enceinte jusqu'au cou, vêtue d'étoffes aussi piteuses que les deux femmes dans la salle d'attente.

— Oui, Charlie ?

— Il y a un homme de Castlereagh venu pour me chercher, dit-il. Je sais que l'on doit finir les rondes mais Castlereagh...

— Nécessité fait loi, mon garçon. L'Empire passe en premier, déclara Mac.

Il tapota la femme sur l'épaule et l'accompagna hors de la salle d'examen.

Charles s'arrêta à son bureau pour prendre son manteau et son chapeau avant de retourner auprès du messager.

— Vous êtes venu en coche ? demanda-t-il à l'homme.

— Non, Monsieur, avec le fiacre de Monsieur Castlereagh.

Ils quittèrent l'hôpital et se rendirent au bout de l'étroite rue où les attendait le fiacre.

— Ce doit être important, observa Charles en haussant un sourcil.

— Hay, Monsieur, acquiesça l'homme en hochant la tête. Très important.

Mais il ne dit rien de plus excepté un commentaire sur le fait que Lord Castlereagh avait eu droit à la totale, quand Charles l'enjoignit de lui fournir quelques informations.

CASTLEREAGH AVAIT effectivement la totale. Charles l'observait fixement, stupéfait.

— Quoi ?

— Échappé. Quelques jours avant le début du mois de mars, lorsqu'il a accosté sur la côte française. Le cinquième régiment français a été envoyé pour l'intercepter et s'est retrouvé, au lieu de ça, à se mettre de son côté. Ça s'est passé il y a un jour ou deux mais les informations rapportent qu'il continue sa marche sur Paris et que de plus en plus de troupes le rejoignent. Nous nous attendons à ce que la guerre reprenne.

— Par *l'enfer*, rugit Charles en se laissant tomber dans le fauteuil que lui indiqua Castlereagh.

— Nous sommes dans une terrible situation, commenta Sa Grâce. Nos troupes d'élite sont aux Amériques. Wellington est à Vienne, ce qui se trouve être effectivement la meilleure place pour lui, afin qu'il coordonne la coalition des alliés. Il devra éventuellement prendre les commandes de l'armée ; nous ne sommes pas encore certains d'où et quand cela devra se produire.

— Aucune chance que les Français refusent de soutenir Napoléon ?

— Aucune. Même Talleyrand ne compte pas là-dessus. Le sentiment populaire se porte contre le roi et Napoléon a toujours ses admirateurs fanatiques en France. Particulièrement parmi les militaires, expliqua Castlereagh en froissant les missives amoncelées sur son bureau. J'ai besoin que vous vous rendiez en Belgique.

— En Belgique ?

— Oui, à Bruxelles précisément. Je ne crois pas qu'Arthur Wellesley pourra arriver de Vienne avant début avril, mais c'est là-bas que se formera l'armée. Il y a un peu moins de trois cent miles jusqu'à Paris. Et si Bonaparte reprend sa capitale, c'est là qu'il devra frapper. En dernier lieu, ce sera nous, les Allemands et les Prussiens. L'Armée d'Occupation du Nord a déjà pris ses quartiers sur place et il y a une importante communauté civile britannique, ceci plus tout le battage du retour de William de Hollande [31].

— S'est-il déjà décidé à être roi ou insiste-t-il encore pour repousser son couronnement ? demanda Charles. La moitié du monde croit que Slender Billy est le prince d'Orange au lieu de son père.

— Il a fait une annonce il y a quelques jours, d'après les dernières missives, dit Castlereagh. Et il semble d'accord pour le couronnement, à une date indéterminée, durant l'été – en supposant que nous puissions mettre Napoléon à genoux. C'est une des raisons pour lesquelles je vous veux à Bruxelles. J'envoie le Général Hill pour veiller sur le jeune Prince, autrement nous risquons de le voir décider d'envahir la France à lui seul. Le Prince vous connaît et vous respecte et vous pourrez alors faire en sorte qu'il s'en tienne aux ordres de Hill.

— Daddy Hill [32] se débrouillera parfaitement seul, objecta Charles.

Castlereagh plissa les yeux alors qu'il le fixait.

— Vous êtes toujours un officier commissionné de la Cavalerie de Sa Majesté, non ?

— Oui, Monsieur, dit Charles. Mais seulement parce que je n'ai pas encore reçu la réponse à ma lettre envoyée à mon ancien Colonel. Il est toujours aux Caraïbes avec le reste du 14ème régiment et je suis lié par l'honneur de céder ma commission à l'un des capitaines en place avant de rechercher un autre postulant.

Castlereagh soupira.

— Je sais que vous êtes pressé de vendre, Charles, et je sais aussi que vous avez hâte de commencer votre nouvelle carrière, mais les besoins de l'Empire sont une priorité. Lorsque le Duc vous a mis à mon service à Paris, il a été très clair quant au fait que c'était une mission temporaire et qu'il attendait éventuellement à ce que vous retourniez dans son État Major s'il le demandait. Lorsqu'il arrivera à Bruxelles, il va avoir besoin de ses officiers. Votre mission dans l'État Major du Général Hill sera aussi temporaire, et il est sous-entendu que Wellington peut vous coopter s'il le souhaite. Ce dont je ne doute pas ; comme je l'ai dit, les germaniques constitueront une grande partie – sinon la majorité – des forces de coalition contre Bonaparte. Il aura besoin de vous comme officier de liaison ; interprète et d'autres choses très certainement.

Mon Dieu, pensa Charles, mortifié. *Tris va mal le prendre.*

— Oui, Monsieur, bien sûr, répondit-il.

Castlereagh lui tendit une liasse de paperasse.

— Là. Allez vous annoncer au Général Hill ; il vous donnera les détails de votre transfert. La mission ne devrait pas receler de difficultés particulières, mais

---

31 Le fils de William Ier de Hollande et de Wilhelmine de Prusse. Surnommé Slender Billy. *NDT*

32 General Rowland Hill, 1er Visconte Hill d'Almaraz était adoré par ses hommes et surnommé Daddy Hill (Papa Hill). *NDT*

je me sentirai bien mieux en sachant que vous êtes sur place pour garder un œil sur le cours des choses.

— Merci, Monsieur, dit Charles.

Il prit les documents et les enfonça dans la poche de son pardessus. Il serra la main de Castlereagh et se tourna, prêt à partir.

— Charles ? l'appela le Lord.

Il s'arrêta et se retourna face à Sa Grâce.

— Monsieur ?

— Ne laissez pas la rumeur se propager. Vous pouvez en parler à vos proches directs, mais nous essayons de garder ça sous couvert aussi longtemps que nous le pourrons. Ce n'est bien évidemment qu'une question de temps, l'affaire de quelques jours encore avant que la nouvelle ne soit de notoriété publique mais nous devons éviter de provoquer l'hystérie.

— Je comprends, Monsieur, acquiesça Charles.

Il s'inclina et sortit.

— COMMENT CASTLEREAGH vous a-t-il paru ? demanda le Général Hill tout en consultant les papiers que lui avait amenés Charles.

— Résigné, répondit promptement Charles. Fatigué. Déprimé. Ce qui est fort compréhensible.

— Oui, bien malheureusement, dit Hill en désignant la chaise devant son bureau. Asseyez-vous, Major. Je dois jeter un œil là-dessus et rédiger mes ordres avant de vous laisser repartir.

— Monsieur, dit Charles avant de s'asseoir.

Il observa l'expression de Hill tandis que celui-ci parcourait les documents et finit par croiser candidement son regard lorsque le général leva la tête.

— Ce sera difficile pour lui, dit Charles. Après les succès, somme toute relatifs, du Congrès.

— Le simple fait de rentrer à Londres fut dur pour lui, reconnut Hill. Mais il se dépasse sous la pression, tout comme son ami Wellington. Nous sommes diablement chanceux d'avoir de tels hommes de notre côté, Mountjoy. La France peut bien avoir son Talleyrand, je soutiendrai quand même Castlereagh et Wellington devant une douzaine de cette espèce-là.

— Talleyrand est un génie, accorda Charles. Et Castlereagh et Wellington sont peut-être moins flamboyants, mais je dois reconnaître que c'est de ce genre de détermination inébranlable dont nous avons actuellement besoin.

— Précisément, dit Hill. Et c'est pourquoi je suis ravi que Castlereagh vous envoie avec moi. Vous assoirez une forte influence sur ce jeune énergumène de prince. J'ai déjà reçu des rapports au sujet de son enthousiasme qui me terrifient.

Charles observa le visage calme et flegmatique de l'homme *terrifié*.

— Hay, Monsieur, je peux voir cela.

— Jeune maquereau, gronda allègrement Hill.

— Qui d'autre de l'État Major est en Belgique ? demanda Charles.

— March est là-bas – forcément ; son père est en charge de l'armée et toute sa famille est engagée, ses sœurs et autres parasites. S'il ne réussit pas à marier toutes les sœurs Lennox avec le corps de l'armée du nord en place, il n'aura pas servi à grand-chose comme grand frère. Slender Billy, bien sûr, est sur place. Le 95ème rentre déjà d'Amérique, Dieu merci, donc Harry Smith y sera aussi. Je suis certain que la plupart des officiers survivants de ce grand homme se frayeront un chemin jusqu'en Belgique, d'une manière ou d'une autre, ils ne pourraient manquer cela.

— Je souhaiterais le pouvoir, marmonna Charles.

— Vous et moi, Major, mais nous sommes un peu plus sensibles que les autres briscards.

— Le Duc, lui, se permet de se référer à nous en ces termes, mais il serait capable de vous envoyer aux travaux forcés rien que pour ça.

— Oh, n'ayez crainte, répliqua Hill, il est d'accord avec moi. Mais il vous a fait un compliment une fois. Il a dit que pour un officier de cavalerie vous étiez un homme intelligent.

— Je suis parfaitement conscient de la préférence de Sa Grâce pour l'infanterie, répondit Charles d'un ton méprisant. Lui et moi avons eu quelques disputes sur le sujet.

— Qu'il remporta, bien évidemment.

— Bien évidemment. C'est Wellington.

— Oui, en effet. Bien. Jetons un coup d'œil sur tout cela et mettons-nous à l'œuvre.

— MIEUX, MONSIEUR, bien mieux, dit chaleureusement 'Gentleman' Jackson en claquant l'épaule nue de Tristan tout en lui tendant une serviette bien méritée. Bien que Chesleigh vous ai eu là, une ou deux fois, vous êtes tout de même plus rapide ces jours-ci. Je suis ravi de voir que vous avez retrouvé votre flamme. Car vous étiez devenu un brin palot pendant un bon moment.

— En effet, avoua Tristan avec un large sourire tout en essuyant la sueur de son visage. Je suis content de voir que je n'ai pas tout perdu depuis la dernière fois où j'ai mis les pieds ici.

— Au contraire, Monsieur, dit Jackson. Je pense que cette courte période de repos vous a fait du bien. Vous avez retrouvé du poids et l'énergie qui va avec… et c'est quelque chose que je n'avais pas vu depuis un sacré bout de temps.

— C'est grâce à mon médecin personnel, dit Tristan. Vous ne l'avez pas encore vu aujourd'hui, je me trompe ?

— Médecin ? Oh, votre beau-frère ?

L'ancien boxeur réfléchit un instant puis secoua la tête.

— Il était là hier après-midi comme d'habitude mais je ne l'ai pas vu aujourd'hui. Briggs ! cria-t-il à un autre homme. Tu as vu Mountjoy aujourd'hui ?

Briggs secoua la tête et reprit ses explications, quelles qu'elles aient bien pu être, à l'attention de son élève captivé.

— Peu importe, dit Tristan en rentrant sa chemise dans son pantalon avant de passer son veston.

Jackson mandat l'un de ses employés pour aider Tristan à renouer sa cravate, puis invita celui-ci dans le salon pour boire un verre.

— Non merci, répondit-il en souriant. J'ai quelques courses à faire et un dîner ce soir, donc je suis assez court en temps.

— Des courses ? pesta-t-il avec amusement. Je croyais que vous autres rupins aviez vos domestiques pour ce genre de choses.

— Je ne ferai jamais confiance à un valet en ce qui concerne mon tailleur ni mon marchand de tabac, rétorqua-t-il d'un ton désabusé tout en serrant la main de Jackson. Je vous vois dans un jour ou deux.

— Hay, Monsieur, dit Jackson en mettant en poche les étrennes que lui avait glissées Tristan.

UNE FOIS les courses chez le tailleur et le marchand de tabac réglées, Tristan rentra chez lui et monta pour se préparer. Ils dînaient avec une autre correspondante de longue date de Charlotte, une certain Lady Cowan et son baronet de mari, qui étaient arrivé tôt pour le début de la Saison londonienne. Tristan ne les connaissait pas très bien ; il avait rencontré Monsieur Henry une fois, mais ils n'avaient que peu d'amis communs.

Charlotte entra une lettre en main pendant qu'il était en train de nouer une cravate neuve autour du cou ; elle paraissait perturbée.

— Tris ?

— Oui, Lottie ?

— Aucune nouvelle au sujet de Napoléon ne t'est parvenue ?

— Non, pourquoi ?

— Je viens juste de recevoir une lettre de Liesl. Tu sais qu'elle et son mari vivent auprès du Roi Ferdinand, le roi de Naples, en Sicile.

— Celui que Napoléon a mis dehors et remplacé par son beau-frère ? Oui.

— Eh bien elle m'a envoyé une lettre avec le cachet diplomatique de Whitehall ; ils sont toujours si prévenants de réexpédier ses lettres, c'est une courtoisie qu'ils font à Ferdinand.

Elle leva la lettre en évidence. Un rectangle bien net avait été découpé au milieu de la feuille.

— Cela n'est jamais arrivé avant ! Ils ont toujours ouvert et re-scellé ses lettres sous le sceau gouvernemental, mais ils ne les avaient jamais censurées avant !

203

Tristan prit la lettre, un pli de contrariété se creusant sur son front. La lettre était en allemand, alors il la rendit à Lottie.

— Elle a forcément du dire quelque chose de politiquement délicat, observa-t-il. Que dit-elle autour ?

— La phrase d'avant commence par *La rumeur dit que Napoléon...* et elle reprend ensuite à... *Il n'y a rien de plus à dire.* Que c'est frustrant ! Nous aurions pu avoir les commérages les plus frais sur Napoléon pour le dîner !

Tristan s'esbaudit et lui tapota la joue.

— Tu devras juste inventer afin de pouvoir t'amuser, cœur. Es-tu prête à descendre ?

— Oui.

Il marcha jusqu'à la porte adjacente et frappa.

— Charlie, es-tu prêt à partir ? demanda-t-il.

La voix étouffée de Charles retentit au travers de la porte.

— Je vous rejoins en bas.

— Très bien, dit Tristan en se tournant vers Lottie. Viens, nous prendrons une tasse de thé en l'attendant.

Une fois au salon, Tristan servit une tasse de thé à Charlotte et s'assit à côté d'elle sur le canapé.

— Comment te sens-tu, demanda-t-il avec une intention purement conversationnelle.

— Très bien, dit-elle. Sinon grosse. Je ne me souviens pas d'avoir été si indisposée avec Jamie. Ellen dit que cela signifie que j'attends une fille. Comment devrons-nous l'appeler ? Je m'étais convaincue que ce serait un autre garçon et m'étais arrêtée sur 'William', mais si c'est une fille cela chamboule mes plans. Je suis dubitative quant à 'Wilhelmina'.

— Je le suis aussi, lâcha Tristan en riant.

— On ne peut pas l'appeler comme nous non plus, dit Lottie. Je n'aime pas quand les parents nomment leurs enfants directement d'après leur nom. C'est se prêter bien trop de gloire.

— Sois contente de ne pas être mariée au futur Roi des Pays-Bas alors : ses fils s'appellent tous 'Wilhelm Friedrich' et ses filles 'Wilhelmina Frederika', fit observer Tristan.

Charlotte explosa de rire.

— Tu plaisantes !

— Et sa femme, bien sûr s'appelle Wilhelmina, ce qui excuse le nom des filles, mais quand même...

— C'est une raison de plus pour ne pas l'appeler Wilhelmina, dans ce cas, dit Lottie en tapotant son abdomen bien arrondi.

— Tu y as déjà réfléchi ?

— Je pensais à Caroline Ellen Liselotte, songea Charlotte. D'après Charles, Ellen et Liesl.

— C'est tout à fait accept... s'interrompit Tristan lorsque Charles entra au salon.

Il avait revêtu son uniforme de dragon complet : les hauts de chausses de satin blanc, le manteau bleu foncé lacé d'or, le *chapeau bras* coincé sous le coude. Il affichait une expression funeste.

— Que... Par l'*enfer*..., commença Tris, mais Charlotte l'interrompit.

— Oh, Charlie, s'écria-t-elle avec désarroi, pourquoi portes-tu cela ? Je pensais que tu avais décidé de porter ta nouvelle veste.

— Lottie, dit calmement Charles. J'ai de mauvaises nouvelles, mais elles ne doivent pas sortir de ces murs.

Tristan lança un regard à Georges, le valet, qui opina et s'en alla dans le couloir en fermant la porte sans bruit derrière lui.

— Qu'est-ce que c'est, Charlie ? demanda-t-il.

— Je suis envoyé en Belgique avec le Général Hill, commença-t-il avec hésitation, mais il poursuivit : Napoléon Bonaparte s'est échappé de l'île d'Elbe et est en train de lever son armée en France. Le Roi de France s'est déjà exilé de Paris et est en route pour Gand.

Tristan sentit son sang se glacer.

— Nous sommes à nouveau en guerre, comprit-il.

— Oui. Ou bientôt. Wellington a été rappelé de Vienne mais jusqu'à ce qu'il arrive, le Général Hill sera aux côtés de l'Armée d'Occupation du Nord en Belgique et Lord Castlereagh m'a demandé d'aller avec lui pour être son intermédiaire avec les forces germaniques là-bas.

— Oh, Charlie, se morfondit Lottie.

— Non, dit sombrement Tristan. Non, Charlie, *s'il te plaît*.

— Tris... je n'ai pas le choix. Je suis toujours un officier de l'armée de Sa Majesté. Je dois suivre les ordres.

— *Au diable* les ordres ! Tu prends ta retraite ! Tu vends ta commission ! Ils n'ont plus besoin de toi. Nous, nous avons besoin de toi. *J'ai* besoin de toi ! Jésus, Charlie ne *fais* pas ça !

— Tris.

Charles traversa le salon à pas rapides et prit la main de Tristan dans les siennes, la serrant fermement.

— J'ai fait ce choix il y a douze ans, lorsque j'ai rejoint l'armée. J'ai prêté serment là où il me le fut demandé et ne pourrais jamais revenir là-dessus. Je ne *peux pas* l'annuler.

Il posa une main sur la joue de Tristan.

— Je ne peux pas, souffla-t-il.

Tristan leva la main et referma ses phalanges autour du poignet de Charles, le retenant avec force, éprouvant la paume calleuse et chaude contre sa peau.

— Tu as promis de prendre soin de moi, Charlie. J'ai besoin de toi, supplia-t-il.

Tristan se sentit sur le point de pleurer et dut faire un effort pour retenir ses larmes.

— Non, tu n'as pas besoin de moi, Tris. Tu es suffisamment fort pour te gérer seul... tu n'as fait que le prouver encore et encore. De plus, je ne suis qu'un officier de liaison. Ce n'est rien. Il y a de forte chance que je revienne de Paris sans même avoir eu besoin de faire feu.

— Conneries, invectiva sauvagement Tris.

Charles plaqua son front contre celui de Tristan.

— Je ne veux pas y aller, admit-il. J'ai tenté de parlementer avec Castlereagh et Hill, mais Tris, ils ont besoin de moi.

— Conneries ! répéta Tris avec une intonation émoussée cette fois.

Il ferma les yeux en retenant les mains de Charles contre ses joues un long moment puis les retira.

— Quand dois-tu partir ?

— Dans deux jours.

Il regarda Charlotte.

— Je suis désolé Charlotte, je t'avais promis d'être là pour l'accouchement, mais je crains de devoir revenir sur cette promesse également.

— Absurdités, dit Charlotte. Je m'en suis parfaitement sortie avec Jamie sans avoir eu besoin de toi, je ne vois donc aucune raison pour nécessiter ton aide avec celui-là.

Elle tapota son abdomen.

— La petite Caroline devra juste attendre un peu pour rencontrer son oncle.

Elle observa Tristan et ajouta :

— De plus, une fois que *tout ça* sera terminé, il n'y aura plus de raison de garder Tris ici. Il pourra aussi bien aller à Bruxelles. Beaucoup de nos amis sont déjà sur place. Même les Lennox – certes, il y a le Duc de Richmond avec l'armée et Lord March. Mais il y a suffisamment de civils là-bas – je reçois des lettres de tout ce monde sans arrêt. Ce serait presque comme Londres. L'anglophonie en moins. Vous pourrez prendre une maison là-bas et lorsque je me sentirai mieux, je pourrai venir et rendre visite à Charlie moi aussi.

— Je ne sais pas. C'est une possibilité, je suppose, dit Tristan.

Il se retourna et alla jusqu'à l'âtre, fixant les flammes un long moment sans arriver à organiser ses pensées. Finalement, il soupira et se retourna vers les autres et déclara :

— Eh bien, tu seras l'attraction du dîner ce soir, Charlie. Les femmes tomberont comme des mouches pour attirer ton attention.

— Je ne veux pas de leur attention, dit sèchement Charles. Tu sais très bien ce que je veux, Tris.

— Oui, répondit-il en esquissant un sourire bien trop peu naturel. Je sais. Bon, dit-il en déglutissant bruyamment. Nous ferions mieux d'y aller, nous ne voudrions pas arriver en retard pour le dîner, n'est-ce pas ?

Charlotte lui lança un regard anxieux.

— Tout va bien, Tris ?

— Ça se passera bien, dit-il en regardant Charles. Charlie dit que tout ira bien, alors, tout ira bien.

— Je n'ai jamais tort, assura Charles dans une tentative d'humour.

— Jusqu'à présent, dit Tristan. Et je touche du bois. Allons-y, la mascarade nous attend.

XVIII

TRISTAN SE réveilla tôt et resta paisiblement allongé dans l'obscurité des rideaux du lit. Charles dormait derrière lui, le bras négligemment jeté sur la taille de Tristan, et son souffle chaud lui caressait la nuque. Étrange, songea Tristan, de ne jamais avoir réalisé cela avant, à quel point se réveiller sans gueule de bois était agréable. Pas de mal de tête, pas de nausée ni d'inconfort ; uniquement la chaleur des draps et de son amant. Il entremêla tendrement ses doigts à ceux de Charles et soupira légèrement.

— Déjà réveillé ?

Tristan sentit bien plus qu'il n'entendit la voix de Charles, le timbre rocailleux et ensommeillé vibrant contre sa peau.

— Je pensais que tu dormais toujours, murmura Tristan. Je t'ai réveillé ?

— Non, répondit Charles.

Il pressa ses lèvres contre l'épaule de Tristan et referma la main contre son ventre. Le sexe de son amant tressaillit et Charles rit.

— Bonjour, mon cœur, dit-il.

Tristan tourna la tête et lui sourit dans la pénombre.

— Bon Dieu, ça va me manquer.

— Ce n'est qu'une question de semaines, lui assura Charles.

Tristan se lova contre la joue de Charles jusqu'à atteindre ses lèvres et déposa un léger baiser avant que la langue de son amant ne vienne impérativement prendre possession de sa bouche. Ils roulèrent dans les bras l'un de l'autre afin que Charles se retrouve sur son amant. Tristan releva les jambes et ceintura le bassin de Charles, faisant glisser ses mains jusqu'à empoigner ses musculeux fessiers. Il bascula sous Charles, appréciant la fermeté, la puissance et la massivité du corps de son amant.

— Aime-moi, Charlie, murmura-t-il avant de capturer la bouche de Charles, l'avidité de ses mains et de sa langue soudain décuplée.

Il sentit le bas rire grondant de Charles.

— Qu'y a-t-il de si drôle ?

— Toi, mon cœur, dit Charles en faufilant sa tête pour donner un coup de langue sur la gorge de Tristan. T'aimer ? Comme si j'avais le choix !

— Tu sais très bien de quoi je parle, dit Tristan en enfonçant les doigts dans les côtes de Charles.

— Tu es un aussi grand gamin que ton Gamin de cheval, dit Charles en chassant les mains de Tris pour lui attraper les poignets.

Tristan hoqueta de surprise face aux sensations déclenchées par l'effet d'entrave. Son rythme cardiaque s'accéléra, son pouls tambourina et son membre

gonfla. Il pensa d'abord que c'était de la peur, mais c'était autre chose. C'était...
de l'excitation.

— Ça te plaît, on dirait bien, murmura insidieusement Charles. J'aurais dû
me douter, après ta petite performance pour tourner ton père en bourrique, que
l'idée des liens ne te répugnerait pas. J'aurais dû te laisser attaché tel quel et te
prendre sur le champ, qu'en aurais-tu dit ?

— Oui, gémit-il.

Charles rit de nouveau.

— Oh, mon cœur, tu es une source inépuisable de surprise et de délices.
Pourquoi n'as-tu rien dit ?

— Je ne savais pas.

Il s'arc-bouta pour embrasser Charles.

— J'ai aimé la première fois, lorsque tu me disais quoi faire, de me tenir au
lit et tout. Et lorsque tu m'as dit de me laisser aller... Mon Dieu, Charlie, je n'avais
jamais rien *senti* de tel avant. Je ne comprends pas. Je ne fais jamais non plus ce
qu'on me dit de faire. Ce n'est tellement pas dans ma nature.

— C'est faux, intervint lascivement Charles. Je t'ai vu écouter Jackson et
Henry Angelo, et tu es prompt à courir lorsque Mac ou Crosby ou l'un des docteurs
claque des doigts.

Ses doigts se resserrèrent autour des poignets de Tristan, pas assez fortement
pour le marquer mais avec assez d'autorité pour asseoir leur emprise. Le souffle de
Tristan s'accéléra.

— Eh bien, dit-il d'un ton maintenant empli d'intérêt, voilà quelque chose
que nous devrions explorer en détails lorsque nous aurons quelques heures pour
jouer. Mais pour le moment... retourne-toi, ordonna-t-il en relâchant Tristan et en
se mettant de côté. Sur le ventre... accroche-toi à la tête de lit, comme tu l'as fait
cette nuit-là.

Haletant, Tristan obéit et sentit que son membre, durcit à bloc, bavait déjà
son excitation.

— Oh, Seigneur, souffla-t-il.

— Chut, dit Charles. Je te mettrais volontiers la fessée, mais ce serait trop
bruyant ; plus tard.

Les mots envoyèrent une décharge de frissons dans le corps de Tristan. Il se
mordit la lèvre, tout juste capable de se contenir et serra fort les dents, résolu à ne
pas faire un seul bruit pendant que les mains de Charles longeaient son dos, ses reins
et ses fesses qu'il écarta pour venir caresser l'entrée cachée. Charles s'allongea
sur Tristan pour atteindre les oreillers et prendre la petite bouteille qu'il gardait
dessous. La senteur de l'huile embauma le lit et Tristan poussa un bas gémissement
dans l'expectative. Lorsque les doigts de Charles s'immiscèrent en lui, glissant
lentement dans son entrée, il refréna de justesse son cri.

— Chut, répéta Charles en baissant davantage la voix. Tu ne te libéreras pas
tant je ne te le dirai pas, tu comprends ? Tu n'éjacules pas. Tu prends ce que je te

donne – tout ce que je te donne – mais tu ne jouis pas jusqu'à ce que je t'en donne la permission.

Tristan tourna la tête pour mordre l'oreiller. Il entendit le doux rire bas de Charles mais il résonna trop loin : Tris était concentré sur les mains qui s'affairaient à son ouverture, les doigts s'introduisant et poussant à l'intérieur pour assouplir l'étroit canal. Il n'y avait là rien de bien différent de ce qu'ils avaient fait avant, mais le fait que Charles le contrôle de cette manière rendait les choses beaucoup plus intenses et amenait Tristan à un état de besoin qu'il n'aurait jamais cru possible d'expérimenter. Il ondula légèrement, mais la main libre de Charles s'appuya fermement sur ses fesses et le maintint en bas.

— Pas encore, murmura Charles à son oreille. Tu ne bouges pas.

Il n'aurait pu bouger même s'il l'avait voulu, son être entier focalisé sur les doigts qui faisaient leur office en lui, la voix qui glissait sur lui et les effluves qui l'environnaient. L'odeur du sexe. L'odeur de Charles.

Et de nouveau, il se retrouva à cet endroit, celui dans lequel il était libre et flottait, immobile. Il était fort conscient de sa réactivité à Charles, mais il s'agissait d'une conscience intellectuelle, une acceptation paisible de son désir et de son besoin de lui. Charles avait les commandes. Il n'avait plus qu'à faire ce qu'il lui disait. Rien d'autre. Pas de demande, pas d'attente. Juste Charles.

Juste Tristan. Juste qui il était. Et pour autant qu'il puisse se souvenir, c'était déjà bien assez.

Le temps semblait s'être figé, épais, lent et doré. Charles le poussait de plus en plus haut dans cet état, à la fois en paix et hors de son corps et obstinément excité. Il accueillit son amant lorsque celui-ci le pénétra en frottant son membre massif en lui, l'ogive tapant et pressant contre le point névralgique qui exacerbait tant son plaisir. C'était si bon. Il était en apesanteur dans cette sensation et n'émit qu'un faible soupir lorsque la main de Charles se referma autour de sa verge, égouttant les perles de liquide séminal sur ses doigts.

— Bon sang, tu es trempé et tu n'as même pas joui, souffla Charles.

Tristan ne put qu'expirer un nouveau soupir.

— Charles…

Ce n'était guère plus qu'un souffle.

La main et le membre de Charles s'activèrent, plongeant plus profondément et plus puissamment en lui. Tristan s'éleva de plus en plus haut jusqu'à ce que Charles halète enfin :

— Maintenant, Tris ! Là !

Et Tristan se libéra de sa torpeur sans brusquerie, de retour dans son corps en train de se cambrer en plein orgasme, évacuant en une énorme vague de luxure et d'amour, tout son désir et son cœur hors de lui. Ce fut fabuleux. Ce fut transcendant. Ce fut… parfait.

Charles se laissa tomber en arrière et roula sur le lit en emportant Tristan avec lui, toujours profondément enfoncé en lui.

— Dieu Tris ! C'était…

— Parfait, dit Tristan en renversant la tête contre l'épaule de Charles et regardant paisiblement son amant. Parfait. Comme toi, Charlie.

— Oh que non, dit Charles dans un demi rire. C'est plutôt ton cas. Mon parfait Tris.

— Si nous ne pouvons pas faire l'amour avant que tu partes, dit Tristan, cette fois-ci sera au moins mémorable.

— Nous ne pouvons pas, dit Charlie. Notre navire prend la mer demain au lever du jour ; ce soir, je vois Hill et je pars pour Douvres. Nous n'avons plus qu'aujourd'hui et j'ai trop à faire pour passer la journée au lit avec toi, Tris.

Il ébouriffa tendrement les cheveux de Tristan.

— Mon magnifique Tris.

— Mon magnifique Charlie, dit Tristan en l'imitant jusqu'au rire.

Leurs lèvres se rencontrèrent en un léger baiser et Tris laissa courir ses mains sur le visage de Charles afin de mémoriser son contact, sa peau, sa forme.

— Je t'aime tellement, ça me brise le cœur de devoir te dire au revoir. Mais tu me reviendras, n'est-ce pas ?

— Toujours, promis Charles. Et tu viendras à Bruxelles, dès que Charlotte sera bien installée ? En supposant que les Français ne soient pas revenus à la raison entre temps ?

— Dès que je peux, dit Tristan.

Il roula sur le côté, se libérant de Charles et se mit sur pieds en s'étirant.

— C'est une sacrée façon de se réveiller le matin. Ça va vraiment me manquer.

Il lança un sourire crâne en regardant Charles.

— À toi aussi.

— Certainement, confirma Charles. Mais pas pour longtemps. Tu me le promets ?

— Pas pour longtemps, dit Tris. Jamais longtemps.

AU FINAL, leurs adieux furent publics et bien plus formels qu'ils ne l'auraient voulu. Charles attendait dans le hall, recouvert de son pardessus, enveloppé dans son écharpe et coiffé de son chapeau ; sa valise officielle sous le bras, Jamie sous l'autre. Tristan avait passé un bras autour des épaules de Charlotte qui était en train de pleurer, ce dont il n'avait jamais été témoin auparavant. Il devait lui-même retenir ses larmes et serrait fortement les mâchoires en se contentant de hocher courtoisement la tête aux adieux de Charles.

Charles se tourna et murmura quelque chose à Jamie qui opina solennellement, puis rendit le bambin à son père. Jamie envoya ses bras autour de la nuque de Tristan et enfouit son minois dans le creux de l'épaule de son père, pas tout à fait sûr de comprendre ce qui était en train de se passer tout en captant le chagrin et la peur autour de lui.

— Tu feras attention, demanda Tristan d'une voix basse.

— Bien sûr, disait Charles. Je vous écrirai à tous les deux dès que je serai installé à Bruxelles. Je n'ai pas besoin de préciser à Lottie qu'elle doit me répondre, je sais bien.

Sa sœur lui adressa un sourire tremblant, le regard embué. Elle se tenait aux cotés de Charles et lui tapota gentiment l'épaule.

— Je veillerai à ce que tu reçoives toutes les nouvelles, Charlie, dit sa jumelle tout en s'essuyant les yeux avec un mouchoir trempé.

— Je compte sur toi pour prendre soin de ma Lottie, Ellen. Tris et toi, dit Charles.

Il se pencha et lui embrassa la joue, puis celle de Lottie qui lui pressa fiévreusement la main en lui rendant son baiser. Il se tourna ensuite vers Tristan.

— Northwood, dit-il platement.

— Mountjoy, répondit Tristan sur le même ton.

Charles hocha poliment la tête et se retourna vers la porte où le valet du Général Hill l'attendait avec ses bagages. Il s'arrêta, leur tournant toujours le dos un long moment ; puis fit volte-face en laissant ses pas le guider vers Tristan et Jamie qu'il serra tous deux dans ses bras. Ils restèrent ainsi dans les bras l'un de l'autre jusqu'à ce que Tristan laisse échapper un faible sanglot et s'écarte.

— Va, lui dit-il faiblement.

Un dernier hochement bref de tête et Charles s'en alla, laissant entrer un tourbillon de vent humide de mars au travers de la porte ouverte. George se rua pour la fermer derrière lui.

— Bien, dit Tristan avec sa désinvolture habituelle. Ce qui est fait est fait. Lottie, un thé ?

Elle le regarda d'un air stupéfait. Il venait de la surprendre pour une fois et elle lui répondit d'une petite voix impuissante :

— Si tu veux, Tristan.

— C'est le cas. Ellen ? Cela vous ennuie si Jamie se joint à nous ?

— Pas du tout, Tristan, répondit-elle en posant sur lui un regard d'approbation. Cela sera des plus agréables.

— Eh bien, démon, dit-il à Jamie, sauras-tu te comporter comme il le faut pendant le thé ?

— Jam ! chanta Jamie et le son joyeux chassa la tension amassée dans le hall.

Tristan prit le bras de Lottie et ils se rendirent au salon pour prendre le thé.

— Donc, dit MacQuarrie lorsque Tristan se montra à l'hôpital dès le lendemain, vous êtes de retour. Mountjoy est parti pour Bruxelles ?

— Hier soir, dit impassiblement Tristan.

Il posa son chapeau sur l'étagère du vestiaire et pendit son pardessus aux crochets en dessous.

— Ils étaient censés avoir quitté Douvres au lever du jour.

— Je m'attendais quand même à ce que vous retourniez à votre vie sociale sans Mountjoy pour vous traîner ici quotidiennement.

— Vraiment ?

Tristan jeta un coup d'œil à sa montre de poche puis déclara avec indifférence :

— Si vous voulez bien m'excuser, le Dr Crosby va bientôt commencer ses rondes.

— Jeune chien insolent, s'amusa MacQuarrie. Lottie tient-elle le coup ?

— Mme Northwood, cingla Tristan, se porte bien. *Si* vous voulez bien m'excuser ?

Il se retourna et longea le long du couloir jusqu'au bureau de Crosby.

Il n'avait aucune idée de la raison de son impatience avec MacQuarrie. Le médecin avait toujours été amical tant envers Charles, qu'envers lui-même. Mais ses commentaires spontanés et triviaux irritaient Tristan en touchant à un sujet qui restait douloureux.

Il s'était exhorté jusqu'aux larmes à s'endormir la veille, sans succès, emmitouflé comme un enfant dans le lit vide avec ses couvertures pour seul réconfort. Il avait aspergé son oreiller de gouttes d'huile de romarin et d'eucalyptus pour rappeler la présence de Charles mais cela n'avait fait que rendre son manque plus douloureux encore. Il savait qu'il se comportait comme un enfant gâté, mais il se sentait tellement perdu, esseulé et abandonné... Tout ce qu'il savait était que Charles était là-bas, qu'il l'aimait, qu'il devait aussi lui manquer... Enfin, il *espérait* manquer à Charles. Non ? Ou peut-être, était-il soulagé d'être délesté de la présence geignarde de Tristan, continuellement pendu à lui ? La pensée avait de nouveau ouvert les vannes de ses pleurs.

Lorsqu'il s'était réveillé au matin, fatigué et vidé, il avait songé à rester au lit pour la journée en se faisant porter malade pour se laisser égoïstement aller dans sa misère. Mais Charles n'aurait pas approuvé une telle attitude, alors il s'était levé, lavé la figure et préparé pour la journée comme il le faisait quotidiennement. Le chagrin et le manque de sommeil l'avaient rendu hargneux, alors il se dispensa des visites habituelles à ses tantes de Bond Street et se rendit directement à l'hôpital. Là, au moins, il trouverait une distraction dans les demandes nécessiteuses de gens dont les problèmes étaient de loin pires que le manque d'un amant.

Crosby et son corps d'étudiants étaient en train de se rassembler dans le corridor à l'extérieur de son bureau ; ses yeux s'étrécirent en voyant arriver Tristan mais il ne dit rien d'autre qu'un simple 'Je suis ravi que vous nous rejoigniez, M. Northwood', de son habituel ton sarcastique. Tristan lui dédia un rictus de sympathie et souleva son chapeau imaginaire pour tout salut, puis se mit en file pour suivre la première ronde de Crosby.

XIX

— TON PÈRE nous a invités à aller au théâtre mercredi, annonça Charlotte.

Elle prit une bouchée de sole aux amandes que Cook avait préparées pour le déjeuner.

— C'est du Kean, dans une pièce shakespearienne. Les critiques l'ont bien reçue.

Tristan avala le bout de poisson qu'il mastiquait et répondit, d'un ton surpris :

— Qu'est-ce que cela change, qui joue quoi ?

— Je lui ai dit que nous serions ravis d'y assister.

Son mari se figea, tenant la fourchette à mi-chemin de sa bouche. Il reposa précautionneusement le tout.

— Et pourquoi ferions-nous quelque chose de si lamentablement navrant ? demanda-t-il sèchement.

Ellen émit un soupir de dépit. Charlotte plissa les yeux.

— Oh, très cher, dit-elle imperturbablement. Serions-nous sur le point de nous disputer ? Je me suis toujours demandé comment cela pourrait être.

— Nous ne sommes pas sur le point de nous disputer, fustigea Tristan. Je n'irai pas, fin de la discussion.

Charlotte pointa sa fourchette vers lui.

— La conversation n'est pas terminée tant que je ne l'ai pas déclarée finie. Tu *iras*, tout comme moi. Et tout comme Ellen. *Et* nous dînerons ensuite au Grillon.

— J'ai d'autres plans.

— Non, tu n'en as pas. J'ai vérifié avec Reston *et* avec M. Gibson. Il sait que tu t'annonces absent chez Boodle parce que tu veux passer la soirée avec moi. Et *je* vais voir la pièce, donc, toi aussi.

Elle piqua un autre morceau de poisson dans son assiette.

— Peut-être que j'ai menti à Gibs, dit Tristan. Peut-être que je passe la soirée avec ma maîtresse.

— Tu n'*as* pas de maîtresse, dit complaisamment Charlotte. Enfin, ajouta-t-elle après qu'une bouchée de haricots verts suivit le poisson fut impitoyablement mâchée avant d'être avalée, pas sur les verts rivages d'Angleterre.

Tristan rougit de colère.

— Pour autant que tu saches, cracha-t-il. Et que je veuille passer ma soirée avec mes ivrognes d'amis ou non, tu n'as pas le droit de prendre des dispositions me concernant, et tout particulièrement contre ma volonté.

Elle cilla et ouvrit de grands yeux bruns sur lui.

214

— Pourquoi, Tristan, tu n'as jamais *particulièrement* dit que tu ne voulais pas aller au théâtre avec ton père ?

La mâchoire lui en tomba.

— Lottie ! Tu es parfaitement au courant de mes sentiments en ce qui concerne mon père ! Ce n'est pas sincère de ta part de dire que tu ne pouvais deviner mon avis sur la question ! s'indigna-t-il.

Ses lèvres s'étirèrent en un feint sourire.

— Bon, Tris, tu as raison. Je savais quelle serait ta réaction, mais j'ai décidé qu'il était temps pour toi d'arrêter de porter cette vieille rancune vis-à-vis de ton père.

— Vieille rancune ?

Tristan ne pouvait en croire ses oreilles.

— Mon père me déteste, et réciproquement. Pourquoi, *au nom de Dieu*, voudrais-je aller au *théâtre* avec lui ?

— Ne jure pas. Cela insupporte Ellen, dit placidement Charlotte.

Il lança un regard furieux vers la compagne de sa femme qui couina de désarroi.

— Non, cela ne l'insupporte pas, siffla-t-il en reportant son attention sur sa femme. Elle est sensible, contrairement à toi.

— Oh Tristan, gloussa Charlotte, c'est ridicule. Pas par rapport à Ellen, mais par rapport à moi. Tu ne rencontreras pas une femme plus sensible… Même Charlie le dit.

La mention du nom de son amant le fouetta. Il se redressa et jeta sa serviette de table à côté de son assiette.

— Si vous voulez bien m'excuser, dit-il sur un ton glacial.

— Non, dit Lottie. Assieds-toi Tristan et sois raisonnable.

— Je *choisis* de n'être pas raisonnable, dit-il sur un ton féroce, la voix basse.

— Oh mon cher. Il semblerait que nous devions nous disputer après tout. Ellen, serais-tu gentille ? Je déteste perturber ton déjeuner.

— Oh, j'ai quasiment fini, dit-elle tout en battant en retraite.

Tristan resta debout, scrutant sa femme du haut de sa stature ; celle-ci soutint son regard.

— Tu sais, déclara-t-elle d'un ton réfléchi, je crois que c'est la première fois que tu es vraiment en colère contre moi. Mais ce n'est rien, vraiment. C'est une intéressante nouveauté. Tu es toujours si tempéré. Passer du temps avec Charlie semble avoir libéré quelque chose chez toi.

— N'essaie même *pas*, grinça Tristan, d'y faire mention, vraiment.

— Mentionner quoi donc ? demanda-t-elle innocemment. Charlie ? Charlie, Charlie, Charlie ? Mon frère adoré ? Charles Edward Mountjoy, Major du 14ème régiment, officier d'État Major ? L'honorable Charles Mountjoy, second fils du Comte de Chilson ? Mount. Joy. Il y a quelque chose… de très suggestif dans mon nom de famille, ne penses-tu pas ?

215

— Pourquoi me fais-tu ça ?! cria Tristan.

— Parce que cela est si rafraîchissant de te voir ressentir quelque chose pour une fois !

Il l'observa fixement, choqué. Elle le regarda depuis son fauteuil, l'expression composée de son visage ne masquant malgré tout pas la pointe de fougue colérique de son regard.

— Assieds-toi, dit-elle, le calme de sa voix détrompant le message que délivraient ses yeux.

Il s'exécuta sans un mot et saisit sa fourchette pour manger distraitement quelques haricots verts. Charlotte le regarda et finit par s'exprimer.

— Lorsque tu étais malade, ton père et moi avons eu une longue conversation à ton sujet. Depuis lors, j'ai eu l'occasion de dîner avec lui plusieurs fois pendant que tu avais d'autres engagements. J'ai toujours accepté ta propre interprétation de la relation que vous entreteniez et son comportement ne l'a évidemment jamais démenti. Mais la conversation que j'ai eue avec lui le jour de ta petite performance m'a relativement ouvert les yeux.

— Je suppose, dit amèrement Tristan, que tu es sur le point de me dire que pendant toutes ses années, il m'a aimé et n'a toujours voulu que le meilleur pour moi.

— En fait, dit-elle, oui.

— Si ça n'est pas typiquement féminin, gronda-t-il.

— Et si ça n'est pas typiquement masculin de refuser de regarder plus loin que le bout de son nez.

— Oh, en sommes-nous arrivé aux insultes ? décocha-t-il. Je voudrais bien le savoir, n'ayant aucun précédent en la matière.

— Tu as commencé, dit-elle sèchement. Maintenant, c'est ton tour de dire 'Non, c'est toi qui a commencé', c'est ainsi que fonctionnent les disputes, tu sais. Elles dégringolent facilement en contre-attaques insignifiantes.

— En t'écoutant parler, l'on pourrait croire que tu as été éduquée, dit Tristan. Qu'une trop mauvaise orthographe n'a pas fait partie intégrante de ton éducation.

— Oh, très bien, approuva-t-elle. Nous sommes en train d'échanger des insultes personnelles. On pourrait penser que tu *l'as* déjà fait.

En dépit de sa colère, il fut frappé de trouver la chose immensément drôle et explosa d'un rire involontaire.

— Peut-être bien, dit-il, si ma sœur avait vécu. Nous aurions été comme Daniel et toi, à nous invectiver dès que nous en aurions eu l'opportunité.

— Tu aurais été une personne plus heureuse si tu avais eu quelqu'un avec qui te disputer régulièrement. Je ne me dispute pas vraiment avec Daniel, je me contente de l'embêter. Il est bien trop futile pour que je puisse réellement me quereller avec lui.

Elle prit une autre bouchée de sole.

— Et mon orthographe est parfaite… en allemand. L'orthographe anglaise manque de *sensibilité*. De plus, je le fais volontairement. C'était devenu un véritable

216

hobby pour ennuyer Papa et la gouvernante, et maintenant, je le fais pour ennuyer les censeurs de l'armée, et toi. Je reconnais ne pas être très bonne en orthographe, mais ma correspondance quotidienne est très compréhensible.

— Bon, étant donné que je ne comprends pas l'allemand, je ne peux vérifier cette assertion, dit-il en lui décochant un large sourire. Donc, tu peux avancer tout ce que tu veux sur le sujet sans t'attendre à recevoir de réfutation de ma part.

— Je sais, dit-elle crânement. Bon. Au sujet du théâtre.

Tristan sentit son sourire s'évanouir.

— Une soirée entière en compagnie de mon père ? dit-il amèrement. Mais quel mal t'ai-je fais pour mériter ça ?

— C'est une question rhétorique, Tristan, et je ne daignerai pas y répondre, dit-elle en lui souriant à son tour. Sérieusement. Je ne dis pas que tu dois lui tomber dans les bras en passant l'éponge sur le passé et tout ce genre d'absurdités. Je pense que tu devrais essayer de maintenir un certain niveau de courtoisie envers lui, ne serait-ce que pour le bien de Jamie. Il devrait apprendre à connaître son grand-père.

Tristan regarda dans son assiette et remua ses légumes d'un air absent, mal à l'aise. Il se souvenait parfaitement de la lettre qu'il avait écrite à Charlotte la nuit de sa mort planifiée et de l'inquiétude qu'il avait eu au sujet d'une possible tentative d'intimidation de son père sur Jamie, comme le baron l'avait fait avec lui. Jamie pourrait peut-être grandir en s'accoutumant aux propos bourrus de son père sans les prendre au premier degré ni en accuser l'impact comme Tristan l'avait toujours fait. Il déglutit bruyamment et répondit :

— Pour Jamie.

— Et le nouveau bébé, dit Lottie en étendant le bras pour lui tapoter la main. Cela se passera bien, tu verras.

LA SOIRÉE ne s'était pas totalement 'bien' passée mais fut toutefois tolérable. Tristan accueillit son père poliment, comme il se serait comporté envers un étranger ; son père lui rendit la réciproque. Ils s'assirent l'un à côté de l'autre dans le carré du fiacre et conversèrent respectivement avec Lottie et Ellen, chacun de leur côté. Au Grillon, au contraire, ils prirent place face à face à la table pour quatre, située dans une alcôve privée à l'écart de la salle principale du restaurant. Ils installèrent les dames et commandèrent leur dîner, puis Lottie dit vivement à Tristan :

— Tris, dis à ton père ce que tu as dit dans la salle d'audience. C'était si amusant.

— Je doute que le baron soit de cet avis, ma chère, l'avertit-il posément. Ellen, êtes-vous certaine de vouloir prendre du filet ? J'ai ouï dire que le poulet était bien meilleur.

— Le filet conviendra parfaitement, Tristan, dit Ellen.

— Je voudrais bien savoir ce que tu as dit, déclara le baron d'un air placide.

Tristan ne leva pas le regard. Il regarda son assiette un long moment et prit une gorgée d'eau.

— Ce n'était rien, dit-il. J'ai oublié.

Son père ne fit pas de commentaire mais réessaya un moment plus tard :

— Lottie me dit que tu as commencé à étudier la médecine avec son frère.

— Non, dit Tristan. J'ai commencé à étudier la chirurgie, pas la médecine. Et ce n'est rien. Juste un intérêt frivole qui mourra aussi vite que tous les autres, aucun doute là-dessus.

Il prit une autre gorgée en souhaitant que ce fût du brandy.

— Ce sera fort utile lorsque j'aurai à recoudre l'un de mes amis après une bagarre au pub.

— Tristan, dit Lottie à voix basse.

— Eh bien, Lottie, que veux-tu que je dise ? Cela ne fait aucune différence.

Il releva les yeux et plongea son regard dans celui de son père.

— Je n'étais pas très content lorsque Lottie m'a dit qu'elle avait accepté l'invitation. Je suis certain qu'aucun de nous ne veut vraiment être ici, alors arrêtons de jouer la comédie une seconde.

— Tu te trompes grandement. J'attendais avec hâte cette soirée, le corrigea le baron.

Tristan émit un rire bref et amer.

— Je parierais que vous l'étiez. Hâte d'en finir oui.

Il observa son assiette un moment.

— C'est inutile. Monsieur, je vous serais reconnaissant de bien vouloir poursuivre avec ces dames à la maison. Je viens de perdre l'appétit, déclara-t-il en posant sa serviette de table près de ses couverts.

— Tristan, l'interpella Lottie.

— Tristan, répéta le baron. S'il te plaît. Suis-je donc tombé si bas dans ton estime que tu ne puisses pas même supporter d'être dans la même pièce que moi ?

La main de Tristan se resserra sur le tissu de la serviette.

— Aucun de nous n'a de l'autre une opinion assez haute pour pouvoir juger l'autre, dit-il. L'estime que je vous porte est équivalente à celle que vous me portez.

— Alors elle est suffisamment élevée, dit le baron. Je…

— Menteur, le coupa Tristan en se surprenant lui-même. Vil, éhonté menteur ! poursuivit-il sans avoir levé le ton.

Il n'y avait à ce moment personne d'autre dans le restaurant, ni dans le monde entier en dehors de son père et lui.

— Que vous me méprisiez n'a jamais été un secret pour personne, et tout ceci, cette *absurdité*, cette mascarade de dîner… Bon Dieu, mais qu'attendez-*vous* de moi ? Un genre d'absolution ? *Vous* voulez soudain qu'on soit amis ? Vous n'avez rien à m'offrir et je n'ai rien à vous offrir. Nous sommes juste liés par la loi et si vous voyez un quelconque intérêt à me déshériter, je jeûnerai pour remercier Dieu. Pourquoi ne le faites-vous pas ? Jamie est votre héritier. Vous n'avez plus besoin de moi. N'est-ce pas pour cela que vous avez arrangé mon mariage ? Pour avoir un substitut ?

218

— Tu dois des excuses à ton épouse, dit le baron. Tant pour ton langage que pour l'insulte faite à propos de votre mariage.

— Très bien, siffla Tristan. Lottie, puisses-tu accepter mes excuses, Ellen, ma chère, je suis désolé de vous avoir entraînée là-dedans. Cela n'aurait jamais dû se produire.

Il se leva calmement et rangea méticuleusement la chaise sous la table, comme si cela avait revêtu une quelconque espèce d'importance.

— Monsieur, je prendrai contact avec mon notaire dans la matinée. Il existe forcément un moyen de dissoudre au moins ce lien légal.

— Tristan !

C'était un cri de désespoir et Tristan fut choqué de voir son père lever sur lui un visage ruisselant de larmes.

— Mon Dieu, fils, nous ai-je donc détruits à ce point ?

Il se prit le visage dans les mains et sanglota.

En pleine confusion, Tristan s'agrippa au dossier de la chaise et observa l'étranger déguisé dans le corps de son père. Lottie tapotait le bras du baron dans une tentative de consolation.

— Là, là, murmura-t-elle. Oh, Monsieur, je n'aurais jamais accepté si j'avais su que vous en seriez si blessé.

Si elle avait su qu'*il* serait blessé ? Tristan sentit ses tripes se tordre. Ainsi la loyauté de Lottie s'achetait-elle si facilement ? Il croyait pourtant qu'elle était son amie.

— Non, dit Ware en repoussant sa main. Ce n'est pas au sujet de mes sentiments, Lottie.

Il regarda Tristan d'un air hagard.

— J'avais espéré que nous n'ayons pas dépassé le point de non-retour, Tristan. Que quelque part, nous puissions mettre le passé de côté et apprendre à être cordiaux l'un envers l'autre. Mais je…

Il plongea la main dans sa poche à la recherche de son mouchoir, s'essuya les yeux et se moucha bruyamment.

La voix d'une femme résonna dans sa tête, non pas celle de Lottie, ni d'Ellen. *Tu as fait de la peine à ton Papa, Tristan. Fais-lui un bisou et dis-lui que tu es désolé.* Seulement, ça n'était pas 'Papa' qu'avait dit la voix, c'était 'petite sœur'. Tristan, huit ans, avait obéi et embrassé son adorée petite Emily en chuchotant à son oreille, *je suis désolé, Emily. Je ne le ferai plus.*

Il ne se souvenait plus ce qu'il avait fait, il n'y avait plus que la douce voix aimante.

— Je suis désolé, dit-il abruptement.

Les jointures de son poing étaient blanches tant il serrait la chaise.

— Non, dit Ware, c'est entièrement de ma faute. Je pensais que tu avais besoin d'être guidé. Je ne savais pas m'y prendre avec les enfants – je n'avais même jamais pensé me marier ! Mais j'ai rencontré Alice, puis mon frère est décédé et

219

tout n'a plus alors reposé que sur moi. J'ai fait de mon mieux... je pensais avoir fait de mon mieux, mais j'ai échoué. J'ai échoué devant Alice et devant toi, donc doublement devant elle. Si vous préférez, Monsieur, je vais partir...

— Non, restez, dit Tristan, se sentant subitement vidé. Nous avons déjà commandé. Mais je crois que nous devrions reporter cette conversation à un moment plus approprié et en privé.

Le baron acquiesça d'un hochement de tête et tapota gentiment la main de Lottie.

— Merci, très chère. Ellen, mes excuses pour mon piètre comportement.

— Il n'y a pas de quoi, dit calmement Ellen. Je me suis rendue compte qu'il est fort difficile de garder contenance lorsque l'on est éprouvé. Certains deviennent émotifs et d'autres froids, et c'est le cas de Tristan. Mais il a raison sur ce point, vous avez besoin de discuter en privé, là où ni Lottie ni moi ne pourrons interférer.

— Merci, dit sombrement Ware.

Tristan tira sa chaise et se rassit, replaçant sa serviette sur ses cuisses.

— Bien, dit-il, et qu'avez-vous pensé de la performance de Kean, Monsieur ?

Le baron le regarda et rit doucement.

— Je pense qu'il pourrait recevoir des leçons de ta part, fils. Mais il est fort crédible dans le rôle.

Les serveurs arrivèrent avec le premier service et la conversation se poursuivit, légère et ordinaire. C'était la première fois de sa vie que Tristan avait l'opportunité d'interagir socialement avec son père dans une configuration aussi intime et à sa grande surprise, il lui découvrit un sens de l'humour comique, différent du sien, un certain sens commun envers la société et une solide compréhension des événements qui avaient mené Napoléon à son abdication et à son présent retour. Les rumeurs sur l'évasion de l'Empereur de l'île d'Elbe avaient déjà commencé à circuler et Tristan se sentit étrangement impliqué et important dans le fait de pouvoir platement confirmer lesdites rumeurs à son père.

— C'est la panique à la bourse, forcément, dit Ware, et je ne pense pas que les choses puissent être pires si le gouvernement venait à reconnaître officiellement que Napoléon était de retour en France. Certes, une fois que Wellesley sera à Bruxelles, la panique devrait se dissiper. La bourse porte une confiance immense au Général.

— Nous devrions vraiment l'appeler Wellington, Monsieur, opina Lottie. Ou Sa Grâce... Il est maintenant Duc, après tout.

— Bah, dit le baron avec tout le dédain du porteur d'un titre nobiliaire de moindre grandeur mais dont l'ancienneté coiffait au poteau celui de l'arriviste. Je l'ai connu lorsqu'il n'était qu'un Lieutenant... et pas des meilleurs, d'après les rapports.

— Certains hommes peuvent être meilleurs en tant que Général qu'ils ne l'étaient en tant que Lieutenant, dit Ellen. J'ai souvent pu observer que certains étaient plus doués pour donner des ordres que pour en recevoir.

220

— Et parfois, cela dépend simplement de qui donne les ordres, ajouta Tristan.

— Que disent vos correspondants sur la situation à Bruxelles, Lottie ?

— Eh bien, dit Lottie, ravie d'avoir le champ libre, les lettres sont sévèrement censurées ces derniers jours, pour empêcher les espions napoléoniens – nombreux à Bruxelles, comme j'ai cru le comprendre – de découvrir les avancées des troupes, je n'ai dès lors que peu de détails. Mais la Baronne D'Hooghvoorst dit que les plus lâches sont déjà rentrés chez eux et que les autres sont très enthousiastes concernant l'arrivée du Duc. Il est le favori des maîtresses de maison et, bien que ses manières laissent parfois à désirer avec ses subalternes, il est d'une fort charmante compagnie. Bien évidemment, son personnel est très apprécié.

— Des nouvelles de votre frère ?

— Seulement une courte missive pour nous faire savoir qu'il était bien arrivé, dit platement Lottie. Et pour nous demander de lui faire parvenir un des livres qu'il a oublié. Je suis certaine qu'il nous écrira plus tard, lorsqu'il aura du temps. La Comtesse de Luiny nous a invités à les rejoindre sur place, et pour le bien de Charlie, j'irai volontiers, mais dans ces circonstances, je crois qu'il est plus prudent de refuser, dit-elle en tapotant joyeusement son abdomen. Elle m'a donné le nom d'un gentleman qui mettra une maison à notre disposition lorsque Tristan ira là-bas en été.

— Tristan ?

Ware lança un regard à son fils.

— Tu projettes d'aller à Bruxelles ?

— Une fois que Lottie et les enfants seront convenablement installés à la campagne pour l'été, je pense que j'y ferai un saut, dit-il trivialement. Juste pour rendre visite au Major Mountjoy et voir comment il s'en sort et pouvoir faire savoir à sa sœur qu'il va bien, évidemment. J'ai quelques connaissances sur place, quoi qu'il en soit.

— Hmm, dit le Baron.

Tristan pensa entendre un bémol de désapprobation dans la voix de son père mais le baron n'en formula pas et changea simplement de sujet. *Bien*, pensa-t-il, *cela aurait aisément pu être pire étant donné notre histoire.* Il aurait pu faire un foin du fait que Tristan parte si tôt après la naissance du bébé, mais il se conduisit de façon exemplaire. Tristan se frotta la tête et regretta de ne pas avoir eu de brandy à la place du vin qui leur avait été servi.

APRÈS LE restaurant, ils rentrèrent à la maison et Tristan, se surprenant lui-même, invita le baron pour un dernier verre. Ils souhaitèrent la bonne nuit aux dames et se retirèrent dans la bibliothèque.

Le Baron Ware prit une gorgée de brandy et adhéra au choix de la liqueur.

— Tu entretiens une bonne cave à ce que je vois.

— J'ai quelques bonnes bouteilles, dit Tristan d'un ton désinvolte. Nous ne recevons pas beaucoup, du coup nous nous fournissons chez Berry, au cas où. Pour le brandy, c'est un peu plus compliqué.

Il attendit la désapprobation de son père mais le baron se contenta de dire :

— Stocks épuisés, bien sûr. C'est une honte que l'Angleterre et la France ne soient pas capables de mener des relations d'affaires même lorsque qu'elles ne sont *pas* en guerre. Les tarifs sur les importations sont déments ; les taxes devraient ne servir qu'à protéger les productions anglaises.

Au regard stupéfait de Tristan, son père ajouta sèchement :

— Je suis un businessman, Tristan, pour ainsi dire, bien que je ne l'admette pas en société. Tu penses peut-être que je ne fais que potasser des registres poussiéreux, mais mes intérêts sont bien plus étendus que cela.

— Dois-je vous appeler un 'cit [33]' dans ce cas, Monsieur ?

Ware s'esbaudit.

— Ce serait peut-être exagéré, mais je fais bien plus que gérer mes propriétés.

Il sirota son brandy et poursuivit.

— Il y a quelques mois de cela, j'ai fait une offre pour ton corps de chasse. J'ai été déçu que tu ne me l'aies pas cédé.

— Ça n'était pas nécessaire, dit Tristan.

— Tu n'aurais pas dû vendre tes chevaux pour régler tes dettes de jeu, persista Ware, pas alors que j'ai des fonds en abondance…

— Je les ai vendus parce que je ne les voulais plus, dit Tristan, et non à cause d'une dette imaginaire ! Je ne sais pas qui est allé vous dire que je pariais à l'excès, mais ils ne peuvent pas plus se tromper et pire, vous mentir !

Ware fronça les sourcils.

— Mais j'ai entendu dire que tu jouais aux soirées…

— Aux *soirées*, souligna Tristan. Des jeux de cartes, pour quelques pennies. Je me suis rendu à ce genre de soirées organisées, oui, et j'y ai joué le montant de liquidités que j'avais en poche. J'y vais si mes amis y vont. Lorsque je n'ai plus de cash, j'arrête. Je veux bien admettre être alcoolique… mais je ne suis pas assez stupide pour me compliquer la vie avec une addiction aux jeux. J'aime jouer aux cartes avec mes amis ; c'est une sorte de talent, je suis doué. Mais le faro, la roulette ou les dés ? Ce ne sont que des jeux de chance, et c'est ennuyeux à mourir. Le seul genre de pari qui soulève mon intérêt, c'est la bourse… et là, je ne m'y rendrai qu'une fois que j'aurai suffisamment fait de recherches en la matière.

Ware se renfonça dans son fauteuil et regarda son fils, le visage livide.

— Tu ne paries pas ?

— Je viens de le dire, s'irrita Tristan.

— Mais alors sur quoi as-tu dépensé l'argent ? Je connais tes dépenses domestiques au penny près et ni toi ni Charlotte n'êtes assez extravagants pour dépenser à l'excès, reconnu-t-il.

Tristan soupira.

---

33 « Cit » n'est plus un terme utilisé et est propre au temps de la Régence. Il désignait les marchands et hommes d'affaires du commerce. *NDT*

— J'ai près de quarante mille Livres investis dans les Fonds, c'est un fonds d'investissement pour Charlotte et Jamie. Et le nouveau bébé. Ajouté aux placements de Charlotte et à ce que vous avez placé pour les enfants – vous voyez, je vous accorde au moins cette dignité dans le fait de supposer que vous avez organisé un tel fonds – ils ne devraient avoir besoin de rien au cas où il m'arriverait quelque chose.

— Tristan, tu as trente-deux ans, dit Ware en fronçant les sourcils. Un homme de ton âge ne pense pas à sa mortalité. Les hommes de ton âge se pensent immortels.

— J'ai une idée assez précise de ma propre mortalité, dit Tristan.

Il vida son verre et se leva pour aller le remplir. Il était toujours en train de verser le brandy lorsque la voix de son père s'éleva de nouveau.

— Tu parles de ta tentative de suicide.

Le verre clinqua contre la carafe. Tristan le retint et se tourna vers son invité.

— Charlotte ?

— Oui. Lorsque je suis venu te rendre visite. Quand tu étais malade.

Ware leva les yeux sur son fils.

— C'est à ce moment que j'ai compris mes erreurs te concernant. Il fallait que je cherche un moyen de compensation, si cela était encore possible. Charlotte m'a conseillé d'attendre quelques semaines et de réessayer, avoua-t-il en sirotant son brandy, la main tremblante. Je n'arrivais pas à croire que ce soit à ce point sérieux. Oh, je ne doute pas que ça le fût, mais Tristan…

— J'étais allé chercher mes pistolets, dit-il d'un timbre plat. J'avais rédigé le brouillon d'une lettre pour Charlotte et l'avais laissé sur mon bureau. J'étais sur le point de me rendre au club et de le faire sur place. Pendant que j'étais en haut, Charles est passé et a lu la lettre. Nous nous sommes battus. Il m'a convaincu d'attendre. Et il se trouvait que je souffrais de fatigue nerveuse. Une fois rétabli, j'ai retrouvé le moral et n'ai plus eu l'intention ni le besoin de me tuer.

— Je ne comprends pas pourquoi tu as pu ressentir ce besoin en premier lieu.

Tristan tourna le verre dans sa main et étudia le jeu de reflets des flammes sur le liquide ambré.

— Je ne voulais pas être une honte pour mon fils, dit-il finalement. Il ne méritait pas un père inutile, ivrogne, un gâchis de temps et d'énergie, un idiot incapable et bon à rien.

— Tu n'es rien de tout cela !

Tristan se contenta de le regarder. L'expression de son père était indignée, mais alors qu'il l'observait, un voile de rougeur recouvrit ses joues et il s'affaissa, l'air vieux et éreinté.

— J'ai dit ces choses ? souffla-t-il.

— À un moment ou un autre, oui, dit Tristan.

— Je te demande pardon, dit Ware, écarlate.

223

— Oh, mais c'est pourtant assez pertinent, ajouta-t-il avec désinvolture. Ça n'est juste pas agréable à entendre, vous comprenez ? Encore un peu de Brandy ?

— Apporte la carafe, dit Ware.

Tristan s'exécuta et resservit son père avant de se réinstaller dans son fauteuil.

— Ce n'est pas vrai, tu sais. 'Inutile, bon à rien'. Ce n'est pas vrai. Je ne sais même pas pourquoi je l'ai dit.

— Parce que c'était ce que vous croyiez, répondit Tristan. Ça n'a plus d'importance.

— Bien sûr que si ! À cause de mes mots inconsidérés, mon fils a préféré se détruire plutôt que d'aller de l'avant, persuadé de la véracité de mes propos et dans un accès de ressentiment ? Seigneur !

Ware rejeta sa tête dans le dossier capitonné du fauteuil.

— Je n'arrive pas à croire à quel point j'ai pu être stupide ! Je lui ai dit, encore et encore, je lui disais… *Alice, je ne suis pas doué avec les enfants*, et elle me répondait toujours *ça ne compte pas, je m'en occuperai*. Mais elle n'a pas pu le faire. Elle m'a *laissé* et je ne savais pas quoi faire, je n'avais pas la moindre idée de ce que c'était que d'être un père ! Je n'ai jamais connu mon propre père ; il passait tout son temps avec Albert, à lui enseigner la gestion des domaines ; et je me contentais bien assez de mes mathématiques, donc il ne m'a pas manqué. Mais alors, je me suis retrouvé avec toi, sans savoir quoi faire ! Alice était censée savoir. Mais elle m'a quitté. Et je ne savais pas quoi faire.

Ses yeux brillaient d'un désespoir hagard et son regard était empli d'une douleur intense lorsqu'il croisa celui de son fils.

— Je ne savais pas comment faire. Et j'ai tout fait de travers.

Il prit un verre et poursuivit :

— Et voici où nous en sommes. Tout faux. Je voulais ce qu'il y a de meilleur pour mon fils. Je voulais que tu *sois* le meilleur. Tu étais si brillant – exceptionnel. Redding, le vicaire qui te donnait des leçons, disait que tu étais le garçon le plus intelligent à qui il avait jamais enseigné ; que tu apprenais vite, que tu te souvenais des choses, et que tu étais étonnamment doué avec les chiffres. J'étais si fier de toi. Tu réussissais si bien à l'école et je n'ai pas voulu faire la même bêtise que celle que mon père avait faite, et t'enlever trop tôt de Cambridge jusqu'à ce que tu sois prêt ; je pensais que tu resterais là-bas et que je pourrais former quelqu'un d'autre pour gérer les domaines, que tu pourrais devenir un Confrère du Collège de Cambridge et être heureux là-bas comme je n'avais pas pu l'être. Mais tu n'y es pas resté. Pourquoi n'y es-tu pas resté ?

— Mes résultats n'étaient pas suffisants !

— Tu avais obtenu les *honneurs de première classe* ! rugit Ware. Tu étais douzième au Tripos Mathématiques ! Tu aurais pu être chercheur !

— J'étais *douzième* ! tonna Tristan à son tour. Ça n'était pas assez !

Ware s'effondra dans son fauteuil.

— Mon dieu, haleta-t-il. Mais par le diable, qu'entends-tu par 'pas assez' ?
Que croyais-tu que j'attendais de toi ?

— La perfection.

Son père le regarda, interdit.

— C'est donc ce que tu pensais ? finit-il par dire. Que j'escomptais que tu
sois parfait ?

— C'est en tout cas l'impression que vous donniez, dit Tristan.

Il soupira et laissa reposer sa tête contre le dossier en miroir de la posture
de son père. Étranges étaient les similitudes dans la manière qu'ils avaient de se
mouvoir, pensa-t-il distraitement, alors qu'ils n'avaient jamais vraiment passé de
temps ensemble.

— Comme je l'ai dit, ça n'a plus d'importance.

— Je n'ai jamais attendu de toi que tu sois parfait, dit Ware. J'ai seulement
voulu ce qu'il y avait de mieux pour toi. Je voulais que tu sois *heureux*.

— Dans ce cas, il semblerait que nous ayons tous deux échoué, lâcha-t-il
d'un ton las en fermant les yeux.

Le feu de l'âtre crépita bruyamment, la résine pétaradant comme des coups
de feu dans le silence de la bibliothèque.

— Qu'est-ce qui te rendrait heureux, Tristan ? finit-il par demander.

Tristan réfléchit un moment.

— Je ne sais pas ce qui me *rendrait* heureux, finit-il par répondre, mais il
y a plusieurs choses qui me *rendent* actuellement heureux. Jamie, déjà. Et c'était
l'une des raisons pour lesquelles j'ai... j'ai pris la décision de faire ce que j'ai voulu
faire. Jamie est si beau, si parfait, au point de ne pouvoir supporter l'idée de voir
l'amour qu'il me portait se transformer plus tard en dédain. Et ça arrivera. Mais je
pense pouvoir l'accepter maintenant que...

Il s'interrompit, proche de se trahir.

— Maintenant que quoi ?

Au diable.

— Maintenant que j'ai trouvé quelqu'un qui m'aime tel que je suis, dit
Tristan. Quelqu'un qui se fiche que je sois défaillant. Quelqu'un qui m'aime de
tout son cœur.

— Oh, dit Ware en observant son verre, puis en reportant son attention sur
Tristan : Charlotte le sait-elle ? Au sujet de cette... autre personne ?

Tristan eut un bref rire.

— Heureusement, étant donné que c'est elle qui nous a présenté.

— Bien, cela est... intéressant. L'as-tu, hum, installée dans les environs ?

Un long silence plana à nouveau. Tristan considéra les options qui se
présentaient à lui avec vigilance, mais il était fatigué.

— Non. Il est actuellement à Bruxelles.

Ware cligna des paupières, puis articula lentement :

— Je pourrais jurer que tu viens de dire...

225

— Il, lâcha Tristan, sans équivoque. Oui. Vous avez parfaitement entendu. Vous voyez, Papa, toutes vos prédictions se sont réalisées. Je ne suis pas seulement un bon à rien, un incapable et un idiot, maintenant je suis aussi un sodomite. Je suis amoureux d'un homme.

Il observa le baron se lever, tenant ses lunettes dans une main tremblante. Absent de la scène qui se jouait, comme s'il n'était que spectateur d'une pièce de théâtre, il se demanda si son père allait le frapper. Ou simplement lui jeter le brandy au visage. Il préférait se faire frapper ; ce ne serait que pur gaspillage de perdre une liqueur si onéreuse.

— C'est de ma faute, croassa Ware.

Ce fut au tour de Tristan de ciller. Ça n'était pas vraiment ce à quoi il s'était attendu.

— Je vous demande pardon ?

— C'est de ma faute. J'ai échoué en tant que père, je t'ai poussé à l'excès dans les bras des putains et dans l'alcool et maintenant tu cherches quelque chose de plus, de plus dégradant encore, quelque chose... Oh, mon Dieu.

Ware porta une main à son front et vacilla. Tristan bondit et lui agrippa le coude.

— S'il vous plaît, Monsieur, asseyez-vous ! ordonna-t-il.

Ware obéit et se rassit.

— Oh, que le Seigneur me pardonne, gémit-il.

Tristan s'accroupit devant lui et lui retira le verre des mains pour le poser sur la table. Il lui recouvrit prudemment les mains. Elles étaient gelées.

— Ce n'est pas votre faute, Monsieur, faites-moi confiance sur ce point-là, dit-il sincèrement. Pardonnez-moi, mais ne vous blâmez pas !

— Et qui dois-je blâmer dans ce cas ? Toi ? Non, je ne peux pas. Tu es confus, Tris, tu confonds la gentillesse pour quelque chose d'autre et je suis certain que ça ne peut être réciproque chez cet homme... Bruxelles ? Ce ne peut être le Major Mountjoy ? Non, c'est un soldat, un *officier d'État Major* ! Il n'est pas ce que tu décris, affirma-t-il tout en secouant fermement la tête. Tu te trompes, tu l'admires, c'est fort compréhensible, c'est un homme admirable et sur lequel tu peux compter – tout ce que je ne suis pas. Ce n'est pas de l'amour Tristan. C'est de l'appréciation, du respect et de l'adoration. Je suis sûr qu'aucune autre de tes connaissances n'a pu engendrer ce genre d'admiration avant lui et donc tu te trompes sur ces sentiments.

Ses lèvres s'étirèrent en un sourire fébrile et Tristan fut choqué de réaliser que son père avait inexorablement vieillit ces dix dernières années.

— Oui, Monsieur, vous devez avoir raison, dit-il doucement, regrettant la décision subite d'admettre ses sentiments pour Charles.

Son père n'avait pas l'air en colère ; il avait l'air malade.

— Je suis juste confus.

Le baron baissa le menton et regarda leurs mains jointes.

— Tristan, dit-il d'un timbre de voix cassé, mon petit garçon adoré, *peux*-tu me pardonner ?

— Je pense que nous devons nous pardonner l'un l'autre, répondit Tristan. C'est ce que Lottie dirait. Et vous savez que je l'ai toujours écoutée, car c'est une personne extrêmement perspicace.

Le baron pencha la tête pour laisser reposer son front contre leurs mains jointes. Tristan se pencha à son tour après un moment, plaquant doucement le sien contre la tête grisonnante de son père.

— Nous essaierons, dit-il à Ware. Nous ne pouvons qu'essayer.

— AVEZ-VOUS RÉUSSI à ne pas vous tuer l'un l'autre ? demanda Charlotte depuis le chambranle de la porte coté couloir.

Tristan défit sa cravate avant de répondre.

— Pas grâce à toi en tout cas, Miss Malice, dit-il sèchement. Nous sommes parvenus à atteindre un certain arrangement et nous sommes mis d'accord sur le fait d'essayer de nous pardonner l'un l'autre. Je l'ai invité à dîner dimanche.

Il commença à se libérer de son manteau et Charlotte entra dans la chambre pour l'aider en tirant sur ses manches. Tristan poursuivit tout en pliant son manteau sur la chaise afin que Reston s'en occupe le lendemain matin.

— Il semble vouloir s'excuser sincèrement pour ses ingérences et se montre également désireux d'améliorer nos relations. Il était vraiment choqué de réaliser qu'il m'avait dit toutes ces choses au fil des ans. Je pensais bien qu'il les lançait sans les penser, et que ses mots paraissaient refléter ses véritables sentiments, alors que ça n'était en réalité que l'expression de sa frustration. Je ne sais plus, Lottie.

Il s'assit sur le lit et regarda sa femme avec un regard douloureux.

— Je lui ai parlé de mes sentiments pour Charles.

Lottie s'assit lourdement sur son manteau.

— Tu lui as dit quoi ? demanda-t-elle d'un ton faible.

— Je lui ai dit que j'étais amoureux de Charles. Il m'a expliqué que je me trompais ; que ce n'était que du respect et de l'affection ; et que c'était de sa faute, pour ne pas avoir su m'inspirer ce genre de sentiment, que je confonds maintenant en les reportant sur un autre homme.

— Qu'as-tu fait ?

— Je lui ai dit qu'il avait raison, bien sûr. Que pouvais-je faire d'autre ? Rentrer dans le détail de nos activités amoureuses ? railla-t-il.

Charlotte frissonna.

— Juste ciel, non. Cela est pour le mieux s'il pense que ce n'est que platonique. J'essaierai de me rappeler de faire savoir à Ellen que nous devrons continuer à ignorer la situation.

— Comment une femme aussi intelligente peut-elle avoir une orthographe aussi exécrable ? la taquina Tristan.

227

— La sagesse et l'orthographe ne vont pas forcément de pair, plaisanta Charlotte. Bon, ce sera beaucoup plus agréable cet été s'il se sent le bienvenue dans notre maison de campagne : Wareham est plutôt isolé et ce sera rassurant d'avoir un homme à portée de main pendant que tu seras à Bruxelles avec Charles. Le baron a l'air d'apprécier Ellen ; peut-être que je devrais manigancer une romance entre eux. Elle n'a pas encore quarante ans et est encore en mesure de porter un enfant. N'aimerais-tu pas un petit frère ou une petite sœur ? demanda-t-elle l'air de rien.

Tristan rit.

— Lottie ! Mon père est vieux !

— Il ne peut pas avoir plus de soixante ans, s'il les a, dit-elle raisonnablement. J'aimerais bien voir Ellen s'installer ; elle est bien évidemment invitée à rester avec nous pour toujours mais, quelques fois, je crois qu'elle ne serait pas contre l'idée d'avoir sa propre maison.

— Je suis sûr que si mon père avait un jour pensé à se remarier, il l'aurait fait au cours des vingt dernières années, fit remarquer Tristan.

— Hmm. Même. Ce sera pour moi un moyen de passer le temps pendant que Charlie et toi serez partis, dit Lottie.

Tristan rit de nouveau.

— Miss Malice frappe encore ! Si tu continues à jouer les entremetteuses, peut-être devrions-nous songer à te nommer en tant que l'une des Patronnesses de l'Almack [34].

Elle tressaillit.

— Juste ciel, non, par pitié ! Des gâteaux secs et de la limonade. Non, merci. C'était déjà suffisamment éprouvant de faire mon entrée là-bas en tant que Débutante.

— Alors, dans ce cas, nous devrions peut-être te trouver quelques fermiers bucoliques et des vachères à caser autour du Cottage, au moins pour t'occuper et te tenir loin des ennuis !

— Je suis sûre d'avoir suffisamment d'occupations, dit-elle en tapotant son ventre, pour me tenir loin des ennuis.

— Plus que quelques semaines, dit-il.

Elle lui sourit.

— Je sais. Es-tu déjà trop fatigué ou serais-tu partant pour un whist ?

— Je suis fatigué, mais je jouerai une manche. Je suppose que ton addenda te tiens éveillée ?

— Comme d'habitude. Bon, puisque tu es fatigué, j'aurai au moins une chance de gagner.

Elle plongea les mains dans les manches longues de sa robe et ils se rendirent au salon.

---

34 L'un des premiers clubs à être mixte, à Londres. *NDT*

LIVRE TROIS
BRUXELLES, 1815

XX

Le fiacre accusa une secousse en s'arrêtant et un moment plus tard le valet Will ouvrit la portière. Tristan se releva de la banquette, engourdi par les longues heures d'immobilité passées assis et posa le pied sur un pavé fraîchement nettoyé. Il se redressa et contempla les environs.

La maison donnait sur l'allée ; c'était le cas de toutes les maisons de cette rue et cela n'enlevait rien à leur belle allure. Leur élégance serait bien assez suffisante si Charlotte, présentement installée à Lilac Cottage avec les enfants, souhaitait le rejoindre.

—La rue de Valois est l'une des plus huppées de Bruxelles, dit une voix dotée d'un faible accent dans le dos de Tris.

Il se retourna pour voir un petit belge raffiné posté devant lui.

—*M'sieur* Nort'wood ? s'enquit-il. Je suis Etienne Bellocq. J'ai loué cette maison pour vous à la demande de votre femme. Je suis certain que vous y trouverez tout ce dont vous pourriez avoir besoin. C'est un *petit bijou… un petit bijou.*

— M. Bellocq, l'identifia-t-il en lui serrant la main. C'est très gentil de votre part d'être venu m'accueillir. Comment saviez-vous que j'arriverais aujourd'hui ?

— Je ne le savais pas, répondit l'homme en souriant avant d'ouvrir la voie jusqu'à la porte principale devant laquelle il fouilla dans ses poches à la recherche d'un jeu de clefs qu'il se mit à essayer dans la serrure. Mais j'avais un garçon posté aux portes d'Anvers et il est venu m'avertir de votre arrivée. Les soldats sont particulièrement méticuleux sur la vérification des documents, vous ne trouvez pas ?

— Très, confirma Tristan.

— Ce n'est pas un mal. Nous sommes bien trop près de Paris pour prendre les choses à la légère. Mais maintenant que *Monsieur le Duc* est arrivé, plus aucun Napoléon de ce monde ne pourrait nous faire peur.

— Je n'ai moi-même peur d'aucun Napoléon, dit Tristan en tordant ses lèvres en un léger rictus. Je parie que je pourrais le mettre à l'amende dans une bagarre.

Monsieur Bellocq parut confus mais se joignit à l'esprit sportif de Tristan.

— J'en suis certain.

Il trouva la bonne clef et poussa la porte, invitant Tristan à l'intérieur.

— J'ai fait venir ma femme de ménage afin que tout soit propre pour votre venue. Avez-vous amené vos domestiques ou faut-il en engager ? J'ai averti milady Northwood qu'il n'y a que peu de personnes décentes à employer malgré tous les Anglais sur place.

— J'ai emmené mon personnel, lui assura Tristan. Mon valet, un valet de pied et une cuisinière. Je ne pense pas recevoir très souvent, ils conviendront parfaitement.

230

— *Bien, bien*, dit le Belge. Bien, bien. Voici la salle à manger... pas très grande, mais pas trop petite non plus et très confortable. Elle donne sur le jardin de l'allée, vous voyez ? Pas de vis-à-vis ni de mur en face. Même chose pour les chambres à l'étage. Il y en a d'autres au-dessus de la salle à manger, mais elles donnent sur la rue et les murs. Moins agréables. Mais ce sont les chambres que nous réservons aux gens que nous n'aimons pas, je me trompe ? acheva-t-il d'exposer.

Tristan rit.

— J'espère que je n'aurai pas à loger de gens que je n'aime pas, dit-il avec un reniflement de mépris. Y a-t-il une pièce ou une bibliothèque que je puisse utiliser comme bureau ?

— Derrière la salle à manger. C'était, dans le temps, l'office du majordome mais il a été déménagé dans l'ancienne cuisine. Le nouveau est à l'arrière, aménagé l'année dernière. C'est... comment dites-vous, *quartiers* ? Les quartiers des domestiques ? Non ça n'est pas correct.

— *Quarters*[35], le corrigea Tristan. Quartier signifie *district* ou *arrondissement* en anglais.

— *Merci*. Oui, les loges sont au-dessus de la cuisine mais séparées du reste de la maison. Leurs escaliers les mènent à la cuisine.

Will arriva avec une valise sous chaque bras.

— Monsieur ?

— En haut, Will, la chambre de devant, qui heureusement, donne sur le jardin, dit Tristan en libérant le passage afin de permettre à son valet de grimper les marches étroites de l'escalier.

Reston suivit Will dans la maison et demanda avec inquiétude :

— La chambre de devant, Monsieur ? Sur l'allée ?

— C'est une allée assez tranquille, dit Tristan avec désinvolture.

Will monta bruyamment les marches, Reston sur ses talons.

— C'est effectivement une allée très calme, lui assura Monsieur Bellocq. La chambre frontale conviendra parfaitement et vous pourrez voir qui vient vous rendre visite et vous demande, n'est-ce pas ?

— Oui, dit Tristan.

Et il pensa crânement qu'avec les domestiques à l'arrière de la maison, il n'y aurait pas de témoin si par exemple, il choisissait d'avoir de la compagnie dans cette chambre frontale. Il sourit intérieurement.

— J'ai un ami dans l'État Major du Duc, dit-il à monsieur Bellocq. Son cantonnement se trouve dans la rue du Marais...

— Oh, cela n'est pas très loin. Elle se trouve seulement à quelques rues d'ici. Mais s'il fait partie du personnel de M'sieur le Duc, vous pourriez le voir dès

---

35 Le français utilise bien le même mot : quartier. Il s'agit ici des « chambres de bonne ». *NDT*

ce soir. Lady Passingwell tient une petite réception et le Duc sera présent ; il aime voir ses jeunes officiers prendre du bon temps. Votre ami s'y trouvera sans doute.

— Je vous remercie, mais je crois que je vais plutôt envoyer une dépêche à son cantonnement, dit-il avec amusement.

— Mais bien sûr que vous le devez, s'exclama Monsieur Bellocq en se frottant les mains de satisfaction. Bon ! Je vous laisse à votre, comment dites-vous, *explorayshion* ?

— Ek-spluh-rey-shuhn.

— Ah *yes, yes*. Installez-vous bien et je m'occupe de votre invitation. Oh, aussi !

Il sortit un porte carte de sa poche et tendit sa carte de visite à Tristan.

— Voici mes coordonnées si vous avez des questions. Et bienvenue à Bruxelles, *M'sieur* Northwood.

— Merci, *M'sieur* Bellocq.

Ils se serrèrent la main et Tristan le regarda s'en aller, un grand sourire aux lèvres. Il était tel que Charles le lui avait décrit et c'était un véritable soulagement d'avoir eu quelqu'un de compétent pour arranger son séjour.

La maison était, comme promis, un petit bijou et la chambre frontale, qui en occupait l'entière largeur, offrait un énorme lit équipé de lourdes tentures de brocards. Il tira sur le textile, satisfait de constater leur épaisseur et l'absence de poussière, puis commença à s'imaginer cloîtré là-dedans avec Charles, les épais rideaux refermés autours du lit, ensembles dans la pénombre de l'abri de soie et de flanelle. Bon Dieu ce que Charles pouvait lui manquer. La douleur du manque était autant physique qu'émotionnelle ; le besoin de sentir les mains de Charles sur sa peau, son odeur, sa chaleur, sa force et encore le son de sa voix vrombissant à son oreille. Sa main glissa lentement sur la soie et ses doigts se mirent à courir sensuellement sur le brocard sans qu'il ne s'en rende compte. Bientôt, se promit-il, bientôt il reverrait Charles et dès qu'il le pourrait, il l'étreindrait, l'embrasserait et l'aimerait de cette manière à laquelle il n'avait fait que penser durant ses longues et détestables semaines passées loin de lui. Bientôt.

CHARLES ATTRAPA un verre de Champagne au passage du plateau promené par le domestique et se tourna vers Randall.

— Je n'ai pas eu le temps de m'arrêter à mon cantonnement, expliqua-t-il, je me suis directement rendu auprès de Sa Grâce dès mon retour de Namur, mais heureusement, Griffin et moi faisons la même taille ; il m'a prêté un pantalon et un veston. Ses vestes étaient trop étroites aux épaules, mais son valet a soigneusement brossé mon manteau. Ce n'est pas ce que j'aurais choisi de porter, mais le Duc a voulu que je l'accompagne afin que je puisse finir mon rapport.

Il tira sur le pan de son veston noir. Il était également un peu plus grand que Griffin mais ses hauts de chausses masquaient commodément la longueur faisant défaut au pantalon.

— Vous vous êtes rendus à Namur et êtes là cet après-midi ? s'exclama Randall. Cela fait soixante miles !

— Il s'agit de Sa Grâce, dit sèchement Charles. Et Blücher était là-bas aujourd'hui. Cela aurait été bien plus simple si les quartiers généraux de Blücher se trouvaient plus près, mais ils y sont installés depuis bien plus longtemps que nous.

— Le Duc n'est pas très content dernièrement, n'est-ce pas ?

— L'avez-vous déjà connu content ? demanda-t-il par pure rhétorique. Non, il ne l'est pas, mais il est bien plus satisfait maintenant qu'il possède son propre intendant. C'est à se demander quelle mouche avait piqué ses idiots de Whitehall ? De le flanquer d'Uxbridge comme second ? Sa Grâce est folle furieuse.

— Pouvez-vous le blâmer ? Le type s'est enfui avec sa belle-sœur.

Charles pouffa.

— C'est un sacré bon commandant.

— De la cavalerie. Et vous savez ce que pense le Duc au sujet de la cavalerie, répliqua Randall.

Ils en rigolèrent.

— Je l'entends trop souvent et je me demande si Uxbridge en est la raison. Bon Dieu, j'espère qu'ils vont bientôt servir le dîner. Je pourrais tuer pour avoir un sandwich.

— Venez par-là, mon vieux, dit Randall en lui attrapant la manche afin de le traîner dans la salle bondée. Je vais vous en faire préparer un morceau. Je connais le chef, c'est le fils de notre vieux majordome. Il vous trouvera quelque chose à vous mettre sous la dent en attendant le repas. Je présume que le Duc en a fini avec vous ?

— Pour l'instant, dit sombrement Charles. Jusqu'à ce qu'il soulève un autre problème ou veuille que je l'accompagne à Moscou voir le Tsar.

Charles afficha un méchant sourire.

— Bien que ça soit franchement excitant d'être un de ses gars. Vous ne savez jamais ce qui va vous tomber dessus pendant que lui ne doute pas un seul instant de vos compétences à gérer la chose. Il vous force à vous dépasser, Randy.

— Merci… je le ferai savoir à la jeune grenouille.

— Ne laissez pas le Duc savoir que vous vous référez à Slender Billy de la sorte, l'avertit Charles.

Randall leva la main pour jurer.

— Pas tant que vous vivrez, Monty. Allez, la cuisine est par là. Nous serons revenus à temps pour que Sa Grâce vous envoie à Moscou.

— M. Northwood, qu'il est bon de vous voir ! l'accueillit Lady Passingwell en lui serrant les deux mains. Si j'avais su que vous veniez à Bruxelles, je vous aurai envoyé une invitation ! Quelle négligence de la part de Charlotte de ne point m'avoir informée !

— C'était une décision spontanée, dit Tristan en lui tenant les mains et en s'inclinant par-dessus. Elle commençait à grandement s'inquiéter au sujet de son frère, alors je lui ai dit que je serais heureux de faire un saut rapide pour aller m'enquérir de lui. Bien qu'elle reçoive une lettre de lui chaque jour, je crains qu'elle ne se satisfasse d'aucune nouvelle tant que je ne lui confirmerai pas moi-même qu'il se porte effectivement bien.

— Est-ce lui qui vous a recommandé Bellocq ? Un petit homme si adorable, pour un Belge. J'ai été très étonnée lorsqu'il m'a appris que vous étiez là. C'est un vieil ami du notaire des Richmond, vous voyez. Mais il est quelque peu exceptionnel et d'un excellent tempérament.

Elle glissa son bras sous celui de Tristan et le guida dans la salle.

— Les Richmond arriveront un peu plus tard ; Sa Grâce leur a demandé, par missive, d'attendre son retour pour un rapport ou quelque chose de ce genre. Vous savez bien évidemment que le Duc de Richmond est chargé de la défense de Bruxelles en cas d'attaque française ? Une telle responsabilité, mais si quelqu'un peut le faire, c'est bien Carles Lennox. Savez-vous que son fils March est aide de camp du Prince d'Orange ?

Tristan rit.

— Maintenant, je le sais. *Pouce*, Lady P. Il n'est pas nécessaire de me mettre immédiatement dans le bain des activités de ces honorables Bruxellois : je ne repars pas avant quinze jours.

— Ah, bon. Vous aurez d'agréables activités à mener maintenant que le temps s'est amélioré. Lady Alvanley est en ville, avec Kitty et Fanny : je suis certaine qu'elles reçoivent quelque part et que je pourrai vous obtenir une invitation. Et chez les Richmond aussi, et oh, chez une douzaine d'autres personnes !

Tristan lança un regard circulaire sur la salle et répondit sèchement.

— Oui, une douzaine.

Elle rit et lui frappa le bras de son éventail.

— Oh, allons, dit-elle. Puis-je dire, M. Northwood, à quel point il est *bon* de vous revoir sourire ? Vous semblez de nouveau être vous-même. Charlotte m'a dit que vous étiez malade cet hiver, mais vous semblez vous être bien remis ! Je dois vous avouer que je me suis inquiétée l'année dernière ; la dernière fois que je vous ai vu, vous ne portiez pas cette gaîté qui est la vôtre.

Elle lui sourit de ravissement.

— Mais je vois que ce bon vieux Tristan Northwood est de retour.

— Merci de votre attention, dit-il sobrement mais en souriant, le regard rivé au sien. Maintenant que j'ai pu bénéficier d'une mise à jour des distractions qui m'attendent ici, je suis vraiment venu voir mon beau-frère et l'on m'a dit qu'il serait ici. J'ai envoyé un message à ses quartiers mais n'ai pas eu de réponse.

— Oh, le Duc l'a fait venir, dit Lady Passingwell. Il est ici quelque part. Il est venu avec le Duc il y a de cela une heure. Allons le trouver.

Elle lui tapota le bras et l'entraîna dans la foule des invités.

ENFIN RASSASIÉ d'un sandwich à la viande et d'une chope de bière avec Randall, partagée dans la chaleur de la cuisine grouillante de domestiques, Charles alla s'enquérir de Sa Grâce pour en prendre aussitôt congé lorsque celle-ci lui demanda 'd'aller s'amuser' ; il sortit de la salle de réception bondée et se rendit sur la terrasse. Il tira un cigarillo de la poche poitrine de sa veste d'uniforme, l'alluma à l'un des flambeaux qui illuminaient la balustrade jusqu'aux jardins en dessous puis se cala contre la rambarde pour contempler distraitement le paysage en fumant en paix. Dans la salle, derrière lui, un quartet commença à jouer un allegro de Bach et il écouta la musique sans y porter plus d'attention.

Il était fatigué. Et pas seulement à cause des soixante miles parcourus jusqu'aux quartiers généraux de Blücher ; il avait fait de bien plus longs voyages, en bien moins de temps et dans des conditions incomparablement plus stressantes dans la Péninsule. Le ballet sans fin des rendez-vous, des rapports, des messages à transmettre à droite et à gauche tout au long de l'interminable ligne de commande des troupes de Wellington, depuis Bruxelles jusqu'à Ostende, suivi d'insistantes sollicitations sociales dues à sa position et pour couronner le tout, à la fin d'une très longue journée, un congé tardif dans un lit vide et froid et l'expectative d'un lever aux aurores. Ces conditions de vie commençaient à lui peser.

Il ne s'était pas préparé à devoir repasser par tout ça. Un an plus tôt, il avait pris sa décision et s'était fait à l'idée que l'armée n'avait plus besoin de lui, qu'il n'avait plus besoin d'eux non plus et qu'il était prêt pour mener une vie paisible consacrée à aider les autres au lieu d'élaborer des stratégies pour les tuer. Trois mois plus tôt, il avait pensé avoir enfin trouvé ce qu'il voulait : passer ses jours à l'hôpital et ses nuits dans les bras de Tristan. Tout lui avait été retiré d'un coup et il s'était retrouvé forcé de reprendre le cours de cette vie à laquelle il avait joyeusement tourné le dos.

Temporairement, se rappela-t-il furieusement. *Temporairement*. Bientôt, tout serait fini. Bonaparte serait de retour à Elbe ou n'importe où ailleurs ils décideraient de l'envoyer – certains au Congrès avaient plaidé pour un lieu encore plus sécurisé, avant même que n'ait lieu le désastre de son évasion, un endroit stérile et perdu au milieu de l'Atlantique comme l'île volcanique de Saint Hélène ou dans les mers du sud – et Charles pourrait enfin s'installer.

Dans des moments pareils, il cherchait toujours à se rappeler que la situation ne durerait pas éternellement. Qu'il s'en sortirait sans trop d'égratignures – ou avec très peu d'égratignures, songea-t-il fébrilement en pensant aux quelques cicatrices qu'il s'était faites – et serait fin prêt pour passer au prochain challenge et vivre de nouvelles aventures. Alors pourquoi doutait-il cette fois-ci ? Non, c'était même plus que cela. Cette fois, il avait *peur*. Était-ce parce qu'il avait perdu l'habitude

235

de se concevoir comme un soldat ? Était-ce à cause des heures passées à l'hôpital à ne pouvoir parfois rien faire de plus pour un pauvre patient que lui prodiguer un maximum de confort ? Il avait déjà vu la mort plus de fois qu'il n'en fallait, l'avait infligée, il avait tenu la main d'un camarade jusqu'à ce que son regard devienne vitreux, ramassé des lambeaux d'hommes qui se tenaient en un seul morceau derrière lui quelques minutes plus tôt. Il avait toujours conçu, intellectuellement, que son tour pouvait tout aussi bien venir mais ce n'était que maintenant qu'il le comprenait viscéralement. Il pouvait se faire blesser. Il pouvait mourir. Et laisser Tristan seul et de nouveau livré à lui-même.

Il aspira une profonde bouffée de cigarillo et expira lentement l'épaisse fumée. Tris avait été bouleversé lorsqu'il était parti. Charlotte lui avait assuré dans sa correspondance régulière, qu'il s'était vite remis et poursuivait ses études de chirurgie ; et qu'il était en quelque sorte redevenu l'ancien Tristan en moins fragile. Plus heureux, disait-elle. Charles lui manquait, bien évidemment, mais il n'en restait pas moins heureux, en paix avec lui-même et faisait plein de projets à mettre en œuvre au retour de Charles. Il avait même timidement commencé à renouer avec le Baron Ware. Charlotte avait dit qu'ils avaient l'air de deux chiens se reniflant l'un l'autre, mais que c'était déjà mieux que rien du tout. Charles fut ravi de l'apprendre. Tristan s'en sortirait peut-être très bien tout seul si Charles n'était pas en mesure de revenir ; Tristan avait le soutien de sa femme et de son père.

Penser à Tristan de cette manière était étrange. Sa présence était si forte dans l'esprit de Charles qu'il eut presque l'impression que son amant se trouvait non loin, telle une ombre dans son dos...

— Charlie ?

Il sursauta sous le choc et fit une volte-face rapide en laissant le cigarillo lui échapper de la main. Les lèvres de Tristan s'étirèrent en un large sourire et il se pencha pour ramasser le cigare, le lui tendant.

— Je m'excuse. Je ne voulais pas te surprendre.

Charles saisit machinalement son cigarillo, incrédule.

— Tris ? Que diable fais-tu là ? demanda-t-il.

Le sourire de Tristan s'effaça.

— Tu as fait parvenir à Charlotte le nom de cet homme d'affaire, Bellocq. Elle a organisé mon arrivée.

Il pencha la tête sur le côté et demanda tranquillement :

— N'es-tu pas content de me voir ?

— Oh, bon Dieu, Tris !

Charles envoya ses bras le ceinturer dans une étreinte ferme et le serra contre lui.

— Pas content ? Diable que je le suis ! Je ne t'attendais simplement pas avant des semaines ! Charlotte va bien ?

236

— Évidemment. Je ne l'aurais pas laissée si ça n'était pas le cas. Je l'ai accompagnée à la campagne la semaine dernière. Elle, ta nouvelle nièce et Jamie. Ils vont bien.

Charles le libéra et le tint éloigné à distance de bras, l'observant d'un regard chirurgical.

— Tu as l'air d'aller bien.

Il jeta un coup d'œil par-dessus l'épaule de Tristan, vers la salle vivement éclairée au travers des portes fenêtres françaises, puis laissa glisser sa main en une légère caresse sur le bras de son amant avant de le relâcher.

— Quand es-tu arrivé ?

— Quelques heures à peine. J'ai envoyé une missive à ton cantonnement mais je n'ai pas eu de réponse. Ton logeur a dit que tu étais parti avant.

— J'ai dû conduire jusqu'à Namur pour les affaires du Duc, dit Charles. Rentré ce soir et arrivé directement ici. Je n'ai même pas pu repasser par ma chambre aujourd'hui. Dieu, c'est un ravissement de te voir. Viens, dit-il en faisant un geste de la tête vers l'extrémité de la terrasse, loin des lumières et des fenêtres. J'ai besoin de véritables retrouvailles.

La lueur qui brilla dans les yeux de Tristan aurait suffi à dissiper la pénombre du jardin environnant. Il le suivit jusqu'en bout de terrasse et une fois à l'abri dans le noir, Charles l'attira dans ses bras et plaqua sa bouche contre la sienne. Les lèvres de Tristan l'accueillirent dans leur douceur tiède et Charles grogna de soulagement et d'avidité réprimée. Il sentit la main de Tristan passer dans ses cheveux et les empoigner ; il descendit l'étreinte de ses bras aux hanches de son amant, le pressant impérativement contre lui et sentit le désir de Tristan, dur, contre le sien. Grognant et riant à la fois, il se repoussa de lui, tenaillant sa taille entre ses mains et le retenant à l'écart.

— Bon sang Tris, haleta-t-il, j'espère que ça n'est pas un rêve. Où loges-tu ?

— Numéro 4, rue de Valois, dit Tris. Tu connais ?

— Non, j'ai à peine eu le temps d'explorer la ville dans le voisinage immédiat des quartiers généraux, mais je n'ai pas fait les quartiers résidentiels. J'ai surtout prospecté pour le divertissement de Wellington et de sa coterie.

— Ce n'est pas grave.

Tristan sortit une carte de visite et un crayon. Sur le dos de la carte il inscrivit l'adresse et schématisa un plan grossier.

— Là tu as la rue du Marais, là Richmond et là, la rue de Valois. Rien de compliqué.

Il la glissa dans la poche poitrine de Charles.

— Garde-la toujours sur toi.

— Sentimental, se moqua Charles, mais il tapota le dos de la main de Tristan posée sur sa veste et leva la sienne pour prendre sa joue en coupe. Diable, souffla-t-il. Tu es là. J'ai rêvé de toi, tu sais.

— Quelle partie de moi ? taquina Tristan en laissant courir ses doigts sur les lacets de la veste d'uniforme.

— Bon Dieu. Ta bouche. Tes mains. Ton putain de beau cul, gronda Charles à son oreille. Ta queue raide, chuchota-t-il avant d'envoyer un coup de langue dans le pavillon de son oreille, rigolant doucement du tressaillement de Tristan dans ses bras.

Il recula ensuite le visage et se redressa en le regardant sérieusement.

— Ton rire. Tes yeux. Ta voix. Ta façon de penser, ta manière de parler, les mots que tu utilises, la façon dont tu me souris juste avant de tomber dans le sommeil… Bon sang Tristan, il n'y a rien de toi qui ne m'ait pas manqué, même la manière dont tu remballes les gens : ce lever de sourcil sardonique, la lèvre supérieure retroussée. L'insupportable ton traînant.

— Fichtre, lâcha Tristan, embarrassé. Je ne traîne pas la voix !

— Si. Tu as le rôle de l'aristocrate dédaigneux. Quand je vois ça, tout ce à quoi je peux penser, c'est que cet aristocrate las et agacé est à moi, et que je peux balayer le dédain de son visage en un seul toucher.

— Tu le peux, murmura Tristan. Viendras-tu à moi cette nuit ?

Charles soupira et secoua la tête.

— J'en doute. Je suis dans la suite de Sa Grâce cette nuit, et nous avons quelques arrêts à faire. Il ne se couchera probablement pas avant quatre heures du matin tel que je le connais, et nous avons une entrevue avec le Prince d'Orange et l'un de ses sujets belges fort mécontent à huit heures. Nous essayons d'éviter de répéter le désastre qu'ont connu les Saxons sous Blücher.

— Quel désastre ?

— Mutinerie, dit lugubrement Charles en relâchant Tristan. Le roi de Saxe était un satellite de Napoléon et le Congrès a divisé le pays entre la Prusse et la Russie. Ce fut une débandade. Il y avait au moins quatorze mille soldats des troupes saxonnes réquisitionnés pour cette campagne ; il y a deux semaines, une poignée d'entre eux a manqué d'assassiner Blücher dans son lit. Il a dû en faire exécuter deux ou trois et il déteste devoir faire ce genre de chose. Ce vieux chien a beau avoir un caractère impossible et vouer une haine farouche aux français, il aime ses hommes comme ses propres enfants. Seulement, il lui est maintenant impossible de faire confiance au contingent saxon, même si une grande majorité lui est loyale – à lui ou au moins, à ses officiers. Ça met tout le monde dans l'embarras mais on dirait qu'on va devoir les renvoyer chez eux. C'est ce dont nous allons discuter demain, comment faire en sorte d'empêcher que la chose se reproduise avec les Belges – ils ont une faction assez importante de profrançais ; actuellement, une bonne partie du contingent belge allemand se fait les dents sur les troupes françaises. Et la plupart d'entre eux sont sous le Prince d'Orange – qui ne porte pas spécialement dans son cœur les nouveaux sujets de son père, sans compter les Français.

Il secoua la tête.

— Ils ne l'aiment pas. C'est un bon gars, bien qu'un peu trop… enthousiaste. Il est trop pressé de montrer ce qu'il vaut et surtout trop inexpérimenté pour se lancer.

238

Il tira une taffe sur le cigare laissé pour compte et expira la fumée avec impatience.

— La moitié de nos troupes n'a aucune expérience, et l'autre moitié est pro Bonaparte ; et si Dieu avait bien voulu qu'elle ne fasse qu'une seule et même moitié, il aurait été simple de les caser dans un cul de sac et les ignorer. Mais le problème, c'est que les pros Bonapartistes comptent parmi les meilleurs soldats du corps. On peut dire ce qu'on veut des Français… leur système d'avancement au mérite bat à plates coutures le système d'avancement par l'achat des Anglais, lorsqu'il s'agit de produire de bons officiers.

— Prudence, ça sonne presque comme de la trahison, murmura Tristan.

Charles lâcha un rire sec.

— On pourra ajouter ça sur la liste de choses qui peuvent me faire pendre, dit-il avec amertume.

Il releva les yeux pour voir le visage de Tristan.

— Ah. Bon Dieu, grogna-t-il. Je ne voulais pas te parler de ça, Tris. J'aurais du me contenter de la fermer et de profiter de ta présence. Mais je ne peux en parler à personne et ça me rend malade.

— Et tu es épuisé. Et tu n'as pas plus envie d'être là que moi je le voudrais, dit Tristan.

— Ça ne pourrait être plus vrai. Bon. Laisse-moi te présenter à Sa Grâce. Il t'aimera – c'est un snob et tu es bien né. Je te préviens toutefois, il est meilleur que toi niveau expression hautaine. Je crois que c'est son nez. Allez, on y va.

Il écrasa son cigarillo sur la balustrade et jeta le mégot dans un pot de fleur à proximité.

— Trouvons-le avant qu'il ne décide de passer à son prochain événement mondain sans me le dire.

— Je l'ai déjà rencontré avant, tu sais, dit Tristan alors qu'ils se frayaient un chemin parmi le beau monde. L'année dernière, pendant les Honneurs.

— C'est vrai ; j'étais à Vienne avec Castlereagh, j'ai oublié qu'il était à Londres, se rappela Charles. Évidemment que tu as dû le rencontrer, vous évoluez dans les mêmes cercles.

— Je doute toutefois qu'il se souvienne de moi.

— Oh, tu serais surpris, dit Charles. Tu es pile le genre de jeune noble dont il apprécie la compagnie. Je crois qu'il a toujours été conscient de sa dignité en tant que simple second né d'un Comte Irlandais, et il a grandi en enviant la noblesse anglaise. Il ne peut que savourer d'avoir obtenu leur respect.

— Toi et tes théories, rit Tristan tandis qu'ils négociaient leur chemin dans la cohue près de la porte. Personne n'est à l'abri des piques et des pointes de Charlie Mountjoy.

— J'aime juste comprendre pourquoi les gens font ce qu'ils font, dit-il d'un ton léger. C'est intéressant.

239

— Lottie le fait aussi, mais elle est plus... je ne sais pas, *abstraite* sur le sujet. C'est un jeu pour elle. Tu prends la chose avec plus de sérieux.

— Mets-le sur le compte de la part germanique de ma famille, plaisanta Charles. Les troublants et romantiques Allemands plutôt que les froids et analystes Prussiens. Lottie a écopé du sang prussien, je crois bien. Dommage qu'elle soit née femme ; elle aurait fait un excellent officier.

— Elle est douée pour gérer le personnel... et parfois moi-même, répliqua Tristan.

— Oh, c'est elle qui nous a tous gouverné depuis la mort de Maman, répondit abruptement son amant.

Il y avait du monde autour de Sa Grâce, mais en vertu de leur haute taille, ils réussirent à attirer son attention et le Duc les interpella.

— Mountjoy, dit-il en hochant la tête. Northwood. Bienvenue à Bruxelles. Ici pour être de la partie ?

— Pratiquement, dit Tristan. Mon épouse m'envoie pour surveiller le bien-être de son frère ; je n'ai pu la convaincre qu'il ne devait pas avoir complètement oublié comment se prendre en charge. Quelques mois sous notre toit et il est redevenu sa responsabilité.

— Bien, puisqu'il ne prendra pas de femme, une sœur fera l'affaire. Un homme a toujours besoin d'une femme pour veiller sur lui, dit le Duc qui évitait sa femme dès qu'il en avait l'occasion. Où logez-vous ?

— Rue de Valois.

— Plaisante perspective. Paisible. J'imagine que Mountjoy y trouvera refuge contre les nuisances sonores de son cantonnement.

— Il y est, évidemment, le bienvenu. Tout comme vous l'êtes, Duc. Je ne reçois pas énormément avec Lottie dans le Leicestershire, mais je prévois quelques parties de cartes – entre gentlemen seulement. Puis-je vous envoyer une invitation ?

— Assurément. Je ne pourrai peut-être pas rester, mais je passerai certainement.

Ils discutèrent quelques minutes de plus avant que l'attention de Sa Grâce ne se porte ailleurs.

— N'allez pas loin Mountjoy, je pars dans un quart d'heure et requiers votre présence, lança-t-il avant de les quitter.

Charles eut l'air désabusé.

— C'est l'histoire de ma vie bruxelloise, je le crains. J'imagine que nous allons devoir calmer quelque allié terrifié, ou quelque chose dans le genre. Je doute que nous puissions nous voir souvent, Tris.

— Je n'en attendais pas la moitié, répondit Tristan.

Il tira une clef de la poche de son veston.

— C'est la clef de la porte du jardin. Les escaliers sur la gauche mènent sur le côté frontalier de la maison ; les loges des domestiques ont une entrée séparée. Viens quand tu peux.

Il baissa la voix et précisa :

— Dès que tu peux.

Charles prit la clef en laissant ses doigts s'attarder sur la paume de Tristan.

— Ce sera tard, et seulement pour un moment.

— Dès que tu peux, répéta Tristan.

Ils se retournèrent pour regarder les danseurs en silence, épaule contre épaule.

Le Capitaine Randall arriva quelques minutes plus tard.

— Mountjoy, dit-il, Il vous cherche ; il est prêt à partir. Bonsoir.

Charles hocha la tête en direction de Tristan.

— Tris, voici mon ami, le Capitaine Francis Randall. Randy, M. Tristan Northwood, mon beau-frère.

— Oh, vous êtes le beau-frère, dit Randall en lui serrant la main. Comment va Mme Northwood ?

— Très bien, merci. À la campagne pour l'été.

— Parfait. Bienvenue à Bruxelles, Northwood. Mountjoy ?

— J'arrive, Randy. Tris… je te vois plus tard.

Tristan les regarda s'en aller et suivre Wellington comme des yoles derrière un navire marchand ; puis, sans plus aucune raison de rester, Tristan s'excusa auprès de son hôtesse et retourna à la maison silencieuse de la rue de Valois.

UN LÉGER bruit réveilla Tristan dans la nuit noire ; il resta allongé un moment puis l'entendit de nouveau, ce bruit sourd de pas de bottes qui battent le sol. Avec un large sourire, il tira les rideaux du lit et vit Charles, en bras de chemise, s'asseoir sur le canapé de la chambre ; tandis qu'il l'observait, Tristan vit son amant poser méticuleusement ses bottes près du fauteuil.

Puis, à sa grande consternation, Charles se prit le visage dans les mains et resta assis prostré.

La posture lui ressemblait si peu que Tristan surgit du lit pour se retrouver accroupi à ses côtés sans avoir eu conscience de s'être levé.

— Charlie ? demanda-t-il à voix basse.

Charles leva la tête de ses mains et son expression était si livide, si éreintée que Tristan dut reprendre son souffle avant de l'attirer dans les bras, le visage de Charles contre sa poitrine.

— Qu'est-ce qui ne va pas ?

— Je ne peux plus le faire, dit Charles d'un filet de voix fébrile. J'ai oublié ce que c'était. Je suis devenu un lâche ces deux dernières années, Tris. Je ne peux plus supporter ça : côtoyer tous ces hommes en sachant qu'ils ne seront plus que des bouts de viande pour les vers dans quelques jours. Je m'étais accoutumé à l'idée de les soigner et non plus de les envoyer à la mort. Oh, mon Dieu, Tris… il a parlé de me donner un commandement !

— Il est sérieux ?

241

— Je ne sais pas. Quelquefois. Je pense que oui. Mais ça lui arrive de temps en temps de jeter des idées comme s'il pensait tout haut. Nous sommes trop peu d'officiers dans la légion du roi germanique : ce sont pour la plupart des hanovriens et avoir un commandant qui parle allemand serait une garantie, je comprends bien. Et ça se présente avec une promotion au rang de Colonel.

— Est-ce que ça compte ?

— Bon Dieu, non. Je ne veux plus commander. Il y a quelques années, je me serai battu pour ça, mais je ne peux plus le faire, Tris. Je ne peux plus les envoyer à leur mort. Nous sommes dominés en effectifs, en puissance, en armes, de tous les côtés ; la moitié des soldats des armées allemande et prussienne sont des sympathisants français et nos meilleures troupes sont encore coincées en Amérique.

Il se renversa en arrière et regarda le visage de Tristan.

— Je n'ai pas peur pour moi, dit-il d'un ton las. Je m'en sortirai bien ; je m'en sors toujours bien, ne sois pas si consterné. Mais ces hommes...

Tristan dégagea une mèche de cheveux blonds du front de son amant.

— Viens te coucher Charlie, tu verras les choses autrement demain matin.

— Je suis trop fatigué pour te faire quoi que ce soit de bon cette nuit, dit misérablement Charles.

— La seule chose que je te demande c'est de dormir avec moi. Tout le reste pourra attendre une autre fois.

Il jeta un coup d'œil à l'horloge de la cheminée, faiblement illuminée par la lampe que Tristan avait laissé brûler en prévision de la venue de Charles.

— Seigneur, il est bientôt quatre heures. Pas étonnant que tu sois épuisé.

— Et on se rencontre à neuf heures. C'était huit heures à la base, mais March a réussi à faire repousser notre réunion.

— Un bon point pour March, dit Tristan.

Il mit Charles sur ses pieds et lui retira ses vêtements sales.

— Tu auras besoin d'une marge de temps pour passer à ton logement et te changer demain matin, à moins que tu ne veuilles l'une de mes chemises. Pas vraiment réglementaire, je pense.

— Mais de meilleure qualité. Ça fera l'affaire.

Tris rabattit les draps et poussa Charles sur le ventre.

— J'ai le flacon d'huile que tu m'avais laissé, dit-il. Et c'est à mon tour de prendre soin de toi maintenant. Alors reste allongé et je vais voir ce que je peux faire pour te relaxer avant que tu t'endormes.

Charles ne dit rien et tourna la tête contre l'oreiller en poussant un autre grand soupir qui fit frémir son corps. Tristan réchauffa l'huile en se frictionnant les mains et s'apprêta à faire un massage à Charles comme celui-ci lui en avait fait plus d'une fois. Tandis qu'il était à l'ouvrage, il nomma les muscles qu'il pétrissait :

— Trapèzes. Deltoïde. Grand rond, grand dorsal...

Il sentit les vrombissements des légers rires de Charles, puis les rires cessèrent et Charles s'endormit. Tristan n'arrêta pas tant que les muscles ne furent pas entièrement délassés, conscient que l'endormissement de Charles avait été provoqué par l'épuisement et que le sommeil ne lui apporterait le repos nécessaire que s'il était complètement détendu.

Lorsque le corps de Charles fut libéré de toute tension, Tristan se laissa glisser contre lui et tira le bras de son amant sur sa taille. Puis il laissa reposer sa tête contre son épaule.

IL AVAIT prévu de rester éveillé et de laisser Charles dormir à poings fermés afin de le réveiller pour sa réunion, mais alors qu'il lui avait semblé fermer les yeux pour un court moment, il les rouvrit sur les tentures ouvertes et Charles affairé à se raser devant le meuble de toilette.

— Tu es réveillé, constata-t-il stupidement.

Charles se retourna, un sourire éclair aux commissures.

— En effet, réveillé après un sommeil agréable. Merci, mon cœur. Ta gentillesse m'a donné la force d'affronter cette journée.

— Que vas-tu faire ? demanda Tristan en se hissant du lit pour attraper son peignoir banian.

Charles haussa les épaules.

— Retrouver le Duc et aller rassurer un énième noble nerveux qu'il doit rencontrer ce matin. Le suivre, prendre des notes et transmettre des missives, la routine.

— Je parlais du commandement.

L'expression de son amant se figea.

— Il ne m'en a pas encore fait l'offre.

— Oui, mais quand il le fera ?

— Je n'en sais rien. Je suppose que ça va dépendre du son de cloche de son offre. S'il est déterminé, il est inutile de refuser. Si j'essayais, il ne ferait que me renvoyer dans un régiment en tant que Major et je ne serais pas mieux loti qu'avant ; pire, j'aurais moins de contrôle encore, à suivre les ordres d'hommes que je ne connais pas et auxquels je ne pourrais faire confiance. Si ce n'est que spéculation, je lui laisserai entendre avec tact que je préfère être l'un de ses aide de camp que commander. C'est un compliment, vraiment ; ça n'est pas souvent qu'il propose une promotion. C'est l'un des sujets sur lesquels nous nous sommes déjà disputés ; il rabaisse la qualité de ses officiers mais il adhère aux promotions par achat de commission. Le système français est mieux, mais je devine que c'est par une espèce de patriotisme qu'il s'accroche au système anglais.

Il se sécha le visage avec une serviette.

— J'espère simplement que ce système sera suffisant pour arrêter Bonaparte.

— Tu le feras, affirma Tristan d'un ton assuré.

— J'espère que tu as raison. As-tu amené Gamin à Bruxelles ?

— Oui. La maison partage des écuries avec les voisins.

243

— Bien. Le Duc est en tête à tête avec l'une de ses amourettes cet après-midi et nous donne congé jusqu'à nouvel ordre. Cela te dirait de faire un tour vers une heure ? Je pourrai te montrer la ville.

— Tu es sûr de ne pas préférer venir te reposer ici ?

— Je me reposerai lorsque je serai mort, répondit Charles avec un large sourire. N'est-ce pas l'une de tes répliques ?

— Si, et probablement l'une des plus stupides, rétorqua-t-il.

— Bien, Parangon a besoin d'exercice étant donné que j'ai monté Patch et Betsy hier ; Gamin aura besoin d'exercice aussi. Nous nous occuperons d'abord des chevaux. C'est le protocole de la Cavalerie. Les chevaux d'abord, les hommes ensuite.

Il boutonna sa chemise et noua sa cravate avant de se retourner face à Tristan et de le prendre dans ses bras. Il l'embrassa tendrement et lui expliqua d'une voix basse :

— Le rendez-vous galant du Duc se prolongera certainement dans la soirée ; il nous a déjà dit qu'il n'aurait pas besoin de nous jusqu'à demain. En même temps, il est du genre à arriver en retard à un rendez-vous, donc je ne serai peut-être pas rentré pour une heure. Sinon, il y a un fameux restaurant en ville ; nous pourrions nous y arrêter pour déjeuner ?

Tristan ramena une longue mèche de cheveux blonds en arrière et embrassa le large front dégagé. D'une voix basse et étouffée, il répondit :

— Nous monterons dans l'après-midi mais ce soir, c'est moi qui monterai.

— Esprit pervers, dit Charles en riant, puis il l'embrassa de nouveau. Garde ça pour plus tard, que je puisse y réagir, et non pas rencontrer mon Général avec une érection au garde-à-vous.

— Va, dit Tristan. J'ai averti le personnel que tu passerais probablement quelques nuits ici, puisque ton logement est bruyant – c'est le Duc qui m'a donné l'idée – donc ils ne seront pas surpris de te voir arriver. Et j'irai aussi froisser le lit dans lequel tu seras censé dormir.

— Diabolique, perfide Tris, s'amusa Charles.

— Il faut bien que toutes ces années de conversations adultères et criminelles servent à quelque chose, si ce n'est à alimenter un esprit conspirateur, rétorqua Tristan en poussant légèrement Charles.

Charles déposa un baiser sur les lèvres de Tris et s'en alla.

Il avait emporté la lumière de la pièce avec lui bien que les premiers rayons de soleils percent déjà à travers les rideaux. Tristan soupira et se rendit dans la chambre d'ami en y apportant la serviette mouillée pour la vraisemblance. Il la suspendit au meuble de toilette et chiffonna les draps, s'allongeant un moment sur le lit, la tête enfoncée dans les oreillers pour donner l'illusion que quelqu'un y avait passé la nuit.

Il retourna finalement dans son propre lit, se hissant dans les draps empreints de l'odeur de Charles et se rendormit.

XXI

LE SOLEIL tardif de mai réchauffait le visage de Tristan tandis qu'il s'étirait sur la couverture jetée sur le flanc du coteau. À ses côtés, Charles était assis le menton planté sur les genoux, perdu dans la contemplation de la campagne.

— C'est un bel endroit, fit-il agréablement remarquer. Dommage que ce soit destiné à devenir un champ de bataille.

— Tu es sûr de ça ? demanda paresseusement Tristan. Ce sera là ?

— La frontière française n'est pas loin, c'est la route principale jusqu'à Bruxelles et l'armée est là. Le meilleur coup de Napoléon serait de frapper la Coalition du Nord ; aucun autre allié ne serait assez fort pour lui faire face. Tant qu'il restera de ce côté de la frontière, nous ne pourrons rien faire, mais il ne s'y tiendra pas éternellement. Sa Grâce a déjà étudié les plans logistiques basés sur les rapports de nos espions au sein du camp français. Bien sûr, je suis certain que Boney a dû faire de même avec ses espions.

— Qu'est-ce que c'est là-bas ?

— Un endroit appelé Hougoumont. 'Le Château de Hougoumont', formellement, mais ce n'est qu'une grosse ferme. Personne n'y vit sauf l'actuel fermier.

— Mmm, commenta Tristan.

Charles se rallongea sur le dos et se cacha les yeux avec les avant-bras.

— Bon. Qu'est-ce qui ne va pas ? demanda-il enfin à Tristan.

— Qu'est-ce qui te fait penser que quelque chose ne va pas ?

— Cela fait quatre jours que tu es ici. Nous avons discuté de Charlotte, de Caroline, d'Ellen, de ton père, de Londres, de Lilac Cottage, Bruxelles, les batailles à venir, Napoléon et Wellington. On a parlé de Blücher, de Gneisenau et de Wilhelm Friedrich. Mais pas une seule fois tu n'as mentionné la médecine ni tes études avec Crosby. Que s'est-il passé ? Il était en colère que tu partes ?

— Non.

Ce fut au tour de Tristan de se redresser et de s'asseoir, le front contre les genoux.

— Il n'a pas eu besoin de l'être. Je n'étudie plus avec lui.

— Et pourquoi ? demanda Charles, abaissant son avant-bras afin de le regarder.

— Parce que.

Tristan déglutit et releva la tête pour contempler l'horizon.

— Il m'a dit que je perdais mon temps.

— *Hein* ? C'est absurde. Juste avant que je parte, MacQuarrie m'a dit qu'il était très satisfait de tes progrès. Que s'est-il passé ? demanda-t-il en roulant sur le côté.

Charles se suréleva sur son coude et laissa sa tête reposer contre sa paume.

— Je l'ai assisté dans une opération de chirurgie. Le retrait d'une tumeur. Ce fut une réussite et le patient se rétablissait bien. Je pensais que Crosby était content de ma performance. Mais lorsqu'il m'a demandé à son bureau, il m'a dit que je ne serai jamais un bon chirurgien.

Il avala sa salive.

— Il m'a dit que j'étais bon pour les chirurgies les plus rudimentaires – les reboutages, les saignées – mais que les opérations plus complexes comme le retrait de calculs, seraient hors de ma portée. Il semblerait que mes mains ne soient pas assez fermes au final. Il dit que l'alcool m'a définitivement rendu inapte à la chirurgie et m'a suggéré d'étudier la médecine, que j'apprendrais suffisamment avec MacQuarrie pour officier en tant que médecin de campagne si je le souhaitais, ou assister un autre médecin. Mais je ne serai jamais un chirurgien compétent.

Il leva les mains à hauteur de son visage. Elles avaient l'air assurées. Bien plus assurées que le cœur de Tristan à ce moment précis. Il s'était retenu de le dire à Charles parce qu'il devinait l'ampleur qu'aurait pris sa déception, mais c'était alors qu'il lui avait posé la question. Il fut bien obligé de répondre.

— Le fait de n'avoir quasiment pas bu depuis que j'ai commencé à Saint Joseph ne change rien. Apparemment les dégâts sont déjà faits.

— Qu'as-tu fait ? demanda calmement Charles.

Tristan déglutit.

— Que crois-tu que j'aie fait. Je suis rentré directement à la maison et je me suis saoulé. Et le lendemain matin, j'ai fait mes valises et j'ai mis Charlotte, les enfants et ma gueule de bois dans le fiacre direction Lilac Cottage.

— Bois-tu encore ? demanda Charles d'une voix toujours paisible, s'enquérant sans accusation ni inquisition.

— Non, j'ai découvert que je n'avais plus goût à la boisson et je suis malade rien qu'à l'idée de me réveiller avec la gueule de bois et la nausée. Il semblerait que je ne sois non seulement pas un bon chirurgien, mais que je ne puisse plus non plus être un bon ivrogne. Je devrais peut-être rester à la campagne le temps de me rendre compte que je ne peux pas être un bon propriétaire de domaine non plus.

— On dirait que tu t'apitoies, dit Charles.

— Bien sûr que je m'apitoie, répliqua Tristan en feignant la désinvolture. C'est exactement le tableau. Pratiquement. Une fois que Charlotte et les enfants furent bien installés, j'ai refait mes valises et je suis venu directement. Je t'avertis, pour ce que ça vaut… Charlotte s'est mise dans l'esprit de caser votre cousine Ellen avec mon père. Je pense que Bruxelles, à la veille d'une bataille, sera toujours un endroit plus sûr pour moi que Lilac Cottage.

— Tu as le droit d'être déçu, Tris. J'aurais préféré que tu m'en parles plus tôt.

— Je ne voulais pas que tu le saches. Je savais que tu serais encore plus déçu que je ne le suis.

— J'en doute. Bon, si Napoléon gagne cette bataille, l'Europe replongera dans la guerre et l'armée aura besoin de chirurgiens. Dois-je te présenter au docteur Grant ?

Tristan lui fit un sourire désabusé.

— Charlotte te *tuerait*, dit-il en s'allongeant sur le côté, en miroir de Charles.

— Sérieusement Tris… que comptes-tu faire ?

— Je n'en sais rien.

Tristan arracha un brin d'herbe et le mâchonna pensivement.

— Je me suis penché sur la suggestion de Crosby ; étudier la médecine. Et c'est une possibilité. Je leur ai envoyé à chacun un mot poli juste avant de partir pour le Leicestershire, pour remercier Crosby et mentionner à MacQuarrie ce qu'avait dit Crosby. Je lui ai dit que je le contacterais dès mon retour à Londres s'il était intéressé pour me prendre comme étudiant. J'ai aussi ajouté que je pensais que tu pourrais te porter garant.

— Bien évidemment, dit promptement Charles.

Il se pencha et embrassa tendrement Tristan.

— Lottie pense que la bataille sera terrible, murmura-t-il à même les lèvres de Charles. Elle dit que je dois m'attendre à être sur-sollicité, et m'a envoyé une énorme boîte de fournitures médicales. C'est arrivé hier.

— Elle n'a probablement pas tort, commenta son amant, ses doigts grimpant le long du col pour lui défaire la cravate. Tu sais qu'elle est toujours très bien informée par sa correspondance. Ils ramèneront sûrement les blessés en ville. Aideras-tu ?

— Bien évidemment ! répéta-t-il en se faisant l'écho des mots précédents de Charles.

Il poussa un soupir lorsque les lèvres de Charles se refermèrent sur sa gorge.

— Charlie… Ici ? Sérieusement ?

— Il n'y a personne à des miles à la ronde, nous nous trouvons à la plus haute altitude de toute la zone et l'herbe est au-dessus de nos têtes, assura Charles avant de laisser ses dents érafler légèrement la mâchoire de Tristan, qui répondit d'un tressaillement. Nous sommes aussi tranquilles qu'à la maison.

— Bien, dit Tristan en le poussant sur le dos pour lui grimper dessus.

Charles rit et roula dans l'herbe en emportant Tristan, l'emprise de ses mains, ferme et rude sur son amant. Tristan lutta contre lui tandis qu'ils s'arrachaient leurs vêtements, en proie au besoin désespéré d'être peau contre peau.

— Ah, hoqueta-t-il lorsque Charles glissa en lui le membre préalablement enduit de salive. C'est si bon, Charlie.

247

— Tu es si beau, murmura Charles contre sa poitrine, l'agaçant de coups de langue et d'aspirations alors que Tristan lui entourait la taille de ses jambes. Je t'ai attendu ma vie entière, je le jure. À moi. Tris. Tu es à moi.

— À toi, Charlie, mon amour.

Charles atteignit la jouissance le premier, s'arquant dans l'emprise des jambes de Tristan en poussant un profond grondement avant que sa main n'aille se refermer sur le désir de son amant, l'aidant à la libération. Leur plaisir consommé, il se retira et roula sur le côté, allongé dans l'herbe contre Tristan, tous deux peinant à retrouver leur souffle.

La lumière et le ciel se brouillèrent dans les yeux de Tristan et il réalisa qu'il était en train de pleurer. Il ne sanglotait pas mais larmoyait paisiblement sans être sûr d'en connaître la raison.

— Tris ? demanda Charles d'un ton doux, derrière lui.

Il secoua la tête et roula sur le ventre, enfouissant son visage dans l'odeur de la terre et de l'herbe arrachée, une odeur chaude et salutaire. Un profond frisson secoua son corps et ce n'est qu'alors qu'il se mit à *pleurer* en de brusques et féroces sanglots. Tristan avait vaguement conscience que Charles bougeait, étendant un bras sur ses reins et pressant le visage contre son épaule, mais il se trouvait à ce moment-là bien trop effrayé et submergé par cet étrange désespoir, pour noter sa présence.

Une fois qu'il se fut suffisamment épuisé, il s'adressa au sol :

— Je n'ai jamais eu l'habitude de pleurer. Tu m'as transformé en fontaine.

— Mes excuses les plus sincères, commenta Charles d'un ton désinvolte. As-tu un jour l'intention de m'en expliquer la raison ?

— Je pense que j'ai cru que si je ne te l'apprenais jamais, alors ce ne serait pas vraiment réel, avoua Tristan qui releva enfin le visage pour rencontrer les yeux de son amant.

Charles tendit immédiatement la main pour le nettoyer d'une traînée de terre qui lui marquait le front.

— Je parle de la discussion avec Crosby. J'ai fait comme si ça n'était pas arrivé, que je retournerais à Londres en reprenant les choses là où je les avais laissées et que rien n'aurait changé. Et quelque part, le fait de te l'avoir dit rend tout ça réel. Désolé d'être à ce point pleurnichard, Charlie, ça jamais été mon genre.

— Tout va bien.

Charles l'attira dans ses bras et ils se reposèrent, baignés dans la lumière du soleil, l'odeur de l'herbe les envahissant.

— C'est étrange. Tu as un nom ancien, un beau visage, un corps résistant, une adorable épouse, deux merveilleux enfants et plein d'argent, sans mentionner un amant à la beauté époustouflante… Mais il y a des barreaux devant toi. Comme une cage. Tu es comme une alouette qui se fracasse les ailes contre les barreaux de sa cage et qui ne peut chanter à moins d'être libre.

248

— Enfin, tu n'es pas que 'l'amant à la beauté époustouflante', dit Tristan. Tu es plutôt la porte de la cage, Charlie, mais tu as raison. Je me sens pris au piège. Je me suis toujours senti prisonnier. C'est stupide et ingrat de ma part, mais je n'ai jamais voulu tout ça. Je me fiche du nom, l'apparence n'a aucun sens et même si j'aime mes enfants et adore Lottie, je n'ai rien demandé de tel, je n'ai jamais eu besoin de ça. Même mes amis... je les aime, mais ils m'ennuient sur énormément de points. J'ai toujours eu l'impression de jouer un rôle pour lequel je n'ai pourtant jamais auditionné. Mais je ne l'avais jamais fait à ce point jusqu'à ce que je te rencontre. J'ai besoin de *plus*. J'ai besoin de quelque chose de... *différent*. Et puis j'ai commencé à travailler avec Crosby et les autres et j'ai eu l'impression d'être arrivé à la maison. Que *c*'était ce que j'étais destiné à faire. Et maintenant tout ça s'est envolé, perdu, par *ma foutue faute* !

Il se crispa et serra les poings.

— Ma propre inconscience, ma propre stupidité. Et rien de ce que je pourrai faire ne changera ça !

— Tris, Crosby n'est pas le seul chirurgien dans le monde... ni même de Londres. Quelqu'un d'autre pourra penser autrement. Et si jamais il avait raison et que tu ne puisses jamais procéder à des opérations pointues, qu'est-ce qui t'empêche de faire ce qu'il t'a dit et d'étudier la médecine ? Tu pourrais toujours continuer d'étudier la chirurgie aussi, cela fait partie entière de ce que nous allons apprendre, même s'il ne nous est pas permis de pratiquer. Tu apprendras bien plus que ça et peut-être que tu pourras trouver une manière de combiner les deux, en étant plus qu'un simple médecin de campagne.

Il le rapprocha de lui et lui embrassa le front.

— Peut-être pratiquer avec un autre médecin et te concentrer sur les maladies du corps pendant qu'il se concentrera sur des décoctions à l'odeur infecte d'herbes d'Amérique du Sud ?

Tristan émit un rire encore mal assuré.

— Je vois où tu veux en venir, dit-il. Tu veux que nous soyons partenaires et me laisser faire tout le travail pendant que tu passeras tout ton temps auprès de tes précieux livres.

— Touché ! dit Charles en lui adressant un large sourire. Mais le mot à retenir c'est 'partenaires'. Tris, étudie avec moi. Apprends avec moi. Travaille avec moi.

Il l'embrassa de nouveau.

— Vis avec moi. Aime-moi.

— Je t'aime. Seigneur, ce que tu viens de suggérer... je n'aurai pas même osé l'imaginer. Un partenariat entre médecins ? Toi et moi ?

— Pourquoi pas ? Je suis plus heureux en travaillant avec un partenaire.

Tristan se reposa contre l'épaule de Charles et laissa vagabonder ses pensées. Après un moment, une idée le frappa.

— Qui était-il, Charlie ? Un partenaire ? demanda-t-il de but en blanc.

249

— Qui ?

— Celui que tu aimais et qui t'a repoussé par peur. Celui que tu as perdu.

— Ah. Gregory. Gregory Winstead. Nous étions Cornets [36] dans l'armée, au début de nos carrières. Il avait à peu près mon âge.

Charles marqua une pause, puis reprit calmement.

— Nous étions amis.

— Mais plus maintenant ?

— Il est mort. En Espagne. Oh, cela fait presque cinq ans maintenant.

Charles remonta la tête de Tristan sur son épaule et frotta sa joue contre les cheveux de son amant, comme si ce simple geste lui donnait du courage.

— Je ne pense pas être en mesure de discuter de ça.

— Tu n'y es pas obligé.

Un faible rire sans joie vrombit à l'oreille de Tristan, un rire sec et dément signant la reddition.

— Non, certainement. Mais tu veux savoir.

— Je veux comprendre. Je sais qu'il a rompu avec toi parce qu'il était terrifié ; je peux comprendre, étant donné que c'est passible de pendaison.

— Je ne sais pas ce qui lui faisait vraiment peur.

Charles resta silencieux une minute puis dit :

— Nous étions dans la même compagnie depuis le début. Le régiment a passé tout le début du siècle à Londres, quasiment ; nous n'avons pas pris la route pour la Péninsule avant 1808. Et ce fut la dernière fois que je fus à la maison, jusqu'en janvier dernier. Il n'y avait pas beaucoup d'opportunité de promotion tant que nous étions postés en Angleterre, mais cela changea une fois que nous sommes arrivés au Portugal. Nous avons été fait Lieutenant tous les deux, juste après Talavera, sur les cendres de cette bataille. Nous étions amis depuis notre rencontre à Trowbridge, et j'ai toujours su que ce que je ressentais pour lui était plus que de l'amitié et je suspectais qu'il ressentait la même chose. Mais il faisait comme si de rien n'était ; nous étions tous deux fort conscients de ce que nous risquions. Mais c'était différent en Espagne. Je ne sais pas si c'était parce que nous nous sentions tous les deux si perdus – ou si c'était le fait de nous battre pour de vrai et non plus dans des manœuvres d'entraînement, je ne sais pas. Mais quelles qu'en soient les causes, l'Espagne changea tout. Tout devint plus urgent et le fait de… le fait de ne jamais savoir si nous serions en vie après une bataille. Je suppose qu'il était inévitable que nous terminions…

Il s'arrêta dans sa lancée. Ses doigts caressaient gentiment l'épaule de Tristan en un lent mouvement continu mais lorsque celui-ci leva les yeux, il vit que le regard de Charles, perdu dans le lointain, voyait quelque chose d'autre que les herbes hautes qui ployaient dans la brise et le ciel nimbé de nuages cotonneux au-dessus de leur tête. Lorsqu'il reprit, le timbre de sa voix était enrayé et brut.

---

36 Le rang militaire le plus bas des officiers de commission. *NDT*

— Deux jours de permission passés au lit. Je ne m'étais jamais à ce point vautré dans la luxure et je pensais que c'était pareil pour Greg. Puis je suis parti en mission de reconnaissance avec la Division Légère de Craufurd, à laquelle nous étions rattachés. Et lorsque je suis rentré, j'ai découvert que Greg avait été transféré dans un autre régiment de cavalerie. Dans un des pires, que nous avons toujours pris en pitié ; leur Colonel était une brute, bien loin du gentleman qu'était Hawker. J'ai mis deux jours avant d'avoir l'opportunité de le recroiser et lorsque je l'ai trouvé, c'était seulement pour l'entendre me dire que notre… liaison avait été une erreur et qu'il ne souhaitait plus être en ma compagnie. Je suis passé Capitaine pendant les événements de Ciudad Rodrigo, ceux qui ont vu la mort du Lieutenant-colonel Talbot – une grande perte pour le régiment, même si Hervey a fait un sacré bon boulot comme second. Greg n'était pas avec moi cette fois ; son Colonel, un fils de pute du nom de Warren, était avare de promotion. Et même s'il en avait distribuées, il n'en aurait jamais donné à Greg ; il éprouvait une haine passionnée envers lui. Je me demande parfois si la raison pour laquelle il le haïssait autant était qu'il le désirait, et qu'il n'avait pas les tripes d'agir en conséquences. Peu importait la raison, il était Colonel et Greg un simple Lieutenant sous ses ordres. Et je ne représentais plus rien pour Greg. Je ne pouvais qu'assister sans rien faire pendant que Warren faisait tout son possible pour le démolir aux yeux de ses hommes et des autres officiers et faire de sa vie entière un enfer. Cela a dû avoir lieu à peu près un an après, nous avons été cantonnés dans cet infecte village de l'Estrémadure – si jamais tu vas en Espagne, Tris, évite cette région comme la peste. C'est misérable. Je ne sais pas ce qui s'est passé. Greg était assis dehors, devant cette horrible cabane à arranger son harnais, je crois, et Warren est passé par là ; il lui a dit quelque chose. Je n'ai jamais su ce qu'il lui avait dit. Et Greg est devenu… Tout ce à quoi j'ai pu penser, c'est aux berserkers des vieux contes germaniques que nous racontait la nounou. Il écumait presque de rage, je ne l'avais jamais vu à ce point hors de lui. Il a attaqué Warren et l'a étranglé avec son harnais. Il a fallu l'aide de quatre gars pour l'arrêter et il se débattait toujours lorsqu'ils l'ont traîné dans l'une des misérables institutions de ce pathétique endroit, comme si un homme aussi fort et déterminé que Greg pouvait y avoir sa place ! La maison de fous du coin.

Il renifla un rire de mépris.

— Ce bled n'avait même pas d'église, mais il avait un hospice de fous ! C'était la raison d'être du village apparemment ; il avait été aménagé à la convenance des dirigeants du coin. Un bureaucrate ou quelque chose dans le genre avait décidé qu'il n'y avait pas de meilleur endroit pour caser les fous que ce coin perdu au milieu de nulle part dans ce fichu pays paumé. Et c'est là qu'ils ont enfermé Greg jusqu'à ce qu'ils décident de le pendre pour mutinerie. Mutinerie. Greg !

Tristan pressa la main contre la poitrine de Charles, sentant la sueur sous la flanelle trempée et la chaleur compacte de sa peau au travers du tissu.

— Ils n'ont pas eu besoin de le pendre, dit-il d'un ton dur. Il l'a fait tout seul.

— Il s'est suicidé ? s'exclama Tristan, figé de stupeur.

251

— Il est resté là-dedans trois jours. Je suis allé voir Hervey et Warren pour intercéder en sa faveur. C'était impossible avec Warren, forcément ; je n'étais qu'un simple Capitaine. Hervey fut plus compatissant, mais il y avait eu des témoins et une affaire était ouverte, les torts de Greg étaient indiscutables. Même Mac a intercédé ; il était le médecin du régiment à l'époque. Mais cela n'a servi à rien au final. Trois jours après l'incident, ils sont allés le chercher, et il était mort, pendu au bout de sa ceinture dans la cellule.

— Mon Dieu, souffla Tristan. Oh, Charlie.

— J'aurais dû faire plus, dit Charles. Je n'ai pas cessé de me tordre l'esprit à chercher ce que j'aurais bien pu faire d'autre… Et je ne peux me débarrasser de cette impression lancinante que j'aurais dû faire plus. Si seulement j'avais eu le courage de traverser la rue, j'aurais pu me trouver aux cotés de Greg lorsque Warren passait et rien ne se serait produit. Ou si j'avais été plus prompt, j'aurais pu arrêter Greg avant qu'il ne s'en prenne à Warren. Mais j'étais trop lent et à côté de la plaque.

— Et si tu avais pu l'arrêter à ce moment-là, ça n'aurait fait que repousser l'inéluctable, dit Tristan. Les tourmenteurs dans le genre de Warren ne s'arrêtent jamais, Charlie. J'en ai assez vu à l'école. J'ai eu la chance de rencontrer Gibson dès le premier jour mais Berkeley s'est fait bizuter sans pitié pendant tout le premier trimestre. Les brutes ne reculent que devant une force plus grande que la leur. Et ni toi ni Winstead n'étiez en position de lui tenir tête.

— Peut-être, dit Charlie avant de se murer un long moment dans le silence. Mais tu comprends maintenant pourquoi cela m'a tant affligé de te voir nourrir des intentions suicidaires ? Je venais juste de te trouver, j'apprenais à t'aimer et j'espérais ne pas t'être indifférent et ensuite, j'ai découvert que tu étais dans la même situation que ce pauvre Greg, au bout du rouleau. Quand j'ai lu la lettre pour Lottie, j'ai cru que je devenais dingue. Je n'aurais pu supporter de te perdre alors que je venais juste de te trouver, Tris.

— Je suis désolé, s'excusa Tristan.

— J'ai besoin de savoir que je peux compter sur toi. Que tu *seras* mon partenaire, mon amant, mon ami. Que tu seras là pour moi. Je jure que je le serai pour toi.

— Après la guerre, dit Tristan. Après la guerre, je te jurerai tout ce que tu voudras. Mais pour le moment Charlie, je veux juste que tu m'aimes.

— Je crois pouvoir arranger ça, commenta Charles.

XXII

Il y avait un mont de piété de l'autre côté de la rue face à la librairie ; Tristan flanqua ses emplettes sous son bras et se balada, songeant à l'amusement de Charles devant sa trouvaille : un vieil exemplaire des traductions de contes germanique par Walter Scott. Il était certain que Charles connaissait les originaux grâce à sa vieille nounou et qu'il serait intéressé de voir si les traductions restaient fidèles aux originaux. Il souhaitait trouver autre chose pour Charles ; son anniversaire était le quinze et bien que leur soirée soit accaparée par le bal donné chez la Duchesse de Richmond, les amants célébreraient ensuite l'événement dans un contexte bien plus privé.

Le magasin recelait les bricoles habituelles propres à ce genre d'échoppe : des vases de cuivre, des montres banales, des tabatières émaillées, une brosse à cheveux en argent noirci, la figurine d'une femme en colère… Tristan poussa la porte et entra. Un petit homme aux cheveux sombres leva le nez du polissage assidu qu'il était en train de mener sur des ustensiles d'argent et l'accueillit en français ; Tristan répondit poliment et s'approcha pour regarder les vitrines. Les offrandes et babioles n'étaient pas de première fraîcheur mais la boutique était d'une propreté scrupuleuse, les vitres brillantes et nettes. Il jeta un coup d'œil au rayon des couteaux de poche, anneaux, chaînes de montre et autres cure-dents en argent parmi une multitude d'autres babioles : tabourets de pieds, bottes, réticules et même deux ou trois épées. Une vitrine fermée faisait la longueur du comptoir et servait à l'exposition de pistolets présentés dans des boîtiers ouverts ; il y en avait de tous types : des pistolets de duel, de monture [37] et même un ensemble raffiné probablement destiné à une main féminine. Charles avait ses propres pistolets, tout comme Tristan ; ils possédaient chacun une belle paire de Manton que Lottie avait fait commandé pour eux, Charles avait en plus ses pistolets de monture en tant que cavalier de la Garde et Tris avait plusieurs autres paires pour le voyage. L'intérêt qu'il portait aux pistolets était académique ; il inspecta brièvement la vitrine et ne trouva rien de bien comparable à ce qu'ils possédaient déjà.

Il revint vers le présentoir à couteaux de poche ; il n'avait fait que jeter un coup d'œil sans grand espoir mais il lui sembla avoir laissé passer quelque chose. En effet : une mince lame d'une vingtaine de centimètres de longueur dont la poignée était recouverte de filigranes de fer et perforée à l'extrémité. La lame était enfoncée dans un étui noir avec une agrafe à l'arrière comme s'il était fait pour être porté…

---

37 Horse pistols : vendus par paire avec leur holster pour être positionnés sur la selle de la monture. *NDT*

— Accroché à l'intérieur de la botte, l'informa la voix depuis l'arrière du comptoir.

Tristan leva les yeux et fronça légèrement les sourcils. C'était le vendeur qui avait déposé son chiffon pour s'occuper du client.

— Le couteau se porte dans la botte et l'agrafe à l'extérieur, comme ça le couteau ne se voit pas, *n'est-ce pas* ? Seule l'extrémité du manche dépasse afin de pouvoir être facilement tiré en cas de danger.

Il hocha la tête.

— C'est très utile dans les endroits peu sûrs où l'on est parfois forcé de se rendre. On peut bien se faire prendre son sabre ou son pistolet mais personne ne pense jamais aux bottes.

Il ouvrit la vitrine et retira le couteau pour l'exposer sur le comptoir.

Tristan le saisit et nota la bonne qualité du cuir. L'agrafe était solide, du métal plié recouvert de cuir et rembourré de daim afin de ne pas abîmer la peau de la botte. Il referma la main sur le manche et défourailla la lame.

— Acier, dit le vendeur. Du bon acier.

Et c'était le cas : Tristan inclina la lame et remarqua les crans et stries damassées du métal, éclairé par la lumière du soleil au travers de la fenêtre de la boutique. Le couteau était, en plus de cela, bien équilibré et la poignée, bien qu'étroite, était assez large pour tenir confortablement dans la main de Tristan. Les mains de Charles étaient un peu plus grandes que celles de Tristan mais pas assez pour que la différence soit notoire.

— Combien ? demanda-t-il.

Le vendeur donna son prix ; ils marchandèrent un brin et Tristan finit par quitter l'échoppe avec le couteau et chacun s'en trouvât satisfait. Particulièrement Tris. C'était un présent d'anniversaire fort sympathique dont la teneur apaisait quelque peu les peurs avec lesquelles il était forcé de vivre. *Demain*, pensa-t-il en fourrant le couteau dans la grande poche de son manteau.

Il AURAIT souhaité emballer ses deux présents et les donner à Charles avant le bal mais celui-ci avait envoyé une note hâtivement griffonnée dans l'après-midi pour lui dire que le Duc avait été informé d'une avancée française sur Mons et que les troupes avaient été dispatchées en vue de les intercepter. Charles était envoyé sur place pour évaluer la situation et en rapporter l'évolution. Il verrait Tristan au bal plus tard. Déçu, Tristan laissa le livre à la maison et remit le couteau dans sa poche.

Il arriva à l'heure au bal et dansa avec plusieurs comtesses, Lady Elizabeth Conygham, Miss Seymour et Miss Arden ; il flirta avec son hôtesse et les filles de celle-ci, jetant des regards inquiets vers l'entrée, le cœur remonté à la gorge à chaque nouvelle arrivée. Wellington se fit annoncer en retard. Il semblait distrait, ce qui ne l'empêcha pas de flirter et danser comme à son habitude lors d'un événement mondain.

Un peu plus tard dans la soirée, le Duc apparut à ses côtés après une danse et Tristan saisit l'opportunité de lui demander l'air de rien :

— Ainsi avez-vous renvoyé mon beau-frère en folle mission, Monsieur ?

Wellington rit sans que l'allégresse ne puisse masquer la nervosité de son regard.

— En effet, Northwood, et soyez sûr qu'il ne ramènera rien d'autre que de bonnes nouvelles. Il y a eu des histoires sur la route de Mons cet après-midi, mais je ne m'attends pas à ce que cela soit plus conséquent que quelques agitateurs venus en éclaireurs. Nous devrions déjà les avoir renvoyés d'où ils viennent.

— Je prie pour que vous ayez raison, commenta Tristan avec désinvolture. Ce serait une honte que les festivités de Sa Grâce [38] soient interrompues.

— Elle ne me le pardonnerait jamais, répondit Wellington avec un sourire forcé tout en embrassant la salle d'un regard transversal. Ah, voilà notre saute-ruisseau. Si vous voulez bien m'excuser, Northwood, je vais m'enquérir de son rapport et le laisserai libre pour profiter de ce qui reste de son anniversaire.

Il hocha la tête à l'attention de Tristan et traversa la salle d'une démarche résolue.

Tristan le suivit du regard jusqu'à repérer Charles à la porte du long bâtiment que les Richmond avaient aménagé en salle de bal pour la soirée. Il était sale et avait le teint terreux ; il semblait épuisé. Dès qu'il vit le Duc l'approcher, il recula de quelques pas hors de l'entrée, se soustrayant à la vue des invités. Tristan suivit le Duc jusqu'à la porte mais lorsqu'il arriva, tous deux avaient disparu.

Il attendit dans l'antichambre un moment, tergiversant sur le fait de pousser la filature à l'extérieur lorsque Sa Grâce réapparut à la porte et se dirigea seule vers la salle de bal. Un instant plus tard, Charles passa la tête dans l'ouverture de la porte.

— Te voilà, feula-t-il d'une voix rauque. Le Duc a dit que tu étais là.

— C'est le cas. Charlie...

— Pas ici, Tris. Viens, ordonna-t-il d'un geste.

Tristan obéit.

Il le guida autour du bâtiment jusqu'à un endroit peu éclairé du jardin.

— Je n'ai que quelques minutes, dit-il d'un ton éreinté. L'attaque sur Mons était un leurre. Les Français marchent sur Quatre Bras ; Perponcher et le Prince de Saxe-Weimar les ont retenus des heures. J'arrive directement de là-bas. S'ils passent le croisement, ils nous sépareront de Blücher.

— Bon Dieu, souffla Tristan. Nous ne pourrons pas faire face sans les Allemands.

---

38 Her Grace ; il s'agit de la Duchesse.

255

— Wellington s'attendait à une offensive en tenaille, mais Napoléon l'a berné. Merde, Tris !

Charles tremblait d'épuisement et de frustration.

— Il ne peut te demander de retourner là-bas, dit Tristan incrédule.

— Non, il m'a dit de retourner à mon cantonnement et qu'il était temps de lever l'infanterie ! Lui et sa foutue infanterie ! Il a dit qu'il ne s'y rendrait pas avant plusieurs heures et que j'avais donc le temps de faire une sieste !

— Viens avec moi à la maison. Tu as besoin de bien plus qu'une sieste...

— Je ne peux pas, souffla-t-il en lui adressant un sourire fébrile. Je dois rester disponible pour le Duc ; il me voudra à ses côtés lorsqu'il se mettra en route. Je voulais juste te dire à quel point je suis désolé de ruiner tes plans.

— C'est ton anniversaire, commenta Tristan d'un air hébété. Des cadeaux t'attendent à la maison...

— Je les aurai demain, une fois que tout ceci sera fini, dit Charles.

Il caressa la joue de Tristan du dos de ses phalanges.

— Ils devront attendre.

Il se pencha et posa la tête contre l'épaule de son amant. Tristan l'enlaça et frotta gentiment son dos et ses épaules. Les bras se Charles se dénouèrent et enveloppèrent fermement la taille de Tristan, comme s'il avait été son point d'ancrage au beau milieu d'une tempête.

— Demain, dit-il d'un timbre rocailleux. Ce sera fini demain.

Il relâcha Tris et s'écarta de lui, affichant à nouveau ce sourire éreinté.

— Je ferais mieux d'y aller. Je n'ai pas de temps à perdre.

— Je t'accompagne, décida Tristan. Où est ta monture ?

— Côté cour, répondit-il en se dirigeant vers la rue avant de s'arrêter et se retourner vers Tris. C'est Parangon ; il est aussi épuisé que moi, mais il a besoin d'un peu plus que de quelques heures de sommeil. Je monterai Patch ou Betsy demain ; c'est une bataille, pas une parade et ces deux-là sont aussi rusés qu'ils sont laids. Mais je veux que tu emmènes Parangon avec toi et le mettes à l'écurie avec Gamin. Ils vont essayer de réquisitionner des chevaux supplémentaires et une fois que l'information sur l'avancée des Français sera dépêchée, ce sera une véritable ruée hors de la ville et je ne veux pas prendre le risque de le perdre en le laissant avec les chevaux du régiment. Je me fiche des autres chevaux. Mais Parangon... Il n'a que sept ans, Tris. Il fera une bonne monture pour Jamie lorsqu'il sera plus grand. Je veux que Jamie le monte.

— Ne dis pas ce genre de choses, répliqua férocement Tristan. Ne parle plus.

— Je ne suis pas inquiet, dit Charles avec un sourire déjà plus proche de celui qui éclairait habituellement son visage. Wellington ne nous envoie pas encore dans une impasse et ce n'est pas comme si j'étais dans un régiment de ligne. Je ne suis qu'un *aide*.

— Oui, celui qui court de long en large au travers de toute la Création, commenta Tristan. Et dans cet uniforme bleu tu risques tout autant de te faire tirer dessus par tes propres hommes que par les Français. Ne peux-tu au moins emprunter une veste rouge ?

Charles rit et passa un bras sur l'épaule de Tristan.

— Et ensuite ? Me faire prendre pour un dos de langouste [39] ? Tu ne verras jamais ça de ton vivant, mon vieux !

— Ce serait plutôt du tien, dont il est question.

— Crache le morceau, tu es jaloux. Tu aimerais être là-bas autant que quiconque, à conduire ventre à terre de compagnie en compagnie, slalomant entre les escarmouches et les canonnades, courant contre la montre pour récupérer les missives à temps et revenir entendre Wellington lâcher un 'bon travail' avant de t'expédier aussitôt dans une autre mission. Je suis fatigué Tris mais, même après une année en paix, il y a quand même quelque chose qui se réveille au fond de moi et me pousse au challenge. Je ne veux pas d'autre poste de commandement, mais être l'un des saute-ruisseaux du Duc...

Son sourire, désabusé, se tordit en une moue contrite.

— Tu aimerais autant que moi. J'ai raison là-dessus, tout comme j'avais vu juste à ton sujet vis-à-vis de la médecine. Tu n'es pas fait pour les mondanités, Tris. C'est là tout ton problème.

Tristan alla trouver l'un des palefreniers des Richmond et lui donna les instructions nécessaires pour faire conduire Parangon rue de Valois et pour dire à ses propres valets de surveiller de près les chevaux dans l'écurie au vu des circonstances. Une fois la chose réglée, les deux hommes marchèrent jusqu'au cantonnement de Charles.

— Tu n'as pas à m'escorter, Tris, dit Charles. Tout ira bien.

— Je ne t'escorte pas, répondit Tristan. Et je sais que tout ira bien. Je veux juste passer quelques minutes avec toi.

Charles lui donna un léger coup d'épaule et Tristan le lui rendit. Ils poursuivirent le trajet en silence.

À la vue du bâtiment à l'enseigne duquel logeaient Charles et quelques-uns de ses camarades officiers, celui-ci traîna Tristan dans la pénombre le long du mur de la bâtisse. Contrairement au domaine des Richmond, l'entretien de celui-ci n'avait aucune prétention ; ni jardin ni quoi que ce soit d'ouvragé. Ce n'était qu'une simple allée entre deux maisons aux murs aveugles. Au niveau des écuries, derrière la maison, provenaient les bruits de voix et les cliquetis des harnais des hommes qui se préparaient à prendre la route.

— Ils ont déjà reçu leurs ordres, dit abruptement Charles, d'une voix éteinte. Nous devons renforcer les lignes de Ligny et Quatre Bras.

— Bon sang Charlie... grogna Tristan. Rester coincé ici pendant que tu es là-bas... Je ne sais pas comment je vais supporter ça jusqu'à ce que tu rentres.

---

39 Lobsterbacks : terme d'argot employé par les Américains pour décrire les Anglais (uniformes rouge pétant – 'les tuniques rouges') durant la guerre d'Indépendance. *NDT*

— Tu le supporteras. Je parie que tout sera terminé avant que tu ne te réveilles demain matin, fainéant. Je suis le seul à avoir manqué mon anniversaire... mais je partagerai le tien en septembre, d'accord ?

— Bien sûr. Je... Oh, attends. J'ai un présent pour toi : je ne sais pas pourquoi je l'ai gardé dans la poche. J'ai dû le pressentir. Peut-être que ça te sera utile.

Tristan tira le couteau et le posa dans la main de Charles.

— C'est un couteau de botte.

— Malin, commenta Charles en défouraillant.

Il admira la lame à la lueur de la lune.

— Merci, Tris.

— Comme ça, expliqua Tristan en lui reprenant le couteau pour s'accroupir et glisser l'étui dans la botte droite de Charles.

Il referma la main autour du mollet puissant et longea la cuisse musculeuse qu'il moula de ses mains. Charles se pencha pour lui caresser les cheveux.

— Tristan, dit-il d'une voix étranglée par les larmes.

Tris se redressa et poussa Charles contre le mur de la bâtisse, profitant des nuages qui tamisèrent l'éclat de la lune pour l'embrasser dans les ténèbres bienfaitrices. Les lèvres de Charles s'entrouvrirent pour l'accueillir et Tristan plongea les doigts dans la chevelure raidie par la sueur et la poussière, sans s'en préoccuper. Il le tenait fermement serré tandis qu'il lui dévastait la bouche et frottait son bassin contre celui de Charles, déterminé à imprimer la saveur de son étreinte dans sa mémoire et dans son cœur.

— Oh mon Dieu !

Tristan se repoussa brusquement de son amant et porta un regard interdit vers la silhouette qui se tenait dans l'allée. La voix était vaguement familière, mais le visage était imperceptible. Mais pas les leurs ; le son d'un halètement de stupéfaction et d'embarras retentit avant que l'homme ne reprenne :

— Northwood ? Et... oh mon Dieu – Mountjoy ?!

— Randy, dit Charles d'une voix calme, presque glacée.

Le Capitaine Randall longea l'allée pour les rejoindre. Les nuages passèrent et Tristan put voir l'expression furieuse de l'homme à la lumière de la lune, le regard rivé sur le sien.

— Espèce de sale sodomite ! cracha-t-il en poussant Tristan. Comment oses-tu l'attaquer de la sorte ? Je savais que tu étais un libertin, mais cela dépasse les bornes de toute décence !

— *Randy* ! gronda Charles d'une voix bien plus forte et empreinte de colère. Arrêtez ça. Il n'y a pas eu d'assaut.

— Conneries ! siffla Randall. Je l'ai vu vous pousser contre le mur et vous forcer à cette horrible étreinte ! Je vais le faire *pendre* pour ça !

Tristan recula d'un pas mal assuré, sentant son sang se glacer. Il atteignit l'angle de la maison et s'appuya dos au mur lorsque ses jambes refusèrent de le porter plus loin.

— Charlie ? murmura-t-il.

— Randy. Ça n'est pas ce que vous croyez. Tris ne m'a pas forcé.

Le Capitaine se raidit et fixa Charles d'un air hagard.

— Vous n'avez pas consentit à ses avances, Monty ?

— Non, dit Tristan.

La chair de poule se dressa sur son épiderme. Il se para de l'attitude altière et aristocrate dont Charles le raillait souvent et poursuivit.

— Le Major Mountjoy est innocent de tout sauf d'épuisement. J'ai pris avantage de cela. Major, je vous présente mes plus profondes excuses. Peut-être serait-il mieux pour vous de rejoindre vos quartiers.

— Ne déconne pas, Tristan, dit Charles.

Il se frotta fébrilement le visage.

— Randy. Ce n'est pas la faute de Tristan. Nous avions – avons – un, une relation.

— Ne soyez pas ridicule, Major, dit Tristan. Il n'est pas nécessaire de me protéger pour le bien de votre sœur. Le Capitaine Randall n'est pas un idiot ; il sait que je suis ce qu'il vient de nommer. C'est aussi ce que croiront les autres. De plus, il n'est pas nécessaire de me protéger. Le Capitaine Randall sait fort bien qu'une simple accusation n'est pas suffisante pour pendre un noble. Même lorsque la renommée de celui-ci…

Il marqua une pause et ajusta sèchement ses mèches dans un effet calculé.

—… est aussi *notoire* que la mienne.

Il jeta un coup d'œil à Randall.

— Cependant, une telle accusation détruirait la carrière d'un officier. J'ose espérer que le Capitaine Randall respecte assez vos compétences pour ne pas prendre un tel risque.

Le Capitaine les regarda tour à tour et s'arrêta sur Charles.

— Monty ? N'avez-vous rien à dire pour vous-même ?

Charles se frotta de nouveau le visage. Il ouvrit la bouche mais Tristan le prit de court.

— Nos forces sont assiégées et Sa Grâce souhaite que le Major l'accompagne lorsqu'il prendra la route. Il lui a permis une brève pause pour se reposer d'ici là. Pour l'amour de Dieu, mon brave, laissez-le en paix. Laissez-le se tenir prêt pour le Duc. Arrêtez-moi si vous le souhaitez, je n'ai rien de mieux à faire, ânonna-t-il en tendant les poignets.

— Oh, juste ciel, s'irrita Randall. Cessez de jouer comme Kemble sur la scène de Covent Garden.

— Kemble ? Rien de moins que Kean, mon cher, répliqua dignement Tristan. Kemble est un technicien, Kean, un artiste.

— J'en sais rien… je ne l'ai pas vu, pesta Randall. Bon sang… vous parlez *théâtre* ! Je parle de *crime* !

259

— Certaines pièces que j'ai vues devraient être classées parmi les crimes, dit-il subitement, le ton désinvolte.

Il ne savait nullement d'où venaient ses propos ; quelque chose de sauvage en lui était à l'œuvre, l'entité qui parlait à sa place lorsqu'il était défié, lorsqu'on le challengeait et lorsqu'il se trouvait à la limite du danger. Il ressentait tout cela à l'instant présent.

— Cela signifie si peu pour vous ? demanda le Capitaine, incrédule et médusé. De détruire un honorable officier ? Un *homme* honorable ?

— Pourquoi pas ? rétorqua Tristan. J'ai déjà disgracié les honorables Ladies de Londres ; il faut bien que j'échange les pays et le sexe pour garder l'entrain libertin.

— C'est *assez* ! tonna brutalement Charles. Randy, Tris, arrêtez ça !

Il attrapa la manche de Randall.

— Randy, laissez-le tranquille ! Il n'est pas celui qui a commencé.

— Monty, je ne peux pas croire cela de vous, dit fermement le Capitaine.

— Parfait, ne le croyez pas. Mais ne le croyez pas de Tris non plus.

Charles fit courir ses doigts dans sa chevelure ébouriffée.

— Écoutez... j'étais sur le point de vendre. Je ne reste pas dans l'armée, Randy, vous le savez, pas après cette bataille. J'en ai marre. Tout ce que je veux c'est rentrer chez moi. Je vous en *supplie*, Randy... ne reportez pas ça. Laissez Tris tranquille. Je vous en supplie, Randy... ne serait-ce qu'au nom de l'amitié que nous avons partagée ? Sinon pour Keighley.

Le Capitaine avait ouvert la bouche pour parler mais les derniers mots de Charles le firent hésiter. Finalement, il secoua la tête.

— C'est sale. C'est répugnant, c'est illégal *et* immoral ! Mais merde, Monty. *Vous* ? Je ne veux pas vous voir pendu. Merde !

— Si vous portez des accusations contre Tristan, c'est tout comme, dit Charles. Cela retentira sur tout le monde, moi, Lottie, mon neveu... Je vous en prie, Randy.

Randall resta un moment immobile à réfléchir.

— Bon sang, Monty, dit-il avant de regarder haineusement Tristan. Si je vous revoie dans le coin je vous tue. Je sais qui porte le blâme même s'il le dénie. Mais pour le moment... Pour le bien de Mountjoy. De plus, je n'ai pas le temps pour ça ; je suis appelé auprès du Prince. Allez-y, Monty... on se voit dans quelques heures. Vous, dit-il en se tournant vers Tristan. Allez en enfer.

Il tourna les talons et repartit dans l'allée.

— Bien, lâcha Tristan. C'était intéressant. Tu ferais mieux d'y aller, Charles, avant qu'il ne change d'avis.

— Tris, oh bon Dieu, ça n'était pas ainsi que je voulais te dire au revoir.

— Tout va bien, Charlie, dit-il en lui donnant une tape sur l'épaule.

Le geste était étrange de sa part et donné avec un fin sourire. Charles le regarda un long moment puis l'attira dans ses bras pour l'embrasser dans une étreinte féroce. Tris résista un moment puis s'effondra contre lui en s'accrochant à son manteau. Il pleura de détresse.

— Fichtre, sanglota-t-il, je suis une vraie *femme*.

— Si c'était le cas, commenta Charles en gloussant, nous ne serions pas dans ce pétrin.

— Je t'ai fait perdre un ami, dit Tristan en frottant son front contre l'épaule de Charles. Je t'ai mis plus en danger encore que tu ne l'étais déjà.

— Comment ça 'tu' ? dit abruptement Charles. Tu n'as rien fait d'autre que ce que je t'ai demandé, Tris, et ça n'est rien. Randy ne dira rien. C'est un homme d'honneur.

— Et toi un homme naïf, pesta Tristan. Il ne pourra pas résister à répandre la rumeur. Ou peut-être qu'un jour où il sera bourré comme un coing, quelqu'un mentionnera mon nom ou le tien et il ne se rendra même pas compte de ce qu'il racontera.

Il enfouit le visage dans le cou de Charles.

— Peu importe maintenant, dit-il avec lassitude, va te reposer Charles. Viens me voir demain quand tout ça sera fini. Quand tu pourras. On s'occupera de ça plus tard. Tu n'as pas beaucoup de temps, va.

— Je ne veux pas te laisser comme ça.

Tristan s'écarta de Charles et le fixa d'un regard impératif. *LE* regard.

— Je te demande pardon ? dit-il en arquant un sourcil. Tu me penses peut-être incapable de faire face ?

Charles laissa échapper un rire faussement déconcerté.

— Je commence à penser qu'il n'y rien contre quoi tu ne puisses faire face. Tu ne manques pas de courage, Tris. J'y vais, dans ce cas. Toi aussi. Rentre et mets-toi au lit.

— Je ferais mieux de retourner chez les Richmond, dit Tristan, afin de pouvoir prouver que je n'ai jamais quitté les lieux et prévenir les commérages. Laisse-moi m'occuper de ça, Charles, je suis doué pour dissimuler les choses.

— Voilà mon brillant Tris, dit Charles en l'embrassant brièvement avant de retourner à l'arrière de la bâtisse, vers les lumières, les voix et le brouhaha.

Tristan le regarda s'éloigner le cœur brisé et se reprit pour retourner chez les Richmond à temps pour le dîner. Là-bas, il distillerait de justes commentaires qui, d'un bout à l'autre, prouveraient sans conteste que Tristan n'avait jamais quitté le bal.

Il aurait tout aussi bien pu ne pas dire un seul mot. Le temps d'arriver, les rumeurs s'étaient déjà répandues mais pas au sujet de Tristan Northwood : au sujet de Napoléon Bonaparte. Tout particulièrement lorsque, un par un, par binôme ou par petit groupe, les officiers présents au bal s'étaient mis à s'excuser et prendre congé. Le Duc de Wellington fit ses adieux à son hôte et à son hôtesse au son des troupes en mobilisation mais ne partit pas avant d'avoir, sans plus de cérémoniel, envoyé le Prince d'Orange au lit, comme l'enfant turbulent sous les traits duquel l'homme se montrait si souvent. La piste de danse se clairsema avec le départ des officiers, de leurs amis et de leurs flirts. Une dispute *soto voce* s'éleva entre Georgianna Lennox et Lord Hay. Les Gay Gordons, qui avaient performé des danses écossaises pour les invités un peu plus tôt dans la soirée, s'en étaient allés, l'infanterie de la garde les précédant en direction de Quatre Bras. Les Brunswickers Noirs [40], vêtus de leur uniforme éponyme et de leur insigne de tête de mort, avaient également disparu. Quelques-unes des femmes présentes avaient fondu en larmes mais la Duchesse de Richmond avait gardé toute sa prestance et virevoltait au travers de la salle pour mettre les choses en ordre en dépit de la confusion générale. Tristan l'avait toujours admirée pour son assurance ; il l'admirait maintenant plus encore.

Il vit Hume, le médecin du Duc et alla le rejoindre au coin de la salle.

— Docteur Hume, Monsieur ? l'interpella-t-il.

Le médecin leva sur lui un regard curieux.

— Monsieur ?

— Tristan Northwood, se présenta-t-il, mais Hume opina et lui adressa un sourire forcé.

— Le beau-frère du Major Mountjoy, bien sûr. Comment allez-vous Monsieur ? Monty parle souvent de vous. Il dit que vous étudiez la chirurgie avec Crosby. C'est un excellent chirurgien. Un peu toqué, mais ne le sont-ils pas tous ?

— Si, Monsieur, c'est ce qu'il me fut donné à comprendre.

— J'espère que vous êtes venu offrir vos services, dit Hume. Nous allons avoir besoin de toutes les mains solides que nous pourrons trouver dans les prochains jours.

— Je ne sais à quel point les miennes sont solides, répondit Tris, mais oui, elles sont à votre disposition. Comment puis-je vous aider ?

— Laissez-moi vous présenter à James Grant, c'est l'officier médecin en chef en charge de la coordination des compétences, dit Hume en le guidant jusqu'à l'homme à l'air sévère qui étaient en train de discuter posément avec plusieurs interlocuteurs.

Ce dernier porta son attention sur Hume et transperça Tristan de son regard. Hume fit les présentations.

— Vous étudiez avec Crosby, eh ? Ce type est barjot mais c'est un bon chirurgien, commenta Grant.

Il interrogea et posa des colles à Tristan sur diverses procédures médicales puis exposa la situation :

— Nous avons des instruments et des fournitures médicales ainsi qu'une poignée de pratiquants dans les hôpitaux généraux mais nous n'en avons qu'un à Bruxelles. L'hôpital général possède un bon personnel de médecins et de chirurgiens

---

40 La légion noire ou encore la Horde Noire, est le corps des volontaires levé par Frederick William, Duke of Brunswick-Wolfenbüttel. Leur surnom provient de l'uniforme et de l'insigne tête de mort portée sur le chapeau. *NDT*

belges ; ils sont préparés à gérer les blessés qui pourront être acheminés jusqu'ici, mais nous pourrions avoir besoin de vous comme assistant, sous les ordres des médecins locaux. En ayant travaillé dans un hôpital de pauvre tel que Saint Joseph, vous devez avoir probablement plus d'expériences en trauma que les spécialistes d'ici, mais ils n'aimeront pas vous voir marcher sur leurs plates-bandes. Affaire de politique, dit-il sans masquer son dégoût. Quand bien même, nous aurons besoin de vous.

— Je serais heureux d'aider où je le pourrais, confirma Tristan. Avez-vous déjà une estimation du nombre de blessés que nous aurons à traiter ?

— Dieu seul le sait. Nous recevrons tout ce qu'Il estimera bon de nous envoyer, je le crains. Je vous mets en contact avec quelques autres médecins qui arriveront en ville, promit Grant. Résidez-vous en ville ?

— Rue de Valois. Au n°4.

— Bien, commenta distraitement Grant. C'est proche. Nous aurons du travail pour vous dès midi, du moins je l'imagine. J'enverrai quelqu'un vous tenir informé dans la matinée et vous faire savoir où votre présence sera demandée. Parce que l'on aura besoin de vous, Monsieur Northwood. On aura besoin de vous.

XXIII

LE DIX-SEPTIÈME jour du mois, Tristan se réveilla tardivement après un sommeil agité. Il s'était endormi d'épuisement peu avant l'aube. Reston lui apporta le petit-déjeuner et l'informa de ce qu'il avait manqué : la panique engendrée par le déplacement dans les rues d'une troupe d'artillerie que la population pensait être en retraite, alors qu'elle était en fait en route pour le front ; et le passage d'un escadron de cavalerie belge effectivement en retraite qui avait de nouveau affolé la ville. Ces événements s'étaient déroulés à l'aube, Bruxelles était maintenant calme depuis la dernière heure. Tristan s'habilla rapidement sans attendre l'assistance de Reston et sortit s'enquérir de la situation en ville.

Les blessés étaient acheminés à l'hôpital depuis l'après-midi de la veille ; Grant avait tenu la promesse faite chez les Richmond la nuit précédente et avait envoyé un Dr Maartens à la porte de Tristan au matin. Le médecin avait présenté Tristan aux autres chirurgiens du régiment mais ceux-ci étaient partis prendre leur poste sur le champ de bataille près de Quatre Bras. Maartens n'était pas, comme il en informa dédaigneusement Tristan, un chirurgien *de l'armée* mais un Important Médecin Local resté en charge. Tristan ne l'aimait déjà pas mais fut forcé d'admettre que l'homme savait ce qu'il faisait et se montrait très compétent pour organiser les médecins belges qui ne cessaient d'apparaître comme la manne tombée du ciel. Ces derniers accueillaient les blessés qui arrivaient pour la plupart à pieds, triaient ceux qui requéraient des soins immédiats de ceux qui pouvaient patienter et ceux qui, que Dieu ait pitié d'eux, avaient marché des kilomètres entiers depuis le champ de bataille pour venir trouver la mort sur le pavé des rues de Bruxelles.

Tout était différent ce jour-là. Le spectacle d'un épouvantable chaos déferlait devant les yeux de Tristan. Il fut profondément frappé par la vue des myriades d'hommes étendus ou assis sur le bord des rues, brûlés, déchirés et ensanglantés ; Tristan regardait le désastre, foudroyé de stupéfaction. *Bon Dieu*, pensa-t-il. Peut-être était-ce une déroute, une écrasante défaite et Napoléon s'érigeait-il à nouveau... Mais c'est alors qu'une clameur s'éleva au loin, le martèlement des sabots annonçant l'arrivée de troupes aux portes de la ville. C'était un régiment de cavalerie en costume rouge vif coiffé de leur casque panaché ; les dragons lourdement armés de leurs mousquets et de leur sabre étincelant – un régiment frais venu d'Ostende ou d'ailleurs – se dirigeaient sur la route de Namur en direction du front. S'il y avait eu une débâcle, ne se seraient-ils pas dirigés vers l'opposé ?

Les troupes ralentirent en s'approchant des blessés et des encouragements rauques s'élevèrent depuis les pavés. Comme un seul homme, les dragons levèrent leurs sabres pour saluer les soldats blessés et reçurent de nouveaux encouragements.

Les portes de la ville les avalaient tous et Tristan entendit le fracas des sabots des troupes qui passèrent au petit galop en s'engageant sur la large route qui s'ouvrait devant elles.

Ce fut une sorte de moment de gloire dans une scène qui manquait cruellement de grâce. Tristan cilla et reporta son attention sur le parterre de blessés, puis sur les gens qui s'affairaient autour d'eux, hommes, femmes, même quelques enfants ; certains étaient en habits de travail bourgeois bien soignés, d'autres en tenues miteuses de la classe laborieuse ; des nones dans leurs épaisses robes noires et même certains aristocrates en soies et mousselines. Ils transportaient des seaux d'eau et des écuelles, des serviettes pour éponger la sueur ou nettoyer le sang et des rouleaux de bandages. Quelques hommes chargeaient les blessés sur les brancards et les transportaient dans les carrioles sur le départ. Le Dr Maartens n'était nulle part en vue.

Tristan alla rejoindre les hommes qui hissaient les blessés dans la charrette.

— Où sont-ils emmenés ?

— Certains à l'hôpital, répondit l'un des hommes. D'autres à l'église ; ils y ont installé un dispensaire, enfin, les nones, quoi. J'ai entendu dire que les prêtres n'étaient pas très contents d'avoir des 'Satanés' dans leur église, s'amusa l'homme. C'est comme ça qu'ils appellent les soldats britanniques. 'Satanés', à cause de leur langage châtié. Mais je ne crois pas que ça dérange vraiment les nones. Elles sont costaudes. Là, donnez-moi un coup de main.

Tris et lui remontèrent un blessé dans la carriole et celui-ci cria pathétiquement lorsque du sang frais trempa la manche de Tristan. L'autre homme lui lança un regard entendu et Tristan réalisa que l'homme n'avait guère de chance de s'en sortir à moins d'être rapidement recousu.

— Là, dit-il, laissez-moi voir.

Il grimpa dans la charrette et tourna l'homme sur le flanc puis lui sortit la chemise du pantalon pour en déchirer une bande ; il la plia en compresse et l'appuya sur la blessure en la maintenant fermement en place.

— Ça n'aidera pas beaucoup, dit-il, mais ça ralentira l'hémorragie jusqu'à ce que quelqu'un s'occupe de lui.

Alors qu'ils se retournaient pour aider un autre homme sur la charrette, Tristan dit :

— J'ai besoin de ma sacoche.

Il héla un garçon qui était en train de donner à boire aux soldats et l'envoya dire à Reston de préparer ses affaires et de lui faire parvenir son sac médical. L'autre homme le regarda bizarrement.

— Vous êtes un docteur ? Un chirurgien ?

— Pas encore. J'étudie la chirurgie et j'ai quelques expériences avec les blessures ouvertes, précisa Tristan.

— C'est déjà bien plus que tout ce que nous savons ici. Au fait, je suis Derek Chamberlain. Le notaire des Seymour. Je suis arrivé ici pour leur faire signer des papiers il y a deux jours. Et mes papiers attendent toujours.

265

— Tristan Northwood.

Ils échangèrent une poignée de main ensanglantée.

— Northwood ? Ça n'est pas de la famille Ware ?

— Ça l'est. Mon beau-frère est avec Wellington ; mon épouse m'a envoyé en reconnaissance pour garder un œil sur lui. Je ne suis même pas sûr de pouvoir le retrouver dans ce bordel si jamais il était blessé, dit-il en ravalant sa crainte.

Il se retourna pour regarder la mer d'uniformes bleus et rouges, la plupart entachés de saletés et maculés de sang.

— Ça risque d'empirer avant de s'arranger, lâcha proverbialement Chamberlain, l'air contrit et résigné.

— Que s'est-il passé ? J'ai travaillé avec l'équipe médicale hier et la situation n'était pas aussi mauvaise qu'aujourd'hui.

— Ils ont été lents à déplacer les blessés après les batailles d'hier, dit le notaire tandis qu'ils tiraient un autre soldat d'un brancard. Et le mot d'ordre est arrivé tard, comme quoi les Allemands avaient été méchamment amochés le long de la ligne de front. La majorité des blessés est arrivée dans la nuit.

— Et ils sont allongés là depuis ? s'enquit Tristan, se sentant subitement malade. Ça n'était pas aussi désastreux lorsque je suis rentré peu avant l'aube ! Pourquoi personne n'a été mis à contribution ?

— Des gens aidaient. Mais nombreux sont ceux qui ont quitté Bruxelles hier. Wellington était furieux, car ils encombraient la route d'Ostende alors qu'il tentait de garder les voies de communication dégagées. J'ai essayé d'obtenir des informations toute la journée d'hier mais je n'ai eu que des fragments. Je sais que l'attaque de Mons n'était qu'une feinte et que le gros des attaques s'est porté sur Quatre Bras, mais rien de plus.

La charrette pleine démarra et ils ramassèrent le brancard pour le transporter là où un homme leur faisait signe.

— Merci, Chamberlain, dit l'homme.

Tristan et le notaire hissèrent le blessé sur le brancard.

— C'est une méchante fracture mais les chirurgiens sont tous occupés. Salut Northwood.

— Bellingham ? Bon Dieu, que faites-vous là ?

— Je suis venu avec les Conynghams, mais j'ai attrapé un catarrhe et suis resté au lit une semaine.

Tristan évalua le bras tordu du soldat.

— Je pense pouvoir rétablir ça si j'avais quelque chose pour faire une attelle, dit-il.

— Utilisez ça, proposa Chambellan en lui tendant ce qui ressemblait à un bout de lance cassée. C'est dingue ce à quoi ils se raccrochent même inconscients ; y'a des épaves du genre partout.

266

Tristan sortit son couteau de poche et coupa la manche de la veste d'uniforme du soldat afin de ne pas le mettre à la torture en essayant de la lui retirer. Il coupa ensuite la manche de sa chemise.

— *Nom de Dieu*, jura Chamberlain.

L'os poussait contre la peau du bras de l'homme, violet et grotesquement déformé.

Tristan passa les doigts sur la fracture. Ça s'annonçait mal, mais il ne sentit pas de bout d'os cassé épars, de plus, la peau n'était pas déchirée.

— Ce n'est pas aussi atroce que ça en a l'air, dit-il aux hommes et au patient qui le fixait d'un regard brouillé de douleur, pas vraiment en état de comprendre quoi que ce soit. Je pense que nous pouvons le sauver.

Avec l'aide de Chamberlain et pendant que Bellingham retenait l'homme, Tristan tira le bras et poussa sur le coude pour remettre l'os en place. Puis Chamberlain maintint le bras immobile tandis que Tristan plaçait l'attelle de fortune à l'aide de bandes de tissu prélevées sur la chemise de l'homme.

— La peau n'a pas été déchirée, c'est une bénédiction, répéta-t-il distraitement tout en travaillant. Les risques d'infection sont moindres. Et si ça guérit proprement, il pourra se resservir de son bras.

— Où avez-vous appris tout ça Northwood ? demanda Bellingham avec curiosité. Vous prévoyez de vous installer en tant que chirurgien ?

— J'ai suivi mon beau-frère à l'hôpital, dit Tristan. On apprend vite en étant dans le milieu. Il étudie la médecine.

Il noua la dernière attache.

— Mais je suis comme Chamberlain ici, je donne un coup de main étant donné que j'ai un peu d'expérience.

Il n'était pas prêt de parler de sa carrière avortée ; la déception était encore tenace. Il se redressa et balaya les environs du regard, sans noter les détails mais conscient de l'ampleur de la scène.

— Personne ne coordonne ici ? Il faut que nous déplacions ceux qui sont moins gravement blessés et que nous essayions de les mettre sous des couvertures. Le soleil va bientôt être haut, même s'il est encore tôt ; et ils ont suffisamment mariné pour qu'on les laisse comme ça. Il faudrait même des bâches. Nous allons avoir besoin d'eau aussi. Et de bandages. Il nous faudrait les abriter ; Bellingham, vous avez un nom aristocratique... utilisez le pour vous faire ouvrir des portes. On est à Bruxelles en plein mois de juin, donc il va soit pleuvoir soit faire trop chaud. Chamberlain, allons voir si nous pouvons faire évacuer ceux-là...

— Attention ! CRIA Tristan à l'homme à la fenêtre du premier étage, alors qu'il hissait le patient, sanglé au brancard, pour le faire passer par la fenêtre.

Ils avaient bricolé un système de palan et de courroie qui leur permettait de monter les blessés en moins mauvais état directement dans les chambres de l'étage

267

supérieur ; c'était plus simple que de manœuvrer les brancards dans les étroits escaliers en colimaçon et bien moins traumatisant pour les patients.

Plusieurs autres maisonnées avaient expérimenté les mêmes installations. C'était risqué mais lorsque les blessés étaient suffisamment sanglés et les brancards solidement attachés aux cordes coulissantes, le système était un moyen plus rapide et plus simple d'acheminer les patients à l'étage. Les hommes plus gravement blessés étaient gardés au rez-de-chaussée ; accéder au salon et à la salle à manger ne demandait que de franchir quelques marches, aussi, le mobilier et les fournitures avaient été retirés et stockés à l'étable. Les carrelages des deux salles principales étaient pavés de palettes et de blessés qui étaient allongés dessus.

— C'est le dernier pour vous, dit Chamberlain. Il y en a encore quelques-uns que les Conynghams prennent en charge et pour le reste, ils devront supporter les bâches bitumées en cas de pluie.

— Je le crains, observa Tristan d'un ton las, les yeux levés au ciel. J'espère juste que ça ne va pas tomber à verse ; ceux qui sont encore dans les rues vont se noyer. Survivre au champ de bataille pour venir se noyer en ville serait un comble.

Son ami rigola avec un timbre de voix rêche.

— Eh bien, c'est plutôt bon signe qu'il pleuve avant une bataille. Les soldats appellent ça 'Un temps de Wellington'... apparemment il ne perd jamais une bataille s'il pleut la nuit d'avant.

— Alors il devrait gagner celle-ci les doigts dans le nez, vu que ces nuages nous annoncent une averse digne du déluge, dit sèchement Tristan.

Chamberlain rit.

— Allez vous occuper de vos patients. Je vais faire un tour et réquisitionner des bâches supplémentaires pour les traînards. Et essayez de vous reposer un peu, si vous le pouvez ; sinon vous allez vous épuiser et serez forcé de lâcher l'affaire demain. Quel est l'état des réserves ?

— Ne vous en faites pas, dit Tristan. S'il nous faut sortir les draps du placard et les découper pour faire des bandages, j'aurai les moyens d'en racheter.

— C'est une bonne chose, commenta Chamberlain. Je ferai envoyer les factures des moins bien lotis chez vous.

— Faites, l'invita Tristan. Mon père à plus d'argent que le roi ; ça ne lui fera pas de mal d'en dépenser un peu.

Il salua Chamberlain et rentra pour s'occuper de ses patients.

La journée en plein mois de juin avait été très chaude jusqu'à ce qu'un orage vienne rapidement à gronder dans le ciel. Jusque-là, heureusement, ils avaient pu mettre la majorité des blessés sous couvert, ou les abriter dans les maisons des résidents bruxellois qui leur avaient généreusement ouvert la porte, ou encore les protéger sous l'énorme chapiteau qui avait été installé sur la route près de la Porte de la ville. Une fois que ses invités furent installés, Tristan était retourné à la Porte

268

pour s'occuper des nouvelles arrivées, mais le flot des blessés n'était maintenant plus qu'un filet : les dernières informations rapportaient que le front était resté inactif la majeure partie du jour. Avec la tempête, la trêve se poursuivrait probablement dans la nuit. Le gros des groupes mobiles de blessés avait atteint la ville ou avait succombé en chemin ; il y aurait dès lors peu d'arrivage jusqu'à la reprise des hostilités le lendemain. Tristan saisit l'opportunité pour s'approvisionner en fournitures médicales et pharmacopée, agréablement surpris de découvrir que les apothicaires belges avaient tous ouvert boutique et fournissaient tout ce qu'ils pouvaient en bandages, compresses et médicaments aux médecins belges et britanniques. Tristan fit le plein de camomille, de racines de saule et de l'incontournable Scutellaria de Charles, se figurant sans mal que la plus grande menace planant sur les blessés parvenus à bon port était la fièvre.

Perdu dans ses propres craintes et ses préoccupations, Tristan fut stupéfait de se rendre compte que la grande majorité des Bruxellois menait leur vie comme si de rien n'était. Les couples se promenaient dans les rues et flânaient devant les vitrines des boutiques à l'abri de leurs larges parapluies ; les restaurants étaient pleins et fastueusement éclairés dans l'obscurité de l'après-midi couvert ; un gérant de théâtre en imperméable était en train de coller une affiche pour la pièce qui se jouait en soirée ; et un serveur enveloppé dans un immense tablier chassait l'eau des pavés devant son café. Tristan descendait la rue l'air hébété et Will, sur ses talons, transportait ses commissions dans deux énormes sacs.

— Sont-ils dingues ? lança-t-il à Will, sans un regard. Napoléon n'est qu'à dix miles d'ici et ils sont tous en train de rire et de boire comme si de rien n'était ?

— Peut-être que c'est le cas pour eux, dit Will avec flegme. Apparemment Boney est déjà passé par ici. Je l'ai entendu dire. Peut-être n'accordent-ils aucune importance à qui sortira vainqueur ? Cela dit certains d'entre eux n'aiment pas beaucoup le Roi de Prusse.

Tristan s'arrêta et se retourna vers Will.

— Tu as un cerveau, l'accusa-t-il.

Will cligna des paupières.

— Eh bien… Oui, Monsieur, comme nous tous.

— Euh, dit Tristan. En tout cas, tu as probablement raison. Même. On dirait que… Je n'en sais rien. Il y a quelque chose qui ne tourne pas rond.

— *Jenny say kwah*, fit observer Will.

— Quoi ?

— *Jenny say kwah*, répéta Will. C'est ce que Jean-Baptiste, le valet de la porte à coté, dit lorsqu'il ne sait pas quoi répondre.

— Oh ! lâcha Tristan en riant. Tu veux dire *'je ne sais quoi'*.

— Oui, Monsieur. Cela même.

Will réfléchit un instant.

— Toutefois je trouve leur comportement quelque peu grossier.

— Grossier, opina Tristan.

269

— Les booj-wah en tout cas, dans leur grande majorité. Les apothicaires semblent être conscients de la situation, avec tout ce qu'ils nous donnent.

— C'est vrai, dit Tristan sous le charme soudain de l'érudition de son domestique.

Ils arrivèrent à la maison au moment où s'abattit une nouvelle averse orageuse. Tristan rouvrit son parapluie et ils coururent avec un empressement improbable sous cet abri de fortune jusqu'à la porte d'entrée au travers de laquelle Tristan poussa Will sans plus de cérémonie. Le valet transporta les lourds sacs jusqu'à la cuisine et commença à les déballer pendant que Tristan allait se chercher à boire dans à la pièce qui lui tenait lieu de bibliothèque.

Il y avait un homme assis ; il se mit sur pied lorsque Tristan entra.

— Reid ? avança Tristan, empreint d'un doute.

— Monsieur, j'ai un message pour vous, de la part du Major.

— Comment se porte-t-il ?

— Comme un charme, Monsieur.

— Oh, parfait. As-tu déjà pris le thé, ou quelque chose ?

— Non, Monsieur, j'arrive juste.

— Eh bien, tu pourras retourner à la cuisine lorsque j'aurai lu la missive. Le Major attend-il une réponse ?

— Je ne sais pas, Monsieur. Je suis venu chercher patch. Betsy ne tient plus d'aplomb depuis hier. Le Major m'a demandé de laisser le message et partir, mais M. Reston m'a demandé de vous attendre. Je dois retourner avec Patch, *pronto*.

— Pronto ? demanda Tris en prenant la note des mains de Reid pour l'ouvrir.

— Cela signifie 'le plus tôt possible' en espagnol, Monsieur.

La missive était brève et griffonnée au crayon.

Je vais bien. Je pense à toi. Avec amour, C.

Tristan la plia et la fourra dans sa poche.

— Pas besoin de réponse. Transmets-lui juste mes salutations. Va-t-il vraiment bien ?

— Hay, Monsieur, pas une seule égratignure. Il fait des allers-retours jusqu'à Wavre, là où Blücher s'est retiré. Vous avez dû être mis au courant que les Français ont battu les Prussiens à Ligny ? Ils ont failli tuer le vieux 'Marshal Forwards [41]'. Il s'est fait coincé sous sa monture et ses troupes lui sont passées dessus avant qu'ils ne le trouvent. Il est remonté en selle en ce jour même et s'est contenté de râler contre les Français pour avoir tué son cheval favori.

— Comme si Blücher avait besoin d'une excuse de plus pour haïr les Français ! dit sèchement Tristan. Bon, dis au Major de surveiller ses arrières et qu'ici tout va bien. Retourne à la cuisine et dis à la fille de te préparer une bouteille de thé et des sandwiches à emporter.

---

41 Le général et Feld-Maréchal Blücher, surnommé 'Maréchal en avant' pour son énergie. *NDT*

— Ça ne se refuse pas, dit Reid. La nuit sera longue, humide et nous aurons faim. Pour le moment, le Major est tranquille au quartier général mais le Duc va l'appeler bien assez tôt. C'est pourquoi je suis si foutrement pressé – j'vous demande pardon Monsieur.

— Fichtre, pardon pour quoi ? plaisanta Tristan.

Il le congédia avant de s'effondrer dans les coussins de son fauteuil. Charles était sain et sauf. Cette bataille n'allait quand même pas s'éterniser, c'était juste affaire d'un jour de plus, non ? Et tout serait alors terminé. Un jour seulement et Charles pouvait bien survivre un autre jour – il avait survécu à tant de choses.

Juste un jour de plus.

IL ÉTAIT fier de sa petite maisonnée. Parks, la jeune cuisinière, avait apparemment quelques frères et sœurs plus jeunes avec elle et, lorsqu'elle n'était pas en train de préparer du pot-au-feu et du Posset, elle allait faire le plein de commissions qu'elle entreposait ensuite pour les blessés qui afflueraient le lendemain. Elle était très efficace et ne dévoilait pas ses sources. Elle avait même trouvé deux jeunes assistants démis de leurs fonctions à cause des départs anticipés de leurs maîtres à l'aube de la bataille. Will donnait un bon coup de main. Sûr et résistant, il était également doué pour dégoter de la nourriture et des provisions médicales – Tristan le soupçonnait d'entrer par effraction dans les maisons abandonnées et de les vider de leur garde-manger. Les palefreniers que Tristan avait embauchés mettaient aussi volontiers la main à la pâte et divisaient leur temps entre l'aide domestique et le gardiennage assidu des chevaux et des réserves stockées aux écuries. Reston – ce pauvre vieux Reston – quant à lui, les organisait tous avec patience et les surveillait de près. Si l'un d'eux manifestait le moindre signe de fatigue, il le sortait du troupeau comme un chien de berger professionnel et le traînait jusqu'à la cuisine pour lui servir un thé et une collation. Même Tristan n'était pas exempt de son œil de lynx.

Mais ce fut Tristan qui les envoya tous au lit à minuit tandis que lui dormirait dans le salon auprès des cas les plus sévères.

— Demain sera une longue journée, leur dit-il, et si ce fut calme aujourd'hui, c'est que demain les choses se corseront. J'ai besoin que vous soyez prêt pour encaisser tout ce que Boney nous enverra. Parks, assure-toi que les filles et toi êtes bien barricadées et que toutes les portes de la maison sont fermées ; il y aura des rôdeurs et des déserteurs en ville. Michaels, je veux que Ferrers et toi alliez dormir dans les écuries avec les chevaux pour cette même raison. Dormez tard, ça vaut pour vous tous ; je vous appellerai lorsqu'on aura besoin de vous. Reposez-vous autant que vous le pourrez. Ça vaut aussi pour toi Parks ; je ferai mon thé et mes toasts moi-même et si j'ai besoin de toi je te réveillerai. Reston !

— Monsieur !

271

— Ça vaut doublement pour toi. Dors. Will, tu coucheras dans la salle à manger, si cela ne t'embête pas, et tu garderas une oreille sur ce qui s'y passe. Appelle-moi si jamais l'un des hommes à besoin de moi. Je viendrai.

Il observa ses 'troupes' d'un regard circulaire et ressentit une radiance d'accomplissement, de satisfaction l'envelopper, même au travers de la brume de l'épuisement.

— Braves hommes. Bonne nuit !

— 'Nuit Monsieur,

— Bonne nuit à vous, Monsieur,

— *Good night* !

Un large sourire naquît sur ses lèvres et il se tourna avant de s'allonger, entièrement habillé, sur la palette qui l'attendait sous la fenêtre.

XXIV

L'ENDROIT N'ÉTAIT rien d'autre qu'un terrain bourbeux quelques heures plus tôt dans la journée lorsque Charles l'avait traversé monté sur Patch, jusqu'à la retraite des Prussiens à Wavre ; mais qui pouvait dire combien de troupes s'était battues à travers champs depuis ? Le sol était labouré et boueux, l'eau ruisselante de marron et de rouge dans une mélasse de gadoue et de sang versé. Même si la ligne de front s'était déplacée, des corps jonchaient le sol et la bataille faisait bien trop rage pour permettre d'évacuer les morts et les blessés. La fumée de l'artillerie et des roquettes de Whinyate s'élevait et se répandait en volutes épaisses, rendant la vision difficile, et Charles ne parvenait pas à voir assez loin pour foncer prudemment jusqu'aux lignes britanniques. À tout moment, la marée de la bataille pouvait refluer et remonter le courant en emportant Charles. Ça ne serait pas la première fois, mais ça le retarderait et il devait absolument retourner auprès du Duc pour lui faire savoir que Blücher était en route avec les renforts attendus.

Là. Un peu plus au nord, derrière les flashes des coups de feu et des lames de sabre, derrière la fumée des pistolets, se distinguaient les couleurs des régiments de ligne. Il n'arrivait pas à savoir lesquels et ça ne changeait pas grand-chose. Il fit ralentir Patch au petit galop et longea le ruisseau jusqu'au point de traverse ; il pourrait traverser là-bas, derrière la ligne de front et puisque l'action était engagée, il y avait des chances que le Duc se trouve non loin.

Charles s'était avancé jusqu'à vingt yards du croisement lorsqu'un obus, dévié de sa course et tournoyant sauvagement leur fonça droit dessus en passant sur le cours d'eau. Il tira sur les brides de Patch pour l'éviter mais l'obus frappa sa monture au moment même où celle-ci se cabrait sur ses pattes arrière, lui déchirant les membres avant en la projetant en arrière sous le choc de l'impact. Les années d'entraînement trahirent Charles ; il resta automatiquement en selle et Patch s'effondra brutalement sur le flanc gauche. Il entendit l'os craquer lorsqu'ils tombèrent dans la boue du ruisseau. Le sang jaillit en geyser au-dessus de lui tandis qu'il se démenait pour tirer sa jambe cassée prise en étau sous le cheval estropié, mais les convulsions violentes qui secouaient Patch ne faisaient que l'embourber davantage et le faire glisser plus près du remblai. La panique et la douleur lui cinglaient la poitrine ; si Patch continuait à s'enfoncer sur la rive, il glisserait dans l'eau entraîné par le cheval et mourrait noyé. Il s'élança sur la carcasse mourante, jetant le haut de son corps aussi loin qu'il le put afin de contrebalancer le poids du cheval ; par chance, il s'était envoyé en travers des épaules de Patch tandis que celui-ci dérivait de l'arrière et s'était ainsi déjà extirpé de moitié et libéré de l'étroite selle de la cavalerie. La bête souffrante rejeta la tête en arrière et laissa

273

échapper un horrible hennissement de douleur ; ce fut tant pour se protéger et éviter de se faire assommer par le cheval que pour toutes autres raisons informulées que Charles attrapa l'épais cuir de la têtière à l'extrémité de la bride. Le cuir lui mordit les doigts mais il s'y accrocha tandis que Patch convulsait. Il mourrait, mais pas assez vite.

Le sabre de Charles, bouclé à la selle qui intégrait un fourreau, était inaccessible et enfoui dans la boue sous le flanc gauche de la monture, près de la jambe cassée de Charles. Il fouilla à la recherche de son long couteau sanglé sur sa hanche droite, mais l'étui était vide ; il se souvint avec désespoir l'avoir laissé dans la gorge d'un cuirassier français lors d'une mêlée qu'il avait dû traverser pour se rendre à Wavre quelques heures plus tôt. Il s'agrippa à la bride dans l'espoir d'atténuer les brusques mouvements du cheval, mais le bord du fossé commençait déjà à s'effondrer et des morceaux de terre se détachaient, tombant dans l'eau en l'éclaboussant.

Le monde était étrangement devenu silencieux ; le croisement des fers et le tonnerre des canons semblaient lointains et feutrés, les seuls sons clairs et distincts restant les clapotis de l'eau et les horribles hennissements de Patch. Le sol s'effondra et le cheval glissa, entraînant la jambe impotente de Charles un peu plus vers le bas. Charles se prépara à la chute, mais ils s'immobilisèrent à nouveau, excepté pour les convulsions frénétiques de Patch qui semblaient ne jamais finir.

Il allait mourir. La pensée lui parvint avec calme et sans passion, quelque part depuis le fond de son esprit. Apparemment le miracle qu'avait connu Blücher en restant coincé des heures sous sa monture morte, se faisant piétiner par ses troupes, toujours en vie, sain et sauf, énergique et plein de haine, ne se reproduirait pas pour lui. Pas plus pour lui que ne le serait la dignité de mourir au combat. Non, il allait être noyé... *par son propre cheval*. L'absurdité de sa situation le fit presque rire et il souhaita pouvoir en partager le comique avec Tris.

Tris.

Un souvenir éclair fusa dans son esprit au milieu de la douleur lancinante qui l'envahissait, Tris agenouillé à ses pieds et levant le regard sur lui avec cette expression si particulière de luxure, d'amour et de confiance. Agenouillé à ses pieds et glissant *quelque chose* dans sa botte... Le couteau. Le cadeau d'anniversaire de Tris.

Se tortillant, il réussit à extirper et remonter sa jambe droite saine au-dessus du ventre de Patch, assez près pour atteindre le couteau fouraillé dans sa botte. Sa main était couverte de sang mais le manche était enveloppé de fer torsadé et assurait une poigne ferme même en cas de doigts glissants. Il tira le couteau de son fourreau en le pinçant entre son index et son pouce et se servit de ses autres doigts pour trouver la jugulaire du cheval sur le côté du col musculeux.

— Désolé, mon vieux, feula-t-il en affermissant sa poigne sur le manche.

Se hissant en tirant sur la bride de la têtière, il plongea la lame dans l'artère carotide de Patch.

Le sang surgit en un unique et épais jaillissement ; Patch convulsa une fois de plus et sa grosse tête retomba sur le côté, reposant subitement dans la plus plate immobilité. Charles lutta pour se hisser un peu plus, renvoyant sa jambe intacte en arrière pour pousser dans la boue et lui donner un semblant d'appui. Il relâcha la têtière, attrapa la sangle du mors et s'extirpa autant qu'il le put en se hissant sur l'épaule de sa monture et tenta à nouveau de libérer sa jambe prise sous le ventre de Patch.

Il entendit un faible chuintement avant que quelque chose ne s'enfonce brusquement dans son épaule, le poussant un peu plus loin par-dessus sa monture en lui coupant le souffle. Il chercha son souffle, pantelant sous le choc ; la douleur fleurit dans sa poitrine et son dos, puis une nouvelle tâche de sang macula l'une des rares parcelles de pelage encore épargnée sur l'épaule du cheval. *Une tâche sur un Patch*, pensa-t-il hilare pour lui-même tandis qu'il haletait pour retrouver sa respiration.

La sangle commença à lui glisser des mains ; il resserra automatiquement sa poigne sur le cuir. Les doigts de Greg avaient glissé sur ces rênes auxquelles il s'accrochait maintenant pour sa vie. Charles se rappela rêveusement de ce moment, l'observant réchauffer et étaler la cire sur le cuir fraîchement réparé pour en enduire la longue sangle. La scène était aussi claire maintenant qu'au moment où elle s'était déroulée, des années plus tôt : Greg était assis au soleil et ses mains gracieuses allaient et venaient en glissant comme elles l'avaient déjà fait sur Charles. Il était resté dans l'ombre d'une maison et l'avait contemplé avec langueur au souvenir du contact de ces mains sur son corps ; puis Warren s'était arrêté devant lui et le monde s'était écroulé. Le regret et la culpabilité hantaient Charles depuis lors.

Désormais Tris devrait faire face à ce même regret. Au moins, il lui aurait épargné la culpabilité. La main qui emprisonnait la poignée se raffermit. Il refusait de perdre le couteau. Tris voudrait le récupérer.

Tristan. Il lui sembla sentir un contact – un baiser, l'odeur du brandy, du réglisse et du cuir – tout ce qui faisait Tristan. Il lui sembla entendre la douce voix au timbre traînant murmurant sans mot à son oreille. Et tout disparut.

DES MOTS retentirent plusieurs fois dans un langage qu'il ne connaissait pas, ce qui en soi était étrange étant donné qu'il parlait couramment l'espagnol, le français et plusieurs dialectes germaniques ; des voix indistinctes filtraient aussi. D'autres fois encore, il entendit des cris et souhaita avec véhémence que cela cesse, puis sous la confusion d'un tas de raisons mêlées, il aurait voulu pouvoir pleurer. Parfois il avait l'impression de flotter et de dériver sans aucun effort, en volant, alors que d'autres fois il lui semblait au contraire être brutalement secoué, balancé de gauche à droite et lancé contre quelque chose de solide, attrapé, manipulé par autant de mains invisibles. Et toujours, continuellement, la douleur : cinglante, une brûlure étendue dans l'épaule et la tête, une douleur martelante lorsqu'il inspirait et cette horrible et profonde pulsation lancinante dans la hanche et la jambe. Il lâcha un grognement libérateur et entendit un grondement de douleur provenant de quelqu'un autre ; il fut soulagé de constater qu'il n'était pas le seul à souffrir même s'il savait que c'était mal de penser de la sorte. Il s'en foutait. Il avait *mal*, bon Dieu, et il avait bien l'intention de le faire savoir.

Puis alors il fermait les yeux, et quand il les rouvrait, il se trouvait dans un autre endroit. Quelques fois le ciel était bleu au-dessus de sa tête, quelques fois gris et d'autres fois encore ce n'était pas le ciel mais une bâche ou une toile sale.

Enfin, au moins une voix qui s'exprimait dans un langage qu'il reconnue, même si c'était la voix d'un étranger.

— Je l'ai pansé mais il n'y a rien d'autre que je puisse faire pour ce pauvre gars. La balle lui est allée droit dans l'épaule et je l'ai bandée, mais le reste… y'a rien à faire. Faut couper la jambe, mais si vous ne voulez pas me laisser faire, je ne vois pas ce que je peux faire de plus. Renvoyez-le à Bruxelles ; j'ai d'autres patients à voir.

Charles se demanda qui était le pauvre gars en question. Il avait reconnu l'intonation employée : lorsqu'un chirurgien de l'armée disait qu'il n'y avait rien de plus à faire, cela signifiait qu'il s'en remettait à Dieu, et ça, n'importe quel soldat savait que ce n'était pas bon signe.

— A-t-il un cantonnement en ville ?

C'était encore une fois l'intonation sèche du chirurgien.

— Hay, Monsieur. Mieux que ça. Il a de la famille.

Cette voix, il la connaissait. Il ne se souvenait pas du nom, mais ça n'importait pas vraiment, il connaissait cette voix et cela le réconforta. Cette voix s'occuperait de lui.

Avec un élan de reconnaissance, il sombra dans les ténèbres.

QUELQU'UN ÉTAIT venu allumer les lanternes quelques heures auparavant et était revenu à l'instant pour les remplir. Les lumières jaunes vacillaient sur les rangs de corps allongés comme des cartes dans un jeu de Solitaire à l'échelle cosmique. Quelques-uns des docteurs de l'armée montaient avec les charrettes de blessés lorsqu'ils le pouvaient, tout en étant eux-mêmes déjà complètement épuisés et pouvant à peine tenir sur leurs jambes. L'aube était proche mais Tris savait que le matin ne permettrait aucune trêve ; les charrettes et les carrioles arrivaient à la chaîne, les morts et les blessés continuaient de s'entasser. Parfois il était difficile de les distinguer.

— Rentrez chez vous, lui dit une voix dans son dos.

Tristan fit volte-face devant la grise mine de Bellingham, appuyé sur l'un de ses valets.

— Rentrez, répéta le noble, vous vacillez sur place. Vous ne les soignerez pas en leur tombant dessus.

276

— Beaucoup d'entre eux nécessitent encore un examen immédiat, objecta Tristan.

Un homme allongé à ses pieds releva les yeux sur lui, telles deux grandes orbites noires.

— Ce n'est rien, dit-il dans un français à l'accent belge. Les champs sont pleins de corps empilés les uns sur les autres. L'enfer est remonté sur terre et l'on ne peut rien contre. Des tas de corps. Des montagnes de corps.

Il toussa en crachant du sang. Tristan s'accroupit aussitôt mais l'homme était déjà mort.

— Des tas de corps ?

Tristan regarda Bellingham, horrifié.

— Des *montagnes* ?

— Rentrez, répéta Bellingham. Reposez-vous. Vous ferez bien plus de bien demain matin que vous en feriez en restant debout maintenant. Et vos blessés aussi ; ils ont besoin de repos aussi. Rentrez.

Tristan se redressa en perdant l'équilibre ; le valet se rua pour le soutenir. Tris le remercia d'un hochement de tête.

— Vous avez raison, dit-il en retenant des larmes d'épuisement et d'horreur. Je ne ferai rien de bon ainsi. Mais je ne risque pas de dormir. Je ne suis pas sûr de pouvoir encore fermer l'œil à nouveau.

— Je me sens pareil, opina Bellingham. Bonne nuit. Reposez-vous au moins.

— J'essaierai. Bonne nuit.

IL TRÉBUCHA deux ou trois fois sur le chemin du retour, la dernière en se ramassant durement sur les mains et les genoux. Il resta un moment tel quel, trop fatigué ne serait-ce que pour se relever. Il se débrouilla finalement pour se mettre sur pieds et se traîner jusqu'à sa porte d'entrée. Will, que Dieu le bénisse, ouvrit la porte et le rattrapa avant qu'il ne tombe. À eux deux, ils réussirent à marcher jusqu'au salon et Tristan put se poser sur une palette qui lui était destinée.

— Vous devriez dormir dans votre propre lit, Monsieur, dit Will d'un air inquiet.

— Il faut juste que m'allonge un petit moment, répondit Tristan. Je ne pourrai pas monter les escaliers.

— Oui, Monsieur, dit Will, dubitatif.

— Comme au bon vieux temps, Will, pas vrai ? Quand tu me mettais au lit parce que je ne tenais plus droit ?

— Non, Monsieur, c'est différent.

Tristan médita ces paroles en s'allongeant précautionneusement sur la palette.

— Peut-être bien, commenta-t-il. La maison est-elle fermée ?

277

— Oui, Monsieur, vous étiez le dernier à rentrer. Les femmes sont barricadées dans leur chambre et M. Reston est au lit. Il n'arrêtait pas de se tourmenter, Monsieur, mais il est endormi maintenant.

— Se tourmenter à mon sujet, constata Tristan.

Il enfonça sa tête dans l'oreiller et regarda Will.

— Tu es fatigué Will, va au lit.

— Oui, Monsieur, volontiers.

— Tous nos invités sont confortablement installés et tranquilles ?

— Oui, Monsieur. Nourris, lavés et endormis.

— Bien. Allez, repos. Nous aurons plein de travail demain.

Il dormait quasiment, la palette dure aussi confortable que le plus moelleux des matelas.

— Plein de travail. Un tas de travail. Une montagne…

IL RÊVA et cauchemarda, dérivant au travers de montagnes de corps entassés jusqu'au ciel, à la recherche de Charles. Il crut le voir l'espace d'un instant et escalada l'un des tas en marchant sur des bras, des jambes et des masques de morts aux visages cireux et ensanglantés ; il entendit les gémissements et les cris des blessés qui étaient ensevelis sous les monticules de cadavres. Mais une fois parvenu à ce qu'il pensait être Charles, ce fut le visage d'un étranger qui le regarda de ses yeux morts et il sut que Charles était perdu, perdu pour toujours sous les montagnes de corps et de futurs cadavres. Sanglotant, il redescendit et se perdit au milieu des morts.

Lorsque le matin arriva enfin, il ne se sentait pas plus reposé que lorsqu'il s'était allongé mais la lumière du soleil voilé vint le soulager de ses cauchemars. Il se traîna à l'étage, jusqu'à sa chambre – le seul endroit de la maison à l'écart de la chambre des bonnes qui ne soit pas occupé par les soldats blessés, alors même que la chambre que Will et Reston partageaient accueillait maintenant quelques palettes – pour se laver et changer de vêtements. Au moins, il se sentit un peu plus frais et après cela, il put redescendre sans avoir à se tenir à la rampe.

Reston l'attendait au pied de l'escalier et le conduisit à la cuisine, jusqu'à la table sur laquelle l'attendaient des toasts, des œufs et du jambon. Il se jeta dessus comme un affamé.

— Quelles nouvelles du front ? demanda-t-il tandis qu'il enfournait les œufs dans sa bouche.

— Will est parti s'en enquérir, dit Reston. Je l'ai envoyé chez les Richmond ; nous avons pensé que leurs domestiques pourraient avoir les derniers mots d'ordre. Vos patients sont tous stables ; nous avons nourri ceux qui pouvaient manger et leur avons donné à boire. Leurs pansements doivent être changés

—Je m'en occupe en attendant Will, dit Tristan. Ensuite j'irai trouver Chamberlain. Il travaillait toujours lorsque je suis parti cette nuit.

278

— M. Chamberlain est passé il y a une heure. Il a dit que vous deviez rester à la maison, que M. Maartens lui avait dit que la plupart des blessés seraient pris en charge sur le champ, la bataille ayant cessé vers minuit. Les docteurs locaux s'occupent de ceux qui sont arrivés dans la nuit et ils vous appelleront s'ils en ont le besoin. M. Chamberlain a aussi dit qu'il rentrait, mangerait un bon morceau de viande, puis qu'il dormirait cinq heures et que 'la bataille pouvait aller se faire foutre'.

Il toussota avec distinction.

— C'était une citation, Monsieur.

— Avons-nous déjà les résultats ? demanda Tristan.

Du jambon. Avait-il déjà apprécié le goût du jambon avant ? C'était étonnant, doux, salé et tendre.

— Non c'est vrai, tu as envoyé Will chez les Richmond. Dieu que je suis fatigué.

— Peut-être que vous devriez suivre l'exemple de M. Chamberlain, Monsieur ?

— Peut-être, commenta-t-il en enroulant ses œufs dans un toast pour engloutir aussitôt le tout.

Reston se contenta de sourire et de le resservir en café.

IL VENAIT juste de terminer son petit-déjeuner lorsque la porte de la cuisine claqua brusquement devant l'apparition de Will.

— On a gagné ! cria-t-il avant de remarquer Tristan et de se reprendre. Bonjour, Monsieur ! claironna-t-il. Boney s'est fait battre et les Prussiens le poursuivent vers Paris.

— Hourra ! lança Tristan en souriant au valet. Dis-m'en plus.

— Je n'ai guère plus que cela, Monsieur, sinon que les Français ont tenté une dernière grosse offensive tard dans la nuit, et qu'ils pensaient nous avoir, sauf que le Duc avait gardé quelques troupes planquées en réserve et qu'elles ont surgi et se sont dressées contre eux juste au moment où les Français pensaient que c'était dans la poche. Il les a entièrement démontés et pris en étau entre nos troupes et les forces allemandes vers dix heures. Le Duc a envoyé Blücher à leurs trousses.

Le sourire de jubilation de Will se fana.

— Je pense que nos troupes doivent être en très mauvais état pour que le Duc ait donné aux Allemands l'honneur de la poursuite. Ils disent qu'il y a tellement de blessés qu'il est impossible de les évacuer du champ de bataille. Nulle part où les mettre.

— Des tas de blessés, murmura Tristan, des montagnes…

— Monsieur ?

— Rien, Will. Continue.

279

— Rien de plus, Monsieur, sinon que la Duchesse de Richmond a dit à son majordome de me dire de vous faire savoir que si vous souhaitiez passer dans la journée, elle serait heureuse de vous apprendre les nouvelles. Elle en attend après le déjeuner.

— Merci, Will.

Tristan se repoussa de la table et se leva.

— Bien. Excellent travail, Will. Reston, assure-toi que le personnel boive quelque chose en l'honneur de la bonne nouvelle, et prenne un peu de repos. Je vais suivre l'avis de Chamberlain et dormir encore un peu ; s'il repasse par-là, réveillez-moi.

Il hocha la tête à l'attention de Reston, de Parks, la cuisinière et de Will, puis remonta. Allongé sur le lit, tout habillé, il regarda le drapé des rideaux du baldaquin. La bataille était terminée, gagnée – à dix heures, avait dit Will. Il était cinq heures. Sept heures et pas de message de Charles.

Ces sept heures avaient dû être chargées, c'était certain. Le Duc était un maître très exigeant et le travail de Charles ne s'achèverait certainement pas avec la fin de la bataille. Il était probablement en train de courir à travers champ et de coordonner le suivi de l'effort pour Sa Grâce. Quelqu'un avait dit dans la nuit qu'un nombre considérable des hommes du Duc avait été tués ou blessés ; cela ferait peser encore plus de responsabilités sur les épaules de Charles. Il faudrait probablement attendre trois ou quatre heures avant qu'il n'ait l'opportunité d'envoyer un mot à Tristan. Peut-être plus. Il s'endormirait et le temps qu'il dorme et ne s'éveille, Charles aurait envoyé une missive, ou mieux, serait rentré. Il réveillerait Tristan de la meilleure manière possible, par des caresses et des baisers, se hissant sur le lit à ses côtés et l'enlaçant d'une étreinte sûre. Sain et sauf. Tous les deux, en sécurité.

Cette seule pensée lui donna espoir et il put se laisser glisser dans un sommeil plus reposant cette fois.

MAIS CHARLES ne vint toujours pas. Tôt dans l'après-midi, Tristan fit seller Gamin et galopa jusqu'à la route de Waterloo pour obtenir lui-même des réponses au lieu de les recevoir de troisième main par les Richmond. La route était embouteillée de soldats qui rentraient à leurs baraquements, de blessés qui se traînaient avec l'aide de leurs compatriotes, de chariots de matériel, de charrettes de blessés et même d'attelages de civils réquisitionnés pour transporter les blessés. Gamin choisit son chemin sur le bord bourbeux du sentier et renâclait dès qu'il le pouvait, trop vif d'avoir été gardé enfermé plusieurs jours. Tristan ne pouvait que le comprendre.

À chaque tournant lui étaient délivrées les mêmes informations sur la bataille et toujours rien sur Charles. Plus il s'éloignait de la ville, plus le trafic se densifiait, il fit alors demi-tour et lorsque le chemin se dégagea, il talonna le hongre ; lorsque sa vision se brouilla, il le mit sur le compte du vent qui lui fouettait le visage à cause de l'allure à laquelle fonçait Gamin. Tristan avait autant besoin d'exercice que son cheval. Fatigué comme il l'était, il avait besoin de tout ça, la vitesse, l'ivresse et la liberté. Il lui avait toujours semblé que plus vite il allait, moins il pensait.

Tristan ne voulait surtout pas se mettre à penser. S'il avait pu décoller, il l'aurait fait à mille miles à l'heure, toujours plus vite jusqu'à ce qu'il ne soit plus qu'une onde, une traînée dans le ciel, un néant. Libre, vide, l'esprit en veille et inconscient.

UN HOMME étrange se trouvait devant la maison lorsque Tristan y retourna. Le palefrenier apparut depuis le jardin au son des sabots de Gamin et Tris descendit de cheval en tendant les rênes à Michaels avant de se tourner vers le soldat. Il portait les galons de sergent sur son uniforme rouge et boueux.

— Puis-je vous aider ? lui demanda-t-il poliment avant de se rendre compte que l'homme tenait un carton rectangulaire.

Il était maculé de sang mais les lettres inscrites étaient assez claires pour être identifiées sous les taches brunes. *Tristan Northwood.*

— Je cherche M. Northwood, dit le soldat.

— C'est moi.

— Vous êtes de la famille du Major Charles Mountjoy ?

Un bourdonnement emplit les oreilles de Tristan et il serra les poings contre les ténèbres qui menaçaient de l'engloutir.

— C'est mon beau-frère, répondit-il, sa propre voix lui paraissant très lointaine.

— Je suis Keighley. Je suis du 52ème. J'ai trouvé ceci dans la poche du Major, je savais donc où me rendre. Il est blessé, sévèrement. Il est installé dans une ferme pas loin d'ici, environ dix miles vers Wavre. Si vous connaissez un docteur, amenez-le avec vous.

— *Michaels !* cria Tristan. Amène mon cheval, commanda-t-il. Où est votre monture ?

— Je ne suis pas un cavalier, Monsieur, j'ai marché…

Michaels réapparut, Gamin piaffant à ses côtés.

— Monsieur ?

— Le Major Mountjoy est blessé et je vais à lui. J'ai besoin que tu remplisses l'attelage de couvertures, d'oreillers, tout ce que tu trouveras et le conduise vers Wavre. On te retrouvera sur la route. Vous, Monsieur, venez avec moi, ordonna-t-il.

Il se hissa sur la selle et tendit la main. Keighley s'appuya sur l'étrier et grimpa derrière Tris.

Au même moment Chamberlain arrivait à pied au coin de la maison.

— Hey, Northwood, l'interpella-t-il. Où allez-vous ?

— Le sergent ici présent m'a rapporté un mot de Charles. Il est blessé quelque part sur la route de Wavre.

— Vous aurez besoin de transport. Je peux aider ?

281

— Michaels va suivre avec la carriole. Mais nous aurons probablement besoin d'aide. Vous pourrez monter avec lui ? Ça n'est qu'à dix miles ; on ne devrait pas mettre plus d'une heure, à moins que le trafic ne soit aussi dense que vers l'ouest.

— Sûrement. Mais vous aurez besoin de vos instruments médicaux, surtout si l'attelage est ralenti sur la route.

— Merde, vous avez raison !

— Attendez un instant, dit Chamberlain avant de partir vers la maison.

Il revint un moment plus tard et hissa le sac pour le passer à Keighley.

— Tenez-le bien, mon brave. Tris, je vous retrouve dans à peu près une heure, espérons-le.

— Soyez bénis, dit Tris, puis sombrement, à l'attention de Keighley : accrochez-vous.

Il talonna ensuite Gamin qui prit le départ comme ce que Charles appelait une roquette de Whinyate.

Tristan ne s'autorisa pas à penser à son amant. Il ne pouvait se permettre d'imaginer la condition dans laquelle Charles se trouvait, à quel point il pouvait être amoché. Il resta concentré sur la conduite, jamais plus satisfait de l'énergie et du tempérament de son hongre. Ils foncèrent ventre à terre sur la route, restant au centre en évitant le plus possible les ornières bien qu'ils dussent parfois se ranger sur le côté pour laisser passer des véhicules qui se démenaient contre la boue. Heureusement, ils n'en croisèrent que peu. Ce n'était pas comparable au trafic que Tristan avait rencontré sur la route du champ de bataille.

Keighley s'accrochait aussi fermement qu'il le pouvait, en silence et tenant la balance de son équilibre dans le dos de Tristan, un bras ceinturé autour de sa taille et l'autre enserrant le sac. Il avait apparemment de l'expérience en chevauchées *ventre-à-terre* [42], assis en croupe. Jamais il ne bougea ni ne parla durant le trajet. Lorsqu'il ouvrit enfin la bouche, ce fut pour crier :

— Là, là ! Monsieur !

— Quel chemin ? demanda Tristan en désignant le croisement.

— Gauche, Monsieur, c'est juste après la montée.

Tristan s'exécuta et ils firent halte quelques minutes plus tard dans une petite ferme. Une femme était en train de jeter un seau d'eau sale dans l'herbe à l'arrière de la maison ; elle se tourna et fit visière de sa main pour regarder qui arrivait.

— Qui est-ce ? appela-t-elle dans un français à l'accent flamand.

— Je cherche un soldat blessé, répondit Tristan en envoyant sa jambe par-dessus sa monture et en se laissant glisser au sol.

Elle rit brièvement.

— Vous aurez le choix, *m'sieur*. Nous en avons plusieurs, dit-elle.

Puis elle vit Keighley descendre de cheval.

---

42 En français dans le texte. *NDT*

— Sergent ! Vous êtes de retour.

— Hay, Miss Pauwels.

— *Venez*, entrez.

Elle posa le seau sur un banc de bois à côté de la porte et entra. Tristan prit le sac des mains de Keighley et la suivit.

Il y avait quatre ou cinq soldats allongés sur des palettes dans la petite pièce principale du cottage, mais Tristan n'eut d'yeux que pour un seul. Charles était allongé contre le mur, endormi ou inconscient – Tristan pria pour que ce soit l'un des deux – encore vêtu de la chemise qu'il lui avait prêtée. L'étoffe présentait de larges tâches écarlates aussi vivaces que les manteaux que portaient quelques autres blessés et ses cheveux étaient empoissés de sang coagulé. Quelqu'un semblait lui avoir débarbouillé le visage mais il avait toujours des taches rougeâtres sur le cou et autour des oreilles. Pas étonnant que la carte de visite de Tristan ait été trempée. Il n'y avait là certainement pas que son sang ? Personne ne pouvait avoir perdu *autant* de sang.

— Bon Dieu, pria-t-il en se laissant tomber à genoux contre lui.

— Ce n'est pas seulement le sien, dit Keighley. Je l'ai trouvé coincé sous son atroce canasson. Il avait perdu ses pattes avant et le Major l'a achevé au couteau. Du sang partout.

Tristan l'entendit à peine. Il pressa ses doigts sur le cou marron de sang de Charles et sentit son pouls ; rapide, erratique mais assez fort. Un épais pansement lui avait été fait au creux de la clavicule droite. Sans qu'il le lui fût demandé, Keighley expliqua :

— Je l'ai amené à un chirurgien derrière la ligne de front mais tout ce qu'il a pu faire c'est recoudre le trou de la blessure par balle. Elle l'a traversé, ce qui est plutôt bon ; pas de balle à extraire. Mais il n'a rien pu faire pour la jambe. Il l'a mis lui et les autres sur une charrette pour les expédier en ville mais un essieu a cassé en cours de route à un moins d'un kilomètre d'ici. Le fermier et ses fils les ont tous trimballés jusqu'ici.

— Mon mari est allé à Wavre pour chercher une charrette, dit l'épouse du fermier en revenant avec un seau d'eau plein.

— Où est le Capitaine, lui demanda Keighley.

— Au poulailler, dit-elle, il tue des poules pour le dîner. Il a promis de payer.

— Le Capitaine ? répéta Tristan tout en retirant la fine couverture qui recouvrait Charles.

La jambe gauche de son pantalon avait été découpée jusqu'au genou.

— Oh *nom de Dieu*, lâcha-t-il en rendant honneur au juron favori de Derek.

Il déroula précautionneusement le bandage sanglant qui enveloppait le mollet violet et enflé.

— Oh, bon Dieu.

— Ça a l'air d'avoir empiré, observa Keighley.

283

La fracture s'était compliquée, l'extrémité de l'os cassé était visible et sortait, poussant contre le bandage sanglant. Une inflammation avait résulté de l'absence de traitement convenable.

— Le chirurgien a dit qu'il ne pouvait rien faire à part amputer, reprit Keighley, mais le Capitaine et moi l'en avons empêché. Il n'a même pas essayé de remettre l'os en place.

— Foutu bâtard, jura méchamment Tristan. Espèce de chancre mou. Cervelle frelatée en pudding. Bordel de merde ! Keighley, j'ai besoin de votre aide. Pouvez-vous allez chercher votre Capitaine ? Nous aurons besoin de lui aussi.

Ce n'est pas Charles, se dit-il à lui-même, *c'est un patient. C'est tout, juste un patient.* Il se le répéta encore et encore jusqu'à ce que ses mains cessent de trembler.

Et alors la porte s'ouvrit et Francis Randall entra. Il s'arrêta et regarda fixement Tristan, comme s'il faisait face à un revenant, puis jura.

— Et merde ! *Vous* ici ? Keighley, imbécile, je t'ai envoyé chercher un *docteur* !

— Je suis un docteur, rétorqua Tristan.

Il l'était. Crosby pouvait se mettre sa destitution là où il le pensait ; il savait qu'il pouvait le faire. Une étrange paix froide l'envahit, le distanciant de tout, le déconnectant.

— Et j'ai besoin de votre putain d'aide, enchaîna-t-il, alors ramenez votre gros cul princier ici et *aidez-moi*.

Stupéfait, Randall obéit. Tristan le fit s'agenouiller à la tête de Charles pour qu'il lui retienne fermement les épaules, puis invita Keighley à s'asseoir près de son mollet et lui montra la manière avec laquelle il allait devoir tirer : lentement, fermement, sans à-coup mais graduellement et en augmentant la pression afin que Tristan puisse guider l'os dans sa position initiale, et enfin envelopper étroitement la jambe avec les bandages propres qu'il avait apporté dans son sac.

À sa surprise, lorsqu'il releva les yeux, la femme du fermier était là, lui présentant deux planches de pin.

— L'année dernière, mon cadet s'est cassé la jambe, dit-elle. Vous allez en avoir besoin.

— En effet, dit-il en prenant les planches.

Il les attela à la jambe blessée pour tenir l'os en place et immobiliser son genou puis retira précautionneusement le pansement de compresse ouatée appliqué sur l'épaule de Charles. Les points étaient peu soignés et avaient apparemment été faits à la va vite, mais l'irrégularité avec laquelle la peau avait été déchirée avait dû corser la manœuvre et il n'y avait pour le moment pas d'infection.

— C'est la plaie de sortie du projectile, dit-il. Le chirurgien a-t-il fait quelque chose sur l'entrée ? J'aimerais éviter de le retourner si c'est possible.

— Il a dit que la balle était assez petite et qu'il y avait peu de dommage. Il l'a pansé et nous a dit de surveiller si ça saignait.

284

Randall se rassit sur ses talons.

— Bon sang, où un dandy dans votre genre a-t-il appris la chirurgie de guerre ?

— Hédoniste, corrigea Tristan.

— Quoi ?

— Je suis un hédoniste, pas un dandy. Je ne porte pas de cols de chemise inconcevablement hauts, je possède un nombre raisonnable de chaînes de montre et je n'ai jamais appliqué de sciure sur mes épaules ni sur mes clavicules. Et pour répondre à votre question, à l'hôpital Saint Joseph, à Spitalfields, grâce à cet homme.

Il tendit le bras et posa la main sur le front de Charles. Il était chaud mais pas encore fiévreux. Et toujours inconscient.

— Maintenant, voyons voir les autres gars. Ce sont les vôtres, je présume ?

— La plupart. Trois d'entre eux sont de ma compagnie, et les autres sont du 22ème. Ils n'ont pas été reportés après les échauffourées et Keighley et moi sommes allés les chercher.

Il regarda Charles.

— Keighley a reconnu l'affreux pie de Monty, disant qu'il ne pouvait appartenir à personne d'autre, que personne d'autre ne possédait un cheval aussi moche. On a dû s'y prendre à deux pour bouger la carcasse de ce foutu canasson ; Dieu merci la boue nous a aidé à le traîner. Si le sol avait été sec, on aurait eu besoin d'un palan. Mais j'imagine qu'on a dû aggraver l'état de Monty en tirant le cheval.

— Vous avez fait avec les moyens du bord, commenta Tristan. Aucun d'eux n'a besoin d'attention médicale immédiate ?

— La blessure de Pattinson n'arrête pas de saigner, répondit Keighley. Les autres tiennent le cap.

— Jetons un coup d'œil à Pattinson, dans ce cas.

Tristan se redressa et se rendit à la palette indiquée. Le travail négligé du chirurgien s'illustrait encore une fois dans les sutures bâclées.

— Il faudrait que nous présentions cet apprenti à ma femme, plaisanta Tristan à l'attention de Pattinson, elle lui apprendrait rapidement à faire des points plus soignés, je vous le dis.

Il s'empara de l'aiguille et se mit à l'œuvre. Quelques minutes plus tard, il avait fini de rectifier la plaie sur la jambe de Pattinson et se rendit à la palette suivante. Lorsqu'il eut examiné et retouché le reste des blessés, il se redressa et s'étira.

— J'ai besoin d'air, annonça-t-il avant de sortir.

Assis sur le banc, il se décomposa en silence et ramena ses genoux à son menton, ses talons reposant sur le bord du banc, le visage enfoui dans ses bras croisés. Il essaya de retenir ses sanglots afin que les hommes à l'intérieur ne puissent l'entendre, mais les secousses des pleurs lui rendaient toute résistance intenable.

Lorsqu'il revint à lui, il constata la présence de quelqu'un à ses cotés et releva les yeux sur le regard inquiet de Derek Chamberlain.

— Tris, commença-t-il, mais Tristan secoua la tête.

— Il est vivant. Il avait une fracture qui n'avait pas été remise en place. Je l'ai réduite mais je ne sais pas si l'os se soudera correctement. Il avait une blessure par balle à l'épaule. Il est inconscient mais ne montre pas de signe de commotion. Comment cela se fait-il, je n'en sais rien. Il devrait être commotionné. Je sais qu'il devrait l'être. C'est juste que... merde, Derek. Merde !

Et il recommença à sangloter.

— J'ai jamais été un, *hic*, une fontaine avant de rencontrer Charles, renifla-t-il. Tout est sa faute.

— Vous ne vous êtes jamais soucié de quiconque avant de rencontrer Charles, dit posément Derek. Vous n'avez jamais aimé avant de rencontrer Charles.

Tristan releva la tête d'un coup et fixa Derek d'un air médusé.

— Je sais, Tris.

Un moment passa et Tristan demanda finalement :

— Comment avez-vous trouvé la ferme au fait ? Je comptais envoyer Keighley en bas de la route...

— Le garçon qui attendait au croisement a dit que Keighley l'avait envoyé. Enfin, je suppose que c'est à lui qu'il pensait en disant '*le petit sergent'*, répondit Chamberlain.

Tristan pouffa de rire.

— Je ne crois pas que Keighley apprécie d'être qualifié de 'petit'. Je ne lui répéterai pas ça.

— Oh, je ne risque pas. Il est peut-être petit, mais il a fière prestance. J'avais un sergent comme lui en Inde. Il était sans peur, commenta Derek.

Il se redressa pour regarder par-dessus l'épaule de Tristan.

Ce dernier suivit son regard. Le Capitaine Randall attendait dans le chambranle de la porte et les regardait. Chamberlain se leva et tendit la main.

— Derek Chamberlain, dit-il, notaire.

— Francis Randall, Capitaine du 52ème, enchaîna Randall en lui serrant la main. Un ami de Northwood ?

— Oui, je suis venu voir si je pouvais donner un coup de main.

— Monsieur Chamberlain m'a assisté à Bruxelles pour organiser et soigner les blessés, déclara Tristan sur un ton sec et détaché.

— Vraiment, commenta le Capitaine, le ton tout aussi distant.

— J'ai l'impression qu'une conversation est sur le point d'avoir lieu et que celle-ci ne me concerne pas le moins du monde. Donc si vous voulez bien m'excuser...

Il esquissa une révérence et se dirigea vers l'attelage arrêté en plein milieu du chemin qui bloquait le passage.

— A-t-on besoin de moi à l'intérieur ? demanda froidement Tristan.

286

Randall l'observait avec un visage dénué d'émotion. Après un moment, il finit par s'adresser à lui.

— Je ne peux… *approuver* les sentiments que vous avez vis-à-vis du Major Mountjoy, mais je ne peux non plus nier qu'ils semblent vrais. Et bien que je le tienne pour mon ami depuis de nombreuses années, je suis dans l'incapacité de juger la nature des sentiments qu'il a pour vous. J'espère simplement, pour le bien de son honneur, de sa carrière et de l'immortalité de son âme que cela n'est pour lui pas réciproque. Cependant, il semble effectivement se soucier de vous.

Il hésita, puis reprit.

— Cet homme – Chamberlain – qu'est-il pour vous ?

— Un ami, rien de plus, répondit-il avant d'écarquiller subitement les yeux. Pourquoi ?

— C'est juste que…

Randall fronça les sourcils.

— Je ne suis pas sûr que cela fasse sens. Ni de quelle manière l'expliquer. Voilà ce que je pense : si vous blessez Charles d'une manière ou d'une autre, je vous tue. Me suis-je bien fait comprendre ?

— Bien sûr, dit Tristan en inclinant la tête sur le coté. Pensez-vous que je sois en train de trahir Charles en ayant Derek pour ami ?

— C'est déjà 'Derek' ? répliqua-t-il d'un ton dur.

— C'est un ami. Ce n'est pas un rival pour Charles.

— J'aurais espéré qu'il le soit. Ainsi vous ne seriez pas tenté d'entraîner Charles avec vous, ragea Randall.

— Je n'entraînerai Charles nulle part. Pas plus que je ne le trahirai.

Tristan, soudain las, reposa sa tête sur ses genoux.

— Avez-vous terminé, Capitaine ?

— Je suppose qu'il n'y a rien de plus à dire, conclut Randall avant d'hésiter à nouveau. Vu les circonstances, je sais que je ne dois pas reporter ce dont j'ai été témoin dans l'allée ce soir-là. Pour le moment, quoi qu'il en soit. Je présume que c'est entre Charles et vous.

— Merci, répondit Tristan en s'adressant au sol.

Il entendit les pas de Randall et le regarda se diriger vers la carriole où Chamberlain attendait en discutant avec Michaels. Tristan finit par se lever et aller s'asseoir auprès de Charles.

XXV

Il se sentit encore bringuebalé mais cette fois l'inconfort fut atténué par d'épaisses couches de douceur. Il rêva qu'il ouvrait les yeux et voyait Tristan à côté de lui, le relief de son visage éclairé par la lueur des lanternes du fiacre, mais ça n'était pas possible. Tristan était chez lui, dans le Leicestershire, ce pavillon improprement nommé 'cabane de chasse', quel était le nom déjà ? Lilac Cottage, oui, avec Charlotte et les enfants ; et non pas ici dans cet endroit empli de fumée, de feu et de brouillard. La fumée était dans ses poumons, le feu dans son corps et le brouillard dans son cerveau. Mais penser à Tristan, penser à sa présence, ici à ses côtés, réconfortait Charles. Il retomba dans les ténèbres le cœur léger.

Il rouvrit les yeux dans l'immobilité, la douleur et la lumière. Il cligna des paupières dans l'éblouissante lumière du soleil qui filtrait de la fenêtre ouverte.

— Il se réveille, dit une voix, celle de Tristan.

Son timbre de voix était rauque et éreinté. Charles tourna la tête jusqu'à voir son amant s'asseoir sur une chaise près du lit dans lequel il se trouvait présentement allongé – le lit de Tristan. Pourquoi Tristan n'était-il pas dans le lit avec lui ? Mais alors, il tenta de bouger légèrement et la douleur le cingla. Ça répondait à sa question.

— J'ai été blessé ? demanda-t-il et sa propre voix lui sembla étrangère, rocailleuse et sèche.

— Un peu. Tu ne te souviens pas ?

— Non. Attends. Je me noyais.

Tristan cilla lentement, ses longs cils sombres voilèrent ses beaux yeux gris et les dévoilèrent à nouveau. Charles le regardait, fasciné.

— Noyer ? répéta Tristan, confus. Tu n'étais pas en train de te noyer. Ton cheval t'est tombé dessus.

— Fichtre, quel balourd.

— Je crois que le fait de ne plus avoir de pattes a dû jouer, commenta Tristan sur le même ton de moquerie de Charles.

— Ah, sûrement.

Il fléchit les doigts de sa main droite en s'interrogeant sur l'origine de la douleur qu'il sentait arriver jusque là. Sa main ne semblait pas blessée ; il jeta un coup d'œil rapide de l'autre côté pour s'assurer qu'il avait toujours son autre main et qu'il ne s'agisse pas de la douleur fantôme des membres amputés, dont il avait entendu parler.

288

— J'ai mal à la main, dit-il avec curiosité.

— C'est probablement à cause de la poignée mortelle que tu as conservée sur ce couteau que je t'ai donné, dit Tristan. Il n'y a pas eu moyen de te le faire lâcher jusqu'à ce que nous soyons rentré. Puis tu as ouvert les yeux, a dit mon nom et laissé tomber le couteau.

— Je ne me souviens pas de ça.

— Ça te reviendra, éventuellement.

— Oui, probablement, confirma-t-il en essayant de relever la main, mais cela lui donna le vertige.

Il la laissa retomber.

— Combien de temps ?

— Quatre jours.

— La bataille ?

— Terminée. Nous avons gagné. Les Allemands pourchassent Napoléon jusqu'à Paris. Les rapports disent que ses tentatives de soulever la résistance ne décollent pas ; les gens sont en train de troquer les cocardes contre les fleurs de Lys.

— Mmm, commenta-t-il.

Il était difficile de véritablement se préoccuper de tout ça.

— Ton Duc est venu te voir deux fois et M. Keighley, puis Randall aussi. Tu as soif ?

Charles considéra la question.

— Une soif de tous les diables ! décida-t-il.

Tristan le rehaussa doucement mais manqua de le faire crier, la douleur dans son épaule était insupportable et le fit panteler bruyamment. Tris attendit qu'il récupère son souffle avant de présenter le rebord de la tasse contre ses lèvres. Charles ouvrit docilement la bouche et avala.

— Pouah, commenta-t-il. Qu'est-ce que c'était ?

Un rire clair s'éleva de la gorge de Tristan.

— Ton fameux thé au Scutellaria ! dit-il en riant. Tu vois ? *C'est* vraiment dégueulasse.

— Tu as fait exprès de le préparer comme ça, l'accusa Charles.

Tristan pouffa de rire.

— Alors, quels sont les dommages ? Mon épaule, je suis au courant. Mais j'ai mal partout donc j'ai du mal à faire l'inventaire.

— Ta jambe, dit Tristan. Cassée lorsque Patch t'est tombé dessus.

— Patch ? Ce n'était pas Parangon ?

— Non. Parangon est à l'étable en train de manger à s'en faire éclater la panse. Tout comme Betsy. Mais ce pauvre Patch est mort et il t'a cassé le tibia dans la foulée.

— Méchamment ?

— Plutôt. Miraculeusement, tu n'as pas eu d'infection, et ce en dépit de la boue qui est passée dans la plaie.

289

— Chanceux.

— Tu l'es. Nous t'avons nettoyé et je crois que la substance qui te recouvrait le plus était une mixture entre la boue et le sang, expliqua Tristan.

Il lui laissa le temps de boire un peu plus de thé – vraiment infecte, pensa Charles – puis l'aida à se rallonger.

— Ton idée de laver la blessure au whisky n'était pas mauvaise ; l'infection n'a gagné ni ta jambe ni ton épaule.

— Mmm, répéta Charles, pas vraiment concerné.

Ses paupières se faisaient lourdes et la chaleur des bras de Tristan lui manquait.

— Tris ? tenta-t-il.

— Oui, mon cœur ?

Le mot le fit sourire et le baiser sur son front aussi.

— Je suis crevé, murmura-t-il.

— Dors, mon cœur. Je serai là quand tu te réveilleras, chuchota-t-il.

TRISTAN REMONTA les couvertures autour de l'épaule de Charles et alla au bout du lit ajuster les cordes et poulie du dispositif de fortune pendu au baldaquin. Maartens avait recommandé d'utiliser une attelle de Desault pour maintenir la jambe brisée de Charles mais Tristan se souvint que Crosby pensait que l'immobilisation totale de la jambe dans pareil cas pouvait mener à accélérer la dégénération musculaire et avait donc suggéré des tractions légères combinées à un exercice régulier du genou pour garder les muscles actifs. Les suggestions de Crosby faisaient sens pour Tristan et il savait que s'il y avait bien une chance que Charles puisse de nouveau monter à cheval, il devait garder sa jambe mobile pendant la guérison. Mais il n'avait aucune idée de l'étendue des dommages nerveux et avait dû ravaler sa fierté et écrire à Crosby pour lui demander son avis. Il soupira et arrangea les rideaux de manière à ce que le visage de Charles soit à l'ombre sans renoncer à recevoir de l'air frais – une autre manie de Crosby. L'air frais et le bon sens. Tris pouvait encore gérer le premier mais ne pouvait qu'espérer regagner la plupart du second.

Puis il alla au rez-de-chaussée contrôler l'état de ses autres patients. La plupart avaient été renvoyés dans leur cantonnement ou dans leur régiment pour la suite des soins mais il en restait deux qui souffraient toujours de fièvre et il avait décidé qu'il n'était pas raisonnable de les déplacer. Trois des agneaux de Randall les avaient rejoints – deux siens et un du 22ème – mais leurs blessures étaient moins sévères et Tris s'attendait à ce qu'ils soient sur pieds en fin de semaine.

Des voix s'élevaient du salon qui avait retrouvé sa fonction première, seule la grande salle à manger servait maintenant d'hôpital. Tristan se frotta le front. Attendait-il quelqu'un ? Reston ne semblait pas être en vue, alors il poussa la porte à demi ouverte et entra.

290

Trois personnes se trouvaient dans la pièce dont deux qu'il ne connaissait pas. Le Duc de Wellington, il le connaissait bien ; il était devenu un visiteur régulier ces derniers jours, prenant des nouvelles de ses soldats blessés. Mais les autres, un homme fluet à la complexion sombre et une jolie femme aux cheveux clairs, lui étaient inconnus bien qu'il trouvât quelque chose de vaguement familier chez la femme.

— Ah, Northwood, vous voici, dit le Duc avant de se tourner vers les autres. Madame la *Contessa*, Monsieur le Comte, puis-je vous présenter M. Tristan Northwood ?

La femme secoua ses anglaises claires et vint vers lui, les deux mains tendues.

— Mon cher Tristan – je dois vous appeler Tristan, car j'ai l'impression de vous connaître ! Et vous devez absolument m'appeler Liesl. Je suis si heureuse de vous rencontrer enfin ! dit-elle.

Sa voix était douce et éthérée et laissait entendre un infime accent allemand. Il s'agissait donc de l'amie de Lottie, Liesl. Tristan lui prit les mains et s'inclina devant elle.

— Certainement, Madame, dit-il.

— Liesl, le corrigea-t-elle et elle libéra ses mains pour lui prendre les joues en coupe, l'attirant vers elle afin de pouvoir l'embrasser d'un baiser sonore sur les deux joues. Officiellement, je suis la Contessa di Montolivo, mais entre nous, nous sommes simplement Liesl et Antonio. Bonté divine ! Charlotte disait que vous étiez grand mais vous devez au moins faire six pieds de haut ! Au moins aussi grand que *mein Junge*. Comment va-t-il ? Je me suis tellement inquiétée.

— Il récupère, lentement.

Tristan se tourna pour serrer la main du Comte. C'était un homme d'apparence agréable avec un large sourire sur le visage.

— Monsieur, dit-il.

— Comme l'a dit mon épouse, vous devez m'appeler Antonio, dit le Comte. Car nous sommes une famille maintenant.

— Par les lettres de Lottie, j'ai cru comprendre que vous résidiez en Sicile avec le Roi Ferdinand.

Le Comte agita dédaigneusement la main.

— Le roi est de retour à Naples ; Signor Murat s'en est allé depuis un mois maintenant. La scène est maintenant aux hommes politiques et je n'aime pas les hommes politiques. Donc, lorsque ma Liesl m'a dit qu'elle devait se rendre en Belgique pour voir Charles, je me suis dit 'pourquoi pas ?' et nous y voilà.

— J'ai eu un *pressentiment*, dit Liesl.

La porte s'ouvrit et Reston entra, suivi de Will avec le service à thé. Liesl prit les choses en mains et son mari l'assista pour poser le lourd plateau. Ils formaient visiblement un couple soudé.

Wellington en profita pour demander à voix basse comment évoluait l'état de Charles. Tristan grimaça puis répondit :

— Il s'est réveillé brièvement, le temps de prendre un thé. Mais au moins cette fois il a senti la douleur. Les autres fois, il était désorienté. Je suppose que c'est un mieux, mais pour son bien je préférerais qu'il souffre un peu moins.

— Cela se comprend, dit Wellington. J'espérais avoir un moment pour lui parler, car l'armée se prépare à partir après Napoléon et je dois y aller aussi. J'escompte mettre la main sur l'ancien Empereur dans une semaine tout au plus et ensuite, nous aviserons au sujet de Mountjoy. J'imagine que vous êtes encore là pour une quinzaine de jours au moins ?

— Au moins, dit Tristan. J'ai écrit à mon mentor, le Dr. Crosby, pour lui demander conseil et j'attends de ses nouvelles. La blessure semble stationnaire et la fièvre, au moins, lui est épargnée, sinon j'ai grand espoir que Charles s'en remette entièrement. Mais ma plus grande préoccupation – en dehors de l'absence de fièvre – est que la jambe se soude assez pour qu'il remonte à cheval. C'est une mauvaise blessure vue sous cet angle.

Wellington hocha la tête.

— Si quiconque peut s'en sortir, c'est bien Mountjoy. Son nom lui est particulièrement approprié : cet homme est un centaure.

— Venez prendre le thé, dit Liesl. Ensuite Tristan me mènera voir Charles.

— Je dois d'abord faire la ronde auprès de mes autres patients, objecta Tristan.

— Le thé d'abord, insista fermement Liesl.

IVRE DE thé, Wellington prit congé et une fois ses patients examinés, Tristan conduisit ses invités au travers de l'étroit escalier jusqu'à sa chambre. Montolivo fut fasciné par la description que Tristan fit du dispositif de palan qui avait été employé pour monter Charles et les autres blessés, depuis le sol jusqu'à l'étage, en les faisant passer par la fenêtre pour éviter d'avoir à les déplacer dans le colimaçon des escaliers.

— C'est ingénieux ! avait dit le Comte, admiratif.

Charles était toujours endormi lorsqu'ils entrèrent dans la chambre, Tris s'étant assuré qu'il était décemment couvert étant donné qu'il ne portait qu'une chemise de nuit.

— Pauvre *Liebchen*, chantonna Liesl tout en se laissant tomber sur la chaise que Tristan avait avancée pour elle. Mais il est si bien veillé, commenta-t-elle en lui prenant la main. Vous avez toute ma gratitude, Tristan.

— Il est plus que mon beau-frère, dit Tristan sur un ton raide. Il est aussi mon plus cher ami. Et même si ce n'était pas le cas, je n'aurais pu en faire moins. Il est de loin le plus sévèrement blessé de tous ceux qui sont installés ici et je dois faire très attention à lui.

292

Elle secoua lascivement la main.

— Bien sûr, mais les autres ici ne m'importent pas. Lui seul compte.

Charles ouvrit les yeux et regarda la tenture au-dessus de lui puis tourna la tête en fronçant les sourcils.

— Maman ? demanda-t-il, ébahi.

— Oh, il me reconnaît ! Oui, mon cœur, mon *Liebling*, ta maman est là pour toi.

— *Maman* ?

Tristan cilla.

— Vous êtes sa mère ? demanda-t-il, confus. Je croyais que Lady Chilson était décédée !

— Oh, non. Bien évidemment, comment auriez-vous pu savoir. Vous deviez être un petit garçon à l'époque.

Liesl était parfaitement sereine en total déni du choc causé.

— Je vous expliquerai cela plus tard. C'est très vilain de la part de Charlotte de ne pas vous l'avoir dit, mais c'est tout elle. Charles, mon amour, comment te sens-tu ?

— J'ai soif, dit Charles d'une voix rocailleuse.

Tristan alla immédiatement chercher un verre de vin fortement dilué et le lui apporta, rehaussant prudemment le convalescent en passant un bras derrière ses épaules. Charles but puis le remercia d'un sourire.

— Et confus, reprit-il. Que fais-tu là maman ?

— Je suis venue prendre soin de toi, répondit-elle, surprise. Bien évidemment, j'ai senti que quelque chose n'allait pas et lorsque j'ai entendu parler de la bataille, j'ai su ce que c'était. Alors Antonio et moi sommes venus de Naples, *match schnell*, ou plus approprié puisque nous sommes à Bruxelles, *tout de suite*, et nous voilà.

Elle haussa les épaules.

— Naples était ennuyeux, bruyant et sale de toute manière, ce n'est pas une grande perte. Et mon adorable Tristan est occupé avec tous ces hommes malades, alors je vais l'aider. Et Antonio aussi.

— Des hommes malades ? répéta Charles en fronçant les sourcils vers Tristan.

Celui-ci haussa les épaules.

— Quelques blessés encore sous mes soins. J'ai aidé lorsque les blessés étaient amenés en ville.

— As-tu replacé ma jambe ?

— Oui. Tu as mal ? demanda anxieusement Tristan.

— Un peu, mais cela n'a rien de surprenant. Je me souviens que tu as dit que Patch m'était tombé dessus ?

Il porta une main à son visage et se frotta les yeux d'un geste las.

— Et mon épaule me fait mal. C'était un coup de pistolet ?

293

— Oui, mais la balle a traversé… Oh, ma chère Lady, je m'excuse, se désola Tristan, je ne devrais pas parler de telle chose en présence d'une dame.

Le Comte rit de bon cœur et Liesl renifla.

— Absurdités, conclut-elle. Je sais tout ce qu'il y a à savoir au sujet des balles et c'est plutôt une bonne chose que la balle ait traversé, autrement il aurait fallu creuser dans la chair au couteau et s'inquiéter d'une infection et d'autres complications. J'ai fait ce genre de chose et ça n'est pas plaisant du tout.

Tristan cilla. Le Comte rit de nouveau puis dit :

— Ma Liesl était à Naples lorsque les Français sont arrivés, oh cela fait à peu près vingt ans maintenant. Lorsqu'elle dit qu'elle soignera Charles, vous pouvez être assuré qu'il n'y a pas d'infirmière plus capable ! Maintenant, vous, mon ami, allez essayer de vous reposer. Laissez-nous Charles. Allez-y et dormez un jour ou deux.

Tristan regarda Charles qui lui rendit un long et lent regard puis dit :

— Tu as vraiment l'air crevé, Tris, va dormir.

Il lui rendit son regard et lui adressa un rapide sourire en opinant.

— Je vais dormir si tu dors aussi, marchanda-t-il.

— Marché conclu.

Charles s'enfonça dans l'oreiller et sourit à sa mère.

— Salut Maman, dit-il doucement.

— Salut, mon Liebling, répondit-elle gentiment.

Tristan les regarda et remarqua l'expression calme et confiante sur le visage du Comte ; il s'inclina courtoisement et alla se trouver un lit.

— C'EST TRÈS simple, dit Liesl.

Il venait de terminer leur souper ; la table avait été nettoyée et le porto amené pour eux trois. Liesl avait refusé de se retirer et avait également accepté un petit verre de porto.

— Eustache et moi étions à Paris l'été 1795 ; il était là avec l'ambassade britannique durant les négociations. Croyez-le ou non, Eustache était un orateur fort éloquent dans sa jeunesse. Charles et Charlotte devaient avoir, je crois, à peu près huit ans et Daniel seize. J'ai rencontré Antonio là-bas.

Elle se pencha par-dessus le coin de la table pour prendre la main de son mari.

— Et nous sommes tombés passionnément amoureux.

— Ah, ma chérie, dit doucement Antonio, tu parles comme si c'était ta faute. Elle a agi avec beaucoup d'honneur, dit-il à Tristan, et serait rentrée en Angleterre sans histoire avec son mari s'il n'avait découvert que nous nous étions rencontrés deux fois – en toute innocence ! – et n'en était devenu furieux. Il l'a jetée dehors, a divorcé par le biais du système civil français et a refusé qu'elle puisse de nouveau voir ses enfants, expliqua-t-il d'une voix basse et emplie de colère. Il a mis dehors la femme la plus loyale et la plus aimante qu'il ne connaîtra jamais et a privé ses enfants de leur mère. Il a fait croire au monde qu'elle était morte et, pour sa protection, ses amis au courant de la vérité obligèrent ce mensonge. Mais il n'a pas pu l'empêcher d'écrire à ses enfants ; d'abord par le biais d'un ami qui leur passait les lettres en contrebande et ensuite, lorsqu'ils furent plus vieux, elle put leur écrire directement. Mais d'ici lors, il avait tellement sombré dans l'alcool qu'il ne s'en préoccupait plus. Les lettres de Charlotte – et de Charles, lorsqu'il trouvait le temps d'écrire – ont été la plus grande joie et le plus grand réconfort de Liesl toutes ces années.

— Pas seulement, corrigea Liesl en lui souriant.

Antonio porta la main à ses lèvres.

— Quand bien même, je dois une fière chandelle à la folie de Chilson, car sa perte est mon trésor – elle est *mon* réconfort et ma plus grande joie.

— Lottie ne m'a jamais dit que vous étiez vivante.

Tristan réfléchit un moment.

— Forcément, je suppose que j'ai simplement présumé que vous étiez morte et ne me suis en fait jamais posé la question. Elle s'est toujours référée à vous comme Liesl et j'ai pensé que vous étiez une cousine ou quelqu'un de sa famille éloignée. Je ne me suis jamais interrogé là-dessus.

— En effet, mais pourquoi auriez-vous dû ? fit remarquer Liesl. Bon. Nous resterons ce soir dans la chambre de Charles et vous dormirez dans l'autre, si vous voulez être gentil, et je m'occuperai de Charles pendant que vous vous reposerez. Demain, Antonio nous trouvera un hôtel et nous organiserons un emploi du temps pour veiller Charles jusqu'à ce que Charlotte arrive…

— Charlotte ?

Tristan cilla.

— Oui, Charlotte. Ellen est parfaitement capable de s'occuper des enfants avec l'aide de la bonne d'enfants et de la nourrice. Et puisque Charlotte est en parfaite santé, il n'y a pas de raison qu'elle ne soit pas au chevet de son mari. Bruxelles est un désastre, mais je ne crois pas les oiseaux de malheur qui annoncent l'arrivée de la peste en ville ; les bruxellois sont méticuleux, ils débarrasseront rapidement ces corps. Antonio les conseillera.

Antonio se contenta de sourire à sa femme.

— Je crois que vous êtes quelque peu démente, dit Tristan à sa toute nouvelle belle-mère, mais je vous aime déjà.

— Parfait, dit Liesl, car je suis bien partie pour vous aimer aussi.

295

XXVI

LE TEMPS que Charlotte arrive une semaine plus tard, les prédictions de Liesl s'étaient avérées et Bruxelles commençait à retrouver son état habituel. Bien que la situation restât déplorable près du champ de bataille, avec des morts entassés en hauteur. Avec les autres docteurs et chirurgiens logés en ville, Tristan avait commencé des rondes quotidiennes pour trouver et traiter ceux qui étaient toujours vivants au milieu des morts. Mais au fil des jours, il y avait de moins en moins de blessés à trouver parmi ceux qui avaient succombés à leurs blessures, exposés sans prise en charge dans le champ de la mort. Le choc et l'horreur ressentis lors de sa première incursion sur le terrain avaient laissé place à une détermination lugubre de faire tout ce qui serait en son pouvoir pour aider, aussi infime que cela soit. De la même manière qu'il lui avait été nécessaire de ravaler ses craintes personnelles en voyant Charles blessé, afin de pouvoir se concentrer sur ce qu'il devait faire pour ceux qui étaient encore en vie, et pouvoir plus tard, aider à déverser les morts dans les larges fosses creusées pour eux.

Il venait juste de rentrer après avoir exécuté cette dernière tâche et prenait un bain bien mérité lorsqu'il entendit des voix au rez-de-chaussée. Il se lavait dans la chambre qui avait autrefois été 'assignée' à Charles ; le Comte et la Comtesse avaient trouvé un hôtel où élire domicile mais Charles était toujours installé dans le lit de Tristan et Tris ne voulait pas le déplacer. Il sortit du bain, se sécha et s'habilla rapidement avec des vêtements propres et frais avant de vérifier rapidement l'état de Charles, endormi, puis descendit.

Liesl tenait séance dans le salon ; il remarqua Charlotte du premier coup et traversa la pièce jusqu'à elle, les mains tendues.

— Lottie, dit-il avec soulagement tout en l'attirant à lui pour l'enlacer. Tu as l'air d'aller bien.

— Toi, en revanche, dit-elle en le repoussant et en le considérant attentivement, tu as une mine épouvantable. As-tu dormi au moins une fois ces dernières semaines ?

— À l'occasion, répondit-il dans un rire.

— Regarde qui j'ai amené avec moi, dit-elle en lui bourrant gentiment l'épaule pour qu'il se retourne.

Il cilla de stupéfaction et le Dr Crosby en rit.

— Surpris de me voir Northwood ?

— Je me suis arrêté à Londres avant de repartir sur Douvres, dit Charlotte. Et j'ai demandé aux Docteurs Crosby et MacQuarrie de nous rejoindre. Tu as suffisamment laissé entendre que tu en avais par-dessus la tête entre Charles et tout ce que tu as sur la planche.

— Tu mélanges les métaphores mon ange, murmura Tristan, puis hocha courtoisement la tête à l'attention de Crosby.

— Que nous soyons venus tous les deux aurait fait un peu chargé, alors on a tiré à la courte paille. J'ai gagné. Ce n'est pas une grande perte de quitter Londres en juin.

— Certainement, dit froidement Tristan. Je devine que vous souhaitez le voir immédiatement et confirmer que j'ai deux mains gauches comme vous vous y attendez et le déplacer là où il pourra obtenir des soins plus efficaces ?

Crosby cilla.

— Je vous demande pardon ?

— Tristan, ne sois pas imbuvable, dit son épouse. Le Dr Crosby n'a fait que me dire du bien de toi tout au long du voyage.

— Je présume qu'il devait simplement être poli, dit froidement Tristan.

— Ce que tu n'es pas, rétorqua sa femme. Viens t'asseoir, prends une tasse de thé et *essaie* d'être courtois, veux-tu ? Les enfants vont bien, la nourrice que tu as trouvée pour Caroline est excellente et Ellen se délecte de jouer les nounous pour quelques semaines, puisque tu le demandes. Comment va Charles ?

— Il dort, dit Tristan. Il insiste pour se lever quelques instants chaque matin et essayer de faire travailler ses membres ; il dit qu'il a vu plus d'hommes handicapés par atrophie musculaire que par fracture. Il n'a pas l'air d'avoir trop mal mais après une heure de ce traitement il est habituellement épuisé et retourne dormir jusqu'au souper.

— Il a raison, tant qu'il ne fait pas porter de poids sur l'os fracturé et que ce n'est que l'exercice des muscles qui l'entourent, il ne se blessera pas, dit Crosby. Certains chirurgiens croient que le patient doit être immobilisé, mais je suis de l'avis de Mountjoy.

Tristan ferma les yeux un bref instant puis déclara avec un calme chèrement acquis :

— Oui, Charles est un homme très sensible.

— Je l'ai toujours pensé, dit Liesl.

— Je suis passé le voir avant de descendre, dit Tristan. Et il dormait. Si vous vouliez bien me donner vos directives, docteur, je serai heureux de les appliquer pour vous lorsqu'il se réveillera.

— Cesser de vous hérisser comme un porc-épic, siffla Crosby. Je sais que je ne suis pas votre favori...

— Ni moi le vôtre, sans aucun doute, le coupa Tristan, mais ce n'est pas moi que vous venez voir alors cela ne fait aucune différence. Mon seul sujet d'inquiétude concerne la santé de Charles. Je vous suis reconnaissant d'avoir condescendu à faire ce voyage.

— J'aime Bruxelles, ce n'est pas compliqué. Et j'apprécie Mountjoy.

297

Crosby sortit son porte-carte et en retira une carte et un crayon. Il inscrivit quelque chose au dos de celle-ci et dit :

— Je loge chez des amis dans la rue Bologne. Ce n'est qu'à quelques rues d'ici. Je passerai ce soir si cela vous convient ?

— Vous n'allez pas déjà vous en aller ? Tristan ! dit Liesl d'un air consterné. Crosby rit.

— Ne vous tracassez pas Comtesse, je ne comptais pas rester plus d'un petit moment. Mes bagages sont toujours dans le fiacre et il faut que je décharge et m'installe avant de m'engager dans une quelconque activité médicale.

— Dans ce cas vous viendrez pour le dîner, dit Charlotte en tendant la main.

Crosby s'inclina au-dessus et fit ses adieux à Liesl et au Comte, puis se retourna.

— Northwood, me raccompagneriez-vous ? demanda Crosby.

Tristan hocha la tête à contrecœur et le suivit dans le hall. Sur les marches, Crosby se tourna pour parler.

— Je sais que vous me détestez pour avoir balayé vos espoirs mais je ne faisais que considérer le bien-être de vos futurs patients, et si vous ne vous étiez pas envolé du pays dès le lendemain, je vous aurais fait appeler pour vous expliquer ma décision. Je sais que je suis parfois quelque peu brusque mais vous êtes aussi quelqu'un de sensible, et c'était une part de mon souci.

— Histrio…

— Fermez-là et écoutez-moi, merde. Vous avez le potentiel d'être un très bon médecin *et* un médecin avec des compétences chirurgicales, ce qui est rare, et au diable la règle qui interdit d'être les deux à la fois, même si je me suis bien rendu compte que la plupart des praticiens étaient l'un ou l'autre. Mountjoy par exemple. Il est dévoué à la médecine, mais il reconnaît ses limites et il les ressent, en dépit de ce que vous dit le culte que vous portez au héros en lui. Vous n'êtes limité que par les piètres décisions que vous avez prises dans le passé. Cela me consterne, parce que vous avez l'âme d'un chirurgien ; peu d'hommes sont capables de s'arracher à leurs émotions et de traiter la blessure pour ce qu'elle est. Il y en a un fichtrement peu qui peuvent à la fois considérer le patient et le traiter en même temps. Je l'ai vu lorsque vous étiez à l'œuvre à l'hôpital, que vous écoutiez le patient en vous questionnant non seulement sur la manière dont il s'était blessé, mais aussi sur les risques qu'il se blesse à nouveau, et vous figurer les moyens d'empêcher ça. Ce maçon avec la toux et le poignet foulé – peu auraient réalisé que la toux provenait de la poussière de brique et l'entorse de la façon dont il travaillait, et peu l'auraient envoyé au groupe de MacQuarrie pour traiter la toux une fois que votre groupe en eut fini avec l'entorse. Ça demande de la jugeote et du cœur. Vous les avez. J'ai reçu une note du Duc de Wellington il y a deux semaines environ. Vous aviez mentionné en passant que vous aviez étudié sous ma gouverne à Londres. Il voulait me remercier pour ne pas vous avoir gardé comme étudiant, parce que cela aurait fait une énorme différence sur la vie des blessés ici.

Il marqua une pause, déglutit et reprit avec un léger voile rauque sur la voix.

— Entendre qu'un étudiant a fait toute la différence est l'une des plus grandes joies de l'enseignement. Je n'ai jamais regretté de vous avoir pris comme étudiant. Mon seul regret, c'est que vous n'ayez pas découvert que la chirurgie était ce que vous vouliez faire dix ans plus tôt, avant que la boisson ne vous ruine les nerfs.

Tristan avait les yeux qui lui brûlaient, il regarda le ciel jusqu'à ce que le trouble s'en aille et dit tranquillement :

— Je l'aurais souhaité aussi. Maintenant...

Il releva les mains et les observa. Elles semblaient assez stables mais il savait que Crosby disait vrai. Elles tremblaient lorsqu'il était tendu, et – *ça* – c'était entièrement sa faute.

— Maintenant vous prenez un tournant.

Crosby l'observa.

— Vous rentrez à Londres, vous terminez vos études et suivez une formation supplémentaire. La médecine n'est pas comme la chirurgie, il faut de l'éducation pour la médecine au lieu d'un simple apprentissage en tant que chirurgien, cela s'annoncera bien plus long que vous auriez pu vous y attendre au départ. Bon, vous avez un diplôme de Cambridge ; je parierais que vous pourriez terminer le programme de médecine en deux-trois ans. Cela prendra un ou deux ans de plus à Mountjoy, puisqu'il n'a pas de diplôme. C'est censé prendre cinq ans, mais ça n'est que des conneries. Il faut que vous postuliez à Saint Joseph en tant qu'étudiant, ce ne sera qu'une formalité ; MacQuarrie et moi-même sommes à la direction. Mountjoy a dit une fois qu'il espérait pouvoir pratiquer avec vous en tant que partenaire, dès que vous auriez tous deux obtenu votre licence. MacQuarrie et moi pensons que c'est une idée splendide, tenant compte de vos compétences, vos intérêts et vos tempéraments. Vous avez l'imagination ; Mountjoy a la stabilité. À vous deux, vous ferez des merveilles. Bon. Retournez à l'intérieur et excusez-vous auprès de votre femme pour vous être comporté en mufle et je serai là pour le dîner.

— Huit heures, précisa Tristan, confus.

— Je viendrai à sept et j'irai voir Mountjoy d'abord. Bonne journée à vous, Monsieur !

— Bonne journée.

Tristan le regarda grimper dans le fiacre et donner le signal du départ au cocher. Une main gantée s'abattit sur la portière et le fiacre démarra au coin de la rue. Il le suivit du regard un moment puis rentra et alla s'excuser auprès de Lottie.

CHARLES ÉTAIT allongé et immobile, lorgnant la voûte du baldaquin au-dessus de sa tête. C'était un bleu-vert qui aurait dû donner un rendu féminin au décor mais les plis de la tenture étaient de tonalité vive et les drapés des rideaux étaient tirés en arrière avec une rigueur presque militaire. Il les connaissait bien, jusqu'au moindre

299

pli – il les connaissait trop bien. Et il en avait fichtrement marre. Marre des tentures, marre du papier peint damassé et de la brise de Bruxelles qui entrait par la fenêtre, marre de la fenêtre elle-même et de la machinerie qui lui tenait la jambe en l'air.

Cela faisait maintenant presque trois semaines qu'il s'était blessé et il se languissait de pouvoir échapper à la fois à cette chambre et à la douleur sans fin à sa jambe – de pouvoir marcher hors de cette pièce sur ses deux pieds et de pouvoir monter à cheval, de sentir le soleil sur son visage. Il faisait quelques pas autour de la chambre et le long du couloir à l'aide de deux béquilles et avec une démarche gauche et instable. Sa jambe ne pouvait toujours pas supporter de soutenir son poids. Il savait parfaitement qu'elle pourrait ne plus jamais le porter mais il était résolu et déterminé à détourner le destin. Il *allait* remarcher et *allait* remonter à cheval, et par *Dieu*, il allait de nouveau faire l'amour avec Tristan.

Tristan.

Il renifla, cette fois bien moins amusé. Tristan, qui lui faisait prudemment faire de l'exercice, toujours plaisant, toujours patient, toujours encourageant, toujours serviable. Toujours… *précautionneux*. Précautionneux de ne pas le blesser, attentif à ne pas le toucher d'une manière qui aurait pu le distraire des tortures mentales par lesquelles il passait, attentif à ce que la mauvaise humeur grandissante de Charles ne l'énerve pas. Ça l'énervait ; Charles s'en rendait compte lorsqu'il lui envoyait des piques et que la bouche de Tristan s'étirait platement un instant, pour aussitôt s'ourler en un sourire patient et compréhensif. Il voulait gifler ce sourire et le faire valser du visage de Tristan. Il voulait lui faire mal et ce fait même le choqua.

Lorsqu'il en avait fini avec ses tortures intérieures, que Tristan l'avait aidé à se mettre au lit et raccroché sa jambe au dispositif de traction, Tris arrangeait ses oreillers afin de lui donner du confort, lui donnait ensuite son thé et enfin l'embrassait gentiment – *précautionneusement* – sur le front avant de le laisser 'se reposer'.

Charles était persuadé qu'il y avait du laudanum dans son thé, parce qu'en dépit de la douleur, il s'endormait peu de temps après le départ de Tristan. Même s'il était en colère, frustré et blessé de plus d'une manière. Lorsqu'il se réveillait des heures plus tard, groggy et d'humeur massacrante, la frustration et la colère paraissaient encore plus intenses. La gentillesse que Tristan lui témoignait était entièrement dénuée de tout ce qui aurait pu se rapprocher de la passion et sa fureur redoublait de la crainte que Tristan ne ressente plus rien pour lui, plus rien de ce que lui-même ressentait pour Tristan.

En effet, pourquoi le devrait-il ? Tristan était un épicurien, un vigoureux jeune homme en pleine forme et obsédé par les prouesses physiques. Ce que Charles… n'était pas. N'était plus, quoi qu'il en soit. Il était résolu à remarcher, à remonter mais il savait qu'il risquait de ne plus avoir toutes les capacités physiques qu'il tenait alors pour acquises ; il ne pourrait peut-être plus boxer, ni escrimer, ni chasser. Il ne pouvait demander à Tristan d'attendre indéterminément un

300

rétablissement qui n'adviendrait peut-être jamais. Il ne pouvait espérer de lui qu'il patiente.

Inversement, cette patience et ces précautions avec lesquelles il le traitait avaient de quoi l'effrayer. Tristan l'avait-il déjà abandonné ? Sa gentillesse était-elle seulement une attention quelconque mise dans les soins médicaux portés à son beau-frère blessé et non plus mêlée au désir qu'il avait pour son amant ? Charles ferma les yeux à cette pensée, son cœur lui faisant aussi mal que sa jambe. C'était possible. C'était probable. N'avait-il pas lui-même traité Tristan d'alouette ? Tristan lui-même ne se qualifiait-il pas ainsi ? Les gens ne l'avait-il pas mis en garde contre l'inconstance de Tristan ? Il en venait à croire qu'il s'était trompé sur son amant, à croire qu'il était différent, qu'il était loyal. Et il l'était à sa manière, loyal à Charlotte, loyal à ses amis, à ses enfants. Même à Charles lui-même. Mais il ne voulait pas que de la loyauté. Il voulait de la dévotion. Il voulait de l'amour.

Il voulait Tristan.

Sa gorge était rêche des larmes qu'il refusait de verser et il les ravala en savourant la brûlure. Il avait besoin de réfléchir, mais la douleur le laissait fébrile et le laudanum lui ramollissait l'esprit. Il espérait pouvoir fermer les yeux et faire en sorte que tout s'envole. Au moins, Charles put comprendre la frustration et le désespoir qui avaient alors poussé Tristan à nourrir l'idée du suicide et lorsqu'il eut conscience de la teneur de cette pensée, il se fustigea et se trouva pathétique et désespéré. Il pouvait bien être éclopé, il n'était pas encore impuissant. Qu'est-ce que ça pouvait bien lui faire de ne plus pouvoir monter à cheval, après tout... les fiacres devaient bien servir à quelque chose. Et s'il devait marcher avec une canne, il n'y voyait pas de soucis non plus. Nombreux étaient les docteurs plus âgés qui marchaient à l'aide d'une canne.

Et s'il perdait Tris ? Alors cela signifiait qu'il n'avait jamais vraiment été sien.

Il y avait des voix dans la rue ; la brise lui faisait parvenir les sons au travers de la fenêtre ouverte. Il reconnut celle de Tristan, mais l'autre voix était difficile à situer. Il pensait l'avoir déjà entendue quelque part mais ne pouvait plus se souvenir du lieu et la brise ne soufflait pas assez fort pour transporter leurs mots jusqu'ici, seulement le son de leur voix. La seconde voix s'illustra longuement puis un bruit de calèche au départ s'éleva depuis les pavés et la porte d'entrée fut fermée. Il se demanda qui avait bien pu venir leur rendre visite : si c'était quelqu'un qu'il connaissait ou si c'était l'un des amis que Tristan s'était fait sur place, déjà venu une fois et dont Charles avait perçu le timbre de voix dans son sommeil. Peut-être dans les escaliers lorsqu'ils allaient au lit – peut-être que c'était un nouvel amant. Il déglutit encore. Il avait soif mais atteindre la carafe sur la table de chevet relevait d'une véritable épreuve et il ne se sentait pas d'humeur. Il était bien plus simple de rester allongé et de s'apitoyer sur son propre sort. Il grimaça puis se débrouilla finalement pour attraper la carafe.

Quelques minutes plus tard des pas résonnèrent dans l'escalier : Tristan et une femme. Sa mère ? Non ; lorsque la porte de la chambre s'ouvrit, Charlotte entra, le visage resplendissant, les bras bruissant et légers lorsqu'elle venait à lui.

— Charlie, turbulent et insouciant garçon ! le réprimanda-t-elle.

— *Kleine Schwester*, répondit-il. Que fais-tu à Bruxelles ?

— Je te rends visite, imbécile. Que serais-je venu faire d'autre ? Acheter des chocolats ?

Elle l'enlaça gentiment.

— Comment te sens-tu ?

Comme de la merde, aurait-il voulu répondre, mais il regarda par-dessus l'épaule de Charlotte et vit Tristan, l'air anxieux, alors il finit par sourire.

— Oh, bien mieux qu'avant, entre Tristan et Liesl, j'ai d'excellents soins !

— J'ai pris le Dr Crosby au passage à Londres, et il dîne avec nous ce soir. Il viendra te rendre visite avant le souper, nous a dit Tris. Devons-nous dire à Reston d'installer une table ici afin que tu puisses te joindre à nous ?

Charles lorgna de nouveau vers Tristan.

— Ça ne dépend que de toi, dit Tristan. Si tu te sens assez bien pour dîner avec nous. J'imagine que le Comte et la Comtesse se joindront aussi à nous ; ce sera une sacrée compagnie d'être tous ensemble.

Puis il se tourna vers Charlotte.

— Je ne me suis pas inquiété de prendre des repas réguliers, mais je suppose que cela va changer maintenant que tu es là.

— Oh, certainement, dit Charlotte.

Elle posa son regard sur Charles puis reporta son attention sur Tristan.

— Maintenant, va-t'en Tristan et laisse-moi avoir une petite causette avec Charlie. Tu l'as eu pour toi seul pendant des semaines maintenant et nous avons beaucoup à nous dire.

— Comme tu le souhaites ma chère.

De nouveau, il jeta un rapide coup d'œil nerveux vers Charles, suivi d'un sourire prudent, puis il disparut.

— Bon, dit Charlotte en ramenant une chaise près du lit. Dis-moi ce qui ne va vraiment pas Charlie.

Il regarda le visage adoré de sa jumelle et à sa plus grande horreur, il sentit ses yeux s'emplir de larmes qui se mirent à ruisseler sans attendre sur ses joues. Au prix d'un effort surhumain, il réussit à lui adresser un sourire flou et secoua la tête.

— Oh, mon cœur, s'exclama-t-elle en grimpant à ses côtés pour l'enlacer aussitôt. Chut, tenta-t-elle de l'apaiser, chut…

Il sanglota contre son épaule en se fustigeant, haïssant la faiblesse et la folie que dénotaient ses pleurs mais étant reconnaissant de la venue de sa sœur et de sa présence, là avec lui. Plus encore que sa mère, Charlotte l'avait toujours réconforté. Il finit par s'écarter et elle piocha un mouchoir hors de son corsage pour lui essuyer les yeux puis le pressa sur son nez.

— Mouche-toi, ordonna-t-elle.

Il le lui prit des mains et recula la tête pour se moucher, remerciant les étoiles que la pragmatique Charlotte utilise aussi des mouchoirs destinés à l'usage et non à l'apparat.

— Je ne suis quand même pas aussi jeune que Jamie, dit-il sèchement.

— Les hommes ne grandissent jamais, rétorqua-t-elle avec légèreté. Peux-tu me parler sans te transformer en fontaine ?

— Ce n'est rien, vraiment, tergiversa-t-il, simplement un état de misère général et d'ennui. Tu te souviens à quel point Tristan était grognon quand il a commencé à se sentir mieux après la maladie ? Je crois que c'est pareil pour moi.

— Mmm, constata-t-elle. Mais tu te sens mieux, non ? Tristan nous parlait des progrès que tu faisais ; que tu marchais avec des béquilles et faisais de l'exercice ; et aussi qu'il s'attendait à ce que tu puisses négocier la descente des escaliers dans une semaine tout au plus. D'ici là, les soldats qui pavent la salle à manger s'en seront allés et nous pourrons t'y mettre, ainsi tu pourras recevoir des visites sans avoir à t'inquiéter des escaliers, etc.

— Soldats ? Il a dit qu'il hébergeait quelques hommes malades, mais…

— Ne te l'a-t-il pas dit ? Lorsque tu as été secouru, il y avait quatre autres soldats avec toi. Je crois que Tristan a dit que c'était des hommes du régiment de ton ami le Capitaine Randall, quelque chose comme ça. Il les a pris en charge, bien qu'aucun n'ait été aussi sévèrement blessé que toi, et ils seront bientôt renvoyés dans leur famille ou leur cantonnement. Demain ou après-demain.

— Tristan a pris en charge *cinq* des nôtres ?

— Oh, ce n'est rien, dit-elle avec désinvolture. Pendant et après la bataille, il a hébergé quelque chose comme une trentaine de soldats en même temps avec autant de blessures différentes. Reston a dit que la maison était pleine ; même les domestiques dormaient ensemble pour gagner de l'espace. Wellington n'a pas été avare de compliments envers Tris, d'après le Dr Crosby.

Elle fronça légèrement les sourcils.

— Je suis plutôt contente que Maman soit là et aussi de ne pas avoir suivi les consignes de Tris qui voulait que je reste à la maison. Il a vraiment l'air exténué. Je suppose qu'il est difficile pour lui, après avoir travaillé si dur pour sauver des hommes, de sortir chaque jour pour aller ensuite aider à les enterrer.

— Les *enterrer* ?

— Oh non, pas ceux qu'il a soignés – bien je devine que quelques-uns ont dû succomber, enfin d'après ce que dit Tristan, en dépit de tous ses efforts. Mais ceux du champ de bataille. L'ampleur du nombre de victimes était juste *cauchemardesque*.

— Combien ? demanda Charles.

— Je ne sais pas. Vingt, trente mille ? C'est ce que disaient les journaux à la maison, même si je les soupçonne de ne guère en savoir plus que quiconque ici. Wellington dit qu'il n'y a pas un seul de ses hommes qui n'ait été blessé ou tué.

Elle lui embrassa la joue.

303

— Je suis tellement heureuse que tu ne fasses pas partie des derniers.

— Vingt ou trente *mille* ? Tout l'État Major mort ou blessé ?

Il voulait demander – exiger – à Charlotte un décompte de ses amis et officiers, mais elle ne saurait pas. Il doutait que Tris soit en mesure de lui fournir un inventaire précis, puis les mots de sa sœur vinrent le frapper à rebours.

— Tu as *parlé* avec le Duc ?

— Moi ? Oh, non. Ce sont des mots rapportés. Il n'est plus à Bruxelles, il est parti avec l'armée. Je crois qu'ils ont l'intention de capturer Napoléon d'ici peu, si ce n'est pas déjà fait. Tu sais que les déplacements de troupes sont lents. Maintenant, redis-moi comment tu te sens, et sans débordement de canalisation s'il te plaît.

En dépit de lui-même, l'attitude terre-à-terre de sa sœur le fit sourire et une longue conversation s'ensuivit.

— BON, VOUS avez l'air d'aller bien mieux que votre état ne le laisse supposer.

Charles sourit à Crosby. Les effets de l'entretien avec sa sœur avaient longuement cheminé en lui et rétabli son équilibre habituel, il s'était alors senti d'attaque pour affronter le rustre chirurgien.

— C'est le seul moyen que j'ai trouvé pour me reposer, dit-il, sans que Mac et vous ne soyez constamment sur mon dos.

— Et bien vous avez du chemin à rattraper si vous voulez rester à niveau avec votre jeune ami chirurgien. Il en a plus appris ici en deux semaines au sujet du traitement des blessures qu'il n'aurait pu le faire en me suivant toute une année. Grant est très satisfait de lui et le Duc de Wellington également. Regardons deux minutes ce qu'il a fait là. Qui a eu l'idée de la traction ?

— Je ne sais pas, c'était déjà installé quand j'ai repris conscience. Tristan, je suppose.

— Hmm, dit Crosby.

Il examina l'appareillage, palpa la jambe de Charles, inspecta la blessure, vérifia son épaule, palpa ses côtes et tout au long, fit part de ses interrogations sur la manière dont Tristan l'avait soigné et le rétablissement de Charles. Il était particulièrement intéressé par certains exercices thérapeutiques impliquant des sacs de sables que Tristan et Charles avaient mis en place, ainsi que la promenade quotidienne, et ne cessa de lui tisonner le cerveau jusqu'à ce que la tête n'en vienne à lui tourner. Crosby finit enfin par se rasseoir et le regarda en plissant les yeux.

— Quoi ? demanda Charles.

— Vous vous remettez bien. Je suis très impressionné. Et les altères de sable pour la reconstruction thérapeutique de votre musculature… c'est une idée brillante. Je crains de devoir la voler pour ma propre pratique médicale.

— J'ai remarqué que les blessés qui se remettaient au travail plus tôt – même en travaillant au ralenti ou en aménagé – semblaient mieux se rétablir sur le long terme, expliqua Charles. C'est la même chose dans l'armée. Ma jambe ne supporte toujours pas mon poids, donc je dois la fortifier autrement.

— Il faut à peu près six semaines pour que l'os se répare, dit Crosby. Le tibia est un os porteur de premier ordre, donc je vous recommande de ne pas vous appuyer dessus pendant encore deux semaines de plus. Gardez-le en traction la plus grande partie du temps, jour et nuit, afin de prévenir les faux mouvements. Vous avez toujours très mal ?

— Pas nécessairement, répondit-il évasivement.

— Conneries, répliqua Crosby.

Charles rit.

— Très bien, dans ce cas, oui. Très mal. Je n'aime pas le laudanum mais je parierais que Tristan en dilue dans mes boissons ; et d'une certaine manière, je lui en suis reconnaissant. Mais cela doit cesser et je crains de ne pas pouvoir supporter la douleur à cru. La Scutellaria ne peut pas en faire autant, même corsée de saule et de pétasite.

— Vous et vos fichues herbes, renifla Crosby, puis il ajouta : Vous savez, n'est-ce pas, que vous allez écoper d'une jambe plus courte ? Même si vous remarchez, vous serez boiteux. Je n'ai jamais rencontré de survivant à ce genre de blessure qui ne boitât pas. Vous boiterez et serez forcé d'utiliser une canne, dans le meilleur des cas. Mais vous avez déjà traversé le pire. Pas d'infection. Vous êtes chanceux.

— Je le sais.

— C'est un homme bien, Northwood. Pas ce que j'attendais – il a bon fond. Un homme de confiance, stable. Il ne colle pas avec sa réputation. Désolé de ne pas l'avoir attrapé avant que la boisson ne lui abîme les nerfs.

— Ce n'est pas un ivrogne, dit Charles. Il avait arrêté de boire avant même de commencer à étudier avec vous. J'ai connu des hommes accros, mais dès que Tris a eu de quoi s'occuper l'esprit, il n'avait alors plus besoin de liqueur. Je crois qu'il buvait plus par ennui et frustration qu'autre chose.

— Cela fait sens, opina Crosby. Un gars brillant et planté de force dans des chaussures qui ne lui vont pas... bien sûr qu'il devait boire, aller aux putes et parier.

Les lèvres de Charles s'étirèrent en un méchant sourire.

— Tristan n'a jamais parié. Il dit que c'est ennuyeux.

— Je savais qu'il était sensible.

— Et je suis maintenant relativement certain qu'il est fidèle. Dorénavant, en tout cas.

Fidèle à qui, Charles ne le précisa pas ; mais il espérait seulement avoir raison. Crosby fit claquer ses mains sur ses cuisses.

— Bien, bien. Ça signifie qu'il a trouvé son centre d'intérêt. Mon brave, nous ferons de lui un sacré bon docteur s'il continue avec nous. Quant à vous, vous pouvez vous promenez avec les béquilles, mais ne vous laissez pas peser sur l'os pendant, hum, encore au moins cinq semaines. Gardez la jambe active, par tous les

305

moyens, ça l'empêchera de rétrécir plus que de nécessaire. Je suis d'accord avec vous au sujet du laudanum et j'en toucherai un mot à Northwood ; gardez ça en réserve pour les pires accès, lorsque vous ne pourrez plus endurer la douleur, mais tenez-vous en à vos décoctions d'herbes à fou pour le reste. Je reste en ville les cinq ou six prochains jours ; j'aimerais assister à l'une de vos sessions d'entraînement.

— Venez au matin dans ce cas. J'affectionne particulièrement de commencer la journée dans la douleur extrême et la misère. Tout ce qui peut bien suivre après paraît acceptable en comparaison.

Crosby rit et se releva.

— Votre sœur a parlé de dîner ici. Vous êtes partant ?

— Oui, dites-lui d'amener les troupes, si vous le voulez bien. Enfin, si l'intimité excessive de dîner non seulement en famille mais aussi *en boudoir* ne vous dérange pas.

— Et bien, je n'ai pas fait *cela* depuis fort longtemps, mais je ne crois pas qu'il s'agisse tout à fait de la même chose, n'est-ce pas ?

Charles rit malgré lui.

XXVII

— JE SUIS surpris vous trouver encore chez vous, dit Derek Chamberlain lorsque Reston l'introduisit dans l'ancienne loge du majordome maintenant reconvertie en salle de lecture pour Tristan.

— Maartens m'a fait savoir qu'il n'avait plus besoin de ma présence sur le champ de bataille. Les Bruxellois sont sur le terrain et hormis le fait d'être présents au service de mémoire une fois que les enterrements seront terminés, nous autres Anglais sommes maintenant superflus.

Tristan reposa le livre qu'il tenait en main ; il finirait les chapitres sur le pelage d'ulcère et le curettage plus tard.

— De plus, poursuivit-il, le Dr Crosby passe pour rendre une dernière visite à Charles avant de rentrer à Londres.

Il invita Derek à s'asseoir d'un geste et son invité obéit, se laissant tomber sur l'un des fauteuils face à Tristan.

— Oh, alors il s'en va aussi, dit Derek.

Il y eut quelque chose dans la manière avec laquelle il s'exprima qui alerta Tristan. Celui-ci inclina la tête et étudia son ami.

— Aussi ? répéta-t-il doucement.

— Je m'en vais avec les Seymour dans la matinée.

Derek ferma les yeux et renversa la tête contre le dossier.

— Je ne dis pas que je ne suis pas soulagé de retrouver mes appartements mais… Les choses sont différentes maintenant. Les choses ont changé. J'ai changé.

— Je vois bien de quoi vous parlez, acquiesça Tristan. D'avoir fait partie de quelque chose de si important, d'avoir participé – même en marge – à un événement ce cette magnitude, ça change un homme, n'est-ce pas ? Même si dans une centaine d'années, tout ce qu'il en restera sera le nom de Waterloo.

— Oh je parie qu'ils s'en souviendront, dit Derek.

Il rouvrit les yeux et regarda Tris.

— J'ai emprunté le cheval bai de Lord Seymour ; auriez-vous le temps pour une dernière balade au parc avant que je retourne à ma vie d'insipide notaire ?

— Je présume que vous vouliez dire que votre vie est insipide, et non pas le notaire lui-même, dit Tristan en souriant tandis qu'il se levait. Le Dr Crosby n'est pas attendu avant une heure, reprit-il, et même s'il arrivait plus tôt, c'est Charlie qu'il veut voir, pas moi, donc oui j'ai le temps pour une courte escapade. Laissez-moi juste faire seller Parangon.

Il sonna Will et lui donna l'ordre, puis les deux hommes flânèrent jusqu'au-devant de la maison.

307

— Ça n'est pas Gamin, constata Derek lorsque le groom amena Parangon.

Tristan vérifia la sangle sous-ventrière et s'élança sur la selle.

— Non, c'est Parangon, le cheval de Charlie. Je lui fais faire de l'exercice et Gamin est plutôt jaloux, mais comme il s'est amouraché de Betsy, l'autre monture de Charlie, il se laisse facilement distraire. Parangon à bien plus de manières que Gamin.

— Il porte bien son nom, n'est-ce pas ?

— C'est le cas. Allez, venez.

Ils allèrent d'une allure tranquille jusqu'au grand parc à quelques rues de là et laissèrent les chevaux se dégourdir les jambes. C'était le milieu de matinée, les lèves-tôt étaient déjà repartis et les lèves-tard étaient encore en train de somnoler sur leur déjeuner. Le temps lourd et orageux s'en était allé et le matin était frais et ensoleillé, sans une once de cette humidité qui avait rendu l'été si désagréable.

Parangon était aussi rapide que Gamin, la nervosité électrique du hongre en moins ; sa démarche était souple et fluide, le mener au galop était comme s'envoler. Tris riait de la simple joie physique que galoper lui apportait. Il maintint le cheval à une cadence fixe, puis le fit décoller sans un seul à coup. Approchant du centre du parc, il tira les rênes et le fit ralentir au trot, puis au pas : il se pencha pour lui flatter l'encolure et le trouva à peine humide.

— Ah, je vois pourquoi Charlie t'appelle Parangon, dit-il d'un ton doux et les oreilles du cheval se rabattirent vers lui. Démarche souple, nature douce et fort comme un bœuf !

Derek le rattrapa, haletant, son cheval lessivé.

— Mince hein, Tristan ! se plaignit-il, bon enfant. Ce cheval est en fait secrètement un cheval de course, ne dites pas le contraire. Vous comptez sans doute le faire entrer chez Epsom Downs.

— Ah, je le ferais si je pouvais, dit Tristan en riant, mais c'est celui de Charlie et c'est un chasseur, et le derby [43] ne concerne que les pur-sang, n'est-ce pas ?

— Je crois que vous devez mieux le savoir que moi, répondit Derek, confus. Je ne peux parier sur des courses avec mon salaire de notaire, mais j'aurais pensé que vous l'auriez déjà fait une dizaine de fois au moins.

Tristan secoua la tête.

— Les courses ne m'intéressent pas, dit-il dédaigneusement. Je préfère chasser. Rester debout à regarder des chevaux en parfaite santé courir sur une piste est terriblement soporifique.

— Eh bien, vous êtes la seule personne de tout l'empire britannique à penser ainsi, s'amusa Derek.

---

43 Type de course de chevaux qui se pratique toujours à *Epson Downs Race-course. NDT*

308

Ils progressèrent dans un silence plaisant et sporadiquement interrompu par quelques commentaires sur des sujets anodins. Lorsqu'ils arrivèrent près d'un banc dans un coin ombragé, Derek tira les rênes et descendit de cheval. Il guida sa monture jusqu'au banc pour s'y asseoir et leva les yeux sur Tristan :

— Je voulais vous parler, déclara-t-il posément.

Curieux, Tristan suivit et enroula les rênes à l'un des bras du banc.

— À quel sujet ?

Derek ne répondit pas immédiatement. Au lieu de cela, il se pencha, posa les mains sur ses genoux et regarda en direction de la fontaine qui éclaboussait joyeusement les alentours à une douzaine de yards devant eux.

— C'est plus difficile que je ne m'y attendais, finit-il par dire. Je m'y suis préparé, vous savez. Je pensais avoir tout mis à plat. Mais maintenant... C'est dur.

— Dites-le juste, enchaîna Tristan.

Il se sentit subitement refroidi. Il en était venu à beaucoup apprécier Derek et avait espéré entretenir cette amitié une fois de retour à Londres, mais quelque chose le dérangeait dans l'intonation de son ami. Avait-il décidé de ne pas pouvoir rester ami avec Tristan à cause de ses convictions morales particulières ? Allait-il le mettre en garde de se tenir loin de lui ? Avait-il l'intention de porter plainte et de le dénoncer une fois de retour à Londres ? Tristan savait que Charles et lui avaient été discrets jusqu'alors et que c'était seulement ici, à Bruxelles, que leur forteresse de cartes avait été ébranlée. Il déglutit bruyamment.

— Je vous aime, déclara Derek.

Un oiseau gazouilla non loin et une grenouille se mit à croasser. Tristan s'assit sous le coup de la stupéfaction.

— Quoi ? réussit-il finalement à articuler.

Derek rit doucement, sans aucune joie.

— J'ai dit que je vous aimais. Je sais, je suis fou. Et je sais que vous êtes dévoué au Major, mais je ne peux m'en empêcher. Je suis amoureux de vous. Je voulais que vous le sachiez.

— Je ne sais pas quoi dire, répondit Tristan, sauf, pour l'amour de Dieu, *pourquoi* ?

— Oh, Seigneur, Tristan, je ne saurais même pas par où commencer ! Vous êtes courageux, beau, et fort, et intelligent. Vous êtes le parfait... *parangon* de l'homme ; et cela me donne envie d'être un peu plus comme vous. D'être *avec* vous. Je suis déchiré, je le suis vraiment. J'aurais souhaité que vous quittiez le Major, mais si vous le faisiez, vous ne seriez plus l'homme que j'aime, et je ne veux pas cela, vraiment. Je n'ai pas même réalisé que je vous aimais jusqu'à ce que je vous voie avec lui, que je voie à quel point vous vous préoccupiez de lui, et j'ai su que je voulais cela de vous, et que je ne pourrais jamais l'avoir.

Il passa une de ses mains gantées sur ses yeux.

— Bon Dieu, j'ai l'air d'une femme dans l'une de ses romances gothiques à la mode. J'aurais mieux fait de ne rien dire. Mais je ne pouvais pas retourner à

Londres en sachant que vous y seriez bientôt, et que nous nous y rencontrerions sans que vous ne sachiez rien – je n'aurais peut-être pas su autant vous le cacher. Alors j'ai pensé qu'il valait mieux que je vous en avertisse.

Il raffermit ses mains sur ses genoux et regarda droit devant lui.

— Je suis un idiot. Je suis désolé.

— Vous êtes un idiot, dit Tristan.

Derek leva la tête vers lui en sursautant, le fixant d'un regard interloqué, les yeux grands ouverts.

— Vous êtes un idiot de penser tout cela de moi. Que je suis tout ce que vous croyez que je suis. Je ne suis *rien* de tel. Quoi que je sois maintenant, je le dois à Charles.

Il avala difficilement sa salive.

— Avant de rencontrer Charles, j'étais en train de mettre mes affaires en ordre dans le but de mettre fin à mes jours. J'étais un ivrogne, bon à rien, ne possédant aucune qualité qui aurait pu me racheter. Charles a changé tout ça. Il m'a montré une manière de réfléchir qui ne m'avait jamais traversé l'esprit avant cela – il m'a présenté à des gens comme Ian MacQuarrie et Bennett Crosby et leurs collègues qui ne pensent à rien d'autre qu'à passer leur temps, leur argent et leur énergie à aider les autres, sans rien attendre en retour. Je ne suis pas si bon que ça, Derek.

— Mais tous ces soldats que vous avez soignés, les heures passées à travailler jusqu'à ce que vous tombiez de fatigue…

— Ce que vous avez su faire aussi bien que moi.

Il leva la main alors que Derek, secouant la tête, s'apprêtait à protester.

— Vous l'avez fait. Et vous n'aviez pas une once de la formation que j'ai reçue – ce qui ne vous en rend que plus courageux, d'avoir essayé d'aider lorsque vous n'étiez pas sûr de ce qu'il fallait faire. J'avais *connaissance* de certaines des choses que je pouvais faire. Pas vous, mais vous avez quand même essayé. Vous avez travaillé aussi dur que moi. De plus, tout ce à quoi je pensais, c'était que Charlie devait être quelque part là-bas, blessé, seul et je ne pouvais que prier que quelqu'un le trouve et s'occupe de lui comme moi je m'occupais des autres. Je n'étais pas totalement désintéressé, Derek. J'étais aussi égoïste que je pouvais possiblement l'être, parce qu'aider ces hommes m'aidait aussi.

Il secoua la tête.

— Je ne suis pas un héros. Seigneur, je suis à peine un homme décent. Je ne sais pas pourquoi vous avez décidé de faire de moi quelqu'un de meilleur que les autres. Parce que ce n'est pas vrai.

— Vous me forcez à vous aimer encore plus, dit Chamberlain.

Il tenta un sourire courageux.

— Mais ce n'est pas grave. Je ne vous crois pas.

Tristan rit brièvement bien qu'il n'ait jamais eu si peu envie de rire.

— Derek…

— Tout va bien Tris, tout va bien.

Derek posa deux doigts sur le dos de la main gantée de Tristan.

— J'espère juste que nous pouvons rester amis. C'est ce qui me faisait le plus peur, que vous refusiez de me revoir.

Vraiment ? Tristan regarda les doigts posés sur lui un instant, puis Derek les retira lentement. Tristan tendit la main et la referma sur celle de Derek.

— Vous avez été mon ami durant l'une des périodes les plus sombres de toute ma vie, dit-il calmement. Peu importe le reste, vous avez gagné ma reconnaissance éternelle. Je ne peux pas être pour vous ce que vous avez besoin que je sois, mais je serai toujours votre ami.

— Merci, souffla Derek.

Tristan mit son autre main par-dessus celle de Derek et la garda dans les siennes.

— Je ne pense pas rentrer directement à Londres, dit-il. J'ai l'intention de ramener Charlie au Leicestershire afin qu'il puisse se rétablir à la campagne. Mais Crosby attend que je reprenne mes études et je sais que Charlie fera de même, donc nous serons de retour en ville pour la prochaine Saison. Je ne sais pas exactement quand, mais je vous en avertirai. Et en attendant, je recevrai mon courrier au Lilac Cottage, Market Habourough. Si vous avez besoin de quoi que ce soit, n'hésitez pas à m'écrire.

— Vous êtes véritablement trop bon, dit Derek, les joues cramoisies.

Tristan lui tapota la main et le libéra.

— Allez, je dois rentrer ; je suis certain que Crosby aura plein d'instructions à me donner avant de partir.

— Bien sûr.

Derek se leva et s'affaira un moment avec les rênes de son cheval avant de s'élancer sur la selle. Il ne croisa pas le regard de Tristan.

Tristan monta Parangon et tourna la tête vers la rue de Valois. Ils rentrèrent en silence mais cela ne le mit pas mal à l'aise ; ils n'étaient que deux hommes pris dans leurs propres pensées. Derek descendit de cheval en même temps que Tristan et lui tendit la main.

— Merci Tristan.

Tristan lui serra la main mais ne relâcha pas directement sa poigne.

— Votre amitié fut très importante pour moi, Derek. J'aurais été dans la plus plate misère ces dernières semaines sans vous. S'il vous plaît, écrivez-moi lorsque vous serez installé et laissez-moi savoir que vous êtes bien arrivé.

— Je le ferai.

Derek hésita un instant puis jeta un coup d'œil autour d'eux avant de se pencher pour frôler de ses lèvres la joue de Tristan.

— Prenez soin de vous, Tris, et de Charles, ajouta-t-il.

Tristan leva la main et caressa fugacement la mâchoire de Derek.

— Ce sera fait.

311

Derek lui adressa un sourire fébrile puis remonta à cheval. Il le salua brièvement et trotta jusqu'au bas de la rue, le dos droit. Tristan le regarda, sentant son cœur se serrer. Il n'avait jamais brisé de cœurs avant – il avait toujours fait attention à choisir des amantes aussi frivoles qu'il l'était. Mais il ne s'était jamais préparé à ça – que quelqu'un d'aussi stable et assuré que Derek Chamberlain puisse possiblement nourrir des sentiments pour lui.

Il était mortifié.

Tristan laissa reposer sa tête contre l'encolure de Parangon et attendit le groom dans la rue au lieu de raccompagner le cheval aux écuries. Le cheval était ferme et chaud sous son front ; il sentit la tension des muscles massifs de la bête, puis un chatouillement lorsque Parangon donna des coups de museau dans ses cheveux, envoyant valser son chapeau au passage. Cela le fit rire.

— Oh, ne me dis pas que tu t'es amouraché de moi aussi, stupide animal.

Parangon renâcla et Tristan lui répondit d'un nouveau rire, puis se motiva pour ramener le cheval à l'étable.

RESTON GRATTA à la porte de Charles juste au moment où Reid finissait de le raser. Ces derniers jours, il pouvait s'asseoir sur un fauteuil avec la jambe reposant sur un tabouret de pied pour son rasage matinal ; il n'avait jamais autant apprécié d'avoir le visage propre. Reid avait fait de son mieux pour le rafraîchir dans le lit, mais le compromis était un expédient dont il commençait à se lasser. Son valet essuya les dernières traces de savon avant d'héler :

— Entrez M. Reston.

— Le docteur Crosby est arrivé, annonça Reston à Charles. Je voulais juste m'assurer que vous étiez prêt pour recevoir vos visites.

— Envoie-les, peu importe qui vient, dit Charles. Je suis prêt pour tout.

Il se frotta le menton, appréciant sa douceur.

— M. Northwood est toujours en train de prendre son petit-déjeuner ?

— M. Northwood est parti à cheval il y a une heure à peu près, dit Reston, avec M. Chamberlain.

— Chamberlain ? Est-ce que je suis censé connaître un Chamberlain ?

— Le notaire de Lord Seymour, précisa Reston. Il a fait la connaissance de M. Northwood en s'occupant des blessés. J'ai compris qu'il rentrait à Londres demain avec les Seymour. Dois-je faire monter le Dr Crosby, Monsieur ?

— S'il vous plaît, dit Charles.

Lorsque Reston s'en alla, il s'adressa à Reid.

— Connaissez-vous ce Chamberlan, Reid ?

— Je l'ai rencontré, hay, dit Reid. M. Northwood et lui montent à cheval ensemble plusieurs fois par semaine. Un gentleman très plaisant.

Un gentleman très plaisant. Que Tris avait rencontré en soignant les soldats. Avec qui Tris montait à cheval plusieurs fois par semaine. Et au sujet duquel Tris n'avait rien jugé utile de mentionner à Charles.

Ou était-ce qu'il avait préféré ne rien mentionner à son sujet ?

Le bien-être tiré de son rasage frais avait complètement disparu et ce fut avec une expression morose que Charles accueillit Crosby.

— Combien de temps va-t-il falloir que je reste allongé ici ?

— C'est à vous de me le dire, rétorqua le docteur. Vous connaissez aussi bien que moi la durée de convalescence pour un os brisé.

— Six semaines, dit Charles d'une voix cinglante. Mais on n'a pas non plus besoin de passer ces six semaines au lit.

— Non, accorda Crosby. Donc levez votre cul de là et prenez vos béquilles que nous voyons où vous en êtes. Et côté douleur ?

— Vivante et bien portante, dit Charles. Elle sait me rappeler à son bon souvenir, grimaça-t-il. Je suppose que personne ne pourra me dire combien de temps *cela* durera.

— La douleur se laisse moins bien mesurer qu'un os. Le mieux que nous puissions présumer, c'est qu'au plus tôt vous guérirez – *Non*, je vous en conjure, ne vous appuyez pas dessus ! Bordel, Mountjoy, vous le savez très bien ! Vous, mon gars, prenez l'autre bras de votre maître. Mountjoy, si vous souhaitez remarcher, vous ne devez pas forcer les choses !

Charles aspira l'intérieur de ses joues, maudissant le mouvement réflexe qui avait déclenché une déferlante de douleur dans sa jambe. Il le savait parfaitement, mais jamais le désœuvrement dans lequel il était forcé de rester ne l'avait à ce point irrité tant que maintenant. *Où était Tris ? Une heure était bien assez pour une balade – plus qu'assez même. Que faisait-il avec ce mystérieux Chamberlain ?* Non sans effort, il reporta son attention sur le fait de marcher, utilisant les béquilles pour se soutenir tandis qu'il faisait travailler l'articulation du genou dans ce qui lui paraissait être une mascarade de sa démarche habituelle.

— Bien, commenta Crosby, vous maintenez la flexibilité dans le genou et dans les quadriceps. C'est ce que je voulais voir. Ces poids que vous utilisez pour faire travailler la cheville devraient être très efficaces pour minimiser l'atrophie musculaire. Vous marcherez en boitant, bien sûr, mais je suis enclin à penser que vous remarcherez. *Si* vous ne forcez pas. Nous ne le saurons pas, pour sûr, jusqu'à ce que vous soyez assez remis pour vous appuyer dessus. Mais je suis optimiste, et vous savez pourtant que je ne le suis que rarement.

Lorsqu'il en eut fini avec son exercice, il se rua vers la chambre, talonné par Reid. Il se tourna précautionneusement en s'appuyant sur les béquilles, en équilibre, et tendit une main à Crosby.

— Merci pour votre attention et pour avoir fait le voyage jusqu'ici. J'apprécie. Ma sœur veut que je les rejoigne au cottage des Northwood pour ma convalescence, mais j'espère vite vous revoir en ville.

313

— J'espère vous y voir également pour la Petite Saison, dit Crosby, bien que je n'attende pas de vous que vous repreniez de si tôt vos études à Saint Joseph jusqu'au printemps, pour être honnête. MacQuarrie prendra probablement contact avec vous avant cela ; il aura beaucoup de chose à vous soumettre pendant que vous serez au lit.

Charles rit.

— Pas de doute là-dessus, dit-il d'un ton léger en serrant main de Crosby une nouvelle fois. Faites bon voyage, Monsieur.

— Et vous aussi, Monsieur, opina Crosby avant de disparaître dans les escaliers.

— Vous retournez au lit, Monsieur ? demanda Reid, ou préférez-vous vous asseoir dans la chaise un moment ?

— Au lit, je pense, je n'ai toujours pas retrouvé mon énergie.

Il pivota sur les béquilles et s'élança vers le lit.

Il était sur le point de s'asseoir sur le matelas lorsqu'il vit deux cavaliers arriver. Le premier était un étranger, mais même s'il n'avait pas d'emblée reconnu le second, la monture seule y aurait suffi : il s'agissait de Parangon. Tristan. Et le mystérieux M. Chamberlain, devina-t-il. Charles alla à la fenêtre et les regarda descendre de cheval. Ils parlaient trop doucement pour qu'il puisse les entendre. Il put voir Tristan retenir la main de l'homme un instant de trop ; il eut également tout le loisir de voir l'homme se pencher et embrasser Tristan sur la joue, puis Tristan lever la main et toucher le visage de l'homme. Et lorsque celui-ci repartit, Charles vit Tristan appuyer le front contre l'encolure de Parangon, comme s'il était en peine de la séparation.

Il n'avait pu discerner le visage de son rival, mais son imagination le dépeignait aussi beau et aristocratique que celui de Tristan. Un notaire, donc probablement pas de bonne naissance, mais Tristan n'avait jamais été un snob sur ce point-là. Il devait forcément être un gentleman et avoir de bonnes manières ; le genre de choses qui *comptaient* pour Tristan. Charles ne put que constater la dignité de la stature de l'homme à cheval. Athlétique donc, comme Tris.

Charles regarda Tris lever la tête et saisir les rênes de Parangon pour le guider jusqu'aux écuries et hors de sa vue. Un long moment, Charles resta là, à fixer le pavé de la rue vide, mais alors la voix de Reid s'éleva avec une pointe d'inquiétude.

— Major ?

Charles secoua la tête et laissa son ordonnance le mettre au lit.

—Je suis fatigué, Reid, dit-il en détestant le son de sa propre voix. Je vais dormir ; je ne veux pas être dérangé.

— M. Northwood...

— Par quiconque, le coupa-t-il sèchement.

— Bien, Monsieur.

Reid tourna impétueusement les talons et prit congé.

Charles s'allongea dans le lit et rumina sans pouvoir trouver le sommeil.

— QUE CELA est étrange, dit Liesl. Personne du tout, M. Reid ?

— Oui, *Contessa*. Il semblait très fatigué – très peu lui-même. J'ai pu lui toucher la main lorsque je le bordais et il ne paraissait pas avoir de température. Juste énervé.

— Je suppose que la visite du Dr Crosby l'a éprouvé, dit placidement Lottie. Il est assez irritable depuis qu'il est blessé, mais ce n'est que naturel. Je me souviens à quel point le tempérament de Tristan pouvait être *vil* lorsqu'il se rétablissait de sa maladie.

— Merci, ma chère, dit Tristan en s'inclinant avec courtoisie.

Elle lui rendit la politesse d'une révérence, avec un petit sourire suffisant.

— Les enfants, voyons, dit Liesl en soupirant. Bien, laissons *mein Junge* se reposer. Peut-être qu'après avoir déjeuné il se sentira d'attaque pour recevoir.

MAIS APRÈS le déjeuner, Reid rapporta le même message : le Major Mountjoy ne souhaitait toujours pas recevoir de visite et maintenait qu'il ne voulait pas être dérangé. Après le dîner, Tristan coinça Reid dans la salle à manger des domestiques et le prit en aparté pour lui demander ce qui avait bien pu se passer et si Crosby avait dit quoi que ce soit qui ait pu perturber Charles.

— Eh bien, Monsieur, je ne sais pas, admit Reid. Il était égal à lui-même avant que le Dr Crosby ne vienne, puis le temps que celui-ci monte, il était déjà d'humeur maussade. La seule chose à laquelle je puisse penser, c'est que M. Reston a mentionné que vous étiez allé faire du cheval avec M. Chamberlain ; il m'a posé des questions sur le gentleman mais n'a pas fait de commentaire sur le sujet. Toutefois, c'est après cela que son caractère a empiré. J'y ai réfléchi, M. Northwood, et c'est la seule raison qui me vienne à l'esprit.

— Qu'est ce qui, dans le fait que je sois allé me balader avec M. Chamberlain, aurait pu le perturber ? se demanda Tristan, plus pour lui-même qu'autre chose.

Mais Reid répondit :

— Je devine que c'est parce qu'il n'avait jamais entendu parler de cet homme, Monsieur. Il semblait quelque peu contrarié par la chose.

— Jamais… Bien sûr qu'il a déjà entendu parler de lui. Je l'ai déjà mentionné, assurément ?

Tristan y songea un moment.

— J'ai sûrement dû lui en parler.

— Pas en ma présence, en tout cas, Monsieur. Mais il est vrai que je ne suis pas toujours là lorsque vous rendez visite au Major.

— Bon, quand bien même, pourquoi diable s'opposerait-il à ce que je fasse une balade avec M. Chamberlain ? s'interrogea Tristan.

— Je crains de ne pouvoir le dire, répondit Reid dans un soupir.

315

— Eh bien, puisqu'il en est ainsi, je ne tiendrai pas compte de ce qu'il veut ou ne veut pas. Il boude, peu importe la raison, tout comme je l'ai fait lorsque je n'étais pas bien, et tout comme il le fit pour moi alors, je vais aller le secouer.

— Parfaitement, Monsieur, commenta Reid avec un sourire.

Tristan hocha roidement la tête et tourna les talons pour se rendre à grands pas décidés dans la partie principale de la maison et prendre les escaliers qui menaient à la chambre. La porte de Charles était fermée, mais pas verrouillée ; Tristan l'ouvrit et passa la tête dans l'entrebâillement. Il vit Charles bien réveillé, en train de regarder fixement à la fenêtre.

— On fait la tête ? dit-il.

Charles tourna le visage vers lui et déclara d'un ton morne :

— Je n'ai besoin de rien, Tris. Tu n'as pas besoin de…

— Au diable ce dont j'ai besoin ou pas besoin et il en va de même pour toi, le coupa abruptement Tristan tout en entrant dans la chambre et en claquant la porte. Maintenant, tu vas me dire ce qui te tracasse autant.

— Rien, répondit poliment Charles.

— Conneries, siffla Tristan. Est-ce que tu ne serais pas jaloux de ce pauvre Chamberlain ?

— Jaloux ? répéta Charles. Pour l'amour de Dieu, qu'entends-tu par jaloux ?

— Je suis allé me promener au parc avec lui et je suis revenu, et rien de plus. Qu'est-ce qui là-dedans t'énerves au point que Reid atteigne les limites de sa compréhension à ton sujet ?

— Reid, dit son amant d'un ton austère, n'a pas atteint ses limites. Et si j'ai décidé que je voulais me mettre à l'abri quelques temps de tes petits soins, des petits soins de ma sœur et des petits soins de ma *mère*, qu'est-ce que cela peut vous faire, Monsieur ?

Tristan s'esclaffa.

— Oh, c'est donc ça ? dit-il en s'asseyant au bord du lit. Blâme le monde entier. Beau travail, Major.

Il croisa les bras et regarda Charles.

— Pour ta gouverne, le pauvre Chamberlain s'en va demain à Londres. Il ne pourra plus détourner mon attention de toi. Satisfait ?

— Je ne veux pas de ton attention, dit Charles, l'air morose.

Tristan tendit la main pour toucher le front de son amant. Charles détourna brusquement la tête en grommelant un juron.

— Je n'ai pas de fièvre, gronda-t-il.

— J'ai cru que tu étais en plein délire, dit Tristan.

— Va au diable.

— Charlie.

Charles le regarda d'un air peu amène.

— Il y a quelque chose d'autre, au-delà de ton ressentiment envers Chamberlain et son intrusion dans mon emploi du temps. Qu'est-ce que c'est ?

— Rien. Je suis juste... fatigué, c'est tout, dit-il en levant les yeux puis continua. Je n'en veux à personne de te retenir loin de moi, dit-il fébrilement. Je suis égoïste. Je sais que tu es beaucoup demandé. Lottie m'a dit que tu suivais d'autres blessés et qu'il y a les obligations sociales envers ma mère et son mari. Je n'ai aucun droit d'exiger de toi que tu passes tout ton temps avec moi mais, merde, Tris...

— Tout va bien, dit Tristan en se penchant pour déposer un baiser sur son front.

Charles tourna de nouveau la tête.

— Arrête, dit-il férocement. Si tu veux m'embrasser, alors donne-moi un putain de vrai baiser. Sinon abstiens-toi de me jeter des os à ronger.

— Je te demande pardon ?

Tristan cilla de stupéfaction.

— J'en ai marre de toute cette... *gentillesse*. Je ne suis pas un enfant, bordel, ni une femme. Je me suis cassé la jambe, je n'ai pas été castré !

— Pardonne-moi d'avoir pensé que tu n'étais peut-être pas partant pour du sport en chambre, répliqua Tristan sur un ton sarcastique.

— Je ne réclame pas de sport, rétorqua Charles. Je te demande de me traiter comme un homme.

— Je ne t'ai jamais pris pour moins.

— Foutaises ! rugit Charles. Tu me traites comme un putain d'invalide !

— Tu *es* un putain d'invalide ! Pour l'amour de Dieu, Charlie, qu'est-ce que tu attends de moi ? Tu n'es pas vraiment en position de me baiser bien que j'imagine que ce soit ce que tu souhaites ! Dois-je refermer ma bouche sur toi ? Est-ce que cela comblera ton besoin de savoir que je te considère toujours comme un homme ?

Furieux, Tristan attrapa les couvertures et commença à les tirer. Charles les agrippa à son tour et les retint.

— Va te faire voir, Tris, pantela-t-il. Va en enfer !

Tristan sauta sur ses pieds et regarda Charles de haut.

— Très bien, dit-il sur un ton raide. Je m'en lave les mains. Va en enfer par tes propres moyens, Charles, et laisse-moi y aller par les miens.

Il dégagea le plancher pour se rendre dans la chambre anciennement destinée à Charles où il avait élu ses quartiers de nuit et se jeta sur le lit. Une partie de lui savait que l'oisiveté forcée et les semaines de douleur étaient responsables de l'altération du tempérament de Charles, mais la souffrance causée par leur dispute, couplée en plus de cela à ses propres craintes, était plus que Tris ne pouvait en supporter. Il n'avait fait que s'inquiéter et se soucier de Charles depuis toujours, lui semblait-il, alors les mots de son amant l'avaient profondément blessé.

Lottie entra et s'assit au bord du lit.

— Nous vous avons entendu crier, dit-elle. Est-il très en colère ?

— C'est un idiot, dit Tristan, la voix étouffée dans l'oreiller.

317

— Tous les hommes sont des idiots, commenta-t-elle. Je devine que c'est encore pire avec la frustration. Il a l'habitude d'être toujours occupé et de s'affairer. Tu étais pareil lorsque tu étais malade ; même si, bien sûr, tu n'es pas resté cloué au lit si longtemps. Charlie ira mieux lorsqu'il sera à la maison et qu'il pourra s'asseoir au soleil.

— Tu sais quoi ? lui demanda-t-il. Je crois que je n'en ai rien à foutre.

— Bien sûr que si, dit-elle en lui tapotant l'épaule.

— Non. Je ne crois pas, non. Et c'est parfait. Il n'a plus besoin de mes soins ; Reid peut se débrouiller et il vous a sa mère et toi pour lui tapoter le dos de la main et lui raconter des histoires de chevet.

Il roula sur le dos et fit un sourire sauvage à Lottie.

— Il n'a vraiment plus besoin de moi.

— Non, dit Lottie, et il n'est pas le seul à posséder un caractère de mule et la faculté de bouder.

Elle pinça les lèvres, songeuse.

— Peut-être, reprit-elle, serait-il judicieux que tu ne tiennes pas permanence auprès de lui quelques temps. Dommage que M. Chamberlain soit parti ; il aurait été de bonne compagnie jusqu'à ce que le mauvais caractère de Charles ne s'estompe.

— Chamberlain ! C'est la moitié du problème. Charles s'est mis en tête que je me suis amouraché de lui ou quelque chose du même acabit.

— Hmm, médita Lottie, c'est intéressant. Je présume, par ton intonation, que tu ne l'es pas.

— Non, bien sûr que non.

Tristan ramena un avant-bras sur ses yeux.

— Il m'a dit ce matin qu'il était amoureux de moi, mais qu'il savait que j'étais dévoué à Charles. Argh !

— Et alors ? N'est-ce pas la vérité ?

Tristan ne répondit pas immédiatement, en proie à sa propre misère.

— Si, bordel, oui c'est vrai, finit-il par dire. Je ne t'ai peut-être pas toujours été fidèle, Lottie, mais je ne trahirai Charles pour rien au monde. Il n'y a rien de tel en moi.

— Eh bien c'est parce que me concernant, tu ne m'as jamais aimé, commenta-t-elle pragmatiquement.

Tristan avait les yeux qui brûlaient et un nœud se forma dans sa gorge, mais il réussit malgré tout à hocher brièvement la tête.

— Il reviendra, lui assura sa femme tout en lui donnant une tape sur la cuisse. Ce n'est que l'exaspération et la lassitude. Donne-lui du temps.

Elle se tut un instant puis ajouta :

— Je pense qu'il serait sage de l'éviter un jour ou deux. Offre-lui la possibilité de se languir de toi. Il te prend un peu trop pour acquis, je crois. Laisse-le entre nos mains, Liesl et moi nous en occuperons.

318

Tristan abaissa son avant-bras et regarda son épouse : un sourire machiavélique ourlait ses lèvres.

— Il apprendra à apprécier ta gentillesse.

Il ne put que rire malgré lui.

XXVIII

TROIS JOURS plus tard, Charles était fin prêt à tuer quelque chose. Ou quelqu'un. Il vida sa tasse de thé et l'envoya brusquement à Reid, qui la rattrapa adroitement.

— Non ! cria-t-il, je ne souhaite *pas* voir ma sœur. Ni ma mère. Ni aucune autre bonne femme. Tout ce qu'elles font, c'est me dire de rester tranquille parce que la fièvre est revenue – je n'en ai pas et n'en ai jamais eue en premier lieu – et elles papotent jusqu'à ce que mon crâne explose ! Je ne veux pas voir un seul jupon ici, merde !

— Je transmettrai votre message à Lady Montolivo, dit posément Reid, puis il quitta la chambre.

Charles le soupçonna d'avoir ri tout bas.

C'était une conspiration, il en était sûr. Tristan semblait avoir mystérieusement disparu et celles qui lui avaient succédé dans ses bons soins étaient les deux plus importantes, les deux plus aimantes et les deux plus *accablantes* femmes de son entourage. Passé deux jours à mariner *aux petits oignons* sous leurs soins attentionnés et exaspérants, il avait craqué et demandé à sa sœur où diable pouvait bien être passé son mari. Sa réponse était restée évasive.

— Oh, il est... quelque part.

Sa mère, quant à elle, avait été plus directe.

— Il n'a nul intérêt à te voir pour le moment, *mein Junge*. Tu l'as assez méchamment blessé. Tchh ! Pauvre Tristan.

— Mais où est-il ?

— Sorti dîner avec des amis ; les Richmond et leur coterie. Lottie était invitée, mais cela ne lui disait rien et Antonio et moi sommes *persona non grata*. Pauvre duchesse. Elle et moi sommes plutôt bonnes amies mais même à Bruxelles, les mœurs doivent être respectées. T'ai-je répété ce qu'elle a dit au sujet de Wellington ?

— Oui, une centaine de fois, avait répondu Charles, sur un ton irrité.

Elle avait penché la tête et l'avait observé pensivement.

— Souhaiterais-tu que je transmette un message à Tristan ?

— Non, avait courtoisement répondu Charles.

Cette conversation avait eu lieu la veille et il regrettait maintenant sa réponse. En fait, il était rempli de remords et se sentait aussi misérable que furieux. Trois jours pendant lesquels il était resté allongé là, à fixer le baldaquin ou à se démener dans ses exercices avec seulement Reid et le valet – quel était son nom ? Oh, oui, Will – pour soutien et compagnie. Trois jours à écouter les bavardages sans fin de bonnes femmes. Trois jours...

Trois jours sans Tris.

Il était resté bien plus longtemps – des mois – sans lui, avant que Tristan ne le rejoigne à Bruxelles. Pourquoi ces trois jours lui semblaient-ils interminables ? Était-ce parce qu'avant, il était assuré de ce que Tris ressentait pour lui et n'avait aucun doute quant à son amour et sa loyauté ? S'était-il alors trompé ? Non, il était certain que Tris lui avait été fidèle. Pourquoi alors ne devrait-il plus l'être ? Était-ce parce qu'il aurait vu Charles affaibli ou diminué, comme quelqu'un qu'il devait assister et non plus comme son égal ? Non, ça ne pouvait-être vrai. Il lui arrivait de penser que Tris l'aimait peut-être toujours et que ce n'était que sa propre fébrilité et sa frustration qui laissaient son esprit être le jouet du démon.

Il était encore une fois allongé à regarder les tentures du lit baldaquin lorsque Reid revint dans la chambre.

— Le Capitaine Randall est là pour vous voir, Major. Dois-je le faire monter ?

— Certainement ! dit Charles, soulagé. Là, aide-moi d'abord à me redresser dans le fauteuil !

Il attendit que Reid décroche sa jambe du dispositif de suspension et s'appuya sur son ordonnance pour atteindre le fauteuil. Reid leva sa jambe sur le tabouret bas et arrangea sa robe de chambre avant de descendre chercher le Capitaine.

Lorsque Randall entra, il tendit la main avec entrain.

— Randy ! C'est bon de vous voir. Êtes-vous de retour à Bruxelles avec votre compagnie ou…

— Non, juste un courrier pour Richmond, répondit Randall en lui serrant la main. J'ai laissé mes troupes aux bons soins de Keighley. Comment allez-vous ?

— Je croupis d'ennui, mais je me rétablis. J'ai cru comprendre que je vous devais des remerciements pour avoir été secouru à temps ?

— Plutôt à Keighley. C'est lui qui a repéré votre monture pie. Mon attention était focalisée sur les membres de ma troupe.

— Bien, vous remercierez Keighley alors. J'étais heureux de savoir que vous aviez pu traverser tous les deux les combats en restant entiers.

— On a mieux réussi que vous en tout cas. Ça se répare bien ?

— Lentement mais sûrement. J'essaie de lancer une nouvelle mode, répondit-il en pointant les béquilles derrière lui. Asseyez-vous. Reid, apportez le thé, s'il vous plaît.

— Hay, Monsieur.

— Maintenant, dites-moi. À quel point cela a-t-il été catastrophique ? Je n'arrête pas d'entendre des versions différentes, aucune d'elles ne sont bonnes, mais chacune est pire que la précédente.

— Horrible, dit Randall. Pire que tout ce que j'ai jamais vu, pire que Badajoz et Talavera combinées. Seigneur. Je ne sais même pas combien nous avons eu de morts – les estimations s'élèvent à peu près à vingt mille alliés et au moins autant côté français, et vont au-delà de cent mille pour la campagne complète. C'était brutal, Monty.

321

— Est-ce vrai que le Duc a perdu son État Major entier ?

— Ils ne sont pas tous morts, mais aucun n'en a réchappé indemne. Uxbridge a perdu sa jambe alors qu'il était à cheval juste à la droite du Duc. La balle a rasé le Duc et a frappé Uxbridge.

Charles renifla un rire de dépit.

— J'ai entendu cela. Je parierais que le Duc à certainement quelque chose d'intelligent à dire à ce sujet.

— Peut-être, je n'ai encore rien entendu.

— Vous êtes celui qui a dit au chirurgien de ne pas me couper la jambe, dit Charles. C'est un bout de ce que j'arrive à me rappeler, de là-bas, et je vous suis reconnaissant pour ça.

— Je ne suis pas chirurgien mais j'ai vu des fractures pires que ça guérir quand même.

Randall haussa les épaules.

— Il y a trop d'os pour que je me souvienne de leur nom. Je suis content que la justesse de mon choix se soit avérée, dit-il en secouant la tête. Je me suis mis à votre place et j'ai fait ce que j'aurais voulu qu'on fasse pour moi dans cette situation. Et ce fut un coup de chance que votre ami Northwood arrive aussi vite lorsque Keighley lui a dit où nous étions, dans cette ferme. Il n'a pas fait que vous remettre d'aplomb et vous recoudre, il s'est occupé d'une flopée d'autres blessés aussi.

Il marqua une pause avant de continuer.

— Je lui suis très reconnaissant pour ça.

— Ce n'est pas un mauvais gars, dit Charles. C'est un chirurgien décent.

— C'est le soldat professionnel qui parle, dit Randall. J'apprécie votre discrétion, Charles, mais vous savez que je suis parfaitement conscient de votre relation. Je ne l'approuve pas et légalement, je suis obligé de vous dénoncer, mais cela fait bien trop longtemps que vous êtes mon ami, et d'après mes observations, Northwood est aussi un homme décent. Si vous m'aviez demandé il y a un mois de ça si je pouvais dire d'un sodomite qu'il était un homme décent, ma réponse aurait été radicalement différente.

— Les gens ne se laissent pas si facilement enfermer dans des catégories, Randy, soupira Charles. Regardez Uxbridge – l'adultère est bien plus spécifiquement interdit dans les Dix Commandements, et pourtant, Uxbridge est non seulement accepté mais aussi respecté, bien qu'il se soit enfui avec la belle-sœur de Wellington. Il n'y a rien dans les Commandements qui dit 'Tu ne dois pas convoiter le mari de ta sœur', plaisanta-t-il en lâchant un rire. Bien que… en fait, ce soit le cas.

Le Capitaine secoua la tête.

— Je ne comprends pas, dit-il, comment pouvez-vous choisir…

— Je n'ai pas *choisi*, Randy, le coupa-t-il calmement. C'est ce que je suis. Je sais, les prêcheurs disent que c'est un péché, que c'est faire le choix du mal. Je ne vois pas où est le mal là-dedans. Oui, forcément, je connais tous ces arguments au sujet du diable faisant tout en son pouvoir pour rendre le péché attirant, mais ne pensez-vous pas que si j'avais eu le *choix*, j'aurais choisi d'être comme tout le monde ? Ne pensez-vous pas que c'est ce que j'aurais *préféré* ?

Son souffle se coinça dans sa gorge.

— Être tel que je suis n'est pas *attirant*. C'est ce que je *suis*. Comment diable cela pourrait-il être mal ? Dieu m'a fait ainsi, et je le remercie chaque jour d'avoir apporté Tristan dans ma vie, conclut Charles.

Puis il leva les yeux dans le regard de son ami et demanda avec une détermination douloureuse :

— Je vous demande de trahir vos obligations, Randy, et de nous laisser tranquille. Je vous en *supplie*.

Randall ne répondit pas directement et Charles sentit sa contenance se décomposer un peu plus encore. Il ne s'inquiétait pas tant pour lui-même ; il avait toujours su que ce genre de relations étaient illégales et en avait accepté les risques : il était terrifié pour Tristan qui n'avait jamais été forcé de considérer la chose sous cet angle.

Reid frappa doucement à la porte et se glissa dans la pièce avec le plateau de thé. Il l'installa sur la table de chevet et servit le thé aux deux gentlemen avant de repartir comme il était venu.

Charles s'affaira à beurrer une tartine de pain. Randall refusa sans un mot la tranche qu'il lui proposa et remua son thé. Il finit tout de même par s'exprimer :

— J'y ai beaucoup réfléchi, Monty. Je dois admettre que, dans un sens, je suis assez reconnaissant de la folie ambiante dans laquelle nous avons été forcés de baigner ces dernières semaines, parce que cela m'a détourné de l'obligation de prendre une décision. Ça n'a pas été facile.

Il releva les yeux et rencontra le regard de Charles.

— Si on me le demande, je ne mentirai pas. Mais je ne livrerai jamais l'information de mon propre chef. Je vous considère comme mon ami et ce sera toujours ainsi, et le comportement de Northwood m'a conduit à le respecter, à ma grande surprise. Il semble vous être honnêtement dévoué.

Quelque chose dans le regard de Charles le fit douter.

— Je me trompe ?

— Je…

Charles secoua la tête.

— Nous nous sommes disputés, dit-il. Ce n'est sûrement rien. Mais il a un ami, un M. Chamberlain…

— Derek Chamberlain ? Oui, je l'ai rencontré. Il est venu chez les Pauwels pour aider Tristan à vous ramener ici.

Il inclina la tête et regarda Charles.

— Je lui ai demandé sans détour s'il vous trompait avec Chamberlain. Il était furieux ; autant que Chamberlain lorsque j'ai testé le terrain un peu plus tard. Et ça n'était pas de la fureur outragée qui déguise un mensonge, mais une fureur honnête, brute, aveugle. Chez chacun d'eux. C'était amusant, vraiment. Je crois que Chamberlain était encore plus indigné de l'accusation portant sur votre beau-frère que sur la sienne propre – c'était comme si j'avais mis en cause Wellington devant l'un de ses soldats d'infanterie. Pas qu'il se soit senti trahi – mais j'ai touché quelque chose du même ordre que le culte du héros, pas de doute là-dessus.

Il fit un sourire désabusé à Charles.

— Autant que cela me coûte de l'admettre, je crois que Northwood vous est fidèle – comme vous devez le croire aussi, j'en suis certain.

— Je le crois, soupira Charles. C'est juste... tellement frustrant d'être coincé là et de ne pas pouvoir aller voir les choses par moi-même. Et de devoir rester allongé ici des heures à ne rien faire d'autre que ressasser. J'ai essayé de lire mais ça me donne des maux de tête.

— Lire quoi ? Des romans ?

Randall s'empara du bouquin sur la table et jeta un coup d'œil au titre.

— Bon Dieu, s'exclama-t-il, une romance *gothique* ? Pas étonnant que vous attrapiez des maux de tête. Demandez à Northwood de vous faire parvenir ce genre de livres médicaux que vous aviez l'habitude de trimbaler autour du monde. En fait, je crois même que je vais le lui suggérer en partant. Au moins, vous trouverez ça intéressant.

— Il est là ?

— Au rez-de-chaussée, avec sa femme et un étrange couple, le Comte et la Comtesse de je-ne-sais-où en Italie. Elle est allemande, je crois bien.

Charles rit.

— Il s'agit certainement de ma mère et de son époux, j'imagine. Je ne vous en ai jamais parlé ?

— Bon Dieu, non. J'ai toujours pensé qu'elle était décédée.

— Oh, non. Cette version-là est sa propre contribution à l'histoire. Tenez, reprenez un peu de thé que je puisse vous raconter ce conte romantique.

TRISTAN ET le Comte jouaient au piquet pour quelques pennies tandis que Charlotte et Lady Montolivo brodaient. Tristan venait juste d'étaler ses cartes lorsqu'il perçut un mouvement du coin de l'œil. Il releva les yeux et vit le Capitaine Randall dans l'encadrement de la porte.

— Ah, Capitaine. Entrez. Vous voulez jouer une main et vous faire plumer par Lord Montolivo ?

— Non merci, dit Randall, avant qu'un sourire poli n'étire ses lèvres. J'ai un message de la part de votre invalide cependant : il voudrait que quelqu'un enlève l'horrible romance de sa table de chevet et la remplace par quelque chose de plus à son goût, concernant d'obscurs rituels de soins hottentots ou quelque chose de cet acabit, si vous en avez.

— Je ne suis pas sûr de pouvoir dégoter ce rituel de soins hottentot, dit Tristan, mais je suis certain de pouvoir trouver quelque chose de plus divertissant et de tout aussi obscur. Comment Monsieur se sent-il ?

— Grincheux, répondit Randall. Bien, j'ai délivré le message et je me retire pour aller voir si Sa Grâce de Richmond a une réponse au message que je lui ai délivré plus tôt. Je suppose que le temps que je rentre à Bruxelles vous serez déjà de retour en Angleterre ?

— Nous avons l'intention de partir dès que Charles sera en mesure de voyager, répondit Tristan. Le Dr Crosby a préconisé une autre semaine, et seulement si l'attelage était bien amorti.

— Alors cela ne fait aucun doute, dit Randal. Étant donné que Bonaparte s'est enfui de Paris et que la Royal Navy bloque les ports français, nous l'aurons certainement dans nos filets à la fin du mois – enfin, possiblement même à la fin de la semaine donc.

— Nous serons très reconnaissants pour cette paix, dit Lottie. Je ne sais même pas comment ce sera – après toutes ces années de guerre.

— Beaucoup de soldats sans travail, dit sèchement Tristan. Quels sont vos plans, Capitaine ?

— Rester dans l'armée aussi longtemps que je le peux, répondit promptement Randall. Et ensuite compter sur la gentillesse de ma famille pour m'imposer jusqu'à ce que je trouve une carrière civile. Pas médecine, merci ! anticipa-t-il.

Tristan rit.

— Eh bien, bonne chance à vous. J'espère que nous vous reverrons bien assez tôt à Londres.

Randall le fixa d'un bref regard suspect mais se contenta de dire :

— Avec plaisir. J'ai hâte de voir Mountjoy pleinement remis. Bonne journée, ladies, gentlemen.

Et après l'exécution d'une révérence, il s'en alla.

— Bien, allez-vous trouver quelque chose à lire pour Charles, Tristan ? Ou souhaitez-vous que Lottie et moi montions le rendre fou une dernière fois ? demanda Liesl, un sourire irrépressible sur les lèvres.

Il rit de nouveau et rétorqua :

— Non, je pense que j'ai dans la salle de lecture un livre que Maartens m'a donné l'autre jour. Cela pourrait l'aider à passer le temps. Dommage que nous soyons en train de lire le Scott que je lui avais acheté pour son anniversaire – ça aurait pu le divertir. Quoi qu'il en soit, puisque le bon Capitaine l'a attendri, je crois maintenant pouvoir me confronter au lion dans la fosse.

Il regarda son partenaire.

— Vous avez gagné cette main, Montolivo ; je vous concède cette victoire de mauvaise grâce et me retire du champ.

Montolivo rit et rassembla les cartes.

— Liesl, mon amour ?

Elle soupira et reposa son tambour de couture.

— Ce qu'il ne faut pas faire pour ceux que nous aimons, dit-elle dramatiquement en prenant la place de Tristan.

Tris fit un clin d'œil à Lottie et monta chercher le livre.

Maartens avait amené sur place plusieurs ouvrages de sa vaste bibliothèque personnelle, certains étant des doubles destinés à Tristan et son convalescent, dès que tous deux auraient du temps. Le médecin avait du caractère, était bourré de préjugées et irascible, mais au cours des quelques semaines passées à le fréquenter, Tristan s'était rendu compte qu'il l'aimait bien et que le sentiment était réciproque. Maartens était entré au panthéon des mentors bourrus aux cotés de Crosby et MacQuarrie : des hommes intelligents, dénués de patience envers la stupidité. Dans les principes, ils ne s'accordaient pas sur tout : Martens était pro-saignées et pro-purgatifs ; alors que Tristan, bien qu'il admît les vertus de chacun des procédés, n'était pas d'accord avec le docteur belge sur les situations dans lesquelles ces méthodes devaient être employées et avait fermement refusé de laisser Charles être saigné ou purgé. Ils avaient aussi été en désaccord sur l'amputation de la jambe de Charles bien que Maartens ait été forcé d'admettre la justesse du choix de Tristan 'dans ce cas-là, exceptionnellement, dans ce cas-là seulement ! Et vous avez été sacrément chanceux cette fois !' Il était néanmoins du même avis que Crosby et Tristan concernant l'importance de la propreté des instruments et l'usage de coton enduit de soie à coudre ou de boyau à la place d'alternatives bon marché pour recoudre les blessures.

Le livre que cherchait Tristan était une revue des pratiques médicales populaires et une analyse 'scientifique' les concernant. Tristan doutait fortement de l'exactitude de la science en question mais pensait que Charles pouvait s'en amuser. Il le monta à l'étage et fut surpris de trouver la porte de la chambre ouverte.

— Je peux entrer ? demanda-t-il en passant ostensiblement la tête par l'embrasure.

— Oh, diable, Tris, dit Charles avec dégoût. Bien sûr. Entre. Où étais-tu passé ces trois derniers jours ?

— Oh, par-ci, par-là, répondit-il avec désinvolture. L'agenda social, tout ça.

— Oui. Bon. Je m'excuse pour m'être comporté en ours mal léché. S'ennuyer misérablement et ressasser n'aide pas à la bonne humeur du patient. Accepterais-tu mes excuses ?

— Volontiers, dit Tristan en traversant la chambre pour s'asseoir sur le bras du fauteuil de Charles et se pencher pour l'embrasser.

Ses lèvres étaient douces, chaudes et accueillantes. Tristan soupira et porta une main dans les boucles emmêlées de son amant alors qu'il approfondissait l'intensité de son baiser.

— Mmm, commenta Charles lorsque Tristan le libéra. C'est déjà plus proche de ce que j'imaginais. Qu'est-ce que tu m'as apporté ?

— On dirait Jamie, rit Tristan tandis qu'il lui donnait le livre.

Charles le lui arracha de la main et commença aussitôt à le feuilleter.

— Oh, ça à l'air drôle, dit Charles. Ce sera un challenge ; je n'ai pas lu de français depuis plusieurs années, sauf dans les missives.

— Je t'aiderai, promit Tris.

Il massa l'épaule de Charles par-dessus la robe de chambre.

— L'entrevue avec le Capitaine s'est-elle bien passée ?

Charles leva les yeux sur lui.

— Qu'a-t-il dit ?

— Rien de très important. Juste que tu voulais quelque chose de mieux à lire que…

Tristan attrapa le roman.

— Bon sang. Je pensais que Lottie avait de meilleurs goûts que ça.

— Lottie, oui. Ma chère Maman, non.

— Elle ne devrait plus venir t'embêter avec ça dorénavant, dit Tristan.

Il porta le livre jusqu'à la poubelle près de la porte pour l'y laisser tomber. Il resta debout le temps d'une réflexion et tendit la main pour fermer la porte à clef. Lorsqu'il se retourna, Charles était en train de l'observer, un sourcil levé. Tristan étira un sourire malicieux.

— Tu as l'air d'aller mieux, murmura-t-il.

— Oh mon Dieu, dit Charles, faussement moqueur. Tu as quelques diableries à l'esprit.

— En effet… et tu es à ma merci.

Il revint au fauteuil et repoussa la jambe du tabouret de support, prenant garde à ne pas secouer le tibia convalescent puis dégagea calmement le tabouret.

— Ça va comme ça ? demanda-t-il doucement.

Charles acquiesça sans un mot, la chaleur lui montant au visage.

Tristan s'agenouilla devant lui, déboutonna le peignoir banian pour aussitôt en écarter les pans puis retroussa l'ourlet de la chemise de nuit à sa taille. Charles bandait déjà à moitié ; lorsque Tristan déposa un léger baiser humide à l'intérieur de sa cuisse, l'invalide gronda et enfonça les doigts dans la chevelure de son amant.

— Tris, soupira-t-il.

— Oui, répondit Tris en écartant les jambes de Charles et en se rapprochant au plus près, le pouce et l'index encerclant la verge pendant que ses autres doigts se refermaient sur ses bourses.

Puis il donna un coup de langue le long du membre durcissant, se glissant sous le prépuce qu'il décalotta avec les lèvres pour venir agacer de sa langue le gland soyeux et gonflé.

— On ne peut guère faire plus que cela pour l'instant, murmura Tris, mais bientôt, Charlie… bientôt.

Charles renversa la nuque contre le dossier de la chaise.

— Oui, Tris. Oh, Seigneur, oui…

327

Tristan le prit en bouche et sentit la chair se raffermir en pulsant sous sa langue. Seigneur, il aimait la saveur de Charles, chaude, musquée, toujours relevée des notes boisées de ses huiles favorites. Il l'aspira d'abord lentement puis ne tarda pas à y mettre plus de détermination, avant de le libérer entièrement pour enfouir son visage dans la toison bouclée. Il le respira avec ivresse puis lapa le pli de son aine avant de se dévouer à nouveau à vénérer l'érection massive de son amant. Il glissa une phalange dans sa bouche et la trempa ; et alors qu'il engloutissait profondément le membre de Charles, Tristan glissa son doigt derrière les bourses de son amant jusqu'à s'enfoncer dans la chaleur enveloppante de ses fesses.

Charles se cambra brusquement et grogna de plaisir, la tête renversée en arrière, tandis qu'il resserrait sa poigne dans les cheveux de Tristan.

— Tris, gémit-il.

Dévoué à la tâche, Tris ne répondit pas et dévora le membre de Charles plus intensément encore alors qu'il explorait d'une phalange les parois brûlantes et étroites jusqu'à trouver la protubérance névralgique logée en lui. Charles poussa un nouveau grognement, plus grave et plus profond ; Tristan ne put s'empêcher de sourire alors même qu'il l'avait en bouche et accéléra la cadence de sa main en rythme avec celle de sa nuque.

Ce ne fut qu'une question de minutes avant que Charles ne s'arc-boute et ne se répande, tapissant la gorge de Tristan en comprimant le doigt intrusif sous les contractions de ses muscles. Tristan ne cessa de l'aspirer jusqu'à ce que son amant ne puisse plus rien faire d'autre que gémir plaintivement, puis il le relâcha pour s'affairer à défaire ses propres boutons. Il libéra son propre membre et se masturba rapidement jusqu'à ce qu'il jouisse à son tour, puis s'effondra sur la jambe intacte de Charles, haletant et rouge de plaisir. Charles n'avait pas relâché sa prise de la chevelure de Tristan jusqu'à ce qu'il se donne délivrance ; il le caressait maintenant avec tendresse, ses phalanges entrelacées dans ses boucles sombres.

Tristan leva les yeux et déclara avec un entrain féroce :

— Tu es tout pour moi, Charlie. Je ne peux pas vivre sans toi. Lorsque nous sommes restés si longtemps sans une seule nouvelle de toi – lorsque j'avais si peur – j'ai promis à Dieu que je ferais tout, que je donnerais tout, sauf Jamie et Caroline…

Il tourna le visage contre la cuisse de son amant et fondit en larmes. Charles se pencha comme il le put de manière à l'atteindre et posa la joue contre la tête de Tristan en enlaçant ses épaules.

— Je suis là, Tris, c'est fini… plus rien ne peut nous séparer. Je ne te laisserai pas, plus jamais. Je t'aime.

Tristan acquiesça à ses paroles mais ne put s'empêcher de pleurer. Il se souvenait en avoir parlé à Derek, à la ferme où Charles avait été secouru, en disant qu'il n'avait jamais été pareille fontaine avant d'avoir rencontré Charles. Il se souvenait aussi de la réponse directe de Derek. Et c'était vrai. Il n'avait jamais aimé personne avant Charles. Pas ainsi. Pas à ce point.

Il s'essuya les yeux du dos de la main, grimaça, et se redressa roidement pour se rendre jusqu'au meuble de toilette. Il s'empara d'un linge humide et revint auprès de Charles pour les nettoyer tous deux.

— Tu veux t'asseoir un moment ? demanda-t-il lorsqu'il eut terminé.

Charles le regarda et Tristan vit son cœur battre dans son regard. Son propre cœur s'emplit.

— Non, dit Charles. Je veux retourner au lit, et je veux que tu viennes avec moi.

— Ta jambe…

— Pas pour faire l'amour, précisa-t-il. Juste, t'allonger avec moi. Reste avec moi.

— C'est tout ce que tu veux ? demanda Tristan.

Les lèvres de Charles s'ourlèrent d'un long sourire lorsqu'il le fixa et il lui tendit la main.

— Non, répondit-il, mais je prendrai tout ce que je pourrai avoir.

ÉPILOGUE

Londres, 1820

MONSIEUR CHARLES Mountjoy, Membre du Collège Royal de l'ordre des Médecins, leva les yeux de l'article qu'il était en train de rédiger sur le traitement de la malaria pendant que son partenaire entrait dans le bureau qu'ils partageaient et se laissait tomber sur le fauteuil en face de lui.

— As-tu réussi à diagnostiquer correctement le malaise de Lady Weyford ? demanda-t-il.

Le Dr Tristan Northwood, Membre de ce même ordre illustre, fit courir une main agitée dans sa chevelure déjà bien emmêlée.

— Parce que sinon, j'en ai un, reprit-il en grognant de dépit. Ennui mortel en phase terminale menant à un cas d'hypocondrie. Je lui ai *dit*, toutefois, qu'elle avait un déséquilibre des humeurs, lui ai donné cette lotion tonique verte et lui ai conseillé de prendre l'air une fois par jour jusqu'à transpirer afin de rééquilibrer le flegme, et de trouver un loisir qui demandait de la concentration, comme la lecture ou la couture, pour rééquilibrer la balance de ses humeurs sanguines.

— Le tonique vert ? dit pensivement Charles. Tu parles de ce mélange de vin et de menthe ?

— Celui-là même. Ça ne lui fera pas de mal et lui apportera l'effet placebo dont elle a besoin. Charles, tu ne m'avais pas dit qu'être docteur était à ce point faire profession de charlatanisme !

— Ce n'est pas le cas, vraiment. Tu l'as correctement évaluée. Je l'ai vue régulièrement tout au long de l'année pour ce même problème. Elle va suivre tes prescriptions pendant un certain moment, manifestera une certaine amélioration, puis rechutera avec un retour des symptômes. Et là nous essaierons quelque chose de différent.

— Ça ne te gêne pas d'accepter son argent ?

— Pourquoi donc ? Elle prend sur mon temps et je ne peux me permettre de ne pas être rémunéré, d'autant plus qu'elle peut se permettre mes services. De plus, c'est le genre de patientes qui soutient et aide les patientes qui, comme Mme Hill, *ne peuvent pas* payer.

— Ah, dans ce cas ça vaut la peine, plaisanta-t-il. Elle est amusante qui plus est, tu ne trouves pas ?

— Tant qu'elle n'amène plus son fichu carlin avec elle, acquiesça Charles. Cette bestiole pue. Je lui ai dit qu'il risquait d'attraper une infection et que les chiens étaient beaucoup plus sensibles aux maladies humaines que les humains ne l'étaient eux-mêmes.

— Et son statut social accroît notre réputation, fit remarquer Tristan. Ce qui nous ramène plus de patients en mesure de payer, et qui nous permet donc de soigner ceux qui n'en ont pas les moyens. Tu es de service pour les rondes à Saint Joseph demain ?

— Oui, pour mes péchés. MacQuarrie ne me pardonnera jamais si je renie l'accord que nous avons passé avant d'ouvrir le cabinet. Il a laissé courir des bruits sur sa retraite aujourd'hui encore ; il a parlé de la Sicile, au déjeuner, ou peut-être de l'Égypte – quelque endroit chaud et sec pour son arthrose. Il m'a déjà envoyé certains de ses patients en prévision. M. et Mme Castleton m'ont amené leur fille un peu plus tôt – ils craignaient une consomption, mais je pense qu'il s'agit bien plus d'allergies, puisque ses problèmes respiratoires semblent être saisonniers. Je leur ai recommandé de l'emmener à Brighton pendant l'été et de voir s'il y avait du changement ; puis j'ai craint que M. et Mme Castleton ne me brisent la nuque en me tombant dessus tant leur reconnaissance était manifeste.

Son partenaire rit. C'était typique de la part de MacQuarrie de leur envoyer des patients plus jeunes qui développeraient éventuellement une longue relation de suivi médical avec leur cabinet ; cela faisait à peine un an qu'ils étaient installés en partenariat et les choses se passaient plutôt bien, grâce à la générosité de leurs mentors. Charles avait fini son cursus avant Tristan malgré le diplôme d'université de celui-ci ; son expérience dans la Péninsule et ses propres recherches lui ayant donné une avance notoire. Jouait aussi dans la balance le fait que le père de Tristan ait eu un coup de frayeur sur sa santé trois ans auparavant, et se soit fait une idée fixe sur la nécessité que Tristan se représente le plus exhaustivement possible l'étendue des affaires de Ware. Le baron s'était totalement rétabli, mais sa panique était tenace. Tris avait eu peur également ; ils avaient gaspillé tant d'années passées à nourrir leurs différends qu'il avait craint de perdre son père à peine après l'avoir retrouvé. Alors il prit sur son cursus médical pour honorer son père et entra dans un programme d'études d'un tout autre ordre.

Tristan passa finalement ses examens l'année précédente. Charles avait passé les derniers mois en tant qu'assistant personnel auprès de MacQuarrie et lorsque Tristan fut enfin accepté comme membre de la Société Royale, Charles jugea qu'il était temps de voler de leurs propres ailes, avec la bénédiction de MacQuarrie. Ils avaient alors acheté une maison sur Harley Street, parmi les autres médecins en vue et y avaient installé leur bureau, leur cabinet de visite et leurs appartements, les visites de Charlotte et des enfants pendant la Saison leur conférant une respectabilité sociale. Leur profession leur donnait une excuse parfaitement acceptable pour rester ensemble en ville le reste de l'année. *Pas une situation parfaite*, songea Tristan dans un sourire, mais de loin supérieure à ce qu'il avait jamais osé espérer.

— Lady Weyford était la dernière pour aujourd'hui. Prêt à fermer ?

— Prêt, répondit Charles.

Il referma son encrier et rangea la plume dans la tasse sur son bureau.

— On dîne à la maison ce soir ?

— Oui, Charlotte m'a dit que nous n'avions aucune obligation sociale, alors Jamie et Caroline se joindront à nous. Les manières de table de Caroline se sont grandement améliorées.

— Parfait, dit Charles.

Il sourit en déportant son poids sur la canne afin de se relever. Tris le regarda avec attention, mais ne fit rien pour lui prêter assistance.

— Tu apprends, observa Charles.

— Tu m'as assez vertement reproché mon aide l'autre fois, dit Tris. Ça te fait mal aujourd'hui, non ?

— Humide et froid, c'était inévitable. Je vais me mettre à penser comme MacQuarrie – la Sicile, peut-être l'Egypte ?

— Pas sans moi, dit Tristan.

Charles s'appuya sur sa canne et tendit le bras pour enlacer la nuque de Tristan.

— Jamais sans toi, mon cœur, dit-il avant de l'embrasser tendrement. Jamais sans toi.

POSTSCRIPT

LA DÉFAITE à la Bataille de Waterloo, l'une des quatre batailles de la Campagne de Waterloo (15-18 juin 1815), signa la fin de la carrière de Napoléon Bonaparte en tant qu'un des plus grands généraux de tous les temps. Sur les quatre batailles, les Français gagnèrent deux manches (Ligny et Wavre) ; la première bataille, qui se déroula au carrefour de Quatre Bras, était techniquement une battue en retraite ; elle fut en fait une victoire tactique pour les Français qui empêchèrent l'armée britannique d'envoyer leurs troupes soutenir leurs alliés prussiens qui perdirent à Ligny un peu plus tard en ce même jour. La Bataille de Waterloo en elle-même fut rudement menée le 18 juin 1815 et remportée par les armées alliées sous le commandement de Wellington et Blücher.

Théoriquement, Napoléon aurait dû gagner la Campagne de Waterloo. Bien que les Britanniques l'emportaient en nombre sur les Français en terme de corps d'armée, la majorité de l'armée continentale était une milice inexpérimentée dont une partie sympathisait envers les Français autant qu'envers les forces de la Coalition. Les deux armées de la Coalition ne parlaient pas la même langue – et dans le cas des forces continentales, il s'agissait même de plusieurs langues. Les meilleures troupes britanniques qui possédaient l'expérience de la Guerre de la Péninsule [44], y compris les officiers d'élite de Wellington, se trouvaient en Amérique. Les forces armées de Napoléon étaient presque entièrement constituées de corps de vétérans qui affluèrent sans hésitation sous la bannière de l'Empereur à son retour. Il avait environ trois mille soldats de cavalerie en plus, y compris quatorze régiments de cavalerie lourde – ce qui manquait aux armées de coalition – et presque une centaine d'armes à feu en plus. Les généraux de Napoléon étaient tous expérimentés et avaient plusieurs victoires majeures inscrites à leur palmarès.

Que les forces de Wellington et de Blücher remportent la victoire sur le champ de Bataille de Waterloo fut un testament manifeste rendu à l'importance de la communication entre les alliés et la perspicacité que Wellington et son homologue prussien connaissaient les points forts et les faiblesses de leurs hommes. Napoléon était un maître stratège, mais Waterloo fut un chef d'œuvre de tactique, l'histoire d'une défaite qui, en un difficile retournement, se fit victoire. Les pertes furent démesurées : 50 000 morts ou blessés et 15 000 disparus, mais au final Blücher et Wellington occupèrent le champ de Bataille tandis que l'Empereur prenait la fuite.

---

44 La guerre d'Espagne. *NDT*

ÉCRIRE UN roman historique requiert d'énormes recherches. Heureusement, je ne fus pas seule devant l'ampleur de la tâche. De nombreuses sources m'ont épaulée, tout particulièrement Augie Alesky, de *Centuries and Sleuths Bookstore* à Forest Park dans l'Illinois, Lynda Fitzgerald d'Osprey *and Shire Books and maps* et ce diaporama miniature de la Bataille de Waterloo parmi les affaires d'Augie, qui fut un précieux support. Merci beaucoup pour votre aide. La plupart des erreurs qui peuvent se rencontrer sont les miennes. Merci également à Lynda pour sa lecture témoin et pour ses suggestions éditoriales qui ont amélioré de loin l'histoire originale. Et merci, bien sûr, à tous mes lecteurs témoins et mes supporters : Patrice, Donetta, Shannon et tous mes amis qui ont dû attendre la sortie du livre, mais qui m'ont permis de garder la raison pendant le processus créatif.

Rowan Speedwell
Avril 2011

Pendant cinq ans, Zach Tyler, le fils d'un des plus riches magnats de l'informatique au monde, a été retenu en otage, torturé et abusé. Quand il est enfin secouru de la jungle Vénézuélienne, il est traumatisé à la fois physiquement et psychologiquement, mais il commence doucement à reconstruire la vie qu'il aurait dû avoir si un baiser innocent ne l'avait pas envoyé en enfer.

Son meilleur ami d'enfance, David, a vécu ces années avec un bouleversant sentiment de culpabilité et de chagrin. Chaque tentative de relation amoureuse a été un fiasco à cause des sentiments qu'il portait à un homme qu'il pensait mort. Quand Zach est retrouvé, David est fou de joie mais ensuite anéanti quand Zach le repousse.

Deux ans plus tard, David retourne dans sa ville natale. Zach et lui doivent faire face aux désaccords entre eux, à ce qu'ils ressentent l'un pour l'autre et au futur qu'ils pourraient avoir. Mais Zach a des secrets, et l'un d'eux pourrait bien détruire leur amour encore fragile.

www.dreamspinner-fr.com

Aimer, ÉPERDUMENT

ROWAN SPEEDWELL

Trois ans d'infiltration dans l'un des pires gangs du pays ont laissé l'agent du FBI, Joshua Chastain, complètement bouleversé. Luttant contre les cauchemars et l'addiction, il quitte la jungle bétonnée pour le Nouveau-Mexique, le pays des chevaux, en espérant recommencer à zéro dans le ranch de son oncle.

Le contremaître Eli Kelly passe sa vie à réhabiliter des animaux maltraités, et Joshua est juste une autre âme perdue. Mais quand Joshua commence doucement à reconstruire sa vie, Eli réalise que Joshua représente beaucoup plus qu'un nouveau projet.

Le plan de Joshua semble fonctionner – peut-être qu'un nouveau départ était exactement ce dont il avait besoin. Puis, au moment où il commence à peine à trouver un semblant de paix, le crime et la haine détruisent presque tout ce pour quoi il a travaillé, le forçant à réévaluer ce qu'il veut vraiment faire ressortir de sa relation avec Eli et de sa propre vie.

www.dreamspinner-fr.com

Bibliophile impénitente, ROWAN SPEEDWELL passe une moitié de son temps à prétendre être une documentaliste en droit, une moitié de son temps à prétendre être une gestionnaire de base de données, une moitié de son temps à prétendre être une noble aragonaise du quinzième siècle, une moitié de son temps... attendez une minute... Hmm. Bon, une chose qu'elle ne prétend pas, c'est d'être douée en maths. Elle est néanmoins douée pour faire semblant.

Pendant son vaste temps libre (haha), elle fait de la couture, de la calligraphie, de l'enluminure et fabrique des bijoux. Elle est diplômée d'un master en histoire de l'Université de Chicago, est membre de la Société pour les Anachronismes Créatifs et vit dans une banlieue de Chicago avec l'inévitable Chat d'Écrivain et beaucoup trop de livres.

Également de Rowan Speedwell

Par ROWAN SPEEDWELL

Aimer, éperdument
De cœur et de sang
Pour Zach

Publié par DREAMSPINNER PRESS
www.dreamspinner-fr.com

Pour les meilleures
histoires d'amour
entre hommes, visitez

www.dreamspinner-fr.com